Rachels Geheimnis

MIRA®

MIRA® TASCHENBUCH
Band 20009
2. Auflage: Juni 2010

MIRA® TASCHENBÜCHER
erscheinen in der Cora Verlag GmbH & Co. KG,
Valentinskamp 24, 20350 Hamburg
Deutsche Taschenbucherstausgabe

Titel der nordamerikanischen Originalausgaben:

Konzeption/Reihengestaltung: fredebold&partner gmbh, Köln
Umschlaggestaltung: pecher und soiron, Köln
Redaktion: Eva Spundflasche
Titelabbildung: Harlequin Books S.A.
Autorenfoto: © by Harlequin Enterprise S.A., Schweiz
Satz: Buch-Werkstatt GmbH, Bad Aibling
Druck und Bindearbeiten: CPI – Ebner & Spiegel, Ulm
Printed in Germany
ISBN 978-3-89941-719-7

www.mira-taschenbuch.de

Lisa Jackson

Nur für eine Mondnacht

Roman

Aus dem Amerikanischen von
Dagmar Heuer

MIRA®

PROLOG

Im letzten Sommer

Offen gesagt, mein Sohn, habe ich eine Bitte an dich", erklärte John Randall McCafferty von seinem Rollstuhl aus. Er hatte Thorne gebeten, ihn nahe an den Zaun zu schieben, der ein Stück vom Haupthaus der Ranch entfernt lag.

„Ich mag gar nicht fragen, um was es geht", bemerkte Thorne.

„Es ist ganz einfach. Ich wünsche mir, dass du heiratest. Du bist neununddreißig, Matt ist siebenunddreißig und Slade – nun, er ist noch ein Junge, aber immerhin sechsunddreißig. Niemand von euch ist verheiratet, und ich habe kein einziges Enkelkind – jedenfalls nicht eines, von dem ich wüsste." Er runzelte die Stirn. „Selbst eure Schwester ist noch nicht sesshaft geworden."

„Rachel ist erst sechsundzwanzig."

„Höchste Zeit", sagte John Randall McCafferty. Er war zwar nur noch ein Schatten seiner selbst, umklammerte aber so fest die Armlehnen seines Rollstuhls, dass seine Knöchel kreideweiß durch die Haut schimmerten. Ein alter Afghanenteppich bedeckte seine Beine, obwohl das Thermometer an der Nordseite der Scheune fast siebenundzwanzig Grad anzeigte. Auf seinem Schoß lag ein Gehstock. John Randall war er verhasst, weil er ihm immer wieder vor Augen führte, wie sehr sich sein Gesundheitszustand verschlechtert hatte.

„Ich meine es ernst, mein Sohn. Ich möchte nicht, dass die McCaffertys mit euch drei Jungs aussterben."

„Was für eine veraltete Denkweise." Thorne würde sich nicht unter Druck setzen lassen. Weder von seinem Vater noch von irgendjemand anders.

„Und wenn schon. Verdammt, Thorne, falls du es noch nicht bemerkt haben solltest, mir bleibt nicht mehr viel Zeit auf dieser Welt!" John Randall schob den Stock von seinem Schoß und stieß ihn mit Nachdruck in die Erde. Sein alter Jagdhund Harold, der auf der Veranda lag, gab ein verstimmtes Bellen von sich.

„Ich verstehe dich nicht", ereiferte er sich. „Das hier könnte alles dir gehören, Junge. Alles." Er beschrieb mit seinem Stock einen weiten Bogen, und Thornes Blick folgte der Bewegung.

Auf einer Weide sprangen dünnbeinige Fohlen herum, nahe dem ausgetrockneten Flussbett wanderte eine Herde rotbrauner, schwarzer und brauner Rinder träge umher. Die Farbe der Scheune war abgeblättert, die Fenster der Ställe mussten erneuert werden. Der ganze verdammte Ort sah aus, als wäre er von der gleichen zehrenden Krankheit befallen wie sein Besitzer.

Die Flying-M-Ranch. Thornes Zuhause, so lange er zurückdenken konnte.

Und der ganze Stolz und die größte Freude des alten McCafferty. Inzwischen hatte sein Vorarbeiter die Leitung übernommen, da John Randall zu krank und seine Kinder mit ihrem eigenen Leben zu beschäftigt waren.

Thorne betrachtete das hügelige Land mit gemischten Gefühlen. „Ich heirate nicht, Vater. Jedenfalls nicht so bald."

„Erzähl mir nicht, dass du dir erst noch einen Namen machen musst. Du hast es schon geschafft, Junge." Aus alten, blassblauen Augen sah McCafferty zu seinem Sohn hinauf. Er blinzelte, als ihn die starken Strahlen der Sonne über Montana blendeten. „Wie viel besitzt du jetzt? Fünf Millionen?"

„Ungefähr sieben."

Sein Vater stöhnte. „Schau mich an. Was hat mir das viele Geld gebracht? Zwei Frauen, die mich bei der Scheidung ausgeblutet haben, und immerzu einen Haufen Sorgen, das alles zu verlieren. Nein, auf Geld kommt es nicht an, Thorne. Es sind die Kinder und das Land. Verdammt noch mal!"

Er biss sich auf die Unterlippe, während er tief in seine Jackentasche griff. „Wo zur Hölle ist dieser … oh, hier haben wir ihn." Langsam zog er einen Ring hervor, der im Sonnenlicht blinkte.

Thorne zog sich der Magen zusammen, als er den ersten Hochzeitsring seines Vaters erkannte. Er hatte ihn seit mehr als einem Vierteljahrhundert nicht mehr gesehen.

„Ich möchte dir das hier geben", sagte der alte Mann und hielt ihm den Goldring mit seiner ungewöhnlichen silbernen Gravur hin. „Deine Mutter hat ihn mir zu unserer Hochzeit geschenkt."

„Ich weiß." Thorne spürte, dass es ein Fehler war, den Ring anzunehmen. Er fühlte sich kalt und hart an in seiner Hand, ein Stück Metall, das keine Wärme und keine Freude ausstrahlte.

„Versprich es mir, mein Junge."

„Was?"

„Dass du heiratest."

„Eines Tages", antwortete Thorne, ohne mit der Wimper zu zucken.

„Warte nicht zu lange, bitte. Wenn ich diese Erde verlasse, will ich wissen, dass du eine Familie hast."

„Ich denk darüber nach", sagte Thorne. Das kleine Schmuckstück aus Gold und Silber in seiner Tasche schien plötzlich tonnenschwer zu sein.

1. KAPITEL

Grand Hope, Montana
Oktober

Dr. Nicole Stevenson fühlte, wie das Adrenalin durch ihren Körper schoss. So wie jedes Mal, wenn ein neues Unfallopfer in der Notaufnahme des St. James Hospitals eingeliefert wurde.

Sie sah den Ernst in Dr. Maureen Oliverios Augen, als ihre Kollegin den Telefonhörer auflegte. „Der Hubschrauber ist da! Auf geht's, Leute!" Das hastig zusammengerufene Team von Ärzten und Krankenschwestern reagierte. „Die Sanitäter bringen die Patientin. Sie übernehmen, Dr. Stevenson."

„Was wissen wir?", fragte Nicole.

Dr. Oliverio eilte durch die Schwingtür voraus. „Autounfall oben im Glacier Park. Eine Frau, Ende zwanzig, hochschwanger. Brüche, innere Verletzungen, Gehirnerschütterung. Wir kommen wohl um einen Kaiserschnitt nicht herum. Während der Entbindung versuchen wir, so viel wie möglich gleich mit zu machen. Hat jeder verstanden? Bis zum OP ist Dr. Stevenson für die Patientin verantwortlich."

Die Türen flogen auf, und zwei Sanitäter rollten eine Tragbahre in die Notaufnahme.

„Wie sehen ihre Werte aus?", erkundigte sich Nicole bei einem der Krankenpfleger. „Was ist mit dem Baby?"

„Blutdruck normal, 110 zu 75. Puls 62, leicht sinkend ..." Während der Sanitäter die Daten im Telegrammstil wiedergab, sah Nicole auf die bewusstlose Patientin hinunter. Ihr Gesicht, früher wohl einmal hübsch, war jetzt blutverschmiert und voller Prellungen. Ihr runder Bauch zeigte, dass sie kurz vor dem Geburtstermin stand. Aus einem Tropf floss Flüssigkeit in ihren Arm, ihr Nacken und ihr Kopf waren abgestützt.

„Gut." Nicole nickte. „Okay, okay, wir müssen die Mutter stabilisieren."

„Wurde der Ehemann benachrichtigt? Haben wir eine Einwilligung?", fragte Dr. Oliverio.

„Keine Ahnung", erwiderte ein Krankenwärter. „Die Polizei versucht, ihre Verwandten ausfindig zu machen. Laut Ausweis ist ihr Name Rachel McCafferty."

Oh, Gott! Nicoles Herz blieb fast stehen. Für den Bruchteil einer Sekunde konnte sie nicht mehr klar denken, gab sich dann aber sofort innerlich einen Ruck. „Bist du sicher?", fragte sie den Sanitäter.

„Absolut."

„Rachel McCafferty", wiederholte Dr. Oliverio und holte tief Luft. „Meine Tochter ist mit ihr zur Schule gegangen. Ihr Vater ist tot – John Randall war mal ein wichtiger Mann in dieser Gegend. Ihm gehörte die Flying-M-Ranch ungefähr dreißig Kilometer außerhalb der Stadt. Rachel hat drei Halbbrüder."

Und Thorne ist einer von ihnen, dachte Nicole.

„Weiß man etwas über den Ehemann oder den Freund? Das Kind muss doch einen Vater haben", beharrte Dr. Oliverio.

„Ich weiß nicht. Hab nie von einem gehört", antwortete der Sanitäter.

„Der Blutdruck sinkt, Doktor, 100 zu 60", sagte eine Krankenschwester.

„Du lieber Himmel." Nicoles Herz fing heftig an zu klopfen. Komm schon, Rachel, drängte sie innerlich. *Wo bleibt der gute alte McCafferty-Kampfgeist?*

„Der Anästhesist ist unterwegs." Dr. Oliverio fing Nicoles Blick auf. „Brummel ist ein guter Mann. Er ist gleich hier."

„Der Wehenschreiber ist angeschlossen", meldete eine Krankenschwester, als der Arzt, ein dünner Mann mit einer randlosen Brille, durch die Tür kam.

„Was haben wir hier?", erkundigte er sich, während sein Blick schnell über die Patientin glitt.

„Eine Bewusstlose nach einem Autounfall, kurz vor der Entbindung. Allergien unbekannt, keine Krankenakte, aber wir überprüfen das", antwortete Nicole. Kurz zählte sie ihm die Befunde auf.

„Der Blutdruck der Mutter stabilisiert sich", rief eine Schwester, doch Nicoles Anspannung hielt an.

„Ich bin in einer Minute bereit", sagte Dr. Brummel hinter seiner Maske. „Auf geht's."

„Ein Arzt ist in Bereitschaft, der sich um das Neugeborene kümmern wird", informierte Nicole den Anästhesisten und überprüfte

Rachels Werte ein letztes Mal. „Patientin ist stabil."

Sie sah in die Runde des Teams. „Okay, Kollegen, ich überlasse euch die Patientin."

Thorne fuhr wie ein Wahnsinniger. Vor weniger als drei Stunden hatte er telefonisch von Slade erfahren, dass Rachel einen Autounfall im Glacier Park gehabt hatte.

Thorne hatte sich zu diesem Zeitpunkt in den Büros von McCafferty International in Denver aufgehalten und war sofort losgefahren. Er hatte seine Sekretärin beauftragt, alle weiteren Termine abzusagen, sich aus einem Schrank seinen Seesack geschnappt und war zum Flugfeld gerast. Innerhalb einer Stunde hob er ab und flog den Firmenjet direkt zum privaten Landeplatz der Ranch.

Ohne seine Brüder zu kontaktieren, hatte er sich die Autoschlüssel des kleinen Pick-up gegriffen und sein Gepäck ins Auto geworfen, um direkt zum St. James Hospital in Grand Hope zu fahren, wo seine Schwester um ihr Leben kämpfte. Er drückte das Gaspedal fest durch und nahm eine Kurve mit quietschenden Reifen.

Aufgrund des schlechten Telefonnetzes in dieser Gegend war der Anruf von seinem Bruder Slade plötzlich unterbrochen worden. Daher wusste Thorne nicht genau, was los war. Aber er hatte verstanden, dass Rachels Leben am seidenen Faden hing und dass die Aufnahmeärztin Stevenson hieß.

Nächtlich dunkle Felder flogen vorbei. Die Scheibenwischer kämpften gegen den Eisregen an, während Thorne die Zähne zusammenbiss.

Was zum Teufel war passiert? Was hatte Rachel in Montana verloren, wo sie doch in Seattle arbeitete? Was hatte sie im Glacier Park gemacht?

Erinnerungsfetzen an das Gespräch mit Slade gingen ihm durch den Kopf. Hatte Slade nicht erwähnt, dass Rachel schwanger war? Unmöglich. Er hatte sie vor weniger als sechs Monaten gesehen. Sie war unverheiratet und hatte noch nicht einmal einen festen Freund. Oder vielleicht doch? Was wusste er wirklich über seine Halbschwester?

Nicht besonders viel.

Schuldgefühle plagten ihn. *Du hättest dich mehr kümmern sol-*

len. Schließlich bist du der Älteste. Es war nicht ihr Fehler, dass ihre Mutter vor fünfundzwanzig Jahren deinen Vater verführt und John Randalls erste Ehe zerstört hat. Es ist nicht ihre Schuld, dass du immer so verdammt mit deinem eigenen Leben beschäftigt bist.

Dutzende von Fragen schwirrten ihm durch den Kopf, als er in der Ferne die Lichter der Stadt erblickte.

Bald würde er Antworten bekommen.

Falls Rachel überleben sollte. Seine Hände umklammerten das Lenkrad.

Thorne McCafferty.

Er war der Letzte, mit dem Nicole etwas zu tun haben wollte. Aber ohne Zweifel würde er bald hier sein. Während sie ihre Operationshandschuhe auszog, gab sie sich den Befehl, sich zusammenzureißen. Er war lediglich ein Angehöriger einer Patientin, mehr nicht.

Als sie nach ihrer Scheidung hierher gezogen war, wusste sie, dass sie Thorne nicht immer und ewig aus dem Weg gehen konnte. Grand Hope war immer noch eine kleine Stadt, und John Randall McCafferty war einer ihrer einflussreichsten Bewohner gewesen. Seine Söhne und seine Tochter waren hier aufgewachsen.

Die Begegnung war also lediglich eine Frage der Zeit gewesen. Aber der Umstand, dass Thornes Schwester jetzt um ihr Leben kämpfte, war alles andere als eine gute Voraussetzung für ein Wiedersehen.

Nicole steckte ihr Stethoskop in die Tasche und schlang die Arme um sich. Sie würde nicht nur Thorne erneut gegenüberstehen, sondern auch mit der Verzweiflung der anderen McCafferty-Brüder konfrontiert sein.

Die Beziehung zu Thorne hatte damals nicht lange gedauert. Intensiv und unvergesslich war sie gewesen, aber glücklicherweise kurzlebig. Seine beiden Brüder, die damals sehr mit ihrem eigenen Leben beschäftigt waren, würden sich vielleicht gar nicht mehr an sie erinnern.

Glaube das ja nicht. Was Frauen angeht, waren die McCafferty-Männer fast legendär. Sie kannten alle Mädchen der Stadt.

Für Thorne war sie nur eine von vielen Affären gewesen, lediglich eine weitere Trophäe in seiner Sammlung. Ein armes, schüchternes und braves Mädchen, das einen Sommer lang seine Aufmerksamkeit erregt hatte.

Die Geschichte hatte so gut wie nichts mehr mit ihrem jetzigen Leben zu tun, aber die Erinnerung daran quälte sie noch immer.

Nach einem langen Arbeitstag taten Nicoles Füße weh, und ihr Kopf hämmerte. Der Gedanke an eine Dusche war das reinste Paradies – eine Dusche, ein gekühlter Chardonnay und ein knisterndes Kaminfeuer. Die Zwillinge hatten sich unter einer warmen Decke an sie gekuschelt, während sie den beiden in ihrem Lieblingsschaukelstuhl eine Gute-Nacht-Geschichte vorlas.

Sie musste unwillkürlich lächeln. „Später", tröstete sie sich. Zunächst standen ernstere Dinge an.

Rachel war noch längst nicht über den Berg. Und würde es auch so bald nicht sein. Sie lag im Koma und wurde ständig auf der Intensivstation überwacht.

Die gute Nachricht war, dass das Baby, ein robuster Junge, den Unfall überlebt hatte und per Kaiserschnitt unbeschadet auf die Welt gekommen war. Zumindest sah es im Moment ganz danach aus.

Verschwitzt und mit einem gezwungenen Lächeln auf den Lippen zog Nicole sich ihren Kittel an und stieß die Tür zum Wartezimmer auf, wo zwei der McCafferty-Brüder saßen und Magazine durchblätterten. Beide waren groß und schlaksig, gut aussehende Männer mit markanten Zügen und ausdrucksstarken Augen. Die Sorge stand ihnen ins Gesicht geschrieben.

Als sich die Tür öffnete, legten sie die Zeitschriften zurück und sprangen hastig auf.

„Mr. McCafferty?", fragte sie.

„Ich bin Matt", sagte der Größere von beiden, als würde er sie nicht erkennen. Was die Situation vielleicht auch ihr erleichtern würde.

Matt war über einsachtzig groß, hatte dunkelbraune Augen und fast schwarze Haare. Er trug Jeans, ein kariertes Westernhemd mit aufgekrempelten Ärmeln und Cowboystiefel, in seinem Mundwinkel klemmte ein zerkautes Holzstäbchen. „Das ist mein Bruder Slade."

Auch der nur wenige Zentimeter kleinere Bruder gab sich, als würde er sie nicht wiedererkennen. Der jüngste McCafferty-Bruder galt als Teufelsbraten. Eine dünne Narbe schlängelte sich über sein

Gesicht mit den scharfen Zügen. Seine blauen, tief liegenden Augen blickten unruhig umher. Bekleidet mit einem Flanellhemd, ausgewaschenen Jeans und alten Tennisschuhen trat er nervös von einem Bein aufs andere.

„Ich bin Dr. Stevenson und hatte Dienst, als Ihre Schwester eingeliefert wurde."

„Wie geht es ihr?", fragte Slade ängstlich. Seine Augen wurden schmaler, und sie hatte den Eindruck, dass eine vage Erinnerung an sie in ihnen aufflackerte.

„Die Operation ist gut verlaufen, aber Ihre Schwester war in ziemlich schlimmer Verfassung, als sie bei uns ankam – bewusstlos und mit einsetzenden Wehen. Dr. Oliverio hat Ihren Neffen zur Welt gebracht. Das Baby scheint gesund zu sein. Eine gründliche Untersuchung durch einen unserer Kinderärzte steht aber noch aus. Rachels Aussichten sind gut, vorausgesetzt, es gibt keine unvorhergesehenen Komplikationen. Immerhin hat sie einen schweren Unfall überlebt."

Während die Brüder ihr angespannt zuhörten, beschrieb Nicole Rachel McCaffertys Verletzungen, die Liste war lang und besorgniserregend. Angst spiegelte sich in den Gesichtern der Männer wider.

Nicole erklärte die medizinischen Maßnahmen mit möglichst verständlichen Worten. Matts dunkler Teint wurde immer blasser, bis er schließlich zusammenzuckte, aus dem Fenster sah und hektisch auf dem Holzstückchen herumkaute.

Slade fuhr sich mit der Hand über die Bartstoppeln und sah sie an. „Aber sie wird durchkommen. Oder?"

„Ich denke schon, falls es keine Komplikationen gibt. Bei Kopfverletzungen kann man das nicht ausschließen. Aber momentan ist sie stabil."

Slade runzelte die Stirn. „Sie liegt immer noch im Koma."

„Ja. Wie Sie wissen, bin ich die Aufnahmeärztin, und andere Kollegen haben inzwischen die Behandlung übernommen. Jeder einzelne von ihnen wird sich mit Ihnen in Verbindung setzen."

„Wann?", fragte Slade.

„Sobald sie können." Ihr gelang ein beruhigendes Lächeln. „Mein Dienst ist bald zu Ende. Ich bin aber vorher noch zu Ihnen gekommen, weil ich weiß, dass Sie in Sorge sind."

„Mehr als nur in Sorge", bemerkte Matt.

Nicole wünschte, dass sie ihnen mehr Vertrauen einflößen könnte, doch das war zu diesem Zeitpunkt nicht möglich. „Um die Wahrheit zu sagen, wird das Leben ihrer Schwester noch eine Weile auf Messers Schneide stehen, aber sie wird rund um die Uhr überwacht."

„Wann können wir Rachel sehen?", erkundigte sich der ältere Bruder.

„Bald. Sie ist noch nicht wieder aufgewacht. Sobald sie auf der Intensivstation liegt und die Ärzte mit ihrem Zustand zufrieden sind, kann sie täglich für ein paar Minuten Besuch bekommen – nur direkte Familienangehörige und nur einzeln. Wie gesagt, ihr Arzt wird Sie unterrichten."

Mark nickte und Slade ballte die Faust, doch keiner von beiden hatte Einwände.

„Sie müssen bedenken, dass Rachel im Koma liegt. Sie wird nicht auf Sie reagieren, bis sie aufwacht, und ich weiß nicht, wann das sein wird – oh, jetzt geht's los. Die Ärztin, die Rachel operiert hat."

Sie hatte Dr. Oliverio entdeckt, die ihnen auf dem Flur entgegenkam. Nachdem Nicole die McCafferty-Brüder vorgestellt hatte, entschuldigte sie sich und ging zurück in ihr Büro, einen schmalen Raum mit einem Fenster, der kaum Platz genug bot für ihren Schreibtisch und einen Aktenschrank.

Sie schrieb ihre Berichte immer selbst, und nachdem sie aus ihrem Kittel geschlüpft war, setzte sie sich an den Computer und verbrachte fast eine halbe Stunde mit den Aufzeichnungen über Rachel McCafferty.

Danach griff sie zum Telefon. Während sie routinemäßig ihre eigene Nummer wählte, massierte sie sich den Nacken.

„Hallo?" Jenny Riley antwortete nach dem zweiten Klingeln. Die Studentin aus dem nahe gelegenen College beaufsichtigte ihre Zwillinge.

„Hi. Ich bin's, Nicole. Ich wollte nur wissen, wie es aussieht. Ich werde hier ungefähr raus sein in …", sie sah auf die Uhr und seufzte, „… wahrscheinlich einer Stunde. Soll ich irgendwas von unterwegs mitbringen?"

„Vielleicht ein, zwei Sonnenstrahlen für Molly?", witzelte Jenny. „Seitdem sie aus dem Mittagsschlaf aufgewacht ist, hat sie schlechte Laune. Du kennst sie ja."

„Wirklich?“ Nicole schmunzelte, während sie auf ihrem Stuhl so weit nach hinten kippte, bis er knarrte. Molly, etwas frühreifer als ihre Zwillingsschwester, war bekannt dafür, quengelig aufzuwachen, während Mindy, die Schüchterne der beiden Schwestern, immer lächelte, selbst wenn sie aus dem Schlaf gerissen wurde.

„Hab ich nicht!“, meuterte eine kleine, freche Stimme.

„Hast du doch, aber ich liebe dich trotzdem“, antwortete Jenny mit weicher Stimme und wandte sich dabei vom Hörer ab.

„Hab nicht schlechte Laune!“

Nicole lächelte immer noch in sich hinein. Die Mühen des Tages waren vergessen, wenn sie an ihre Töchter dachte. Zwei vierjährige, dynamische Mädchen, die Nicole auf Trab hielten und der Grund waren, warum sie nach ihrer Scheidung nicht depressiv geworden war.

„Sag ihnen, dass ich später Pizza mitbringe, wenn sie brav sind.“ Sie hörte, wie Jenny die Nachricht weitergab und darauf ein Freudengeschrei ertönte.

„Jetzt sind sie aus dem Häuschen“, versicherte die junge Frau. Nicole verabschiedete sich lachend. Im selben Moment war ein lautes Klopfen zu hören, und die Tür wurde aufgestoßen. Ein hoch gewachsener Mann stand im Eingang. Ihr sank das Herz, als sie Thorne erkannte.

„Nikki?“, sagte er ungläubig.

Nicole stand auf und straffte sich, doch trotzdem überragte er sie deutlich. „Jetzt Dr. Stevenson. Ich bin die Notaufnahmeärztin und habe sie in Empfang genommen.“

Warum nur spürte sie nach dieser langen Zeit immer noch einen Anflug von Enttäuschung darüber, dass er sie in all den Jahren nicht ein einziges Mal besucht hatte? Es war lächerlich. Geradezu naiv. Und es tat hier nichts zur Sache. Nicht, so lange seine Schwester um ihr Leben kämpfte.

„Ich bin allerdings nicht ihre behandelnde Ärztin. Ich habe Rachel vor der Operation stabilisiert, und ein anderes Team hat sie dann übernommen. Mit deinen Brüdern habe ich gesprochen, weil ich wusste, dass sie warten und so schnell wie möglich informiert werden wollten.“

„Ich verstehe.“ Thornes attraktives Gesicht war nicht mehr das des unbeschwerten Jungen von damals, dafür hatten die vergangenen

Jahre gesorgt. Seine markanten, ernsten Züge passten zu der Strenge seines schwarzen Anzugs, dem weißen Hemd und der Krawatte – er wirkte wie das Idealbild eines Managers, der einem kleinen Imperium vorsteht. „Ich wusste nicht – ich hatte dich hier nicht erwartet."

Seine dunkelgrauen Augen fixierten sie auf eine intensive Art, die früher oft einschüchternd gewirkt hatte. Doch jetzt las sie in seinem Blick hauptsächlich Erschöpfung und Sorge.

„Hast du deine Brüder auf der Intensivstation getroffen?", fragte Nicole.

„Ich bin direkt hierhergekommen und habe nach dem zuständigen Arzt gefragt." Als er ihren fragenden Blick sah, fügte er hinzu: „Ich wollte wissen, was los ist, bevor ich Rachel sehe."

„Verständlich." Sie winkte ihn in ihr Büro und zeigte auf den kleinen Plastikstuhl vor ihrem Schreibtisch. „Nimm Platz. Ich erzähl dir, was ich weiß, und dann kannst du mit den anderen Ärzten sprechen."

Während sie nach ihrem Arztkittel griff, warf sie ihm einen Blick zu, unter dem gewöhnlich selbst der aufmüpfigste Medizinstudent zusammenschrumpfte. Er sollte verstehen, dass sie nicht mehr länger das arme, kleine Mädchen von damals war.

„Aber eins sollten wir vorher klären. Normalerweise klopfen die Leute an und warten, bis ich ‚Herein' sage, bevor sie in mein Büro stürzen."

„Ich hatte es eilig. Aber … gut. Das nächste Mal denk ich daran."

Oh, Thorne, es wird kein nächstes Mal geben.

„Sie liegt also auf der Intensivstation?", fragte er.

„Ja." Nicole beschrieb die Einzelheiten von Rachels Einlieferung ins St. James Hospital, ihren Zustand und die getroffenen Maßnahmen.

Sobald sie fertig war, stellte Thorne ein paar knappe Fragen, lockerte seine Krawatte und sagte: „Lass uns gehen."

„Auf die Intensivstation? Wir beide?"

„Ja." Er war bereits aufgestanden.

Etwas in Nicole bäumte sich gegen seinen selbstverständlichen Befehl auf, bis sie den Schmerz und so etwas wie Schuldgefühle in seinen Augen entdeckte.

„Ich denke, das kann ich machen", willigte sie ein. Sie war spät dran, aber Verspätungen dieser Art gehörten zu ihrer Arbeit. Genauso wie der Umgang mit besorgten Verwandten ihrer Patienten.

„Lass mich erst klären, ob sie schon aus dem Aufwachraum raus ist.“ Nicole telefonierte kurz und erfuhr, dass Rachel bereits auf die Station gebracht worden war.

„Okay“, sagte sie und legte den Hörer auf. „Matt und Slade haben Rachel bereits gesehen, und die diensthabende Krankenschwester ist nicht besonders glücklich darüber, einen dritten Besucher zuzulassen. Aber ich konnte sie überzeugen.“

„Sind meine Brüder noch da?“

„Das kann ich dir nicht sagen. Sie haben der Schwester gesagt, dass sie wiederkommen wollten, sie weiß aber nicht wann.“

Höflich hielt er ihr die Tür auf, und dann eilten sie den Flur entlang. Mit seinen langen Beinen gelang es ihm mühelos, mit ihrem schnellen Tempo Schritt zu halten. So war es auch damals gewesen.

Energisch, einschüchternd und fast zwei Köpfe größer als sie, war Thorne genauso zielstrebig, wie sein Gang es erahnen ließ. Nicole fragte sich, ob er jemals einen leichtfertigen Moment in seinem Leben zugelassen hatte.

Sie betraten den Fahrstuhl, und dann war sie mit Thorne allein. Das erste Mal seit Jahren. Stocksteif stand er neben ihr und ließ sich nicht anmerken, dass ihn die Situation verunsicherte. Sein Gesicht war wie erstarrt, seine Schultern aufgerichtet und sein Blick fixierte die wechselnden Stockwerkangaben auf dem Display.

Mit einem Ruck kam der Fahrstuhl zum Stehen. Während sie die mit Teppich ausgelegten Flure entlanggingen, brach Thorne schließlich das Schweigen. „Am Telefon sagte Slade irgendetwas … als ob Rachel es nicht schaffen würde.“

„Bei schweren Verletzungen kann man diese Möglichkeit nie ganz ausschließen.“

Sie hatten die Tür zur Intensivstation erreicht, und mit der inneren Mahnung, nüchterne Professionalität zu bewahren, hob sie den Kopf und blickte direkt in seine stahlfarbenen Augen. „Aber sie ist jung und stark und bekommt die beste medizinische Versorgung, die wir haben. Es besteht also kein Grund, gleich im Zimmer deiner Schwester irgendwelche Bedenken zu äußern. Sie liegt zwar im Koma, aber wir wissen nicht, was sie hört oder fühlt. Behalte bitte um ihretwillen all deine Sorgen und Zweifel für dich.“

Er schien protestieren zu wollen, und instinktiv ergriff Nicole seine Hand. Seine Haut war unerwartet rau.

„Wir tun alles, was wir können, Thorne“, sagte sie, halb in der Erwartung, dass er seine Rechte wegziehen würde. „Deine Schwester kämpft um ihr Leben. Ich weiß, dass du nur das Beste für sie willst. Deshalb möchte ich, dass du dich zuversichtlich verhältst, wenn du bei ihr bist. Okay?“

Er nickte kurz, doch sein Mund verspannte sich ein wenig. Er war noch nie bereit gewesen, Befehle oder Ratschläge anzunehmen – von niemandem.

„Noch Fragen?“

„Nur eine“, sagte er langsam.

„Und die wäre?“

„Meine Schwester bedeutet mir viel. Sehr viel. Das weißt du. Deshalb möchte ich sicher sein, dass sie die beste medizinische Versorgung bekommt, koste es was es wolle. Das heißt, das beste Krankenhaus, die beste Betreuung und vor allen Dingen die besten Ärzte.“

Nicole entzog ihm ihre Hand und spürte ein Gefühl der Enttäuschung in sich aufsteigen. Es war nicht das erste Mal, dass ihre Fähigkeiten infrage gestellt wurden, und es würde sicher auch nicht das letzte Mal sein, aber aus irgendeinem Grund hatte sie gehofft, dass Thorne McCafferty ihr und ihrer Arbeit vertrauen würde.

„Das wünscht sich jeder für seine Angehörigen, Thorne.“

„Mit dem Unterschied, dass ich es mir leisten kann“, erwiderte er.

Verblendeter, reicher Mistkerl.

„Ich bin eine verdammt gute Ärztin, Thorne. Genau wie alle anderen hier. Diese Klinik wurde mehrfach ausgezeichnet. Sie ist klein, aber versammelt die Besten ihres Fachs. Ärzte aus Städten wie Atlanta, Seattle, New York und L. A. sind hier gelandet, weil sie den Konkurrenzkampf satt hatten …“

Sie ließ ihre Worte wirken und wünschte, sie hätte lieber den Mund gehalten. Sollte Thorne doch denken, was er wollte.

„Lass uns reingehen. Und denk daran, positiv zu bleiben. Und wenn ich sage, dass die Zeit um ist, versuche nicht zu streiten. Geh einfach. Du kannst sie morgen wiedersehen.“

Sie wartete, doch er protestierte nicht, sondern presste lediglich seine Kiefer so fest aufeinander, dass die Muskeln hervortraten. „Verstanden?“, fragte sie.

„Verstanden."

„Dann werden wir keine Probleme miteinander haben", sagte sie, ohne auch nur eine Sekunde lang daran zu glauben. Manche Dinge änderten sich eben nie. Und sie und Thorne McCafferty waren wie Öl und Wasser – sie würden niemals miteinander harmonieren.

Sie drückte auf einen Knopf und blickte durch das Fenster, sodass eine Schwester sie sehen konnte. Als sich die elektronische Tür mit einem Summen öffnete, spürte sie Thornes Blick auf ihrem Nacken. Geräuschlos folgte er ihr nach drinnen. Sie fragte sich, wie lange er wohl die Vorschriften der Klinik und der Ärzte einhalten würde.

2. KAPITEL

Oh, Gott, das kann unmöglich Rachel sein. Thorne sah auf die kleine, reglose Gestalt auf dem Bett. Ihr Körper war mit Monitoren und Apparaten verbunden. Von ihrem Kopf sah man kaum etwas außer dem Verband, und ein Bein in Gips hing erhöht an einer Schlaufe.

Ihr Anblick schnürte ihm die Kehle zu. Sie lag in einer Stoffkabine, die zur Schwesternstation hin geöffnet war. Während er am Fußende des Bettes stand und hilflos die Fäuste ballte, entbrannte eine stille, erdrückende Wut in seiner Seele. Wie hatte das geschehen können?

Beunruhigt sah er auf diese Fremde, die seine Stiefschwester war. Ein Dutzend Erinnerungen schossen durch seinen Kopf. Nach Rachels Geburt war er zwar zunächst neidisch und böse auf sie gewesen, hatte es jedoch nie fertiggebracht, sie nicht zu mögen.

Rachel war immer so vertrauensvoll und lebendig gewesen. Ihre Augen strahlten vor Übermut, und ihr Lachen war ansteckend. Ein Mädchen, das sein Herz auf der Zunge trug. Arglos und in dem Glauben, dass sie zweifellos das Recht hatte, die kleine Prinzessin ihres Vaters zu sein, hatte sich Rachel Penelope McCafferty ihren Weg durchs Leben gebahnt und dabei die Herzen fast aller erobert – auch die ihrer ablehnenden, missgünstigen Stiefbrüder.

Schon während der Schwangerschaft ihrer Stiefmutter hatten sie sich geschworen, das Baby zu verschmähen, denn in ihren jungen Augen war dieses Kind der Grund, warum sich ihre Eltern hatten scheiden lassen.

„Du kannst mit ihr sprechen“, sagte eine weiche Stimme. Er sah auf und erblickte Nicole, die ihn mitfühlend ansah. Ihre warmen, braunen Augen, umgeben von dichten Wimpern, schienen direkt in seine Seele zu blicken. Genauso wie damals, als er zweiundzwanzig war und sie gerade mal siebzehn.

„Niemand weiß, ob sie dich hört oder nicht, aber es kann bestimmt nicht schaden.“ Ihre Lippen formten sich zu einem zärtlichen, ermutigenden Lächeln, und obwohl er sich dumm vorkam, nickte er. Nicht nur die Tatsache, dass sie sich zu einer reifen Frau entwickelt hatte, überraschte ihn, sondern ebenso sehr, dass sie eine Ärztin war.

Eine Ärztin, die mit der gleichen Vehemenz sowohl Befehle erteilen als auch einfühlsam flüstern konnte. Dies war Nikki Sanders, das Mädchen, das beinahe sein Herz erobert und ihn fast dazu gebracht hätte, in Grand Hope zu bleiben und sein Leben auf der Ranch zu bestreiten. Es war schwierig gewesen, sie zu verlassen. Doch er hatte es getan. Er hatte es tun müssen.

In der Annahme, dass er in diesem Moment ungestört sein wollte, wandte Nicole sich wieder ihren Unterlagen zu.

Thorne riss seinen Blick von der zarten Linie ihres Nackens los, wobei er nicht umhin konnte, die goldene Haarsträhne zu bemerken, die sich aus ihrem aufgesteckten Haar gelöst hatte. Vielleicht war Nikki am Ende doch nicht so unnahbar und zugeknöpft.

Thorne umfasste das kühle Metall des Krankenhausbettes. Er räusperte sich. „Rachel?", flüsterte er und fühlte sich wie ein vollkommener Trottel. „Hallo, Kleine, kannst du mich hören? Ich bin's, Thorne." Er schluckte fest und sah auf ihren bewegungslosen Körper.

Erinnerungen blitzten in kaleidoskopartigen Bildern in seinem Kopf auf. Er war es gewesen, der sie als Fünfjährige gefunden hatte, nachdem sie bei ihren ersten Fahrversuchen mit dem Fahrrad hingefallen war. Er war damals zu einem Kurzbesuch vom College nach Hause gekommen und hatte sie am Wegesrande entdeckt. Ihre Knie waren zerkratzt, die Wangen dreckig und voller Tränen. Ihr Stolz hatte furchtbar gelitten, weil sie etwas so Einfaches nicht konnte. Nachdem er sie ins Haus getragen und ihre aufgerissenen Knie von den kleinen Kieselsteinchen befreit hatte, reparierte er das verbogene Rad und unterstützte sie bei jedem erneuten Versuch, die Kunst des Radfahrens in den Griff zu bekommen.

Als Rachel neun oder zehn Jahre alt war, hatte Thorne ihr beigebracht, einen Baseball wie ein Junge zu werfen. Stundenlang hatte sie den verfluchten alten Ball immer wieder gegen die Scheunenwand geworfen, bis die Farbe abblätterte.

Jahre später fand er bei einem Wochenendbesuch seinen Wildfang von Stiefschwester in einem langen, rosafarbenen Kleid vor, in Erwartung ihrer Begleitung zum Highschool-Abschlussball. Ihr dichtes, mahagonifarbenes Haar war zu einer Hochfrisur zusammengesteckt. Ihre Anmut hatte ihn fast erschreckt. Um ihren Hals trug sie eine Goldkette mit dem Medaillon, das John Randall ihrer Mutter zur Hochzeit geschenkt hatte.

Nicole kam zum Bett zurück. Vorsichtig leuchtete sie mit einer Stiftlampe in Rachels Augen und ergriff ihr Handgelenk, um den Puls zu fühlen. Kleine Sorgenfalten zeigten sich zwischen ihren geschwungenen Augenbrauen. Sie biss sich auf die Unterlippe, als wäre sie tief in Gedanken versunken. Es war eine unbewusste und zugleich sinnliche Geste. Angewidert von seinen aufkeimenden Gedanken, sah Thorne schnell weg.

Aus den Augenwinkeln beobachtete er, wie Nikki Notizen auf Rachels Krankenkarte machte und zwischendurch zur Schwesternstation blickte.

Rachel zeigte weiterhin keinerlei Reaktion, und plötzlich brannten Thornes Augen auf die gleiche Weise wie damals, als er vom Tod seines Vaters erfahren hatte. Er strich sanft über die Hand seiner Schwester und begegnete Nicoles Blick, der stumm darauf hinwies, dass es Zeit war zu gehen. Er schob die Hände in die Manteltaschen, während er den Raum durchquerte und durch die Tür ging, die sich automatisch für ihn öffnete.

„Sag mir die Wahrheit", bat er Nicole, die ihm gefolgt war und nun neben ihm den hell erleuchteten Flur entlanglief. Durch große Fenster sah er, dass es draußen in Strömen regnete. „Wie sind ihre Chancen?"

„Sie ist jung und stark."

Als sie den Fahrstuhl erreichten, berührte Thorne Nicole leicht am Ellenbogen. „Ich will wissen, ob meine Schwester durchkommt."

Röte stieg ihr ins Gesicht. „Ich bin keine Hellseherin, weißt du, Thorne."

„Aber sie wird überleben?", fragte er, um Bestätigung ringend. Er, der sich immer unter Kontrolle hatte, hing jetzt von den Worten einer kleinen Frau ab, die er einst fast geliebt hatte.

Sie sah fast so aus, als wollte sie gleich auf ihn losgehen, atmete dann aber tief durch. „Ich glaube schon. Falls es keine unvorhersehbaren Zwischenfälle gibt. Wir tun alles, was wir können."

Offenbar bemerkte sie die Besorgnis in seinen Augen, denn ihr Gesichtsausdruck wurde ein wenig weicher, und er bemerkte ihre angespannten Züge und die Intelligenz in ihren wunderschönen, bernsteinfarbenen Augen.

„Es tut mir leid. Ich möchte dir nicht ausweichen." Sie streifte eine widerspenstige Haarlocke hinters Ohr. „Ich wünschte, ich könnte dir versichern, dass Rachel wieder gesund wird, dass sie in ein paar Wochen wieder herumlaufen, lachen und zurück zu ihrer Arbeit gehen kann. Dass sie in der Lage sein wird, sich um ihr Baby zu kümmern und dass alles wieder okay sein wird."

Sie sah auf ihre Unterlagen, als sie fortfuhr: „Aber das kann ich nicht. Sie hatte einen schweren Unfall. Innere Organe sind verletzt, Knochen gebrochen, und sie hat eine schwere Gehirnerschütterung erlitten. Ich will dir nichts vormachen. Sollte sie überleben, besteht die Gefahr eines bleibenden Gehirnschadens. Wir wissen es einfach noch nicht."

Ihm blieb fast das Herz stehen. Er hatte um das Leben seiner Schwester gebangt, aber nicht einen Moment lang daran gedacht, dass sie vielleicht einen geistigen Schaden davontragen könnte. Sie war immer so smart gewesen, mit einem messerscharfen Verstand gesegnet, wie sein Vater häufig geprahlt hatte.

„Sollte sich nicht ein Spezialist um sie kümmern?"

„Es gibt bereits mehrere, die das tun. Dr. Nimmo ist einer der besten Neurochirurgen im ganzen Nordwesten. Er hat sie bereits untersucht und wird sich bei dir melden, ganz sicher. Gibt es sonst noch irgendetwas?"

„Ich möchte lediglich über ihren Zustand auf dem Laufenden gehalten werden."

Er holte seine Brieftasche hervor und zog eine Visitenkarte aus dem weichen Leder. „Das ist meine Geschäftsnummer und dies ...", er fand einen Stift in der Brusttasche seines Jacketts und schrieb eine andere Nummer auf die Rückseite seiner Karte, „... ist die Nummer der Ranch. Ich werde dort wohnen." Er gab ihr die Karte und beobachtete, wie sich eine ihrer fein geschwungenen Augenbrauen ein wenig hob.

„Du erwartest, dass *ich* dich anrufen soll?"

„Dafür wäre ich dir ... dankbar", sagte er und berührte ihre Schulter.

Sie sah auf seine Hand hinunter und auf ihrer Stirn bildeten sich ein paar kleine Falten.

„Du tätest mir einen persönlichen Gefallen", ergänzte er.

Ihre Lippen pressten sich zu einem Strich zusammen. „Weil wir uns einmal nahe gewesen sind?", fragte sie, während ihre goldfarbenen Augen aufblitzten und sie ihre Schulter wegzog.

Er ließ seine Hand fallen. „Weil du Anteil nimmst. Ich kenne die anderen Ärzte nicht, sie sind sicher gut. Aber dir kann ich vertrauen."

„Du kennst mich doch überhaupt nicht."

„Früher schon."

Sie schluckte fest. „Das spielt jetzt keine Rolle", sagte sie. „Nun gut ... ich halte dich auf dem Laufenden."

„Danke." Er schenkte ihr ein Lächeln, woraufhin sie mit den Augen rollte.

„Versuch bloß nicht, Süßholz zu raspeln oder mich für dumm zu verkaufen, Thorne, okay? Ich bin offen zu dir, aber versuch nicht, mit meinem Mitgefühl zu spielen. Zu deiner Information: Ich tue das hier nicht der alten Zeiten willen, okay? Bitte entschuldige mich jetzt."

Sie wollte sich gerade umdrehen, als er ihren Ellenbogen ergriff.

„Danke, Nikki", sagte er und bemerkte verwundert, dass sie errötete.

„Kein Problem. Das ist mein Job", erwiderte sie und sah auf seine Hand hinunter, bevor sie sich abwandte und durch eine Tür verschwand, die nur für das Personal bestimmt war. Thorne sah, wie sich die Schwingtüren hinter ihr schlossen, und es fiel ihm schwer, das Schild über der Tür zu respektieren und ihr nicht zu folgen.

Alles war gesagt worden – das Gespräch war beendet, doch als er seine Brieftasche wieder einsteckte, überkam ihn das verrückte Bedürfnis, sie einzuholen – seiner Vergangenheit hinterherzulaufen.

„Dummkopf", murmelte er in sich hinein und spürte einen pochenden Schmerz am Hinterkopf. Nicole Stevenson war eine Ärztin dieser Klinik, die seine Telefonnummer hatte, um ihn über den Zustand seiner Schwester zu informieren. Mehr gab es zu diesem Thema nicht zu sagen. Das hatte sie deutlich zum Ausdruck gebracht.

Ja, sie war eine Frau, eine hübsche und intelligente Frau, eine dem Anschein nach engagierte Frau, eine Frau, mit der er vor langer Zeit geschlafen hatte.

Vielleicht ist sie verheiratet, du Idiot. Sie heißt jetzt Stevenson, denk daran!

Er hatte jedoch keinen Ring an ihrem Finger entdeckt. Komisch, dass er überhaupt darauf geachtet hatte. Diesem Gedanken wollte er lieber nicht nachgehen. Dennoch empfand er eine gewisse Befriedigung darüber, dass sie nicht die Ehefrau eines anderen war. Trotzdem war sie tabu. Punkt.

Er betrat den Fahrstuhl, drückte auf den Knopf, der die Geburtsstation anzeigte und versuchte, alle Gedanken an Nikki Sanders – Dr. Nicole Stevenson – beiseitezuschieben.

Doch das gelang ihm nicht. Genauso wenig, wie es ihm damals geglückt war, nachdem er sie ohne eine Erklärung verlassen hatte. Aber wie hätte er ihr auch vermitteln können, dass ihre Nähe und jede körperliche Berührung, ja, seine Liebe zu ihr es ihm so viel schwerer gemacht hätte, von Grand Hope wegzugehen? Schließlich musste er sich und seinem Vater beweisen, dass er es auch allein zu etwas bringen konnte.

„Verdammt", fluchte er. Er war töricht gewesen, die einzige Frau, der es beinahe gelungen wäre, seine Seele zu berühren, einfach fallen zu lassen. Erst Jahre später war ihm das klar geworden. Aber Thorne gehörte nicht zu denen, die zurückschauten und sich infrage stellten. Er hatte sich gesagt, dass es eines Tages eine andere Frau geben würde – wenn er bereit dafür wäre.

Aber die hatte er natürlich nie gefunden.

Zum ersten Mal in seinem Leben fragte er sich: Was wäre wenn? Wenn er bei ihr geblieben wäre, sie geheiratet und eine Familie gegründet hätte.

Nicole atmete tief aus, während sie durch die Gänge des St. James Hospitals lief. Sie war immer noch unruhig und aufgewühlt. Obwohl sie es gewohnt war, mit besorgten und manchmal auch trauernden Verwandten umzugehen, war sie über ihre heftige Reaktion auf Thorne McCafferty überrascht.

„Er ist nur ein Mann wie jeder andere", murrte sie und ging die Treppe hinauf. „Das ist alles."

Doch sie hatte täglich mit Männern zu tun, und keiner hatte jemals auch nur annähernd eine solche Reaktion in ihr ausgelöst.

Im Büro angekommen, ließ sie sie sich auf ihren Schreibtischstuhl fallen und starrte auf den Monitor des Computers. Thorne ging ihr nicht aus dem Kopf.

Sie erinnerte sich, wie verliebt sie damals in ihn gewesen war. Oh, sie hatte ihn angebetet. Er war älter, erfahrener und wohlhabend gewesen und gehörte zu den McCafferty-Brüdern, von denen jeder einzelne ein Schlitzohr war. Gut aussehend, arrogant und frech, hatte er mit Leichtigkeit ihr Herz erobert. Als einzige Tochter einer armen und fleißigen Frau, die Perfektion erwartete, war Nicole mit siebzehn bereit gewesen, sich diesen Ansprüchen zu widersetzen. Und dann begegnete sie Thorne.

Dummerweise hatte sie sich Hals über Kopf in diesen verwegenen Studenten verliebt und seinetwegen beinahe all ihre Träume und Hoffnungen über den Haufen geworfen.

Sie pustete sich den Pony aus den Augen und schüttelte den Kopf, um diese alten, schmerzhaften und beschämenden Erinnerungen zu vertreiben. Sie war so jung gewesen. Ein unbekümmertes Mädchen im zweiten Jahr ihres Studiums, gefangen in romantischen Fantasien über einen Mann, der alles andere als geeignet für eine feste Beziehung war.

„Lass die Vergangenheit ruhen", befahl sie sich und bewegte die Maus ihres Computers. Und doch musste sie an das Liebesspiel unter dem Sternenhimmel von Montana denken. An seinen jungen, schweißglänzenden Körper, der sich so fest und muskulös angefühlt hatte. In seinen Augen spiegelte sich das silberne Mondlicht und sein Haar war zersaust von ihren Berührungen.

Und jetzt war er offensichtlich ein erfolgreicher Unternehmer.

Wie Paul. Sie sah zu ihrer Hand hinunter und war erleichtert, dass die Rille, die ihr Hochzeitsring einst in ihren Finger geschnitten hatte, nun nach zwei Jahren verschwunden war. Paul Stevenson war die Karriereleiter so schnell emporgeklettert, dass er dabei seine Frau und die kleinen Töchter aus den Augen verloren hatte.

Sie bezweifelte, dass es bei Thorne anders gewesen wäre.

Als sie vor einem Jahr nach Grand Hope zurückgekehrt war, wusste sie, dass seine Familie noch in der Gegend lebte. Gerüchten zufolge, die wie Endlosschleifen in Grand Hope die Runde machten, hatte Thorne sein Jurastudium abgeschlossen und sich einer Firma in Missoula angeschlossen. Dann war er nach Kalifornien gegangen und schließlich als Manager eines internationalen Unternehmens in Denver gelandet.

Er war nie verheiratet gewesen und hatte, soweit man wusste, keine Kinder. Aber an seiner Seite waren immer wieder attraktive, wohlhabende und karrierebewusste Frauen zu sehen. Die einander rasch ablösten.

Ja. Zwischen Thorne und Paul gab es viele Parallelen.

Ausgenommen die Tatsache, dass du dich noch zu ihm hingezogen fühlst, oder?

„Hör auf!", schalt sie sich und zwang sich zur Besinnung. Diese Unsicherheit sah ihr gar nicht ähnlich. Sie galt als unbeirrbar, was ihre Kinder oder ihre Arbeit anbelangte, und sie empfand ihre momentane Verwirrung mehr als beunruhigend. Sie durfte und *würde auch nicht* erneut dem tückischen Charme von Thorne McCafferty erliegen.

Zweifelsohne musste sie sich, aus welchem Grund auch immer, später erneut mit ihm beschäftigen, und bei dem Gedanken daran hüpfte und sank ihr Herz gleichermaßen. „Großartig", sagte sie sich und öffnete ihre Haarspange. „Einfach … großartig."

Zwanzig Minuten später litt Thorne immer noch unter der Abfuhr, die er sich von der stämmigen, eigensinnigen Krankenschwester geholt hatte. Sie hatte ihm zwar erlaubt, einen Blick auf Rachels Baby zu werfen, ihn dann aber aus der Kinder-Intensivstation hinauskomplimentiert. Er hatte durch ein dickes Glas in einen luftigen Raum gespäht, in dem zwei Säuglinge in Plastikkörbchen schliefen.

Rachels Sohn lag unter Lampen, ein rotblonder Haarschopf ragte nach oben heraus, während seine winzigen Lippen sich bei jedem Atemzug leicht bewegten. Der Anblick rührte Thorne, das Baby war so klein und rätselhaft, so unschuldig und nichtsahnend ob all der Verwirrungen, die es verursachte.

Als er die Station verlassen hatte, fragte er sich, wer wohl der Erzeuger dieses Kindes war? Sollte man ihn nicht verständigen? War Rachel in ihn verliebt? Oder … hatte sie aus einem bestimmten Grund ihren Brüdern gegenüber verschwiegen, dass sie eine Beziehung hatte und schwanger war?

Doch das sollte für Thorne keine Rolle spielen. Er würde etwas über den Kindsvater herausfinden, koste es, was es wolle. Er konnte nicht nutzlos herumsitzen und warten, bis Rachel wieder bei Bewusstsein war. Nein, es gab sehr viel zu tun. Er vergrub seine Hände in den Manteltaschen und nahm die Treppe zum ersten Stock hinauf.

„Denk nach“, befahl er sich. In seinem Kopf entstand ein Plan. Zunächst musste er sicher sein, dass Rachel und ihr Kind auf dem Weg der Besserung waren. Dann würde er einen Privatdetektiv engagieren, der Rachels Leben unter die Lupe nehmen sollte. Es behagte ihm zwar nicht, in Rachels Privatsphäre herumzuschnüffeln, doch er hatte keine andere Wahl.

In Gedanken versunken, stieß er mit der Schulter eine Tür auf, die zum Parkplatz führte. Draußen tobte der Wind. Eiskalte Regentropfen fielen vom bleischweren Himmel. Er zog den Mantelkragen hoch und stemmte sich gegen den Sturm. Den Pfützen ausweichend, ging er mit großen Schritten zu dem Pick-up.

Dann sah er sie.

Sie rannte zu ihrem Auto, die Aktentasche schützend über den Kopf haltend. Dr. Nicole Stevenson lief zu einem weißen Geländewagen, der in der Nähe geparkt war.

Regen tropfte ihm die Nase und den Nacken hinunter, während er sie beobachtete. Ihr Haar war nicht mehr hochgebunden, sondern wurde vom Wind zerzaust. Den steifen, weißen Arztkittel hatte sie durch eine lange Lederjacke ersetzt, die eng mit einem Gürtel in der Taille zusammengehalten wurde.

Ohne nachzudenken rannte er über den mit Pfützen übersäten Platz. „Nikki!“

„Oh, Thorne.“

Ein paar Regentropfen hatten sich in ihren geschwungenen Wimpern gefangen, während ihre blonden Haare ihr ums Gesicht wirbelten. Sie war noch viel schöner, als er sie in Erinnerung hatte. Regentropfen liefen ihre ausgeprägten Wangenknochen hinunter auf ihre Lippen.

Für den Bruchteil einer Sekunde dachte er daran, sie zu küssen.

Sie steckte den Schlüssel in die Tür des Geländewagens. „Was schleichst du hier draußen herum?“

„Vielleicht hab ich auf dich gewartet“, fing er automatisch an – und merkte erst im nächsten Moment, dass er mit ihr *flirtete*. Was zum Himmel war in ihn gefahren?

„Hast du keine bessere Erklärung?“, erwiderte sie mit einem sarkastischen Zug um die Mundwinkel.

„Okay, wie wär's damit? Ich hab mich gerade oben auf der Kinderstation mit Schwester Rachel angelegt und wurde an den Ohren hinausgezogen."

„Ist es tatsächlich jemandem gelungen, Thorne McCafferty einzuschüchtern?" Ungläubig zog sie eine Augenbraue hoch. Als hätte sie sich mit ihrer neckischen Art zu weit vorgewagt, erlosch ihr Lächeln, und sie riss die Wagentür auf. „Gut ... wolltest du etwas Bestimmtes?"

„Ich hab keine Privatnummer von dir."

„Die hab ich dir auch nicht gegeben."

„Wegen deines Mannes?"

„Wie bitte?" Sie schüttelte den Kopf. „Es gibt keinen Ehemann mehr."

Sie stand wartend in der offenen Tür. Ihre Haare erschienen im Regen dunkler. Sein Herz klopfte wie wild. *Sie war Single.*

„Du kannst hier in der Klinik anrufen", sagte sie. „Sollte ein Notfall eintreten, werde ich sofort benachrichtigt."

„Ich hätte ein besseres Gefühl, wenn ich ..."

„Sieh mal, Thorne", sagte sie eindringlich. „Ich verstehe, dass du es gewohnt bist, Verantwortung zu übernehmen und die Dinge so zu arrangieren, wie es dir gefällt. Doch hier geht das nicht, okay? Und jetzt entschuldige mich bitte."

Ihre Augen strahlten nicht die geringste Wärme aus, obgleich, und nichts anderes glaubte er zu sehen, ihre vom Regen feuchten Lippen darum flehten, geküsst zu werden. Und, verdammt noch mal, er reagierte. Mit dem Wissen, dass sie ihn wahrscheinlich gleich ohrfeigen würde, ergriff er sie und zog ihren Körper so nah zu sich heran, dass seine Lippen fast die ihren berührten.

„Okay, Nikki", sagte er und fühlte ihren angespannten Körper. „Ich entschuldige dich."

Dann presste er seinen Mund auf den ihren und spürte einen Augenblick der Hingabe, als sich ihre Lippen öffneten und ihr Atem sich mit seinem vermischte. Der Duft ihres Parfüms erregte ihn, und Erinnerungen an endlose Liebesspiele machten ihn fast wahnsinnig. Oh Gott, wie sie damals auf ihn reagiert hatte! Er war verloren in Gefühlen, die er eine so lange Zeit weggesperrt hatte und die jetzt mit aller Macht zurückkehrten. Begierde verdrängte jeden Gedanken. Stöhnend küsste er Nicole heftiger und leidenschaftlicher, während er sie fest umschlungen hielt.

Nicole erstarrte. Sie riss ihren Kopf weg, als ob sie sich verbrannt hätte. „Tu das nicht", warnte sie mit rauer Stimme. Ihre Lippen zitterten, sie schluckte und lehnte sich zurück, um ihn anzusehen. „Mach das nie wieder. Das ..." Sie erhob eine Hand, um sie sogleich wieder fallenzulassen, „... das war fehl am Platz und ... völlig ... *völlig* unpassend."

„Völlig", stimmte er zu, ohne sie freizugeben.

„Ich meine es ernst, Thorne."

„Warum? Hast du Angst vor mir?"

„Nein. Aber das, was wir miteinander hatten, ist vorbei."

Zweifelnd zog er eine Braue hoch, während Regentropfen an seinem Gesicht hinunterrannen.

„Vorbei!" Ihre Augen verengten sich, und sie befreite sich aus seiner Umklammerung. „Ich weiß nicht, was du in den letzten siebzehn Jahren erlebt hast, aber ich glaube, ein bisschen Nachhilfe in Sachen Feingefühl könnte dir nicht schaden."

„Meinst du? Vielleicht hilfst du mir dabei."

Sie lachte freudlos auf. „Das könnte ich. Aber darauf kannst du lange warten!" Sie stieg ins Auto und wollte gerade die Tür zuziehen, als sie ihn sagen hörte: „Okay, vielleicht hab ich mich schlecht benommen."

„Gut. Also wird es nicht wieder vorkommen." Sie steckte den Schlüssel in die Zündung und murmelte etwas von aufgeblasenen, dickköpfigen Männern. Dabei warf sie ihm einen Blick zu, der ihn bis ins Mark treffen sollte. Der Motor des Geländewagens stotterte und starb dann ab.

„Bitte tu mir das nicht an", flüsterte sie, und ihm war nicht klar, ob sie ihn oder den Wagen meinte. Sie drehte den Schlüssel noch einmal herum. Doch der Motor grummelte nur. „Verflucht."

„Wenn ich dich mitnehmen soll ..."

„Er wird schon anspringen. Er hat seine Launen."

„Wie seine Besitzerin."

„Wenn du meinst." Sie nahm einen tiefen Atemzug, legte den Sitzgurt an und fasste nach dem Türgriff. „Gute Nacht, Thorne." Dann riss sie die Tür zu und erweckte im dritten Anlauf den Motor zum Leben. Sie drückte auf das Gaspedal, sodass die Maschine aufheulte, und während sie die Scheibe herunterkurbelte, sagte sie: „Ich gebe dir Bescheid, wenn sich der Zustand deiner Schwester verändert."

Dann fuhr sie davon, und während Thorne den Rücklichtern nachschaute, gab er sich innerlich einen Tritt.

Es war dumm von ihm gewesen, sie anzufassen.

Aber er würde es, wenn sich auch nur die geringste Gelegenheit bot, sofort wieder tun.

3. KAPITEL

„Gott, hilf mir", flüsterte Nicole und versuchte zu verstehen, warum um alles in der Welt Thorne sie so innig umarmt hatte. Und wichtiger noch, warum hatte sie ihn nicht sofort daran gehindert? *Weil du es genauso wolltest wie er, du Dummkopf.*

Was bildete er sich ein, sich so einzumischen, ihre Integrität und die des Krankenhauses infrage zu stellen ... und dann die Unverfrorenheit zu besitzen, sie anzufassen, als sei sie ein willenloses, naives Dummchen!

Genau wie das Mädchen von damals, wie es ihm in Erinnerung war.

Sie errötete und ihre Finger umkrampften das Lenkrad. Jahrelang hatte sie daran gearbeitet, ihre Schüchternheit zu überwinden. Und sie würde nicht zulassen, dass Thorne McCafferty ihre schwer errungene Selbstsicherheit infrage stellt. Niemals. Egal wie.

Sie bog in eine Seitenstraße ein, parkte den Wagen vor den Neonlichtern von *Montana Joe's Pizzeria* und rannte in das Restaurant. Während Nicole in der Schlange vor der Bestelltheke stand, schnappte sie Gesprächsfetzen der anderen Gäste auf. Der Name McCafferty fiel dabei öfter, als es ihr lieb war.

„Schrecklicher Unfall ... Halbschwester ... schwanger, aber der Vater oder Ehemann wird nicht erwähnt ... in der Familie gab es schon immer böses Blut ... wie man in den Wald hineinruft, so schallt es heraus ..." Obwohl Grand Hope in den letzten Jahren deutlich gewachsen und für Montana eine durchaus große Stadt geworden war, schlug hier doch noch das Herz einer Kleinstadt, wo jeder jeden kannte.

Nicole gab ihre Bestellung auf, nahm bald darauf ihre Pizzen entgegen und weigerte sich, über irgendein Mitglied der McCafferty Familie nachzudenken – speziell über Thorne. Er war tabu. Punkt.

Der Grund, warum sie seinen Kuss erwidert hatte, war einfach. Sie hatte seit über zwei Jahren keinen Mann mehr geküsst, und es lag mehr als fünf Jahre zurück, dass sie auch nur einen Funken Leidenschaft verspürt hatte.

Als sie wieder in ihrem Geländewagen saß, verweigerte der Motor erneut seinen Dienst. „Komm schon, komm schon", murmelte sie.

Sie versuchte es immer wieder, trat verzweifelt auf das Gaspedal und tadelte sich dafür, dass sie den Wagen nicht zur regulären Inspektion in die Werkstatt gebracht hatte.

„Du schaffst es“, murmelte sie, und beim vierten Versuch sprang die Maschine schließlich an. „Morgen“, versprach sie und klopfte versöhnlich auf das Armaturenbrett, „bring ich dich hin. Versprochen.“

Nicole fuhr durch einige Seitenstraßen zu ihrem kleinen Haus am Stadtrand. Der durchdringende Duft von geschmolzenem Käse und scharfer Sauce erfüllte das Innere des Wagens und betörte ihre Sinne. Unwillkürlich musste sie an Thorne denken und spürte immer noch seinen Mund auf ihren Lippen. Mit seiner Arroganz, seinem Konkurrenzdenken und seiner Herrschsucht verkörperte er alles, was sie an einem Mann verabscheute.

Doch hinter der Maske von Stolz und Führungsmentalität hatte sie einen vielschichtigeren Menschen erblickt, sanft und hilflos in der Kommunikation mit seiner bewusstlosen Schwester. Er hatte versucht, mit Rachel Kontakt aufzunehmen, wobei sein Nacken voller Verlegenheit errötet war. Seine stahlgrauen Augen hatten puren Schmerz ausgedrückt angesichts des Zustands seiner Schwester – als wollte er sich selbst die Schuld für ihren Unfall geben.

„Deute nur nicht zu viel in ihn hinein“, ermahnte sie sich, als sie das Steuer herumdrehte und den Wagen in der Auffahrt ihres Hauses abbremste, um direkt vor der Garagentür zum Stehen zu kommen.

Die Aktentasche und Pizzaschachteln jonglierend, stürmte sie der hinteren Verandatür entgegen. Nachdem es ihr gelungen war, sie aufzuschließen, drückte sie sie mit einem Hüftschwung auf. Patches, ihre schwarz-weiße Katze, schlüpfte durch den Türspalt hinein, und Nicole wäre beinahe über das Tier gestolpert. Trappelnde Schritte donnerten durch das Haus.

„Mom! Mom! Mommy!“, schrien die heranbrausenden Zwillinge und rutschten über den gelben Linoleumboden. Molly und Mindy trugen identische weiß und rosa karierte Schlafanzüge mit passenden Hausschuhen. Ihre feuchten Haare ringelten sich in dunkelbraunen Locken um engelhafte Gesichter und strahlend braune Augen.

Nicole stellte die Pizzaschachteln auf den Küchentresen, ging in die Knie und öffnete weit ihre Arme. Die vierjährigen Racker warfen sie fast um. „Habt ihr mich vermisst?“, fragte sie.

„Ja“, antwortete Mindy mit einem schüchternen Lächeln und nickte.

„Hast du Pizza mitgebracht?“, fragte Molly.

„Natürlich. Unmengen sogar.“ Sie küsste jeden der beiden feuchten Köpfe. Dann schlüpfte sie aus ihrem Mantel und hängte ihn in einen Wandschrank nahe der Essecke.

Jenny Riley, das Kindermädchen der Zwillinge, tauchte unter dem Torbogen auf, der die Küche vom Essbereich trennte. Groß und gertenschlank, mit langen schwarzen Haaren und einem Ring in der Nase.

„Wie waren sie heute?“, fragte Nicole.

„Unartig wie immer“, erwiderte Jenny mit ironischem Unterton, während ihre grünen Augen zwinkerten.

„Waren wir nicht!“, protestierte Molly und stemmte ihre kleine Faust in die Hüfte. „Wir war lieb.“

„Waren“, korrigierte Nicole. „Ihr wart lieb.“

„Ja“, sagte Mindy und nickte einverständlich mit ihrer altklugen Schwester. „Sehr lieb.“

Jenny lachte und bückte sich, um die losen Schnürsenkel ihrer knöchelhohen Tennisschuhe festzubinden. „Okay, ich hab gelogen“, gab sie zu. „Ihr wart lieb. Beide. Sehr lieb.“

„Möchtest du ein Stück Pizza?“, bot Nicole an. Mit den Fingern und mithilfe eines Pfannenwenders beförderte sie die heiß dampfenden Pizzastücke auf Pappteller. Die Mädchen kletterten auf ihre Stühle. Nicole leckte sich den geschmolzenen Käse von den Fingern und sah Jenny fragend an.

„Nein, danke. Mama wartet mit dem Dinner und …“, Jenny zwinkerte etwas gekünstelt, „… danach hab ich eine Verabredung.“

„Oh“, erwiderte Nicole. „Kenne ich ihn?“

„Nein. Es sei denn, du kennst dich mit zweiundzwanzigjährigen Cowboys aus.“

„Nur in der Notaufnahme. Ich musste sie das eine oder andere Mal behandeln.“

„Diesen nicht“, erwiderte Jenny mit einem breiten Lächeln und leichter Röte im Gesicht. „Er heißt Adam und arbeitet für die McCafferty-Familie. Und … ich erzähl dir später mehr.“

Nicoles gute Stimmung verschwand, als sie den Namen McCafferty hörte. Wie es schien, konnte sie dieser Familie heute nicht entkommen.

„Ich gehe dann", sagte Jenny und schlüpfte zur Tür hinaus, während Nicole versuchte, einen Streit der Zwillinge zu schlichten. „Molly, du darfst deiner Schwester keine Salami von der Pizza klauen."

Sie nahm einige Scheiben von ihrem eigenen Stück und legte sie auf Mindys Teller. „Da, jetzt ist alles wieder gut."

Doch Mindy hörte nicht auf zu schluchzen und zeigte verachtend mit dem Finger auf ihre Zwillingsschwester. „Du böse!"

Molly schüttelte den Kopf. „Bin ich nicht."

Nicole warf ihrer Tochter einen Blick zu, der sie zum Schweigen aufforderte. Dann nahm sie Mindy hoch und flüsterte ihr tröstende Worte ins Ohr, während sie mit ihr zum Flur ging. „Komm schon, mein großes Mädchen. Jetzt putzen wir dir die Zähne und bringen dich ins Bett."

„Will nicht ...", jammerte Mindy, während Molly laut gackerte. Als sie merkte, dass sie allein war, rutschte sie schnell von ihrem Stuhl, und auf kleinen Füßen trabte sie der Mutter und Mindy hinterher. Im Badezimmer war der ganze Streit vergessen, Tränen wurden weggewischt und Zähne geputzt.

Die nächsten zwanzig Minuten verbrachte Nicole mit den Mädchen zusammengekuschelt unter einer Decke in dem alten Schaukelstuhl ihrer Großmutter. Sie las ihnen Geschichten vor, die die beiden schon ein Dutzend Mal gehört hatten. Mindys Augen fielen sofort zu, während Molly, die ewige Kämpferin, sich abmühte, wach zu bleiben. Wenige Minuten später schlief auch sie ein.

Zum ersten Mal an diesem Tag empfand Nicole Frieden. Sie sah auf das Kaminfeuer, das Jenny angezündet hatte. Nur verlöschende Glut und glimmende Kohlen waren noch zurückgeblieben und warfen rotgoldene Schatten in das kleine Wohnzimmer.

Vor sich hin summend, schaukelte Nicole im Stuhl, bis sie selbst fast einnickte.

Doch sie gab sich einen Ruck, stand auf und trug die Zwillinge in ihr Zimmer, um sie in ihre kleinen Betten zu legen. Mindy gähnte und rollte sich auf die Seite. Ihr Daumen verschwand automatisch im Mund. Molly blinzelte. „Ich hab dich lieb, Mom", flüsterte sie und schlief wieder ein.

„Ich dich auch, Liebes." Sie gab jeder Tochter einen Kuss und atmete dabei den Duft ihres Shampoos ein. Dann schlich sie sich zur Tür.

Molly seufzte laut, während Mindys kleiner Mund schmatzende Geräusche von sich gab.

Die Arme über der Brust verschränkt, lehnte sich Nicole gegen den Türpfosten und dachte einen Moment lang an Rachels Baby, das auf der Entbindungsstation lag, dessen Vater noch nicht gefunden wurde und dessen Mutter im Koma lag. Was würde wohl aus diesem kleinen Jungen werden?

Ihm war bewusst, dass er einen Fehler von entscheidender Bedeutung machte, doch er konnte nicht anders. Während Thorne durch die Straßen fuhr und im Stillen staunte, wie groß diese Stadt geworden war, hatte er sich entschlossen, Nikki noch einmal zu sehen, bevor er zurück zur Ranch fuhr. Auch wenn sie ihn wahrscheinlich rauswerfen würde, was er ihr noch nicht einmal verübeln könnte, nachdem er sie derartig bedrängt hatte.

Nachdem sie den Parkplatz verlassen hatte, war er ins Krankenhaus zurückgegangen, hatte in der Cafeteria eine Tasse bitteren Kaffee getrunken und gleich darauf damit begonnen, alle Ärzte ausfindig zu machen, die irgendetwas über Rachel und das Baby wussten. Die meisten konnte er aber nicht erreichen und so hinterließ er ihnen lediglich Nachrichten.

Mit einem Anruf auf der Ranch kündigte er Slade an, dass er bald kommen würde, kaufte dann in der Eingangshalle des Krankenhauses eine einzelne weiße Rose und rannte mit hochgezogenen Schultern hinaus in den Regen zu seinem Wagen.

„Das ist Wahnsinn“, murmelte er, als er über eine Brücke fuhr und sich ihrem Stadtteil näherte. Nicoles Adresse hatte er in einem von einer Krankenschwester erbetenen Telefonbuch gefunden. Gewappnet für einen kühlen Empfang, parkte er den Wagen vor dem kleinen Haus.

Den Kiefer fest angespannt, eilte er den Steinweg hoch und drückte, ohne zu zögern, auf die Klingel. Während er hörte, dass sich Schritte näherten, dachte er, dass er schon heiklere Situationen als diese gemeistert hatte. Das Licht auf der Veranda sprang an, und er sah ihre Augen durch eines der drei schmalen Fenster in der Tür spähen.

Ein paar Schlösser klickten, und die Tür öffnete sich. In einen flauschigen, weißen Morgenrock gewickelt stand sie vor ihm. „Kann ich etwas für dich tun?“, fragte sie ohne ein Lächeln. Ihr Blick wanderte von seinem Gesicht zu der Blume in seiner Hand.

Fast hätte er laut aufgelacht. „Weißt du, gerade schien es mir noch eine gute Idee … jetzt fühl ich mich wie ein Trottel.“

„Warum?“ Wieder hob sich ihre Augenbraue.

„Weil ich dachte, ich müsste mich bei dir entschuldigen für mein Verhalten.“

„Auf dem Parkplatz?“

„Und in der Klinik.“

„Du warst mitgenommen. Mach dir darüber keine Gedanken.“

„Ich war nicht einfach mitgenommen. Ich war außer mir, und ich möchte mich wieder mit dir versöhnen.“

Sie hob ihr Kinn ein wenig. „Mit mir versöhnen? Damit?“, fragte sie und zeigte mit dem Finger auf die einzelne weiße Knospe.

„Ein kleiner Anfang.“ Er reichte ihr die Rose und glaubte, hinter ihrer strengen Fassade eine tiefere Regung zu erkennen. Sie nahm die Blume, roch an ihr und seufzte.

„Danke. Das ist schon mehr als genug …“

„Nein, ich glaube, ich schulde dir eine Erklärung.“

Sie spannte sich erneut an. „Es war nur ein Kuss. Ich werde es überleben.“

„Ich meine, über die Vergangenheit.“

„Nein!“, erwiderte sie nachdrücklich. „Lass uns das einfach vergessen, okay? Es war ein langer Tag. Für uns beide. Danke für die Blume und die Entschuldigung. Das ist … das ist sehr nett von dir, aber ich glaube, es wäre das Beste – für alle, eingeschlossen deine Schwester und ihr Baby –, wenn wir so tun, als sei nie etwas zwischen uns gewesen.“

„Kannst du das?“

„Ja … Natürlich.“

Er konnte nicht umhin, seine Mundwinkel zu verziehen. „Lügnerin“, sagte er, und Nicole trat einen kleinen Schritt zurück. Was bildete er sich ein, einfach vorbeizukommen und … *Was? Sich zu entschuldigen? Ist das etwa ein Verbrechen? Warum bittest du ihn nicht herein und bietest ihm einen Kaffee oder Drink an?*

„Nein!“

„Du bist keine Lügnerin?“

„Normalerweise nicht“, erklärte sie und fing sich wieder ein bisschen. Sie bemerkte, dass sich ihr Bademantel vorne ein wenig geöffnet hatte, und es kostete sie all ihre Willenskraft, ihn nicht wie eine prüde alte Jungfer schnell wieder zu schließen. „Du scheinst die schlechtesten Seiten in mir hervorzurufen.“

„Dito.“ Er beugte sich nach vorne, als wollte er sie wieder küssen. Doch statt ihre Lippen zu suchen, streifte sein Mund ihre Wange mit dem Hauch einer Berührung. „Gute Nacht, Frau Doktor“, flüsterte er und eilte die Verandatreppe hinunter.

Nachdenklich drehte sie den Stiel der Rose zwischen den Fingern, während sie zusah, wie er seinen Truck in der Auffahrt wendete und in der Nacht verschwand.

Sie ging ins Haus zurück und verschloss die Tür. Nicole wusste nicht, was das alles zu bedeuten hatte, doch sie spürte, dass es nichts Gutes verhieß.

Sie konnte und würde sich nicht noch einmal auf Thorne einlassen. Auf gar keinen Fall. Und seine Blume sollte sie am besten sofort in den Müll werfen. Doch sie zögerte. Wie kindisch das Ganze war. Thorne hatte nur versucht, etwas wiedergutzumachen. Weiter nichts. Schließlich stellte sie die Rose in eine schmale Vase.

Thorne parkte den Wagen vor dem ehemaligen Maschinenschuppen und richtete den Blick auf die Anhöhe mit seinem ehemaligen Zuhause. Warmes Licht fiel aus den hohen Fenstern. Was einst ein sicherer Hafen gewesen war, war ihm später zum Gefängnis geworden, zu dem er eigentlich nie wieder zurückkehren wollte.

Er nahm seine Aktentasche sowie die kleine Reisetasche und wunderte sich, was in ihn gefahren war. Warum hatte er bei Nikki angehalten? Es war nicht nur um eine simple Entschuldigung gegangen, und dieser Gedanke irritierte ihn. Es war, als ob das Wiedersehen mit ihr tief in seinem Innersten etwas entfacht hatte, von dem er glaubte, dass es vor Jahren erloschen war.

Während er mit eingezogenem Kopf durch den Regen lief, erinnerte er sich an seine allererste Begegnung mit Nicole, bei einer städtischen Feier zum Unabhängigkeitstag. Im darauf folgenden Herbst wollte er mit dem Jurastudium beginnen und war überhaupt in jeder Hinsicht darauf bedacht, sein Leben voranzutreiben. Gleichzeitig und skrupellos lief er jedem Mädchen hinterher. Nicole war erst siebzehn gewesen, schüchtern und mit den unglaublichsten Augen. Von einem Hügel aus hatten sie gemeinsam die ganze Stadt überblickt, in Erwartung der Dunkelheit und des bevorstehenden Feuerwerks.

Diese Nacht mit ihr schien Lichtjahre her und vermischte sich mit anderen Erinnerungen, die an diesem besonderen Ort herumspukten. Während er die Stufen hinaufging, dachte er daran, wie er als Achtjähriger beinahe in dem Badeteich ertrunken war, als er mit seinen Brüdern Fasanen jagte und so getan hatte, als ob das eiskalte Schweigen zwischen seinen Eltern nicht existierte. Doch die deutlichste Erinnerung war die an Nikki.

„Vergiss es“, ermahnte er sich, als er die feinmaschige Gittertür aufriss und vom Geruch seiner Kindheit empfangen wurde. Kaminruß, frischer Zitronenwachs auf den Böden und das Aroma von gebratenem Speck. Er ließ seine Taschen neben der Eingangstür fallen und wischte sich den Regen aus dem Gesicht.

„Thorne?“ Matts Stimme tönte laut durch das hundert Jahre alte Haus. Stiefelschritte auf der Treppe kündigten seinen Bruder an. „Ich hab mich schon gefragt, wann du hier auftauchen würdest.“ Wie immer in Jeans und Flanellhemd, klopfte Matt seinem Bruder auf die Schulter. „Wie geht es dir, alter Junge?“

„Wie immer.“

„Fies und gemein und auf dem Weg zur nächsten Million?“, erkundigte sich Matt wie üblich. Aber dieses Mal traf seine Frage einen Nerv und verursachte eine Pause.

„Ich kann es nur hoffen“, antwortete Thorne gegen seine Überzeugung und knöpfte seinen Mantel auf. Er war übersättigt von seinem Leben. Gelangweilt. Er wollte mehr, wusste aber nicht, was.

„Wie geht es Rachel?“, fragte Matt, und sein Gesicht bekam einen besorgten Ausdruck.

„Unverändert.“

„Es braucht eben einfach seine Zeit.“ Matt deutete mit dem Kinn in Richtung Wohnzimmer, aus dem ein Lichtschein in den Flur drang. „Komm rein. Ich spendier einen Drink. Du siehst aus, als könntest du einen gebrauchen.“

Thorne nickte. „Wo ist Slade?“

„Er füttert das Vieh.“ Matt setzte sein unwiderstehliches Lächeln auf, mit dem er schon mehr Frauen betört hatte, als Thorne überhaupt zählen wollte.

Der große, dunkle und gut aussehende Mann war der mittlere der drei McCafferty-Brüder. Seine braunen Augen waren fast schwarz und seine Haut durch die vielen Stunden im Freien tief gebräunt. Der Dreitagebart war genauso dunkel wie einst der ihres Vaters.

Kräftig und zäh wie Leder, konnte Matt McCafferty ebenso ein Hufeisen schmieden wie einem Mustang ein Brandzeichen geben oder ein bockiges Kalb einfangen. Ein rauer, wilder und verdammt starrköpfiger Cowboy.

Matt gehörte hierher.

Thorne nicht.

Nicht, seitdem seine Eltern sich hatten scheiden lassen.

„Sieh mal einer an.“ Matt gab ein scharfes Pfeifen von sich, als er den Wollstoff von Thornes Mantel befühlte. „Seit wann bekennst du dich zur Mode?“

Thorne schnaubte verächtlich. „Glaub das ja nicht. Aber ich war gerade im Büro, als Slade mich anrief, und hatte keine Zeit mehr, mich umzuziehen.“ Er hängte seinen Mantel an einen alten Messinghaken neben der Tür, zwischen die Daunen- und Schaffelljacken seiner Brüder, dann lockerte er den Knoten seiner Seidenkrawatte. „Erzähl mir, was los ist.“

Gemeinsam betraten sie den Wohnraum mit den abgenutzten Ledersofas und dem verstaubten Klavier. Zwei Schaukelstühle standen vor der rußgeschwärzten Mauer des Kamins, über dem das alte Gewehr ihres Großvaters hing, aufgestützt auf das Geweih eines vor langer Zeit erlegten Elchs.

„Es gibt nicht viel zu sagen.“

Matt öffnete den Getränkeschrank, der sich in einer Bücherwand mit dicken Ledereinbänden verbarg. Bücher, die schon lange niemand mehr angefasst hatte. „Was darf’s sein?“

„Scotch.“

Matt suchte und zog schließlich eine verstaubte Flasche aus dem Schrank hervor. „Sieht aus, als hättest du Glück.“ Nachdem er zwei Gläser gefunden und mit seinem Hemd notdürftig abgewischt hatte, füllte er sie großzügig.

„Auf Rachel“, sagte Thorne und stieß mit seinem Bruder an.

Er schüttete seinen Drink hinunter und entspannte sich sofort, als der Alkohol seine Kehle hinunterlief und eine Feuerspur bis zu seinem Magen hinterließ.

„Okay, dann schieß los“, sagte er, während Matt das bereits im Kamin aufgestapelte, zundertrockene Holz anzündete.

„Soweit die Polizei weiß, ist Rachel oben im Glacier Park mit ihrem Wagen verunglückt. Niemand kennt die genauen Umstände, die Beamten untersuchen das noch. Jedenfalls war sie allein im Auto und ist entweder auf eisglatter Fläche ins Rutschen gekommen oder irgendeiner Sache ausgewichen – einem verdammten Reh oder so, keine Ahnung. Jedenfalls hat sie die Kontrolle verloren und der Wagen ist eine Böschung hinuntergerollt, und …“, er betrachtete sein Glas, „… sie und das Baby können von Glück sagen, dass sie noch am Leben sind.“

Thorne presste die Kiefer zusammen. „Wer hat sie gefunden?“

Matt fasste in seine hintere Hosentasche und zog ein Stück Papier hervor. „Passanten. Jed und Bill Swanson, Brüder, die von einem Jagdausflug kamen. Der Name der Ärztin steht auch drauf.“

Thorne nahm den Zettel entgegen und sah auf die Liste mit Namen und Telefonnummern. Sein Blick verweilte einen Moment lang, als er ‚Dr. Nicole Stevenson‘ las.

Er steckte den Zettel in seine Jackentasche. „Hast du eine Ahnung, was Rachel überhaupt in dieser Gegend gemacht hat? Das Letzte, was ich von ihr gehört habe, war, dass sie in Seattle lebt. Was ist mit ihrem Job und dem Vater des Kindes?“

Matt leerte sein Glas. „Ich hab nicht die leiseste Ahnung“, gab er zu.

„Nun, das wird sich ändern. Wir drei – Slade, du und ich – müssen herausfinden, was passiert ist.“

„Einverstanden.“ Matt sah seinen Bruder mit entschlossenem Blick an.

„Wir fangen heute Abend an. Sobald Slade zurück ist, machen wir einen Plan. Aber das Wichtigste zuerst.“

„Rachel und die Gesundheit des Babys“, riet Matt.

„Genau das meine ich. Wir können noch so viel in Rachels Privatleben herumstochern, aber das hilft uns wenig, wenn sie und das Baby nicht durchkommen.“

„Sie werden es schaffen", versicherte Matt voller Überzeugung, als die Eingangstür aufgestoßen wurde und Slade erschien. Der jüngste Bruder brachte den Geruch von Tabak und Pferden mit sich. Er nahm ein Glas, schenkte sich einen kräftigen Schluck ein und grummelte: „Danke für eure Hilfe".

Thorne krempelte sich die Ärmel hoch. „Was macht dich so sicher, dass Rachel und ihr Junge es schaffen?"

Matt verzog die Mundwinkel. „Weil sie McCaffertys sind, Thorne. Genau wie wir – zu widerspenstig, um nicht durchzukommen."

Davon war Thorne nicht wirklich überzeugt.

4. KAPITEL

„Will nicht tanzen", insistierte Molly, als Nicole ihre beiden Töchter von der Vorschule abholte und mit ihnen zum Auto ging. In der Nacht hatte es aufgehört zu regnen, und die Oktobersonne blinzelte durch eine dünne Wolkendecke.

„Warum nicht?"

„Mag ich nicht." Molly kletterte auf ihren Kindersitz und fing an, sich den Gurt anzulegen, während Mindy darauf wartete, dass ihre Mutter das für sie erledigte.

„Nächstes Jahr könnt ihr Fußball spielen, und im Frühjahr bekommt ihr Schwimmunterricht. Bis dahin bleiben wir beim Tanzen."

„Ich mag tanzen", sagte Mindy und warf ihrer etwas forscheren Schwester einen Blick reinster Frömmigkeit zu. „Ich mag Miss Palmer."

„Ich *hasse* Miss Palmer." Molly verschränkte ihre rundlichen Arme über der Brust und blickte finster auf die Rückseite des Fahrersitzes, während Nicole sich hinters Steuer setzte.

„Es ist nicht nett zu hassen." Mindy zog gebieterisch ihre Brauen hoch und sah dabei ganz bewusst ihre Mutter an. Der Engel, der sich vergewissern will, dass ihre Mutter in Molly die Verkörperung des Teufels sieht.

„*Hass* ist ein ziemlich starkes Wort", sagte Nicole und startete den Wagen. Die Maschine sprang sofort an. „Gutes Mädchen", freute sie sich, und Mindy nickte, in dem Glauben, dass sie gemeint war. Ihre dunklen Locken flogen um den Kopf herum, als sie ihrer Zwillingsschwester einen selbstgerechten Blick äußerster Geduld zuwarf.

„Hör auf! Mom, sie *starrt* mich an."

„Ist ja gut."

„Ich will ein Eis", verlangte Molly.

„Nach dem Tanzen", stöhnte Nicole und korrigierte die Einstellung der Heizung und der Entfrostung. Trotz der Sonne war die Luft noch kalt. Sie fuhr über eine kleine Brücke, vorbei an einem großen Einkaufszentrum zu dem älteren Stadtteil, wo das Backsteingebäude einer alten Grundschule zu einem Künstlerzentrum umfunktioniert worden war.

Dort angekommen, parkte Nicole den Wagen und brachte die Kinder hinein. Doch statt wie gewöhnlich zu bleiben und ihnen beim Umziehen zuzusehen, fuhr sie zur nächsten Tankstelle und ließ einen Mechaniker einen Blick unter die Motorhaube werfen.

„Keine Ahnung", gab der ältere Mann mit Bauch und weißen Bartstoppeln zu, während er einen Zahnstocher im Mund hin und her schob. Stirnrunzelnd wischte er sich mit einem Tuch das Öl von den Händen ab. „Scheint alles in Ordnung zu sein. Bringen Sie ihn doch nächste Woche vorbei und lassen ihn hier – wir untersuchen ihn dann genauer."

Sie vereinbarte einen Termin und drückte im Geiste die Daumen. Eine halbe Stunde später sammelte sie die Mädchen ein und hielt an einem Eisladen, um die beiden bei Laune zu halten.

„Warum wohnt Papa nicht bei uns?", fragte Mindy, als sie in die Auffahrt zu ihrem Haus einbogen.

Nicole parkte und steckte die Schlüssel ein. „Weil Mama und Papa geschieden sind, das wisst ihr doch. Na, los, kommt aus dem Auto raus."

„Und Papa lebt ganz weit weg", fügte Molly hinzu, während blaues Eis von ihrem Kinn tropfte.

„Er kommt nie."

„Wollt ihr, dass er kommt?" Nicole hatte die hintere Tür geöffnet und löste Mindys Sitzgurt.

„Ja."

„Nein." Molly schüttelte ihren Kopf. „Er mag uns nicht."

„Oh, Molly …" Nicole wollte Einspruch erheben, doch warum sollte sie Paul verteidigen? Seit der Scheidung hatte er kein Interesse an den Zwillingen gezeigt. Offenbar reichten die monatlichen Unterhaltszahlungen für ihn aus, um seine Vaterpflichten erfüllt zu sehen. „Ihr kennt euren Vater nur nicht."

„Kommt er uns besuchen?", fragte Mindy mit leuchtenden Augen und bemerkte gar nicht, wie das Eis auf ihre Hand tropfte.

„Ich weiß es nicht. Er hat nichts geplant, noch nicht. Aber wenn ihr wollt, rufe ich ihn an."

„Ruf ihn an!" Mindy leckte ihre Eiswaffel ab.

„Er wird nicht kommen." Molly schien das nicht zu stören, sie stellte lediglich eine Tatsache fest. „Du kannst den Rest haben", sagte sie, drückte ihrer Mutter die Waffel in die Hand, sprang aus dem Auto und lief über den nassen Rasen zu den Schaukeln.

„Kannst du das nicht selber machen?“, fragte Nicole, während sie den Sicherheitsgurt löste.

„Du machst es.“ Mindy lächelte schelmisch, umklammerte ihre Eiswaffel und schlüpfte aus dem Wagen.

Du verwöhnst sie, dachte Nicole, während sie die Einkaufstüten ins Haus brachte. *Du verwöhnst sie beide, versuchst Vater und Mutter zugleich zu sein. Sie tun dir leid, weil sie, genau wie du, ohne ihren Vater aufwachsen.*

War es ihre Schuld? Sie hatte genügend Gründe gehabt, aus San Francisco wegzuziehen, um neu anzufangen. Aber vielleicht raubte sie damit ihren Kindern einen grundlegenden Teil ihres Lebens, nämlich die Möglichkeit, den Mann, der ihr Erzeuger war, in ihrer Nähe zu haben.

Nicht, dass er übermäßiges Interesse gezeigt hätte, als sie noch in der Stadt lebten. Mehr als zwei Stunden hatte er nie mit den Mädchen verbracht. Seine neue Frau hatte unmissverständlich zum Ausdruck gebracht, dass sie die Zwillinge als „Ballast“ empfand.

Deshalb hatte Nicole keine Gewissensbisse. Den Zwillingen ging es gut. Einfach gut.

Patches, der sich gerade noch auf der Fensterbank das Gesicht geputzt hatte, hüpfte geschmeidig herunter. „Ungezogener Junge“, flüsterte Nicole und füllte einen Fressnapf mit Trockenfutter. Dann packte sie die Einkäufe aus und beobachtete ihre Töchter durch das Fenster. Sie spielten auf der Wippe und lachten, während am Himmel erneut Wolken aufzogen. Nicole drückte den Knopf des Anrufbeantworters.

„Hallo, hier ist Thorne. Ruf mich an.“ Er rasselte seine Telefonnummer herunter, und Nicoles Magen zog sich zusammen. Unwillkürlich sah sie zu der Fensterbank, auf der die Vase mit der einzelnen weißen Rose stand – ein Friedensangebot, mehr nicht.

Sie seufzte und wünschte sich, zu verstehen, warum ihr Thorne nicht aus dem Kopf ging. Sie war keine einsame, Not leidende Frau. Sie *wollte* keinen Mann in ihrem Leben – jedenfalls jetzt noch nicht. Aber warum tauchten dann jedes Mal, wenn sie seine Stimme hörte, die alten Bilder vor ihrem inneren Auge auf?

„Weil du ein Idiot bist“, sagte sie und holte die restlichen Sachen aus dem Auto. Sie erinnerte sich, wie sie ihm zum ersten Mal begegnet war, im Sommer vor ihrem letzten Jahr auf der Highschool. Die Dunkelheit brach gerade herein, der Himmel glühte noch rosafarben über den westlichen Bergen, und die ersten Sterne fingen bereits an zu funkeln. Die Hitze des Tages hing noch schwer in der Luft, und nur der Hauch einer Brise durchwehte ihr Haar.

Sie saß allein auf einer Decke. Ihre beste Freundin hatte in letzter Minute die Verabredung abgesagt, um sich mit ihrem Freund zu treffen. Und plötzlich stand Thorne vor ihr. Groß und kräftig, mit einem T-Shirt, das sich über seine Schultern spannte, und ausgeblichenen, tief sitzenden Jeans.

„Ist hier noch frei?“, wollte er wissen und sie hatte nicht geantwortet, da sie glaubte, dass er zu jemand anderem sprach.

„Entschuldigung?“, hatte er erneut gefragt, woraufhin sie ihr Gesicht nach oben wandte und in intensive, graue Augen blickte. „Darf ich mich hierher setzen?“

Sie traute ihren Ohren nicht. Es gab Dutzende von ausgebreiteten Decken auf dem grasbedeckten Hügel, Hunderte von Menschen, die hier picknickten, während sie auf die Show warteten. Und er wollte sich genau *hierher* setzen? Neben sie? „Oh, ja … natürlich“, antwortete sie unbeholfen und bekam einen roten Kopf vor Verlegenheit.

Er hatte sich auf eine Ecke ihrer Decke gesetzt, die Arme auf die angewinkelten Knie gestützt, den Rücken leicht gebogen. Sein Körper war so nah, dass sie sein Eau de Cologne riechen konnte. Plötzlich fiel ihr das Atmen schwer. „Danke“, sagte er mit leiser Stimme, und sein weißes Lächeln blitzte im Kontrast zu dem dunkel gestoppelten Kinn. „Ich heiße Thorne McCafferty.“

Sie wusste natürlich sofort etwas mit dem Namen anzufangen, kannte das Gerede und die Gerüchte, die sich um seine Familie rankten. Bei ein oder zwei Gelegenheiten war sie sogar schon seinen beiden jüngeren Brüdern begegnet. Nie zuvor in ihrem Leben hatte ihr Herz so wild geschlagen, nur weil ein Mann – und das war er, ein Junge war er nicht mehr – sie mit taxierenden, stählernen Augen ansah.

„Ich könnte mir vorstellen, dass du auch einen Namen hast.“ Seine Lippen zuckten, und sie fühlte sich wie ein Narr.

„Oh ... ja. Ich heiße Nicole Sanders.“ Sie wollte ihm die Hand geben, ließ sie aber wieder fallen.

„Wirst du so genannt? Nicole?“

„Manchmal Nikki.“ Sie fühlte sich wie ein kleines Mädchen mit ihrem Pferdeschwanz, den abgeschnittenen Jeans und der in der Taille zusammengeknoteten, ärmellosen Bluse.

„Nikki, das gefällt mir.“ Er zupfte einen trockenen Grashalm aus der Erde und schob ihn in den Mund.

Nicole beobachtete verstohlen, wie er ihn auf unwiderstehlich sinnliche Weise von einem Mundwinkel in den anderen bewegte. Er war verdammt sexy. Männlicher und rauer als jeder andere Junge, mit dem sie es bisher zu tun gehabt hatte.

„Wohnst du hier in der Nähe?“, fragte er.

„Ja. In der Stadt. Alder Street.“

„Das merk ich mir“, versprach er, und ihr Herz ergriff die Flucht. „Alder.“

Großer Gott, sie dachte, sie müsste sterben. Genau hier, in diesem Augenblick. Er zwinkerte ihr zu, streckte die Beine aus und lehnte sich, auf seine Ellenbogen gestützt, zurück, um ihren Hinterkopf und den verdunkelten Himmel zu betrachten.

Als das Feuerwerk in dieser Nacht losging und in grünen, gelben und blauen Farben am Himmel aufblitzte, erlebte Nicole Frances Sanders einen Abend lang die glücklichen Qualen eines Teenagers. Und ohne an die Folgen zu denken, begann sie sich zu verlieben.

Es schien unendlich lange her – ein magischer Zeitpunkt, der längst vergangen war. Aber ob sie wollte oder nicht, sogar jetzt, während sie in ihrer gemütlichen, kleinen Küche stand, spürte sie wieder dieses aufgeregte Kribbeln und diesen beschwingten Rhythmus, den sie jedes Mal, wenn sie mit Thorne zusammen gewesen war, erlebt hatte.

„Tu es nicht“, warnte sie sich, während ihre Hände den Rand des Küchentresens so fest umklammerten, dass ihre Finger wehtaten. „Das ist alles so, so lange her.“

Nachdem die Mädchen gegessen und gebadet und sie ihnen Geschichten vorgelesen hatte, wählte sie mit klopfendem Herzen die Nummer der Flying-M-Ranch.

Nach dem zweiten Klingeln hörte sie seine Stimme: „Flying M. Thorne McCafferty.“

„Hallo, hier ist Nicole. Du hast angerufen?", fragte sie, während die Zwillinge durchs Haus fegten.

„Ja. Ich dachte, wir sollten uns treffen."

Ihr wäre beinahe der Hörer aus der Hand gefallen. „Uns treffen? Warum?"

„Dinner."

Aus dem Augenwinkel sah sie die Rose, deren weiße Blütenblätter anfingen, sich zu öffnen. „Gibt es irgendeinen Grund?"

„Mehr als nur einen. Ich möchte mit dir über Rachel und das Baby sprechen. Ihre Behandlung und was wir machen, wenn wir den Vater des Kindes nicht finden. Wie sieht Rachels Genesung und Rehabilitation aus, wenn sie aus dem Krankenhaus entlassen wird. All diese Dinge."

„Oh." Sie fühlte sich merkwürdig ernüchtert. „Sicher werden ihre Ärzte das alles mit dir besprechen."

„Aber sie sind nicht du", sagte er leise, und ihr Puls schoss wieder in die Höhe.

„Sie sind Profis."

„Aber ich kenne sie nicht und habe kein Vertrauen zu ihnen."

„Und du vertraust mir?", fragte sie automatisch.

„Ja."

Die Zwillinge stürmten ins Zimmer. „Mommy, Mommy – sie hat mich gehauen", schrie Molly empört, während Mindy mit großen Augen bedächtig den Kopf schüttelte.

„Ich nicht."

„Doch, hat sie."

„Du hast mich zuerst gehauen", begann Mindy zu jammern.

„Thorne, entschuldige bitte, aber meine Töchter fechten gerade ihren eigenen kleinen Krieg aus."

„Oh, das war mir nicht klar." Er hielt einen Moment inne, während sie in die Knie ging und Molly in den Arm nahm. „Ich wusste nicht, dass du Kinder hast."

„Zwei Mädchen, ziemliche Energiebündel. Ich bin geschieden", fügte sie schnell hinzu. „Fast zwei Jahre inzwischen."

War am anderen Ende der Leitung wirklich ein Seufzer der Erleichterung zu hören, oder hatte sie sich das zwischen Mollys Schluchzen vielleicht doch nur eingebildet?

„Ich ruf dich später an", sagte er.

„Ja. Tu das." Sie legte den Hörer auf und schlang die Arme um beide Mädchen, während sie mit ihren Gedanken bereits bei einem Wiedersehen mit Thorne war.

Thorne ging in die Scheune und verscheuchte Nicoles sanfte Stimme aus seinem Kopf. Er hatte zu viele Probleme, um die er sich kümmern musste. Neben dem gesundheitlichen Zustand von Rachel und ihrem Baby gab es ungeklärte Fragen bezüglich des Unfalls. Und darüber hinaus warteten in Denver seine beruflichen Verpflichtungen – obwohl Hunderte von Kilometern entfernt, erforderten sie seine Aufmerksamkeit.

Der Duft von frischem Heu, verstaubtem Fell und geöltem Leder rief lange verdrängte Erinnerungen an seine Kindheit wach. Während Regentropfen auf das Blechdach trommelten, warf Slade zusammengeschnürte Heuballen vom Dachboden nach unten. Matt schleppte sie zu den einzelnen Futtertrögen, wo er die Schnüre flink mit seinem Taschenmesser durchtrennte, und Thorne ergriff eine Mistgabel und begann, das Heu lose in die Futterkrippen zu verteilen – so wie er es an jedem Wintertag in seiner Kindheit getan hatte.

Die Rinder muhten und drängten sich zum Futter. Ihr dickes, winterliches Fell war staubig und mit Dreck bespritzt.

Nach einem am Telefon verbrachten Tag tat ihm die körperliche Arbeit gut und lockerte seine verspannten Muskeln auf. Thorne hatte Nicole und sein Büro in Denver angerufen sowie mit verschiedenen Kunden und potenziellen Geschäftspartnern gesprochen. Außerdem hatte er mit einigen Händlern in der Umgebung Kontakt aufgenommen und veranlasst, dass man die notwendige Bürotechnik auf der Ranch installierte, damit er bis auf Weiteres seine Geschäfte von hier aus erledigen konnte.

Doch das war erst der Anfang gewesen. Den Rest des Tages hatte er im Krankenhaus verbracht, mit Ärzten gesprochen und nach Hinweisen gesucht, die ihm etwas über den Unfallhergang verrieten.

Ohne großen Erfolg. „Niemand weiß, warum Rachel zurück nach Montana kam", berichtete er und schleuderte eine Gabel voll Heu in den Futtertrog. Eine junge Kuh steckte ihre breite Nase ins Heu.

„Ich hab herumtelefoniert, während du in der Klinik warst",

sagte Slade. Die drei Brüder hatten ihre Schwester einzeln besucht und auch bei ihrem kleinen Neffen vorbeigeschaut.

„Was hast du herausgefunden?"

„So gut wie gar nichts." Ein weiterer Ballen fiel von oben herab. Einen Moment später schwang sich Slade hinunter und landete neben Thorne.

Beim Aufprall seines kaputten Beins zuckte er zusammen. Sein Hinken war noch genauso unübersehbar wie die rote Linie, die von seiner Schläfe bis zum Kinn führte. Ein Andenken an einen Skiunfall, der ihn beinahe das Leben gekostet hatte.

„Ich hab mit verschiedenen Leuten beim *Seattle Clarion* gesprochen, wo sie ihre Kolumnen schreibt. Keine Ahnung, was da drin steht." Slade riss eine Heugabel von einem Haken an der Wand.

„Ratschläge für Liebeskranke", erklärte Thorne. Regentropfen liefen die Fensterscheiben hinunter, während der Wind wie ein Vorbote des Winters durch das Tal fegte.

„Es ist viel mehr als das", sagte Matt verteidigend. „Allgemeine Lebenshilfe für Singles. Es geht um juristische Fragen, Scheidungsvereinbarungen, Tipps für Alleinerziehende, Verarbeitung von Leid, neue Beziehungen, Zeitmanagement zwischen Kindern und Karriere, Geldangelegenheiten ... Zum Teufel, ich weiß auch nicht."

„Hört sich an, als wüsstest du es", sagte Thorne und stellte fest, dass Matt eine stärkere Beziehung zu seiner Halbschwester hatte als er. Aber das war auch nicht gerade besonders schwierig.

„Ich lese eine Zeitung, die ihre Kolumne abdruckt. Und es gibt ein paar unabhängige Verlage, sogar bis nach Chicago hin, die bestimmte Artikel mehrfach verwerten."

„Ist das wahr?" Thorne verspürte ein schlechtes Gewissen. Was wusste er schon über seine Schwester? Nicht viel.

„Ja, sie hat ihren eigenen Stil – einen skurrilen Humor – und der verkauft sich."

„Seit wann ist sie eine Expertin in diesen Sachen?", wollte Slade wissen.

„Keine Ahnung." Matt fuhr sich über seine Kinnstoppeln. „Wie es aussieht, hätte sie selbst ein paar Ratschläge vertragen können."

Thorne trat gegen einen Ballen, der daraufhin auseinanderfiel. Warum hatte er nichts für sie tun können? Warum hatte sie sich nicht an ihn gewandt? Vielleicht war sie sich gar nicht bewusst, dass die Dinge nicht im Lot waren, vielleicht war dieses Kind ja geplant gewesen.

„Okay, was hast du sonst noch herausgefunden?“, fragte er und weigerte sich, in Schuldgefühlen aufzugehen.

Slade zuckte die Schultern. „Nicht verdammt viel. Ihre Kollegen haben natürlich von ihrer Schwangerschaft gewusst. Das konnte sie nicht verheimlichen. Aber angeblich kennt keiner von ihnen den Namen des Vaters. Keiner von ihnen glaubt, dass sie eine ernsthafte Beziehung hatte.“

„Wie es aussieht, ernst genug“, murmelte Matt.

Slade fasste über den Futtertrog und drückte den weißen Kopf einer Kuh zur Seite, damit ein kleineres Tier seine Nase in das Heu stecken konnte. „Beweg dich ... da rüber“, kommandierte er, obwohl das Tier lediglich seine Ohren aufstellte.

Während er sich die Hände an seiner verwaschenen Jeans abwischte, berichtete er: „Bill Withers, Rachels Redakteur, sagte, dass sie geplant hatte, drei Monate Mutterschaftsurlaub zu nehmen. Aber er war davon ausgegangen, dass sie in der Stadt bleibt, denn sie wollte, sobald sie und das Baby sich von der Geburt erholt hatten, von ihrer Wohnung aus arbeiten. Nach einem Jahr wollte sie dann wieder ins Büro kommen.“

„Bei der Arbeit gab es also keine Schwierigkeiten?“, fragte Thorne.

„Jedenfalls redet niemand darüber. Aber ich hab das Gefühl, dass da noch etwas ist, worüber keiner reden will.“

„Was nicht anders zu erwarten ist. Reporter schnüffeln immer gern im Leben anderer herum – sie haben auch hier schon angerufen, weißt du. Aber wenn du sie fragst, was sie wissen, wird plötzlich die erste Verfassungsänderung zur Bibel“, fauchte Matt und hob die auf dem Boden verstreuten Schnüre auf. „Weiß irgendjemand aus ihrem Büro etwas von dem Unfall?“

„Nein.“ Slade staubte sich die Hände ab. „Sie waren geschockt. Besonders diejenigen, mit denen Rachel offenbar am engsten befreundet war.“

„Immerhin ein Anfang“, erwiderte Thorne, als sie ihre Arbeit beendeten. Jetzt war es an der Zeit, einen Aktionsplan zu entwerfen.

Slade gabelte die letzten Heubündel auf und verteilte sie in den Futtertrog. „Ich komm gleich nach“, sagte er, während er die Gabel mit einem Besen tauschte.

Sobald sie im Haus waren, bastelte Matt aus den Glutresten des Vorabends ein Feuer, und Thorne schenkte jedem von ihnen einen Drink ein. Während sie den Scotch ihres Vaters schlürften, zerbrachen sie sich laut den Kopf über ihre eigensinnige Schwester.

„Das Problem ist, dass niemand von uns viel über Rachels Leben weiß", sagte Thorne, während er die Flasche verschloss.

„Ich glaube, sie wollte es so. Wir können uns noch so viele Vorwürfe machen, dass wir nicht an ihrem Leben teilgenommen haben, aber es war ihre Entscheidung. Erinnerst du dich?"

Wie könnte er das vergessen? Bei der Beerdigung ihres Vaters im Mai war Rachel untröstlich gewesen. Sie hatte jede Annäherung ihrer Brüder abgelehnt und sich während der ganzen Feier abseits vom Rest der Familie aufgehalten, während ein junger Prediger, der so gut wie nichts über den Toten wusste, feierlich betete. Die meisten Einwohner von Grand Hope waren in die Kirche gekommen, um John Randall die letzte Ehre zu erweisen.

Zu dem Zeitpunkt musste sie im vierten Monat schwanger gewesen sein, aber Thorne wäre nie auch nur auf die Idee gekommen. Er hatte seinen eigenen düsteren Gedanken nachgehangen. Der Ring, den ihm sein Vater im Sommer zuvor gegeben hatte, lag immer noch tief versteckt in seiner Tasche.

John Randall war kein Mensch der Kirche gewesen. Angesichts dessen hatte der junge Pastor mithilfe einiger Notizen, die er sich am Tag zuvor gemacht hatte, eine ordentliche Arbeit geleistet und darum gebeten, diese schwarze Seele im Himmel aufzunehmen. Thorne bezweifelte, ob Gott in diesem Falle eine große Ausnahme machen würde.

„Rachel hat ihr Leben ziemlich geheim gehalten."

„Haben wir das nicht alle?", bemerkte Matt.

„Vielleicht ist es Zeit, all das zu ändern." Thorne fuhr mit der Hand über die dünne Staubschicht, die sich auf dem Kaminsims gebildet hatte.

„Einverstanden." Matt erhob sein Glas und nickte.

Die Haustür wurde aufgerissen, und ein kalter Windstoß blies durch die Eingangshalle. Slade betrat das Wohnzimmer, pellte sich aus seiner Jacke und warf sie übers Sofa.

„Gibt es Neuigkeiten von Rachel?" Er griff nach seinem vorbereiteten Drink.

„Noch nicht. Aber ich höre mal den Anrufbeantworter ab." Matt durchquerte den Raum und verschwand in das benachbarte Zimmer.

„Sie sollte so schnell wie möglich da rauskommen", sagte Slade und redete dabei mehr zu sich selbst. Als jüngster der drei Brüder war er der wildeste. Wenn man dem Klatsch glauben wollte, hatte er zwischen Mexiko und Kanada viele gebrochene Herzen zurückgelassen und war nie sesshaft geworden.

Während Matt eine eigene Ranch, ein kleines Stück Land nahe der Grenze zu Idaho, besaß, hatte Slade keine Wurzeln geschlagen und würde es wohl auch nie tun. Er hatte vom Autorennen übers Rodeoreiten bis zum Stunt alles gemacht. Die Narbe in seinem Gesicht war der Beleg für seinen leichtsinnigen Lebensstil. Thorne hatte sich manchmal gefragt, ob der jüngste McCafferty nicht einen heimlichen Todeswunsch in sich trug.

Slade stand vor dem Feuer, das von hinten seine Beine wärmte. „Was machen wir mit dem Baby?"

„Wir kümmern uns um das Kind, bis Rachel dazu in der Lage ist."

„Dann sollten wir hier alles vorbereiten", gab Slade zu bedenken.

„Der Orthopäde hat angerufen", verkündete Matt, als er in den Raum zurückkehrte. „Sobald die Schwellungen zurückgegangen sind und Rachel nicht mehr in kritischem Zustand ist, wird er sich um ihr Bein kümmern."

„Gut. Ich hab Nicole angerufen. Ich möchte sie treffen, damit sie mir mehr über Rachels Ärzte, ihre Prognosen, Rehamöglichkeiten et cetera erzählen kann."

„Nicole?", Matts Augen verengten sich, als würde er sich plötzlich erinnern. „Sie erwähnte, dass sie dich kennt, aber ich hatte vergessen, dass du mehr für sie warst."

„Nur ein paar Wochen lang", stellte Thorne klar.

Slade massierte sich den Nacken. „Ich kann mich kaum daran erinnern."

„Weil du mit Autorennen beschäftigt warst und den Mädchen nachgelaufen bist", bemerkte Matt. „Du warst nicht oft da, als Thorne aus dem College zurückkam, bevor er sein Jurastudium anfing. Das war doch der Sommer, oder?"

„Ein Teil des Sommers."

Slade schüttelte den Kopf. „Lass mich raten. Du hast sie wegen eines anderen langbeinigen Spielzeugs fallen gelassen."

„Es gab keine andere Frau", blaffte Thorne ihn an und überraschte sich selbst mit seiner heftigen Reaktion.

„Nein, du musstest einfach weggehen, um Dad, Gott und der ganzen Welt zu beweisen, dass du es auch ohne John Randalls Hilfe schaffen kannst", konterte Slade.

„Das ist lange her", murmelte Thorne. „Im Augenblick müssen wir uns auf Rachel konzentrieren."

„Und deshalb hast du Dr. Stevenson angerufen?" Matt glaubte ihm offenbar nicht.

„Natürlich." Thorne saß auf der Lehne des Ledersofas und wusste, dass er gelogen hatte. Nicht nur seinen Brüdern, auch sich selbst machte er etwas vor. Er wollte Nicole wiedersehen, wollte in ihrer Nähe sein.

„Jetzt hört mal zu", sagte er zu seinen Brüdern. „Wir müssen so schnell wie möglich herausfinden, wer der Vater des Kindes ist."

„Das wird schwierig sein angesichts Rachels Zustand." Slade lehnte sich gegen den Kaminsims und verschränkte die Arme über der Brust. „Wie lange gedenkst du hierzubleiben, Stadt-Cowboy?"

„So lange wie nötig."

„Gibt es nicht wichtige Verhandlungen in Denver und Laramie, oder wo du sonst noch Immobilien besitzt, um die du dich kümmern musst?"

Thorne ließ sich nicht provozieren. Ihm gelang ein zurückhaltendes Grinsen, mit dem er Slade schon so oft den Rest gegeben hatte. „Ich kann mich von hier aus um alles kümmern."

„Wie?"

„Mit der feinen Kunst der Telekommunikation. Ich installiere im Zimmer nebenan ein Faxgerät, eine Internetverbindung, Mobiltelefon und einen Computer."

Matt rieb sich das Kinn. „Ich dachte, du verabscheust es, hier zu sein. Mit wenigen Ausnahmen, wie in dem Sommer nach deinem Collegeabschluss, hast du die Ranch gemieden wie die Pest. Nachdem sich Mama und Papa getrennt hatten, bist du nur selten hier gewesen."

Thorne konnte dem nicht widersprechen. „Rachel braucht mich – uns."

Matt legte noch mehr Holz ins Feuer und machte eine Lampe an.

„Okay, ich glaube, wir brauchen eine Strategie“, sagte Thorne.

„Lass mich raten. Du willst der Quarterback sein, genau wie in der Highschool“, entgegnete Slade.

Thorne verlor die Beherrschung. „Lasst uns einfach zusammenarbeiten, okay? Es geht mir nicht darum, zu bestimmen, wo es langgeht, sondern darum, dass die Arbeit getan wird.“

„Okay.“ Matt nickte. „Ich kümmer mich um die Ranch. Ich hab schon mit ein paar Leuten gesprochen, die aushelfen könnten.“

Slade ging zur Couch und nahm seine Jacke. „Das ist gut. Matt sollte die Leitung übernehmen, er ist es gewohnt. Ich komm dann dazu, wenn es erforderlich ist. Thorne, warum rufst du nicht Juanita an? Vielleicht kann sie sich um das Baby kümmern. Sie hat immerhin Erfahrung darin, junge McCaffertys großzuziehen hat und Papa damals sehr geholfen.“

„Gute Idee, zumal wir rund um die Uhr Hilfe brauchen“, entschied Thorne.

„Und ich kann so viel wie möglich über das Leben unserer Schwester herauskriegen. Ein Freund von mir ist Privatdetektiv. Für die richtige Summe wird er uns helfen“, sagte Slade.

„Ist er gut?“, erkundigte sich Thorne.

Slades Blick hätte töten können. „Wenn es jemanden gibt, der herausfinden kann, was los ist, dann ist es Kurt Striker. Dafür leg ich meine Hand ins Feuer. Ich hab ihn schon mal unverbindlich angerufen.“

Thorne war überrascht, wie schnell sein Bruder den Ball ins Rollen gebracht hatte. „Ich will mit ihm sprechen.“

„Kannst du.“

„Ich bleib den Ärzten im Krankenhaus auf den Fersen“, erklärte Thorne. „Was meine Geschäfte angeht, kann ich sie für eine Weile von hier aus erledigen.“

Matt sah ihn mit kritischem Blick an, und zum ersten Mal wurde Thorne klar, dass sein mittlerer Bruder seinen Lebensstil nicht billigte.

„Also ich kontrolliere jetzt mal die Gaspumpe und sehe nach, was noch im Tank ist.“ Slade ließ seine Jacke an einem Finger baumeln.

„Und ich geh und prüf den Futterbestand“, erklärte Matt, und die beiden jüngeren Brüder gingen zur Haustür.

Thorne beobachtete die zwei durch das Fenster. Slade blieb stehen, um sich auf der Veranda eine Zigarette anzuzünden, während Matt über das Grundstück in Richtung Scheune trottete.

Das Telefon an der Wand schrillte und riss ihn aus seinen Erinnerungen an seine Kindheit mit den so unterschiedlichen Brüdern. „Thorne McCafferty."

„Da bist du also!", beschuldigte ihn eine weibliche Stimme.

Thorne sah Annettes hübsches Gesicht vor sich, wahrscheinlich blickte sie mal wieder finster drein. Seit ein paar Monaten traf er sich mit ihr, ohne ihr wirklich nahezukommen.

„Was um alles in der Welt ist passiert? Wir hatten doch gestern Abend einen Termin beim Bürgermeister!" Annettes Ton riss ihn in die Realität zurück und rüttelte ihn auf. Er hatte kein einziges Mal an sie gedacht, seitdem er gestern sein Büro verlassen hatte.

„Wir haben einen Notfall in der Familie."

„Und deshalb konntest du nicht zum Telefon greifen? Du hast ein Mobiltelefon ... okay ... ich will jetzt nicht auf dich losgehen."

Thorne hörte sie tief einatmen.

„Deine Sekretärin hat mir erzählt, dass deine Stiefschwester in einem schlimmen Zustand ist, und es tut mir leid für sie, wirklich. Ich hoffe, es geht ihr besser ...?"

„Sie liegt im Koma."

„Oh, Gott." Es entstand eine lange, bedrückende Pause. „Lieber Gott, wie schrecklich. Natürlich musstest du schnell nach Hause fahren, Thorne. Das ist nur zu verständlich, und ich hab dich bei meinem Vater und dem Bürgermeister entschuldigt. Aber ich finde, du hättest mir Bescheid sagen können."

„Das hätte ich noch getan."

„Ja ... also, gut." Sie seufzte. „Papa war enttäuscht."

„Wirklich?", erwiderte Thorne gedehnt und stellte sich Kent Williams Reaktion vor. Der durchtriebene alte Mann war wahrscheinlich in einer peinlichen Situation, da er gemeinsam mit Thorne eine Investition plante und gehofft hatte, sich bei den Mitgliedern im Stadtrat einschmeicheln zu können. So wollte er sich bei einer anstehenden neuen Grundstücksverordnung einen Vorteil verschaffen.

„Danke für die Entschuldigung. Das hättest du nicht tun müssen. Ich hätte ihn schon selbst angerufen."

„Oh, Thorne." Sie stieß einen verzweifelten Seufzer aus, und etwas von der Boshaftigkeit in ihrer Stimme verschwand. „Ich vermisse dich."

Tat sie das wirklich? Er hatte sich in der Beziehung zu ihr immer allein gefühlt. „Wie es aussieht, bleibe ich eine Weile in Montana."

„Oh ... wie lange?"

„Einige Wochen, vielleicht Monate. Es hängt alles von Rachel ab."

„Was ist mit deiner Arbeit?"

„Was soll damit sein?"

„Sie ist – sie ist dein Leben."

Sie war mein Leben, wollte er sagen. Stattdessen fügte er hinzu: „Einige Dinge haben sich verändert."

Sie wartete, während eisiges Schweigen zwischen ihnen lag. „Einige Dinge? Was willst du mir damit sagen, Thorne? Dass es vorbei ist? Einfach so? Weil deine Schwester im Krankenhaus liegt?"

„Nein, Annette", erwiderte er, „es ist nicht wegen Rachel. Du und ich, wir wissen beide, dass unsere Beziehung zu nichts führen konnte. Das war mir von Anfang an klar."

„Also sollte ich mich wohl besser mit anderen Männern verabreden."

„Das wäre keine schlechte Idee."

Ihre Stimme klang drohend: „Ich werde darüber nachdenken."

„Tu das."

„Und du auch, Thorne", erwiderte sie mit einem erneuten Anflug von Zorn. „Denk darüber nach, was du aufgibst."

Er hörte ein Klicken in der Leitung und legte langsam den Hörer auf, erstaunt darüber, dass er nicht das geringste Verlustgefühl verspürte. Das er bisher bei keiner Frau empfunden hatte. Nicht einmal, als er Nikki verließ, obwohl es ihm bei ihr am schwersten gefallen war.

Doch jetzt, als er in die dunkle, regnerische Nacht hinaussah, spürte er eine Veränderung in sich, spürte ein Bedürfnis aufkeimen, dass er so noch niemals empfunden hatte. Er griff nach dem erneut klingelnden Telefon.

Annette. Er hätte wissen sollen, dass sie nicht kampflos aufgeben würde.

„Hallo", meldete er sich.

„Thorne? Hier ist Nicole." Ihre Stimme klang kühl und professionell, wie eine fremde Ärztin.

In derselben Sekunde wusste er, dass sich Rachels Zustand verschlechtert hatte. Angst ergriff sein Herz, und zum ersten Mal in seinem Leben fühlte er sich absolut hilflos. „Es geht um meine Schwester“, konstatierte er.

„Nein. Rachel geht es unverändert, aber ich habe gerade einen Anruf vom Krankenhaus bekommen. Sie konnten dich nicht erreichen, weil die Leitung besetzt war.“ Nicole zögerte einen Moment, bevor sie weitersprach, und Thorne verspürte einen Schmerz wie noch nie zuvor. Er stützte sich an der Wand ab, während er ihre Worte hörte: „Es geht um das Baby.“

5. KAPITEL

„Was ist mit ihm?“ Thorne umklammerte den Hörer, ihm schlug das Herz bis zum Hals.

Er hörte, wie die hintere Tür geöffnet wurde. Matt kam mit großen Schritten herein und zog seine Schaffelljacke aus. „Slade ist noch …“

Thorne brachte seinen Bruder mit einem eindeutigen Blick und dem Finger vor den Lippen zum Schweigen.

„Was ist mit dem Baby?“, wiederholte er und nahm all seine Kraft zusammen, während er beobachtete, wie Matts dunkler Teint kreidebleich wurde.

„Der Junge ist lethargisch, lässt sich nicht füttern, und er hat Atemnot. Sein Bauch ist aufgebläht, die Temperatur in die Höhe geschossen …“

„Komm zur Sache, Nicole. Was hat der Junge? Was ist schiefgegangen?“ Thorne lief auf und ab, die Telefonschnur hinter sich herziehend. Matts Augen verfolgten jede seiner Bewegungen.

Nicole zögerte einen Augenblick. „Dr. Arnold glaubt, dass das Kind eine Infektion haben könnte. Er wird dich später anrufen und …“

„Infektion?“, wiederholte Thorne.

„Nein!“ Matt brach sein Schweigen.

„Wie zum Teufel konnte das passieren?“

„Bei dem Unfall ist Rachels Fruchtblase geplatzt, und es besteht die Möglichkeit einer Vergiftung. Das Kind ist mit irgendwelchen Bakterien in Kontakt gekommen.“

„Dieser Dr. Arnold, ist er jetzt im Krankenhaus?“

„Ja. Er wird dich anrufen.“

„Wir sind auf dem Weg.“

„Ich sehe dich dort“, sagte sie, als er den Hörer aufknallte.

„Was ist passiert?“, erkundigte sich Matt.

„Das Baby hat große Schwierigkeiten. Es hört sich wirklich nicht gut an.“ Thorne war schon auf dem Weg zur Vorhalle, wo er seinen Mantel vom Haken riss und sich hastig anzog. Matt folgte ihm auf den Fersen. Die beiden Männer rannten zu Thornes Wagen, doch bevor er auf der Beifahrerseite einstieg, rief Matt: „Warte einen Moment. Ich sage Slade Bescheid.“

Eine Minute später rannte Matt, mit einer Hand seinen Cowboyhut haltend, geduckt durch den Regen. Thorne hatte bereits den ersten Gang des Pick-ups eingelegt, als sein Bruder die Tür öffnete und ins Auto schlüpfte.

„Er kommt nach."

Thorne trat fest aufs Gaspedal. Regen schüttete vom Himmel, und die beiden Fahrspuren glitzerten im Scheinwerferlicht, während das Wasser unter den Reifen aufspritzte. Thorne blinzelte, als entgegenkommende Scheinwerfer ihn blendeten. Er schaltete einen Gang hinunter und bog auf die Hauptverkehrsstraße ein. Sie fuhren durch mit Pinien bewaldete Schluchten und hügeliges Ackerland, während Thorne in knappen Worten sein Gespräch mit Nicole wiedergab.

Er ignorierte die Geschwindigkeitsbeschränkung, und die Räder des Trucks rauschten auf dem nassen Asphalt dahin. Sie erreichten das ungefähr dreißig Kilometer entfernt liegende Krankenhaus in Rekordzeit, rannten über den dunklen Parkplatz, eilten durch die automatische Eingangstür und nahmen mit Riesenschritten die Treppe hinauf zum zweiten Stock.

Die diensthabende Krankenschwester, eine schmächtige Blonde mit einem zaghaften Lächeln, versuchte die Brüder in ihre Schranken zu verweisen. „Entschuldigung, aber Sie können hier nicht hinein." Sie zeigte auf ein Schild, das den Zutritt nur dem Personal erlaubte.

„Wo liegt das McCafferty-Baby?", fragte Thorne.

„Wer sind Sie?"

„Ich bin der Onkel des Babys, genauso wie er", sagte Matt, den Daumen auf Thorne gerichtet. „Wie sind die Brüder von Rachel McCafferty."

„Die einzigen Angehörigen, die das Kind momentan hat", erklärte Thorne, „da unsere Schwester auf der Intensivstation liegt und wir den Vater des Kindes noch nicht ausfindig machen konnten." Das war keine Lüge. Nicht wirklich. Er verschwieg lediglich, dass sie keine Ahnung hatten, wer der Vater des Kindes überhaupt war.

Er warf Matt einen warnenden Blick zu, keine näheren Erklärungen abzugeben, und fuhr fort: „Ich möchte meinen Neffen sehen."

„Er liegt in seinem Bett", erwiderte die Schwester geduldig. „Und er wird genauestens überwacht."

Mit aufeinandergepressten Lippen führte sie die beiden zu dem verglasten Raum, wo das Baby scheinbar friedlich unter einer Wärmelampe und an einen Monitor angeschlossen lag und schlief. Schläuche führten in seinen winzigen Körper, während es gleichmäßig durch den kleinen geöffneten Mund atmete. Eine weitere Schwester bewegte sich lautlos in der Nähe des Plastikbettchens.

„Dr. Arnold hat den Jungen untersucht und müsste gleich zurück sein – oh, da ist er schon." Die blonde Schwester wirkte erleichtert, die Verantwortung dem kleinen, gebückt gehenden Mann mit Nickelbrille und einem wilden, weißen Haarkranz übergeben zu können.

„Dr. Arnold?", fragte Thorne und fixierte den Mann mit seinem Blick.

„Ja."

„Ich bin Thorne McCafferty. Das ist mein Bruder Matt. Die Mutter des Babys ist unsere Schwester. Was zum Teufel ist los?"

„Das versuchen wir gerade herauszufinden", sagte Dr. Arnold in ruhigem Tonfall. „Das Baby leidet an einer Infektion, die es sich wahrscheinlich am Unfallort zugezogen hat, da die Fruchtblase Ihrer Schwester bereits geplatzt war."

Thornes Brust verengte sich. Er spürte, wie sein Kiefermuskel arbeitete, während der Arzt detailliert erklärte, was Nicole ihm bereits am Telefon gesagt hatte.

Slade näherte sich mit bleichem Gesicht. Matt stellte seinen Bruder kurz vor und informierte ihn über den neuesten Stand.

„Wie gefährlich ist das?", erkundigte sich Thorne.

„Sehr." Der Arzt machte ein ernstes Gesicht. „Wir sind ein kleines Krankenhaus, aber glücklicherweise haben wir eine der modernsten Kinder-Intensivstationen. Trotzdem können auch wir keine Wunder vollbringen. Ich wünschte, ich könnte Ihnen sagen, dass der Junge über den Berg ist. Aber das kann ich im Moment noch nicht."

Die Augen des Arztes drückten Besorgnis aus. „Die Sterblichkeitsrate bei dieser Art von Infektion ist hoch und liegt zwischen zwanzig und fünfzig Prozent. Selbst wenn das Kind überlebt, besteht die Gefahr, dass es Hirnschäden davonträgt."

„Verdammt", murmelte Slade und fasste sich ans Kinn. Er war plötzlich totenblass, und seine Narbe hob sich weißlich von seiner Haut ab.

Thorne stand da, wie vom Donner gerührt. Er starrte auf Rachels

Baby und fühlte sich das erste Mal in seinem Leben absolut machtlos.

„Wenn das Kind irgendetwas benötigt, egal was es ist, Geräte, Spezialisten, was auch immer, wir zahlen dafür." Thorne hasste seine Hilflosigkeit: „Geld ist nicht das Problem."

Die Lippen des Arztes zogen sich einen Moment lang zusammen. Seine Haltung versteifte sich, und seine Worte waren knapp und präzise. „Hier geht es nicht um Geld, Mr. McCafferty. Wie ich Ihnen schon sagte, steht uns die beste Technik zur Verfügung. Aber das Krankenhaus ist immer auf der Suche nach Spenden und Wohltätern. Ich lasse Sie auf die Liste setzen. Wenn Sie mich jetzt entschuldigen wollen, ich möchte nach meinem Patienten sehen."

Er verschwand in der Säuglingsstation und war nur noch durch die Scheibe sichtbar.

Thorne biss voller Wut die Zähne aufeinander. Er starrte streng auf den Kinderarzt, der sich jedoch nicht beirren ließ und nicht einmal aufblickte. Stattdessen konzentrierte er sich ganz auf seine Arbeit und untersuchte das winzige Baby, Rachels einziges Kind – und John Randall McCaffertys einzigen Enkel.

„Er muss es schaffen", sagte Matt und ballte entschlossen die Faust. „Wenn er nicht durchkommt und Rachel aufwacht, um festzustellen, dass er es nicht ..."

„Sag das nicht! Das darfst du noch nicht einmal denken!" Slade warf Matt einen harschen Blick zu, in dem sich sein eigenes persönliches Unglück widerspiegelte. Vor gar nicht langer Zeit hatte er eine Freundin verloren, die ein Kind erwartete. „Er wird es schaffen."

„Meinst du?" Matt schien nicht überzeugt. „Hier? Es ist vielleicht ein gutes Krankenhaus, aber vielleicht braucht der Kleine Spezialisten, so wie man sie in Universitätskliniken in größeren Städten findet, wie in L. A., Denver oder Seattle."

„Im Augenblick wäre es ein Fehler, ihn von hier wegzubringen", erklang Nicoles Stimme am Ende des Flurs.

Thorne hatte sie nicht kommen hören, sah jetzt aber ihr Spiegelbild im Fenster. Eine blasse, zarte Erscheinung in Jeans und Skijacke, die ihm auf seltsame Weise anrührte.

„Vertrau mir ruhig, Thorne. Das Baby ist in guten Händen."

Er drehte sich um und blickte in ein Gesicht ohne Make-up, nur mit einem Hauch von Lippenstift. Ihr Haar fiel locker auf die Schultern, während ihre goldenen Augen ihn beruhigend ansahen. Sie sah jünger aus, fast wie das Mädchen von damals, das er geglaubt hatte zu lieben und das er ohne Erklärung verlassen hatte.

„Entschuldige, dass ich erst jetzt komme, aber ich musste erst einen Babysitter finden."

„Du hast ein Kind?", fragte Matt.

„Zwei Mädchen. Vier Jahre alt." Ihr ernstes Gesicht erstrahlte, als sie ihre Töchter erwähnte. Thorne bemühte sich, seinen lächerlichen Anflug von Eifersucht auf den Vater ihrer Kinder zu ignorieren. „Und ich würde meine beiden Töchter jederzeit und ohne zu zögern Dr. Arnold anvertrauen."

„Es gibt immer andere Möglichkeiten", widersprach Thorne.

„Ich werde mit Geoff sprechen, um zu hören, was los ist." Nicole drückte einen Code in das Tastenfeld ein. „Ich bin gleich zurück." Die elektronischen Türen öffneten sich und Nicole schlüpfte hindurch.

Slade trat von einem Fuß auf den anderen. Missmutig beobachtete er die beiden Ärzte durch die Glasscheibe und sagte schließlich: „Ich sehe mal nach Rachel und fahre dann zurück. Ihr könnt mir ja alles erzählen, wenn ihr nach Hause kommt."

Matt nickte Slade kurz zu. „Ich komme mit."

„In Ordnung", sagte Thorne. „Ruf noch einmal Striker an und sag ihm, dass ich so bald wie möglich mit ihm sprechen will."

„Okay, ich versuche Kurt zu erreichen."

„Du sollst es nicht versuchen, sondern tun."

Slades Augen weiteten sich, und er warf Thorne ein schiefes, herablassendes Lächeln zu: „Keine Sorge, Bruder. Ich erledige das schon." Er drehte sich auf dem Absatz um und ging weg.

„Zum Teufel, du kannst so ein unausstehlicher Mistkerl sein", knurrte Matt. „Vielleicht bist du es ja gewohnt, deine Leute im Büro herumzukommandieren. Aber halte dich hier bitte zurück, okay? Wir sitzen im gleichen Boot. Slade wird Striker schon anrufen."

„Bist du sicher?" Thornes Augen verengten sich. „Er hat schon so viele Versprechungen in seinem Leben gemacht, an die er sich nicht mehr erinnern kann."

„Er ist dabei, die Dinge in Ordnung zu bringen."

„Gut, denn er hat wahrhaftig schon eine Menge Mist gebaut."

„Wir sind nicht alle mit so einem goldenen Händchen ausgestattet wie du“, betonte Matt. „Und soweit ich sehen kann, sitzt du selbst im Glashaus und solltest nicht mit Steinen werfen.“ Matt sah durch die Scheibe zu Nicole hinüber. „Bist du wegen der Ärztin so verärgert?“

Thorne antwortete nicht.

„Das dachte ich mir.“ Matts Lächeln war absolut irritierend. „Na dann, viel Glück. Sie sieht nicht gerade aus wie ein Fohlen, das leicht zu bändigen ist.“

„Es geht hier nicht um sie.“

„Richtig. Das hab ich vergessen. Du lässt dich ja nie wirklich auf eine Frau ein, oder?“ Mit einem übertriebenen Augenzwinkern zielte Matt einen Zeigefinger auf Thornes Brust, bevor er Slade folgte.

Bis zum Äußersten gereizt, wartete Thorne und beobachtete Nicole und Dr. Arnold. Für das Baby konnte er nichts tun. Matt ging ihm auf die Nerven, weil er ihn besser kannte, als es ihm lieb war. Und dann war da noch diese schöne und intelligente Frau, die auch nicht gerade dazu beitrug, dass er sein gewohntes Selbstvertrauen wiederfand.

Während er sich innerlich dafür ohrfeigte, dass er sie vor langer Zeit wegen seines beruflichen Erfolges, eigentlich also wegen des Geldes, verloren hatte, kam Nicole heraus. Feine Linien erschienen zwischen ihren Augenbrauen, und er machte sich auf das Schlimmste gefasst.

„Es sieht nicht gut aus, Thorne, aber Dr. Arnold tut alles, was er kann.“

Thorne biss die Zähne so fest aufeinander, dass es schmerzte. „Was kann ich tun?“

„Hab Geduld und warte.“

„Nicht gerade meine Stärke.“

„Ich weiß.“ Der Anflug eines Lächelns lag auf ihren Lippen, während sie gemeinsam die Treppe hinuntergingen und das Gebäude verließen. Nicole setzte sich ihre Kapuze auf und hielt sie fest am Kinn zusammen. Sie rannten durch die Pfützen zu ihrem Geländewagen, während Schneeregen wie eisige Nadeln vom Himmel fiel.

„Danke, dass du mich angerufen und mir über J. R. Bescheid gegeben hast“, sagte er, als sie den Wagen erreicht hatten.

„J. R.?“

„Er hat noch keinen Namen. Aber ich dachte, dass er nach meinem Vater genannt werden könnte, da Rachel noch im Koma liegt und … wer weiß, wie sie ihn nennt, wenn sie wieder aufwacht.“ *Falls sie aufwacht, und falls das Baby überlebt.* „Jedenfalls danke für den Anruf.“

„Kein Problem. Ich hatte es versprochen.“ Sie griff in ihre Handtasche, holte die Autoschlüssel heraus und öffnete die Tür.

„Ja, aber du hättest dir nicht die Mühe machen müssen, einen Babysitter zu suchen, um hierher zu kommen.“

„Ich dachte, es wäre das Beste.“ Sie schmunzelte flüchtig. „Ob du es glaubst oder nicht, Thorne, einige der Ärzte hier kümmern sich intensiv um ihre Patienten. Da geht es weniger um das Arbeiten nach der Stechuhr, sondern darum, dafür zu sorgen, dass die Patienten die bestmögliche Behandlung bekommen.“

„Das weiß ich.“

„Gut.“ Ein Regentropfen hatte sich in ihren Wimpern verfangen und brachte das Gold ihrer Augen zum Glitzern. „Okay, jetzt bist du mir einen Gefallen schuldig.“

„Was immer es ist“, sagte er so leise, dass sie kaum seine Worte verstand. Aber als sie ihn ansah und die unausgesprochene Botschaft in seinen Augen las, schnürte es ihr die Kehle zu, und sie fühlte eine empfindliche Stelle ihres Herzens getroffen. Sie erinnerte sich an seinen Kuss, genau hier auf diesem Parkplatz, und sie konnte seine sonst so gut verborgene Leidenschaft nicht vergessen.

Sie und Thorne hatten sich wiederentdeckt, und das machte ihr höllische Angst. So sehr, dass sie nicht darüber nachdenken wollte. Nicht jetzt. Niemals. „Aufgepasst, McCafferty“, sagte sie und räusperte sich. „Wenn du mir freie Wahl lässt, könnte das gefährlich werden.“

„Ich war noch nie jemand, der Schwierigkeiten aus dem Weg geht.“

„Ich weiß.“ Sie seufzte und erinnerte sich daran, wie sie damals von ihren Freunden vor Thorne gewarnt worden war. Die McCafferty-Jungs waren als Rüpel und Teufelsbraten verschrien, denen es immer gelang, etwas für sich herauszuholen. „Also, ich muss jetzt los …“

Er fasste sie am Arm. „Ich möchte mich wirklich bedanken, Nicole. Und es tut mir sehr leid.“

„Was tut dir leid?“

„Dass ich damals einfach so weggegangen bin."

Ihr Herz machte einen Sprung. Der Wind riss ihr die Kapuze vom Kopf, und sie kämpfte gegen ihr Misstrauen. „Das ist lange, lange her, Thorne. Wir ... ich war ein Kind. Ich wusste nicht, was ich wollte. Vergessen wir das."

„Vielleicht gelingt mir das nicht."

„Aber es ist dir viele Jahre prima gelungen."

„Nicht so gut, wie ich gehofft hatte", sagte er. „Sieh mal, ich möchte die Dinge nur richtigstellen."

„Jetzt?" Sie wandte den Blick von ihm ab und fühlte ihren Puls in die Höhe schnellen, während der Schneeregen ihren Nacken hinunterlief. „Vielleicht ein anderes Mal, wenn wir nicht kurz vorm Erfrieren sind."

Seine Hände gaben sie frei. Mit einem Ruck öffnete sie die Tür, kletterte auf den Fahrersitz und schlug die Tür zu, um den Wagen zu starten. Nach einem kurzen Aufheulen starb der Motor sofort wieder ab. Sie pumpte das Gaspedal, der Motor drehte sich ein wenig, um dann erneut zum Erliegen zu kommen.

Drei weitere krächzende Versuche, bis überhaupt kein Geräusch mehr zu hören war. „Na, prima ... ganz prima", murmelte sie, während Thorne immer noch wie erstarrt im kalten Regen stand und keine Anstalten machte, ins Trockene zu flüchten.

Er öffnete die Tür. „Brauchst du eine Mitfahrgelegenheit?"

„Was ich brauche, ist ein Mechaniker", knurrte sie, nahm ihre Tasche und sprang heraus. „Andernfalls ist eine Mitfahrgelegenheit nicht das Schlechteste." Sie schloss den Wagen ab und musste sich zurückhalten, nicht gegen die Reifen zu treten.

Er ergriff ihre Hand, verschränkte seine nassen, kalten Finger mit den ihren und rannte mit ihr zu seinem Pick-up. Sie versuchte, in dem Ganzen nicht mehr zu sehen, als es wirklich war. Ein alter Freund, der ihr seine Hilfe anbot. Doch sie wusste es besser.

Im Wagen wischte sie sich erst einmal das Wasser aus dem Gesicht und dirigierte ihn durch die Stadt. Er fuhr vorsichtig durch die nassglatten Straßen, während aus dem Radio leise Musik erklang.

„Erzähl mir von dir." Die Scheinwerfer der entgegenkommenden Autos beleuchteten seine markanten Gesichtszüge, und sie versuchte sich einzureden, dass er gar nicht so attraktiv war. Darüber hinaus war er Geschäftsmann und gehörte somit zu einer Kategorie von Männern, um die sie lieber einen Bogen machte.

„Was möchtest du wissen?“, fragte sie.

„Wie bist du Ärztin geworden?“

„An der medizinischen Fakultät.“

Er zog seine Augenbraue hoch, und sie lachte. „Okay, okay, ich weiß, was du meinst“, räumte sie ein, froh darüber, dass das Eis zwischen ihnen ein wenig zu schmelzen begann. „Ich glaube, um mir etwas zu beweisen. Meine Mutter hatte mich immer dazu ermuntert, meine Ziele hochzustecken und gemeint, dass ich alles erreichen kann. Das hab ich ihr geglaubt. Sie bestand darauf, dass ich Karriere mache, um nicht von einem Mann abhängig zu sein.“

Und Nicole wusste auch, warum. Ihr Vater hatte sich aus dem Staub gemacht, als sie knapp zwei Jahre alt gewesen war. Keine finanzielle Unterstützung. Keine Geburtstagskarten. Noch nicht einmal ein Anruf zu Weihnachten. Selbst wenn ihre Mutter etwas über ihn gewusst hatte, so hatte sie nichts gesagt und die Antworten auf Nicoles Fragen blieben die gleichen.

„Wir brauchen ihn weder jetzt noch in der Zukunft. Vertrau mir, Nicole, wir wollen gar nicht wissen, was mit ihm passiert ist. Es ist so ziemlich egal, ob er tot ist oder noch lebt.“

An dieser Stelle ihrer Rede war ihre Mutter normalerweise in die Knie gegangen, um ihrer kleinen Tochter direkt in die Augen zu sehen und sie mit ihren starken, mütterlichen Händen fest an den schmalen Schultern zu fassen. „Du kannst alles machen, was du möchtest, Liebling. Du brauchst keinen Versager von Vater, um das zu beweisen. Du brauchst keinen Ehemann. Nein – du wirst es allein schaffen, ich weiß, dass du alles, *alles,* erreichen kannst.“

Mit siebzehn, nachdem sie Thorne McCafferty begegnet war, hatte sie sich Hals über Kopf in ihn verliebt und war bereit gewesen, all ihre Pläne – ihre eigenen Träume und die Hoffnungen ihrer Mutter – für einen Mann über Bord zu werfen … einen Mann, dem sie nicht wichtig genug gewesen war, um ihr sein Weggehen zu erklären.

Bis heute.

Sie spürte, dass es jetzt so weit war. Sein fester Kiefer und seine zusammengepressten Lippen verrieten, dass er etwas sagen wollte.

Er wartete bis zur zweiten Ampel, reduzierte die Geschwindigkeit und drehte das Radio leiser. „Es ist fast zwanzig Jahre her, Nikki.“

Sie schloss die Augen und ihr Herz flatterte auf törichte Weise, als sie ihren Kosenamen aus der Highschool-Zeit hörte. Er hatte sie nie anders genannt. „Warum dann diese Eile?“

Fall nicht noch einmal auf ihn herein, Nicole.

Er ignorierte ihren Sarkasmus. „Ich hatte mich geirrt.“

„Inwiefern?“, sagte sie mit kaum hörbarer Stimme.

„In Bezug auf dich und auf mich. Auf das, was wichtig im Leben ist. Ich hatte geglaubt, in die Welt hinausgehen zu müssen, um mich zu beweisen. Ich hatte gedacht, dass ich mich auf nichts und niemanden einlassen darf – ich wollte frei sein. Ich hatte geglaubt, dass ich mein Jurastudium beenden und Millionen von Dollars machen müsste. Später konnte ich nicht mehr zurück.“

„Und das hat sich jetzt geändert?“ Sie glaubte ihm kein Wort.

„Jetzt bin ich mir nicht mehr sicher“, gab er zu, während er mit den Fingern auf das Lenkrad trommelte.

„Hört sich nach einer Midlife-Crisis an.“

Er schaltete einen Gang herunter und bog ein wenig zu schnell um eine Kurve. „Eine einfache Erklärung.“

„Stimmt normalerweise haargenau.“

„Glaubst du das wirklich?“

Sie lehnte sich zurück und starrte durch das Fenster auf die Neonlichter eines alten Theaters und fragte sich, warum sie eine solche Diskussion führte. „Sagen wir mal so, ich habe meine Erfahrungen.“

„Oh.“

„Und ich hab mir geschworen, dass die nächste Midlife-Crisis, die ich durchleiden muss, meine eigene ist.“

Er parkte am Bordstein vor ihrem Bungalow, und sie wollte die Tür öffnen. „Ich könnte dich auf einen Kaffee einladen.“

„Könntest du.“

„Aber vielleicht ist das doch keine gute Idee.“

„Warum nicht?“

Sie hob ihr Kinn ein wenig an. „Weil das etwas zu persönlich wäre.“

„Du möchtest es lieber auf der professionellen Ebene belassen.“

„Es ist für alle das Beste. Für Rachel – für das Baby.“

Seine Mundwinkel verzogen sich zu einem sinnlich arroganten Lächeln. „Ist das der wirkliche Grund, Frau Doktor, oder hast du Angst vor mir?“

Nein, Thorne, ich habe keine Angst vor dir. Ich habe Angst vor mir. „Überschätze dich nicht."

„Warum sollte ich jetzt aufhören?" Er griff nach ihr, zog sie an sich und wollte sie küssen, doch kurz bevor sein Mund ihre Lippen berührten, flüsterte er „Gute Nacht, Nikki" und ließ sie los.

Sie öffnete die Tür und wäre fast aus dem Wagen gestolpert. Ihre Wangen glühten vor Verlegenheit, als sie zur Haustür hinaufging und seinen Blick im Rücken spürte. Sobald sie das Haus betreten hatte, ließ er den Motor an und verschwand durch den silbernen Schleier des eisigen Regens.

6. KAPITEL

„Verflucht!“ Thorne knallte den Hörer auf und sah durch das Fenster auf die kalte Winterlandschaft. Der Sturm der letzten Nacht hatte seine Spuren hinterlassen, und Eiszapfen hingen glitzernd von der Dachrinne. Rasende Kopfschmerzen peinigten ihn, nachdem er den ganzen Morgen am Telefon verbracht und unzählige Tassen bitteren Kaffees in sich hineingeschüttet hatte – in seinem alten Zimmer, das an das Schlafzimmer seiner Eltern grenzte.

Auch seine Brüder beanspruchten wieder die Zimmer, in denen sie groß geworden waren. Als er jedoch heute Morgen aufgewacht war, befand er sich allein im Haus.

Nach Rücksprache mit den Ärzten im Krankenhaus wusste er, dass es Rachel und dem Baby unverändert ging. Wie er nach intensiver Recherche im Internet feststellen musste, hatte man im St. James Krankenhaus alles Erforderliche getan, um mit der Infektion fertigzuwerden. Er hatte auch in seinem Büro angerufen und Eloise erklärt, dass er bis zum Abend im Arbeitszimmer seines Vaters ein mobiles Büro einrichten würde.

Er fragte sich, was John Randall wohl in einer ähnlichen Situation getan hätte. Bei dem Gedanken an seinen Vater zog er das Geschenk von ihm aus der Tasche. Der silbergoldene Ring glitzerte im Sonnenlicht.

„Ich wünsche mir, dass du heiratest. Schenke mit Enkelkinder.“

John Randalls Bitte schien an den alten holzgetäfelten Wänden abzuprallen. Der leichte Zigarrengeruch des alten McCafferty lag immer noch in der Luft, während Nicole vor seinem geistigen Auge erschien.

Nicht, dass er nach einer Frau oder einer Mutter für seine Kinder suchte …

Dieses verfluchte runde Stück Metall war der Ehering seines Vaters gewesen. Ein Hochzeitsgeschenk von Larissa, Thornes Mutter. John Randall hatte ihn voller Stolz getragen, bis Larissa von Penelope, der jungen Frau, mit der sich ihr untreuer Ehemann eingelassen hatte, erfuhr. Die Frau, die sich in eine Ehe gedrängt hatte, die bereits zerrüttet war. Die Frau, die John Randall schließlich seine einzige Tochter gebar.

Inzwischen war auch Thornes Mutter gestorben. Ein Herzinfarkt hatte vor zwei Jahren ihr Leben beendet.

Thorne ließ den Ring in seine Tasche fallen und griff wieder zum Telefon. Er wählte Nicoles Nummer, legte jedoch auf, als sich ihr Anrufbeantworter meldete. Er trommelte mit den Fingern auf die Schreibtischoberfläche und überlegte, ob Nicole inzwischen ihren Wagen hatte abschleppen lassen und ein anderes Transportmittel gefunden hatte. Wie kam sie überhaupt als Mutter von zwei vierjährigen Zwillingen zurecht?

Er hörte, wie die Eingangstür geöffnet wurde, und das Geräusch schwerer Stiefel. „Ist jemand da?“, brüllte Slade, während seine ungleichmäßigen Schritte immer lauter wurden.

„Im Arbeitszimmer.“

Slade erschien im Türrahmen. Er trug ausgewaschene Jeans, ein Flanellhemd und war unrasiert. Eine Jeansjacke mit ausgefransten Manschetten war sein einziger Schutz gegen das Wetter. Er hielt einen Pappbecher in der Hand. „Guten Morgen.“

„Noch ist es keiner.“

Slades Gesichtsausdruck verdüsterte sich. „Sag mir nicht, dass es schlechte Nachrichten gibt.“

„Rachel ist immer noch in kritischem Zustand und das Baby ebenso.“ Thorne ging um den Schreibtisch herum und klappte seinen Laptop zu. „Ich meinte alles andere.“

„Was zum Beispiel?“

„Erstens hat dein Freund Striker noch nicht zurückgerufen, dann ist Rachels Redakteur beim *Clarion* entweder nicht im Hause oder in einer Besprechung. Ich glaube, er will mir aus dem Weg gehen. Ich hab mit der Polizei gesprochen, doch bis jetzt gibt es nichts Neues. Ein Beamter ruft zurück. Die gute Nachricht ist, dass die Geräte, die ich bestellt habe, um hier ein Büro zu installieren, heute geliefert werden. Die Telefongesellschaft schickt jemanden vorbei, um einige Leitungen zu legen. Ich habe auch mit einer Agentur für Kindermädchen gesprochen, da wir ja jemanden brauchen, wenn J. R. nach Hause kommt.“

„J. R.?“, wiederholte Slade.

„Ich nenne das Baby so.“

„Nach Papa?“, fragte Slade, offensichtlich verwirrt.

„Und Rachel."

Slade stieß einen leisen Pfiff aus. „Du warst wirklich beschäftigt."

Thorne zog die Augenbrauen hoch und erinnerte sich, dass dies sein jüngster Bruder war, der Playboy. Ein Mann, der nie sesshaft geworden war und keine Art von Verantwortung übernommen hatte.

„Das Einzige, wofür ich heute Morgen Zeit hatte, waren ein Anruf bei Striker und ein paar Tassen dünner Kaffee unten im Lokal. Larry Todd ist mir über den Weg gelaufen."

„Sein Name kommt mir bekannt vor."

„Er hatte die Leitung der Ranch übernommen, als Papa krank wurde."

Thorne ließ sich auf dem Stuhl seines Vaters nieder und lehnte sich zurück, bis er zu quietschen anfing. Er erinnerte sich, obwohl er dem Ganzen damals nicht viel Aufmerksamkeit geschenkt hatte. Er war zu der Zeit in Verhandlungen über die Unterteilung der Canterbury-Farmen gewesen und musste sich mit Landnutzungsrechten, einer Umweltgruppe und dem Stadtrat herumschlagen. Außerdem hatte er großen Ärger bekommen, weil einer seiner Buchhalter ein Projekt veruntreut hatte.

Zu alledem war dann auch noch sein Vater gestorben, und die Nachricht hatte ihn wider Erwarten gebeutelt. Ihm war sein Anteil an der Ranch nicht wichtig gewesen, und er hatte es Rachel, die die Hälfte des Weidelands und das alte Farmhaus erbte, überlassen, das Anwesen so zu führen, wie sie es für richtig hielt.

„Aber letzte Woche rief Rachel bei Larry an und sagte ihm, dass sie ihn nicht länger braucht, und dass sie ihm eine Abfindung zahlen würde. Larry war ziemlich sauer."

„Wann war das?"

„Ein Tag vor dem Unfall."

„Hat sie jemand anderen eingestellt?"

„Ich weiß nicht. Hab das auch alles gerade erst erfahren."

„Es muss doch jemanden geben, der sich um die Tiere kümmert."

„Sollte man meinen." Durch das Fenster sah er, wie Matt draußen den Kragen seiner Jacke hochschlug und auf die Hintertür zusteuerte. Slade runzelte die Stirn. „Ich denke, ich kümmer mich mal um das Vieh. Ich hab Larry gesagt, dass wir ihn wieder einstellen, aber er ist ziemlich wütend. Vielleicht sollte Matt mit ihm reden."

Sie versammelten sich in der Küche, wo Matt sich gerade eine Tasse Kaffee einschenkte. „Es gibt weit und breit nichts zu essen hier“, knurrte er, während er den Kühlschrank und die übrigen Schränke durchsuchte. Er zog ein altes Glas Trockenmilch heraus und schüttete sich eine ordentliche Portion in die Tasse, während Slade und Thorne ihn über alles informierten.

„Wir müssen Larry Todd wieder einstellen“, sagte Thorne. „Slade hat ihn heute getroffen, und er dachte, es sei das Beste, wenn du mit ihm sprichst.“

Matt betrachtete den Inhalt seiner Tasse und nickte langsam. „Ich kann es versuchen. Aber nach seiner Entlassung hatte er mich angerufen und war mehr als nur ein bisschen sauer.“

„Überzeug ihn“, schlug Thorne vor.

„Ich versuch es.“ Matt rührte langsam seinen Kaffee um. „Aber Larry ist als starrköpfig bekannt.“

„Das kriegen wir schon hin. Ich hab Juanita angerufen, um zu fragen, ob sie vielleicht wieder zu uns kommen will“, berichtete Thorne.

„Sie arbeitet wahrscheinlich inzwischen woanders. Rachel hat sie entlassen, nachdem Papa gestorben ist.“ Matt schwang sich auf den Küchentresen und ließ die Beine baumeln.

„Dann müssen wir ihr eben ein attraktives Angebot machen, damit sie zurückkommt.“

„Das dürfte wohl nicht so einfach sein“, gab Slade zu bedenken und nahm einen Schluck Kaffee. „Die meisten Leute fühlen sich verpflichtet, bei ihrem Arbeitgeber zu bleiben.“

„Jeder ist käuflich.“

„Du auch?“, fragte Matt und wechselte einen Blick mit Slade.

Thornes Kiefer wurden hart. „Ja.“

Slade schnaubte verächtlich. „Zum Teufel, du bist ein Zyniker.“

„Sind wir das nicht alle?“, erwiderte Thorne unbeirrt. „Wir brauchen ein Kindermädchen. Wenn Rachel mit dem Baby hierherkommt, brauchen wir professionelle Hilfe. Ich rufe eine Anwaltskanzlei an, mit der ich mal zu tun hatte.“

„Eine Anwaltskanzlei?“ Slade schüttelte den Kopf. „Wofür, um alles in der Welt, brauchen wir Anwälte?“

„Wenn wir den Vater gefunden haben, beansprucht er vielleicht das Sorgerecht.“

„Er würde es vielleicht auch bekommen, zumindest teilweise", räumte Matt ein.

„Vielleicht, vielleicht auch nicht. Wir wissen überhaupt nichts über ihn."

Slade verdrehte die Augen und schüttete den Rest seines Kaffees in das Spülbecken. „Um Himmels Willen, Thorne, traust du denn niemandem?"

„Nein."

„Wenn Rachel sich mit ihm eingelassen hat, kann er nicht so schlecht sein", gab Matt zu bedenken.

„Wo steckt er dann? Angenommen, er weiß, dass sie schwanger ist, warum zum Teufel ist er dann nicht aufgetaucht? Wenn er so ein klasse Typ ist, warum ist er dann nicht bei ihr?"

„Vielleicht will sie nichts von ihm wissen." Slade zuckte die Achseln. „Das soll vorkommen."

„Wie auch immer. Auf jeden Fall müssen wir uns um unsere Rechte kümmern, genauso wie um die des Babys und die von Rachel und ..."

„Und die Rechte des Vaters", ergänzte Matt und nahm einen großen Schluck Kaffee. „Okay, ich muss in die Stadt und mich um Futter kümmern. Auf dem Weg bring ich ein paar Sachen aus dem Supermarkt mit. Wenn ich zurück bin, ruf ich Larry an."

Slade nahm eine Packung Zigaretten aus der Tasche. „Ich fahr mit dir in die Stadt", sagte er zu Matt. „Ich will mal bei der Polizeistation nachfragen, was sie über Rachels Unfall herausbekommen haben."

„Gute Idee", stimmte Thorne zu.

„Ich habe Striker eine Nachricht hinterlassen. Aber ich rufe ihn wieder an", versprach Slade und steckte sich eine Zigarette in den Mund. „Wie sieht dein Schlachtplan aus?"

„Sobald die Geräte für mein Büro hier sind, fahr ich auch in die Stadt und besuche Rachel und das Baby." Er erwähnte nicht, dass er auch Nicole wiedersehen wollte.

„Ja. Ich denke, dass wir ebenfalls im Krankenhaus vorbeikommen", bemerkte Matt. „Sollte Mike Kavanaugh anrufen, sag ihm, dass ich ihn zurückrufe."

„Wer ist Kavanaugh?", fragte Thorne.

„Mein Nachbar. Er sorgt sich fürs Erste um meine Tiere, während ich hier bin."

Slade zerdrückte seinen leeren Kaffeebecher und warf ihn in den Abfall. „Wie lange?"

Matt schlüpfte in seine Jacke und setzte sich den Hut auf. „Solange es nötig ist." Er sah seine Brüder an. „Rachel und das Baby haben Vorrang."

Das Getriebe des Mietwagens gab schleifende Geräusche von sich, während Nicole leise fluchend auf den Parkplatz des Krankenhauses fuhr. Sie hoffte inständig, dass sie bald ihr Auto aus der Werkstatt zurückbekommen und dass sie die Reparatur kein Vermögen kosten würde.

In einer halben Stunde begann ihr Dienst, doch vorher wollte sie noch einmal nach Rachel und dem Baby sehen. Und ihre Sorge um die junge Frau und den Jungen hatte ganz bestimmt nichts mit Thorne zu tun ... Sie war einfach nur höflich und fühlte sich aus beruflichen Gründen verpflichtet, nach den beiden zu schauen. Hier ging es nicht um Thorne. Ganz bestimmt nicht.

Sie ging zur Intensivstation und sah sich Rachels Karte an. „Gibt es Veränderungen?", fragte sie.

„Kaum", antwortete Betty, eine der Stationsschwestern, und schüttelte ihre perfekt frisierten roten Locken. „Immer noch komatös und teilnahmslos. Wie geht es dem Baby?"

„Nicht gut", gestand Nicole und sah in Bettys besorgtes Gesicht. „Ich will gerade nach ihm sehen."

Betty presste die Lippen zusammen. „Das tut mir leid."

„Wo Leben ist, da ist auch Hoffnung." Nicole überflog noch einmal Rachels Karte und begab sich dann hinunter zur Säuglingsstation, wo der kleine J. R. um sein Leben rang.

Als sie das winzige, an Schläuche und Monitore angeschlossene Wesen sah, tat ihr das Herz weh. Sie erinnerte sich an die Geburt der Zwillinge, an die Freude beim ersten Anblick der beiden Mädchen und die Erleichterung darüber, dass sie gesund waren. Selbst Paul schien glücklich zu sein. Mit Tränen in den Augen hatte er geflüstert: „Sie sind wunderschön, Nicole. Genau wie ihre Mutter."

Seine sanften Worte verfolgten sie noch immer. Waren es die letzten gewesen, die er zu ihr gesagt hatte? Sicher nicht. Es muss noch ein paar Komplimente und zärtliche Blicke gegeben haben, bevor zwei anspruchsvolle Berufe und zwei wilde Kinder ihren Tribut gefordert hatten und der Ehe das Letzte raubten, was sie noch zusammenhielt – was auch immer das gewesen war. Naiverweise hatte Nicole geglaubt, dass die Kinder Paul und sie näher zusammenbringen würden – aber sie hatte sich geirrt. Bitterlich geirrt.

„War Dr. Arnold heute schon da?", erkundigte sie sich bei der diensthabenden Schwester.

„Zweimal."

„Gut." Mach schon, J. R., dachte sie, als sie die winzigen Fäuste sah. Kämpfe. Du schaffst es!

„War jemand von der Familie da?"

„Alle drei Onkel zu verschiedenen Zeiten."

Die McCafferty-Brüder schienen entschlossen zu sein, dafür zu sorgen, dass sich der Zustand ihrer Schwester und ihres Sohnes verbesserte – und sei es durch ihren bloßen, gemeinsamen Willen. Wenn es nur so einfach wäre.

„Ich komme später wieder", sagte sie und trat auf den Flur hinaus, wobei sie fast in Thorne hineingelaufen wäre. Sie sah in seine sorgenvollen grauen Augen, und spürte, wie sich ihr das Herz umdrehte, so offenkundig liebte er dieses Kind.

„Wie geht es ihm?"

„Unverändert", sagte sie und sah durch das Fenster auf das Baby. „Ich dachte, du wärst schon da gewesen."

„Ich hab es nicht ausgehalten", sagte er und räusperte sich. „Ich hatte geschäftlich in der Stadt zu tun und wollte noch einmal vorbeischauen." Er starrte auf das winzige Baby, und einen Moment lang dachte Nicole, wie es wohl wäre, wenn sie und Thorne ein gemeinsames Kind hätten ... Ein bittersüßer Gedanke, denn eines war sicher: Wenn sie und Thorne in Grand Hope geblieben wären, wäre sie bestimmt keine Ärztin geworden und hätte nicht diese wunderbaren Töchter.

„J. R. ist ein Kämpfer", sagte sie und berührte Thornes Handrücken. „Mach dir nicht zu viele Sorgen. Alles ist möglich, Thorne."

Er drehte seine Hand um und umfasste die ihre. „Glaubst du wirklich?"

„Von tiefstem Herzen." Ihre Blicke trafen sich, und sie fühlte sich wie vom Blitz getroffen. Das Krankenhaus schien wie in einem feinen

Nebel zu verschwinden, und es war, als wäre sie mit ihm allein auf der Welt. *Oh, Gott, das darf nicht sein …*

Ihr Pieper ertönte, und sie ließ seine Hand los. Hitze kroch ihren Nacken hinauf, während sie das Gerät aus der Tasche angelte und die Nachricht las. „Ich muss los." Sie sah wieder zu ihm hoch. „Hab Vertrauen, Thorne. J. R. wird es schaffen."

Sie verstand nicht, warum sie diese zuversichtlichen Worte aussprach. Im Grunde wusste auch sie nicht, wie es mit dem Kind weitergehen würde. Schnell drehte sie sich um und lief in Richtung Notaufnahme, um ihren Dienst zu beginnen.

Sofort wurde sie von einer Aufnahmeschwester in Beschlag genommen. „Manchmal kommt doch alles zusammen. Es war lange ruhig hier, aber jetzt werden wir überschwemmt. Sie können mit Raum drei anfangen. Eine Siebenjährige, die vom Pferd gefallen ist. Wahrscheinlich hat sie sich das Handgelenk gebrochen."

„Bin schon unterwegs."

„Danach ein Teenager mit einer Nasennebenhöhlenentzündung und ein Kleinkind, das sich eine Erbse ins Nasenloch gestopft hat. Die Mutter will nur einen Arzt ranlassen." Die Schwester rollte die Augen. „Unerfahrene Mutter. Ihr erstes Kind."

„Sagen Sie ihr, dass eine Schwester es genauso gut entfernen kann. Ich sehe mir das Kind dann später an."

„Mache ich – oh, oh." Die Schwester runzelte die Stirn, während ihr Blick über Nicoles Schulter fiel.

„Was ist?"

„Schlechte Neuigkeiten. Die Presse. Seit dem McCafferty-Unfall schleichen sie hier herum. Ich dachte, das würde sich legen."

Aus den Augenwinkeln sah Nicole einen Übertragungswagen des lokalen Nachrichtensenders draußen vorfahren.

Die Schwester machte einen gequälten Endruck. „Es gehört nicht viel dazu, um in Grand Hope Aufsehen zu erregen, oder?"

„Das war schon immer so", sagte Nicole. Die McCafferty-Familie hatte immer im Mittelpunkt des Interesses gestanden, denn John Randall war ein extravaganter, ehemals reicher Mann gewesen, der als Lokalpolitiker kandidiert hatte.

„Ich schaue mal nach, was da los ist", sagte die Schwester.

Nicole hatte Wichtigeres zu tun, als sich über die Presse Gedanken zu machen. Sie las die Aufnahmekarte des Mädchens mit dem gebrochenen Handgelenk und zwang sich, alle Gedanken an Thornes Familie beiseitezuschieben.

Nachdem sie ihren Dienst beendet hatte, kehrte Nicole todmüde zu ihrem Büro zurück. Vor ihrer Tür stand Thorne. In legeren Hosen, einem Pullover und einer offenen Lederjacke sah er weniger einschüchternd aus.

Sie wäre fast gestolpert, und ihr Herz machte einen Sprung, als sie seinem intensiven Blick begegnete. Großer Gott, warum machte sie dieser Mann immer so nervös? „Arbeitest du jetzt hier?“

„Nein.“ Er warf ihr ein schwaches Lächeln zu. „Ob du es glaubst oder nicht, ich hab ein eigenes Leben. Ich bin deinetwegen zurückgekommen.“

„Meinetwegen?“ Sie wusste nicht, ob sie sich geschmeichelt fühlen oder skeptisch sein sollte. „Wie konntest du wissen, dass ich noch auftauche? Manchmal fahr ich direkt nach Hause.“

„Glück gehabt.“

Sie zog die Brauen hoch und schloss ihre Tür auf. „Ich glaube nicht, dass du dich jemals auf das Glück verlässt.“

„Ich hab angerufen.“

Sie betrat das Zimmer. Er war genau hinter ihr. „Ich hab einen Anruf von Dr. Arnold bekommen.“

„Ich auch.“

Sie ging hinter ihren Schreibtisch und drückte auf den Knopf des Anrufbeantworters. Thorne blieb in der Tür stehen. Sie winkte ihn herein, während sie ihre Nachrichten abhörte. Die Werkstatt hatte das Ersatzteil bestellt und würde so bald wie möglich mit der Reparatur anfangen. Der zweite Anruf war von Jenny, die ihr mitteilte, dass sie mit den Mädchen in den Park gehen würde. Zwei weitere Anrufe kamen von Spezialisten, die Nicole konsultiert hatte, und der letzte schließlich von Dr. Arnold, der sie über den neuesten Stand informierte.

Sie legte den Hörer auf und zuckte mit den Schultern. „Nichts. Der Zustand des Babys hat sich nicht verschlechtert und Dr. Arnold ist vorsichtig optimistisch.“ Sie bemerkte Thornes unzufriedenen Ausdruck.

„Kann man nicht noch mehr tun?"

Sie wurde etwas ungehalten. „Du weißt doch, dass Dr. Arnold in ständigem Kontakt mit anderen Fachärzten im ganzen Land ist."

„Vielleicht ist das nicht genug."

„Was schlägst du vor?"

„Du bist die Ärztin."

„Das Kind in eine andere Klinik zu bringen, wäre ein Fehler. Hab ein wenig Vertrauen. Zu mir. Und zu Dr. Arnold", riet sie ihm.

Wenn es so einfach wäre. Als Thorne in Nicoles bernsteinfarbene Augen sah, durchströmte ihn ein Wohlgefühl. „Ich versuche es", sagte er und bemerkte den Anflug eines Lächelns auf ihren Lippen.

Einen Augenblick lang dachte er an den Kuss zurück, an ihre ineinander verschränkten Hände heute Nachmittag, und er erinnerte sich an ihr süßes Liebesspiel vor vielen Jahren. Es war verrückt, in der sterilen Atmosphäre dieses Krankenhauses solche Gedanken zu haben. Trotzdem konnte er sich nicht erwehren, an die unbeschwerte Zeit zurückzudenken, als er Nicole im hohen Gras geliebt hatte, während die Sonne Montanas auf ihre nackten, glänzenden Körper schien. Lachend war sie vor ihm durch das hüfthohe Gras hinunter zum Bach davongelaufen. Aber er hatte sie eingeholt, mit Küssen bedeckt und ins flache Wasser gezogen, um sie erneut zu lieben.

Singvögel zwitscherten von den Bäumen und begleiteten das Rauschen des Bachs, während Schmetterlinge und Bienen über dem Wasser schwirrten. Doch am meisten erinnerte er sich an Nicoles samtige Haut, ihre hingebungsvollen Bewegungen und den Geschmack ihrer wilden Küsse.

Wenn er sie jetzt ansah, verspürte er dieselben männlichen Regungen wie früher, wenn er in ihrer Nähe gewesen war. Auch wenn sie nicht mehr das Mädchen war, dass er umarmt hatte, sondern eine Frau. Eine Ärztin in einem weißen Kittel, die in ihrem Büro saß und Souveränität ausstrahlte, umgeben von medizinischen Büchern, einem modernen Computer und Urkunden an den Wänden.

Es war ein langer Weg gewesen für Nikki Sanders, das hübsche Mädchen mit den großen Träumen. Als hätte sie in dieser Sekunde auch die glücklichen, sorglosen Bilder einer weit zurückliegenden

Vergangenheit im Kopf gehabt, räusperte sie sich. „Gut, das wäre also geklärt."

„Wann bist du hier fertig?"

„Jetzt. Jedenfalls so gut wie." Sie sortierte ein paar Akten, die auf dem Schreibtisch herumlagen. Auf einem Bücherregal standen mehrere Bilderrahmen mit Fotos ihrer lächelnden Töchter, zweier kleiner Kobolde.

„Das sind also deine Töchter."

Sie nickte, während ihre Augen voller Stolz aufleuchteten. „Molly und Mindy."

Er lachte. „Du bist bestimmt die Einzige, die sie auseinanderhalten kann."

„Außer ihrem Vater", räumte sie ein. „Jedenfalls konnte er es einmal. Es ist schon eine Weile her, dass er Zeit mit ihnen verbracht hat."

„Warum?"

Sie zögerte, holte tief Luft und nahm eines der Fotos vom Regal. „Aus vielen Gründen. Zeit. Entfernung. Entfremdung ... vor allem aber aus Desinteresse. Vielleicht tue ich ihm auch Unrecht – ich bin eben immer noch die enttäuschte Ex-Frau." Sie stellte das Bild zurück und strich mit dem Finger leicht über die Glasoberfläche. „Aber du bist sicher nicht gekommen, um dir meine Klagen anzuhören."

„Eigentlich wollte ich dich fragen, ob ich dich mitnehmen kann. Dein Wagen steht nicht auf dem Parkplatz."

„Er wurde abgeschleppt. Danke für das Angebot." Sie war gerührt, dass er an sie gedacht hatte und gleichzeitig misstrauisch. „Ich hab jetzt einen Mietwagen."

„Wann bekommst du dein Auto zurück?"

„Das ist die große Preisfrage. Ich weiß es nicht."

„Wenn du einen anderen Wagen brauchst, kannst du einen von uns bekommen. Wir haben auf der Ranch genügend herumstehen. Ich kann dich auch jederzeit mitnehmen."

Vielsagende Botschaften lagen in seinem Blick, und sie spürte, wie ihre Kehle trocken wurde.

„Danke. Ich geb dir Bescheid."

„Tu das. Da ist noch etwas."

„Was?" Sie sah zu ihm hoch.

„Wie wäre es mit einem gemeinsamen Abendessen?"

„Wie bitte?" Sie sah fast ein wenig schockiert aus.

Thorne lächelte zufrieden. „Ich hab dich gerade um eine Verabredung gebeten. Für Samstagabend. Das dürfte doch keine große Überraschung sein. Wir hatten ja vor ein paar Tagen schon darüber gesprochen." Er verschränkte die Arme über der Brust und schmunzelte. „Also, Frau Doktor, was meinen Sie?"

7. KAPITEL

Ich will nur nicht, dass mir noch einmal der Boden unter den Füßen weggezogen wird", bemerkte Larry Todd.

Er war fast eins neunzig groß. Sein glattes, blondes Haar fiel über stechend grüne Augen. Mit seinen fast fünfzig Jahren stand er militärisch aufrecht auf der Veranda, die Jacke bis zum Hals geschlossen, während ein kalter Wind durch das Tal fegte.

„Ich setze einen Vertrag für ein Jahr auf", versicherte Thorne. „Dann sollte Rachel wieder die Leitung übernehmen."

Larry nickte stirnrunzelnd. „Okay." Er warf einen Blick auf die drei Brüder, mit denen er den ganzen Tag auf der Ranch, die er wie seine Westentasche kannte, herumgelaufen war. Er hatte ihnen die Mängel des Anwesens gezeigt und sinnvolle Verbesserungsvorschläge gemacht. Thorne konnte nicht begreifen, warum seine Schwester ihn weggeschickt hatte.

„Wie geht es Ihrer Schwester?" Trotz seines Krachs mit Rachel zeigte er besorgte Anteilnahme.

„Sie liegt immer noch im Koma." Slade stieß mit der Stiefelspitze gegen einen kleinen Dreckklumpen.

„Wird sie es schaffen?"

„Die Ärzte sind zuversichtlich", antwortete Thorne.

„Und das Baby?"

Die Männer sahen sich an. „Es ist noch nicht über den Berg, aber es geht ihm besser."

„Gut. Gut." Larry zog seine Lederhandschuhe an, als das Telefon im Hause klingelte. „Setzen Sie den Vertrag auf, und dann sprechen wir wieder."

Er ging die Stufen der Veranda hinunter, als Juanita Thornes Namen rief.

„Thorne. Telefon!", schrie sie, und alle drei Brüder mussten lächeln. Es war gut, sie wieder im Hause zu haben. Sie waren mit Juanita aufgewachsen, kannten ihre blitzenden schwarzen Augen, ihren strengen Sinn für Gerechtigkeit und ihre tiefsten Überzeugungen.

Thorne betrat das Haus. „Stiefel ausziehen!", schrillte Juanitas Stimme aus der Küche. Und dann erschien sie mit ihrem runden Gesicht, den hochgesteckten schwarzen, von grauen Strähnen durchsetzten Haaren, und trocknete sich die Hände an der Schürze ab. „Deine Sekretärin."

„Ich geh ins Arbeitszimmer." Thorne ergriff den Hörer und ließ sich von Eloise auf den neuesten Stand der Dinge bringen. Das Projekt, das er mit Annettes Vater betrieb, war bei der Planungskommission auf Schwierigkeiten gestoßen. Eine Handwerkergewerkschaft kündigte einen Streik an, und ein Makler, mit dem Thorne häufig zusammenarbeitete, wollte ihn unbedingt sprechen.

Er kehrte ins Wohnzimmer zurück, wo Matt und Slade inzwischen vor dem Kamin standen und sich aufwärmten. Ihre Jeans waren schmutzig von der Arbeit, und sie rochen nach Pferd. Matts Hose wurde von einer silbernen Gürtelschnalle gehalten, die sein Vater einst bei einem Rodeo gewonnen hatte. Und die Uhr, die John Randall lange Zeit getragen hatte, lag jetzt um Slades Handgelenk. Alle drei trugen sie also Erinnerungen an ihren Erzeuger – persönliche Geschenke, wie der Ring in Thornes Tasche. Thorne fragte sich, welche Versprechen sein Vater den anderen beiden wohl abgerungen hatte.

„Du hast also eine Verabredung?" Slades dunkles, stoppeliges Kinn verzog sich zu einem Grinsen.

Thorne hielt dem neugierigen Blick seines Bruders stand. „Ich dachte, ich führe Nicole zum Abendessen aus. Das ist alles."

„Sicher." Slade schien sich zu amüsieren.

Ein selbstzufriedenes Lächeln umspielte Matts Lippen, während er den Zahnstocher von einem Mundwinkel in den anderen schob. „Sie ist nicht gerade dein Typ, oder?"

„Das heißt?"

„Irgendwie zu bodenständig für dich." Matt grinste spöttisch. „Eine Frau mit Schönheit und Verstand."

„Der Familientyp", fügte Slade hinzu.

„Es ist nur eine Verabredung", sagte Thorne, der sich nicht provozieren lassen wollte und doch spürte, dass es hier um mehr ging. Er hatte Hunderte von Rendezvous in seinem Leben gehabt, doch heute Abend schien es anders zu sein – ein wenig ernster. Vielleicht lag es daran, dass sie als Ärztin in der Klinik arbeitete, in der seine Schwester und ihr Junge lagen. Doch das würde nicht seinen erhöhten Pulsschlag erklären, wenn er sie sah, seine unruhigen Nächte, wenn er von ihr träumte, oder die Tatsache, dass er eine seiner goldenen Regeln brach, nämlich niemals zurückzugehen.

„Wenn es nur irgendeine Verabredung ist, warum dann diese Heimlichkeit, und warum hast du mich gebeten ..."

„Kümmer dich einfach nicht darum, okay?", fuhr Thorne ihn an.

„Okay, okay." Matt hob ergebungsvoll die Hände. „Du hast sie. Zwei Pferde sind gesattelt und warten draußen."

„Was?" Slade schnalzte mit der Zunge. „Pferde? Bist du übergeschnappt? Du triffst dich mit einer *Ärztin*. Sie ist eine kultivierte, stilvolle Frau."

„Und nicht von der Sorte, die ich sonst treffe?", warf Thorne ein.

„Jedenfalls nicht von der Sorte, die mitten im Winter auf ein Pferd springt." Slade schüttelte den Kopf, als wären seine Brüder völlig verrückt geworden.

„Vielleicht geht es hier nicht um die Ärztin", gab Thorne zu Bedenken, obwohl er nicht die Notwendigkeit sah, sich erklären zu müssen. „Vielleicht geht es um meine alte Freundin Nikki Sanders."

„Die inzwischen eine geschiedene Mutter und Ärztin ist."

„Also, ihr beide haltet hier die Stellung, und ich kümmere mich um Nikki, einverstanden?"

„Oder sie kümmert sich um dich", prophezeite Matt. „Behandle sie gut, okay? Sie ist nicht der Typ, den man gleich wieder verlässt."

Warum nur hatte sie sich auf so etwas Dummes wie diese Verabredung eingelassen? Nicole hielt sich ihr schwarzes Lieblingskleid vor den Körper und rümpfte die Nase beim Anblick ihres Spiegelbildes. Für Grand Hope war dieses Outfit viel zu raffiniert, aber Thorne war es wiederum aufgrund seiner gesellschaftlichen Verpflichtungen in der Stadt gewohnt, elegant gekleidete Frauen zu sehen.

„Es geht nur um ein paar Stunden", ermahnte sie sich und fühlte sich wie ein Schulmädchen vor einem Rendezvous mit dem begehrtesten Jungen der Schule. Zähneknirschend entschied sie sich dann doch für eine graue Wollhose und einen dunkelblauen Rollkragenpullover, silberne Ohrringe und schwarze Stiefel. Das Allerwelts-Outfit.

„Oh, Mom. Du bist schön", rief Mindy, als sie im Pyjama ins Zimmer geschlichen kam.

Molly folgte ihr auf den Fersen und warf sich schniefend aufs Bett.

Mindy fing an, um den frei stehenden Spiegel herumzulaufen, ihre Schwester lief hinter ihr her. Die beiden schrieen und gackerten, während Nicole sich die Haare hochsteckte, ein wenig Mascara, Lidschatten und Lippenstift auftrug, um sich erneut prüfend im Spiegel zu betrachten. Sie war irritiert von ihrem Ebenbild, von dem Leuchten in ihren Augen, einer Vorfreude, die sie überraschte.

„Wohin gehst du, Mom?“, erkundigte sich Mindy.

„Ich gehe aus.“ Nicole beugte sich hinunter und umarmte ihre beiden Mädchen, um dann mit ihnen zu Jenny in die Küche zu gehen, wo es herrlich nach Butter roch und die Maiskörner wie Gewehrschüsse an den Topfdeckel knallten. Es klopfte laut an der Tür, und die Zwillinge rannten sofort hinaus. Nicole folgte ihnen.

„Ich mache auf!“, schrie Mindy.

„Nein, ich!“ Molly schubste ihre Schwester beiseite und riss die Tür auf. Ein kalter Windstoß fegte durchs Haus. Vor ihnen stand Thorne.

„Entschuldige“, sagte Nicole. „Komm doch rein.“ Gleichzeitig beugte sie sich über Molly, um ihr die Nase zu putzen, aber ihre Tochter wehrte sich mit Händen und Füßen dagegen.

„Nein! Nein! Mommy, nein!“, schrie Molly.

Thorne trat ein. Molly, in ihrem Stolz verletzt, lief in ihr Zimmer, während Mindy Daumen lutschend zu dem großen Fremden hinaufsah. „Meine Tochter, Mindy“, sagte Nicole, „und der andere Wirbelwind ist Molly.“

„Bin kein Wind!“, protestierte Molly aus der Ferne.

Thorne konnte ein Lächeln nicht unterdrücken. „Ich dachte schon, hier werden Katzen bei lebendigem Leib die Haut abgezogen, so wie es sich anhörte.“

„Ich *hasse* dich, Mom!“, schrie Molly und knallte die Tür zu.

Nicole ignorierte den Ausbruch. „Ich bin froh, dass du meine erzieherischen Fähigkeiten in Aktion siehst.“

Die Tür am Ende des Flurs öffnete sich erneut. „Ich hasse dich *wirklich*!“ Bang! Die Tür schlug zu.

„Entschuldige mich bitte.“ Nicole lächelte gezwungen. „Ich muss mich um meine Tochter kümmern.“

„Ich auch.“ Mindy folgte ihrer Mutter den Flur entlang. Nicole spürte Thornes Blick im Rücken und wünschte sich, dass er zu einem anderen Zeitpunkt gekommen wäre. Warum mussten die Mädchen so überreagieren? Sie klopfte leise an die Tür. Mollys Schluchzen war unüberhörbar laut, als Nicole eintrat und ihre vierjährige Tochter in dramatischer Pose auf dem Bett vorfand.

Nicole stolperte über Puppen, Kleidungsstücke und Spielautos. „Oh, Liebling, das ist doch nicht so schlimm."

„Doch ... doch ..." Mollys Worte verloren sich in Tränen und einem Schluckauf.

Nicole nahm sie auf den Arm und wiegte ihren Kopf an ihrem Hals. „Ist ja gut, Liebling", flüsterte sie, während Mindy ihre pummeligen Ärmchen um eines ihrer Beine schlang und zum Türrahmen schielte, wo plötzlich Thorne auftauchte. Ein amüsiertes Lächeln umspielte seine Lippen, während er die Arme über der Brust verschränkte.

„Wer ist das?", fragte Molly böse, die kleine Stirn in Runzeln gelegt.

„Ein Freund. Mr. McCafferty."

„Thorne", korrigierte er. „Und wie heißt ihr?"

„Das ist Mindy", sagte Molly und sah verächtlich auf ihre Schwester. Für einen Augenblick waren Tränen und Unglück vergessen.

„Und du bist ..."

„Molly." Sie wand sich aus Nicoles Umarmung und sah mit dem gebieterischen Blick einer Vierjährigen zu dem Fremden hinauf.

„Mr. McCaff ... Thorne und ich gehen aus."

„Ist alles in Ordnung?", erklang Jennys Stimme, während ihr Kopf hinter Thornes Schulter auftauchte. Er machte einen Schritt in den Raum hinein, und Jenny streckte den Zwillingen die Arme entgegen.

„Jenny, das ist Thorne McCafferty", sagte Nicole, während die Mädchen in Jennys Arme rannten.

„Popcorn?", fragte Molly.

„Möchtet ihr?"

„Ja." Molly nickte wild.

„Gut, dann lasst uns in die Küche gehen." Jenny zwinkerte Nicole zu und murmelte ein kurzes „Freut mich, Sie kennenzulernen", bevor sie die Zwillinge aus dem Zimmer schob.

„Willkommen in meiner Welt", sagte Nicole. „Ein bisschen hektisch gerade."

Lächelnd nickte er langsam. „Ob im Krankenhaus oder hier – du bist immer in Bewegung, wie ich sehe. Ich nehme an, du möchtest es gar nicht anders haben."

„Da irren Sie sich, Mr. McCafferty. In meinem idealen Leben bin ich unendlich reich, lebe auf einer tropischen Insel und Kindermädchen kümmern sich um meine Töchter, während ich am Pool liege, gekühlte Drinks genieße und mich von einem schönen Jungen namens Ramon massieren lasse."

Er lachte. „Du würdest dich zu Tode langweilen."

„Wahrscheinlich", räumte sie ein und rollte die Augen. „So verrückt wie es ist, aber irgendwie liebe ich mein Leben." Sie wollte an ihm vorbeigehen, doch er ergriff sie am Handgelenk und hielt sie fest.

„Das ist überhaupt nicht verrückt."

„Nein?" Ihr Puls schoss in die Höhe, und sie spürte die Wärme seiner Fingerspitzen auf ihrer Haut.

„Es ist gut." Ihre Blicke trafen sich, und für den Bruchteil einer Sekunde glaubte sie, er wolle sie erneut küssen. Ihre Knie wurden weich. „Nicht viele Menschen schätzen ihr Leben und erkennen ihr Glück." Er sah auf ihre Lippen, und sie musste unwillkürlich schlucken.

„Wie ist es mit dir? Erkennst du dein Glück?"

Er zog frech seine Braue hoch, und ihr Herz begann wie wild zu schlagen, während er den Druck um ihr Handgelenk erhöhte. „In diesem Moment fühle ich mich sehr glücklich." Er neigte den Kopf, und sein Atem liebkoste ihr Gesicht. „Wirklich sehr glücklich." Er gab ihr einen flüchtigen Kuss auf die Wange, und sie rang nach Luft. Danach ließ er sie los. „Wir sollten jetzt gehen."

Großer Gott. Beinahe hätten ihre Beine versagt, so zittrig fühlte sie sich. „Warte bitte ein paar Minuten. Ich will mich nur umziehen – der Pullover ist hinüber." Mit weichen Knien floh sie in ihr Zimmer, schloss die Tür und lehnte sich einen Moment dagegen.

„Verdammt noch mal!" Wütend über sich selbst, riss sie sich den Pullover vom Leib und bemerkte, dass auch ihre Hose von Mollys Schnupfennase in Mitleidenschaft gezogen worden war. Nach einigem Suchen entschied sie sich für einen roten Pullover mit V-Ausschnitt und einen langen, schwarzen Jeansrock. Sie löste ihr Haar, griff nach ihrer schwarzen Lederjacke, die an der Tür hing, und ging in die Küche. Thorne beobachtete vergnügt, wie Molly hinter Jennys Rücken ihre Schwester mit Popcorn bewarf.

Mindy kreischte, und Jenny ging dazwischen. Nicole wollte so schnell wie möglich aus dem Haus. Sie warf ihre Jacke über, gab jedem Mädchen einen flüchtigen Kuss auf die Stirn und jeweils einen weiteren, als beide anfingen, Theater zu machen. Als sie mit Thorne bereits auf der Veranda war, jammerten die Zwillinge ihr laut hinterher: „Mom … geh nicht weg … Mom, Mooooomy …"

„Es muss schön sein, so begehrt zu werden", bemerkte Thorne, als er Nicole die Wagentür aufhielt und der Wind ihr Haar zerzauste.

„Immer", stimmte sie zu und sah zum Haus hinüber, wo zwei kleine, traurige Gesichter sich gegen die Fensterscheibe pressten. Nicole winkte ihnen zu, doch keines der Mädchen reagierte. „Das dauert weniger als zwei Minuten. Sobald der Wagen hinter der Ecke verschwunden ist, sind sie wieder lieb und zahm." Sie lehnte sich zurück und sah ihn an. „Also, Mr. McCafferty, wohin fahren wir?"

Sein Lächeln blitzte in der Dunkelheit. „Das wirst du sehen", sagte er und legte den Rückwärtsgang ein, um die Auffahrt hinunterzufahren.

„Oh, jetzt bist du geheimnisvoll."

„Ich bin *immer* geheimnisvoll."

„Und wovon träumst du nachts, McCafferty?", fragte sie spöttisch.

„Was glaubst du, Nikki?" Er warf ihr einen wissenden Blick zu.

8. KAPITEL

Was willst du denn hier?“ Nicole schüttelte den Kopf, als Thorne die Straße zur Flying-M-Ranch abbog.

„Du wirst schon sehen.“

„Ich dachte, wir gehen essen oder ins Kino oder ...“ Sie brachte den Satz nicht zu Ende, wischte die beschlagene Scheibe frei und sah hinaus in die winterliche, sternenklare Nacht.

Der Strahl der Scheinwerfer reflektierte im frostigen Gras. Der Mond leuchtete wie eine Perle vom Himmel und warf sein Licht auf die Weiden, wo sich die dunklen Schatten der Rinder und Pferde lautlos bewegten, während sich das Haus der Ranch in der Ferne abzeichnete. Warmes Licht drang aus einigen der Fenster, und die Sicherheitslampen gaben den Nebengebäuden eine unheimliche, bläuliche Färbung.

Thorne parkte in der Nähe der Garage.

„Sag nicht, dass du für uns kochen willst“, murmelte sie sarkastisch.

„Ich will dich doch nicht vergiften.“ Er stieg aus, lief um den Wagen herum, um ihr die Tür zu öffnen.

Sie ergriff seine ausgestreckte Hand und sprang auf den kiesbedeckten Boden. Hand in Hand liefen sie zu den Stallungen hinüber. Nicoles Herz schlug jetzt bis zum Hals. Eine aufgeregte Vorfreude, gegen die sie sich nicht wehren konnte, breitete sich in ihr aus. Was zum Teufel hatte er vor?

Thorne stieß die Stalltür auf und zog sie hinein. Sie waren nicht allein. Am Ende des Ganges standen zwei Pferde, gesattelt und gezäumt und an die Gitter ihrer Boxen gebunden. „Du bist wahnsinnig“, flüsterte sie.

„Komm schon, Frau Doktor. Wo ist dein Abenteuergeist? Du hast die Wahl. Der hier, der ‚General‘, ist sanftmütig wie ein Lamm“, sagte Thorne und zeigte auf einen großen braunen Wallach mit einer gekrümmten Blesse. „Wenn du willst, kannst du aber auch ‚Mrs. Brown‘ haben. Aber ich warne dich, wie die meisten Frauen, hat sie temperamentvolle Züge.“

„Chauvinist.“

„Immer.“ Ein breites Grinsen lag auf seinem Mund, als sie mit flinker Hand Mrs. Brown losband. Die dunklen Augen des Pferdes taxierten sie. „Es ist schon eine Weile her, dass ich im Sattel gesessen habe“, sagte Nicole zu der nervösen Stute und tätschelte die weichen Nüstern des Tieres. „Aber wir zwei werden schon miteinander klarkommen.“ Mrs. Brown warf ihren dunklen Kopf nach oben, sodass das Zaumzeug laut klirrte.

„Bist du sicher?“ Thorne war skeptisch.

„Absolut.“

Nachdem Thorne ein dickes Bündel am Sattel des Generals befestigt hatte, schnalzte er mit der Zunge, und sie führten die Pferde hinaus auf eine Koppel.

„Das ist völlig irrsinnig“, murmelte Nicole, während sie ein paar Knöpfe ihres Rockes aufmachte und sich in den Sattel schwang. Mrs. Brown tänzelte unruhig zur Seite, wohingegen der ruhige General geduldig dastand, als Thorne aufstieg.

„Wohin reiten wir?“, fragte sie und hielt die Zügel stramm, damit das Pferd nicht sofort losrannte. „Aber sag nicht ‚du wirst schon sehen‘.“

„Rate mal.“

„Keine Ahnung“, log sie, denn im Innersten kannte sie die Antwort. Sie ritten durch mehrere Gatter, während das Mondlicht auf die dunklen Berge fiel und das Wasser des Bachs zum Glitzern brachte. Nicoles Herz pochte wie wild, und sie biss sich auf die Lippe, als Thorne am letzten Tor den Wallach durch leichten Schenkeldruck veranlasste, den Schritt zu beschleunigen. Voller Ungeduld versuchte Mrs. Brown loszupreschen.

„Immer mit der Ruhe, mein Mädchen. Alles zu seiner Zeit.“ Nicole beugte sich nach vorn und tätschelte den Hals des Tieres, wobei sie nicht genau wusste, ob sie sich mit den Worten nicht selbst beruhigen wollte. Was hatte dieser Ritt im Mondschein zu bedeuten?

Ihre Haare flatterten im Wind und kalte Luft streifte ihre Wangen. Ein Hochgefühl durchströmte sie. Oh, es wäre so leicht, sich dem romantischen Augenblick hinzugeben und sich von dem puren Nervenkitzel dieses nächtlichen Ritts hinreißen zu lassen. Doch das würde sie nicht zulassen.

„Niemals“, schwor sie sich.

„Wie bitte?“ Er wandte sich zu ihr um. Wie er dort rittlings auf dem großen Pferd saß, die Haare vom Wind zerzaust, wirkte er noch dunkler und gefährlicher als je zuvor. Nicht mehr der Manager eines Unternehmens, sondern ein kraftvoller Mann, wild und unbezähmbar, wie dieses raue Stück Land im Herzen Montanas.

„Nichts. Ist schon gut", erwiderte sie, und um weiteren Fragen zu entkommen, trieb sie die Stute mit den Schenkeln an und lockerte die Zügel.

Mrs. Brown schoss sofort los und zog mit schnellen Bewegungen an dem größeren Pferd vorbei.

Nicole lachte laut auf und vergaß alle Vorsicht. Die Mondnacht spielte mit ihrem Herzen und ihrem Verstand. Der Wind trieb ihr Tränen in die Augen und zerzauste ihr Haar. Sie ritt über die Anhöhe und fühlte sich so frei und jung wie seit Jahren nicht mehr. Als sie über die Schulter zurückblickte, sah sie Thorne auf dem Wallach rasch näherkommen, nach vorne gebeugt, die zusammengekniffenen Augen auf sie gerichtet und mit dem Ausdruck zufriedener Entschlossenheit.

„Oh, Gott", flüsterte sie, um im nächsten Moment Mrs. Brown mit einem Schrei anzufeuern und ihr mit den Zügeln einen Klaps auf den Hals zu geben. Das kleine Pferd raste über das flache Land, einen Hügel hinauf, bis hin zu den großen, dunklen Bäumen unten am Bach. Nicole zog die Zügel wieder an und hörte bereits das Schnauben von Thornes Wallach hinter sich.

Sie versuchte, einen Moment durchzuatmen.

Wann war sie das letzte Mal hier gewesen? Der Sommer musste siebzehn oder achtzehn Jahre zurückliegen, ein langer Sommer voller jugendlicher Heißblütigkeit. Thornes Lippen auf ihrem Nacken waren so lustvoll und willkommen wie eine kühle Brise gewesen.

Wehmütig erinnerte sie sich an ihr leidenschaftliches, ungehemmtes Liebesspiel. Warum hatte er sie in dieser mondhellen Nacht ausgerechnet hierher geführt, so kurz vor Wintereinbruch?

Er stieg vom Pferd und sah von der frostigen Erde zu ihr hinauf. „Brauchst du Hilfe?"

„Nein ... ich ..." Sie räusperte sich und gab sich innerlich einen Ruck. Um Gottes Willen, sie war doch nicht der sprachlose Teenager von damals, sondern eine erwachsene Frau, eine Mutter und Ärztin. „Alles in Ordnung", antwortete sie und erschauderte innerlich bei dieser Lüge, denn Tatsache war, dass es ihr ganz und gar nicht gut ging. Trotzdem sprang sie vom Pferd und landete dicht neben

Thorne auf dem gefrorenen Boden, fest entschlossen, sich nichts anmerken zu lassen.

„Also … warum hast du mich hierher gebracht? Um der alten Zeiten willen?", fragte sie und staubte sich die Hände ab.

„So ähnlich."

„Ich hätte gar nicht gedacht, dass du so nostalgisch bist."

„Vielleicht hast du falsche Vorstellungen von mir."

Ihr Hals schnürte sich zusammen. „Ich … oh, ich glaube nicht." Mutig warf sie ihm ein Lächeln zu. „Ich bin nur erstaunt über dein Bedürfnis, eine Reise in die Vergangenheit zu machen."

„Geht es dir nicht manchmal ähnlich?" Seine Stimme war leise, und seine Augen schimmerten silbern im Mondlicht.

„Nein." Sie schüttelte den Kopf. „Genauer gesagt, finde ich es keine gute Idee."

„Oh?" Er legte seine Arme um sie und zog sie dicht an sich heran. „Ich glaube, es ist eine verdammt gute Idee."

Seine Lippen berührten die ihren. Sie rang nach Luft und gab sich seinem Kuss hin. Alle Bedenken, sich wieder mit ihm einzulassen, waren in dieser Sekunde dahin. Alte und neue Gefühle erfassten sie, und Verlangen durchströmte ihren Körper. Wie von selbst schlangen sich ihre Arme um seinen Nacken, und sie drückte sich mit geschlossenen Augen gegen ihn.

Oh, Thorne … es ist so lange her …

Die kalte, sternenklare Nacht und die Hitze seines Körpers ergaben eine verführerische, erotische Mischung. Ein kurzes Stöhnen entfuhr ihrer Kehle, was auch ihm ein heiseres Seufzen entlockte.

Tu es nicht, Nicole, flüsterte eine viel zu leise Stimme ihr zu. Sie hörte, wie die Pferde sich entfernten. Obwohl ihr Herz laut pochte, nahm sie die leisen Hufgeräusche und das Klirren des Zaumzeugs wahr, als die Tiere an dem gefrorenen Gras herumzupften. In der Ferne schrie eine Eule, und eine sanfte Brise wehte durch die kahlen Espen, die den Bach umsäumten.

„Das habe ich mir vom ersten Augenblick an gewünscht, als ich dich wiedergesehen habe", gestand Thorne und vergrub seine Hände in ihrem Haar. Er schob sie ein wenig von sich, um sie anzusehen. Ein Schatten lag auf seinen Zügen, und in seinen Augen spiegelte sich das silberne Mondlicht.

„Vom ersten Augenblick an?“

„Ja.“

„Im Krankenhaus?“

„Im Krankenhaus.“

„Lügner.“ Ihr Atem lag wie Nebel in der Luft.

„Ganz und gar nicht.“ Er küsste sie erneut. Dieses Mal erwiderte sie seinen Kuss, ohne sich durch die Vergangenheit hemmen zu lassen. Sie küsste ihn mit der gleichen Hingabe wie damals als junges Mädchen. Es war so selbstverständlich, von seinen starken Armen zu Boden gezogen zu werden, so natürlich, seine Lippen und seine Zunge in ihrem Nacken zu spüren, seine Kraft, die ihren ganzen Körper erschütterte.

Ein warmer, lustvoller Schauer durchströmte sie. Während Thorne sie küsste, als wollte er niemals aufhören, pochte ihr Herz wie wild.

Sie spürte, wie der Gürtel ihrer Jacke geöffnet wurde und seine Hand unter ihren Pullover glitt. Voller Verlangen bog sie sich ihm entgegen, während seine warmen Hände über ihre Rippen strichen.

Dutzende von Gründen, sich ihm zu verweigern, schwirrten ihr durch den Kopf.

Aber mindestens genauso viele brachten ihre Zweifel zum Schweigen. Warum sollte sie diesen Mann nicht lieben? Was könnte es schaden?

Das Spiel seiner Zunge löschte jede Frage aus. Sie stöhnte voller Verlangen, als seine Finger über die nackte Haut ihrer Schenkel strichen. *Du musst ihn aufhalten, Nicole! Bist du verrückt? Du darfst dich ihm nicht hingeben!* Doch sie wusste, dass sie bereits verloren war.

In Minutenschnelle hatte er ihr Rock und Pullover abgestreift und lag auf ihr. Seine Berührungen und Küsse entfachten Flammen in ihrem Innern. Als sie die Augen öffnete, sah sie in das Gesicht, das sie einst geliebt hatte. Auch jetzt erkannte sie darin noch den Jungen, der er früher gewesen war. Ein hartes, kantiges Gesicht, doch in seinem Blick schimmerte ein Anflug des Bedauerns.

„Ich habe dir nie gesagt, dass es mir leidtut“, flüsterte er rau.

„Psst.“ Sie legte den Finger auf seine Lippen. „Du musst nichts sagen – ooh.“

Seine weichen, warmen Lippen umschlossen ihren Finger, und seine Zunge liebkoste ihn spielerisch.

„Oh, nein – Thorne – bitte."

Sie wollte ihn abwehren, doch es gelang ihr nicht.

Er ließ ihren Finger los und küsste sie heftig. Jeder Gedanke an Widerstand war wie ausgelöscht. Ihr Körper war wie elektrisiert, und sie glühte am ganzen Leib.

Mit einer Hand zerrte sie an seiner Kleidung und erforschte seine nackte Haut. Sie küsste seine behaarte Brust und wurde mit der gleichen Zärtlichkeit belohnt. Seine Zunge fuhr über ihre erregten Brustspitzen und liebkoste eine nach der anderen.

„Du bist noch viel schöner als in meiner Erinnerung", hauchte er.

Hör nicht hin. Glaube ihm nicht. Aber dafür war es schon zu spät.

Wellen der Lust pulsierten durch ihren Körper und ließen sie keinen klaren Gedanken fassen. Sein Atem beschleunigte sich genauso wie der ihre.

„Davon habe ich immer geträumt", flüsterte er, als er weiter hinabglitt und mit dem Mund ihren Bauch berührte, um schließlich zu der empfindlichen Stelle zwischen ihren Schenkeln zu gelangen, zu der Stelle, wo sie ihn am meisten wollte.

„Thorne, oh, Thorne ...", stöhnte Nicole, überwältigt vom Verlangen. Sie wollte so viel mehr.

Als ob er ihre Gedanken lesen konnte, schob er sanft ihre Beine auseinander.

„Jetzt?", flüsterte sie.

„Ja, jetzt."

Vorsichtig drang er in sie ein. Sie sah zu ihm hinauf, während er sich langsam in ihr bewegte, bis sie schließlich einen gemeinsamen, schnelleren Rhythmus fanden. Sie schloss die Augen und glaubte zu träumen, als sie ihre eigenen und Thornes Schreie auf dem Gipfel der Lust hörte.

„Oh, Nikki. Meine süße Nikki." Erschöpft verbarg Thorne seinen Kopf in ihrer Halsbeuge. „Das war wunderschön."

Er gab ihr einen Kuss und rieb ihre Arme. „Kalt?"

„Noch nicht."

„Keine Angst, dafür hab ich vorgesorgt." Er rollte von ihr herunter, stand auf und pfiff nach den Pferden. Sofort schoss der Kopf des Wallach in die Höhe, und das Pferd kam wie der Wind angetrabt. Thorne öffnete die Satteltasche und holte eine Thermosflasche und ein Päckchen heraus.

„Darf ich fragen, was du da machst?“ Zitternd streifte sich Nicole ihren Rock und Pullover über.

„Du ziehst dich wieder an?“

„Falls es dir entgangen ist: Es ist bitterkalt hier draußen.“ Sie sah zu den eisbedeckten Baumwurzeln am Ufer des Baches hinüber.

„Du bist zäh. Das wirst du aushalten.“

„Und du bist der Machotyp, oder?“

„Schon immer.“ Sie versuchte seinen nackten Körper zu ignorieren und konzentrierte sich darauf, was er tat. Er breitete eine kleine Tischdecke aus, überreichte ihr ein in Folie verpacktes Päckchen und öffnete die Thermosflasche.

„Was ist das?“

„Juanitas Spezialität. Tacos und spanischer Kaffee.“

„Bist du verrückt?“

Er saß auf der nackten Erde, und sie löste ihren Blick von seinen muskulösen Schenkeln, um einen Emaillebecher mit dampfendem Kaffee und einem Schuss Alkohol entgegenzunehmen.

Nicole packte die Tacos aus und biss hinein. Ein köstlicher Geschmack erfüllte ihren Mund. Sie nahm einen Schluck Kaffee und spürte, wie die heiße Flüssigkeit ihre Kehle hinunterlief. „Ich nehme an, dass du nicht jede Frau so bevorzugt behandelst.“

„Nein. Nur dich.“ Er sah sie einen langen Augenblick an, während sie seinem Blick auswich und einen großen Schluck aus ihrem Becher nahm.

„Ich bin also etwas Besonderes?“, stichelte sie.

„Absolut.“

Nur zu gern würde sie ihm mit der ganzen Naivität ihrer verlorenen Jugend glauben, wagte es aber nicht. „So besonders, dass es achtzehn Jahre und einer Tragödie bedurfte, um mich wiederzusehen.“

„Vielleicht habe ich mich vorher nicht deutlich genug ausgedrückt“, sagte er. „Ich wollte mich für das, was in der Vergangenheit geschehen ist, entschuldigen, aber du hast mich nicht gelassen.“

„Ich weiß, du musst dich nicht …“

„Doch, das muss ich, Nikki. Ich habe viele Entschuldigungen und vielleicht nicht die besten. Aber jetzt ist jetzt. Ich hoffe, dass du mir einfach glauben kannst.“

„Das ist verdammt schwer, wenn du so splitternackt vor mir sitzt und ich mich kaum auf dein Gesicht konzentrieren kann. Wenn du weißt, was ich meine."

„Ich weiß", sagte er und stellte seinen Becher ab. Ihr wurde heiß, denn sie wusste, was nun folgen würde. Im nächsten Moment hatte er sie erfasst und küsste sie, als wolle er sie nie mehr loslassen. Mit wenigen Handgriffen streifte er ihr die Kleider vom Leib und liebte sie noch einmal.

Nikki, das romantische, junge Mädchen, das tief in ihrem Innern noch immer weiterlebte, schwebte im siebten Himmel bei dem Gedanken an eine Liebesaffäre mit Thorne McCafferty, dem Mann, der ihr unendlich viel bedeutete.

Aber Nicole, die erwachsene Frau, wusste, dass sie sich soeben den schlimmsten Gefühlsqualen auslieferte.

9. KAPITEL

Wenn es keine weiteren Komplikationen gibt, wird es das Kind schaffen.“ Dr. Arnolds Stimme war wie Balsam, und Thorne wäre am liebsten an die Decke des Arbeitszimmers gesprungen. Seit Stunden beschäftigte er sich mit Vertragsänderungen und führte Telefonate mit seinem Immobilienmakler und seinem Steuerberater, war aber in Gedanken die ganze Zeit über bei Rachel und dem Baby.

Und natürlich bei Nicole. Sie ging ihm nicht mehr aus dem Kopf. Seit der Nacht unten am Fluss waren zwei Tage vergangen, und er musste sich zügeln, nicht sofort wieder ihre Nähe zu suchen. Aber es gab zu viel anderes, um das er sich kümmern musste. Er durfte sich jetzt nicht Hals über Kopf in eine leidenschaftliche Affäre stürzen.

„… wenn sein Zustand sich weiterhin verbessert, könnte er in drei Tagen nach Hause kommen. Da Ihre Schwester nicht in der Lage ist, das Baby zu versorgen, nehme ich an, dass Sie bereits Vorkehrungen getroffen haben.“

„Richtig“, erwiderte Thorne, obwohl er bei seiner Suche nach einem passenden Kindermädchen nicht sehr viel weiter gekommen war. Abgesehen davon, dass das Kinderzimmer noch nicht einmal hergerichtet war.

„Rufen Sie mich an, wenn Sie Fragen haben. Ich bin alle zwei Stunden bei dem Kind.“

„Danke“, sagte Thorne und hatte das Gefühl, dass die schwerste Last, die er je in seinem Leben verspürt hatte, ihm genommen war. „Gott sei Dank!“, flüsterte er und legte seinen Kopf auf den Schreibtisch.

Vielleicht würde sich jetzt alles zum Guten wenden. Er schob seine Papiere beiseite und verließ auf Strümpfen das Arbeitszimmer. Seit einer Woche hatte er seine gewohnt strenge Lebensweise aufgegeben und war lockerer geworden. Rachels Verfassung und der schwache Zustand des Babys hatten ihn nur selten an Geschäftliches denken lassen. Er interessierte sich weniger für Ölpreise und Start-up-Unternehmen als für die Ranch und das Land, das er doch einst verschmäht hatte.

Und Nicole? Ist sie nicht auch ein Grund, warum du das Leben hier so idyllisch findest?

Er fuhr sich über das Kinn und bemerkte, dass er vergessen hatte, sich zu rasieren. Aber es machte ihm nichts aus. Auf dem Weg zur Küche fragte er sich, ob er innerlich einfach weicher oder einfach nur klüger wurde.

„Thorne führt Bewerbungsgespräche mit Kindermädchen, die von einer Agentur geschickt ..." Slades Stimme klang, als müsste er mühsam die Geduld wahren.

„Ich will keine Fremden im Haus! Er versteht vielleicht was vom Geld, aber bestimmt nicht von Kindern", unterbrach ihn Juanita mit entschiedener Stimme.

„Mir klingeln die Ohren", bemerkte Thorne, als er die Küche betrat.

Juanitas Arme waren bis zu den Ellenbogen mit Mehl bedeckt, während sie mit grollendem Gesichtsausdruck Teig auf dem Tisch ausrollte und immer wieder mit Mehl bestäubte. „Dieses Baby braucht seine Mutter – und Señorita Rachel wäre bestimmt nicht damit einverstanden, dass eine fremde Person sich um ihren Sohn kümmert!" Juanita hielt inne und bekreuzigte sich.

„Ich habe noch niemanden eingestellt."

„Gut." Juanita gab einen Schwall spanischer Wörter von sich, und Thorne war froh, dass er sie nicht verstand.

Slade kicherte und schüttelte den Kopf. Er fasste in seine Tasche und zog einen zusammengefalteten Zettel hervor. „Larry Todd hat unterschrieben", sagte er. „Ich treffe ihn ...", er sah auf seine Uhr, „... in einer halben Stunde."

„Gut."

„Kurt Striker wird später noch vorbeikommen. Bist du dann da?"

Thornes Kopf schnellte in die Höhe. „Darauf kannst du Gift nehmen. Hat er irgendetwas herausgefunden?"

„Nicht, dass ich wüsste, aber wir werden sehen." Slade ging zur Hintertür, wo seine Stiefel standen.

„Es gibt gute Neuigkeiten", sagte Thorne und erregte Slades und Juanitas Aufmerksamkeit. „Dem Baby scheint es besser zu gehen."

Slade stieß einen Freudenschrei aus, während Juanita sich mit tränenerfüllten Augen erneut bekreuzigte.

„Weiß Matt Bescheid?", erkundigte sich Slade.

„Nein. Ich hab die Nachricht gerade erst bekommen. Sag du es ihm doch."

„Das mach ich sofort."

Thorne strich sich mit der Hand über das Kinn. „Ich fahr jetzt in die Stadt, um mit ein paar Anwälten über Rachel zu sprechen, und danach schau ich im Krankenhaus vorbei. Ich treffe dich und Striker dann später hier", erklärte er.

„In Ordnung." Mit einem grüßenden Nicken zu Juanita, der „Aufseherin", wie er sie manchmal nannte, verschwand Slade durch die Hintertür.

„Gott sei Dank für das Baby", sagte Juanita, als sie sich wieder ihrem Teig zuwandte. „Was ihn betrifft ..." Sie zeigte mit dem Kopf in Richtung Tür, die sich hinter Slade schloss. „Er ist zu ... *irrespetuoso* ... zu ..." Sie fuchtelte mit einer Hand wild in der Luft herum.

„Zu respektlos. Und Rachels Mutter hast du einmal eine Hexe genannt."

„Das war vor vielen Jahren und ist jetzt ..."

„Nicht mehr wichtig. Slade hatte sein eigenes Leid zu ertragen. Das weißt du doch."

„*Si*." Sie spitzte den Mund und griff in das Glas mit dem Mehl.

Gedankenverloren ging Thorne zurück ins Arbeitszimmer und rief Eloise in Denver an. Ihre Stimme klang professionell und aufgeweckt wie immer, doch vermisste er den Bürostress in keinster Weise.

Sie informierte ihn über die letzten Anrufe, unter anderem auch den von Annette. Als er ihren Namen hörte, plagten ihn Gewissensbisse, obwohl er geglaubt hatte, dass sie sich bei ihrem letzten Telefonat einvernehmlich getrennt hatten. Offensichtlich war das nicht der Fall.

„Wenn jemand anruft, geben Sie ihm oder ihr bitte diese Nummer hier. Es gibt auch einen Anrufbeantworter."

„Wird gemacht. Übrigens reden sie bei der Gewerkschaft der Zimmerleute immer noch von Streik. Das könnte auch unsere Leute betreffen. Und bei einem der Gesellschafter von Tech-Link wird wegen Steuerhinterziehung ermittelt."

Thorne stieß einen langen Pfiff aus. „Sie haben ja nur gute Nachrichten."

„Ich wollte nur nicht, dass Sie sich vernachlässigt fühlen."

„Keine Sorge. Wie gesagt, geben Sie allen meine neue Nummer – ich melde mich dann zurück. Okay?"

„Wird gemacht“, versicherte sie. Nachdem er aufgelegt hatte, fühlte er sich leidenschaftsloser denn je seinem Job gegenüber. Er sah aus dem Fenster auf das im Sonnenlicht schimmernde, weite Land, das seine Kindheit geprägt hatte. Die Daumen in die Gürtelschlaufen seiner Jeans gehakt, lehnte er sich gegen den Fensterrahmen und beobachtete eine Rinderherde, die sich träge über das winterliche Land walzte. Zottiges rotes, schwarzes und graues Fell bewegte sich langsam vorwärts, während ab und zu ein verlorenes Kalb brüllte.

Als Kind hatte Thorne das alles geliebt, und obwohl mittlerweile zwanzig Jahre vergangen waren, holte ihn jetzt diese Vergangenheit ein. Genauso wie eine gewisse junge Ärztin.

„Sie hat noch nicht reagiert?“, erkundigte sich Nicole bei der Krankenschwester auf der Intensivstation. Immer noch an Monitore angeschlossen, lag Rachel McCafferty unbeweglich in ihrem Bett. Man hatte ihren Kopfverband entfernt, und zumindest äußerlich waren Heilungsfortschritte zu sehen. Aber ihr Anblick war schlimm. Ihre Haut war grün und blau und voller Schorf, die Wangen noch immer geschwollen.

„Nein. Wir haben mit ihr gesprochen und einer der Brüder – der mit den dunklen Augen ...“

„Matt.“

„Ja. Er hat bestimmt eine Viertelstunde mit ihr geredet, aber sie hat nicht im Geringsten reagiert.“ Sie sah Nicole an. „Manchmal dauert es eine Weile. Dr. Nimmo ist noch nicht besorgt, und schließlich ist er der beste Neurochirurg weit und breit.“

„Ich weiß, aber da es dem Baby besser geht, wäre es so schön ...“

„Leider hat die Presse hier schon herumgeschnüffelt. Verschiedene Leute von der Zeitung haben angerufen, und eine Frau hat versucht, sich einzuschleichen, und sich als Schwester der Patientin ausgegeben. Aber weil wir wissen, dass sie nur Brüder hat, haben die Wachleute sich um sie gekümmert.“

„Geben Sie mir Bescheid, wenn sich etwas verändert.“

Sie ging in ihr Büro zurück und atmete tief durch. Die letzte Nacht in der Notaufnahme war lang gewesen und ihr schwerer gefallen als andere, da sie die vorhergehenden Nächte nicht ausreichend geschlafen hatte.

Nachdem sie sich am Fluss geliebt und das köstliche Picknick gegessen hatten, waren Thorne und sie um Mitternacht die Anhöhe entlanggeritten und dann zur Ranch zurückgekehrt. Sie war erst nach ein Uhr nach Hause gekommen und hatte, in Gedanken bei Thorne, vor lauter Sehnsucht keinen Schlaf finden können.

In der darauf folgenden Nacht hatte Molly schlecht geträumt und über Halsschmerzen geklagt.

Sie zwang sich, sich auf ihre Arbeit zu konzentrieren. Schon in zwei Stunden begann ihr nächster Dienst. Bis dahin hatte sie noch verschiedene Patientenberichte zu schreiben und mit Kollegen zu telefonieren. Außerdem wollte sie wissen, wie es ihren Töchtern ging.

Bei dem Gedanken an ihre Mädchen musste sie lächeln, obwohl Mollys Husten sich heute Morgen schlimm angehört hatte. Zur Beruhigung erkundigte sie sich bei Jenny, wie es den Zwillingen ginge. Danach stellte sie den Computer an und machte sich an die Arbeit, unterbrach aber schon nach einer Stunde ihre Tätigkeit, um in der Säuglingsstation vorbeizusehen.

Der kleine J. R. lag unter einer Wärmelampe und blinzelte ihr entgegen. „Wie geht es dir, mein Kleiner?“, flüsterte sie. Vorsichtig nahm sie ihn auf den Arm und drückte ihn an ihre Brust. Tränen erfüllten ihre Augen, als sie seinen Babyduft roch und sein kleiner, warmer Körper sich an sie schmiegte.

„Möchten Sie ihn füttern?“, fragte eine der Schwestern, und Nicole konnte nicht widerstehen. Mit geübten Händen gab sie ihm die Flasche und lächelte, als er hungrig trank. Es war ein wunderbares Gefühl, ihn zu halten, und sie spürte, wie sehr sie sich ein weiteres Kind wünschte.

Thornes Kind? spottete ihre innere Stimme. *Ist es das, was du möchtest? Von einem eingefleischten Junggesellen?*

Sie kämpfte gegen eine Woge der Gefühle, während sie den kleinen J. R. in den Armen wiegte. Was war falsch daran, noch ein Kind haben zu wollen?

Willst du wirklich noch ein weiteres Kind ohne Vater großziehen?

„Na, also“, sagte sie leise, als das Kind zu trinken aufhörte und sie ansah. „Du bist wunderschön.“ Sie küsste seinen flaumigen Lockenkopf und sah durch die Glasscheibe.

Thorne stand auf der anderen Seite und beobachtete sie mit undurchdringlicher Miene. Mit Anzug, weißem Hemd und perfekt sitzender Krawatte wirkte er unnahbar.

Sie spürte, wie ihr die Röte ins Gesicht stieg, weil er sie in einem solch zärtlichen Moment entdeckt hatte. Ihr gelang ein schwaches Lächeln, während sie das Baby in sein Bett zurücklegte und es sanft beruhigte, als es zu schreien anfing.

„Ich übernehme ihn", sagte eine Schwester, als Nicole aus dem Zimmer trat und auf Thorne traf.

„Ich hab dich nicht hier erwartet." Sie vergrub die Hände in ihren Kitteltaschen.

„Ich hatte in der Stadt zu tun und wollte sehen, wie es den beiden geht."

„Ihm geht es viel besser."

Thorne lächelte. „Das sehe ich. Ich wünschte nur, dass meine Schwester endlich reagieren würde."

„Das wird sie mit der Zeit."

„Hoffentlich." Er wirkte nicht sehr optimistisch. „Kann ich dich zum Mittagessen einladen?"

Sie war fast fertig mit ihrer Schreibtischarbeit und sie hatte Hunger. Warum also nicht? *Weil es das Beste wäre, wenn du die Finger von ihm lässt. Du bist nur ein Zeitvertreib für ihn. Er wird wieder weggehen, Nicole.*

„Ich muss gleich in die Notaufnahme."

„Wie wäre es dann mit einem Kaffee in der Cafeteria?" Sein Lächeln war unwiderstehlich.

„Okay. Überredet", lachte sie.

Die Cafeteria glich einem Tollhaus. Trotz Thornes Protest, doch etwas Richtiges zu essen, nahm sie nur einen Becher Joghurt, einen Muffin und eine Tasse schwarzen Kaffee, während er eine Suppe und ein Sandwich bestellte.

„Ich hatte gehofft, dass du mir helfen kannst", begann er und packte sein Sandwich aus.

„Wie?"

„Wie ich schon sagte, wenn J. R. aus dem Krankenhaus kommt, brauchen wir ein Kindermädchen."

Sie schmunzelte. „Erzähl mir nicht, dass die drei McCafferty-Brüder nicht mit einem Baby fertig werden. Mir gefällt die Vorstellung vom Businessmann beim Windelwechseln und vom Cowboy, der auf das Bäuerchen wartet."

„Fein, dass du deinen Spaß hast", bemerkte er kauend.

„Es ist einfach schön, neben einem Mann mit so unendlich vielen Talenten zu sitzen", neckte sie ihn.

„Du musste es ja wissen."

Das Lachen verschwand aus seinen Augen, und Nicole fiel fast der Löffel aus der Hand. Gedanken an den nächtlichen Liebesakt mit ihm rasten ihr durch den Kopf.

„Genug, okay? Ich hab verstanden", flüsterte sie, um Diskretion bemüht. „Waffenruhe."

„Du hilfst mir also, ein Kindermädchen zu finden?"

„Ich fürchte, ich hab keine andere Wahl."

Mit immer noch geröteten Wangen gelang es ihr, das Thema zu wechseln und Small Talk zu machen, aber schon ein paar Minuten später sah sie auf die Uhr und sagte: „Die Pflicht ruft."

Beide standen gleichzeitig auf und brachten ihre Tabletts zurück. „Hat man den Vater des Kindes schon ausfindig gemacht?", fragte sie. „Er könnte ein Mitspracherecht bei der Betreuungsfrage haben."

„Noch nicht." Seine Augen bekamen einen kalten Ausdruck. „Aber ich finde ihn."

Bevor sie den Fahrstuhl betreten konnte, hielt er sie am Ellenbogen fest, zog sie zu sich heran und küsste sie so heftig, dass ihre Knie weich wurden.

„Was soll das?", fragte sie, nachdem er sie wieder freigegeben hatte.

„Damit ich dir in Erinnerung bleibe."

Ihres Atems und ihrer Fassung gleichermaßen beraubt, betrat Nicole den Fahrstuhl. Sie sollte ihn also nicht vergessen? Darum musste er sich keine Sorgen machen.

10. KAPITEL

Kurt Striker sah aus wie die Fernsehversion eines ehemaligen Polizisten, der Privatdetektiv geworden war. Er hatte ein markantes Gesicht, und seine tief liegenden Augen wanderten rastlos umher. In Jeansjacke, passenden Levis und zerkratzten Stiefeln schüttelte er Thorne fest die Hand, als sie mit Slade auf der hinteren Veranda standen.

„Schön, dass Sie da sind“, sagte Thorne. Kurt nickte, und Thorne bemerkte ein paar graue Flecken in seinem braunen Haar.

„Ich dachte, es würde Sie interessieren, was ich herausgefunden habe.“

„Ja, natürlich.“ Thorne zeigte mit dem Kopf in Richtung Küche. „Gehen wir hinein.“ Slade drückte seine Zigarette in einer Metalldose aus, die auf der verwitterten Bank stand. Im Haus roch es nach Putzmitteln, vermischt mit dem Aroma von geröstetem Fleisch.

„Stiefel ausziehen und auf der Veranda lassen!“, schrillte Juanitas Stimme aus dem hinteren Winkel der Vorratskammer.

„Sie hat ihre Augen überall“, grummelte Slade und sah auf seine abgewetzten Schuhe. „Geschenkt.“

„Meine sind sauber“, sagte Kurt.

Juanita kam mit zwei Beuteln Kartoffeln und Zwiebeln aus der Kammer zurück, die sie auf dem Tisch ablud. „Diese Frau – diese Annette. Sie hat wieder angerufen und will, dass du unbedingt heute noch zurückrufst.“ Sie rollte ihre Augen und murmelte etwas auf Spanisch.

Thorne konnte seinen Unmut nicht verbergen. „Das nächste Mal lässt du einfach den Anrufbeantworter rangehen.“

„Das habe ich gemacht, aber beim Staubwischen musste ich ihre Nachricht mithören. Ein Reporter hat sich auch gemeldet und will mit dir sprechen. *Dios!*“

„Ich ruf ihn später an“, sagte Thorne und drehte sich zu Kurt um. „Gehen wir ins Wohnzimmer.“

Mit flinken Händen begann Juanita Zwiebeln zu schälen. „Möchten Sie etwas essen? Chips und etwas zu trinken?“

„Ein paar Snacks wären prima. Und Bier“, erwiderte Thorne.

„Also, was gibt es?“, fragte Thorne, nachdem sich die drei Männer im Wohnzimmer versammelt hatten.

Striker stand mit ernster Miene am Fenster. „Ich habe den Verdacht, dass ein anderes Fahrzeug in den Unfall verwickelt war."

Thornes Augen verengten sich. „Moment mal. Widerspricht das nicht all dem, was die Polizei sagt?"

„Stimmt." Slade kniete vor dem Kamin und zündete ein Streichholz an.

„Es ist momentan nur eine Theorie", räumte Striker ein. „Aber es gibt Ungereimtheiten. Ein paar Farbkratzer am hinteren Kotflügel. Keine Bremsspuren oder andere Beweise, aber ich glaube, die Farbe ist ein deutlicher Hinweis."

Das Feuer fing an zu knistern, und Slade warf ein dickes Stück Holz in die Flammen. Juanita brachte drei Flaschen Bier und einen Teller mit Chips herein. Nachdem sie den Raum wieder verlassen hatte, setzte sich Striker in eine Ecke des alten Ledersofas vor dem Kamin. Er und Slade nahmen sich jeder ein Bier, während sich Thorne ganz auf Strikers Worte konzentrierte.

„Was sagt die Polizei dazu?", wollte er wissen und spürte, wie sich sein Magen zusammenzog und sein Kopf zu pochen anfing.

„Nicht viel. Sie ziehen alle Möglichkeiten in Betracht."

„Was ist mit dem Vater des Kindes?"

„Es gibt einige, die infrage kommen. Bisher hab ich noch mit keinem gesprochen."

„Wer sind sie?"

„Männer, mit denen Rachel vor ungefähr einem Jahr gesehen wurde. Wie es scheint, hatte Ihre Schwester in letzter Zeit keinen festen Freund. Sie verbrachte ihre Zeit mit Kollegen von der Zeitung und Freunden aus der Schulzeit. Niemand von diesen Leuten weiß etwas von einer Liebesaffäre."

Striker nahm einen großen Schluck von seinem Bier. „Aber es gibt ein paar Männer, die sich mit ihr getroffen haben, und ich versuche, sie ausfindig zu machen. Einer heißt Joe Paterno, ein freier Fotojournalist, der für den *Clarion* gearbeitet hat. Dann ein Rechtsanwalt namens Brodie Clanton – er steht in Verbindung mit dem großen Geld in Seattle. Sein Großvater war Richter. Der letzte ist ein Cowboy-Typ, den sie bei einem Interview kennengelernt hat. Ein gewisser Sam Donahue."

„Den kenn ich", sagte Slade und lehnte sich gegen die Bücherwand. „Ich hab ihn bei einem Rodeoreiten getroffen. Matt kennt ihn auch, wenn es der ist, den ich meine. Groß. Blond. Und knallhart."

„Das ist er."

Mit finsterem Ausdruck nahm Slade noch einen großen Schluck Bier. „Das ist keine gute Nachricht. Hab gehört, dass Donahue schon öfters im Gefängnis war."

„Stimmt."

„Verdammt", knurrte Thorne.

„Je mehr ich über unsere kleine Schwester erfahre, desto mehr habe ich das Gefühl, sie gar nicht gekannt zu haben." Slade schüttelte den Kopf.

„Das hat niemand von uns", bemerkte Thorne, als das Schlagen der Haustür zu hören war und Matt ins Wohnzimmer kam.

„Was hat niemand von uns?", fragte er, während er seine Handschuhe auszog, seinen Hut auf einen der Sessel warf und in die Runde schaute. Sein Gesicht war rot von der Kälte.

Slade stellte ihm Kurt Striker vor und informierte ihn über den Stand der Dinge, während er sich die letzte Flasche Bier vom Tisch nahm.

„Sam Donahue? Unmöglich. Das ist nicht Rachels Typ", schnaubte Matt.

„Was haben Sie noch für uns?", fragte Thorne den Privatdetektiv.

„Nicht viel, bis auf die Tatsache, dass es Ihrer Schwester in ihrem Job nicht besonders gut ging. Obwohl die Leute bei der Zeitung zugeknöpft waren, meinten einige, dass sie wohl Probleme mit den Redakteuren hatte."

„Wieso?" Thorne zog die Brauen zusammen.

„Ich habe Kopien bekommen von all ihren Kolumnen in den letzten sechs Monaten. Laut ihrer Freundin Sarah Peeples, die Filmkritiken schreibt, hatte Rachel bereits Beiträge für weitere zwei Wochen geschrieben, die noch nicht erschienen waren. Die hat aber niemand gelesen. Außerdem heißt es, dass sie an einer bestimmten Sache dran war, obwohl die Zeitung das bestreitet. Jedenfalls hat niemand irgendetwas Schriftliches darüber gesehen."

„Sie schreibt bloß harmlose Ratschläge in Sachen Liebeskummer!", unterbrach Slade.

„Und was noch?“, erkundigte sich Striker.

Matt runzelte die Stirn. „Moment mal. Sie sagten, dass Rachels Wagen *vielleicht* angefahren wurde, ob nun aus Absicht oder nicht. Es ist aber ein ziemlicher Unterschied zwischen einem einfachen Unfall wegen Glatteis und einem … versuchten Mordanschlag.“

„Ich wollte nur sagen, dass möglicherweise ein anderes Fahrzeug involviert war und dass der Fahrer sich in dem Falle zumindest der Fahrerflucht schuldig gemacht hat. Alles Weitere wäre nur noch schlimmer.“

„Gott, ich hoffe, sie wacht bald auf.“ Matt fuhr sich frustriert mit der Hand durchs Haar.

„Das hoffen wir alle.“ Thorne sah von einem Bruder zum anderen. „Aber bis dahin müssen wir weiter versuchen, uns Klarheit zu verschaffen. Bleiben Sie dran. Sprechen Sie mit so vielen Leuten wie möglich. Vielleicht gibt es eine Möglichkeit, die Blutgruppe der Männer, mit denen Rachel zu tun hatte, herauszufinden, um wenigstens einige Möglichkeiten ausschließen zu können.“

„Bin schon dabei“, erklärte Striker.

„Wie machen Sie das?“, wollte Matt wissen.

Kurt gab ihm mit einem kurzen Blick zu verstehen, dass das seine Angelegenheit war.

Thorne war sich nicht im Klaren darüber, ob er Kurt Striker mochte, doch der Mann würde bestimmt alles tun, um die Wahrheit herauszufinden. Und nur das zählte. Selbst wenn das Gesetz dabei ein wenig überschritten werden musste.

„Besitzt Ihre Schwester einen Laptop? Der könnte mir bei der Suche nach den unveröffentlichten Kolumnen helfen“, wollte der Detektiv wissen.

Slade zuckte die Schultern, Matt schüttelte den Kopf und Thorne runzelte die Stirn.

„Auf ihrem Schreibtisch ist keiner.“

„Woher wissen Sie das?“, fragte Matt.

„Ich hab nachgesehen.“

„Sie sind in ihre Wohnung eingebrochen?“ Matt sah von einem Bruder zum anderen. „Hey, ist das nicht illegal? Rachel macht uns fertig, wenn sie davon erfährt.“

„Vielleicht war sogar jemand schneller als ich.“ Striker nahm einen letzten, ausgiebigen Schluck aus seiner Flasche.

„Augenblick mal …" Matt sah Thorne ungläubig an. „Glaubst du nicht, dass wir voreilige Schlüsse ziehen? Gut, sie hatte einen schweren Unfall. Aber ich sehe keine Anzeichen, dass hier etwas faul ist."

„Du kannst es nicht ausschließen."

„Warum? Jeder, der sie kannte, mochte sie. Schließlich hat sie Liebeskranken Ratschläge erteilt und keine Skandalgeschichten oder politische Enthüllungen geschrieben."

„Es war mehr als nur Liebeskummerzeug", stellte Slade klar. „Ihre Kolumne war für allein lebende Menschen …"

„Ja, ich weiß", blaffte Matt.

„Der Punkt ist doch, dass niemand von uns über ihr Leben Bescheid wusste." Thorne krempelte sich die Ärmel hoch. „Und jetzt kann es sein, dass jemand in den Unfall verwickelt war, ob absichtlich oder nicht. Wir müssen eben herausfinden, wer es war."

„Und *warum*." Matt machte eine verzweifelte Handbewegung. „Brauchen wir nicht ein Motiv?"

„Nicht, wenn es sich um einen Unfall handelt und jemand einfach nur Angst hat, sich zu stellen." Slade leerte seine Flasche.

Matt richtete sich auf. „In dem Falle ist es auch nicht nötig, in ihre Wohnung einzudringen und den Computer zu durchsuchen, oder?"

„Hey, wir müssen alles versuchen." Slade stand auf und ging zu seinem Bruder hinüber. „Glaubst du nicht auch, dass wir jede Spur verfolgen sollten?" Sein Kopf glühte vor Erregung. Schon als Kind konnte man ihm ansehen, dass ihm im nächsten Moment der Geduldsfaden reißen würde und wohl eine Prügelei anlag.

Matt wich nicht von der Stelle und setzte sein provozierendes Lächeln auf, das seine Brüder schon immer bis aufs Blut gereizt hatte.

„Wir wissen nicht viel, und Kurt wird uns helfen, den Dingen auf den Grund zu gehen. Hast du ein Problem damit?", fragte Slade mit zusammengebissenen Zähnen.

Matt sah seinen jüngeren Bruder scharf an. „Nein. Ich will nur das Beste für Rachel und den Kleinen. Der Mistkerl, der für all das verantwortlich ist, muss gefunden und festgenommen werden. Aber dafür ist die Polizei zuständig."

„Falls die überhaupt etwas unternimmt", sagte Slade.

„Richtig. Wir sollten aber nicht voreilig auf Hexenjagd gehen."

Kurt stand auf. „Keine Angst. Wenn es einen Verantwortlichen gibt, finde ich ihn."

„Tun Sie, was Sie für richtig halten", sagte Thorne und begleitete Striker zur Tür. Sobald der Privatdetektiv das Haus verlassen hatte, klingelte das Telefon. „Ich geh ran", sagte Thorne und lief ins Arbeitszimmer.

„Hallo?", rief er in den Hörer hinein.

„Junge, hast du aber schlechte Laune", trällerte Annettes Stimme am anderen Ende der Leitung.

„Ich hab einfach nur eine Menge zu tun", gab er genervt zurück.

„Wann kommst du nach Denver zurück?" Typisch Annette. Sie redete nicht lange um den heißen Brei herum.

„Ich weiß nicht." Er setzte sich auf die Schreibtischkante. Der Gedanke an sein hektisches Leben in Denver, zwischen leerer Penthousewohnung und hohen Bürotürmen, reizte ihn momentan kein bisschen.

„Dir gefällt es also, mal wieder Cowboy zu spielen?" Sie lachte, ohne eine Spur von Bitterkeit, als sei alles unverändert zwischen ihnen.

„Ob du es glaubst oder nicht, aber es gefällt mir hier, auch wenn ich kein ausgesprochener Cowboy bin", erwiderte er offenherzig.

„Oh, schade. Ich war gerade dabei, meine karierte Bluse und meinen Jeansrock zu bügeln."

„Warum rufst du an?"

„Mmmh. Ja. Papa hat dir verziehen."

Das bezweifelte Thorne.

„Er will immer noch mit dir zusammenarbeiten."

„Ja? Warum ruft er mich dann nicht an?"

„Weil ich es tun wollte. Damit keine Missstimmung aufkommt."

„An mir soll es nicht liegen." Trotzdem traute er ihr nicht.

„Gut. Keine Sorge, Papa ruft dich noch an. Also, mach's gut, Partner", sagte sie mit einem Lachen und legte auf.

Thorne fragte sich, warum sie überhaupt angerufen hatte. „Unwichtig", murmelte er in sich hinein.

Als er zwei Stunden später die wichtigsten Arbeiten erledigt hatte, lehnte er sich zurück und sah in die Nacht hinaus. Dutzende von Fragen gingen ihm durch den Kopf. Was führte Rachel nach

Montana? Wer war der Vater des Babys? Gab es ein anderes Fahrzeug? Würden Rachel und das Baby wieder gesund werden? Wann würde sie aus dem Koma aufwachen?

Darüber hinaus kreisten seine Gedanken immer wieder um Nicole, und er erinnerte sich an die kleinsten Details ihres Liebesspiels in der kalten Nacht am Fluss. Bilder von ihr schwirrten ihm durch den Kopf: ihr überraschter Aufschrei, als er sie auf dem Parkplatz in die Arme genommen und geküsst hatte, ihr lustvolles Stöhnen, als er sie da draußen geliebt hatte und ihre sanften, tröstenden Worte, als sie das Baby im Arm hielt.

Fast könnte er glauben, dass er drauf und dran war, sich zu verlieben. Aber er war nicht der Typ von Mann, der in eine solche Falle tappte. Er war einfach noch nicht bereit, sich an eine Frau zu binden. Er hatte noch zu viel vor.

Aber was? Noch mehr Millionen zu verdienen? Eine Firma vor dem Bankrott zu retten und in ein gewinnbringendes Unternehmen zu verwandeln? In ein leeres Penthouse zurückzukehren und in eine Stadt, wo du außer Geschäftspartnern keine Freunde hast?

Er hob die Arme über den Körper und streckte sich. Natürlich würde er nach Denver zurückkehren und sein Leben wiederaufnehmen. Es gab keine andere Möglichkeit. Oder doch? Er könnte Nicole heiraten.

Der Gedanke ließ ihn erstarren. *Nicole heiraten?* Dr. Stevenson? Unmöglich! Auf gar keinen Fall! Trotzdem übte die Vorstellung einen verführerischen und gefährlichen Reiz auf ihn aus.

Lächerlich, dachte Nicole, nachdem sie ihren Dienst beendet hatte und ihr Büro betrat. Glücklicherweise hatte es in der Notfallaufnahme keine problematischen Fälle gegeben, sodass sie zwischendurch Zeit für das Schreiben von Berichten, Patientenbesuche und für Gedanken über Thorne McCafferty hatte. Letzteres war offensichtlich ihre neueste Lieblingsbeschäftigung.

„Vergiss ihn", ermahnte sie sich und wusste, dass das unmöglich war.

Nachdem sie ihre Schreibarbeiten beendet hatte, las sie ein paar Kopien von Rachel McCaffertys Kolumnen durch. Clare Santiago, die Frauenärztin, die dem kleinen J. R. auf die Welt geholfen hatte, war durch den Aufruhr um Rachels Person neugierig geworden und hatte die Artikel im Internet gefunden.

Als Nicole jetzt die Kolumnen überflog, musste sie über Rachels großzügige Ratschläge lachen. In ironischem Ton beriet sie Alleinstehende, die mit ihrem Liebesleben nicht klarkamen. Sie benutzte literarische Klischees, alte Sprichwörter und würzte die Kolumnen mit einer saftigen Sprache. Aber ihr Rat zeigte vor allem ihren intelligenten und oft bissigen Humor.

Nicole legte die Artikel in eine Mappe und beschloss, nach Hause zu fahren. Doch vorher wollte sie noch einmal zu Rachel gehen, dieser Frau, die mit ihren Zeilen so vielen Menschen Trost gespendet hatte.

Vor der Station sah sie Slade und Matt ungeduldig warten.

„Hallo." Matt stand an eine Säule gelehnt und nahm schnell seinen Hut ab.

Slade saß mit einer Zeitschrift in der Hand auf einem der Stühle und erhob sich, als er Nicole erblickte.

„Ich wollte noch einmal bei Ihrer Schwester vorbeischauen, bevor ich nach Hause gehe."

„Keine Veränderungen", brummte Slade. „Die Ärzte wollen sich jetzt um ihre diversen Knochenbrüche kümmern, da die Schwellungen abgeklungen sind. Sie sieht furchtbar aus."

„Aber schon besser. Diese Dinge brauchen ihre Zeit", entgegnete Nicole.

„Ich wünschte, sie würde aufwachen." Tiefe Sorgenfalten bedeckten Matts Stirn. „Thorne ist gerade bei ihr."

„Ach, ja?" Ihr Herz machte einen kleinen Sprung, als sein Name fiel.

Slade sah auf seine Uhr. „Er müsste gleich rauskommen, falls Sie mit ihm sprechen wollen."

„Was haben Sie mit Thorne angestellt?" Matt verzog seinen Mudwinkel.

„Wieso?", fragte sie und sah sein Schmunzeln.

„Ich hab Thorne nie so … zufrieden gesehen", mischte sich Slade ein.

„Er ist nicht zufrieden", erklärte Matt und schüttelte den Kopf. „Verflucht, dieser Mann weiß doch gar nicht, was das ist. Aber er ist nicht mehr so rastlos und springt nicht mehr so schnell jemandem an die Kehle. Und mit seinen Gedanken scheint er neuerdings immer woanders zu sein.“

Die Tür flog auf und der lässig in Jeans und Lederjacke gekleidete Thorne stürzte mit grimmigem Gesichtsausdruck heraus.

Er deutete mit dem Daumen auf die Schwingtür hinter sich. „Sie ist immer noch im Koma und sieht schrecklich aus.“

„Alles, was getan werden konnte, ist …“

„Wirklich alles? Woher soll ich das wissen?“, fragte er.

„Ich dachte, das hätten wir alles bereits besprochen – die Kompetenz der Ärzte und des Krankenhauses, die Zeit, die der Körper zur Heilung braucht …“

„Genug.“ Seine Augen blitzten sie an und er strich sich frustriert durchs Haar. „Verflucht!“

„Was willst du?“, fragte sie.

„Du meinst, abgesehen von der Gesundheit meiner Schwester und ihres Kindes, von dem Wunsch, dass der Vater des Babys gefunden wird, der Wahrheit über den Unfall und dem Weltfrieden?“

„Ist das alles?“ Sie hob eine Braue und hielt seinem arroganten und unwiderstehlichen Blick stand.

„Nein. Einen Kaffee könnte ich auch gebrauchen!“

„Gut, ich hol dir einen, sobald ich deine Schwester kuriert und die letzten Details für den Weltfrieden geklärt habe“, schnappte sie zurück und hörte ein Kichern hinter sich. Als sie sich umdrehte, sah sie in Slades grinsendes Gesicht. „Ist das so komisch?“

„Nein, gar nicht. Die Show gefällt mir. Es passiert nicht oft, dass jemand Thorne zurechtweist.“

„Tut sie das?“, fragte Thorne, bevor er Nicoles Arm ergriff und sie den Flur entlangführte. „Ihr zwei könnt nach Hause fahren, ich komme später nach“, rief er über die Schulter.

„Moment mal. Was hast du vor?“, fragte sie, als er sie in eine Fensternische drängte.

„Das hier.“ Ohne viel Zeit zu verlieren, neigte er den Kopf und küsste sie so heftig, dass ihr der Atem stockte.

Ihr zitterten die Knie. Das war der reinste Wahnsinn. Wie konnte er es wagen, sie so zu behandeln, noch dazu hier im Krankenhaus? Trotzdem gab ein Teil von ihr seinem spontanen Drängen und seiner Erregung nach.

Seine warmen, fordernden Lippen waren pure Magie. Voller Hingabe erwiderte sie seinen Kuss, während ihr Herz wie wild schlug. In diesem Moment ertönte ihr Pieper.

Sie wich zurück und sah die Belustigung in seinen Augen. „Ich konnte nicht widerstehen", erklärte er, während sie nach dem Gerät griff.

„Vielleicht solltest du lernen, dich zu kontrollieren." Auf dem Display sah sie die Nummer von Dr. Oliverio.

Er musste kurz lachen. „Das fällt mir in deiner Gegenwart verdammt schwer. Und dir, *Frau Doktor*, scheint es genauso zu gehen."

„Du hast mich überrumpelt. Das ist alles. Ich muss jetzt gehen."

„Ein Notfall?"

„Ich weiß nicht, aber ich sehe lieber nach."

Sein Schmunzeln war purer Übermut, während er sie erneut an sich zog und ihr geräuschvoll einen Kuss gab. „Ich ruf dich später an."

„Gut." Sie drehte sich um und sah zwei Krankenpfleger, deren Lächeln eindeutig verriet, dass sie gerade zu Zeugen des Geschehens geworden waren.

Sie räusperte sich, versteckte ihre gemischten Gefühle hinter einer selbstbewussten Maske und machte sich auf den Weg zu ihrem Büro.

11. KAPITEL

„Ich gebe Ihnen Bescheid“, sagte Thorne und verabschiedete sich von der dritten jungen Frau, die sich heute Morgen bei ihm als mögliches Kindermädchen für J. R. vorgestellt hatte.

„Hast du jemanden gefunden?“, rief Matt, als er die Treppe herunterkam.

„Noch nicht. Ich muss bestimmt noch mit vielen sprechen, um die Richtige zu finden.“ Keine der Frauen hatte einen so überzeugenden Eindruck bei ihm hinterlassen, dass er ihr seinen kleinen Neffen bedenkenlos hätte anvertrauen wollen. „Ich hab die Agentur schon angerufen.“

„Ich repariere morgen den ganzen Tag mit Slade und Larry Todd die Zäune. Ab übermorgen muss ich mich dann wieder um mein eigenes Land kümmern. Rechne also bitte nicht mit mir, bis ich wieder zurück bin.“

Thorne runzelte die Stirn, sagte aber nichts. Matt bearbeitete seine kleine Ranch in Idaho, die er trotz finanzieller Schwierigkeiten erworben hatte, mit ganzem Einsatz. Während für Thorne der Wert des Bodens von seinen Bebauungsmöglichkeiten abhing, schien Matt mit der Erde verbunden zu sein.

„In Ordnung.“

„Da Slade morgen auch nicht da ist, musst du wohl das Kindermädchen spielen. Es sei denn, du kannst Juanita überzeugen, Windeln zu wechseln.“ Grinsend griff Matt nach seinem Hut. „Das Kinderzimmer ist fast fertig. Du musst nur noch Windeln, Babymilch und den ganzen anderen Babykram besorgen.“

„Schon bestellt“, erwiderte Thorne.

Schmunzelnd zog Matt seine Jacke an und ging nach draußen, während Thorne sich wieder ins Arbeitszimmer begab. Es war Zeit für Plan B.

Nicole hatte bereits die Schlüssel in der Hand, als das Telefon klingelte. „Hallo?“

„Hallo.“ Thornes Stimme war unverkennbar. Lächelnd lehnte sie sich gegen die Wand und sah in den dunkel gefärbten Abendhimmel hinaus. Die Mädchen tobten um sie herum, und mit dem Zeigefinger auf den Lippen bedeutete sie ihnen, leise zu sein.

„Ich brauche deine Hilfe."

„Du brauchst *meine* Hilfe?" Sie unterdrückte ein Lächeln. Es amüsierte sie, dass ausgerechnet er sie um Hilfe bat.

„Richtig. J. R. wird morgen aus dem Krankenhaus entlassen, was bedeutet, dass sich hier einiges verändert."

Sie sah auf ihre beiden Racker. „Was du nicht sagst!"

„Ich dachte, du könntest mir vielleicht ein paar Tipps geben."

„Oh, sicher. Wie du weißt, kenne ich mich mit diesen Dingen aus."

„Können wir das beim Dinner besprechen?"

„Und was mach ich mit den Mädchen?"

„Bring sie einfach mit."

Sie musste lachen. „Dir ist wohl nicht klar, was das heißt."

„Wahrscheinlich nicht, aber vielleicht ist es an der Zeit, es zu lernen. Ich könnte euch abholen ..."

„Nein, es ist besser, wenn wir uns im Restaurant treffen. Mein Wagen ist aus der Werkstatt zurück, und falls die Kinder früh müde werden, kann ich schnell nach Hause fahren. Ich hab versprochen, mit ihnen Hamburger essen zu gehen. Unten an der Third Avenue, Ecke Pine. Wenn du willst, komm doch dorthin."

„Okay. Ich bin in einer halben Stunde da."

Nicole legte den Hörer auf und wunderte sich über sich selbst. Es sah ganz so aus, als stürzte sie sich freiwillig ins gefühlsmäßige Verderben.

„Kommt Kinder, zieht euch an!"

Das Telefon klingelte erneut.

In der Annahme, dass Thorne seine Meinung geändert hatte, griff sie zum Hörer: „Hast du es dir anders überlegt?"

„Dafür dürfte es wohl ein bisschen zu spät sein, oder?" Pauls Stimme versetzte ihrer guten Laune einen Dämpfer.

„Ich hatte einen anderen Anruf erwartet."

„Dann mach ich es kurz. Es geht um die Besuchsrechte."

„Was ist damit?", fragte sie und hielt verkrampft den Hörer fest, während sich ihr Magen zusammenzog. Jeder Anruf von ihm bedeutete Ärger.

„Ich weiß, dass ich die Mädchen alle zwei Jahre zu Weihnachten und in den Sommerferien übernehmen sollte. Aber Carrie und ich besuchen über die Feiertage ihre Familie in Boston. Und im Sommer muss sie geschäftlich nach Madrid, was wir mit einem längeren Aufenthalt in Europa verbinden wollen. Da können wir die Kinder nur schwer mitnehmen."

Sie sah auf ihre beiden Mädchen, die sich in ihre Jacken kämpften, und der Gedanke, dass sie ohne Vater aufwuchsen, brach ihr das Herz.

„Du weißt, dass wir es gerne täten, wenn es möglich wäre. Aber Carrie muss an ihre Karriere denken."

„Natürlich."

„Du hast es doch auch immer so gehalten, Nicole." Da war sie wieder, diese unvermeidliche Stichelei. Als Mutter Karriere zu machen wurde als Schandtat angesehen.

„Mach dir keine Gedanken", sagte sie mit einem Kloß im Hals. „Entschuldige, aber ich muss los. Möchtest du noch mit ihnen sprechen?"

„Oh … natürlich."

Steif hielt sie den Mädchen den Hörer ans Ohr und ließ sie mit dem Mann sprechen, der nicht sehr viel mehr als ihr Erzeuger war. Nach drei Minuten übernahm sie wieder das Gespräch. „Ich muss jetzt wirklich los. Wir werden schon eine Regelung finden."

„Danke. Ich wusste, dass ich mit dir rechnen kann", sagte er voller Erleichterung.

„Mach's gut, Paul." Sie legte den Hörer auf und half Mindy, den Reißverschluss ihrer Jacke zuzumachen. „Okay, Kinder. Auf geht's."

Mit lärmendem Getrappel liefen die Mädchen kichernd über die Veranda zum Auto. Nicole half ihnen, die Sicherheitsgurte zu befestigen und kletterte hinters Lenkrad. Nachdem sie sich die Lippen nachgezogen hatte, startete sie den Wagen und lächelte beruhigt, als der Motor aufheulte.

Der Gedanke, Thorne in wenigen Minuten wiederzusehen, machte sie nervös.

Wie sollte das alles nur weitergehen?

Eine Viertelstunde später parkte Nicole den Wagen auf dem Vorplatz des kleinen Restaurants. Nachdem sie einen freien Tisch gefunden hatten, stürmten die Mädchen zu den Videospielen, wo ein paar acht- oder neunjährige Jungs versuchten, sich gegenseitig zu übertreffen.

Nicole bestellte eine Cola und zwei Milchshakes. Aufgeregt behielt sie den Eingang im Blick, bis sie Thorne durch die Glastür kommen sah. Groß, breitschultrig und mit entschlossenem Ausdruck suchte er mit den Augen das Lokal ab, bis sein Blick an ihr haften blieb. Ihr stockte der Atem.

„Wo sind …?“ Er brach seine Frage ab, als er die Zwillinge entdeckte, die auf Stühlen standen und den Jungen gebannt über die Schulter blickten.

„Sie kommen gleich. Ich bin nur froh, dass sie nicht wissen, dass man Geld für diese Spiele braucht. Das wäre mein Ruin.“

Er hängte seine Lederjacke an einen Haken und blickte im Restaurant umher. „Nicht unbedingt das, was ich mir vorgestellt hatte, aber es wird schon gehen.“

„Meinst du wirklich?“, spöttelte sie.

In diesem Augenblick kam Molly angerannt. „Ich will fünfundzwanzig Cent.“

„Wofür?“

„Der Junge da sagt, dass ich die brauche, um zu spielen.“ Sie zeigte auf einen blonden Jungen mit Sommersprossen.

Nicole warf Thorne einen wissenden Blick zu. „Hör zu. Nicht heute Abend, okay? Hol deine Schwester, wir wollen jetzt das Essen bestellen.“

„Nein!“ Molly schob bockig ihre Unterlippe vor. „Ich will fünfundzwanzig Cent.“

„Entschuldige mich bitte einen Augenblick“, sagte sie zu Thorne und ging hinüber zu der Kindergruppe, um Mindy zu holen.

„Ich will Pommes Frites und einen Hot Dog“, verlangte Molly.

„Ich auch“, stimmte Mindy zu.

Nachdem eine junge Kellnerin ihre Bestellung aufgenommen hatte, stürzten die Mädchen wieder schnurstracks auf die Videomaschinen zu. Nicole sah den beiden lächelnd hinterher.

„Ich hatte dir ja schon mal gesagt, dass wir einen Babysitter brauchen, bis Rachel wieder auf den Beinen ist“, ergriff Thorne die Gelegenheit. Dabei gab er sich alle Mühe, die Sinnlichkeit ihres Lächelns und ihr verführerisches Dekolleté nicht zu beachten. „Ich bin bereit, jeden Preis zu bezahlen."

„Aber Zuneigung und Wärme kann man nicht erkaufen."

Die Kellnerin brachte das Essen und Thorne half Nicole, die Mädchen einzusammeln. Sobald sie alle am Tisch saßen, ertönte Nicoles Pieper. Stirnrunzelnd sah sie auf die Anzeige. „Ich muss in der Klinik anrufen. Mein Handy ist im Auto – könntest du bitte einen Moment auf die beiden aufpassen?" Thorne nickte.

„Ich komme gleich wieder. Mr. McCafferty hilft euch sicher mit dem Ketchup", beruhigte sie die Kinder.

„Natürlich", versicherte Thorne, obwohl ihm die plötzliche Verantwortung für die beiden vierjährigen Rangen nicht geheuer war.

Als Nicole nach wenigen Minuten zurückkam, waren die Mädchen über und über mit Ketchup beschmiert.

„Alles in Ordnung?", erkundigte sich Thorne.

„Ein kleiner Notfall – nichts Ernstes." Sie nahm eine Serviette und entfernte die Ketchupreste aus den Gesichtern der Mädchen. „Du musst noch eine Menge lernen", sagte sie schmunzelnd zu Thorne.

„Genau deshalb brauche ich ja ein Kindermädchen und hatte auf deine Hilfe gehofft. Vielleicht fällt dir oder auch Jenny jemand ein, der an einem solchen Job interessiert ist."

„Vielleicht, ja", erwiderte sie und wischte einen Klecks von Mollys Wange.

„Hör auf!", schrie die Kleine.

„Ach, Molly, hör auf zu meckern". Trotz des Protestgeschreis entfernte sie alle Ketchupspuren aus ihrem Gesicht.

Thorne beobachtete voller Bewunderung, wie Nicole auf scherzende, liebevolle Art ihre Töchter im Griff hatte. Nicole Sanders Stevenson, ihres Zeichens Ärztin, war eine verdammt gute Mutter.

Aber das sollte nicht den Funken einer Bedeutung für ihn haben, oder? Aus unerfindlichen Gründen trug er jedoch immer noch den Ring seines Vaters in der Tasche.

12. KAPITEL

Noch nie in seinem Leben hatte sich Thorne so hilflos gefühlt. Nachdem er das Baby gefüttert hatte, trug er den schlafenden J. R. über der Schulter zwischen Arbeits- und Wohnzimmer hin und her und überlegte, wie er den Kleinen wohl in sein Bettchen bekam, ohne dass er zu schreien anfing.

Innerhalb von Sekunden fing er an zu quengeln, und Thorne versuchte, die Nerven zu behalten. „Ist ja gut", beruhigte er das Kind und begann es hin und her zu wiegen. Doch der Kleine fing jetzt erst recht an zu jammern.

Juanitas Schritte waren auf der Treppe zu hören. „Ich komme, ich komme", rief sie zu Thornes großer Erleichterung.

„Gib ihn mir. Hallo, mein Kleiner", sagte sie sanft und nahm Thorne das schreiende Baby ab. Mit leise gemurmelten spanischen Wörtern trug sie das Kind aus dem Zimmer. Gekränkt registrierte Thorne, dass J. R. sich sofort beruhigte. Wenige Minuten später kam Juanita zurück.

„Wie machst du das?"

„Übung", erwiderte sie lächelnd.

„Vielleicht brauche ich Nachhilfe."

„*Dios*, das braucht ihr alle drei. Und Señorita Rachel vielleicht auch. Wie soll sie das nur alles schaffen: sich um ihr Kind kümmern, Kolumnen schreiben, ihr Buch beenden und gesund werden?" Sie schüttelte den Kopf und ging in die Küche.

„Es gibt kein Buch", sagte Thorne und folgte ihr. „Es war zwar immer ihr Traum, aber daraus ist nie etwas geworden."

„Aber sie sagte, dass sie eines schreibt. Sie wird eines Tages reich und berühmt. Ganz bestimmt."

„Das hoffe ich", sagte Thorne, glaubte aber nicht daran. Seit sie fünfzehn war, hatte Rachel davon gesprochen, einen Roman zu schreiben. Soviel er wusste, war sie nie über das erste KAPITEL hinausgekommen. Trotzdem nahm er sich vor, Striker von Rachels Wunschtraum zu erzählen.

Nicole stieg aus der Badewanne und zog sich ihren Morgenmantel an. Dann setzte sie sich mit einer Tasse heißen Kakao vor den Kamin, in dem immer noch ein kleines Feuer glimmte, und blätterte in einer Elternzeitschrift. Ihr Blick fiel auf eine Kolumne für Alleinerziehende, verfasst von R. J. McKay. Der lockere, ironische Stil erinnerte sie verblüffend an die Kolumnen, die Rachel McCafferty geschrieben hatte.

Während Nicole den Artikel ein zweites Mal las, hörte sie einen Wagen vor dem Haus halten. Sie blinzelte durch die Jalousien und erkannte Thorne, der auf das Haus zukam.

Ihr Puls schnellte in die Höhe bei seinem Anblick, und sie wurde sich bewusst, dass sie lediglich ihren Morgenmantel trug. „Mist“, murmelte sie.

Sie ging zur Tür und öffnete sie schwungvoll. „Oh, Mr. McCafferty, welche Überraschung.“

Ein selbstbewusstes Lächeln lag auf seinen Lippen, während er die Augen über ihren Körper wandern ließ. „Ich hoffe, eine schöne.“

Ohne zu zögern trat er ins Haus, schlang seine Arme um sie und presste seine kalten Lippen auf die ihren. Eisiger Wind kam von draußen herein, und bevor sie die Augen schloss und die Tür mit dem Fuß zuschlug, sah sie die ersten Schneeflocken vom nachtdunklen Himmel fallen.

Aber der Schneefall war sofort vergessen. Seine hungrigen, fordernden Lippen ließen ihr Herz wie wild schlagen.

Wärme durchströmte sie, und tiefes Begehren regte sich in ihr. Er drückte sie gegen die Wand, was sie bereitwillig mit sich geschehen ließ. Nicht nur das, sie schlang ihre Arme um seinen Nacken, erregt von der Berührung seines muskulösen Körpers und vom Moschusduft seines Aftershave. Nicole wusste, dass es ein Fehler war, doch sie konnte der süßen Versuchung nicht widerstehen.

Seine kalten Hände schoben sich unter ihren Morgenmantel und umfassten ihre Brüste, während sein Kuss tiefer und erotischer wurde. Ihre Brustspitzen richteten sich erwartungsvoll auf, und sie glaubte, vor Verlangen zu vergehen.

„Nicole“, hauchte er ihr ins Ohr. Wellen der Lust pulsierten durch ihren Körper und drohten ihr den Verstand zu rauben. „Schlafen die Mädchen?“, fragte er leise. Sie nickte.

„Gut.“ Er küsste sie erneut. Dann bückte er sich, packte sie mit einem Arm unter den Knien und hob sie hoch, um sie ins Schlafzimmer zu tragen – ihr privates Heiligtum, das bisher noch kein Mann betreten hatte.

Irgendwie gelang es ihm, die Tür zu schließen, bevor er sie auf das Bett legte. Die Matratze gab unter ihrem Gewicht nach. „Was ist in dich gefahren?“, fragte sie, während er ihr den Morgenmantel abstreifte.

Er sah sie mit seinen grauen Augen an. „Du, Frau Doktor.“ Er beugte sich über sie und küsste sie langsam und genüsslich. „Ich kann an nichts anderes mehr denken.“

„Würdest du es denn gern?“, fragte sie lächelnd.

„Nein.“ Er liebkoste ihre Brüste, während sie wie in Trance begann, ihm Jacke, Hemd und Jeans auszuziehen. Die warnende Stimme in ihrem Innern beachtete sie nicht. Nur Thorne konnte ihren Hunger stillen und ihr Verlangen befriedigen.

„Thorne ...“, stieß sie heiser hervor.

Endlich begann er sie zu lieben. Sie gab sich seiner Umarmung hin, während ihr Liebesspiel immer erregter und atemloser wurde. Aufstöhnend erreichten sie beide im selben Augenblick den Höhepunkt.

In dieser Nacht eroberte er sie immer wieder, bis die ersten Lichtstrahlen ins Zimmer fielen und beide erschöpft und eng umschlungen einschliefen.

Als die Mädchen wenige Stunden später erwachten, war das Bett neben Nicole kalt und leer. Erinnerungen an die nächtlichen Wonnen gingen ihr durch den Kopf, während ihr Blick auf die Rose fiel, deren Blätter verblichen und vertrocknet waren. Sie hatte es nicht fertiggebracht, die Blume wegzuwerfen.

Obwohl sie müde war, fühlte sie sich so lebendig wie seit Jahren nicht mehr. Summend stand sie unter der Dusche und lachte über die Streitereien der Mädchen. Als sie in den Spiegel sah, entdeckte sie überrascht ein verräterisches Funkeln in ihren Augen.

Nicole war todmüde. Sie hatte länger arbeiten müssen, nachdem mehrere Opfer eines schweren Autounfalls eingeliefert worden waren. Inzwischen hatten andere Kollegen die Patienten übernommen, und sie konnte ihren Dienst beenden. Sie schenkte sich noch eine Tasse Kaffee ein und machte noch ein paar Notizen, bevor sie endlich das Krankenhaus verließ.

Der Parkplatz lag unter einer dicken Schneeschicht. Nachdem Nicole ihren Wagen startklar gemacht hatte, fuhr sie langsam in Richtung Stadt.

Seit gestern Morgen hatte sie nichts mehr von Thorne gehört und schon begann sie, ihn zu vermissen.

Sie beschloss, ihn anzurufen, sobald sie zu Hause war, um ihm von Jennys Freundin zu erzählen, die Interesse an dem Job als Kindermädchen hatte. Warum sollte sie als Frau nicht auch einmal die Initiative ergreifen?

Zu Hause angekommen, fand sie ihre beiden Mädchen bereits im Pyjama vor. „Entschuldige die Verspätung“, sagte sie zu Jenny, nachdem sie die beiden Racker umarmt und sich ihre neuesten Geschichten angehört hatte.

„Sie waren ziemlich brav“, musste Jenny zugeben und gab jedem Mädchen einen Abschiedskuss, bevor sie in den Schneesturm hinausging und in ihrem alten Kombi davonfuhr.

Zwei Stunden später, nachdem Molly und Mindy eingeschlafen waren, wählte Nicole die Nummer der Flying-M-Ranch.

„McCafferty Ranch“, meldete sich eine Frauenstimme mit spanischem Akzent.

„Hier ist Nicole Stevenson. Ich würde gerne mit …“

„Die Ärztin. *Dios!* Ist etwas mit Señorita Rachel passiert?“

„Nein. Ich wollte nur mit Thorne sprechen.“ Nicole hörte ein erleichtertes Aufatmen am anderen Ende der Leitung.

„Thorne ist nicht da, aber Sie können mit Slade sprechen.“

Enttäuschung stach ihr wie ein Pfeil ins Herz. „Nein, danke. Bitte sagen Sie Thorne, dass er mich anrufen soll, wenn er wieder da ist.“

„Er wird für eine Weile nicht zurückkommen“, erwiderte die Frau und hielt die Hand über den Hörer, um mit jemand anderem zu sprechen. Nach einigen Sekunden war Slade am Apparat.

„Nicole?“

„Ja.“

Er zögerte einen Moment. „Oh, ich dachte, Sie wüssten, dass Thorne in Denver ist. Wir erwarten ihn erst in einigen Tagen zurück, denn der Sturm ist dort ziemlich heftig.“ Im Hintergrund war Babygeschrei zu hören. „Kann ich ihm etwas ausrichten?“

„Nein, eigentlich nicht", gab sie zurück und fühlte sich ernüchtert. „Er sagte mir, dass er ein Kindermädchen sucht. Ich habe die Nummer einer Frau, die vielleicht infrage kommt."

Das Baby schrie jetzt immer lauter. „Prima. Der Job ist noch nicht vergeben. Geben Sie mir doch einfach ihren Namen und die Telefonnummer."

„Klar. Sie heißt Christina Foster." Sie gab Slade die Nummer und wollte schon auflegen, als ihr etwas einfiel. „Wissen Sie, Slade, ich habe in einem Magazin für Eltern eine Kolumne von einem oder einer gewissen R. J. McKay entdeckt. Ich weiß, dass es komisch klingt, aber der Text liest sich, als hätte Rachel ihn geschrieben."

„Wirklich?" Slade war ganz Ohr. „Haben Sie das Exemplar noch?"

„Ja. Ich schick Ihnen eine Kopie."

„Danke."

Sie legte auf und verspürte eine plötzliche Leere und Melancholie. Thorne war also in Denver. Na und?

„Hör auf", verbat sie sich die Grübelei. Auf keinen Fall wollte sie eine dieser Frauen sein, die dasitzen und warten. Doch als sie die Jalousien aufzog und in die verschneite Nacht hinaussah, wünschte sie, dass Thorne bei ihr wäre.

Mit einer Tasse Kaffee in der Hand stand Thorne am Fenster und sah in den grauen Morgen hinaus. Es schneite seit dem gestrigen Nachmittag, und am Flughafen ging alles drunter und drüber. Früher wäre er unter solchen Umständen ins Büro gegangen und hätte sich in die Arbeit gestürzt. Doch jetzt wollte er zurück nach Grand Hope, Montana – zurück zu der Ranch, zu Rachel, zu dem kleinen J. R. und vor allem zu Nicole, der Frau, die er liebte.

Er nahm einen Schluck, dachte über die Merkwürdigkeiten des vergangenen Tages nach und lachte leise auf. Er, Thorne McCafferty, fühlte sich auf einmal in seinem eigenen Apartment unbehaglich, fand Denver reizlos und konnte die Hektik in seinem Büro nicht mehr genießen. Und nicht nur das – nein, er als eingefleischter Junggeselle wollte auch noch für den Rest seines Lebens mit einer Frau zusammenleben. Mehr als das, er wollte sie heiraten.

Ihm brummte immer noch der Kopf von der gestrigen sogenannten Wohltätigkeitsparty, die natürlich nichts anderes als ein verkapptes Geschäftsessen gewesen war. Kent Williams hatte sich ihm gegenüber äußerst aufmerksam verhalten und mehrere Bauprojekte vorgeschlagen, die er gern gemeinsam mit ihm in Angriff nehmen wollte.

Annette hatte sich den ganzen Abend in seiner Nähe aufgehalten und es sogar irgendwie zuwege gebracht, wie zufällig ausgerechnet in dem Moment ihren Arm durch seinen zu schieben, als Thorne mit einem Journalisten sprach und ein Fotograf eine Aufnahme machte. Aber darüber wollte er nicht länger nachdenken, er hatte ihr schließlich ganz unmissverständlich klargemacht, dass ihre Affäre beendet war.

Er beschloss, ins Büro zu gehen und so viel wie möglich zu arbeiten. Sobald das Wetter es zuließ, würde er in die Berge von Montana zurückfliegen. Dort, wo er hingehörte.

Schon eine halbe Stunde später ließ er sich von Eloise auf den neuesten Stand der Dinge bringen. „Wissen Sie“, sagte sie, nachdem sie einen weiteren Punkt auf ihrer Liste abgehakt hatte, „unsere fernmündliche Zusammenarbeit funktioniert besser, als ich gedacht hätte.“

„Vielleicht gefällt es Ihnen einfach, noch mehr Verantwortung zu übernehmen.“

„Ja, das wird es sein.“ Sie strahlte. „Okay. Gibt es noch etwas?“

„Ja. Verbinden Sie mich bitte mit einem Blumenhändler.“

„Soll ich Blumen für Sie verschicken?“

„Nein. Das möchte ich diesmal selbst erledigen.“

„Oh. Für eine besondere Person?“

„Eine ganz besondere.“ Er lehnte sich zurück und bemerkte den fragenden Gesichtsausdruck seiner Sekretärin. „Wenigstens für mich ist sie eine ganz besondere Person.“

„Wird erledigt.“ Sie verließ das Büro und verband ihn wenige Minuten später mit dem Blumenhändler. Nachdem er aufgelegt hatte, schmunzelte er zufrieden.

Das Telefon klingelte und Eloise erklärte, dass ein Mann namens Striker ihn sprechen wollte.

„Stellen Sie ihn durch.“ Es klickte in der Leitung. „Striker?“

„Ja. Hören Sie, ich sollte Ihnen doch Bescheid geben, falls ich etwas Neues herausgefunden habe. Nachdem ich mich weiter umgehört hab, bin ich mir fast sicher, dass noch ein weiteres Fahrzeug an dem Unfall beteiligt war – ein brauner Ford. Entweder hat der Wagen Ihre Schwester absichtlich von der Straße gedrängt, oder es war ein Auffahrunfall, und der Fahrer hat aus Angst nicht angehalten."

„Und auf Ihre Informanten ist Verlass?"

„Ja", antwortete Striker mit fester Stimme. „Darauf können Sie Gift nehmen."

13. KAPITEL

„Wenn man McCafferty heißt, kann man der Presse nicht entkommen.“ Maureen Oliverio warf die Zeitung auf den Tisch in der Cafeteria, wo Nicole gerade ihr Mittagessen beendet hatte.

„Erzähl mir nicht, dass schon wieder jemand etwas über Rachel geschrieben hat.“

„Nicht nur über sie, sondern über die ganze verdammte Familie.“ Maureen nahm einen Schluck Kaffee. „Seite drei.“

Als Nicole die Zeitung aufschlug, blieb ihr fast das Herz stehen. Neben einem Artikel über die Familiengeschichte der McCaffertys waren diverse Fotos zu sehen. Schnappschüsse von Slade beim Skifahren, von Matt beim Rodeoreiten und ein Foto neueren Datums von Thorne bei einer Spendenveranstaltung in Denver. An seiner Seite eine aparte Frau in einem Designerkleid.

Eine Sekunde lang drehte sich alles um Nicole. Es schnürte ihr die Kehle zu, und sie wollte nicht wahrhaben, was sie sah. „Ich weiß nicht, warum ich die Zeitung gekauft habe, aber ich dachte, es würde dich vielleicht interessieren“, erklärte die Teamleiterin der Notfallaufnahme.

Nicoles Pieper meldete sich und sie sah, dass sie in der Notaufnahme erwartet wurde. Im selben Augenblick klingelte auch das Funkgerät ihrer Kollegin.

„Ich muss los“, sagte Nicole.

„Ich auch. Wir treffen uns dort.“

Nicole stand auf und klemmte sich die Zeitung unter den Arm. Was hatte sie erwartet? Natürlich traf sich Thorne auch mit anderen Frauen. Wahrscheinlich hatte er in jeder Stadt eine andere. Warum, in Gottes Namen, hatte sie es so weit kommen lassen und sich ausgerechnet in diesen Mann verliebt?

Während sie auf den Fahrstuhl wartete, gab sie sich gedanklich einen Ruck. Sie durfte nicht ständig an ihn denken und sich nach ihm verzehren. Sie musste sich auf ihre Arbeit konzentrieren. Sie stieg in den Fahrstuhl, drückte den Knopf zum Erdgeschoss und eilte zur Notaufnahme.

„Was haben wir?“, fragte sie und zog sich die Handschuhe an, während Maureen durch eine Seitentür hereinkam. Spannung lag in der Luft.

„Flugzeugabsturz außerhalb der Stadt. Irgendein Idiot ist trotz des Sturms mit einem Privatjet unterwegs gewesen", erklärte eine Krankenschwester. „Der Krankenwagen muss jeden Moment hier sein."

„Wie viele Verletzte?", fragte Nicole.

„Nur der Pilot, glaube ich."

In dem Augenblick ertönte draußen das Sirenengeheul. Mit quietschenden Reifen hielt der Rettungswagen direkt vor dem Eingang, gefolgt von einem Polizeiwagen mit Blaulicht. Während Sanitäter den Patienten auf einer Trage hereinrollten, stürmten zwei Polizisten in das Gebäude.

„Was haben wir hier?", erkundigte sich Nicole.

„Ein neununddreißigjähriger Mann, bewusstlos, Kopfverletzungen, Oberschenkelbruch, Blutdruck stabil …"

Während der Sanitäter weitere Details herunterratterte, erstarrte Nicole, als sie in das blutüberströmte Gesicht des Patienten sah.

Es war Thorne.

Sie rang nach Atem und die Beine drohten ihr zu versagen, sodass sie sich gegen die Wand stützen musste.

„Wer ist es?"

„Thorne McCafferty", hörte sie eine Stimme sagen und blickte in die ernsten Augen einer Polizistin, laut Namensschild eine Detective Kelly Dillinger.

„Oh, Gott", flüsterte sie. „Nein …"

„Ich übernehme das", erklang Maureens Stimme hinter ihrem Rücken. „Nicole, ich habe gesagt …"

„Nein, ist schon gut." Ihre Hände umklammerten das kalte Metall der Trage, als sie sich zu ihrer Kollegin umdrehte.

„Ich erledige das!" Hinter Maureens verständnisvollem Blick verbarg sich ein unmissverständlicher Befehl. Die herbeigeeilten Krankenschwestern sahen sich fragend an, während Thorne ruhig dalag und dringend Hilfe benötigte. „Du bist in diesen Fall zu sehr verstrickt, und ich habe hier die Verantwortung."

„In Ordnung." Nicole hatte keine andere Wahl, als nachzugeben. Sie zitterte am ganzen Leib und musste sich zusammenreißen. „Sag mir Bescheid, sobald du ihn untersucht hast. Ich bin in meinem Büro und benachrichtige die Familie."

„Gut. Sprich du mit der Polizei. Los geht's."

Hilflos sah Nicole zu, wie Thorne in den Untersuchungsraum geschoben wurde.

„Inwiefern sind Sie zu sehr verstrickt?", fragte die Polizistin.

„Ich ... ich kenne die Familie."

„Und im Besonderen Thorne McCafferty?"

„Ja. Wir sind ein paarmal zusammen ausgegangen", räumte sie ein und bekam die Situation langsam wieder in den Griff. „Er ist ein Freund von mir. Was ist passiert?" Während sie sprach, zog sie ihre Handschuhe aus und warf sie in einen Abfallbehälter.

„Sein Flugzeug ist abgestürzt, und wir untersuchen die Hintergründe. Wahrscheinlich lag es am Wetter." Die Polizistin schürzte die Lippen ein wenig. „Er hat Glück gehabt."

Nicole sah zum Untersuchungszimmer hinüber und nickte. Der Gedanke, dass Thorne fast sein Leben verloren hätte, war beinahe unerträglich. Sie räusperte sich und sah in dem Moment einen Übertragungswagen des lokalen Fernsehsenders auf den Parkplatz fahren. „Oh!"

Die Polizistin drehte sich um und nahm stirnrunzelnd die Anwesenheit der Presse zur Kenntnis. Sie nickte ihrem Kollegen zu. „Kümmer dich um diese Geier. Und sag ihnen nicht den Namen des Piloten, solange wir nicht die Familie benachrichtigt haben."

„Verstanden." Der schlaksige junge Polizist postierte sich im Eingang.

„Können wir uns irgendwo ungestört unterhalten?", erkundigte sich Kelly Dillinger.

„In meinem Büro. Ich gebe nur meinen Kollegen Bescheid." Ein anderer Arzt erklärte sich bereit, die nächste halbe Stunde den Dienst für Nicole zu übernehmen. Dann führte sie die Polizistin nach oben.

„Nehmen Sie Platz." Nicole befreite den angebotenen Stuhl von ein paar Büchern, bevor sie sich ebenfalls setzte.

„Ich weiß, dass das alles für Sie sehr schwer ist, aber da Sie den McCaffertys nahestehen, können Sie mir vielleicht helfen."

„Sobald ich die Brüder benachrichtigt habe", erwiderte Nicole. Sie hatte sich inzwischen ein wenig gefangen und ihre sachliche Haltung wiedergefunden. Ohne auf eine Reaktion zu warten, wählte sie die Nummer der Ranch und informierte Slade, der ihr schweigend zuhörte.

Erst als sie ihre Ausführungen beendet hatte, fing er an zu fluchen. „Welcher Idiot setzt sich bei diesem Schneesturm in ein Flugzeug? Verdammter Blöd…“, begann er und rief dann in die andere Richtung: „Juanita, könntest du dich einen Moment um das Baby kümmern? Thorne hatte einen Unfall und liegt im Krankenhaus.“

„*Dios!*“, schrie sie zurück. „Diese Familie ist verflucht!“

„Es gibt keinen Fluch, Juanita.“ Slades Stimme klang gedämpft, aber entschieden.

„*Sí, sí*. Ich bleibe.“

„Matt und ich kommen so schnell wie möglich“, sagte Slade.

Nicole legte zitternd den Hörer auf. „Seine beiden Brüder kommen so schnell wie möglich her. Was wollen Sie wissen?“

„Nur ein bisschen über die Familiengeschichte.“ Kelly Dillinger zog ihren Notizblock hervor. „Der Grund ist denkbar einfach. Zuerst hat die Schwester einen fast tödlichen Unfall und bekommt ein Kind, das nur mit Mühe und Not überlebt, bleibt selbst im Koma und hinterlässt eine Menge von Fragen. Den Vater des Kindes können wir nicht kontaktieren, da niemand weiß, wer es ist. Die Unfallursache ist noch ungeklärt.“

„Ich dachte, sie sei auf eisglatter Fläche ins Schleudern geraten“, erwiderte Nicole und spürte einen angstvollen Stich ins Herz.

„Das stimmt. Aber die Familie glaubt, dass ein anderes Fahrzeug beteiligt war. Sie haben einen Privatdetektiv angeheuert. Und der ist entschlossen, zu beweisen, dass etwas faul ist an der Sache.“ Die Polizistin nahm ihre Mütze ab, sodass das rote Haar ihr weich ins Gesicht fiel.

„Aber – ist etwas faul an dem Ganzen?“

„Wir wissen es nicht“, antwortete Kelly Dillinger ausdruckslos. „Aber ich versuche, es herauszufinden. Bisher war ich von der Theorie nicht überzeugt, doch da es jetzt einen weiteren Unfall in der Familie gibt, untersuchen wir in alle Richtungen.“

„Aber niemand würde Thorne etwas antun wollen.“

„Wahrscheinlich. Der Sturm war schlimm und diese kleinen Flugzeuge … nun …“ Kelly Dillinger legte den Kopf zur Seite. „Aber wenn es alles Zufall ist, so hat diese Familie eine wirkliche Pechsträhne. Wenn nicht, dann weiß der Privatdetektiv mehr als die Polizei."

Nicoles Herz schlug ihr bis zum Hals. War das möglich? Sollte es da draußen tatsächlich jemanden geben, der den McCaffertys schaden wollte? Sie wollte lieber nicht darüber nachdenken und sah auf die Uhr.

Thorne war seit mehr als einer halben Stunde in der Notaufnahme, aber niemand hatte sie bisher angerufen. Sie war unruhig, und ihre Nerven waren gespannt wie Saiten. Wenn etwas schiefgegangen war? Gedankenverloren beantwortete sie noch weitere Fragen der Polizistin, bevor sie ihr erklärte, dass sie nun zurück zu ihrer Arbeit müsste.

„In Ordnung. Ich spreche mit dem Patienten, wenn er aufgewacht ist", sagte Detective Dillinger. „Und ich möchte auch mit den Brüdern reden." Sie schob ihren Stuhl zurück und ergriff ihre Mütze, bevor sie zusammen mit Nicole wieder nach unten fuhr und in ihrem Polizeiwagen verschwand.

Nachdem Nicole drei weitere Patienten versorgt hatte, erfuhr sie von einer Schwester, dass sich Thornes Zustand stabilisiert hatte und er, abgesehen von ein paar Prellungen und einem gebrochenen Bein, gesund war.

„Gott sei Dank", flüsterte sie und eilte zu der Station, wo Matt und Slade mit besorgten Gesichtern vor Thornes Zimmer saßen.

„Was zum Teufel ist nur los?" Slade warf Nicole einen wütenden Blick zu. „Was hat er sich nur dabei gedacht, bei diesem Wetter loszufliegen?"

„Er dachte wohl, dass ohne ihn hier nichts funktioniert", erklärte Matt.

„Ich werde Striker informieren." Slade fuhr sich durchs Haar und wandte sich unvermittelt an Nicole. „Was ist mit diesem Artikel, den Rachel geschrieben haben könnte?"

„Ich habe Ihnen eine Kopie geschickt."

„Verflucht. Die Post hab ich ganz vergessen." Slade rieb sich frustriert den Nacken.

„Hat die Polizei schon mit Ihnen gesprochen?", fragte Nicole.

„Warum?" Matts Augen verengten sich.

„Sie untersuchen den Unfall. Eine Polizistin namens Dillinger hat mich befragt. Sie will auch mit Ihnen beiden reden."

„Weshalb?" Matts Miene verriet Nicole, dass er die Antwort bereits kannte.

„Weil auch die Polizei jetzt offensichtlich an Strikers Theorie glaubt", antwortete Slade. „Ich ruf ihn gleich an."

„Und ich spreche mit der Polizei." Matts Gesicht war wie versteinert. „Wenn es mehr als nur ein Unfall gewesen ist, werde ich herausfinden, was dahinter steckt." Er setzte seinen Hut auf. „Sie geben Bescheid, wenn es Veränderungen bei Thorne gibt?"

„Natürlich."

Während die Brüder zum Ausgang gingen, betrat Nicole das abgedunkelte Krankenzimmer. Sie hatte schon viele Verletzte in diesem Zustand gesehen, doch als sie Thorne reglos unter der Bettdecke liegen sah, das Bein in einer Schlinge und den Kopf bandagiert, brach es ihr fast das Herz.

„Oh, Liebling", flüsterte sie. Sie liebte ihn so sehr. Obwohl er sie betrogen hatte und mit einer anderen Frau zusammen gewesen war, musste sie gegen ihre Tränen ankämpfen.

„Es tut mir so leid, dass es nicht geklappt hat", flüsterte sie und berührte seine Fingerspitzen. „Ich liebe dich. Oh, Thorne, wenn du nur wüsstest, wie sehr."

Seine Augenlider zuckten ein wenig.

„Du wirst wieder auf die Beine kommen, hörst du? Wenn du dich nicht anstrengst, kriegst du es mit mir zu tun." Sie lächelte über ihren hilflosen Witz und spürte, wie ihr Tränen über die Wangen liefen. „Sieh nur, was für ein Narr ich bin. *Du* hast mich dazu gemacht. Okay, ich muss jetzt zu meinen Mädchen zurück. Aber ich komme wieder. Das verspreche ich dir."

Sie lehnte sich nach vorne und küsste ihn auf die Stirn. „Weißt du, Thorne, ich war dumm genug, den Rest meines Lebens mit dir verbringen zu wollen."

Sie wartete einen Moment, als erhoffte sie eine Reaktion von ihm. Doch sie wurde enttäuscht. Wie seine Schwester auf der Intensivstation, schien Thorne nichts zu hören und ließ auch sonst keinerlei Reaktion erkennen.

Als Nicole den Raum verließ, hatte sie das Gefühl, dass die ganze Welt auf ihren Schultern lastete.

Auf der Heimfahrt durch das Schneetreiben stellte sie das Radio an und drehte die Heizung auf. Aber sie konnte den schrecklichen Gedanken, dass Thorne beinahe sein Leben verloren hätte, nicht vertreiben. Zitternd versuchte sie, sich auf das Liebeslied zu konzentrieren, das aus den Lautsprechern tönte, doch der Text ging ihr zu sehr an die Nieren. Wütend schaltete sie das Radio aus.

Sie hatte nichts mehr mit Thorne zu tun. Er wollte es so. Es war ein Fehler gewesen, sich erneut mit ihm einzulassen, doch jetzt war es endgültig vorbei. Sie hielt an einer roten Ampel und beobachtete den Tanz der Schneeflocken im Neonlicht der Stadt.

Was hast du von ihm erwartet? Einen Heiratsantrag?

Sie lachte voller Bitterkeit. Minuten später, als sie vor ihrem Haus ankam, schwor sie sich, dass sie ein für alle Mal über Thorne McCafferty hinwegkommen würde. Sie hatte ihre Mädchen und ihren Beruf. Sie brauchte Thorne nicht.

„Mom! Mommy! Sieh mal!“, schallte es ihr entgegen, als sie das Haus betrat.

Nicole beugte sich nach unten und umarmte jeden der Zwillinge. Ja, sie hatte ein erfülltes Leben. Sie brauchte keinen Mann und am allerwenigsten einen unverbesserlichen Macho wie Thorne McCafferty.

„Blumen. Ganz viele Sträuße Blumen“, sagte Molly und breitete ihre Arme so weit aus, wie sie nur konnte.

„Blumen?“, fragte Nicole und bemerkte den Duft von Rosen, der das Haus erfüllte.

„Ja.“ Mindy zog sie an der Hand in Richtung Wohnzimmer. Molly ergriff die andere.

Nicole stockte der Atem, als sie das Zimmer betrat. Jenny stand neben dem Kamin, in dem ein Feuer glühte. Auf jedem Tisch, in jeder Ecke und auf dem Boden waren Dutzende von Rosensträußen verteilt. Rot, weiß, rosa, gelb – Strauß neben Strauß. „Was in aller Welt …?“, flüsterte sie.

„Da ist eine Karte.“ Jenny zeigte auf einen dicken Strauß langstieliger weißer Rosen.

„Lies doch! Lies doch“, flöteten die Mädchen.

Zitternd öffnete sie den kleinen weißen Umschlag und zog ein Kärtchen heraus, auf dem nur zwei Worte geschrieben standen: „Heirate mich.“

Tränen stiegen ihr in die Augen. „Weißt du, wer die geschickt hat?", fragte sie.

Jenny lächelte. „Keine Ahnung."

Nicole musste sich setzen. „Großer Gott ..."

„Was ist, Mom?", fragte Mindy mit besorgter Miene.

„Thorne ist im Krankenhaus."

„Wie bitte?" Jennys Lächeln verschwand. Stockend erzählte Nicole von dem Flugzeugabsturz.

„Oh, Gott. Sie müssen zurück ins Krankenhaus. Sie müssen bei ihm sein."

„Aber die Mädchen ..."

„Keine Sorge. Ich bleib bei ihnen", beruhigte sie Jenny.

„Ich will aber nicht, dass Mom wegfährt", sagte Mindy.

„Baby!" Molly zeigte mit dem Finger auf ihre Schwester.

„Ssch ... ssch ... niemand ist ein Baby."

Bewegt von dem Blumenmeer, starrte Nicole auf die zarten Blütenblätter. Ihr Herz pochte voller Liebe – einer Liebe, die sich nicht unterdrücken ließ. „Ich ... ich muss ins Krankenhaus zurück", sagte sie. „Aber ich bin bald wieder da."

Mindy zog ein Gesicht. „Versprochen?"

Nicole stand auf und küsste ihre Töchter auf die Stirn. Dann nahm sie eine rote Rose aus einer der Vasen und zwinkerte ihren Töchtern zu. „Versprochen."

Durch einen Schleier von Schmerz hörte er, wie sich die Tür öffnete.

„Thorne?"

Nicoles Stimme. Sein Herz machte einen Sprung, aber er bewegte sich nicht. Ohne das Licht anzumachen, ging sie zu seinem Bett und legte behutsam die langstielige Rose auf seine Brust. „Was soll ich bloß sagen, Liebling?", flüsterte sie.

Er reagierte nicht. Vor wenigen Stunden hatte er in seinem halb bewusstlosen Zustand ihre liebenden Worte gehört und geglaubt, dass sie die Blumen bereits bekommen und ihn trotzdem zurückgewiesen hatte. Aber er war nicht in der Lage gewesen, darauf zu reagieren. Er konnte sich kaum an den Unfall erinnern, wusste nur noch, dass es ein Problem mit dem Motor gegeben hatte und dass er in einem Wäldchen abgestürzt war. Offensichtlich hatte er ungemeines Glück gehabt.

„Die vielen Blumen, Dutzende über Dutzende. Du hättest das nicht … oh, Thorne“, sagte sie und brachte ihn in die Gegenwart zurück. „Ich wünschte, du könntest mich hören. Ich möchte dir erklären …“

Jetzt war es wieder soweit. Sie würde das wiederholen, was sie schon einmal gesagt hatte.

Ohne sich zu bewegen, machte er sich auf das Schlimmste gefasst.

„Ich war … ich bin überwältigt.“ Sie räusperte sich und tastete nach seiner Hand. „Ich habe deine Karte gelesen.“

Er fühlte sich wie ein Narr. Warum hatte er sich ihr nur so ausgeliefert? Sie wollte ihn nicht, und das hatte sie klar zum Ausdruck gebracht. Er wappnete sich gegen den Schmerz.

„Ich wünschte, du könntest mich hören und verstehen, wie sehr ich dich liebe. Dich heiraten? Oh, Gott, wenn du wüsstest, wie sehr ich mir das gewünscht habe. Aber als ich das Foto mit dir und der anderen Frau in der Zeitung gesehen habe – da konnte ich ja nur glauben, dass du nicht bereit bist, dich zu binden und es wohl auch nie sein wirst. Was soll ich nur tun? Wenn wir eine Chance bekämen zusammenzusein, du und ich und die Mädchen, glaube mir, ich …“

Trotz der unerträglichen Schmerzen hob er langsam seine Hand, ergriff die ihre und hielt sie fest umklammert. Die Rose fiel auf den Boden.

„Oh! Thorne! …“

„Heirate mich“, bat er mit rauer Stimme und hatte Mühe, die Worte hervorzubringen. Er ignorierte den Schmerz, der seinen gesamten Körper peinigte.

„Heirate mich.“ Er drückte ihre Hand so fest, dass sie erneut nach Luft rang.

„Du kannst mich hören?“

Er zwang sich, die Augen zu öffnen und blinzelte in das schwache Licht hinein. „Nicole … bitte antworte mir.“ Irgendwie gelang es ihm, sie anzusehen. „Willst du mich heiraten?“

„Aber was ist mit dieser Frau auf dem Foto?“

„Es gibt keine andere Frau. Es gibt nur dich.“ Er sah sie fest an. „Und es wird immer nur dich in meinem Leben geben. Das schwöre ich dir.“

Wie durch einen Nebel konnte er erkennen, dass sie schluckte, sich auf die Lippe biss und mit sich kämpfte.

„Ich werde dich immer lieben“, gelobte er. Tränen füllten ihre wunderschönen bernsteinfarbenen Augen. „Heirate mich, Nicole. Werde meine Frau.“

Sie wischte sich mit der freien Hand die Tränen aus dem Gesicht.

„Ja“, flüsterte sie. „Ja.“

Er zog sie fest zu sich herunter. Als seine Lippen die ihren berührten, verschwand der Schmerz, und er wusste, dass all seine Besitztümer wertlos waren im Vergleich zu der Liebe, die er für sie empfand. Diese Frau würde er bis zu seinem letzten Atemzug lieben.

„Dieses Mal verlasse ich dich nicht“, schwor er, als sie den Kopf hob und lachte. „Ich liebe dich, Frau Doktor.“

„Oh, ich wette, das sagst du allen Ärztinnen“, neckte sie und hob die Rose auf, um sie neben ihn auf das Bett zu legen.

„Nein. Nur einer.“

„Da habe ich aber Glück.“ Sie beugte sich zu ihm hinunter und ihr Mund streifte seine Lippen.

„Nein.“ Und dessen war er sich sicher. „*Ich* habe Glück.“

EPILOG

Bist du sicher, dass du hier leben möchtest?", fragte Nicole, als sie mit Thorne auf der Verandaschaukel saß und über das schneebedeckte Land sah.

Nicoles Herz war erfüllt von der Schönheit um sie herum. Obwohl Thornes Bein noch eingegipst war, gönnte er sich keine Ruhe. Sie wollten so bald wie möglich heiraten.

„Ich werde so lange hier leben, wie Rachel es zulässt."

Rachel war seine größte Sorge. Ihr Unfall lag nun schon mehr als vier Wochen zurück, und sie war immer noch nicht aus dem Koma aufgewacht.

Striker hatte noch nichts Neues herausgefunden, es gab keine Verdächtigen. Und der Flugzeugabsturz wurde ebenfalls noch untersucht. Handelte es sich um ein Verbrechen? Thorne ging nicht davon aus, sondern schob das Versagen der Maschine auf die Tatsache, dass er das Flugzeug vor dem Abflug nicht ausreichend kontrolliert hatte.

„Übrigens, ich habe etwas für dich."

„Was denn?", fragte sie.

„Etwas, das unsere Verbindung offiziell macht."

Fragend hob sie eine Augenbraue, während er aus seiner Jeanstasche einen goldsilbernen Ring hervorholte.

„Der erste Ehering meines Vaters", erklärte er und streifte ihn über Nicoles Finger. „Aus Sentimentalität hat er ihn nach der Scheidung behalten. Kurz vor seinem Tod gab er ihn mir. Und der Tradition wegen sollst du ihn jetzt bekommen." Ein schiefes Lächeln lag auf seinem Gesicht. „Wir müssen ihn wohl enger machen lassen."

„Er ist wunderschön."

„Und etwas Besonderes."

„Oh, Thorne, danke", flüsterte sie und gab ihm einen Kuss.

„Ich weiß, dass es damals ein Fehler war, dich zu verlassen. Ich habe es schon ein Dutzend Mal bereut. Aber ich möchte es wiedergutmachen. Ich wollte nie eine Familie haben und …", er sah über die schneeverkrusteten Felder, „… hier sesshaft werden. Aber das hat sich verändert." Ihre Blicke trafen sich. „Du bist die einzige Frau, die ich liebe."

Seufzend lehnte sie sich an ihn, während sie den Ring an ihrem Finger betrachtete. „Ich liebe dich", flüsterte sie.

„Oh, wirklich?“, fragte er mit einem verschmitzten, sexy Lächeln.

„Großes Ehrenwort“, erwiderte sie. Sein Grinsen war ansteckend, und sie warf ihm ein freches Lachen zurück. „Glaubst du mir nicht?“

„Vielleicht ...“

„Aber vielleicht auch nicht?“

„Du könntest es mir beweisen.“

Sie lachte und spielte das Spiel mit. „Und wie sollte das aussehen?“

Seine Augen glitzerten. „Oh, ich kann mir mindestens ein Dutzend Beweise vorstellen.“

„Und ich mindestens hundert.“

Er stand ungeschickt auf und zog sie zu sich hoch. „Dann lass uns anfangen und keine Zeit verlieren. Mein Vater hat von Enkelkindern gesprochen.“

„Was ist mit J. R. und den Zwillingen?“

„Das ist erst der Anfang.“

„Immer mit der Ruhe, Romeo“, sagte sie lächelnd.

„Keineswegs. Wir haben nur noch den Rest unseres Lebens.“

Sie warf den Kopf zurück und lachte. „Ich liebe dich, Thorne McCafferty, aber wenn irgendjemand etwas beweisen muss, dann du.“

„Einverstanden.“ Er schob seinen Arm unter ihre Knie und hob sie hoch.

„Thorne, hör auf! Dein Bein. Lass mich runter!“, rief sie.

Er hielt sie fest, seine Schultern gegen die Hauswand gestützt. „Niemals“, schwor er und küsste sie heftig.

Nicole schloss die Augen und erwiderte seinen Kuss.

„Ich werde dich nie wieder loslassen, Nicole. Nie wieder.“

Und das glaubte sie ihm.

– ENDE –

Lisa Jackson

Glaub an meine Liebe, Kelly

Roman

Aus dem Amerikanischen von
Jutta Nickel

MIRA®

PROLOG

Anfang Mai

„Du bist eine echte Ausgeburt des Teufels!“, brummte Matt McCafferty grimmig, als er wieder auf die Füße sprang und sich den Staub von den Jeans klopfte. Wütend musterte er das Hengstfohlen, das ihn mit wildem Blick anfunkelte. Es gab gute Gründe, weshalb das Tier Diablo Rojo hieß: Keines der zweijährigen Appaloosa-Fohlen auf der Flying-M-Ranch benahm sich so störrisch wie dieses. Eine echte Herausforderung. Matt war bereits siebenunddreißig Jahre alt, und in seinem ganzen Leben war er noch keinem Pferd begegnet, das er nicht hatte zureiten können.

Nur bei diesem roten Teufel beschlichen ihn langsam Zweifel. Sogar erhebliche Zweifel. Das Pferd besaß Temperament. Feuer. Es war nicht leicht zu zähmen. Wie so viele Frauen, denen Matt in seinem Leben schon begegnet war. „Okay, mein Junge. Lass uns von vorn anfangen.“

Er bückte sich und hob seinen Hut vom staubigen Boden auf. Während er ihn kräftig gegen seinen Schenkel schlug, blinzelte er in die Sonne, die langsam hinter den westlichen Hügeln Montanas versank. „Es ist noch lange nicht vorbei“, versicherte er dem schnaubenden Tier.

„Könnte aber genauso gut vorbei sein.“

Matt erstarrte, als er die Stimme seines Vaters hörte. Abrupt drehte er sich auf dem abgewetzten Absatz seines Stiefels um und schaute zu, wie Juanita den Rollstuhl mit John Randall von dem zweistöckigen Ranchhaus auf die Pferdekoppeln zuschob.

„Ich habe versucht, es ihm auszureden“, entschuldigte sich Juanita bei Matt. Sie parkte den Rollstuhl nahe am Zaun, wo Harold, der alte Spaniel, sich im Schatten einer einsamen Kiefer niedergelassen hatte. „Aber du weißt ja, wie er ist: einfach zu *terco* … zu stur.“

„Es hat mir nie geschadet“, behauptete der alte Mann, während er Juanita mit einer Handbewegung verscheuchte, die sich an den sonnengebleichten Zaunlatten zu voller Größe hochzog. „Es geht mir gut. Brauchte nur ein bisschen frische Luft. Will jetzt mit Matt reden. Er wird mich reinbringen, wenn wir fertig sind.“

Du liebe Güte, der Mann war wirklich dünn geworden. Viel zu dünn. Die Jeans und das karierte Hemd hingen ihm lose am Körper herunter, der früher einmal stark und muskulös gewesen war. John Randall verzog den Mund zu einem Lächeln, als er sich an die oberste Latte lehnte und den zweiten seiner drei Söhne betrachtete.

Matt nickte. „Ich komme mit ihm zurecht“, erklärte er der Frau, die geholfen hatte, ihn großzuziehen. Juanita eilte in das Haus zurück, in dem Matt aufgewachsen war.

Angestrengt wühlte der alte Mann in seiner Hosentasche. „Ich habe was für dich.“

„Was?“ Matt wurde sofort misstrauisch.

„Etwas, was du haben sollst … oh, da ist es ja schon.“ John Randall zog eine große, silberne Gürtelschnalle hervor, die in der Nachmittagssonne Montanas funkelte. Die flache Oberseite zeigte einen buckelnden Bronco, ein halbwildes Pferd, wie es sie im amerikanischen Westen immer noch gab. Sie glänzte noch genauso wie an jenem Tag vor fünfzig Jahren, als John Randall das Stück beim Rodeo in Kanada gewonnen hatte – eine Geschichte, die seine Söhne zur Genüge kannten. Er ließ die Schnalle in die Hand seines Sohnes fallen.

„Mein Junge, mir bleibt nicht mehr viel Zeit auf dieser Erde“, verkündete er, und bevor Matt protestieren konnte, brachte er ihn mit erhobener Hand zum Schweigen. „Wir wissen es beide. Ich habe viele Fehler gemacht in meinem Leben, und der Himmel weiß, dass ich eure Mutter nach Strich und Faden betrogen habe …“

Matt schwieg. Er weigerte sich, auch nur einen einzigen Gedanken an die trostlose Zeit zu verschwenden, als John Randall sich eine viel jüngere Frau namens Penelope Henley genommen und die Scheidung eingereicht hatte. Außerdem hatte er ihnen eine Halbschwester beschert. Allen drei Brüdern war es schwergefallen, sich damit abzufinden.

„Es tut mir alles sehr leid“, erklärte John Randall, und sein Seufzen verklang im Wind. „Aber das ist Schnee von gestern, jetzt, wo Larissa und Penny tot sind.“ Er rieb sich über den Kiefer und räusperte sich. „Wie du weißt, will ich Enkelkinder von euch. Ja, alte Männer träumen immer von Enkeln. Aber so ist es nun mal. Ich möchte in Ruhe und Frieden sterben, und das geht nur, wenn ich sicher sein kann, dass du eine gute Frau gefunden hast. Dass du dich niederlässt und eine Familie gründest. Und dass der Name unserer Familie noch ein paar Generationen überlebt … die McCaffertys."

Wieder einmal hatte Matt den Eindruck, dass sein Vater mit aller Macht versuchte, ihn zu lenken. Sofort wollte er ihm die Gürtelschnalle zurückgeben. „Falls du versuchst, mich zu bestechen …"

„Nein, keine Bestechung." Angewidert spie der alte Mann in den Staub. „Ich will, dass du den Gürtel bekommst, weil er mir viel bedeutet." Er zeigte mit dem Finger auf die Schnalle. „Dreh sie um."

Matt strich über das glänzende Metall und las die Gravur auf der Rückseite. „Für meinen Cowboy. In ewiger Liebe, Larissa." Ein paar Sekunden lang war ihm die Kehle wie zugeschnürt, als er an seine Mutter denken musste. An die Frau mit dem glänzenden schwarzen Haar und den lachenden braunen Augen, die in den Jahren nach ihrer Hochzeit immer trauriger dreingeblickt hatten. Auch die Weinflaschen, die sie heimlich geleert und nach und nach überall in dem verhassten alten Ranchhaus versteckt hatte, hatten sie nicht glücklicher gemacht.

„Larissa hat es eingravieren lassen, nachdem ich das Rodeo gewonnen hatte. Zum Teufel noch mal, damals war sie noch ganz verrückt nach mir." Die Falten um John Randalls Augen und Mund vertieften sich, und er klang traurig. Einen Moment lang lag so etwas wie Schuldbewusstsein in seinem Blick. „Matthew, ich möchte, dass du sie jetzt bekommst."

Matt schloss die Finger um das scharfkantige Metall, brachte aber keinen Ton über die Lippen.

Um keinen Preis der Welt würde er heiraten. Weder heute noch morgen noch sonst irgendwann. So war es, und so sollte es auch bleiben.

1. KAPITEL

Im folgenden November

Sie war ihm früher schon begegnet. Das hieß aber noch lange nicht, dass sie ihn auch mochte.

Nach Meinung von Kelly Dillinger bedeutete es nichts als Scherereien, wenn Matt McCafferty auftauchte. Er war schlicht und einfach aus dem gleichen Holz geschnitzt wie seine arroganten, scheinheiligen und selbstsüchtigen Brüder. Ganz zu schweigen von ihrem Vater, der ein echter Dreckskerl war.

Aber das bedeutete natürlich nicht, dass Matt McCafferty nicht gut aussah. Wer mit raubeinigen und harten Cowboytypen etwas anfangen konnte, der war bei Matt genau richtig. Aber Kelly war stolz darauf, dass sie nicht zu denen gehörte, die beinahe in Ohnmacht fielen, wenn sie den Namen McCafferty hörten.

Ja, die Brüder sahen attraktiv aus.

Ja, sie waren sexy.

Ja, sie hatten Geld.

Na und?

Mit seiner breiten Schulter stieß Matt McCafferty die Tür zum Büro der Polizeistation in Grand Hope auf, und er brachte eine kalte Winterbrise herein. Na großartig. Auf Kellys Schreibtisch türmte sich der Papierkram, und das hatte sie einzig und allein dem Fall McCafferty zu verdanken.

Matt schien es nicht nötig zu haben, an der Schranke stehen zu bleiben, die den Empfang von den Büros trennte. In einer Gewitterwolke selbstgerechter Wut eilte er an der Sekretärin vorbei. Schon deshalb konnte Kelly ihn nicht ausstehen. Aber sie hatte schließlich auch mit den McCaffertys ein ganz persönliches Hühnchen zu rupfen.

Vor Wut hatte der Besucher die Lippen zu einem dünnen, blassen Strich zusammengepresst und das markante Kinn stur vorgestreckt. Sie stand auf und öffnete die Tür.

„Mr. McCafferty." Sie zwang sich zu einem Lächeln. „Kommen Sie doch herein …" Doch er hatte bereits die Schwelle überschritten, stand mitten in dem kleinen Zimmer und begann, unruhig hin und her zu marschieren.

„Setzen Sie sich“, bot sie an und schob ein paar Aktenordner beiseite.

Er rührte sich nicht. „Ich habe es satt, mich an der Nase herumführen zu lassen“, zischte er zwischen zusammengebissenen Zähnen.

„An der Nase herumführen zu lassen?“

„Ja.“ Er beugte sich über die Papierstapel zu ihr hinüber. „Verdammt noch mal, ich will endlich Antworten. Seit über einem Monat liegt meine Schwester im Koma, und zwar wegen dieses Unfalls. Ich bin überzeugt, dass irgendjemand ihren Jeep von der Straße abgedrängt hat. Und ihr sitzt hier herum und tut nichts, um rauszufinden, wer daran schuld ist. Obwohl klar ist, dass damals jemand versucht hat, sie umzubringen.“

„Das sind nichts als wilde Spekulationen“, mahnte Kelly ruhig, obwohl ihr Blut langsam in Wallung geriet. „Wir versuchen, das andere Fahrzeug aufzuspüren. Falls es überhaupt eins gegeben hat. Bis jetzt haben wir noch nichts finden können.“

„Verdammt noch mal, es ist schon über einen Monat her!“, rief er. „Außerdem sind schon zwei Wochen vergangen, seit Thorne mit seinem Flugzeug notlanden musste. Glauben Sie etwa, dass das auch ein Unfall war?“

„Ja, vielleicht. Wir ermitteln.“

„Dann ermitteln Sie gefälligst ein bisschen zackiger“, befahl er, und seine Nasenflügel bebten. „Bevor wirklich jemand zu Tode kommt.“

Der Kerl zerrte ihr an den Nerven. Er hatte eine Art, sie zu ärgern, die ihr jedes Mal unter die Haut ging – wie ein spitzes kleines Steinchen, das unter die Satteldecke geraten war. „Die Bundespolizei kümmert sich um den Flugzeugabsturz.“

„Das reicht nicht“, herrschte er sie an. „Detective, hat man Ihnen etwa die Ermittlungen anvertraut?“, fragte er. Demonstrativ schaute er auf das Abzeichen, das sie voller Stolz trug.

Mit Mühe gelang es ihr, Ruhe zu bewahren. „Ich glaube, wir haben schon darüber gesprochen. Detective Espinoza kümmert sich um den Fall. Ich bin seine Assistentin, weil ich beim Unfall Ihrer Schwester zuerst vor Ort war.“

„Dann verschwende ich meine Zeit mit Ihnen.“

Das saß. Kelly biss die Zähne zusammen und erhob sich.

„Sagen Sie Espinoza, dass ich ihn sprechen will.“

„Er ist im Moment nicht im Hause."

„Ich kann warten."

„Es kann dauern."

Matt McCafferty sah aus, als würde er jeden Moment vor Wut explodieren. Er beugte sich wieder über den Tisch, aber diesmal kam er ihr mit dem Gesicht so nahe, dass seine Nasenspitze beinahe mit ihrer zusammenstieß. Der Geruch nach feuchtem Wildleder, nach Pferden und einem Hauch Kieferndu ft stieg ihr in die Nase.

„Damit wir uns recht verstehen, Detective", flüsterte er leise, aber gefährlich, „wir unterhalten uns hier über meine Familie. *Meine* Familie. Für mich sieht alles danach aus, dass meine Schwester beinahe umgebracht worden wäre. Und dann haben wir noch kein Wort darüber verloren, dass sie zu jenem Zeitpunkt im neunten Monat schwanger war."

„Ich weiß …"

„Ach, wirklich? Können Sie sich vorstellen, was sie durchgemacht hat? Die Wehen haben eingesetzt, nachdem ihr Jeep über die Böschung gerast ist. Es war ein Riesenglück, dass zufällig jemand vorbeikam und den Notarzt gerufen hat."

„Und das Baby hat überlebt", betonte Kelly.

„Ja, aber was weiter?", schnaubte Matt. „Der kleine J. R. braucht dringend seine Mutter, die immer noch im Krankenhaus im Koma liegt." Für den Bruchteil einer Sekunde sah es so aus, als sorgte Matt McCafferty sich tatsächlich um seinen Neffen. Seine braunen Augen verdunkelten sich. Kelly war innerlich berührt, obwohl sie sich weigerte, es zu zeigen. Natürlich machte er sich Sorgen um das Kind. Die McCaffertys kümmerten sich umeinander. Auf andere Menschen dagegen achteten sie nicht. „Aber das ist noch längst nicht alles, Detective. Es grenzt an ein Wunder, dass Thorne die Bruchlandung überlebt hat."

Zum Glück, dachte Kelly. Thorne war der älteste der McCafferty-Brüder, ein millionenschwerer Ölmagnat, der aus Denver angereist war. Er war mit dem Flugzeug der Ölgesellschaft auf dem Weg nach Grand Hope gewesen, in schlechtes Wetter geraten und hatte notlanden müssen.

„Es sieht mir alles danach aus, als hätten die McCaffertys es mit einer höllischen Pechsträhne zu tun", meinte er. „Oder jemand will uns ans Leder."

„Wer sollte das wollen?“ Kelly suchte seinen Blick und hielt ihm stand. Doch die Anstrengung, nicht nachzugeben, ließ sie beinahe in Schweiß ausbrechen.

„Ich hatte gehofft, dass Sie danach fragen würden.“

Du lieber Himmel, er stand so dicht vor ihr. Viel zu dicht. Der Tisch zwischen ihnen reichte als Barriere nicht aus.

„Glauben Sie mir, Mr. McCafferty ...“

„Matt. Sagen Sie Matt. Irgendwie werde ich das Gefühl nicht los, dass wir zwei noch sehr eng an diesem Fall zusammenarbeiten werden. Ich werde mich an Ihre Fersen heften, bis ich weiß, wer zum Teufel hinter der Sache steckt. Wir können also genauso gut auf die Förmlichkeiten verzichten.“

Es traf Kelly wie der Schlag, dass sie mit einem McCafferty eng zusammenarbeiten sollte. Noch dazu mit diesem selbstsichereren sexy Cowboy, der sie mehr verwirrte als die anderen beiden, die zum Clan gehörten. Aber sie hatte keine Wahl. „Einverstanden, Matt. Wie ich schon gesagt habe, wir geben unser Bestes bei den Ermittlungen. Sie haben außerdem einen Privatdetektiv angeheuert, stimmt's? Einen Mann namens Kurt Striker?“ Sie verschränkte die Arme vor der Brust.

Matt nickte. „Ich dachte, wir können die Hilfe gebrauchen.“ Er musterte sie, als wüsste er nicht genau, was er von ihr halten sollte. Sie war es gewöhnt, dass Männer ihrer Arbeit misstrauten, weil sie eine Frau war. Genau das dachte auch Matt McCafferty; sie erkannte es an seinem Blick.

Pech gehabt, dachte sie insgeheim. Denn sie ließ sich nicht einschüchtern. Von niemandem. Noch nicht einmal von den mächtigen McCaffertys. Matts Vater John Randall war einst der reichste und mächtigste Mann in der Gegend gewesen, und seine Nachkommen glaubten vermutlich, dass ihnen das jedes Recht der Welt gab, zu tun, was sie wollten. Aber nicht bei ihr.

„Kann Striker irgendwelche Beweise vorlegen, dass jemand hinter den Unfällen steckt?“, wollte Kelly wissen.

„Er sagt, dass er fremde Farbe auf Rachels Fahrzeug entdeckt hat. Kastanienbraun. Vielleicht stammt sie von dem Fahrzeug, das sie von der Straße abgedrängt hat.“

„Falls es tatsächlich so gewesen ist“, erinnerte Kelly ihn. „Sie könnte auch auf dem Parkplatz zu Hause in Seattle ein Fahrzeug gerammt haben. Außerdem hatten wir die Farbe selbst schon entdeckt. Sie sollten es sich also verkneifen, hier reinzuplatzen und zu behaupten, dass das Department nicht gründlich arbeitet oder inkompetent ist oder sonst irgendwas. Wir sind an der Sache dran. Kapiert?"

„Passen Sie mal auf ..."

„Nein, jetzt passen Sie mal auf, okay?"

Ihre Nerven waren aufs Äußerste gespannt, als sie den Schreibtisch umrundete und sich auf Augenhöhe vor ihm aufbaute. „Die Polizei tut alles, um herauszufinden, was Ihrer Schwester und Ihrem Bruder zugestoßen ist. Alles! Glauben Sie mir, weder den einen noch den anderen Unfall nehmen wir auf die leichte Schulter. Aber wir lassen uns auch nicht zu vorschnellen Schlüssen drängen. Der Wagen Ihrer Schwester könnte über eine vereiste Stelle geschlittert sein. Es ist denkbar, dass sie kurzfristig die Kontrolle über ihr Fahrzeug verloren hat."

Kelly holte tief Luft. „Und was Ihren Bruder betrifft: Er setzt sein Leben selbst aufs Spiel, wenn er mit einer kleinen Maschine in einen höllischen Schneesturm fliegt. Die Motoren haben schlappgemacht. Wir werden ermitteln, woran es lag. Und trotzdem haben wir die Möglichkeit noch nicht ausgeschlossen, dass jemand seine schmutzigen Hände im Spiel hat. Wir sind einfach nur vorsichtig. Das Department kann es sich nicht leisten, mit halbgaren Vermutungen an die Öffentlichkeit zu gehen."

„Inzwischen könnte jemand aus meiner Familie getötet werden."

„Na gut", sagte Kelly und nahm den Stift in die Hand. „Nennen Sie mir alle Verdächtigen. Alle Personen, von denen Sie annehmen, dass sie einen Groll gegen den McCafferty-Clan hegen."

Matt kniff die Brauen zusammen. „Es gibt Dutzende."

„Namen, McCafferty. Ich will Namen." Kelly hoffte inständig, dass sie professionell klang.

Sein Ärger schien sich zu verflüchtigen. „Ich habe keine Ahnung", musste er zugeben. „Ich bin mir sicher, dass Thorne Feinde hat. Man scheffelt keine Millionen, ohne dass man damit den Neid anderer Leute auf sich zieht."

„Reicht Neid für einen Mordversuch aus?"

Matt schloss kurz die Augen. „Ich weiß es nicht."

Immerhin klang er aufrichtig. „Er arbeitet hauptsächlich in Denver, nicht wahr?"

„Er hat hauptsächlich dort gearbeitet. Die Zentrale des Unternehmens hat dort ihren Sitz."

„Aber jetzt will er wieder hierher ziehen und heiraten." Es war zwar keine Frage, aber Matt nickte trotzdem. Kelly bemerkte, wie sein dunkles Haar unter dem Neonlicht schimmerte. Als er seine Jacke aufknöpfte, entdeckte sie das Flanellhemd, das sich über seiner breiten Brust spannte. Mit Mühe wandte sie den Blick davon ab und rief sich lautlos zur Ordnung. Sie durfte sich nicht ablenken lassen. Pflichtbewusst notierte sie ein paar Informationen über Thorne, den ältesten der Brüder.

„Ja, er heiratet Nicole Stevenson." Matt brachte ein halbes Lächeln zustande, das unglaublich sexy war und sie vollkommen verwirrte. „Es gibt eine ganze Menge Leute, die jetzt ihre Wette verlieren."

Kelly begriff. Wie seine Brüder war Thorne ein eingefleischter Junggeselle gewesen. Schon an der Highschool hatte er reihenweise Mädchenherzen gebrochen, genau wie seine Brüder. Ganz besonders Matt stand in dem Ruf, ein echter Frauenheld zu sein: einer, der sich schnell verliebte und sich noch schneller wieder aus dem Staub machte.

Aber jetzt sah alles danach aus, als würde der erste dieser drei notorischen Junggesellen in die Ehefalle tappen. Die Braut war Ärztin in der Notaufnahme am Krankenhaus, alleinerziehende Mutter von Zwillingsmädchen.

„Okay. Und was ist mit Ihrer Schwester?", hakte Kelly nach und versuchte, betont sachlich zu bleiben. „Sind Ihnen irgendwelche Feinde bekannt?"

Ärger mischte sich in Matts großspuriges Lächeln. „Ich habe keine Ahnung", musste er wieder zugeben. „Aber ich bin mir sicher, dass sie es auch nicht leicht hatte. Zum Teufel noch mal, sie hat die Kolumne für den *Seattle Clarion* geschrieben."

„Den Ratgeber für Singles. Ja, ich habe ein paar Exemplare im Schrank", erwiderte Kelly. Geflissentlich verschwieg sie ihm, dass sie die trockenen Kommentare seiner Schwester amüsant und interessant fand.

„Was für eine Ironie des Schicksals, finden Sie nicht auch?", meinte Matt und lehnte sich mit der Schulter gegen ein Regal. „Sie hat alle möglichen Leute zu ihrem Liebesleben beraten, und sie selbst wird schwanger, stirbt beinahe bei einem Autounfall, und niemand weiß, wer der Vater des Kindes ist."

„Tja, aber das allein hilft uns noch nicht viel weiter. Wenn Sie mir keine weiteren Anhaltspunkte geben können, rate ich Ihnen, abzuwarten, was die Polizei herausfindet."

„Zum Teufel noch mal. Ich habe schon viel zu lange abgewartet, und was ist passiert? Nichts!"

Kelly ließ ihm die Bemerkung durchgehen. „McCafferty, ich muss arbeiten. Detective Espinoza ruft Sie an, wenn es neue Entwicklungen gibt." Sie öffnete die Tür und gab ihm schweigend zu verstehen, dass er das Büro verlassen sollte. „Kapiert?"

„Wenn das alles ist, was Sie für mich tun können ..."

„Ja."

Er drückte sich den Stetson auf den Kopf. Sein Blick gab ihr deutlich zu verstehen, dass sie sich nicht das letzte Mal begegnet waren. Ungerührt schaute Kelly ihm nach, während er ihr Büro verließ und hinausging. Seine Jeans hatten auch schon bessere Tage gesehen. Über dem festen Hintern war der Stoff schon ziemlich abgewetzt, aber das schien ihn trotz der Kälte draußen nicht zu kümmern. Bestimmt kochte er innerlich vor Wut auf sie und Bob Espinoza. Nun ja, sein Pech.

Wieder stieß er die Tür mit der Schulter auf. Ein arktischer Windstoß blies ins Büro. Dann war der Mann fort, und die Glastür schwang hinter ihm ins Schloss. „Endlich ist er weg", stöhnte Kelly auf. Es irritierte sie, dass sie ihn unbestreitbar attraktiv gefunden hatte.

Als ob ich es nicht geahnt hätte, dachte sie. Dieser Mann brachte nichts als Scherereien.

2. *KAPITEL*

Matt trommelte mit den Fingern auf das Lenkrad seines Trucks. Grimmig blinzelte er durch das dichter werdende Schneetreiben. Vielleicht war es ein Fehler gewesen, wie der Teufel nach Grand Hope zu rasen, das Büro des Sheriffs zu stürmen und Antworten zu verlangen.

Diese rothaarige Polizistin hatte ihn einfach auflaufen lassen. Es machte ihn wütend. Es war regelrecht demütigend! Kelly Dillinger ärgerte ihn mehr, als die Polizei erlaubte. Trotzdem gelang es ihm nicht, sich die Frau aus dem Kopf zu schlagen. Ihre helle Haut, die schokoladenbraunen Augen und das feuerrote Haar, das so genau ihr Temperament widerspiegelte. Rothaarige waren schließlich für ihre Leidenschaft und ihren Jähzorn bekannt.

Und wie sie ihm gegenübergetreten war! Schon mit ihrer Haltung hatte sie deutlich gemacht, dass sie sich von ihm nichts bieten ließ. Wie ein Mann. Ha – als hätte sie irgendeine Ähnlichkeit mit einem Kerl! Trotz ihrer sportlichen Figur wirkte sie ausgesprochen weiblich. Zu seinem Ärger hatte er das durchaus bemerkt. Die Uniform hatte sich über ihren Brüsten gestrafft und Hüften und Taille betont. Die Frau besaß Kurven. Verdammt attraktive Kurven, selbst wenn sie ihr Bestes gab, sie zu verstecken.

Dabei stand er auf Frauen, die mit ihrer Weiblichkeit nicht hinterm Berg hielten. Trotzdem hatte Kelly Dillinger seine Aufmerksamkeit erregt. Obwohl er vor Wut gekocht hatte, als er in das Büro gestürmt war, hatte er erhebliche Schwierigkeiten gehabt, sich auf sein Anliegen zu konzentrieren.

Aber das war nichts Neues. Wie oft war es ihm schon schwergefallen, sein Begehren zu zügeln! Wann immer er in die Nähe attraktiver Frauen kam, machte es ihm zu schaffen. Aber heute war es so schlimm gewesen wie schon lange nicht mehr.

Er konnte es nicht länger leugnen: Er fühlte sich zu Kelly Dillinger hingezogen.

Aber das durfte nicht sein. Ausgeschlossen. Nicht zu einem weiblichen Detective. Schon gar nicht zu der Polizistin, die am Fall seiner Schwester arbeitete – zumal er wusste, dass sie einen persönlichen Groll gegen die Familie McCafferty hegte. Doch es half nichts. Selbst jetzt, wo er nur an sie dachte, fühlte sich seine Hose mit einem Mal zu eng an. Matt betrachtete sich im Rückspiegel. „Idiot", beschimpfte er sich selbst und schaltete einen Gang herunter, als er sich der Flying M näherte, der Ranch, die der ganze Stolz und die Freude seines Vaters gewesen war.

„Großartig", murmelte er, als er abbog und auf dem festgefahrenen Schnee ein Stück zur Seite rutschte. Von dieser Frau hatte er die Finger zu lassen. Punkt. Und sei es nur, weil sie hier in Grand Hope lebte, weit entfernt von seiner eigenen Ranch. Wenn er sich auf die Suche nach einer Beziehung machte – was nicht der Fall war, wie er sich hastig ins Gedächtnis rief –, dann bei sich zu Hause.

Um Himmels willen, wie bin ich jetzt auf diesen Gedanken gekommen?, fragte er sich erschrocken. Weder brauchte er eine Frau noch wollte er eine. Frauen brachten nichts als Ärger. Das galt auch für Kelly Dillinger.

Die Frau im Krankenhausbett sah grauenhaft aus, obwohl sie sich bereits auf dem Weg der Besserung befand. Aber nach Kellys Einschätzung würde es noch lange dauern, bis Rachel McCafferty völlig geheilt war.

„Wenn du nur sprechen könntest", seufzte Kelly und biss sich auf die Unterlippe. Sie trat näher zu der reglosen Gestalt im Bett. Vorsichtig berührte sie Rachels Handrücken, als ob sie diesem geschundenen Körper ein Fünkchen Leben schenken wollte. „Wach auf", drängte sie, „es ist unendlich wichtig, dass du ins Leben zurückkehrst. Da gibt es zum Beispiel dein Baby." *Und drei sture Halbbrüder, die sich in alles einmischen müssen.*

„Außerdem musst du jede Menge Dinge erklären, wenn du erst mal wach bist." Kelly drückte Rachel die Hand, erhielt aber keine Antwort. „Komm schon, Rachel. Hilf mir weiter."

„Meine Schwester kann Sie nicht hören."

Kelly errötete und ließ die Hand der bewusstlosen Frau hastig los. Auf Anhieb hatte sie Matt McCaffertys Stimme erkannt, und ihr Herz tat einen Hüpfer.

„Ich weiß." Sie drehte sich um und entdeckte ihn im Türrahmen. Noch immer trug er die Jeans und das Hemd, die er schon vor ein paar Stunden am Leib gehabt hatte. Die Jacke war nicht zugeknöpft, und seine Gesichtszüge wirkten nicht so feindselig wie vorhin, aber in den dunklen Augen schimmerten immer noch stumme Vorwürfe. Trotzdem wirkte er unglaublich attraktiv.

„Was haben Sie hier zu suchen?“, wollte er wissen.

„Ich wollte nach Ihrer Schwester sehen.“

„Sie sollten besser die Spuren verfolgen und versuchen, herauszufinden, welcher Dreckskerl ihr das angetan hat.“ Matt trat ins Zimmer und kam näher. Kelly musste den Impuls unterdrücken zurückzuweichen, und sie schalt sich lautlos für ihre Reaktion.

Matt starrte auf seine Schwester hinunter. Seine Miene wirkte wie versteinert, aber trotzdem las sie darin tiefe Gefühle. Solche Empfindungen hätte sie diesem ruppigen Cowboy niemals zugetraut.

Jetzt griff er über das Bettgitter, wie Kelly es ein paar Minuten zuvor getan hatte, und nahm Rachels schmale, blasse Hand zwischen seine großen, gebräunten Finger. „Du schläfst immer noch“, raunte er heiser und rieb mit dem Daumen über ihren Handrücken, dicht neben der Tropfkanüle.

Kelly war die Kehle wie zugeschnürt, als sie erkannte, wie groß sein Schmerz war.

„Dein kleiner Sohn J. R. braucht dich.“ Matt räusperte sich, schaute Kelly verlegen an und wandte seine Aufmerksamkeit dann wieder seiner Schwester zu. Offenbar war er eher in seinem Element, wenn er Pferden die Hufe beschlug, einen Zaun reparierte oder Kälber mit dem Lasso einfing. Trotzdem gab er sich größte Mühe, seiner bewusstlosen Schwester ein paar freundliche Worte zuzuflüstern.

Es zerriss Kelly beinahe das Herz. Vielleicht war Matt McCafferty doch ganz anders, als es auf den ersten Blick schien und als das Geschwätz der Leute sie glauben machen wollte.

„Und der Rest der Familie braucht dich auch“, fügte er grimmig hinzu, tätschelte seiner Schwester kurz die Schulter und machte auf dem Absatz kehrt.

Kelly ließ die Luft langsam aus den Lungen. Wer war dieser Mann wirklich? Und warum reagierte sie so heftig auf ihn? Du liebe Güte, schon wieder schwitzten ihre Handflächen, und sie hätte schwören können, dass ihr Herz jedes Mal schneller schlug, wenn sie ihn sah. Es war verrückt.

Kelly riss sich zusammen und folgte ihm durch die Tür hinaus.

„Wo steckt Espinoza?", fragte Matt und warf ihr einen Blick zu.

„Bestimmt im Büro. Und er hat Ihnen sicher nicht mehr zu sagen, als Sie von mir schon erfahren haben."

„Wie ärgerlich." Gemeinsam machten sie sich auf dem Weg zum Fahrstuhl und traten in die Kabine. Kelly bemerkte, dass der Mann leicht nach Leder und Seife roch. Nachdem die Türen des Fahrstuhls sich geschlossen hatten und sie allein waren, sah er sie aus dunklen Augen an. Durchdringend. Am liebsten hätte sie sich unter seinem vorwurfsvollen Blick in Luft aufgelöst. Stattdessen straffte sie die Schultern, als er fragte: „Warum waren Sie bei Rachel?"

„Nur, um auf dem Laufenden zu bleiben. Ich dachte, manches würde klarer, wenn ich sie persönlich sehe."

„Was zum Beispiel?"

„Zum Beispiel die Frage, was es mit dem Buch auf sich hat, das Ihre Schwester geschrieben hat. Ihre Haushälterin Juanita Ramirez hat ausgesagt, dass sie mit Ihrer Schwester vor dem Unfall in Kontakt war und dass Rachel an irgendeinem Buch gearbeitet hat. Aber niemand scheint Genaueres zu wissen."

„Juanita wusste noch nicht einmal, dass Rachel schwanger ist. Ich kann mir nicht vorstellen, dass sie in die Geheimnisse meiner Schwester eingeweiht war", murmelte Matt. Inzwischen waren sie unten angekommen, und er eilte auf den Haupteingang zu.

„Warum sollte sie sich die Geschichte ausdenken?"

„Ich behaupte ja nicht, dass Juanita lügt. Aber vielleicht hat auch Rachel geflunkert. Seit ihrer Zeit in der Highschool hat sie davon gesprochen, dass sie ein Buch schreiben will. Hat sie es jemals getan? Nein. Nicht dass meine Brüder oder ich davon gehört hätten."

„Aber Sie wussten ja auch über ihre Schwangerschaft und ihren Job nicht Bescheid", konterte Kelly.

Matt hielt inne und drehte sich zu ihr um. „Okay. Aber was, wenn sie tatsächlich eins geschrieben hat? Das ist doch genauso wichtig wie die Frage, ob in China ein Sack Reis umfällt. Was soll das damit zu tun haben, was ihr im Glacier Park zugestoßen ist?"

„Das werden Sie mir gleich verraten."

„Sie sind hier der Cop", betonte er ärgerlich. „Sie sind Detective, nicht mehr und nicht weniger. Das ist Ihr Job, Lady."

„Ich versuche, ihn so gut wie möglich zu erledigen."

„Dann strengen Sie sich gefälligst ein bisschen mehr an, klar? Das Leben meiner Schwester steht auf dem Spiel." Mit hochgezogenen Schultern kämpfte er sich durch den Schneesturm zu seinem Truck vor. Kellys Wangen brannten förmlich, so wütend hatten sie seine Worte gemacht. Außerdem hatte er ihrem Stolz einen mächtigen Dämpfer verpasst.

„Mistkerl", murmelte sie und eilte zu ihrem eigenen Fahrzeug. Was machte sie eigentlich zorniger, dieser unbeugsame Cowboy oder die Art, wie sie auf ihn reagierte? In seiner Nähe wurde sie plötzlich nervös, brachte kaum noch einen Ton hervor … zutiefst unprofessionell.

Doch kaum saß sie hinter dem Steuer, als sie versuchte, jeden Gedanken an Matt McCafferty zu verdrängen. Sie wurde bei ihren Eltern zum Abendessen erwartet, und ihre Schwester kam auch mit ihren beiden Söhnen. Solche Abende im Familienkreis waren selten geworden, denn sie arbeitete viel zu viel. Deshalb beeilte sie sich, heute pünklich zu sein, und traf tatsächlich kaum eine Viertelstunde später in dem Zuhause ihrer Kindheit ein.

„Kelly, meine Liebe!", rief ihr Vater, als er seinen Rollstuhl in das Esszimmer lenkte, wo der Tisch bereits gedeckt war. Früher war Ron Dillinger ein großer und kräftiger Mann gewesen. Aber seit er vor fünfundzwanzig Jahren eine Kugel in den Rücken bekommen hatte, war er auf den Rollstuhl angewiesen. Früher hatte er als Deputy Sheriff gearbeitet, war seit der Verletzung aber berufsunfähig. „Wie schön, dass du Zeit hast, mit uns zu essen."

„Ich freue mich auch", erwiderte Kelly, beugte sich hinunter und drückte ihm einen Kuss auf die Stirn.

In der Küche wurde sie von ihren Neffen Aaron und Spencer lautstark begrüßt. Die beiden Jungen platzten beinahe vor Energie und Tatendrang und schienen niemals zur Ruhe zu kommen.

„Tante Kelly!", rief Aaron. „Hoch! Hoch!" Der Dreijährige streckte ihr seine Ärmchen entgegen. Mit einer Hand umklammerte er ein zerdrücktes Sandwich, mit der anderen einen kleinen Spielzeugtruck. Über die untere Gesichtshälfte hatte er sich Erdnussbutter geschmiert.

Karla, Kellys zwei Jahre jüngere Schwester, war zweimal verheiratet gewesen und genauso oft wieder geschieden worden. Seitdem hatte sie nicht nur der Ehe, sondern auch den Männern insgesamt abgeschworen.

„Du kannst die Kartoffeln stampfen“, schlug sie Kelly vor, nahm einen nassen Lappen und jagte Aaron nach, der hinter seinem älteren Bruder Spencer her ins Esszimmer rannte.

Kellys Mutter Eva lachte nur über das Durcheinander.

Es dauerte noch fünf Minuten, bis sie alles in das Esszimmer getragen, einen Hochstuhl für Aaron gefunden und den beiden Jungen die Teller gefüllt hatten. Aber kurz darauf spießte Kelly den ersten Bissen köstlich duftenden Schweinebraten auf die Gabel.

Endlich entspannte sie sich ein wenig, und ihre Schultern lockerten sich, während sie aßen und sich unterhielten. So war es immer gewesen, als sie noch bei ihren Eltern gewohnt hatte.

„Und was gibt es Neues bei den McCaffertys?“, fragte ihr Vater und schluckte den Bissen in seinem Mund hinunter. „In der Zeitung habe ich gelesen, dass ein Verdacht auf Fremdverschulden besteht.“

„Ist das nicht immer so?“, fragte Kelly zurück.

„Bei diesen Leuten schon.“ Eva kniff die Brauen zusammen, und an der Nasenwurzel zeigten sich kleine Fältchen.

„Ja, diesem Pack kann man einfach nicht vertrauen.“

„Stimmt“, bekräftigte Karla und schnitt ihrem jüngsten Sohn zwei kleine Bissen Fleisch zurecht.

Kelly äußerte sich nicht. Seit vielen Jahren wurde der Name McCafferty von den Dillingers in einem Atemzug mit Luzifer und Belzebub genannt. Ihre Mutter seufzte leise, während sie die Sauce über die Kartoffeln goss. „Das ist alles Schnee von gestern“, meinte sie mit weicher Stimme, aber Kelly las Schmerz und Enttäuschung in ihrem Gesicht.

Ron blickte grimmig auf seinen Teller. „Kann sein. Aber dieser Kerl, John Randall McCafferty, hat sich einen Dreck um andere Menschen gekümmert, außer um seine Familie. Es hat keine Rolle gespielt, wie viele Jahre deine Mutter für ihn gearbeitet hat, wie viele andere gute Jobs sie seinetwegen nicht angenommen hat. Trotzdem hat er sie rausgeschmissen, als der Wind plötzlich ein wenig rauer wehte. Und was ist mit ihrer Rente passiert? Es gab keine. Das ist passiert. Schlecht investiert oder so ähnlich …“

„Dad!“, mahnte Karla.

„Karla hat recht. Wir sollten die Angelegenheit nicht in Gegenwart der Kinder diskutieren“, stimmte Eva zu. Das lustige Funkeln ihrer Augen war verschwunden. „Wenn du mir jetzt bitte den Pfeffer reichen würdest ..."

Für den Rest der Mahlzeit wurde das Thema nicht mehr angeschnitten.

Als Kelly später nach Hause fuhr, wurde ihr bewusst, dass ihre Eltern langsam alt wurden. Vor allem ihr Vater hatte sich nie wieder richtig erholt, nachdem er angeschossen worden war.

Zum Glück war ihre Mutter eine starke Frau. Klaglos hatte sie sich um ihren kranken und depressiven Mann gekümmert und ihre zwei Töchter großgezogen. Früher hatte sie außerdem als persönliche Sekretärin für John Randall McCafferty gearbeitet, damit die Familie einigermaßen über die Runden kam. John Randall hatte ihr Gehaltserhöhungen, Beförderungen, Gewinnbeteiligung und Rentenzahlungen im Alter versprochen.

Aber dann hatte sich sein Glück gewendet. Nach seiner zweiten Scheidung und dem geschäftlichen Ruin war ihm nichts als die Ranch geblieben. Eva hatte ihren Job verloren. Sämtliche Versprechungen auf ein auskömmliches Leben im Alter hatten sich als haltlos erwiesen. Das Geld für ihre Rente war schlecht investiert worden – in Ölquellen, die bald versiegt waren, in Silberminen, in denen nie Erz gefördert wurde, in Aktien von Start-up-Unternehmen, die Monate nach ihrer Gründung bereits bankrott gingen.

Die Familie hatte darüber beraten, ob sie vor Gericht gehen sollten. Aber Eva hatte keinen Anwalt finden können, der bereit war, sich mit John Randall McCafferty anzulegen. Der Mann war einfach zu einflussreich.

Obwohl es nie viel Geld in der Familie gegeben hatte, war Kelly mit der Liebe und dem Vertrauen beider Eltern aufgewachsen. Das war sicher mehr, als die Kinder der McCaffertys von sich behaupten konnten.

Vor ihrem inneren Auge tauchte Matt McCafferty auf, wie er in ihrem Büro und später im Krankenhaus gestanden hatte. Markante Gesichtszüge, ein kräftiges Kinn und ein muskulöser, durch die Arbeit auf der Ranch gestählter Körper. Er hatte ausgesehen, als wolle er ihr jeden Moment an die Gurgel gehen. Aber das war nicht alles gewesen. Er hatte noch etwas anderes ausgestrahlt: tiefere Gefühle. Am Bett seiner Schwester hatte sie deutlich gemerkt, dass er diese Empfindungen vor ihr verstecken wollte: Schuld. Sorge. Und Angst.

Ja, beschloss sie, es steckt mehr in Matt McCafferty, als man auf den ersten Blick erkennen kann.

Die nächsten Stunden verbrachte sie zu Hause mit den Unterlagen über den Fall Rachel McCafferty. Sie wollte gerade ins Bett gehen, als das Telefon schrillte. Kurz vor Mitternacht. Es konnte sich nur um einen Notfall handeln. „Hallo?"

Espinozas Stimme dröhnte durch die Leitung. „Kelly? Komm bitte sofort ins St. James Hospital. So schnell wie möglich. Wir müssen ermitteln."

„Was ist los?", fragte sie und zog sich bereits die Jacke an.

„Rachel McCafferty. Jemand hat sich an ihrem Tropf zu schaffen gemacht."

3. KAPITEL

Das St. James Hospital glich einem Irrenhaus. Die Presse hatte Wind davon bekommen, dass jemand versucht hatte, eine Patientin umzubringen. Ein Fernsehübertragungswagen, ein Kamerateam und Journalisten von zwei Sendern trieben sich bereits vor den Eingangstüren herum. „Kein Kommentar", hatte Kelly in die Mikrofone gemurmelt, die sich ihr entgegenstreckten. Ein weiterer Journalist hatte sich schon in der Lobby niedergelassen.

Kelly bahnte sich ihren Weg hindurch und stieß vor der Intensivstation beinahe mit Detective Espinoza zusammen.

„Was ist passiert?", wollte sie wissen.

„Rachel McCafferty hat einen Herzstillstand erlitten. Es sieht ganz danach aus, als hätte jemand nachgeholfen. Vermutlich ist irgendetwas in ihren Tropf gelangt."

„Ist sie …?"

„Sie ist außer Lebensgefahr", erklärte Espinoza. Er machte einen erschöpften Eindruck.

„Erzähl mir alles."

„Nicole Stevenson, eine der Ärztinnen hier, ist während ihrer Pause vorbeigekommen, um einen Blick auf ihre zukünftige Schwägerin zu werfen. Sie ist mit Thorne McCafferty verlobt."

„Dem ältesten Bruder, ich weiß."

„Als sie aus dem Fahrstuhl trat, hat sie eine Person in einem Laborkittel beobachtet, die aus Rachels Zimmer kam. Sie kann nicht sagen, ob es sich um einen Mann oder eine Frau gehandelt hat. Wie dem auch sei, die Person hat sich weggedreht und ist den Flur entlanggeeilt, hat dann kehrt gemacht und die Personaltreppe benutzt. Dr. Stevenson hat sich keine weiteren Gedanken darüber gemacht. Natürlich glaubte sie, dass es sich bei der Person um einen Arzt handelte, bis sie dann die Patientin gesehen hat. Rachel hat nicht mehr geatmet. Nicole hat sofort mit der Wiederbelebung begonnen und nach den Schwestern gerufen."

„Gibt es keine weiteren Informationen über die flüchtende Person?"

„Dr. Stevenson kann sich nur daran erinnern, dass der oder die Verdächtige ungefähr eins fünfundsiebzig ist und braune Haare hat.

Für einen Mann zu lang, für eine Frau zu kurz. Weder dick noch dünn. Sie hat nur einen kurzen Blick auf das Gesicht der Person erhaschen können, glaubt aber, dass sie oder er vielleicht eine Brille getragen hat." Espinozas dunkle Augen wirkten müde. „Nicht besonders aussagekräftig."

Espinoza berichtete Kelly, dass er Rachels Krankenzimmer bereits abgesperrt hatte und dass die Spurensicherung am Werk war. Die Wahrscheinlichkeit, dass sie Fingerabdrücke des Eindringlings oder anderes belastendes Material dort fanden, war allerdings sehr gering. Zwei Deputys befragten die Belegschaft des St. James Hospitals. In der Nähe der Intensivstation hielt eine Polizistin Wache, und Espinoza war überzeugt, dass Rachel in den nächsten Stunden in Sicherheit war.

„Wer auch immer vor ein paar Stunden zugeschlagen hat, er oder sie wird es heute Nacht kein zweites Mal versuchen. Die Person wird sich für eine Weile ruhig verhalten, bis die Aufregung abgekühlt ist."

„Es sei denn, sie kann es sich nicht leisten zu warten. Offenbar ist derjenige besorgt, dass Rachel ihm auf die Finger klopfen könnte, sobald sie aufwacht. Und dann wird er wiederkommen." Daran hatte Kelly keine Zweifel.

Die Fahrstuhltür öffnete sich, und zwei der McCafferty-Brüder stürmten heraus. Kelly krampfte sich der Magen zusammen, und ihr Puls schnellte in die Höhe, als sie Matt erblickte. Er hatte einen entschlossenen Zug ums Kinn, und seine Augen schienen förmlich zu glühen. „Was zum Teufel ist hier los?", platzte er heraus, als wollte er ihr persönlich Vorwürfe machen. „Wo ist Rachel?" Er machte zwei Schritte in Richtung Intensivstation.

Espinoza wollte ihn aufhalten, aber Kelly verstand den Wunsch der Brüder, nachzuschauen, ob ihre Schwester noch am Leben war. Sie legte ihrem Boss die Hand auf den Arm, während die beiden Brüder die Intensivstation betraten.

„Die Schwestern werden sie schon rausschmeißen", raunte Kelly ihm zu. Es dauerte nur ein paar Sekunden, bis Matt und Slade wieder auf dem Flur standen. Ihre Wut schien verraucht, obwohl der harte Zug um Matts Mund nicht verschwunden war.

Er durchbohrte Kelly mit einem Blick, bevor er Espinoza anstarrte. „Das alles wäre nicht geschehen, wenn die Polizei es sich nicht so bequem gemacht hätte, während ein Killer frei herumläuft."

Espinoza funkelte ihn wütend an. „Woher hätten wir das wissen sollen?"

„Verdammt noch mal." Matt baute sich vor dem Detective auf, die breiten Schultern gestrafft. „Ich würde doch behaupten, dass jetzt alle Zweifel geschwunden sind. Ein Killer will ihr ans Leben."

„Die Lage hat sich geändert."

„Das kann man wohl sagen. Meine Schwester wäre beinahe gestorben." Es kam Kelly vor, als könnte sie eine Feuerspur in der Luft wahrnehmen, als er nun seinen glühenden Blick ihr zuwandte. „Dann machen Sie sich mal schleunigst an Ihre Ermittlungen."

„Überlassen Sie es uns, unsere Arbeit zu erledigen", schnappte Kelly. Aber sie ärgerte sich hauptsächlich über ihre eigene Reaktion auf diesen Mann. Wann immer er auftauchte, fühlte sie sich wie ein schmachtender Teenager. Ihre Gefühle befanden sich in einem einzigen Chaos. Wenigstens nach außen hin bemühte sie sich um einen professionellen Auftritt und versuchte, den Mann in die Schranken zu weisen. Aber er gab nicht so schnell auf.

„Ich soll Sie Ihre Arbeit erledigen lassen? Sagen Sie Bescheid, wenn Sie endlich damit anfangen", erklärte Matt grimmig.

„Warten Sie ..."

„Nein." Er beugte sich dicht zu ihr. Sein dunkler Teint hatte sich gerötet und die Nasenflügel bebten. „Sie sind diejenige, die jetzt mal wartet. Meine Schwester wäre beinahe gestorben. Kapiert? Sie wäre beinahe gestorben. Zum zweiten Mal. Ich kann mir nicht vorstellen, dass wir Ihnen noch die Zeit gönnen können, die Sie offenbar unbedingt brauchen."

„Wir tun alles, was in unserer Macht steht, um die Wahrheit herauszufinden", schoss Kelly zurück und straffte ebenfalls die Schultern. Sie wich nicht zurück. Dabei hätte sie nur zu gern eine gewisse Distanz zwischen sich und diesen beunruhigenden Mann gelegt. So jedenfalls fiel es ihr schwer, einen klaren Gedanken zu fassen.

„Ermitteln Sie gefälligst etwas schneller, haben Sie kapiert? Finden Sie endlich heraus, was hier gespielt wird, und bringen Sie den Irren hinter Schloss und Riegel, bevor Rachel getötet wird!"

Aus den Augenwinkeln bemerkte Kelly eine schlanke Frau im weißen Kittel, die entschlossen über den Flur schritt. Das Haar hatte sie sich aus dem Gesicht gestrichen. Die goldbraunen Augen schimmerten besorgt, aber der Zug um ihre vollen Lippen gab zu erkennen, dass sie sich beherrschen konnte. „Dr. Nicole Stevenson“ stand auf dem Namensschild zu lesen.

„Wo steckt Thorne?“, fragte sie ohne Umschweife. Sie machte einen gefassten und klugen Eindruck, aber in ihrem Blick konnte man sehen, dass es unter der Oberfläche brodelte. Sorgen. Vielleicht sogar Angst.

„Wir haben Thorne zu Hause bei den Kindern gelassen“, antwortete Slade McCafferty, der sich bis jetzt im Hintergrund gehalten hatte.

„Gut. Ich schaue noch mal nach Rachel“, sagte Nicole und warf Kelly einen Blick zu. „Detective Dillinger.“ Sie verzichtete auf das Lächeln, drehte sich um und verschwand in der Intensivstation.

„Wie geht es Ihrer Schwester?“, fragte Kelly, an Matt McCafferty gewandt.

An dem Zug um Matts Lippen konnte man sehen, dass er immer noch angespannt war. Aber er hatte sich etwas beruhigt. „Ich denke, wir sollten dankbar sein, dass sie noch am Leben ist. Und was ist mit Ihnen, Detective? Haben Sie neue Ansätze?“

Nachdenklich schüttelte Kelly den Kopf. „Wir haben nicht viel, woran wir uns halten können. Wollen wir uns bei einem Kaffee in der Cafeteria weiter unterhalten?“

„Geht schon vor“, erwiderte Slade, als sie ihn ansah. „Ich warte hier auf Nicole.“

„In Ordnung“, sagte Matt knapp und eilte an Kellys Seite die Treppe hinunter. Sie setzten sich mit ihrem Kaffee an einen der kleinen Tische. Doch kaum hatten sie sich niedergelassen, als ein Mann auf sie zukam und einschmeichelnd lächelte.

„Bitte entschuldigen Sie“, begann der Mann und strahlte sie an, „ich bin Troy White vom Sender …“

„Kein Kommentar“, unterbrach Kelly den Reporter.

Doch der ließ nicht locker. „Ich möchte gern ein paar Worte mit Mr. McCafferty sprechen. Sie sind Matt, stimmt's?“

Matt starrte ihn mit leerem Blick an. „Ja.“

„Wenn Sie nichts dagegen haben …“

„Doch.“ Matts Stimme klang hart wie Granit.

„Aber es dauert nur ein paar Minuten", beharrte der Mann.

„Ein andermal." Matt erhob sich, sodass er den Reporter um gut einen Kopf überragte. Es sah aus, als wollte er jeden Moment auf ihn losgehen.

Der Reporter achtete nicht darauf. „Erzählen Sie mir etwas über Rachel. Haben Sie eine Ahnung, wer Ihre Schwester umbringen will?"

„Es reicht!" Kelly sprang auf. „Vielleicht haben Sie nicht zugehört. Aber Mr. McCafferty hat gerade erklärt, dass er nicht belästigt werden möchte. Sie sollten Ihr Interview also besser auf einen Zeitpunkt verschieben, der ihm angenehmer ist." Ärgerlich zwängte sie sich zwischen Matt und den Reporter. „Und wenn Sie jetzt nicht Vernunft annehmen, lasse ich Sie vor die Tür begleiten."

Troy White schien sich in seiner Journalistenehre gekränkt zu fühlen. „Hören Sie, Lady, das amerikanische Volk hat ein Recht, zu erfahren …", stieß er mit zitterndem Schnurrbart hervor.

„Hören Sie auf mit dem Gerede", unterbrach ihn Kelly. „Sie werden auf unsere Kommentare noch warten müssen."

Troy White grinste gezwungen und nickte Kelly und Matt knapp zu. „Dann bis bald."

„Verlassen Sie sich lieber nicht darauf", riet Matt. Er schritt so eilig zur Tür, dass Kelly ihn erst beim Empfangsbereich wieder einholte. Doch er schaute sie nicht an. „Vielen Dank, Detective, aber ich brauche niemanden, der meine Schlachten schlägt." Er musterte sie von oben bis unten. „Und ganz bestimmt keine Frauen."

Verärgert betrat sie hinter ihm den Fahrstuhl. Warum nur ließ sie zu, dass seine Bemerkungen ihr unter die Haut gingen? Er schaffte es, sie gnadenlos zu verunsichern. „Ich habe nur meinen Job gemacht, okay? Ich hatte nicht die Absicht, Ihrem zerbrechlichen männlichen Ego zu nahe zu treten, falls Sie mir das unterstellen wollten."

Er griff nach ihrem Arm. „Ich bin nicht zerbrechlich." Das Herz schlug ihr bis zum Hals, als sie in seinem Blick pure Gefühle entdeckte. Doch er ließ sie wieder los und wandte sich ab.

Im zweiten Stock wartete Slade immer noch vor den Türen zur Intensivstation. „Ihr Boss sucht Sie", richtete er Kelly aus.

Inzwischen hatte sie wieder zu ihrer sachlichen Haltung zurückgefunden. Schließlich war sie im Dienst. Sie hatte einen Fall zu lösen.

„Ich muss mit Ihnen allen reden."

„Sie wissen, wo Sie uns finden können", sagte Matt, und sie spürte seinen Blick in ihrem Rücken, als sie zur Treppe eilte. Kelly atmete tief durch und zwang sich, nicht mehr an ihn zu denken. Keinesfalls wollte sie mehr in ihm sehen als den Bruder eines Opfers … niemals.

Aber sie wollte dieses Verbrechen aufklären. Weil sie den Täter hinter Schloss und Riegel bringen wollte. Weil sie für Rachels Sicherheit garantieren wollte. Und, verdammt noch mal, weil sie Matt McCafferty etwas beweisen wollte.

4. KAPITEL

Die Polizei hat also nichts in der Hand", bemerkte Thorne am nächsten Vormittag, während er die Finger an einer Tasse Kaffee wärmte. Das gebrochene Bein hatte er auf einen zweiten Stuhl neben dem verschrammten Küchentisch gelegt. Es war immer noch der Tisch, an dem sie als Kinder gebetet, gegessen und gestritten hatten. Nur John Randall saß nicht länger an seinem Platz am Kopfende.

Nicht, dass Matt darüber besonders bekümmert war. Aber in mancher Hinsicht war es doch seltsam. „Ich glaube, die Polizei hat nicht die geringste Ahnung, wer hinter den Anschlägen steckt." Er streckte sich und gähnte. Die ganze Nacht über hatte er sich hin und her gewälzt, hatte sich die schlimmsten Sorgen um seine Schwester und deren Baby gemacht. Und der Gedanke an eine gewisse rothaarige Polizistin hatte ihn verwirrt, war sogar in seine Träume eingedrungen und hatte ihn mitten in der Nacht aus dem Schlaf gerissen.

Morgens hatte er sich endlich unter die Dusche stellen können, und er hatte das kalte Wasser extra hart aufgedreht, um sämtliche Erinnerungen an Kelly Dillinger zu verscheuchen ... auch aus seinem Körper. Warum fühlte er sich zu ihr hingezogen? Er konnte es nicht sagen. Schließlich war sie Polizistin. Das hieß, sie war ganz bestimmt nicht sein Typ.

Durch die Hintertür stürmte Juanita ins Haus. „*Díos*, es ist wirklich kalt draußen."

„Stimmt", bestätigte Matt, der schon zur Scheune und den Ställen gegangen war, um das Vieh zu füttern. Nachdem er kontrolliert hatte, ob die Tränken zugefroren waren, hatte er seinen Nachbarn Mike Kavanaugh angerufen. Schließlich musste er sich von Zeit zu Zeit erkundigen, ob seine eigene Ranch an der Grenze zu Idaho überhaupt noch stand.

Mike hatte schon Andeutungen gemacht, dass er sie kaufen wolle, aber Matt weigerte sich. Er hatte zu lange dafür kämpfen müssen, eine eigene Ranch zu besitzen, und auf der Flying-M-Ranch hielt er sich nur vorübergehend auf. Er wollte nur so lange bleiben, bis Thorne wieder auf den Beinen und Rachel außer Lebensgefahr war. Dann würde er Grand Hope verlassen und keinen Gedanken mehr an die Faszination verschwenden, die Kelly Dillinger auf ihn ausübte.

In diesem Augenblick ertönte das Getrappel kleiner Füße. Thornes Miene wurde weicher, als Nicoles Zwillinge ins Zimmer stürmten. Der Saum ihrer Pyjamahosen schleifte über den Boden.

„Ich habe mich schon gefragt, ob ihr zwei heute überhaupt nicht aufstehen wollt", grüßte er lachend.

„Das Baby hat geschrien!" Molly zog die Nase kraus und presste sich die Handflächen auf die Ohren.

Mindy war bereits auf Thornes Schoß geklettert und machte es ihrer Schwester nach. Sie drückte die kleinen Handflächen auf die Ohren und verzog ein Gesicht, als hätte sie in etwas Ekliges gebissen. „Er hat geschrien und geschrien."

In diesem Moment betrat Nicole mit J. R. im Arm die Küche. Ihre Lider wirkten immer schwer. „Wir sind wach", grüßte sie gähnend in die Runde. „Ob wir wollen oder nicht."

Ihr Haar hing ungekämmt herunter, und auf das Make-up hatte sie verzichtet. Trotzdem strahlte sie eine Ruhe und Schönheit aus, die tief aus ihrem Innern kam.

Thorne wirkte wie gebannt. Nie im Leben hätte Matt erwartet, dass sein älterer Bruder sich jemals verlieben und häuslich niederlassen würde. Schließlich war Thorne ein knallharter Geschäftsmann, der sich nie für etwas anderes interessiert hatte, als für seine nächste Million. Aber diese Ärztin mit ihren Zwillingsmädchen hatte sein Herz im Sturm erobert.

„Setz dich und trink einen Kaffee", bot Matt an und griff nach seinem kleinen Neffen, „ich übernehme ihn." Der Junge schaute ihn mit hellen Augen an. „Bloß keine Panik", befahl er dem Baby, „ganz egal, wie ungeschickt ich mich anstelle, ich tue nur so. In Wirklichkeit bin ich nicht nur ungeschickt, sondern sogar ein kompletter Idiot, wenn es darum geht, sich um ein Baby zu kümmern."

Während er beobachtete, wie Nicole für alle Pfannkuchen zum Frühstück machte, grübelte Matt darüber nach, wie gut das Zusammenleben von Thorne und seiner Patchworkfamilie klappte. Aber schließlich war Nicole ja auch schön, klug, ehrgeizig und eine verdammt gute Mutter. Ein echter Glücksfall.

Matt seufzte. Unvermittelt tauchte die Erinnerung an Kelly Dillinger in seinem Kopf auf. Sie war auch eine schöne Frau … das nahm

Matt jedenfalls an, falls sie jemals ihre Uniform und ihr strikt dienstliches Auftreten ablegte. Ihr Verstand arbeitete schnell und geschmeidig, und sie schien nur selten die Beherrschung zu verlieren. Dummköpfe konnte sie nicht ertragen, und sie war unglaublich sexy.

Leider lebt sie in Grand Hope, viel zu weit von meiner Ranch entfernt, sinnierte er abwesend und riss sich dann zusammen. Was erlaubte er sich eigentlich für Gedanken? Er dachte schließlich nicht im Traum daran, sich zu binden! Und Kinder? Nun, es blieb noch so viel Zeit, bevor er Vater werden wollte.

Und wenn es eines Tages doch so weit war, würde er sich eine häusliche Partnerin suchen, keine Karrierefrau. Jemanden, der mit ihm auf seiner Ranch leben wollte, jemanden, der das Land ebenso liebte wie er. Eine Frau, die das Leben so mit ihm teilen wollte, wie er es zu leben wünschte. Irgendwann einmal. Nicht jetzt. Er war einfach noch nicht bereit für eine Familie.

Matt senkte den Blick und betrachtete das Baby, das sich in seinen Arm geschmiegt hatte. Zum ersten Mal beschlichen ihn Zweifel.

Vielleicht lag er doch falsch mit seinen Plänen.

„Ich glaube, es war einer der Brüder", behauptete Karla, während sie ihre letzte Kundin an diesem Tag bediente. Sie stand an einem der Waschbecken in ihrem kleinen Schönheitssalon, tunkte den Pinsel in rote Farbe und strich ihn über Nancy Pedersons Haar. Sorgfältig wickelte sie Strähne für Strähne in Folie. Schließlich sah Nancys Kopf so aus, als könne sie Funksignale vom Planeten Pluto empfangen.

„Glaubst du wirklich, dass einer der McCaffertys versucht hat, seine eigene Schwester umzubringen?", fragte Kelly. Sie stand vor dem Tischchen, das Karla für Maniküren benutzte, und betrachtete die Nagellackfläschchen.

Karla zuckte die Schultern. „Die drei konnten Rachel nie ausstehen. Schließlich war sie der Grund für die Scheidung ihrer Eltern. Und der Grund dafür, dass ihr Vater Penelope geheiratet hat. Außerdem hat er jedem seiner drei Söhne nur ein Sechstel seiner Ranch vererbt. Ein lächerliches Sechstel, während sie die Hälfte bekommen hat. Findest du das gerecht?" Karla verdrehte die Augen und teilte noch eine Strähne von Nancys nassem Haar ab.

„Aber warum sind sie dann so scharf darauf, dass ich den Killer zur Strecke bringe?“, wollte Kelly wissen.

„Natürlich, um dich auf eine falsche Fährte zu locken. Kelly, sei doch nicht so blind. Übrigens glaube das nicht nur ich. Drei Kundinnen haben genau hier gesessen und mir das Gleiche erzählt. Der Anschlag auf Rachel ist Stadtgespräch.“

„Ich habe trotzdem meine Zweifel, dass die Brüder sie töten wollten.“

„Es sind schon Menschen aus geringerem Anlass ermordet worden ... Und in diesem Fall geht es um eine Ranch, die halb Montana umfasst.“

„Jawohl“, bestätigte die Kundin und schaute kurz von ihrem Kreuzworträtsel auf. „Wer sonst könnte ein Interesse daran haben, Rachel tot zu sehen?“

Ja, wer sonst, dachte Kelly stumm, als sie den Salon ein paar Minuten später verließ. Sie hatte nur kurz dort vorbeigeschaut, um ihrer Schwester ihre Babysitterdienste anzubieten, falls sie sich einen gemütlichen Abend gönnen wollte. Aber dann hatte sie gedacht, dass es nicht schaden konnte, sich den neuesten Klatsch anzuhören. Die Polizei musste wissen, was die Leute am Ort über den Fall dachten. Bis jetzt schien sich die öffentliche Meinung gegen die McCafferty-Brüder zu richten.

Später in ihrem Büro überflog Kelly die Notizen, die sie in ihrem Computer gespeichert hatte. Dutzende Fragen brannten ihr unter den Nägeln. Wer wollte Rachel umbringen? Und warum? Wegen des Babys? Wegen ihrer Arbeit? Weil die Liebesaffäre gescheitert war? Gab es jemanden, dem sie Geld schuldete? Hatte sie in ihrer Kolumne jemanden beleidigt? Mit wem war sie befreundet? Wer gehörte zu ihren Feinden?

Sie betrachtete die Liste der Menschen, die Rachel kannten. Kollegen in Seattle, Menschen, mit denen sie in Grand Hope aufgewachsen und zur Schule gegangen war, Männer, mit denen sie ein Date gehabt hatte, andere, mit denen sie schon ihr Leben lang befreundet war. Nichts ergab Sinn.

Aufgewachsen war sie mehr als Junge denn als Mädchen, was sicher an den älteren Halbbrüdern gelegen hatte. Obwohl ihre Eltern sie vergöttert hatten, war aus ihr erstaunlicherweise keine verwöhnte kleine Prinzessin geworden.

Die Highschool hatte sie in Grand Hope beendet, war dann in Montana aufs College gegangen und Journalistin geworden. Rachel hatte auf der Ranch ihres Vaters ausgeholfen, und gleichzeitig hatte sie bereits in der Highschoolzeit einen Teilzeitjob bei der *Grand Hope Gazette* gehabt. Nach ein paar weiteren Jobs war sie in Seattle gelandet, wo sie für den *Clarion* geschrieben hatte. Ihre Kolumnen waren von ein paar anderen Zeitungen gekauft und gedruckt worden. Außerdem hatte sie freiberuflich gearbeitet.

Dann hatte sie den Unfall erlitten.

Wenn Rachel McCafferty doch nur aufwachen würde!

Und zwar bevor der Killer ein drittes Mal zuschlagen konnte.

Kelly warf sich das Haar über die Schulter und blickte grimmig auf den Computerbildschirm. Es gab nichts Neues. Noch nicht einmal die Ergebnisse der Laboruntersuchungen halfen weiter. Die Durchsuchung von Rachels Krankenzimmer hatte keinerlei Hinweise darauf gegeben, wer in das Zimmer geschlüpft war und eine tödliche Dosis Insulin in die Infusion geträufelt hatte.

Die Klinik und die Apotheke im Erdgeschoss hatten gemeldet, dass aus den verschlossenen Schränken kein Insulin gestohlen worden war. Aber Unterlagen ließen sich fälschen.

Ein paar Stunden lang beantwortete sie Telefonanrufe und kümmerte sich um den liegen gebliebenen Papierkram. Dann beschloss sie, die Befragung von Matt McCafferty zu beenden, mit der sie am Abend zuvor in der Cafeteria begonnen hatte.

Sie schlüpfte in ihre Jacke und griff nach den Handschuhen. Was um alles in der Welt faszinierte sie eigentlich an diesem Mann? Ja, sicher, dieser raubeinige Cowboy war ziemlich attraktiv, und seine Art gefiel vielen Frauen. Ja, er hatte einen gewissen Charme. Aber im Laufe ihres Lebens war sie Dutzenden charmanter Cowboys begegnet. Noch nie hatte sie solche Anziehungskraft verspürt …

Vielleicht gehörte sie auch nur zu den Frauen, die dumm genug waren, den McCaffertys nicht widerstehen zu können. Schließlich waren die Brüder noch immer die begehrtesten Junggesellen weit und breit.

Lass es nicht zu, Kelly. Du darfst dich nicht in ihn verlieben. Er wäre die denkbar schlechteste Wahl.

Trotzdem ging er ihr die ganze Fahrt über nicht aus dem Kopf.

Und als sie auf der Flying-M-Ranch angekommen war, öffnete ihr niemand anders als – Matt McCafferty.

„Detective Dillinger“, grüßte er spöttisch und musterte sie. Er trug eine ausgeblichene Jeans und ein warmes Baumwollhemd. Bartstoppeln ließen sein Gesicht beinahe ein wenig banditenhaft aussehen, obwohl seine Miene längst nicht mehr so feindselig wirkte wie bei ihrer letzten Begegnung. Kein Zweifel, er war unglaublich sexy.

Und sie war alles andere als immun dagegen. Ihr Herz raste, und die Knie wurden ihr weich.

Matt hielt die Tür auf und trat zur Seite. „Kommen Sie rein.“

Kelly räusperte sich. „Ich möchte mit Ihnen reden. Ihnen noch ein paar Fragen stellen.“

„Was für ein glücklicher Zufall.“ Er wandte den durchdringenden Blick aus seinen braunen Augen nicht eine Sekunde von ihr. „Ich habe nämlich auch ein paar Fragen an Sie.“

5. KAPITEL

Sie haben Fragen?" Kelly hob die Augenbrauen, während sie gleichzeitig versuchte, seiner erotischen Ausstrahlung keinerlei Beachtung zu schenken.

„Offenbar wissen Sie immer noch nicht, wer versucht hat, Rachel umzubringen."

„Glauben Sie mir", versicherte sie und klang entschlossener, als sie sich unter seinem harten Blick fühlte, „die Aufklärung des Anschlags auf Ihre Schwester hat höchste Priorität."

Matt gab den Weg frei und öffnete die Tür noch ein bisschen weiter. „Das ist auch gut so."

Kelly verzichtete auf eine Antwort und streifte sich die Stiefel auf der Fußmatte ab, bevor sie eintrat. Sie achtete nicht auf den Cowboy, sondern sah sich in dem Haus um, in dem er aufgewachsen war.

Von innen wirkte das alte Ranchhaus warm und trotz seiner Größe anheimelnd. Das goldgelbe Licht beleuchtete die Holztäfelung und die Dielen, die bereits drei Generationen der McCaffertys gesehen hatten. Es duftete nach Kaminfeuer, Schweinebraten und Ingwer. Von oben erklangen kichernde, hohe Stimmen. Mädchenstimmen. Nicoles Zwillinge, schloss Kelly.

„Können wir hier irgendwo reden?", fragte sie. Er half ihr aus der Jacke und streifte dabei leicht ihren Nacken. Krampfhaft versuchte sie, nicht auf die flüchtige Berührung zu achten. Aber trotzdem rann ihr ein kleiner Schauer über den Rücken, als Matt die Jacke an einen Haken neben der Tür hängte.

„Hier entlang." Matt führte sie in das Wohnzimmer, wo Thorne McCafferty mit einem großen, blonden Mann sprach. Der Fremde hatte es offenbar nicht für nötig gehalten, seinen Mantel auszuziehen. Den Hut hielt er in der Hand. „Das ist unser Vorarbeiter Larry Todd", stellte Matt vor. „Und das ist Detective Dillinger. Sie versucht, herauszufinden, wer die Anschläge auf Rachel verübt hat."

„Schon Erfolg gehabt?", fragte Larry.

„Leider nicht", gab sie zu. Erst jetzt bemerkte sie das prasselnde Feuer im steinernen Kamin. Mit dem leicht abgewetzten Teppich, den Sesseln und der Ledercouch wirkte der Raum gemütlich.

„Sorgen Sie dafür, dass der Dreckskerl von der Bildfläche verschwindet.“ Thorne saß in einem Schaukelstuhl und hatte das verletzte Bein hochgelegt, versuchte jetzt aber aufzustehen.

Kelly hob die Hand und gab ihm zu verstehen, dass er sitzen bleiben solle. „Deswegen bin ich hier. Ich möchte Ihnen gern ein paar Fragen stellen.“

„Sieht so aus, als hätten Sie jetzt wichtigere Dinge zu erledigen. Ich verschwinde lieber“, erklärte Larry.

„Einen Moment, Mr. Todd“, unterbrach Kelly. „Wenn Sie schon hier sind, können Sie mir vielleicht weiterhelfen.“ Sie griff in ihre Tasche und zog einen Notizblock hervor. „Ein paar Wochen vor ihrem Unfall hat Rachel McCafferty Sie entlassen, stimmt's?“

Der große Mann errötete. Nervös rieb er sich den Nacken. „Ja, stimmt“, gab Larry zu und gab sich keine Mühe, seinen Ärger zu verbergen. „Das hat mich mächtig gewurmt. Hab den Laden hier zusammengehalten, nachdem ihr Vater gestorben war. Hab mich um alles gekümmert, und aus heiterem Himmel ruft sie mich zu sich und verkündet, dass sie mich nicht mehr braucht.“

„Hat sie Ihnen einen Grund genannt?“

Er schüttelte den Kopf. „Nein. Ich bin immer gut mit ihr zurechtgekommen und hatte sogar gehört, dass sie mit meiner Arbeit sehr zufrieden war. Keine Ahnung, warum sie ihre Meinung geändert hat.“

Bevor er fortfuhr, hielt er kurz inne. „Sie hat sich nicht mit irgendwelchen Erklärungen aufgehalten. Aber ich hatte das Gefühl, dass sie wieder hier einziehen wollte und jemand anders im Sinn hatte, der den Laden übernehmen soll. Das hat sie zwar nicht ausdrücklich gesagt, aber es lag nahe, so wie sie mit mir geredet hat.“

Mit einem Seitenblick auf die Brüder fügte er hinzu: „Sie hat mich für drei Monate extra bezahlt. Das sollte meine Abfindung sein. Dann hat sie sich bedankt und mich zur Tür begleitet. Das war alles. Jahrelange Arbeit einfach vergessen. Ich war ziemlich wütend, musste aber auch einsehen, dass nichts zu ändern war. Sie war der Boss. Die Hälfte der Ranch gehört ihr.“

„Und sie hat keinen ihrer Brüder gefragt, ob sie einverstanden sind?“, erkundigte sich Kelly.

„Wir hatten nicht die geringste Ahnung davon“, bestätigte Matt, griff nach dem Feuerhaken und stocherte in den glühenden Holzscheiten herum. „Seit Dad gestorben ist, hatte Rachel hier das Sagen. Und sie hatte schon immer ihren eigenen Kopf. Slade, Thorne und mir gehört jeweils nur ein Sechstel der Ranch. Deshalb haben wir ihr ihren Willen gelassen. Wir ... na ja, ich jedenfalls habe gedacht, wenn sie Hilfe braucht, wird sie sich schon melden."

Matt wirkte ein wenig verlegen, als er fortfuhr: „Um ehrlich zu sein, ich war überzeugt, dass sie spätestens nach dem ersten Winter aufgibt. Schließlich hatte sie in Seattle für eine Zeitung gearbeitet, und nun trug sie auf einmal die Verantwortung für die gesamte Ranch. Ich hatte den Eindruck, dass sie alles verkaufen will."

„An Sie?", hakte Kelly nach.

„An wen auch immer. Aber stimmt schon, ich dachte, sie würde sich entweder an meine Brüder oder an mich wenden." Matt seufzte. „Da habe ich mich vermutlich geirrt."

Larrys Wut schien verraucht. „Seltsame Angelegenheit", sagte er. „Est feuert sie mich, und zwei Wochen später hat sie ein Baby und kämpft um ihr Leben."

„Und Sie haben Ihren alten Job zurück."

„Die Brüder haben mich darum gebeten." Er kniff die grünen Augen zusammen. „Mussten sich ziemlich ins Zeug legen, damit ich hierbleibe. Ich kann es nicht leiden, wenn man mich rausschmeißt."

„Verstehe. Haben Sie gefragt, wer sich nach Ihrer Entlassung um die Ranch kümmern sollte?", fragte Kelly weiter.

„Gute Frage. Daran hab ich gar nicht gedacht. War wohl zu wütend." Er sah besorgt aus. „Aber das erfahren wir wohl erst, wenn sie wieder aufwacht."

„Wenn Ihnen einfällt, was sie sonst noch gesagt hat, rufen Sie mich an." Kelly zog ihre Brieftasche aus der Jacke und reichte dem Vorarbeiter eine Visitenkarte.

„Mach ich." Larry nickte kurz und ließ den Blick zu Matt und Thorne schweifen. „Wir sehen uns morgen Vormittag." Sekunden später fiel die Tür hinter ihm ins Schloss.

„Ich nehme an, dass Sie mich beide nicht näher darüber aufklären können, warum Ihre Schwester ihn gefeuert hat?", fragte Kelly.

„Wir beide hatten schon seit einiger Zeit nicht mehr mit Rachel gesprochen", gestand Matt ein. Thorne nickte grimmig.

„Was ist mit dem Vater ihres Kindes?"

„Kurt Striker kümmert sich darum." Thorne humpelte zum Kamin und nahm ein Foto seiner Schwester vom Sims. „Wir erwarten ihn morgen zurück. Ich selbst kenne keinen Mann, der infrage käme. Keinen einzigen. Ehrlicherweise müssen wir zugeben, dass wir uns alle ziemlich hilflos fühlen. Wir haben nicht die geringste Ahnung, welches Leben unsere Schwester eigentlich geführt hat."

„Ich habe die Namen von ein paar Männern, mit denen sie ausgegangen ist." Kelly blätterte durch ihre Notizen. „Joe Paterno, der freiberuflich für den *Clarion* in Seattle gearbeitet hat. Brodie Clanton, ein Anwalt, dessen Vater Richter ist. Sam Donahue, ein Ex-Rodeoreiter, der eine Ranch in der Nähe von Spokane in Washington besitzt." Sie schaute auf und bemerkte Matts wütenden Blick.

„Die ersten beiden kenne ich nicht", erklärte er. „Aber Donahue ist ein übler Kerl. Ich kann mir kaum vorstellen, dass Rachel sich auf ihn eingelassen hat."

„Du kannst doch gar nicht wissen, ob es wirklich so war", wies Thorne ihn zurecht. Doch sein Gesichtsausdruck verriet Kelly, dass ihm der Gedanke an Rachel und Donahue ebenso missfiel wie Matt.

Sie erklärte: „Wir überprüfen die Blutgruppen der Männer. Selbst wenn wir nicht ermitteln können, wer der Vater ihres Kindes ist, können wir immerhin herausfinden, wer nicht infrage kommt." Plötzlich wurde ihre Aufmerksamkeit durch Schritte auf der Treppe abgelenkt.

Mit zwei kleinen Mädchen im Schlepptau und einem Baby auf dem Arm tauchte Nicole Stevenson auf.

Nichts erinnerte in diesem Augenblick an die professionell wirkende, kühle Ärztin. An ihre Stelle war eine Frau mit mütterlichem Lächeln getreten, die geduldig dem Geplapper ihrer Töchter lauschte, während sie den Besuch begrüßte und sich um das Baby kümmerte.

„Ist das Rachels Sohn?", erkundigte sich Kelly.

Matt antwortete: „Ja. Seinetwegen machen wir uns solchen Stress." Kelly nahm überrascht zur Kenntnis, dass Matt sich von seiner Schwägerin das Baby reichen ließ und es mit seinen großen, rauen Händen an sich drückte. Obwohl er noch ein klein wenig ungeschickt wirkte, lächelte Matt den Jungen an. „Wenn wir uns doch nur unterhalten könnten."

Nicole ließ den Blick von Thorne zu Matt schweifen. „War etwa keiner dieser Gentlemen – wenn man sie so nennen kann – so höflich,

Ihnen etwas anzubieten? Kaffee ... Tee ... ein Glas Wein vielleicht?"

„Nicht nötig, vielen Dank."

„Na gut, aber dann möchte ich trotzdem wissen, welcher Onkel sich für J. R.s Fläschchen zuständig fühlt. Und dann braucht er sicher frische Windeln. Uncle Thorne? Uncle Matt?" Das Baby in Matts Armen gab kurz ein blubberndes Geräusch von sich, das Kellys Herz höherschlagen ließ.

„Ich glaube, ich bin dran", murmelte Thorne gutwillig und nahm Matt das Kind ab. „Aber jemand sollte das Fläschchen für mich vorbereiten."

„Ich, ich!" Eines der lockigen Mädchen meldete sich freiwillig und stürmte hinaus in den Flur.

„Ich auch." Die Schwester rannte ihr nach, und kleine Füße trappelten über den Dielenfußboden.

„Es ist wohl besser, wenn ich die beiden beaufsichtige. Wir sehen uns gleich in der Küche", meinte Nicole zu Thorne, nahm ihm das Baby aus dem Arm und wollte das Wohnzimmer verlassen, hielt aber inne. „Oh, noch etwas." Sie drehte sich zu Kelly um. „Hat man inzwischen herausgefunden, was in Rachels Infusionslösung gespritzt wurde? Ich war seit gestern Abend nicht mehr in der Klinik."

„Insulin", berichtete Kelly.

Nicole seufzte. „Das habe ich schon vermutet. Wegen der Symptome. Tun Sie mir einen Gefallen und ziehen Sie den Schweinehund so schnell wie möglich zur Verantwortung, wer auch immer es ist."

„Das werden wir tun", versprach Kelly nachdrücklich.

Draußen krachte es, und dann erklang Weinen. Nicole eilte mit dem Baby auf dem Arm hinaus. Thorne folgte ihr, auf seine Krücke gestützt.

„*Dios, niña!* Seht nur, was ihr angestellt habt!", schimpfte eine heisere Frauenstimme und stieß einen leisen spanischen Satz aus, den Kelly nicht verstand. Der Rest ging im Weinen der Mädchen unter.

„Wie im Zirkus", murmelte Matt und schaute auf die Uhr. „Ich muss nach den Zuchtstuten sehen." Er warf Kelly einen rätselhaften Blick zu. „Haben Sie noch weitere Fragen?"

„Ja, ein paar."

„Dann kommen Sie mit." Er eilte hinaus, griff nach seiner Jacke und nahm den Hut vom Haken. Kelly folgte ihm durch einen Flur, an dessen Wänden Fotos der McCaffertys hingen.

Thorne im Football-Trikot. Slade, wie er auf Skiern einen Berg hinunterfuhr. Rachel im langen Kleid beim Abschlussball der Highschool. Matt auf dem Rücken eines Rodeopferds. Der braune Hengst stemmte sich mit den Vorderbeinen fest in die Grasnarbe der Arena, während die Hinterhufe himmelwärts flogen. Das Bild hatte den Moment eingefroren, in dem das Tier alles daransetzte, seinen Reiter zur Hölle zu schicken. Der schlanke, muskulöse Cowboy jedoch schien wild entschlossen, sich oben zu halten. Die rechte Hand hatte Matt in die Höhe gestreckt, während die linke das Zaumzeug umklammerte.

„Wer hat gewonnen?“, fragte sie und deutete auf das Foto.

„Ich.“

„Natürlich.“

„Nicht unbedingt. Immerhin handelte es sich um Zanzibar.“ Matt zeigte auch auf das Bild. „Er war ein zäher Kerl.“ In seinen Augen blitzte ein Funken Wehmut auf. Kelly vermutete, dass er die erregende Atmosphäre des Rodeos vermisste. Obwohl er die auffällige Gürtelschnalle mit dem buckelnden Bronco oft trug, hatte er das Rodeoreiten schon vor Jahren aufgegeben, soweit Kelly wusste. Er konzentrierte sich auf die Arbeit auf seiner Ranch im westlichen Bergland Montanas.

Als sie nach draußen traten, blies ihr der Wind direkt ins Gesicht. Sie folgte Matt, der einen Pfad durch den Schnee bahnte, zu den Ställen. Schließlich öffnete er die Türen und schaltete das Licht an.

Eines der Pferde wieherte nervös, ein zweites schnaubte unwillig, als es die Eindringlinge bemerkte, und hob den Kopf über den obersten Holm der Box. „Wie geht's, mein Mädchen?“, grüßte Matt und kraulte der Stute die Blesse.

Draußen pfiff und heulte der winterliche Sturm um die Ecken, aber in diesem alten Gemäuer mit dem Heuboden im Obergeschoss und der angrenzenden Sattelkammer fühlte Kelly sich warm und sicher.

Matt sah nach Futter und Wasser, strich allen über den Hals und sprach leise und sanft mit ihnen, während er ein Tier am Ohr kraulte und einem anderen den Hals klopfte.

„Was möchten Sie mich noch fragen?“ Matt schaute über die

Schulter und schüttete Hafer aus dem Futterwagen in einen leeren Trog.

Kelly kletterte auf ein Gatter und hakte die Stiefelabsätze hinter einen der unteren Holme, während sie sich mit den Händen festhielt. So hatte sie es vor Jahren auf der Farm ihrer Großmutter immer gemacht. „Ich hatte gehofft, Sie könnten mir erklären, warum Ihr Vater die halbe Ranch Ihrer Schwester vermacht hat.“

Er warf ihr einen beunruhigten Blick zu, den sie nicht begriff.

„Jeder Sohn hat ein Sechstel bekommen, Rachel dagegen die Hälfte. Und zwar die Hälfte mit dem Haus und den Wirtschaftsgebäuden, stimmt's? Und seine Söhne wurden mit einem Sechstel abgespeist.“

„Das trifft es ungefähr. Ich glaube, Vater hatte das Gefühl, sich um Rachel kümmern zu müssen. Mehr als um uns.“

„Weil sie eine Frau ist?“

„Bingo.“ Er presste die Lippen zusammen.

„Hat sie eine Ahnung, wie man eine Ranch führt?“

„Nicht ausreichend.“

„Und wie fühlen Sie sich dabei? Ich meine, werfen Sie und Ihre Brüder es ihr nicht vor, dass sie sich den Löwenanteil gesichert hat?“

Er hob eine Schulter. Sein Blick wirkte nicht mehr ganz so gleichgültig. „Sie war immer Dads Liebling.“

„Warum?“

„Weil sie Penelopes Tochter war“, erklärte er kalt. „Für diese Frau wäre er durch die Hölle gegangen. Zum Schluss hat sie ihm doch den Laufpass gegeben. Ausgleichende Gerechtigkeit – immerhin hat er Mom dasselbe angetan.“ Wieder biss er die Zähne fest zusammen. „Aber das ist alles Schnee von gestern. Spielt keine Rolle mehr.“

„Dann sind Sie überzeugt, dass John Randall sein Erbe ungerecht aufgeteilt hat, weil er Rachel lieber mochte?“

„Bestimmt. Aber ich kann nicht sagen, was er sich dabei gedacht hat. Als der Alte merkte, dass seine Tage gezählt sind, war Thorne bereits Millionär, ich hatte meine eigene Ranch, und Slade … na ja, Slade hat immer sein eigenes Ding gemacht. Rachel hatte zwar diesen Job in Seattle, aber davon hat Dad nie viel gehalten. Nicht, dass es für sie eine Rolle gespielt hätte. Sie hat auch immer nur das getan, was ihr in den Kram passte.“

„Liegt wohl in der Familie."

„Sie sagen es." Matt ging zu einer Leiter hinüber und kletterte zum Heuboden hinauf. Es gelang Kelly kaum, den Blick von dem muskulösen Hintern unter den ausgeblichenen Jeans zu wenden, als er in einer Öffnung über seinem Kopf verschwand.

Rumms!

Ein Heuballen landete auf dem Boden.

Rumms! Rumms!

Es regnete noch mehr Ballen. Nach wenigen Minuten kletterte Matt wieder nach unten, bückte sich und schnitt die Bindfäden um die Ballen mit dem Taschenmesser auf. Wieder wurde ihr Blick wie magisch von seinen schmalen Hüften und kräftigen Schenkeln angezogen.

Kelly fühlte sich wie elektrisiert. Um sich abzulenken, wandte sie sich der Stute in der Box hinter ihr zu. Um Himmels willen, was war nur mit ihr los? Warum fragte sie sich auf einmal, was er unter seiner Jeans trug? Wie kam es, dass sie sich harte, muskulöse Schenkel vorstellte? Bisher hatte sie sich beim Anblick eines Mannes noch nie irgendwelche Fantasien erlaubt, wie er wohl nackt aussah. Und jetzt überlegte sie sogar, wie sein Körper sich an ihrem anfühlen würde, wenn er sie berührte ...

Matt ließ das Messer zuschnappen. Das Geräusch erschreckte Kelly und riss sie aus ihren Träumereien. Er griff nach einer Forke an der Wand und begann, das Heu in üppigen Portionen in den Trögen zu verteilen.

„Sie müssen wissen", fuhr er fort, und seine Schultern bewegten sich bei der Arbeit geschmeidig unter dem Hemd, „ich hatte Rachel seit einer Weile nicht mehr gesehen. Das gilt auch für Slade und Thorne, und der Gedanke macht uns nicht gerade glücklich. Wir hätten mit ihr in Kontakt bleiben müssen."

„Sie hatten also keine Ahnung, mit welchen Männern sie unterwegs ist?"

„Zumindest habe ich nie von etwas Ernstem gehört. Für jemanden, der anderen Menschen in der Zeitung Ratschläge gibt, hat sie ziemlich zurückgezogen gelebt", fügte Matt hinzu. „Sie hat die Unabhängigkeit geliebt. Aber das kennen Sie ja."

„Wir reden nicht über mich", erwiderte sie etwas heftiger, als sie eigentlich wollte.

„Stimmt. Aber ich dachte, dass Sie es sich ganz gut vorstellen können." Seufzend stützte er sich auf die Forke. „Es wundert mich überhaupt nicht, dass sie sich auf einen Mann eingelassen hat, von dem ich keine Ahnung hatte. Aber warum hat sie niemandem aus der Familie erzählt, dass sie schwanger ist? Weder Slade noch Thorne noch mir."

„Vielleicht hatte sie vor, das Baby zur Adoption freizugeben", vermutete Kelly.

Er schüttelte den Kopf. „Das bezweifle ich. Sie war doch kein Teenager mehr, der noch zur Schule geht und keine Ahnung hat, was er vom Leben eigentlich will. Es war auch nicht so, dass sie sich kein Baby leisten konnte. Nein, ich bin mir sicher, dass sie das Baby bekommen und behalten wollte. Aber offenbar hatte sie noch irgendetwas zu erledigen, bevor sie es uns sagen konnte."

„Ein Buch schreiben?", vermutete Kelly.

„Vielleicht eher die Sache mit dem Vater ins Reine bringen." Matt drehte sich um und schaute sie direkt an. Kelly bemerkte an seinem Blick, dass er innerlich unruhig war. „Aber worum ging es dabei? Wer ist er? Wenn er sich auch nur im Geringsten für meine Schwester interessieren würde, wäre er schon längst aufgetaucht."

„Vielleicht haben sie sich getrennt, bevor sie wusste, dass sie schwanger ist. Vielleicht hat sie es ihm verschwiegen, wie sie es Ihnen auch verschwiegen hat. Vielleicht wollte sie nicht, dass er es erfährt." Kelly dachte lange und angestrengt nach und vermied dabei den Blick in seine wütenden Augen. „Aber vielleicht haben Sie auch recht, und es war ihm einfach nicht wichtig genug."

„Verdammt", fluchte Matt und versetzte einem der Heuballen einen Tritt. Dann kam er auf sie zu und baute sich genau vor ihr auf. „Wenn meine Frau im Krankenhaus liegen würde, und das Baby wäre mein Kind ...", er deutete mit dem Daumen in die Richtung des Ranchhauses, wo J. R. wahrscheinlich schon eingeschlafen war, „dann sähe die Sache anders aus. Und zwar ganz anders."

Matts Nasenflügel bebten, und eine Faust hatte er in hilfloser Wut geballt. Er roch nach Pferden und harter Arbeit. Die Adern an seinen Schläfen traten deutlicher hervor, und die kleinen Fältchen in den Augenwinkeln vertieften sich.

Kellys Puls beschleunigte sich. Sie fuhr sich mit der Zunge über die Lippen, die sich plötzlich trocken anfühlten. Matt McCafferty war unglaublich sexy. Attraktiver, als es ihm und ihr guttat …

Ihr dummes kleines Herz raste mit einem Mal, und sie konnte den Blick nicht von Matts zornig zusammengepressten Lippen lösen. Plötzlich schoss ihr der Gedanke durch den Kopf, wie es sich wohl anfühlen würde, diesen Mund zu küssen … wie es wohl wäre, wenn seine großen, rauen Hände über ihre Haut streichelten. Wie wäre er wohl im Bett? Wäre er wohl ein guter Liebhaber?

Der beste.

Kelly riss sich aus ihren Träumereien.

Es war einfach idiotisch.

Lächerlich.

Und verdammt unprofessionell.

Er fing ihren Blick auf und hielt ihn sekundenlang fest. Irgendetwas funkelte dunkel und gefährlich in seinen tiefbraunen Augen und berührte tief in ihrem Innern unbekannte Seiten. Der Mann bedrohte ihren Seelenfrieden. Aber er war kein Killer. Nein, er war kein Mann, der sich mit anderen Leuten verschwören und seine Schwester umbringen würde. Ganz gleich, was auf dem Spiel stand.

Der Moment schien sich unendlich zu dehnen. Die Pferde scharrten unruhig mit den Hufen und schnaubten in ihren Boxen.

Matt ließ den Blick zu ihrem Mund wandern, als ob er etwas von der seltsamen Anziehungskraft zwischen ihnen spürte.

Es durfte nicht sein. Nein … sie durfte den Wunsch nicht zulassen, dass er sie in seine starken Arme schloss, dass er sie von ihrem Sitzplatz auf dem Holm herunterzog, sie an sich presste und küsste … oh, du lieber Himmel …

Plötzlich schien Matt zu merken, wie angespannt die Atmosphäre zwischen ihnen geworden war. Hastig trat er einen Schritt zurück und räusperte sich. Aber der Blick aus seinen dunklen Augen ließ sie nicht los. Und sie entdeckte darin Verlangen.

Du lieber Himmel, nein.

Sie sprang schneller auf den Zementboden, als sie es je für möglich gehalten hatte. „Falls … falls …" Entsetzt stellte sie fest, dass ihre Knie weich geworden waren. Was um alles in der Welt war ihr nur eingefallen? „Falls Ihnen noch irgendetwas einfällt, rufen Sie mich bitte an", erklärte sie, und ihre Stimme klang lauter, als sie es eigentlich beabsichtigt hatte.

Matt zögerte.

„Ich meine unseren Fall."

„Ich weiß."

Ihr Herz raste immer noch. Was hatte sie nur getan? So etwas war ihr noch nie passiert. Nie hatte sie auch nur andeutungsweise gegen solche Gefühle zu kämpfen gehabt wie in diesem Moment.

„Und Sie halten mich mit Ihren Ermittlungen auf dem Laufenden, okay?", bat er. Er packte sie am Ellenbogen und wirbelte sie herum. „Es ist mir ernst", sagte er leise, aber nachdrücklich. „Ich will über jeden Schritt in den Ermittlungen informiert sein." Er biss die Zähne fest aufeinander, und seine Augen schienen zu glühen. „Wir dürfen den Kerl nicht entkommen lassen."

6. KAPITEL

Es werden keine Medikamente vermisst. Weder vom Wagen noch aus dem Schrank oder aus der Apotheke", erklärte Kelly und warf eine Akte auf Roberto Espinozas Schreibtisch.

„Sieht so aus, als hätte jemand das Insulin mitgebracht." Espinoza lehnte sich auf seinem Stuhl zurück und starrte aus dem vereisten Fenster.

Kelly erkundigte sich: „Was ist mit Fingerabdrücken?"

„Keine verwertbaren. Aber wenn ich bedenke, wie viele Latexhandschuhe im St. James herumfliegen, ist das keine große Überraschung." Er zog die Brauen zusammen. „Aber es gibt auch gute Nachrichten. Rachel McCafferty schwebt nicht mehr in akuter Lebensgefahr. Sie ist von der Intensivstation in ihr Privatzimmer verlegt worden."

„Wird sie bewacht?"

„Selbstverständlich. Ich kann keinen neuen Anschlag riskieren. Jede Wette, dass die McCaffertys dann Klage gegen uns einreichen würden." Er fing Kellys Blick auf. „Sie sind ziemlich hitzköpfig. Als sie noch zur Schule gingen, wären sie alle drei um ein Haar im Jugendarrest gelandet. Ihr alter Herr hat sie rausgehauen. Mehr als einmal. Meiner Meinung nach hat es ihnen nicht gutgetan."

„Das ist lange her."

„Ja, das will ich hoffen." Roberto neigte den Kopf zur Seite und musterte sie eindringlich. „Aber du kennst ja ihren Ruf. Als sie noch jung waren, haben sie so manches Herz hier in der Gegend gebrochen."

„Das hat mit dem Fall nichts zu tun."

„Nein?"

„Soll das heißen, dass du mir gute Ratschläge geben willst?" Kelly beschloss, den Stier bei den Hörnern zu packen. „Was willst du? Mich warnen? Wovor?" Ab und zu schlüpfte der Mann in die Rolle eines älteren Bruders oder Onkels. Es musste daran liegen, dass er jahrelang mit ihrem Vater zusammengearbeitet hatte, bevor sie selbst zur Polizei gegangen war.

Er lehnte sich zurück, bis sein Stuhl knarrte, und ließ sie nicht eine Sekunde aus den Augen. „Meine Schwester Anita hatte mal was mit dem mittleren McCafferty. Es ist schon lange her, bestimmt fünfzehn Jahre oder mehr. Sie war im letzten Jahr in der Highschool und hatte eine Affäre mit Matt."

Matt, dachte Kelly trocken. Natürlich, es musste ausgerechnet John Randalls zweiter Sohn sein. Sie kämpfte die aufkeimende Enttäuschung nieder und ließ sich nichts anmerken, als sie aufstand.

„McCafferty ist ein paarmal mit ihr ausgegangen. Es war ziemlich heiß und heftig, zumindest aus Anitas Sicht. Er hat so getan, als wäre er an ihr interessiert. Aber dann ist er aus heiterem Himmel verschwunden, um Rodeos zu reiten. Für ihn war es wohl ein Strohfeuer, aber meine Schwester war am Boden zerstört." Espinoza biss die Zähne zusammen.

„Lass mich raten. Seither bist du nicht besonders gut auf ihn zu sprechen."

Er spielte mit dem Bleistift. „Ich will es so ausdrücken: Ich wäre nicht besonders glücklich, wenn das Gleiche jemandem zustößt, den ich kenne."

Kelly konnte nicht verhindern, dass ihr die Röte in die Wangen stieg. „Am besten, wir konzentrieren uns wieder auf den Fall, okay? Was ist mit den Männern, für die Rachel McCafferty sich interessiert hat?"

Er nickte. „Sowohl Paterno als auch Donahue und Clanton haben Alibis. Zu dem Zeitpunkt, als Rachel von der Straße gedrängt wurde, waren sie meilenweit von Grand Hope entfernt. Das gilt auch für den Zeitpunkt des Anschlags im St. James. Ich würde nicht behaupten, dass die Alibis wasserdicht sind. Aber immerhin gibt es Leute, die bezeugen können, die Männer zum fraglichen Zeitpunkt gesehen zu haben."

„Was ist mit der Vaterschaft?"

Espinoza hatte die Stirn in tiefe Falten gelegt. „Wir haben die Blutgruppen der Männer untersucht und sind zu dem Schluss gekommen, dass alle drei infrage kämen. Wir müssen Vaterschaftstests machen, um den Kreis einzuengen. Vielleicht kommt dabei auch heraus, dass keiner der drei der Vater ist."

„Was sagen sie selbst dazu?"

„Sie sind nicht besonders gesprächig. Ich hatte schon daran gedacht, jemanden nach Seattle zu schicken, der die Männer verhört. Weil wir dann näher dran wären. Möchtest du die Sache übernehmen?"

„Ja, warum nicht", erklärte sie hastig. Sie wollte alles tun, um die Ermittlungen voranzutreiben. „Wann?"

„Noch diese Woche. Vor Thanksgiving."

„Du kannst auf mich zählen."

Es war schon nach acht Uhr, als sie ihren letzten Bericht schrieb, die Jacke anzog und sich in den Wagen setzte. Der Frost hatte die Scheiben mit einer dünnen Eisschicht überzogen, aber die Nacht war klar. Über den Lichtern der Stadt funkelten Sterne am Himmel. Kelly machte sich auf den Weg nach Hause, aber an der roten Ampel entschied sie sich plötzlich um und fuhr in Richtung der Klinik.

Vor Rachels Zimmer saß ein kräftiger Polizist und blätterte durch eine Zeitschrift. Er schaute auf und erkannte Kelly. „Falls Sie mich erlösen wollen, sind Sie zu früh dran", grüßte er grinsend.

„Nein, will ich nicht", erwiderte sie, „aber wenn Sie eine Pause machen wollen, kann ich Sie gern vertreten."

„Das lasse ich mir nicht zweimal sagen." Er griff nach einem leeren Kaffeebecher und verschwand, während Kelly das Krankenzimmer betrat. In dem gedämpften Licht lag Rachel McCafferty auf dem Rücken, die Lippen leicht geöffnet und die Augen geschlossen. Ihr Atem ging regelmäßig.

„Wach auf, Rachel", sagte Kelly mit weicher Stimme. „Du hast drei Brüder, die sich große Sorgen um dich machen. Und du hast ein Baby, das auf dich wartet." Sie berührte Rachels Handrücken. Die Haut der Frau fühlte sich kühl und weich an. „Irgendwie könnte ich auch ein bisschen Hilfe gebrauchen. Es gibt ein paar Fragen, die nur du beantworten kannst."

„Sie wissen doch, dass sie Sie immer noch nicht hören kann. Genauso wenig wie das letzte Mal, als Sie versucht haben, mit ihr zu sprechen."

Kelly ließ Rachels Hand fallen, drehte sich um und entdeckte Matt am Eingang. Seine Schultern waren so breit, dass er beinahe den gesamten Türrahmen ausfüllte.

Kellys Herz machte einen Hüpfer, und ihr Puls raste.

„Sie haben nicht gehört, wie ich hereingekommen bin. Ich hätte genauso gut der Killer sein können", bemerkte er streng. „Ich hätte mich auf Sie stürzen können."

„Der Anblick meiner Uniform hätte den Killer vermutlich in die Flucht geschlagen", widersprach sie. „Und außerdem – soll das eine Standpauke sein? Dafür bin ich nicht in Stimmung."

„In welcher Stimmung sind Sie dann?" Für den Bruchteil einer Sekunde dachte sie, dass er einen Annäherungsversuch machte. Aber das bildete sie sich bestimmt nur ein.

„Ich wollte nur schauen, wie es Ihrer Schwester geht. Der diensthabende Polizist holt sich in der Zwischenzeit einen frischen Kaffee. Irgendwas dagegen einzuwenden?"

Matt schien sich beruhigt zu haben. „Nein."

Er trat zum Bett und brachte den Geruch nach Pferden, nach harter Arbeit und nach der kalten Winternacht mit sich. „Ich habe gehört, wie Sie mit ihr gesprochen haben."

Kelly war peinlich berührt.

„Sieht aber so aus, als würde es nichts nützen. Wir alle haben schon versucht, mit ihr Kontakt aufzunehmen. Aber sie zwinkert noch nicht einmal mit den Augen." Er seufzte. „Manchmal befürchte ich, dass sie überhaupt nicht mehr aufwacht."

„Sie braucht einfach noch mehr Zeit", äußerte Kelly leise.

„Ja, das habe ich auch schon gehört. Ungefähr tausend Mal." Matt seufzte. „Und bitte verkneifen Sie sich sämtliche Bemerkungen, dass ich Geduld haben oder den Glauben nicht verlieren soll."

Er ergriff die Hand seiner Schwester. „Komm schon, Rachel", sagte er, obwohl er sich in der Rolle des großen Bruders unbehaglich zu fühlen schien. „Komm schon."

Kelly wurde plötzlich bewusst, dass sie Zeugin einer überaus vertrauliche Situation wurde, und sie wandte sich zur Tür. „Ich bin nur kurz draußen."

Sie trat auf den Flur und beobachtete eine Weile das normale Kommen und Gehen eines Krankenhauses.

Es war ruhig.

Friedlich.

Nichts Verdächtiges weit und breit.

„Hey, vielen Dank, dass Sie mich vertreten haben", sagte Rex, als er sich wieder auf seinen Stuhl setzte. „Ich habe Ihnen auch einen Kaffee mitgebracht."

„Danke." Sie nahm den zweiten Becher.

Rex prostete ihr zu. „Auf die Arbeit bei der Polizei, in diesem Fall Babysitting." Er schüttelte den Kopf. „Ich persönlich bin ja der Meinung, dass wir hier unsere Zeit verschwenden. Niemand ist so dumm, es an derselben Stelle ein zweites Mal zu probieren. Und wenn ich ehrlich sein soll, mir ist hier noch keine verdächtige Person über den Weg gelaufen."

„Dann wollen wir hoffen, dass es dabei bleibt", erklärte Matt, der in diesem Moment aus Rachels Zimmer trat und die letzten Worte gehört hatte. Dass ein Uniformierter gemütlich mit Kelly Kaffee trank und sich über seine Pflichten beschwerte, reizte ihn angesichts der angespannten Lage bis aufs Blut.

Der Polizist schaute ihn an und nickte. „Wir passsen schon auf Ihre Schwester auf", versicherte Rex.

„Sehen Sie bloß zu, dass Sie das tun." Abrupt drehte Matt sich um und eilte zu den Aufzügen, bevor er dem Cop noch irgendwas an den Kopf warf, das er später bereuen würde.

Aus den Augenwinkeln sah er, dass Kelly ihm folgte. Hinter ihm betrat sie den Lift.

„Hören Sie, McCafferty." Sie stellte sich vor ihn und stieß ihm den Zeigefinger in die Brust. „Wir alle geben unser Bestes. Glauben Sie mir, wir wünschen uns nichts sehnlicher, als den Kerl hinter Gittern zu sehen, der Rachel angegriffen hat. Aber das heißt noch lange nicht, dass wir uns nicht auch hin und wieder ein bisschen beklagen dürfen."

„Ich habe den Mann nur gebeten, seine Arbeit zu machen."

„Sie haben unterstellt, dass er seine Pflichten vernachlässigt." Vor Wut bebten ihre Nasenflügel, und ihre Wangen hatten sich leicht gerötet.

„Okay, ich sage nichts mehr." Ohne darüber nachzudenken, was er tat, zog er sie an sich, senkte den Kopf und küsste sie. Leidenschaftlich. Er küsste sie voll auf den Mund, während sie keuchte und sich wehrte und bestimmt versuchte, nach ihrer Waffe zu greifen. Ihre Lippen fühlten sich fest und warm an, aber sie erwiderte seinen Kuss nicht. Was hatte er auch erwartet?

Kelly befreite sich selbst aus seinem Klammergriff, als der Fahrstuhl im Erdgeschoss angekommen war. Wütend blitzte sie ihn an.

„Wagen Sie es ja nicht …"

Im selben Moment glitten die Türen zur Seite, und Slade McCafferty trat ein. „Ach, Matt, ich habe gesehen …" Erst jetzt schien er Kelly wahrzunehmen. Dann begriff er und grinste Matt frech an. „Na, was ist denn hier los?", erkundigte er sich betont harmlos, während Matt ihm am liebsten den Hals umgedreht hätte.

„Nichts." Kelly nahm all ihren Stolz zusammen. „Ich habe Ihrem Bruder gerade erklärt, dass wir alles tun, was in unserer Macht steht, um herauszufinden, wer Ihre Schwester angegriffen hat."

Slades Augen schienen zu tanzen. Natürlich glaubte er ihr kein Wort, das sah man deutlich.

„Ich habe dich gesucht", bemerkte Slade. „Kurt Striker hat gerade angerufen. Er ist aus Seattle gekommen und jetzt auf dem Weg zur Ranch. In ungefähr einer Stunde ist er da."

„Ich würde gern mit ihm sprechen", erklärte Kelly, während sie den Flur entlang zum Ausgang des Krankenhauses gingen.

„Warum nicht?" Matt nickte zustimmend. „Vielleicht hat er ein paar Informationen für Sie, mit denen Sie etwas anfangen können. Und umgekehrt." Er schaute Kelly an. „Wollen Sie mit mir fahren?"

„Ich bin mit meinem eigenen Wagen da."

„Wir treffen uns auf der Ranch", sagte Slade. „Ich möchte nur noch kurz einen Blick auf Rachel werfen."

Kaum waren sie allein und traten auf den Parkplatz, als Kelly sich wieder daran zu erinnern schien, was sich gerade im Fahrstuhl abgespielt hatte. „Wagen Sie es ja nicht, mir noch einmal zu nahe zu kommen, verstanden?" Sie musterte ihn aus zusammengekniffenen Augen. „Das könnte gefährlich werden."

„Inwiefern? Wollen Sie mir Handschellen anlegen? Eine Knarre zücken? Oder mich mit dem Schlagstock zur Vernunft bringen?"

„Darum geht es überhaupt nicht", wies sie ihn sachlich zurück und musste dann unvermittelt auflachen. „Aber eigentlich ist die Idee gar nicht schlecht. Passen Sie bloß auf. Ich habe die Polizeiakademie mit einer Auszeichnung in Schlagstock-Einsatz verlassen."

Die Frau ist also doch nicht vollkommen humorlos, dachte er. Unter ihrem superprofessionellen Cop-Gehabe steckt offenbar ein Mensch, der auch gerne einmal einen Witz macht. „Ich wollte Sie nicht beleidigen."

„Das haben Sie aber.“

„Ich habe Sie nur geküsst.“

„Nein. Es war kein Kuss, eher so was wie eine Ohrfeige. Sie wollten mich spüren lassen, wer der Boss ist. Mehr nicht. Diese Taktik war vielleicht bei den Neandertalern modern, McCafferty. Und falls Sie nicht verstehen, wovon ich spreche: Diese Kerle sind schon seit der Steinzeit ausgestorben.“ Sie wühlte die Schlüssel aus der Jackentasche.

Kelly hatte dic Autotüren aufgeschlossen. Am liebsten hätte er sie zum zweiten Mal ohne Federlesens an sich gezogen und geküsst. Aber er traute sich nicht. „Was ist nur los mit Ihnen?“

„Wie meinen Sie das?“

„Sie sind irgendwie anders.“

„Als die anderen Frauen in Ihrem Leben? Dann gibt es ja noch Hoffnung.“ Sie wollte sich gerade hinter das Steuer setzen, als er sie am Ellbogen fasste.

„Warten Sie einen Moment.“

Sie betrachtete vielsagend seine Hand und schüttelte sie ab. „Ihr Macho-Gehabe interessiert mich nicht.“

„Nein? Was dann?“

Sie zögerte, biss sich auf die Lippe und blickte ihn aus ihren nachtdunklen Augen an. „Wenn Sie so fragen … Mir ist klar, dass ich es bereuen werde. Aber schließlich haben Sie damit angefangen.“

Unvermittelt streckte sie den Arm aus und legte ihm die kalte Handfläche an die Wange. Dann stellte sie sich auf die Zehenspitzen und näherte sich mit ihren Lippen seinem Mund. Zuerst war es nur eine ganz sanfte Berührung. Als ihre Finger auf seinen Wangen langsam wärmer wurden, küsste sie ihn leidenschaftlicher und legte ihm die Arme langsam um den Nacken, während ihre Lippen beinahe mit seinen verschmolzen.

Tief in seinem Innern schien ein lange erloschenes Feuer wieder aufzuglimmen.

Stöhnend schloss Matt die Augen und strich mit den Händen über Kellys Hüfte. Das Verlangen schoss ihm ins Blut … die kalte Nachtluft und die warme Frau in seinen Armen … eine verdammt erotische Mischung. Er wollte alles – ihren Körper und ihre Seele und …

Kelly stieß ihn hastig von sich. Obwohl sie sich alle Mühe gab, es ihn nicht merken zu lassen, entging ihm ihr stoßweises Atmen nicht. Außerdem waren ihre Augen beinahe schwarz geworden, und die Haut hatte sich leicht gerötet.

„So geht das“, erklärte sie mit heiserer Stimme und räusperte sich. „Wenn du dich das nächste Mal aufführen willst wie ein Höhlenmensch, dann frag dich lieber mal, ob du dir das richtige Vorbild ausgesucht hast.“

7. KAPITEL

Matt wollte auf keinen Fall einer Frau das letzte Wort überlassen. Er lächelte und zog sie wieder an sich. „Du bist also gar nicht so hart, wie du immer tust, Detective?“, fragte er, obwohl er wusste, dass er sich auf Glatteis begab.

Aber ihre glitzernden Augen und das gehobene Kinn forderten seinen männlichen Stolz heraus. „Rede du mir nicht über Neanderthaler. Mit dem gleichen Recht könnte ich dir vorwerfen, dass du mit Männern spielst.“

„Mich interessiert nicht, was du denkst.“

„Eigentlich warst du nur neugierig. Aber der Schuss ist glatt nach hinten losgegangen. Du bist lange nicht so immun gegen mich, wie du angenommen hast. Du bist kein Eisblock.“

„Und du bist kein Gentleman.“

„Das habe ich auch nie behauptet.“ Abrupt ließ er sie los und eilte zu seinem Pick-up, den er zwei Reihen entfernt geparkt hatte.

Kelly biss sich auf die Lippe und kletterte in ihren Wagen. Verdammt noch mal, er hatte recht. Sie hatte auf ihn reagiert. Verwirrt schlug sie die Tür zu, und mit zittrigen Fingern steckte sie den Zündschlüssel ins Schloss. Wie lange lag es schon zurück, dass sie überhaupt auf einen Mann reagiert hatte? Zwei Jahre? Drei? Oder schon fünf? Sie konnte sich nicht erinnern, obwohl es ohnehin nicht viel zu erinnern gab. Zweimal hatte sie sich auf Männer eingelassen, und zweimal war es wieder auseinandergegangen.

Vielleicht war sie gar nicht richtig verliebt gewesen.

Du lieber Himmel, was ist eigentlich mit dir los? Kelly war erschrocken. *Wie kommst du dazu, über die Liebe nachzudenken?* Ja, Matt McCafferty hatte sie geküsst. Aber das war noch lange kein Grund, den Kopf zu verlieren. Außerdem kam es überhaupt nicht infrage, sich auf einen der McCafferty-Brüder einzulassen. Weder auf Matt noch auf die anderen. Er war nicht nur der Bruder eines Verbrechensopfers, sondern darüber hinaus noch John Randall McCaffertys Sohn … der Sohn jenes Mannes, der das Leben ihrer Mutter mit einem Schulterzucken ruiniert hatte.

Was hatte sie sich eigentlich dabei gedacht, ihn zu küssen? Ja, er hatte ihren Stolz als Frau und als Polizistin verletzt. Sie konnte es nicht leiden, wenn ein Mann sich ihr gegenüber aufspielte. Und McCafferty hatte versucht, ihr eine Lektion zu erteilen. Also hatte sie den Spieß umgedreht.

Matt fuhr zu schnell. Wieder fragte sie sich, ob er sie damit herausfordern wollte. Sollte sie ihn anhalten und zur Kasse bitten? Aber sie unterdrückte den Impuls. Es würde zu nichts führen. Außerdem hatte sie heute Abend schon einmal die Nerven verloren.

Aber ... aber wenn er unverschämt würde und das Tempolimit noch weiter überschritt, dann würde sie ihn zur Rede stellen. Es wäre sogar ihre Pflicht.

Kurt Striker war schon auf der Ranch angekommen und saß mit Thorne und Nicole im Wohnzimmer.

Kelly ließ sich von Matt eine Tasse Kaffee geben und versuchte, sich am Kaminfeuer wieder aufzuwärmen.

„Glauben Sie, es ist eine gute Idee?“, fragte Thorne und ließ den Blick von Kelly zu Kurt Striker schweifen. Kelly begriff. Kurt arbeitete im Privatauftrag der McCaffertys; er war ihnen verpflichtet und nicht der Polizei. Und sie vertrat das Gesetz.

„Ja, es ist in Ordnung, solange das Department einverstanden ist und mir ebenfalls Informationen gibt.“ Kurt lehnte sich in seinem Sessel zurück und schaute Kelly an. Er sah aus wie ein Cop in einem Hollywood-Film: attraktiv und verwegen, mit glatten braunen Haaren, markanten Gesichtszügen und durchdringenden grünen Augen.

„Ich komme gerade aus Seattle, wo Rachel gearbeitet hat“, berichtete er. Er wühlte in seiner Jackentasche und zog eine CD hervor. „Das hier ist eine Kopie. Das Original liegt bei der Polizei in Seattle.“

„Wo haben Sie sie gefunden?“

„Überraschenderweise war die Tür zu Rachel McCaffertys Apartment nicht verschlossen. Ich habe geklopft, und als niemand antwortete, bin ich hineingegangen.“

„Und dann haben Sie eine CD mit Daten gefunden, die die Polizei übersehen hatte?“, fragte Kelly zweifelnd. Am liebsten hätte sie ihm direkt ins Gesicht gesagt, dass er log. Natürlich war er in das Apartment eingebrochen.

„Nicht ganz. Ich habe den Schlüssel zu einem Schließfach gefunden, wenn ich es so ausdrücken darf.“

„Zu was für einem Schließfach?“, hakte Kelly nach.

„Am Bahnhof.“

„Und die CD lag darin?“

„Stimmt.“

„Haben Sie noch mehr gefunden?“

„Bis jetzt noch nicht.“

„Was ist auf der CD?“, wollte Nicole wissen und musterte die Scheibe misstrauisch.

„Der Anfang eines Buches. Das Konzept und die ersten drei Kapitel.“

Thorne richtete sich auf. „Das Buch, das Juanita erwähnt hatte. Und ich hatte angenommen, das wäre nichts als Geschwätz!“

„Was steht darin?“, fragte Kelly.

„Es ist der Anfang eines Romans. Liest sich wie eine Mischung aus Fakten und Erfindung.“

„Ich drucke die Texte aus“, versprach Thorne.

„Schon erledigt.“ Kurt griff in seine Aktentasche und zog einen Papierstapel heraus. Just in diesem Moment platzte Slade ins Haus. Der jüngste Bruder rieb sich die kalten Hände, als er das Wohnzimmer betrat. Zur Begrüßung schlug er Kurt auf die Schulter und ließ sich rasch auf den neuesten Stand der Ermittlungen bringen. Es dauerte nur ein paar Minuten, bis er sich einen Kaffee einschenkte und zusammen mit seinen Brüdern, mit Kelly und Nicole die Seiten von Rachels Buch überflog.

Die ersten drei Kapitel waren nur grob skizziert. Im Kern ging es in der Geschichte um einen dubiosen Rodeoreiter, der dazu erpresst wurde, das Ergebnis wichtiger Rodeoturniere zu beeinflussen.

Bei der Hauptperson handelte es sich um einen armen Jungen, der einfach auf der falsche Seite gelandet war, sich aber sein ganzes Leben lang förmlich krummgelegt hatte, um sich irgendwie durchzuschlagen. Die Umstände hatten ihn gezwungen, das Gesetz zu übertreten, und ein Strudel aus Drogen und Verbrechen hatte ihn in die Tiefe gerissen. Das Ende vom Lied war, dass es ihm nicht gelang, sich aus dem Teufelskreis von Verbrechen und Abhängigkeit zu befreien, ganz egal, wie verzweifelt er es auch versuchte.

„Wie ergreifend“, murmelte Slade sarkastisch, als er auf der letzten Seite angekommen war.

„Völlig überspanntes Melodram“, schnaubte Matt, kaum hatte er zu Ende gelesen. Er schob seinen Teil des Manuskripts zu Thorne hinüber.

Kelly schaute Matt an. „Oder eine wahre Geschichte.“

„Könnte sein“, stimmte Matt zu. „Oder auch nicht. Wir stehen vor dem Problem, dass keiner unter uns sich in Rachels Leben auskennt. Dann hat sie also ein Buch geschrieben. Großartig. Wer beweist uns, dass es auf Fakten basiert?“ Er hob die Brauen. „Wie weiter?“

Sie diskutierten den Fall noch so lange, bis es nichts mehr zu sagen gab. Schließlich bat Kelly: „Darf ich mal Rachels Zimmer sehen?“

Matt zuckte die Schultern und führte sie ins Obergeschoss. Leise öffnete er die Tür zu dem Raum, der nun als Kinderzimmer diente. Die tiefen und regelmäßigen Atemzüge des Babys waren deutlich zu hören. Kelly beugte sich lächelnd zu dem Kind hinunter. Auch Matt warf einen Blick auf seinen Neffen, und seine Gesichtszüge wurden weich. „So ein kleiner Mann und so ein Riesentheater“, wisperte er und deckte das Baby sorgfältig zu.

Plötzlich tat Kelly das Herz so weh, dass sie kaum noch atmen konnte. Matts große Hände nahmen sich neben der hübschen Decke mit dem Satinsaum merkwürdig aus. Man hätte annehmen können, dass die gebräunten Finger, die harte Arbeit gewohnt waren, sich ungeschickt anstellten. Aber Kelly war überrascht, wie zart und liebevoll Matt seinen winzigen Neffen zudeckte. Ob er es wahrhaben wollte oder nicht, eines Tages würde Matt McCafferty einen großartigen Vater abgeben.

Sie sah ihm ins Gesicht und begegnete dabei seinem belustigten Blick. Verlegen räusperte sie sich und trat ein paar Schritte zurück. Im Dämmerlicht musterte sie das Zimmer.

An dem Schrank hing ein verstaubter Cowboyhut, passend für Mädchen. Anstelle eines Hutbandes trug er eine schmale Kette aus Strass. Kelly betastete den verstaubten Schmuck.

„In der Highschool war Rachel Rodeo-Prinzessin“, erklärte Matt.

„Deine Schwester war also auch mit dem Rodeofieber infiziert.“

„Es liegt uns im Blut“, gestand Matt ein. „Uns allen außer Thorne. Er kann mit der Ranch und den Pferden nicht besonders viel anfangen. Oder überhaupt mit der Western-Kultur.“

Kelly sah sich noch einmal um und entschied, dass sie hier nichts weiter über Matts Halbschwester erfuhr. „Ich glaube, das ist alles", sagte Kelly und lächelte, als das Baby im Schlaf seufzte.

„Ich bringe dich zum Wagen." Matt folgte ihr die Treppe hinunter und zog den Reißverschluss seiner Jacke hoch, als er sie durch den Schnee zu ihrem Truck begleitete.

„Du warst drinnen ziemlich ruhig", bemerkte Matt und deutete mit dem Kinn zum Ranchhaus. Sein Atem bildete Wölkchen in der Winterluft.

„Kann sein. Ich wollte hören, was Striker zu sagen hat."

„Und was hältst du davon?"

Sie suchte seinen Blick. „Es ist alles schön und gut. Aber wenn ich erst in Seattle bin, werde ich seine Angaben genau überprüfen."

„Du verlässt Grand Hope?" Matt war überrascht.

„Für ein oder zwei Tage. Anweisung des Departments." Bei ihrem Wagen blieb sie stehen und blinzelte ihn verschmitzt an. „Ich weiß, dass du mich vermissen wirst", spottete sie sanft.

Kelly hatte genau ins Schwarze getroffen, obwohl er es nie zugeben würde. „Ich gebe mir die größte Mühe, es zu überleben."

„In Ordnung, Cowboy."

Kelly lächelte. Mehr Ermutigung brauchte er nicht. Bevor er auch nur einen klaren Gedanken fassen konnte, griff er nach ihr, zog sie in seine Arme und presste seine Lippen auf ihre. Sie schnappte nach Luft. Und er nutzte die Gelegenheit, um mit der Zunge zwischen ihre Lippen zu gleiten und sie zu liebkosen. Nur ein paar Sekunden lang leistete sie Widerstand.

Und dann spürte er, wie sie dahinschmolz, wie sie sich für eine kurze Sekunde an seinen Körper schmiegte. Matt schloss die Augen, zog sie noch dichter an sich und strich ihr über den Rücken. Sein Herz pochte wie wild, und das Blut rauschte ihm in den Ohren.

Wie aus weiter Ferne vernahm er Stimmen, hörte, wie sich eine Tür öffnete. Kelly erstarrte in seiner Umarmung und stieß ihn von sich. „Ich glaube kaum, dass das eine gute Idee ist", sagte sie und schaute hinüber zur Veranda, wo Slade und Kurt in dem Lichtschein der geöffneten Tür standen. Slade zündete sich eine Zigarette an, und Kurt hatte die Hände in die Jeanstaschen gestopft. Beide Männer starrten zu ihnen herüber.

„Großartig", stieß Matt hervor.

„Ich glaube, wir sollten uns besser auf unsere Arbeit konzentrieren“, schlug sie vor. Als könnte sie Gedanken lesen, öffnete sie die Tür ihres Wagens und stieg ein.

„Und ich glaube, dass du dir selbst in die Tasche lügst.“ Matt beugte sich zu ihr hinunter. „Sieh den Tatsachen ins Auge, Detective“, fuhr er mit leiser Stimme fort, „du willst mich.“

„Du bist unerträglich.“

„Hab ich schon öfter gehört.“ Sein Lächeln forderte sie heraus.

„Gute Nacht, Cowboy.“ Kelly schlug die Tür zu und biss die Zähne zusammen.

Sieh den Tatsachen ins Auge, Detective. Du willst mich.

Wenn er nur wüsste, dachte Kelly. Sie spürte, wie das Blut ihr heftig durch die Adern pulsierte. Ja, sie wollte ihn, aber sie konnte ihn nicht haben. *Ja, verdammt noch mal, ich will dich, aber das ist auch alles. Du bist strikt verboten, Mr. McCafferty!*

Matt riss sich zusammen, als er wieder ins Haus ging und Slades missbilligenden Blick bemerkte. „Was zum Teufel hatte das zu bedeuten?“, wollte Slade sofort wissen.

„Was meinst du?“

„Du und diese Polizistin. Versuch bloß nicht, es abzustreiten. Ich dachte, dass du das Department im Auge behältst, um zu prüfen, ob die Cops ihre Arbeit machen.“

„Kümmer dich um deine eigenen Angelegenheiten“, stieß Matt mit scharfer Stimme hervor.

„Hören Sie auf.“ Kurt zog die Brauen zusammen und sah nachdenklich den Rücklichtern von Kellys Wagen nach. „Ich glaube, das könnte funktionieren. Bettgeflüster.“

Slade presste die Lippen zu einem dünnen Strich zusammen. „Gefällt mir gar nicht.“

„Mir auch nicht.“ Matt trat drohend einen Schritt auf Striker zu.

Der ließ sich davon nicht beirren. „Wir alle wissen doch, dass Frauen im Bett manchmal Dinge ausplaudern, die sie unter anderen Umständen für sich behalten würden. Das könnten wir zu unserem Vorteil nutzen. Küssen Sie Detective Dillinger weiter, gehen Sie mit ihr ins Bett und finden Sie heraus, ob die Polizei irgendwelche Erkenntnisse zurückhält.“

„Falls sie überhaupt den Mund aufmacht", warf Slade ein.

„Das tun sie alle." Ohne sich zu verabschieden, eilte Kurt quer über das Gelände zu seinem Geländewagen. Matt blieb mit einem schalen Geschmack im Mund zurück.

„Ich mag ihn nicht", sagte er zu Slade.

„Das musst du auch nicht. Verhalte dich einfach so, wie er es vorgeschlagen hat." Slade hatte die Lippen zusammengepresst. Seine blauen Augen funkelten kalt. „Du willst doch sowieso mit Kelly Dillinger ins Bett. Jetzt hat Striker dir sogar einen guten Grund geliefert."

8. KAPITEL

Eigentlich wollte ich dich auf ein Glas Wein einladen", sprach Kelly auf den Anrufbeantworter ihrer Schwester, „aber jetzt fahre ich erst mal nach Seattle. Du musst warten, bis ich wieder hier bin. Ich komme am Abend vor Thanksgiving zurück. Wir sehen uns!"

Kelly legte auf, reckte sich und schenkte sich selbst ein Glas ein. Sie hatte gehofft, dass ihre Schwester sie besuchen würde. Aber wenn Karla nicht erreichbar war, musste sie ihre Pläne ein wenig ändern. Anstatt nett am Kamin zu sitzen und einen Schwatz unter Frauen zu halten, würde sie ein Bad nehmen und sich ein gutes Buch vorknöpfen.

Es war eine kleine Ewigkeit her, als sie das letzte Mal in der Wanne gelegen hatte, denn es fehlte ihr einfach die Zeit dazu. Aber heute würde sie sich diesen Luxus gönnen. Sie zog die Uniform aus, schlang das Haar zu einem lockeren Knoten, zündete zwei weiße Kerzen an und ließ heißes Wasser in die Wanne einlaufen. Das Weinglas und das Buch legte sie auf dem breiten Rand ab und glitt dann in das warme, duftende Wasser.

Es fühlte sich himmlisch an.

Mit halb geschlossenen Augen sank sie tiefer. Im heißen Wasser entspannten sich ihre verkrampften Muskeln. Gerade drifteten ihre Gedanken ins Reich der Träume ab, als das Geräusch der Türklingel die sanfte Musik aus dem Radio unterbrach.

Karla.

Ihre Schwester war nach Hause gekommen, hatte den Anrufbeantworter abgehört und sich gleich auf den Weg gemacht.

„Komme schon!", rief sie und stieg aus der Wanne. Hastig schlüpfte sie in den Bademantel, schlang den Gürtel fest um die Taille und eilte die Treppe hinunter zur Tür. Sie schwang die Tür auf – und stand Matt McCafferty in voller Lebensgröße gegenüber.

Überrascht riss Matt bei ihrem Anblick die Augen auf, und er starrte sie sprachlos an. „Ich habe gar nicht bemerkt, dass es schon so spät ist", grüßte er, und sie hörte auf zu lächeln. Offenbar hatte er *Detective* Kelly Dillinger an der Tür erwartet, den sarkastischen Cop. Womöglich war er sogar davon ausgegangen, dass sie sogar um diese Uhrzeit noch ihre Dienstkleidung trug …

„Kann ich etwas für dich tun?", fragte sie.

Matt nickte und zog die Brauen zu einem einzigen dunklen Strich zusammen. „Ich war gerade in der Stadt und hatte gedacht, ich … also, ich hätte besser anrufen sollen." Er presste die Lippen aufeinander und wandte den Blick zur Seite. „Ich dachte, dass du vielleicht Lust hättest, auf einen Drink auszugehen. Oder auf einen Kaffee oder so."

„Oder so?", erwiderte sie herausfordernd, belustigt und geschmeichelt zugleich.

„Ich hätte anrufen sollen."

„Ja, das macht man normalerweise." Kelly schenkte ihm nichts, obwohl ihr Puls auf geradezu lächerliche Weise raste.

Du lieber Himmel, sie sieht wirklich fantastisch aus, dachte Matt und fragte sich, was ihn eigentlich zu ihr geführt hatte. Um diese Uhrzeit konnte er sich noch nicht einmal selbst weismachen, dass es ihm um die Ermittlungen ging. Nein, es ging um Sex. Er wollte Kelly Dillinger sehen, weil sie eine bezaubernd schöne und erotische Frau war. Ja, er hatte tatsächlich erwartet, dass sie ihre Uniform trug, wenn sie die Tür öffnete, und ihn mit ihrer trockenen Art abfertigen würde … aber diese … diese faszinierende Lady vor ihm war sogar noch unwiderstehlicher.

Kelly wirkte irgendwie zarter, verletzlicher, unglaublich weiblich und verdammt sexy in ihrem gelben Bademantel. Das Haar hatte sie hochgesteckt, aber ein paar widerspenstige Locken kringelten sich feucht über ihre geröteten Wangen. Sie hatte die Lippen zu einem herausfordernden Lächeln verzogen, und die dunklen Wimpern verbargen ihren spöttischen Blick nicht.

„Ich glaube, es ist ein bisschen spät."

„Für ein Date? Heute Abend?", fragte Kelly und verschränkte die Arme über der Brust. „Das sehe ich auch so."

Matt kam sich vor wie ein kleiner Schuljunge. „Vielleicht morgen."

„Morgen bin ich nicht in der Stadt. Eine Art Dienstreise. Aber in ein paar Tagen bin ich wieder zurück …"

„Vielleicht können wir uns dann sehen."

„Du weißt doch, dass es nicht ganz das Richtige ist, wenn wir …"

„Sag mal, du machst dir wirklich Gedanken über Anstand?" Er konnte es kaum fassen.

„Ich möchte nicht, dass jemand meine Eignung für den Job anzweifelt. Oder meine Objektivität."

Hatte sie ihn eben herausfordernd angeblitzt? Oder war das alles nur Einbildung? Ihr Jasminduft stieg ihm in die Nase, und Matt konnte sich nicht mehr zurückhalten. „Zum Teufel mit deinem Job", murmelte er und schloss sie in die Arme.

Kelly schnappte nach Luft. „Hey, warte einen Moment."

„Und mit der verdammten Objektivität." Ungeduldig presste er den Mund auf ihren, der verführerisch nach Wein schmeckte. Sie stöhnte leise auf, und er reagierte, indem er sie noch leidenschaftlicher küsste und ihre Lippen mit seinen liebkoste. Als er sie fester an sich drückte, spürte er, wie sie nachgab und sich an ihn schmiegte.

Die Glut in seinem Innern wurde zu einer lodernden Flamme entfacht. Die Finger in die weichen Falten ihres Bademantels vergraben, bemerkte er den Schauer, der Kelly überlief. In diesem Augenblick war es um ihn geschehen. Er bückte sich, hob sie vom Boden auf und trug sie in den Flur.

„Hey", beschwerte Kelly sich atemlos, „was erlaubst du dir eigentlich?"

Mit dem Stiefelabsatz schloss er die Tür hinter sich. „Das, was ich mir schon erlauben wollte, seit wir uns das erste Mal gesehen haben", gestand er und trug sie unbeirrt die Treppe hinauf in ihr Schlafzimmer. Die Kerzen aus dem Bad nebenan tauchten das Zimmer in ein sanftes Licht, das in dem beschlagenen Spiegel und dem Fenster widerschien. Zielstrebig ging er zu dem altmodischen Bett und ließ sich mit ihr auf die weiche Tagesdecke fallen.

Kelly wusste, dass sie eigentlich Einspruch erheben und seinen verführerischen Berührungen widerstehen sollte. Aber seine Lippen verzauberten sie, und seine warmen Hände auf ihrem Körper ließen sie jede Vernunft vergessen. Matt küsste ihre Lider, ihre Wangen und ihren Nacken. Irgendwie gelang es ihm, sich aus der Jacke zu schälen und sie auf den Boden fallen zu lassen. Mit rauen Fingern schlug er ihren Bademantel auf und presste die Lippen auf ihre entblößte Schulter.

Es kam ihr vor, als hätte sich das Blut in ihren Adern in pure heiße Leidenschaft verwandelt.

Matt löste den Gürtel ihres Bademantels und beugte sich über sie, sodass sie seinen Atem wie eine erregende Liebkosung auf ihren Brüsten spürte. Unwiderstehliches Verlangen keimte in ihr auf und verdrängte jeden Gedanken, jedes andere Gefühl.

Hör auf, Kelly. Du darfst es nicht tun. Lass es. Du bist im Begriff, den größten Fehler deines Lebens zu machen! Denk nach, verdammt noch mal …

Aber es gelang ihr nicht. Seine Hände und sein Mund waren zu verführerisch, und seine Zärtlichkeiten ließen all ihre Zweifel schmelzen wie Schnee in der Sonne. Und so angestrengt sie auch nachdachte, plötzlich fand sie keinen einzigen der Gründe, warum sie sich nicht auf Matt McCafferty einlassen durfte, mehr überzeugend.

Natürlich: Ihr Vater und ihre Mutter würden es nicht gutheißen, und ihr Chef würde es möglicherweise als Betrug werten, falls sie die Ermittlungen gefährdete. Vielleicht war sie sogar gerade dabei, ihren Sheriffstern aufs Spiel zu setzen. Ihre Schwester würde auf sie einreden, dass ein McCafferty wirklich die schlechteste Wahl war, die man sich nur denken konnte, und so weiter und so fort … aber trotzdem … trotzdem waren seine Lippen weich und verführerisch, und sie konnte das süße Verlangen in ihrem Innern unmöglich leugnen.

Just in dem Moment, in dem der Bademantel über ihre Schultern rutschte, zog Matt ihr die Nadeln aus dem hochgesteckten Haar. Er ließ eine Hand unter den weichen Stoff gleiten und streichelte sie. Wieder schoss ihr die Lust heiß ins Blut. Matt küsste sie auf die Wange und ließ den Blick über ihren Körper wandern.

„Ich wusste, dass du wunderschön bist, Detective", flüsterte er und berührte eine ihrer Knospen mit der Handfläche. „Ich wusste es." Sanft drückte er die dunkle Knospe, und ein beinahe schmerzhaftes Ziehen durchfuhr sie. Sie sehnte sich verzweifelt nach diesem Mann … sie bäumte sich auf, und er beugte sich vor. Matts Lippen schlossen sich um ihre Spitze, er spielte mit der Zunge, während er mit den Zähnen zart an ihrer Haut knabberte.

Innerlich wehrte sich Kelly immer noch ein wenig gegen die Lust, aber eigentlich war sie schon dabei, dahinzuschmelzen. Als hätte er begriffen, was sie am meisten brauchte, glitt er mit einer Hand tiefer. Mit unbeirrbarer Sicherheit fand er ihre empfindlichste Stelle und verwöhnte sie, bis sie beinahe den Verstand verlor. Gleichzeitig küsste er ihre Brüste, bis die Lust ihr wild durch die Adern pulsierte.

Kelly stöhnte auf, drehte und wand sich hin und her, sehnte sich verzweifelt nach mehr ... so viel mehr ... nach allem, was er ihr geben konnte ... und wollte. Ihre Haut fühlte sich an, als ob sie in Flammen stand.

Beinahe von Sinnen machte sich Kelly daran, sein Hemd aufzuknöpfen. Endlich konnte sie seine durchtrainierte Brust mit dem schwarzen Haar berühren. Sie streichelte ihn und spürte, wie er unter ihren Händen zitterte. Aber es reichte noch nicht. Sie musste ihn fühlen, am ganzen Körper, wollte sich an ihn schmiegen, Haut an Haut, und sie wollte seinen Herzschlag an ihrem spüren.

Seine Finger liebkosten immer noch ihre geheimste Stelle und bereiteten ihr unendliche Lust. Aufstöhnend klammerte sie sich an seinen Schultern fest. Es kam ihr vor, als würde sich ihr gesamtes Dasein auf diesen kleinen Punkt konzentrieren. Schauer überliefen sie, und alle ihre Sinne waren gespannt.

„Wundervoll", wisperte er zwischen ihren Brüsten, als könnte er sich nur mühsam zügeln. „Lass dich einfach gehen ..."

Die ganze Welt schien sich um sie zu drehen. Seine Lippen fanden wieder ihren Mund, seine Zunge spielte mit ihrer, und sein Atem hauchte erregend über ihre erhitzte Haut. „Bitte", murmelte sie so leise, dass sie ihre Stimme kaum wiedererkannte, „bitte, Matt ... ja, bitte ..."

„Für dich alles, Darling ..."

Kelly griff nach seinem Gürtel und spürte seine Erregung. „Dann ..."

Mit seiner freien Hand umfasste er ihr Handgelenk. „Langsam, Darling, langsam." Er verwöhnte sie noch intensiver. Kelly ließ sich mit geschlossenen Augen zurückfallen, zuckte und schrie auf, als ein Feuerwerk hinter ihren Augenlidern begann. Es war, als würde ihr ganzes Sein mit in den Himmel katapultiert.

„Oooh", stöhnte sie und rang verzweifelt nach Luft.

Aber er war noch lange nicht fertig. Wieder und wieder trieb er sie an ihre Grenzen. Sie klammerte sich an seine nackten Schultern und schrie erneut auf, als sie das Becken hob und sich der Welle der Lust überließ, die durch ihre Adern rollte.

„Matt ... Matt ..." Kelly konnte kaum noch atmen, keinen klaren Gedanken mehr fassen. Sie wusste nur eines: dass sie ihn brauchte, mit Leib und Seele, dass sie spüren wollte, wie sein harter Körper mit ihrem verschmolz.

Sie fand seinen Gürtel, und ihre Finger mühten sich mit der Rodeoschnalle ab. Noch bevor er protestieren konnte, küsste sie ihn und tanzte mit ihrer Zungenspitze um seine.

Matt stöhnte und streckte sich neben ihr aus, damit sie an seine Jeans besser herankam.

Klick.

Die Rodeoschnalle hatte sich gelöst.

Popp. Popp. Popp.

Kelly hatte seine Jeans aufgeknöpft.

Matt spürte einen frischen Luftzug auf seiner nackten Haut und biss sich auf die Lippen, als Kelly mit den Fingerspitzen über seine entblößte Männlichkeit fuhr.

Plötzlich klingelte es irgendwo. An der Tür.

„Oh, nein." Kelly ließ die Hand sinken, und Blut schoss ihr in die Wangen.

„Erwartest du jemanden?", fragte er.

„Nein."

Es klingelte wieder. Unnachgiebig.

„Offenbar gibt es jemanden, der dich dringend sprechen will."

„Oh, verdammt. Karla! Ich … ich habe ihr vorhin eine Nachricht auf dem Anrufbeantworter hinterlassen … bestimmt will sie mich besuchen, zusammen mit ihren Söhnen." Kelly strich sich das Haar aus der Stirn.

„Wer ist Karla?"

„Meine Schwester. Warte einen Moment." Kelly schwang sich von der Matratze, eilte zum Schrank, wo sie sich ein Hemd und eine Jeans griff, um anschließend ins Bad zu hasten.

Matt knöpfte seine Jeans wieder zu und schloss die Gürtelschnalle mit dem buckelnden Bronco. Wieder klingelte es an der Tür, und diesmal folgte auf das Geräusch die besorgte Stimme einer Frau. „Kelly? Bist du zu Hause? Ich bin es, Karla."

„Ich weiß, ich weiß", murmelte Kelly, als sie barfuß, aber angezogen, wieder aus dem Bad kam und sich das Haar mit einem Gummi zusammenband. „Du liebe Zeit, geh ins Wohnzimmer und schenk dir ein Glas Wein ein oder so was", flüsterte sie entsetzt, als sie Matt immer noch auf dem Bett liegend antraf. „Sieh zu, dass es so wirkt, als wärst du schon die ganze Zeit über hier. So, als ob wir den Fall diskutiert hätten, und …"

Am Fußende des Bettes blieb sie abrupt stehen und warf ihm einen wehmütigen Blick zu. „Und mach dich am besten auf etwas gefasst."

Kelly verschwand aus dem Schlafzimmer, und er hörte ihre Schritte auf der Treppe.

Matt zog seine Jeans zurecht und eilte ins Wohnzimmer. Auf dem Tisch stand eine geöffnete Weinflasche. Als er zum Schrank ging und sich ein langstieliges Glas herausnahm, hörte er, wie eine Tür geschlossen wurde und zwei Frauen sich unterhielten.

„Sag mal, Kelly, hast du die Klingel gar nicht gehört? Ich dachte schon, du lässt mich draußen erfrieren!" Schritte kamen die Treppe hinauf. „Warum hast du mich so lange warten …" Eine kleine Frau mit kurzem rotblonden Haar tauchte auf. Überrascht musterte sie Matt aus ihren großen grünen Augen. „Oh." Abrupt blieb sie stehen, und ihr Lächeln verschwand.

„Kelly … was ist hier los?" Ihr Blick wurde noch ein wenig schärfer und fiel auf das Weinglas in Matts Hand.

„Ach, Matt ist vorbeigekommen, und wir haben noch mal über den Fall gesprochen."

„Matt?", wiederholte die Frau.

Kelly betrat das Wohnzimmer und schien trotz der Umstände bemerkenswert ruhig. „Ja. Matt McCafferty. Das ist meine Schwester Karla."

„Schön, Sie kennenzulernen", meinte Matt gedehnt, während Kellys Schwester ihn immer noch erschrocken anstarrte. Er streckte die Hand aus und ergriff Karlas Rechte, die sie ihm zögernd entgegenstreckte.

„Ja, gleichfalls", erwiderte Karla, verdrehte die ausdrucksvollen Augen und erntete einen missbilligenden Blick von ihrer Schwester. „Das glaube ich jetzt nicht …"

„Was soll das heißen?", sagte Kelly, „was glaubst du nicht? Matt und ich haben über den Fall …"

„Wow." Karla hob beide Hände. „Einen Moment Sendepause, bitte." Sie ließ ihren eindringlichen Blick zwischen Matt und Kelly hin und her schweifen. „Ich lasse mir keine Märchen erzählen. Von wegen Fall – Kelly, ich habe Augen im Kopf." Sie schaute ihre Schwester übertrieben warnend an. „Ich hoffe, du weißt, was du tust."

„Natürlich."

„Möchten Sie etwas trinken?", fragte Matt, „vielleicht einen Schluck Wein?" Er nahm ein zweites Glas vom Regal und schenkte Chardonnay ein.

„Eigentlich brauche ich auf den Schreck was Härteres. Aber zur Not geht auch Wein."

„Es gibt nichts Härteres. Ich habe selbst schon danach gefragt."

Karla zuckte nicht mit der Wimper, nahm Matt das Glas aus der Hand und ließ sich mit einem letzten missbilligenden Blick auf ihre Schwester in einen Rattan-Sessel mit grünen Kissen sinken. „Und? Wie laufen die Ermittlungen?", fragte sie sarkastisch.

„Natürlich stoßen wir manchmal an unsere Grenzen. Aber insgesamt machen wir Fortschritte, denke ich."

„Aha." Karla schwenkte den Wein im Glas. Offenbar kaufte sie ihrer Schwester die Geschichte nicht ab.

Matt schenkte den restlichen Wein in der Flasche in ein drittes Glas und reichte es Kelly.

„Morgen fliege ich nach Seattle", erklärte sie. Die nächsten Fragen, die Karla ihr stellte, beantwortete sie ruhig. Matt lauschte der Unterhaltung und begriff, dass Karla beschlossen hatte, ihre Schwester zu besuchen, nachdem sie deren Einladung auf dem Anrufbeantworter gehört hatte. Kellys jüngere Schwester hatte die Kinder bei ihren Eltern abgeliefert, sich auf den Weg gemacht und war in Kellys Haus prompt auf Matt gestoßen.

Aus ihm unerfindlichen Gründen störte seine Anwesenheit Karla zutiefst. Es lag offenbar nicht nur daran, dass sie enttäuscht war, den Abend nicht allein mit ihrer Schwester verbringen zu können. Nein, in der Unterhaltung wurde deutlich, dass es einen unausgesprochenen Vorwurf gab, der sich auch in ihrem Blick spiegelte.

„Du hast auf den Anrufbeantworter gesprochen, dass du rechtzeitig zu Thanksgiving wieder zurück bist", bemerkte Karla zu ihrer Schwester.

„Ja, das habe ich vor."

„Gut." Karla entspannte sich ein wenig und nippte an ihrem Wein, während Kelly sich auf das Sofa setzte. „Ich habe nämlich keine Lust, Mom und Dad zu erklären, dass du wegen der Arbeit leider nicht nach Hause kommen kannst."

„Dad hätte Verständnis. Schließlich ist er selbst mal Polizist gewesen."

„Vor einer Ewigkeit."

„Verbrechensbekämpfung gehört also zur Familientradition?", warf Matt ein.

„Stimmt. Dad, sein Vater und ich glaube sogar mein Urgroßvater waren bei der Polizei."

„Und was machen Sie?", fragte Karla ihn mit einem eisigen Lächeln.

„Dad war Rodeoreiter und hat dann eine Ranch gegründet. Vor mehr als fünfzig Jahren hat er die Flying M gekauft und sie noch vergrößert. Außerdem hat er noch ein paar andere Unternehmen rund um Grand Hope gegründet."

Karla presste die Lippen zusammen und durchbohrte ihre Schwester förmlich mit Blicken. „Er erinnert sich wohl kaum daran, oder?"

„Woran?", hakte Matt nach.

Karla verzog den Mund, als Kelly antwortete: „Mom hat ein paar Jahre lang für deinen Vater gearbeitet."

„Nicht nur ein paar", widersprach Karla und stellte das leere Glas auf den Tisch. „Ihre ganze Arbeitskraft hatte sie diesem Mann gewidmet und ihrem Job als Sekretärin, oder als persönliche Assistentin. Ja, genauso hat er sie genannt." Karla atmete geräuschvoll aus. „Und was ist passiert, als die Geschäfte Ihres Vaters nicht mehr so gut liefen? Mom war plötzlich Luft für ihn. Einfach so." Sie schnipste nachdrücklich mit den Fingern, und ihre Wangen liefen rot an. „Arbeitslos, ohne Rente, ohne Netz und doppelten Boden für eine weiche Landung. Nichts."

„Halt … Sie meinen, dass sie für ihn als Sekretärin gearbeitet hat?"

„Sogar noch mehr. Sie war seine rechte Hand. Seine Chefsekretärin. Bestimmt erinnern Sie sich an sie. Eva. Eva Dillinger."

„Eva?" Der Name schien vertraut zu klingen. Aber Matt hatte nie mit der Frau gesprochen. Im Laufe der Zeit hatte er ein paarmal ihren Namen gehört, wenn John Randall sie erwähnt hatte. Damals war er zu sehr mit sich selbst beschäftigt gewesen, um dem viel Beachtung zu schenken. „Ich glaube, Dad hat ab und zu über sie gesprochen."

„Ab und zu? Das will ich doch stark hoffen", entgegnete Karla kopfschüttelnd und schaute auf die geöffnete Schlafzimmertür, wo Kellys gelber Bademantel vom zerwühlten Bett gerutscht war. Ihre Lippen zuckten, und sie schien etwas sagen zu wollen, überlegte es sich dann aber anders und stand auf. „Vielleicht sollte ich jetzt besser gehen." Ihr Ärger schien langsam nachzulassen. „Ich glaube, ich bin zur falschen Zeit aufgetaucht."

„Sie bleiben." Matt schaute auf seine Uhr. „Es ist sowieso höchste Zeit, dass ich verschwinde." Er leerte sein Glas und stellte es auf den Tisch. „Lass es mich wissen, wenn du Neuigkeiten hast", sagte er zu Kelly und griff nach seiner Jacke. „Ich will herausfinden, was meiner Schwester zugestoßen ist."

„Einverstanden." Kelly brachte ihn zur Tür. Er hielt inne, um den Reißverschluss seiner Jacke zuzuziehen.

„Wir reden später. Oh …", er hob die Hand, „… da gibt es noch eine Sache."

„Was denn?" Kelly war sichtlich angespannt.

„Gute Reise."

„Werde ich haben."

Matt wandte sich an Karla. „War nett, Sie kennenzulernen."

„Gleichfalls", erwiderte sie mit erstickter Stimme und musterte ihn, als sei er der Teufel persönlich. Das wollte Matt nicht auf sich sitzen lassen.

Er zwinkerte Karla übertrieben zu, machte auf dem Absatz kehrt, schlang den Arm um Kellys Hüfte und zog sie an sich. „Danke für die Gastfreundschaft, Detective. Denk an mich." Er beugte sich vor und küsste sie. Leidenschaftlich. So als wollte er sie im nächsten Moment ins Schlafzimmer tragen. Nach einer Schrecksekunde, in der sich Kelly versteifte, schmiegte sie sich an ihn. Matt zwinkerte Karla ein zweites Mal zu und eilte die Treppe hinunter.

„Du liebe Güte", wisperte Karla und schaute ihm nach, bis er verschwunden war. Sie hatte die Augen aufgerissen und presste sich eine Hand auf das Herz. „Du liebe Güte."

Kelly wappnete sich innerlich gegen die Vorwürfe, die gleich auf sie einprasseln würden.

„Du bist in ihn verliebt, nicht wahr?" Karla klang tatsächlich vorwurfsvoll, aber die Wut war aus ihrer Stimme verschwunden. Jetzt wirkte sie vielmehr beeindruckt.

Unten an der Treppe wurde die Tür geöffnet und gleich darauf wieder geschlossen. Matt McCafferty war fort. Ein paar Sekunden später sprang ein Motor an.

„Es ... es stimmt doch, oder?", wollte Karla wissen.

„Nein, natürlich nicht", schnappte Kelly, trank die letzten Tropfen Chardonnay aus ihrem Weinglas und riss sich zusammen. Verliebt? In Matt McCafferty? Ihr Herz pochte aufgeregt, wenn sie nur daran dachte. Du liebe Güte, war sie wirklich verliebt? In diesen raubeinigen Cowboy, der ständig alles besser wusste? „Lächerlich."

„Ich sehe es dir an der Nasenspitze an", konterte Karla, während sie zum Fenster ging, „und an deinem Blick." Durch die Jalousie linste sie in die Winternacht hinaus. „Kelly, ich fasse es nicht. Da ist es jemandem gelungen, den Eispanzer um dein Herz zum Schmelzen zu bringen ... und dann ist es ausgerechnet ein McCafferty. Sag mal, hast du eigentlich den Verstand verloren? Mom und Dad werden ausflippen, wenn sie es herausbekommen. Und dein Boss feuert dich vielleicht sogar."

„Mom und Dad müssen schon mir überlassen, was ich mit meinem Leben tue. Und mein Boss hat mir keine Vorschriften zu machen, was ich außer Dienst tue oder lasse. Die Ermittlungen gehen ihren Gang, und ich habe sie durch nichts gefährdet."

„Kelly, mach keine Dummheiten, okay?" Karla packte den Oberarm ihrer Schwester. „Denn wenn du wirklich in ihn verliebt bist, dann steckst du in Schwierigkeiten. Und zwar bis über beide Ohren. Es wird damit enden, dass er dir das Herz bricht. Bestimmt."

9. KAPITEL

Ein gebrochenes Herz, dachte Kelly einen Tag später, als sie sich am Airport in Seattle hinter das Steuer des Leihwagens setzte, so weit kommt's noch. Aber schon als sie durch den dichten Verkehr in Richtung Innenstadt fuhr und die Scheibenwischer gegen den ständigen Regen einschaltete, wusste sie, dass ein Körnchen Wahrheit in der Sorge ihrer Schwester steckte. Sie war drauf und dran, sich in Matt McCafferty zu verlieben. Und was konnte das anderes sein als ein riesengroßer Fehler?

Obwohl sie sich beschwor, sich jeden Gedanken an ein Wiedersehen aus dem Kopf zu schlagen, war ihr klar, dass es doch passieren würde. Sie führte sich auf wie die Motte, die ums Licht tanzte und wusste, dass sie sich jeden Augenblick die Flügel verbrennen würde – aber trotzdem tanzte sie weiter.

„Dummkopf", schimpfte Kelly vor sich hin, während sie die Spur wechselte, „Dummkopf ..." Vor ihr leuchteten plötzlich Bremslichter auf, und jemand hupte laut. Schließlich fand sie die Straße des Polizeidepartments in Seattle, suchte einen Parkplatz und stellte den Leihwagen ab. Dann eilte sie durch den Regen ins Gebäude.

Die nächsten fünf Stunden unterhielt sie sich mit einem freundlichen, korpulenten Officer über den Fall Rachel McCafferty. Oscar Trullinger erklärte, dass bis jetzt niemand erkennen konnte, ob und in welcher Hinsicht Rachels Buch mit den Anschlägen in Zusammenhang stand. Weitere neue Erkenntnisse gab es nicht.

Die Männer, mit denen Rachel Affären gehabt hatte, schienen keinen Groll auf sie zu hegen. Sam Donahue lebte zurzeit im Westen des Staates Washingtons auf einer Ranch in der Nähe von Spokane; der Fotojournalist Joe Paterno erledigte gerade einen Auftrag in Alaska, und Brodie Clanton, dessen Urgroßvater den *Clarion* gegründet hatte, hielt sich außerhalb des Landes auf und verbrachte seinen Urlaub in einer Villa in Puerto Vallarta, Mexiko.

Das passt ja wunderbar, dachte Kelly ironisch, dass Rachels Männer sich alle weit weg von Seattle aufhalten.

Beim *Seattle Clarion* hatte sie nicht mehr Erfolg. Zwei Stunden lang unterhielt Kelly sich mit Kollegen von Rachel. Als sie das Büro verließ, war sie nicht viel klüger als vorher. Niemand hatte eine Ahnung, wer der Frau wehtun wollte, niemand ahnte, wer der Vater ihres Babys war.

Es war bereits dunkel, als Kelly in das Hotel am Elliott Bay eincheckte, in ihr Zimmer ging und ihre Tasche auf den Tisch schleuderte.

Ein paar Sekunden lang stand sie am Fenster und starrte auf das grünliche Wasser. Dann rief sie Rachels Highschool-Freundin Sharon an, erreichte aber nur den Anrufbeantworter. Eine blecherne Stimme erklärte, dass Sharon „so bald wie möglich“ zurückrufen würde. Kelly sprach ihren Namen und ihre Telefonnummer im Hotel sowie die Nummer der Polizeistation in Grand Hope auf das Band. Anschließend rief sie im Department an und hinterließ eine Nachricht an Espinoza.

Nachdem sie ihre Arbeit erledigt hatte, beschloss sie, die Stadt zu erkunden. Die Fenster der Wolkenkratzer, die sich an den steilen Hügeln erhoben, waren hell erleuchtet. In der Bucht setzte eine steife Brise den Wellen Schaumkrönchen auf. Die Fähren tuckerten immer noch durch die dunkle See.

In einem kleinen Restaurant am Pier 56 kaufte sich Kelly eine Fischsuppe und machte sich dann auf den Rückweg zum Hotel. Voll innerer Unruhe fragte sie sich, was Matt McCafferty wohl im Augenblick tat. Sie dachte darüber nach, dass sie sich beinahe geliebt hätten. Und sie spürte ganz genau, dass sie es wieder tun würde, wenn sich ihr nur die Gelegenheit dazu bieten würde. Erschrocken stopfte sie die Hände in die Taschen und überlegte, welche fatalen Folgen dieser Schritt haben könnte.

Wem würde es schaden?

Schließlich war sie eine erwachsene Frau.

Matt war ein erwachsener Mann.

Aber ich bin ein Cop, und er ist der Bruder eines Opfers, mahnte ihre innere Stimme. Womöglich sogar ein Verdächtiger – obwohl sie den Gerüchten in Grand Hope nicht den geringsten Glauben schenkte. Als sie das Hotel erreichte, war ihr Haar durchnässt, ihre Wangen glühten vom Wind, und die Finger waren eiskalt. Kelly eilte durch die Drehtür und ging auf den Fahrstuhl zu, als jemand hinter ihr auftauchte. Sie spürte ihn mehr, als dass sie ihn sah. Der Duft eines würzigen Rasierwassers stieg ihr in die Nase, zusammen mit dem Geruch nach Leder und Pferden. „Wie hast du mich gefunden?“, fragte sie, und ihr Herz machte einen kleinen Hüpfer, als sie sein Gesicht in den spiegelnden Türen des Fahrstuhls erblickte.

„Ein bisschen Detektivarbeit.“

Kelly musste beinahe lachen. „Oh, ja, natürlich.“

Die Türen glitten zur Seite, und sie betrat die Kabine. Matt stand neben ihr. Kelly schaute ihn an. Seine dunklen Augen glitzerten amüsiert. Und dann entdeckte sie noch etwas in seinem Blick: etwas Gefährliches …

„Du glaubst wohl, dass du das Recht auf Schnüffelei gepachtet hast?“, spottete er.

„Ich würde meinen Job nicht als Schnüffelei bezeichnen.“

Er drückte den Knopf für das oberste Stockwerk. Sie streckte die Hand aus und wollte einen zweiten Knopf drücken, aber er ergriff ihre Hand. „Ich dachte, dass du mich vielleicht kurz in meinem Zimmer besuchen willst. Auf einen Drink.“

Die Kehle war ihr wie zugeschnürt. „Ach, dachtest du das?“ Kelly schüttelte den Kopf. „Vielleicht erinnerst du dich, dass wir uns gestern Abend kaum noch zügeln konnten. Obwohl es wirklich keine gute Idee ist, wenn wir …“ Sie hob die Schultern. „Na ja, in Anbetracht der Umstände sollten wir uns nicht miteinander einlassen.“

„Das haben wir doch längst getan.“

„Okay. Dann sollten wir an diesem Punkt damit aufhören. Als Detective muss ich objektiv bleiben. Und das gilt, bis der Fall gelöst ist.“

„Zu spät.“ Er griff nach ihr, und obwohl sie wusste, dass sie sich heftig hätte wehren müssen, tat sie es nicht. Stattdessen hob sie den Kopf und ließ es zu, dass er seinen warmen Mund auf ihre eiskalten Lippen drückte. Matt hatte die Arme um sie geschlossen, und als der Fahrstuhl ganz oben angekommen war, küsste er sie. Lang und leidenschaftlich. Und so heftig, dass ein Schauer der Erregung sie überlief.

Kelly war vollkommen klar, dass sie die Schlacht verloren hatte. Sie hatte noch nicht einmal mehr die Absicht, sich zu wehren, als er sie aufhob und über die Schwelle seines Apartments trug wie ein Bräutigam seine Braut.

Mit geschlossenen Augen ließ sie es geschehen und schmiegte sich an ihn. Schließlich waren sie allein, und was konnte es schaden, wenn sie die Nacht mit ihm verbrachte? Matt stöhnte auf, als er ihr die Jacke auszog. Wieder küsste er sie. Nach der Jacke flog das Sweatshirt in die Ecke, anschließend die Stiefel und die Jeans. Alles landete auf einem Stapel auf dem Teppich. Kelly ließ Matt gewähren und küsste ihn genauso leidenschaftlich zurück.

Im dämmrigen Licht nahm sie das knisternde Feuer im Kamin und den Duft der Blumen im Raum kaum wahr. Sie zog Matt aus, verlor sich aber in den Berührungen seiner rauen Hände, die zärtlich über ihren Körper strichen. Seine Lippen und seine Zunge schmeckten sie, und sie spürte seine Männlichkeit, als Matt sich an sie presste. Langsam ließ er sie nach hinten sinken, bis sie auf der weichen Decke des bequemen Bettes lag.

„Wie … wie hast du mich gefunden?“, fragte sie wieder.

„Wenn ich etwas haben will, dann bekomme ich es auch.“ Matt fuhr mit dem Finger zärtlich über ihr Kinn. „Du hast gesagt, dass du abreist. Und ich hatte beschlossen, dir zu folgen.“

„Seattle ist nicht gerade klein.“

Er lächelte verschmitzt. „Ich wusste ja, wonach ich suche.“

„Und du hast deine Beziehungen.“

„Jede Menge.“ Er küsste sie auf die Schulter, und sie zitterte vor Verlangen.

„Außerdem verstehst du es, deine Beziehungen spielen zu lassen.“

„Wenn es sein muss.“ Matt beugte sich wieder zu ihr, küsste sie auf die Brüste und schob den Träger des BHs herunter, sodass er sie noch besser anschauen konnte. Kelly schluckte schwer, als sie seine Handflächen an der Taille spürte, bevor sie zu ihrem Rücken weiterglitten. Dann zog er sie näher zu sich heran und liebkoste endlich ihre Knospe.

Kelly befürchtete, jeden Moment den Verstand zu verlieren.

Matt spielte mit der Zunge an ihr, und sie wölbte ihm den Rücken entgegen.

„Kelly“, hauchte er dicht über ihrem Bauch, senkte den Kopf noch tiefer und fuhr mit den Lippen über ihr Kinn. Er spielte mit ihr, schmeckte sie, neckte sie, zog ihr den Slip über die Schenkel und warf ihn auf den Boden. Sie erschauerte unter seinen Liebkosungen, spürte, wie sie vor Verlangen dahinschmolz. Es schmerzte beinahe, so sehr begehrte sie ihn. Langsam verschwamm die Umgebung in ihrem Blick, und es kam ihr vor, als würde sie im Nebel der Lust versinken. Es gab nichts mehr außer der Erregung, die er in ihr weckte.

Das Blut pochte ihr in den Adern, pulsierte so heftig, dass es ihr in den Ohren rauschte. Jemand stöhnte auf … erst den Bruchteil einer Sekunde später erkannte Kelly ihre eigene Stimme. Hitze breitete sich von ihrem Körper aus. Unruhig schmiegte sie sich an Matt, weil sie sich kaum noch zurückhalten konnte.

„Matt, bitte …", wisperte Kelly heiser. Er kam dichter zu ihr, presste sich an sie und schaffte es irgendwie, sich die Jeans auszuziehen. Seine Lippen fanden ihre, und mit seinen starken Armen umschlang er ihren Körper, schob sich über sie. Ihr blieb beinahe das Herz stehen, als er in sie eindrang.

Vorsichtig begann Matt, sich in ihr zu bewegen.

Kelly sah ihm in die braunen Augen, und er erwiderte ihren Blick, als wollte er ihre Seele bis in den letzten Winkel erforschen. Doch dann schloss sie die Lider, als ein Feuerwerk der Lust in ihrem Innern zündete. Es regnete tausend Farben, Lichter tanzten, und sie war überzeugt, dass die Welt in diesem Moment im Kosmos verglühte.

Im nächsten Moment erreichte auch Matt den Gipfel und barg das Gesicht an ihrem Hals. „Kelly …", flüsterte er, „oh, Kelly …"

Ineinander verschlungen lagen sie erschöpft da, bis ihr Atem sich wieder beruhigte. Kelly schmiegte sich an ihn und lehnte die Wange an seine nackte Schulter. Matt liebkoste ihr Gesicht und strich ihr die Strähnen von den Wangen.

Es dauerte nicht lange, bis ihr tausend Vorwürfe durch den Kopf schossen. Aber sie achtete nicht darauf, sondern lächelte Matt stattdessen verschmitzt an. „Sag mal, Cowboy", flüsterte sie, „und wie sieht die Zugabe aus?"

Matt lachte. „Willst du das wirklich wissen?"

„Hm." Mit den Fingerspitzen zwirbelte Kelly die lockigen Haare auf seiner Brust. „Wenn du noch eine schaffst …"

„Schaffen? Na gut, du hast es nicht anders gewollt, Lady."

„Nicht anders, sondern noch mal", stellte sie mit einem Lächeln richtig.

Bevor sie es verhindern konnte, hatte Matt sie umarmt und presste seinen Mund auf ihren. „Dann sollst du deinen Willen bekommen", flüsterte er, als sie aufstöhnte.

„Warte ..."

Matt erstickte ihren Protest mit einem Kuss, und im Bruchteil einer Sekunde pulsierte ihr das Blut wieder heiß durch die Adern, während sie sich zum zweiten Mal in seinen Zärtlichkeiten verlor. In diesem Moment wurde Kelly bewusst, dass es keinen Zweifel mehr geben konnte: Sie hatte sich rettungslos in ihn verliebt.

10. KAPITEL

Rachel ist aufgewacht." Slades Stimme klang blechern aus dem Telefonhörer, den sein Bruder in der Hand hielt. Matt schaute auf das zerwühlte Bett. Kellys rötliches Haar umrahmte ihr Gesicht, und gähnend räkelte sie sich, während sie verschlafen mit den Augen zwinkerte.

„Wann?"

„Es ist noch nicht lange her."

„Hat sie irgendwas gesagt?", fragte er. Kelly war sofort hellwach, und sie griff nach ihrer Kleidung neben dem Bett auf dem Fußboden.

„Noch nicht. Ich bin auf dem Weg ins Krankenhaus."

„Wir buchen den nächsten Flug."

„Wir?", wiederholte Slade, und Matt zuckte zusammen.

Sein Bruder lachte. Das Geräusch zerrte Matt an den Nerven. „Aber das kannst du mir ja alles erzählen, wenn du wieder in Grand Hope bist, mein lieber Bruder." Slade legte auf, und Matt zog sich ebenfalls an.

„Rachel?", wollte Kelly wissen.

„Sie ist aufgewacht."

Plötzlich war sie wieder voll und ganz Polizistin. „Worauf warten wir noch?"

„Vielleicht könnt ihr mir erklären, was hier eigentlich los ist", sagte Rachel gerade, als Matt und Kelly in das schon überfüllte Krankenzimmer stürmten. Slade, Thorne und Nicole standen rund um das Bett, während die Patientin rief: „Ich will mein Baby sehen!"

Rachels braune Augen wirkten klar. Ihr Gesicht war nur noch leicht geschwollen, und das kurze, mahagonibraune Haar stand ihr in alle Richtungen ab, und ihre Miene zeigte deutlich, dass sie ungehalten war.

„Gibt es irgendeinen Grund, ihr J. R. nicht zu zeigen?", fragte Matt und schaute Nicole an.

„Wir kümmern uns darum."

„Dann beeilt euch gefälligst", beharrte Rachel, und ihr Blick fiel auf das Namensschild am Kittel der Ärztin. „Wer sind Sie?"

„Dr. Stevenson", erklärte Nicole.

„Das sehe ich auch. Aber es haben sich schon zwei Ärzte vorgestellt, die behaupten, für mich zuständig zu sein." Das Sprechen fiel ihr noch schwer. Es klang ein bisschen undeutlich. Aber eines war klar: Rachel McCafferty war wach, bei klarem Bewusstsein und hatte nicht die geringste Lust, sich demütig in ihr Schicksal zu ergeben.

„Ich hatte Dienst in der Notaufnahme, als Sie eingeliefert worden sind", erklärte Nicole. „Und ich kümmere mich um Sie … weil ich auch sonst mit den McCaffertys zu tun habe."

„Auch sonst?", wiederholte Rachel und musterte die Ärztin eindringlich. „Was soll das heißen?"

„Ich bin mit Nicole verlobt", erklärte Thorne, trat ein paar Schritte zum Bettgitter und verschränkte seine Finger mit Nicoles. „Glaub mir, wir bringen dir das Baby, sobald deine Ärzte zugestimmt haben."

„Verlobt?", wisperte Rachel und kniff die Augen zusammen. „Thorne, du willst heiraten? Du?"

„Ja. Wir haben nur darauf gewartet, dass du aufwachst. Damit du auch zur Hochzeit kommen kannst."

„Das ist alles ein bisschen viel für mich. Wie lange habe ich im Koma gelegen?"

„Länger als einen Monat", meinte Slade.

„Du lieber Himmel." Rachel unterbrach das Gespräch mit erhobener Hand. „Wartet noch mal kurz", bat sie und ließ den Blick über Thornes Krückstock und das Gipsbein schweifen. „Was ist mit dir passiert?"

„Ein Unfall. Ich hatte Glück. Mein Flugzeug hat eine Bruchlandung hingelegt."

„Was?"

„Und du …", sie schaute Slade an, „… bist du auch verletzt?"

Mit den Fingerspitzen berührte Slade die feine Narbe, die sich von der Braue bis zum Kinn zog. „Nein. Ein Skiunfall. Kannst du dich gar nicht mehr erinnern?"

Rachel schüttelte langsam den Kopf.

„Es war letzten Winter, vor nicht ganz einem Jahr. Du hast die Narbe auf Dads Beerdigung das erste Mal gesehen."

Ihr Blick verdunkelte sich. „Es gibt vieles, woran ich mich nicht mehr erinnern kann", gestand sie ein und wandte sich Matt zu. „Fällt jetzt die ganze Familie auseinander? Was ist mir dir? Sieht so aus, als würde irgendein Fluch auf den McCaffertys lasten. Sag schon, was ist dir zugestoßen?"

„Nichts", meinte er.

„Keine plötzlichen Begegnungen mit dem Tod, keine Verletzungen, keine Verlobung?"

„Bis jetzt noch nicht", erwiderte Matt spöttisch und bemerkte, wie Kellys Schultern sich leicht versteiften.

„Na gut. Aber jetzt möchte ich als Erstes meinen Sohn sehen. Entweder ihr bringt ihn zu mir, oder ich stehe auf und gehe zu ihm."

„Bleib noch ein bisschen liegen", bat Slade. Seine Stimme klang überraschend sanft. „Wir haben ihn J. R. genannt. Wie Junior. Oder nach Dad. Dein Sohn ist bei Juanita auf der Ranch, und wir werden euch zwei so schnell wie möglich zusammenbringen."

„Dann solltest du keine Zeit mehr verschwenden, okay?" Rachel war unerbittlich, schien aber auch müde zu werden. „Und über den Namen werden wir uns noch mal unterhalten. Ich glaube nicht, dass ich bei J. R. bleiben werde. Oder soll der Junge wirklich nach Dad benannt werden?" Sie sah zweifelnd ihre Brüder an. „Wem habe ich diese brillante Idee zu verdanken?"

„Mir", gestand Thorne.

„Hätte ich mir gleich denken können. Du hast mal wieder den perfekten Sohn gespielt. So bist du schon immer gewesen. Konnte ich noch nie ausstehen."

Thorne war drauf und dran, sich zu einem Streit hinreißen zu lassen, biss sich aber rechtzeitig auf die Zunge.

Diese Gelegenheit nahm Kelly wahr, um an Rachels Bett zu treten. „Ich bin Kelly Dillinger von der Polizei", stellte sie sich vor und lächelte freundlich.

Für den Bruchteil einer Sekunde tauchte ein anderes Lächeln vor Matts innerem Auge auf: das verführerisch-freche von gestern Abend. Einen Augenblick lang weilten seine Gedanken bei der leidenschaftlichen Nacht, die sie in Seattle verbracht hatten. Aber kurz darauf zwang er sich, sich auf die Gegenwart zu konzentrieren, auf Rachel, die gerade aufgewacht war. „Wenn die Ärzte einverstanden sind", sagte Kelly, „dann möchte ich mich mit Ihnen über den Unfall unterhalten."

Rachels Blick verdunkelte sich. „Der Unfall …“ Sie schüttelte den Kopf.

„Der Unfall beim Glacier Park. Wir sind der Meinung, dass du von der Straße abgedrängt worden bist“, fügte Thorne hinzu.

„Soll das heißen, dass jemand versucht hat, mich absichtlich umzubringen?“

„Das wäre eine Möglichkeit“, erklärte Kelly. „Vielleicht war es auch ein zufälliger Unfall mit anschließender Fahrerflucht. Obwohl diese Variante eher unwahrscheinlich ist, weil jemand an Ihr Krankenbett spaziert ist und versucht hat, Insulin in Ihren Tropf zu geben. Wir bewerten den Vorfall als versuchten Mord.“

Rachel ließ den Blick zwischen ihren Halbbruüdern hin und her wandern. „Bitte sagt mir, dass sie übertreibt.“

„Leider nein“, entgegnete Matt. Ihm wurde eiskalt ums Herz, wenn er nur daran dachte, dass es dem Mörder beinahe gelungen war, Rachels Leben auszulöschen.

„Du lieber Himmel.“ Alle Kraft schien aus Rachels Körper zu weichen, und sie lehnte sich in ihre Kissen zurück. „Ich … mein Gedächtnis …“ Sie zog die Brauen zusammen. „Ich kann mich wirklich kaum noch erinnern“, gab sie zu. „Also, ich erkenne euch alle. Ich weiß, dass ich im Krankenhaus liege, und ich weiß, dass ich Schriftstellerin bin. Normalerweise lebe ich in Seattle, aber … es gibt viele Dinge, die ganz verschwommen sind.“

Thornes Schultern versteiften sich. „Was ist mit dem Vater deines Kindes?“, wollte er wissen. Sofort erstarb jedes Geräusch im Zimmer. Der Lärm vom Flur, der von den fahrbaren Betten, den Pflegewagen und den Gesprächen herrührte, schien plötzlich doppelt so laut. „Wer ist J. R.s Vater?“

Rachel schluckte schwer und wurde blass. Verlegen betrachtete sie ihre Hände. In einem Handrücken steckte die Tropfkanüle, um die andere lag ein Verband. Die Finger der linken Hand waren nackt, es gab keine Spur von einem Ring. „Der Vater des Babys …“, flüsterte sie und biss sich auf die Lippe, „ich … ich kann mich nicht erinnern … verdammt …“ Sie blinzelte so heftig, als wollte sie Tränen zurückdrängen.

„Es reicht“, unterbrach Nicole. „Sie muss sich ausruhen.“

„Nein!“ Rachel war unerbittlich. „Hast du Kinder?“, fragte sie ihre zukünftige Schwägerin.

„Ja, ich habe zwei Mädchen. Zwillinge."

„Dann wirst du mich verstehen. Ich will mein Baby sehen. Und was Sie betrifft ...", sie schaute Kelly an, „... ich antworte gern, wenn ich kann. Aber im Moment kann ich mich an nichts erinnern. Vielleicht hilft es meinem Gedächtnis auf die Sprünge, wenn ich mein Baby im Arm halte."

Matt war stolz darauf, Betrug geradezu riechen zu können. Und wenn er sich nicht schwer täuschte, dann versuchte seine Halbschwester im Moment, alle an der Nase herumzuführen. Offenbar versuchte sie mit den Gefühlen der Leute zu spielen, die sich um ihr Bett versammelt hatten.

„Natürlich werden wir J. R. herbringen", sagte Nicole nett und freundlich, betonte aber jede Silbe. „So schnell es geht."

Über Nicoles Schulter warf Matt einen Blick auf die erschöpfte, aber entschlossene Frau auf dem Bett. „Ich kümmere mich darum", wiederholte er, und er meinte es auch so. Zum Teufel mit den Gepflogenheiten im Krankenhaus und den polizeilichen Ermittlungen. Jetzt zählte nichts anderes, als J. R. so rasch wie möglich in Rachels Arme zu legen.

Thanksgiving war ein einziger Albtraum. Obwohl Kelly das Zusammensein mit ihrer Familie genoss, kam es ihr vor, als wäre sie gar nicht richtig anwesend. Ihre Mutter und ihr Vater konnten sich aufeinander verlassen. Karla hatte ihre Söhne. Kelly gehörte zwar dazu, fühlte sich aber trotzdem allein.

Wegen Matt.

Einerseits wollte sie den Feiertag mit ihm und seiner Familie verbringen. Bei einem Bäcker in Grand Hope hatte sie Apfelkuchen und Kürbiskuchen bestellt, und den Vormittag hatte sie damit verbracht, ihrer Mutter zu helfen, den Truthahn zu füllen und Süßkartoffeln zu kochen. Trotzdem fehlte irgendetwas.

Als das Essen auf dem Tisch stand und der Vater mit viel Tamtam das Geflügel tranchierte, hatte Kelly zum ersten Mal in ihrem Leben das Gefühl, dass sie woanders hingehörte. Obwohl das natürlich kompletter Unsinn war.

„Irgendetwas liegt dir doch auf der Seele", meinte ihre Mutter, während sie das benutzte Geschirr in die Spülmaschine räumten. Karla wischte den Tisch ab und musste die Unterhaltung unwillkürlich mit anhören. Wenigstens ihre Söhne hatten sich zusammen mit dem Großvater in dessen Arbeitszimmer zurückgezogen, um ihre Wunschzettel für Weihnachten zu schreiben. Kaum war ein Feiertag vorüber, stand schon der nächste vor der Tür.

„Nein, alles in Ordnung“, stritt Kelly ab und stellte eine Servierplatte in die Maschine.

„Wirklich?“, meinte Eva Dillinger herausfordernd.

Karla atmete geräuschvoll aus. „Nicht ganz.“

„Was soll das heißen?“ Ihre Mutter runzelte besorgt die Stirn. „Kelly …?“

„Nichts, Mom.“

Karla faltete ihr Geschirrtuch zusammen und hängte es an den Backofengriff. „Kelly ist verliebt“, erklärte sie.

„Ach, wirklich?“ Die Sorgenfalten auf Eva Dillingers Stirn verschwanden, und die Mundwinkel zogen sich erwartungsvoll nach oben. Auf solche Neuigkeiten hoffte sie seit Jahren.

Kelly warf ihrer Schwester einen warnenden Blick zu.

„Wer ist der Glückliche?“, beharrte Eva.

„Karla hätte den Mund halten sollen. Ich bin nicht verliebt“, log Kelly.

„Aber es gibt jemanden in deinem Leben. Wen?“

Kelly straffte ihre Schultern. „Es ist nichts Ernstes. Beruhige dich.“ Am liebsten hätte sie ihrer Schwester den Hals umgedreht. Wenn Blicke töten könnten, dann läge Karla jetzt leblos am Boden.

„Ich habe mich doch gar nicht …“ Evas Stimme verklang, ihr Lächeln verflüchtigte sich, und sie schaute zur Tür.

„Was?“, erkundigte sich ihr Vater, als er in die Küche kam. „Worüber habt ihr euch gerade unterhalten? Kelly hat einen Freund?“

Kelly stöhnte innerlich auf und hob die Hand. „Nein, ich habe keinen Freund. Wirklich nicht. Ich habe nur ein wenig Zeit mit Matt McCafferty verbracht. Wegen der Ermittlungen.“

Niemand sagte ein Wort. Aus dem Arbeitszimmer drang das Geräusch des Fernsehers zu ihnen in die Küche. Sonst nichts. Karla zuckte zusammen, als hätte sie endlich begriffen, welche Wellen ihre Bemerkung schlagen konnte. „Ich hätte den Mund halten sollen.“

„Nein. Nein, es ist gut, dass du geredet hast." Ronalds Wangen hatten sich tiefrot gefärbt. Seine Frau dagegen war so blass geworden, dass sie sich gegen einen Schrank lehnen musste. „Kelly, mein Mädchen, du weißt doch, dass Mom und ich nur dein Bestes wollen. Ich kann mir nicht vorstellen, warum du ausgerechnet mit …"

„Sei still, Ron. Kelly ist alt genug, um ihre eigenen Entscheidungen zu treffen", unterbrach ihn Eva Dillinger mit sanftem Vorwurf. Es traf Kelly mitten ins Herz, dass ihre Mutter sie verteidigte, obwohl sie sie mit schmerzerfüllten Augen anschaute. Am liebsten hätte sie um Verzeihung gebeten. Und doch wusste sie, dass es keinen Grund dafür gab. Ihr Vater biss die Zähne fest zusammen und kehrte schweigend in sein Zimmer zurück.

„Happy Thanksgiving", murmelte Karla atemlos und fügte hinzu: „Es tut mir leid. Ich hätte einfach meine große Klappe halten sollen."

Stimmt, dachte Kelly, verzichtete aber auf jeden Kommentar. „Jetzt liegen die Karten wenigstens auf dem Tisch."

Für den Rest des Abends blieb die Stimmung angespannt. Die Unterhaltung drehte sich um Aaron und Spencer, und Kelly konnte es kaum erwarten, endlich die Flucht zu ergreifen. Sie fühlte sich unruhig und eingesperrt. Zum ersten Mal in ihrem Leben hatte sie keine Ahnung, wie die Dinge sich in Zukunft entwickeln würden. Schon immer hatte sie Polizistin werden wollen. Unbeirrt hatte sie an ihrem Ziel festgehalten, kein Mann hatte sie von ihrem Weg abbringen können. Andererseits hatte sie noch nie einen Mann so nahe an sich herangelassen wie Matt.

Kurze Zeit später setzte sie sich in ihren Wagen und fuhr nach Hause, ohne auf den Verkehr zu achten. Vollkommen mechanisch bog sie in ihre Straße ein und öffnete das Garagentor mit der Fernbedienung.

Irgendwie musste sie sich jetzt überlegen, wie sie sich ihr weiteres Leben eigentlich vorstellte. Schlimmer noch, dachte sie, als sie den Wagen in die Garage fuhr, ich muss herausfinden, ob Matt McCafferty zu meinem künftigen Leben gehören soll oder nicht. Wie sollte das funktionieren? Sein Zuhause war die Ranch. Ihr gehörte seine ganze Liebe. Sie durfte und konnte ihn nicht fragen, ob er alles für sie aufgeben würde. Denn ihr Leben spielte sich woanders ab. Die Lage war ausweglos.

Kelly verließ ihren Wagen und stieg die Treppe zu ihrem Haus hinauf. Jacke und Schal warf sie über die Lehne der Couch, als sie das rote Licht am Anrufbeantworter blinken sah. Sie streifte sich die Stiefel von den Füßen, drückte den Knopf und wartete kurz. Es war Matts Stimme. Ihr Herz pochte aufgeregt.

„Hi, hier ist Matt. Ich wollte fragen, ob du mit mir und meiner Familie am Thanksgiving-Dinner teilnehmen willst." Nervös schaute sie auf die Uhr. Neun. Zu spät. „Wir feiern allerdings erst in drei Tagen oder so. Der genaue Termin steht noch nicht fest. Er richtet sich danach, wann Rachel aus der Klinik entlassen wird. Denn es macht ja keinen Sinn, den ganzen Quatsch zweimal über sich ergehen zu lassen. Wie dem auch sei, wenn wir uns einen Tag ausgesucht haben, sage ich dir Bescheid ... ich melde mich." Der Anrufbeantworter schaltete sich ab.

Kelly spielte die Nachricht aufs Neue ab.

Er will mich also zu einer Familienfeier einladen, dachte sie. „Das geht ziemlich weit", murmelte sie. Als sie ihren Blick im Spiegel auffing, bemerkte sie den Funken Hoffnung in ihren Augen. Außerdem sah sie, dass ihre Wangen sich gerötet hatten. Sie wusste natürlich, dass das nicht an der Kälte liegen konnte.

„Oh, Dillinger", seufzte sie, „es hat dich ganz schön erwischt." Kelly musste ihr Herz schützen. Was auch immer geschah, Matt würde die Gegend bald wieder verlassen. Seine Ranch lag mehrere Hundert Meilen westlich von Grand Hope. Sie dagegen war hier zu Hause. Eine gemeinsame Zukunft konnte es nicht geben. Ausgeschlossen.

Aber trotzdem hatte es Spaß gemacht mit ihm. Er hatte ein Feuer der Leidenschaft in ihr entzündet ... nur hatte das nichts zu bedeuten. Er war ein Cowboy, der sein Leben einsam und zurückgezogen in der Wildnis Montanas verbrachte. Sie war Cop, eine Hüterin des Gesetzes, die in Grand Hope verwurzelt war. Flüchtig dachte sie an ihre Mutter und an ihren Vater, an Karla und die Jungen. *Das* war ihre Familie.

Kelly betrachtete ihren nackten Ringfinger. Hatte sich wirklich bei ihr die absurde Vorstellung eingenistet, dass sie eines Tages Matt McCafferty heiraten würde?

Weil sie miteinander geschlafen hatten?

Nein. Sie wusste es besser.

Kelly straffte die Schultern und strich sich das Haar aus der Stirn. Krampfhaft redete sie sich ein, dass es keine Rolle spielte. In diesem Moment genoss sie einfach das Gefühl, verliebt zu sein. In diesem Moment – wenn auch nicht für den Rest ihres Lebens.

Selbst wenn es einseitig war.

Denn was war schon das Schlimmste, was passieren konnte?

11. KAPITEL

Matt verließ den Stall, nachdem er die Tiere gefüttert hatte. Es war früh am Morgen, noch nicht ganz hell, und das Mondlicht warf gespenstische Schatten auf den Schnee. Nach einer unruhigen Nacht war er früh aufgestanden. Im Dämmerschlaf hatte er von Kelly geträumt, und wenn er wach gelegen hatte, hatten seine Gedanken immer wieder um die leidenschaftliche Nacht mit ihr gekreist.

Wieder und wieder hatte er daran denken müssen, wie er sie geliebt hatte. Vor seinem inneren Auge erschien ihre makellose helle Haut, ihre rosigen, aufgerichteten Knospen, das spöttische Glitzern in ihrem Blick, das rötliche Haar, das ihr über die Schultern fiel … Schließlich war er aufgestanden, hatte sich angezogen und einen Kaffee gekocht. In die Ställe war er gegangen, um die Erinnerungen an Kelly mit harter Arbeit zu verscheuchen.

Aber es hatte nicht funktioniert. Jedes Mal, wenn er die Forke hob, jedes Mal, wenn er Hafer in die Futterkrippe schüttete, musste er an sie denken. Ob es ihm passte oder nicht: Er hatte sich verliebt.

Nun stand er zähneknirschend in der Küche und schenkte sich Kaffee ein. Was sollte er nun tun? Eigentlich hatte er immer heiraten wollen. Eines Tages. Wenn die Zeit gekommen war. Matt hatte sich vorgestellt, ein nettes, hübsches Mädchen aus der Gegend kennenzulernen. Ein Mädchen, das zwar klug war, aber bestimmt nicht so sturköpfig und karriereorientiert wie Kelly. Niemals eine Polizistin. Niemals.

Außerdem wollte er keine Frau, die zu eng mit Grand Hope verbunden war. Ihre gesamte Familie lebte hier. Niemals würde sie ihr Zuhause verlassen, um sich irgendwo auf einer einsamen Ranch in den Bergen Montanas niederzulassen. Als ob das noch nicht reichte, gab es auch noch böses Blut zwischen ihrer und seiner Familie.

Zu vieles sprach dagegen.

Verdammt noch mal …

Er durfte sich auf keinen Fall weiter auf sie einlassen, als er es ohnehin schon getan hatte. Eine Fernbeziehung kam für ihn nicht infrage. Genauso wenig wie für sie, vermutete er. Kelly war die falsche Frau für ihn. Mehr gab es dazu nicht zu sagen.

Aber sogar jetzt, während er versuchte, sich die ganze Sache auszureden, klopfte sein Herz schneller. Seit Jahren hatte er sich nicht mehr so gefühlt. Vielleicht hatte er sich noch nie so gefühlt. Mit keiner einzigen Frau.

Obwohl Matt schon siebenunddreißig Jahre alt war, hatte er noch nie eine Frau gefragt, ob sie mit ihm die Feiertage verbringen wollte. Und noch nie hatte er zugesagt, wenn eine seiner Freundinnen ihn ihrerseits eingeladen hatte. Aber jetzt war er bereit, diesen Schritt zu gehen. Bei dieser Frau war alles anders.

Er trank einen letzten Schluck Kaffee und versuchte, sich auf andere Dinge zu konzentrieren. Heute würde man Rachel nach Hause entlassen. Heute würde sie zum ersten Mal ihrem Sohn begegnen. Nur weil mit Nicole eine Ärztin auf der Ranch wohnte, hatten die zuständigen Ärzte die Entlassungspapiere unterzeichnet. Das leere Gästezimmer im Erdgeschoss wurde als Rachels Schlafzimmer eingerichtet. Noch heute Morgen, bevor der Ehrengast eintraf, sollte ein Klinikbett auf die Ranch geliefert werden.

Matt hoffte inständig, dass die vertraute Umgebung ihrem Gedächtnis wieder auf die Sprünge half … falls es überhaupt der Wahrheit entsprach, dass sie unter Gedächtnisverlust litt.

Matt war sich da nicht so sicher. Rachel war John Randalls Lieblingskind gewesen, und dazu das einzige Kind seiner zweiten Frau Penelope. Außerdem war sie die einzige Tochter gewesen, obwohl sie im Grunde genommen ziemlich jungenhaft aufgewachsen war. Aber das lag sicher daran, dass sie sich gegen drei Brüder hatte behaupten müssen. Trotzdem war ihre Rolle die der „Prinzessin“ gewesen, wie ihr Vater sie oft genannt hatte. Rachel war in dem Bewusstsein aufgewachsen, dass sie sich alles erlauben durfte, was ihr gerade in den Kopf kam, und dass alle Menschen auf der Welt sie mit der gleichen Rücksicht und Hingabe behandeln würden wie ihr Vater.

Offenbar hatte sie sich geirrt. Was auch immer zwischen ihr und dem Vater des kleinen J. R. geschehen war, es konnte nichts Gutes gewesen sein. So war es immer mit Beziehungen – selbst mit den besten Absichten erreichte man oft nichts als das Gegenteil. John Randall hatte zweimal geheiratet und war zweimal geschieden worden. Mehr Beweise brauchte Matt nicht, um seine Behauptung zu belegen.

Scheinwerfer glitten über die Mauern der Scheune. Kurz darauf parkte Juanitas Wagen neben der Garage, und sie eilte ins Haus. Fröstelnd blies sie sich warmen Atem in die kalten Hände und wickelte dann den Schal vom Hals.

„Du bist aber früh auf den Beinen“, grüßte sie und schenkte sich eine Tasse Kaffee ein.

„Heute ist ein großer Tag.“

Juanita lächelte über das ganze Gesicht. „Señorita Rachel kehrt nach Hause zurück.“

„Ja, so ist es geplant.“ Matt stand auf. „Am besten, ich fange langsam damit an, ein paar Möbel aus dem Gästezimmer zu räumen. Wir brauchen Platz für andere Dinge.“

„Und wenn sie erst mal wieder zu Hause ist, können wir über die Hochzeit nachdenken.“ Ihre dunklen Augen leuchteten, als sie an die erste Hochzeit der McCaffertys dachte. „*Sí*?“

„*Sí*.“ Matt nickte.

„Und du bist vielleicht schon der Nächste.“

„Wobei? Beim Heiraten?“ Aus Gewohnheit schüttelte Matt hastig den Kopf, wie er es immer tat, wenn jemand das Thema anschnitt. „Das glaube ich kaum.“

Juanita verkniff sich jede Bemerkung. Aber ihm entging das Lächeln nicht, das um ihre Lippen spielte, und er bemerkte auch den wissenden Glanz in ihren Augen. Aus ihrer Sicht war er scheinbar nur einen Schritt vom Altar entfernt. War es wirklich so offensichtlich?

Matt dachte an Kelly. Du lieber Himmel, er sehnte sich nach ihr. Er begehrte sie so sehr, dass es ihn beinahe schmerzte. Aber er konnte sich beim besten Willen nicht vorstellen, dass sie die Frau eines Ranchers werden wollte, dass sie ihn heiraten und sich so weit entfernt von ihrer Heimat niederlassen wollte … nein, beschloss er zum hundertsten Mal, so etwas kann einfach nicht gut gehen.

Matt hörte, dass das Baby weinte, und eilte ins Kinderzimmer, wo J. R. gerade aufwachte. Der kleine Kerl verschluckte sich und hustete leise. „Hallo, mein Freund“, grüßte Matt, hob das Baby aus dem Bett und legte es an seine Schulter, „was ist los, hm? Du hast Hunger, stimmt's?“ Das Baby sah ihn aus großen Augen an, während er es vorsichtig auf den Wickeltisch legte.

Er hätte niemals geglaubt, dass er mit seinen rauen Händen geschickt genug sein könnte, den winzigen Strampelanzug zu öffnen, die nasse Windel abzunehmen, das Baby zu säubern und ihm eine neue Windel anzulegen. J. R. strampelte freudig mit den Beinchen, als Matt ihm den Strampler wieder überzog. Dann brachte Matt seinen kleinen Neffen nach unten, wo Juanita gerade die Milch aufwärmte. Die Frau reichte Matt die Flasche, und er trug das Baby ins Wohnzimmer.

Dort ließ er sich in den alten Schaukelstuhl neben dem Kaminfeuer fallen. J. R. nuckelte mit leuchtenden Augen, und Matt betrachtete ihn wie ein kleines Wunder. „Deine Mama kommt heute nach Hause", flüsterte er, und der kleine Junge schlug mit einem Fäustchen gegen die Flasche. „Dann sollst du mal sehen. Schon beim ersten Blick auf dich wird sie dahinschmelzen." Aber das ist noch nicht alles, dachte er für sich, denn er war überzeugt, dass die Hölle los sein würde, wenn Rachel erst mal wieder zu Hause war. „Du und ich, wir beide müssen auf sie aufpassen. Versprochen?"

Matt lehnte sich zurück, schaukelte sachte und fragte sich insgeheim, ob er mit seinem eigenen Kind wohl auch so umgehen würde. Manchmal, wenn Kelly in seinen Gedanken auftauchte, dachte er auch an ein Baby. Vielleicht an ein Mädchen mit feuerroten Haaren und großen braunen Augen, die ihn neugierig anblickten.

Überrascht stellte Matt fest, dass ihn der Gedanke nicht die Spur erschreckte. Eigentlich war er sogar eher verlockend …

„Jetzt hören Sie mal zu", beharrte Rachel McCafferty, „ich habe Ihnen und diesem Roberto Espinoza doch schon alles erzählt, woran ich mich erinnere." Sie hatte sich in ihrem Klinikbett aufgesetzt. Der Tropf war inzwischen gezogen worden. In ihrem Jogginganzug und mit pfirsichfarbenem Lippenstift warf sie Kelly einen durchbohrenden Blick zu und gab ihr zu verstehen, dass sie nicht weiter belästigt werden wollte.

„Ich fahre jetzt nach Hause und werde meinen Sohn zum ersten Mal im Leben sehen. Und morgen möchte ich mit meiner Familie ein verspätetes Thanksgiving feiern. Außerdem ist mir jetzt danach, all den Ärger für eine Weile zu vergessen, okay? Ich weiß, dass Sie nur Ihren Job machen wollen. Aber lassen Sie mich bitte trotzdem für eine Weile in Ruhe."

„Detective Espinoza und ich wollen nur helfen", erwiderte Kelly ungerührt. „Wir wollen Sie und Ihr Baby beschützen."

„Ja, ich weiß. Wirklich. Nur möchte ich Sie bitten, mir keine Predigten zu halten, wie ich oder mein Baby am besten in Sicherheit zu bringen sind. Glauben Sie mir, ich kenne alle Gründe auswendig, warum ich besser im Krankenhaus bleiben sollte, warum ich mit der Polizei zusammenarbeiten und mein Leben als virtuelle Gefangene verbringen sollte, bis der Attentäter endlich gefasst ist. Wer auch immer diese Anschläge auf mich verübt hat. Meine Brüder haben endlos auf mich eingeredet. Aber genützt hat es nichts."

Plötzlich hielt sie inne, seufzte auf und fuhr sich mit steifen Fingern durch ihre kurzen Locken. „Ich möchte gewiss nicht undankbar sein. Ich weiß es wirklich zu schätzen, dass Sie sich solche Mühe um mich machen." Rachel legte die Hände in den Schoß. „Aber ich möchte einfach nur meinen Sohn sehen. Es macht mich verrückt, wenn ich hier noch länger rumliegen muss. Bis heute hatte ich noch keine Gelegenheit, Mutter zu sein, und mein Sohn ist schon älter als vier Wochen. Ich glaube, für mich gibt es nichts Wichtigeres, als mein Baby in den Armen zu halten und es zu lieben."

Ihre dunklen Augen leuchteten aufrichtig. „Wäre es zu viel Aufwand für Sie, noch mal in ein paar Stunden auf der Ranch vorbeizuschauen? Nachdem ich mich eingerichtet habe und mit ihm ... also, wenn wir die ersten Schritte unternommen haben, uns aneinander zu gewöhnen?"

Rachels Gefühle ließen Kelly nicht kalt. Espinoza würde es zwar nicht gefallen, aber in diesem Fall lag ihr nicht besonders viel daran, auf seiner Seite zu stehen. Seine Bemerkung über ihr Liebesleben wurmte sie immer noch.

Du hast kein Liebesleben, mahnte sie sich eindringlich, mach dir nichts vor. Du hast eine leidenschaftliche Nacht verbracht. Aber es war Sex. Mehr nicht. Jedenfalls nicht für Matt.

Kaum hatte Kelly sich wieder einmal daran erinnert, als der Gegenstand ihrer Gedanken durch die Tür kam und den Raum mit dem Duft nach Leder, Pferden und Erinnerungen erfüllte, die sie besser vergessen sollte. Seine dunklen Augen suchten ihren Blick, und für den Bruchteil einer Sekunde verspürte sie wieder dieselbe Hitze, dieselbe Erregung. Ihr Magen krampfte sich unwillkürlich zusammen, und sie ließ den Blick wieder zu Rachel schweifen. „Ich verstehe. Ich komme später noch mal vorbei. Nach dem Dinner."

„Danke", erwiderte Rachel, „bestimmt werden meine Brüder sich bis dahin um mich kümmern."

„Wir werden es zumindest versuchen", meinte Matt sanft spottend und schenkte Kelly ein Lächeln, das sie sofort an ihre leidenschaftliche Nacht erinnerte. Es war lächerlich, aber trotzdem spürte sie, wie ihr die Röte in die Wangen stieg. Verdammt noch mal, ich bin Polizistin!, schrie es in ihr, ich kann doch nicht zulassen, dass ein Macho-Cowboy mich dazu bringt, mich wie ein verliebtes Schulmädchen zu benehmen! „Wie geht's?"

„Gut. Ich möchte um jeden Preis hier verschwinden ... oh, du hattest gar nicht mich gemeint", unterbrach Rachel sich.

„Ich habe mit euch beiden gesprochen."

„Mir geht es auch gut", bestätigte Kelly. „Ich warte draußen im Flur auf euch. Und ich sorge dafür, dass sie zu ihrem Wagen gelangt, ohne dass es Probleme mit der Presse gibt."

„Wir kommen schon zurecht. Slade hat sich darum gekümmert, dass die Entlassungspapiere vorbereitet sind. Und unser Wagen steht an einem Nebeneingang."

„Gut." Sie lächelte Rachel freundlich an. „Ich komme gegen sieben Uhr zu Besuch. Wäre das in Ordnung?"

„Ja. Und noch mal danke."

Steif verließ Kelly das Krankenzimmer. Warum nur fühlte sie sich in Matts Nähe so unbehaglich? Ja, sie hatte eine Nacht mit ihm verbracht. Ja, sie hatten sich geliebt. Und? Um Himmels willen, wir leben im einundzwanzigsten Jahrhundert, dachte sie. Sie war zweiunddreißig Jahre alt, hatte vor ein paar Jahren ihr Studium abgeschlossen und war zur Polizei gegangen. Hatte sie nicht alles Recht der Welt, zu tun und zu lassen, was sie wollte? In sexueller Hinsicht und auch sonst?

Trotzdem hatte sie keineswegs ständig ihre Liebhaber gewechselt, hatte nie daran geglaubt, dass man mit einem Mann ins Bett gehen sollte, nur weil man Sex haben wollte. Nein, Affären ohne gefühlsmäßige Bindung hatte es bei ihr nicht gegeben. Wenn man es genau nahm, hatte sie ganze drei Mal ihr Herz verschenkt: Das erste Mal war es noch in der Highschool passiert, das zweite Mal auf dem College, und danach hatte es noch einen dritten Mann gegeben. Während ihre Schwester sich dauernd verliebt und zweimal sogar geheiratet hatte, war Kelly vorsichtiger gewesen. Sie hatte nie vor lauter Gefühlen den Verstand vergessen.

Bis jetzt.

Bis zu dem verdammten Matt McCafferty.

Er hatte Kelly eingeholt, bevor sie verschwinden konnte. „Ich möchte mich nur noch mal erkundigen, wie es denn aussieht. Für morgen haben wir unser verspätetes Thanksgiving geplant. Du bist eingeladen. Um sechs Uhr."

„Bis fünf Uhr habe ich Dienst. Aber trotzdem komme ich gern zu euch."

„Wunderbar. Und dann ..." Matt verlagerte das Gewicht auf sein anderes Bein. „Am Samstagabend feiern wir Hochzeit. Thorne und Nicole wollen vor den Altar treten. Ich hatte überlegt, dass du mich vielleicht begleiten möchtest."

„Ach, das hattest du überlegt?", äußerte sie mit einem herausfordernden Lächeln.

„Es sei denn, du hast schon etwas anderes vor."

Kelly lachte. Was war nur das Geheimnis dieses Mannes? Erst war ihr die Kehle wie zugeschnürt, und sie fühlte sich unbehaglich wie sonst nie in seiner Gegenwart. Dann wieder flirtete sie mit ihm, wie sie es noch nie in ihrem Leben getan hatte. „Ich werde alles absagen", scherzte sie und wollte sich auf den Weg machen. Blitzschnell ergriff er ihren Arm, wirbelte sie herum und küsste sie, bis sie atemlos nach Luft schnappte.

„Ich bitte darum", flüsterte er, machte auf dem Absatz kehrt und verschwand in Rachels Zimmer. Kelly räusperte sich und bemerkte zwei Krankenschwestern, die hastig den Blick abwandten und so taten, als hätten sie nichts bemerkt. Dann erblickte sie Dr. Nicole Stevenson, die den Flur entlangeilte.

„Arroganter Widerling, nicht wahr?", meinte Nicole, während Kelly versuchte, ihre professionelle Haltung zurückzugewinnen.

„Das kann man wohl sagen."

„Genau wie seine Brüder." Nicole lächelte. „Ich weiß, dass ich manchmal etwas streng wirke, besonders wenn es um meine Patienten geht. Ich hoffe, Sie verstehen, dass es nicht persönlich gemeint ist."

„Ja, natürlich."

„Und ich hoffe, dass Sie zu unserer Hochzeit kommen. Mir ist klar, dass wir den Termin ziemlich kurzfristig angesetzt haben. Aber Thorne und ich wollten warten, bis Rachel entlassen wird. Die Hochzeit soll am Samstagabend stattfinden."

„Ich werde dabei sein", versprach Kelly und weigerte sich, irgendwelche Hintergedanken zuzulassen.

Sie fuhr zurück ins Department und verkroch sich in ihrem Büro. Dann schloss sie die Tür und drehte die Jalousien herunter, sodass sie sich in Ruhe durch die Aktenberge wühlen konnte, die andere Fälle betrafen. Aber wie immer endete es damit, dass sie bei Rachel McCaffertys Akte landete.

Wieder las sie die Namen, die sie inzwischen auswendig aufsagen konnte – Freunde und Familie, Mitbewohnerinnen im Wohnheim auf dem College, Mitstudenten und Kollegen. Offenbar gab es keine Feinde. Abgesehen von ihren Halbbrüdern zählten noch eine Tante mütterlicherseits namens Bonnie Lancer und deren Tochter zu Rachels Familie.

Rachel war mit ihren Freunden vor allem über E-Mail in Kontakt geblieben, aber manchmal auch über das Telefon. Kelly hatte mit jedem gesprochen, der die Frau in den letzten drei Monaten vor den Anschlägen angerufen oder ihr eine E-Mail geschickt hatte – ergebnislos. Auch der braune Ford, der Wagen, von dem angenommen wurde, dass er Rachel von der Straße abgedrängt hatte, hatte sich als Sackgasse erwiesen. Und Kelly konnte sich beim besten Willen nicht vorstellen, welche Rolle Rachels Buch in der Geschichte spielen sollte. Was hatte sie nur geschrieben, dass jemand aus lauter Wut versuchte, sie umzubringen?

Kelly wollte gerade nach Hause fahren, als Stella anrief. „Detective Dillinger ... Kelly, hier ist jemand, der ... oh, nein, das dürfen Sie nicht ..." Die Tür zu ihrem Büro wurde aufgerissen, und Matt stürmte herein.

„Hör auf, dich so aufzuführen", beschwerte sich Kelly und achtete nicht auf ihren rasenden Puls. Mit hilflos erhobenen Händen stand Stella in der Tür. Bevor die Sekretärin ihre Entschuldigungen vorbringen konnte, meinte Kelly: „Schon gut." Achselzuckend eilte Stella zurück an ihren Schreibtisch.

„Das ist ein Polizeibüro. Du darfst nicht einfach so hier reinplatzen, wie es dir passt." Aufmerksam musterte sie den Cowboy in seiner Schaffelljacke, dem schneebedeckten Stetson und der ausgeblichenen Jeans. Wie immer schien seine Gegenwart den ganzen Raum zu erfüllen. „Wie kannst du die arme Stella so erschrecken?"

„Wir müssen reden."

Ihre Kehle war wie zugeschnürt. „Ich nehme an, über den Fall."

Seine Nasenflügel bebten kaum merklich. „Teils."

„Ich bin im Dienst", erinnerte Kelly, lehnte sich in ihrem Stuhl zurück und bedeutete ihm mit einer Handbewegung, auf dem Besucherstuhl Platz zu nehmen. „Es darf nur um den Fall gehen. Um nichts anderes."

„Ach, wirklich?", erkundigte sich Matt herausfordernd, und sie entdeckte ein spöttisches Glitzern in seinen dunklen Augen. Ihr blieb beinahe das Herz stehen, als ihr klar wurde, dass er an ihre leidenschaftliche Nacht dachte. Der Mund wurde ihr trocken, wenn sie sich an seine erhitzte Haut, an seine fieberhaften Liebkosungen und an sein tiefes Stöhnen erinnerte.

„Ja, das wird wohl das Beste sein." Kelly räusperte sich, strich sich eine widerspenstige Strähne aus dem Gesicht und schlug Rachels Akte auf. „Wie kann ich dir helfen?"

Der Mann besaß tatsächlich die Frechheit, sie anzulächeln. Langsam zog er einen Mundwinkel hoch und lächelte so verschmitzt, dass es beinahe boshaft aussah. „Das ist eine gute Frage."

„Du hast sicher einen wichtigen Grund dafür, hier reinzustürmen, Stella zu erschrecken und mir meine Zeit zu rauben", erklärte Kelly.

Matt lehnte sich gegen den Aktenschrank. „Mir ist zu Ohren gekommen, dass du uns heute Abend besuchen willst."

„Später. Gegen sieben."

„Warum nicht jetzt?"

„Warum sollte ich?"

„Wegen Rachel. Sie verhält sich einfach unvernünftig."

„Was soll das heißen?", drängte Kelly.

„Sieht so aus, als würde sie die Anschläge gar nicht ernst nehmen. Sie verweigert den Bodyguard und schnauzt alle nur an, dass wir unter Verfolgungswahn leiden und dass doch alles in bester Ordnung ist."

„Obwohl jemand sie von der Straße gedrängt und ihr Insulin in den Tropf gespritzt hat?"

„Ja."

„Wie kommt sie darauf?"

„Keine Ahnung. Bestimmt liegt es daran, dass alle McCaffertys so stur sind. Aber ich dachte, dass du vielleicht mit ihr reden kannst. Damit sie zur Vernunft kommt. Im Krankenhaus hatte ich den Eindruck, dass sie auf dich hört."

„Nicht sehr."

„Rachel war immer ein Sturkopf. Aber ich dachte, dass eine Frau eher zu ihr durchdringt. Nicole ist in der Klinik. Jenny hat mit den Zwillingen alle Hände voll zu tun. Außerdem ist sie zu jung, fast selbst noch ein Kind. Aber du ... wie wäre es mit dir?"

„Ich brauche zehn Minuten. Dann fahre ich dir nach."

„Wunderbar." Matt eilte zur Tür. Kelly wusste nicht, was sie tat, als sie ihn beim Ellbogen ergriff, ihn herumwirbelte, sich auf die Zehenspitzen stellte und ihn leidenschaftlich küsste. Sie nutzte es aus, dass er nach Luft schnappte, und spielte mit der Zunge ein paar Sekunden lang zwischen seinen Lippen. Matt umklammerte sie noch fester.

„Du handelst dir gerade Ärger ein", warnte er und küsste sie ebenso wild zurück.

Kelly beugte sich zurück und blinzelte ihn verführerisch an. „Prima. Was muss ich dafür tun?"

„Pass bloß auf."

„Reg dich ab", meinte sie, „ich wollte es dir nur in gleicher Münze heimzahlen." Überrascht stellte sie fest, dass er lachte, tief und warm, sodass es durch die Büros hallte.

„Du kannst deinen Rachefeldzug ja später fortsetzen." Matt tippte sich an den Hut und verbeugte sich spöttisch. „Wir sehen uns auf der Ranch", verabschiedete er sich und eilte aus dem Büro.

Ganz bestimmt, Cowboy, dachte sie, griff nach dem Telefon und blätterte in ihrer Akte, bis sie Kurt Strikers Telefonnummer fand. Sie musste dringend mit dem Privatdetektiv reden, nur für den Fall, dass er neue Informationen hatte. Kelly wählte die Nummer seines Motels, wartete und hinterließ ihm eine Nachricht auf dem Anrufbeantworter, als sie ihn nicht erreichte.

Ich versuche es später noch mal, überlegte Kelly weiter, nachdem sie aufgelegt hatte, und griff nach Jacke und Handschuhen. Auf dem

Weg aus dem Büro lief sie Roberto Espinoza in die Arme, der gerade in das Gebäude trat. Zigarettengeruch hing um ihn, und Schnee hatte sich auf den Schultern seines Mantels gesammelt. „Wohin willst du? Bestimmt zur Flying M, oder?“ Die Lippen hatte er zusammengepresst, und sein Blick schien Kelly durchbohren zu wollen.

„Rachel McCafferty ist heute aus der Klinik entlassen worden. Aber sie hält sich nicht an die Anweisungen der Ärzte, ihrer Brüder oder von sonst irgendjemandem.“

„Und dein Liebster dachte, dass du sie zur Vernunft bringen kannst, stimmt's?“

Wütend antwortete sie und betonte jedes Wort: „Ich möchte sie noch einmal verhören.“

Espinoza funkelte sie an. „Solange es rein dienstlich ist.“

„Und wenn nicht?“, schnappte Kelly. Was bildete Espinoza sich eigentlich ein? „Bob, ich bin Profi.“

„Ich weiß. Es ist nur, dass ...“ Was auch immer er ihr hatte sagen wollen, er schien sich eines Besseren zu besinnen. Stirnrunzelnd griff er nach seinem Hut, hängte ihn an den alten Haken und fuhr sich durchs Haar. „Es ist wohl deine eigene Angelegenheit.“

„Stimmt.“ Kelly platzte beinahe vor Wut, schaffte es aber, sich zusammenzureißen. Es würde die Sache nur schlimmer machen, wenn sie jetzt die Beherrschung verlor. Sie musste unbedingt die Fassung bewahren, damit sie Rachel McCafferty aufsuchen und ermitteln konnte, was die Frau wirklich vergessen hatte – und was nicht. Denn langsam beschlich sie das Gefühl, dass Rachel viel mehr wusste, als sie preiszugeben bereit war.

Es war Kellys Job, der Sache auf den Grund zu gehen. Und niemand konnte sie daran hindern.

12. KAPITEL

Ich habe Ihnen doch schon gesagt, dass ich mich an nichts erinnern kann", beharrte Rachel. Aber Kelly kaufte es ihr nicht ab. Rachel hatte sich in dem Klinikbett, das inzwischen im Gästezimmer der Ranch stand, aufgesetzt und drückte ihr Baby an sich. Rachel McCafferty log, dass sich die Balken bogen. Und sie war nicht besonders gut darin. Andererseits interessierte sie sich im Moment für nichts anderes als für ihren Sohn. Sie wiegte ihn zärtlich hin und her, und es war klar, dass es ihr völlig gleichgültig war, wer versucht hatte, sie umzubringen.

Kelly stand am Bett, während Matt mit seinen breiten Schultern den Türrahmen ausfüllte und ihr einen vielsagenden Blick zuwarf. Der alte Hund kam ins Zimmer und drehte sich mehrmals um die eigene Achse, bevor er sich auf dem Teppich am Fußende des Bettes niederließ.

„Sie haben mich gebeten, noch mal vorbeizukommen", meinte Kelly, „und Sie hatten versprochen, mir ein paar Fragen zu beantworten."

„Das werde ich auch. Und zwar dann, wenn J. R., der einen anderen Namen bekommen wird, wieder eingeschlafen ist", schnappte Rachel, „und jetzt schaut mich nicht so an, als wäre ich vollkommen durchgedreht. Viele Eltern gehen mit ihrem Baby nach Hause, ohne dass es schon einen Namen bekommen hat." Als ihr Bruder zweifelnd die Brauen hob, fügte sie hinzu: „Okay, nicht besonders viele. Aber manche schon. Und ich möchte, dass mein Sohn einen passenden Namen bekommt. Also macht mir keinen Stress. Ihr dürft ihn J. R. nennen, wenn ihr unbedingt wollt. Sobald ich den perfekten Namen gefunden habe, werden wir ihn ändern."

„Es könnte zu spät sein", wandte Matt unbeholfen ein.

„Es ist nie zu spät", entgegnete Rachel, „ich habe oft in meinen Kolumnen darüber geschrieben. Über die Bedeutung des Namens und so weiter."

„Hattest du dir noch keinen ausgesucht?"

„Doch. Sarah. Passt aber irgendwie nicht. Oh." Rachel lächelte, als Juanita mit einem aufgewärmten Fläschchen an Matt vorbei ins Zimmer stürmte. „*Gracias*, Juanita. Du bist ein Schatz."

Die Haushälterin wurde rot, als Rachel ihr das Fläschchen abnahm, sich das Baby im Arm zurechtlegte und ihm etwas zu trinken anbot. J. R., oder wie auch immer der Kleine in Zukunft heißen würde, starrte sie mit großen Augen an und nuckelte hungrig. Oft unterbrach er sich, um die Frau zu beobachten, die ihn die ganze Zeit über anstrahlte.

„Ist er nicht wunderschön?“, flüsterte Rachel ehrfürchtig. Kelly empfand einen kleinen Stich der Eifersucht, als sie schweigend zustimmte.

Matt zog einen Mundwinkel hoch. „Außerdem teuflisch klug und ein Supersportler. Kann nicht mehr lange dauern, bis Harvard eine E-Mail schickt und ihm einen Studienplatz anbietet. Und der Nobelpreis ist ihm auch schon so gut wie sicher.“

Rachel lachte. „Das würde mich nicht wundern. Oder was meinst du, Mäuschen?“, fragte sie das Baby.

„Oh, nein, das kommt überhaupt nicht infrage. ‚Sportsfreund‘ oder ‚Junge‘ oder so, das ist schon schlimm genug. Aber bitte nicht ‚Mäuschen‘ oder ‚Zuckerschnäuzchen‘ oder solche süßlichen Kosenamen, okay?“, verlangte Matt.

„Sei still“, beschwerte sich Juanita, „er ist ein kleiner Engel. Einfach perfekt.“

„Du wirst ihm noch ordentlich den Kopf verdrehen“, brummte Matt, „genau wie bei Slade. Schau dir nur an, was aus ihm geworden ist.“

„Ich habe alles gehört!“, rief sein jüngerer Bruder an der Tür und betrat das Gästezimmer.

Kelly wurde klar, dass sie erst dann mehr aus Rachel herausbekommen würde, wenn sie allein mit ihr war. „Ich komme später noch mal wieder. Wenn er …“, sie wies mit dem Kinn in Richtung des Babys, „… wenn er schläft.“

„Danke.“ Rachel schien mehr als zufrieden.

„Und ich … ich kümmere mich besser um die Pasteten für morgen“, meinte Juanita und eilte in die Küche.

Kelly verließ das Zimmer.

„Weißt du jetzt, was ich meine? Rachel nimmt niemanden ernst“, sagte Matt, als er mit Kelly ins Wohnzimmer ging.

„Sie will sich nur ein bisschen um ihr Kind kümmern.“

„Und den Kopf in den Sand stecken. Wenn wir nicht herausfinden, wer versucht hat, sie umzubringen, hat sie bald keine Gelegenheit mehr, für ihren Sohn da zu sein. Könnte sein, dass der Kerl ein drittes Mal zuschlägt." Unruhig rieb er sich den Nacken.

„Hast du nicht das Gefühl, dass sie hier in Sicherheit ist?"

„Doch, schon. Auf jeden Fall sicherer als in der Klinik. Es laufen nicht so viele Leute hier rum. Keine Fremden. Und keine Journalisten."

„Bis jetzt noch nicht", stimmte Kelly zu. „Aber das kann sich ändern."

„Verdammt noch mal", fluchte Matt, „wir haben ein Riesenproblem. Rachel will einfach nicht wahrhaben, dass wir herausfinden müssen, wer es auf sie abgesehen hat. Das hat absoluten Vorrang. Vor allem anderen."

„Auch vor dem Baby?"

Matt biss die Zähne fest zusammen, sodass seine Lippen zu einem dünnen Strich wurden. „Es geht mir nur um das Baby und seine Sicherheit. Was würde Rachel wohl sagen, wenn sie ihren Kleinen verlieren würde?"

„Lass uns lieber nicht darüber nachdenken", meinte Kelly. Bei der bloßen Vorstellung hatte sie das Gefühl, dass ihr Herz einen Schlag lang aussetzte.

„Ganz egal, was es uns kostet, wir müssen herausfinden, wer dahintersteckt." Über ihren Köpfen im oberen Stockwerk erklangen Schritte, und gleich darauf polterten die Zwillinge die Treppe herunter. Mitten in dem Lärm klingelte auch noch das Telefon in einem anderen Raum.

Nicole trug zwei Jeanshosen in der Hand und scheuchte ihre beiden wilden Töchter vor sich her. Kaum hatten sie die unterste Treppenstufe erreicht, stürmten sie mit ihrer dunklen Lockenpracht und den rosigen Wangen über den Flur. Zwei Paar helle Augen funkelten verschmitzt. Die Mädchen trugen nichts außer einem Sweatshirt und Unterwäsche.

„Hier wird es nie langweilig", rief Nicole und strich sich die Haare aus den Augen, als ihre Töchter sie über den Flur zerrten. „Ich wollte nur, dass sie die Kleidchen für die Hochzeit anprobieren. Aber vermutlich müsste ich sie dafür fesseln und knebeln."

Matt lachte. „Vielleicht solltest du dafür sorgen, dass ihr Stiefvater sich darum kümmert."

„Tolle Idee!", stimmte Nicole zu, während Thorne aus dem Arbeitszimmer kam und in Richtung Wohnzimmer rief: „Telefon, Matt! Kavanaugh will dich sprechen."

„Bitte entschuldige", sagte Matt und eilte ins Arbeitszimmer.

„Ich bin gleich so weit", erklärte Nicole zu Kelly gewandt. „Vielleicht wollen Sie schon mal in die Küche gehen? Wir könnten uns ein bisschen unterhalten."

„Einen Moment noch", versprach Kelly. Sie hatte gerade den Entschluss gefasst, noch einmal mit Rachel zu reden. Matt hatte recht. Es gab nichts Wichtigeres als zu wissen, wer die Anschläge auf seine Halbschwester verübt hatte. Und ihr Job war es, das herauszufinden, und das drohte sie manchmal aus den Augen zu verlieren. Wegen ihrer Gefühle für Matt …

Ihr ganzes Leben lang hatte sie sich nach nichts anderem gesehnt, als danach, in die Fußstapfen ihres Vaters zu treten und Polizist zu werden. Kelly hatte sich voll und ganz auf ihr Ziel konzentriert. Sie war wild entschlossen gewesen und hatte es niemals zugelassen, sich durch irgendwelche Affären ablenken zu lassen. Bis jetzt.

Du lieber Himmel, dachte sie verzweifelt, es ist hoffnungslos.

Ihre Liebe zu Matt McCafferty änderte alles.

Sie trödelte auf dem Flur herum, während sie darauf wartete, dass Slade sich endlich von seiner Schwester verabschiedete. Aus der Küche hörte sie die Zwillinge plappern und kichern. Gerüche von Zimt und Muskat mischten sich mit dem Duft der Bratäpfel. Kelly konnte zwar nicht verstehen, was Matt am Telefon sagte. Aber hin und wieder drang ihr sein dunkler Bass ans Ohr. Es war so leicht gewesen, sich in ihn zu verlieben. Viel zu leicht …

Kelly starrte auf die Familienfotos der McCaffertys an der Wand. Vor der Aufnahme, auf der Matt auf dem buckelnden Bronco zu sehen war, blieb sie stehen. Damals war er natürlich noch viel jünger gewesen, ein wilder Cowboy, genauso unbezähmbar wie der Hengst, auf dem er sich zu halten versuchte. Ein Teufelskerl. Ein Herzensbrecher. Anita Espinoza war nur eine Frau unter vielen, die gehofft hatten, dass sie sein Herz erobern könnten.

Genau wie ich.

Der Lärm in der Küche ebbte ab, und Kelly konnte nicht umhin, das Gespräch zwischen Slade und Rachel durch die offene Tür ihres Schlafzimmers anzuhören.

„Was ist hier eigentlich los?", wollte Rachel wissen. „Ich habe doch nur vier Wochen lang im Koma gelegen. Jetzt bin ich aufgewacht und halte nicht nur diesen süßen kleinen Schatz im Arm, sondern muss auch noch feststellen, dass Thorne sich Hals über Kopf verliebt hat und heiratet! Wer hätte das gedacht? Wenn überhaupt jemand zum ewigen Junggesellen geboren war, dann er. Und dann Matt. Was um alles in der Welt ist mit ihm los? Ich war felsenfest überzeugt, dass es für ihn nichts Wichtigeres gibt im Leben als die Ranch, um die er so hart gekämpft hat. Niemals hätte ich es für möglich gehalten, dass ihn jemand davon ablenkt. Für diese verdammte Ranch hätte er sogar dem Teufel seine Seele verkauft. Und auf einmal soll sich das alles geändert haben?"

„Er macht sich große Sorgen um dich", antwortete Slade, und Rachel lachte leise.

„So ein Quatsch! Ich habe doch Augen im Kopf und sehe, wie er mit dieser Polizistin umgeht. Du weißt schon, die Frau, die vorhin hier gewesen ist."

„Kelly", meinte Slade, und Kelly versteifte sich.

„Genau, Kelly. In ihrer Nähe ist Matt wie verwandelt. Man könnte fast meinen, dass es auf dem gesamten Planeten keine andere Frau gibt. So schaut er sie jedenfalls an."

Kelly machte sich insgeheim Vorwürfe, weil sie lauschte. Trotzdem konnte sie nicht anders.

„Es ist vielleicht nicht so ernst, wie du meinst."

„Wegen dieser Frau … Nell … bei ihm zu Hause?"

„Das ist seit vielen Monaten vorbei."

Kelly erstarrte. Noch nie hatte Matt eine andere Frau erwähnt. Aber du hättest doch ahnen können, dass er jede Menge Affären hat, nicht wahr?, fragte ihre innere Stimme sie boshaft. Schließlich ist er ein prachtvoller Mann. Warum sollte nicht zu Hause eine Frau auf ihn warten? Verdammt, warum sollte es nicht ein halbes Dutzend sein? Wir reden doch gerade über Matt McCafferty …

„Slade, ich habe Augen im Kopf. Der Kerl ist verliebt. Ganz egal, ob er es weiß oder nicht."

„Könnte aber auch sein, dass er nur Theater spielt. Du weißt doch, wie er mit Frauen umgeht. Er verliebt sich rasend schnell, es dauert ein paar Wochen, dann läuft ihm die nächste über den Weg, bis …"

Dann schwiegen sie eine Weile. Kellys Brust fühlte sich wie geschnürt.

„… bis sie zu den Akten gelegt wird."

„Ich hätte es anders ausgedrückt."

Kelly schlug das Herz bis zum Hals.

„Okay. Bis von ihr nichts mehr bleibt als eine Kerbe im Bettpfosten. Sie ist nichts als eine schnelle Eroberung. Wie auch immer du es ausdrücken willst, es kommt aufs selbe raus, nicht wahr? Immer dieselbe öde Sache." Rachels Stimme war vor Wut auf ihren Bruder eine Oktave höher geglitten. Kelly dagegen wäre am liebsten im Boden versunken.

„Hey, warum bist du so aufgebracht?", wollte Slade wissen.

„Mir gefällt die Sache nicht."

Mir auch nicht, schoss es Kelly durch den Kopf.

„Es ist entwürdigend und erniedrigend für Frauen. In meinem Job erlebe ich es jeden Tag. Frauen schreiben mir unzählige Briefe über Männer, die sie nur benutzen. Erst tun die Kerle so, als wären sie interessiert, und lassen ihre Eroberungen glauben, dass sie sich verliebt haben. Und dann, genau wenn es ernst wird, kneifen sie den Schwanz ein und rennen weg. Es ist eine abgedroschene Geschichte, Slade. Und ziemlich gewöhnlich."

„Ich will dich nur auf den neuesten Stand bringen. Und ich dachte, du kannst dich gar nicht besonders gut an deinen Job und an dein Leben erinnern! Liebes Schwesterherz, langsam aber sicher habe ich den Eindruck, dass du uns an der Nase herumführst. Ich glaube, jemand hat dir wehgetan. Stimmt's? Der Vater deines Kindes vielleicht?"

Plötzlich herrschte angespanntes Schweigen, und Kelly wünschte sich inständig, Rachels Gesichtsausdruck sehen zu können. Obwohl sie immer noch peinlich berührt war, musste sie wissen, wer der Kindsvater war. „Wir hatten gerade über Matt und seine Frauen gesprochen … Ich hatte gehofft, dass er dieses pubertäre Eroberungsgehabe langsam abgelegt hat."

„Es war Strikers Idee", erklärte Slade freimütig, „er war der Meinung, dass einer unter uns engen Kontakt zur Polizei halten sollte.

Damit wir ein Auge auf die Ermittlungen haben können."

„Warum? Traut ihr der Polizei nicht über den Weg?", fragte sie, und genau in diesem Moment begann das Baby zu schreien.

„Wir wollten nur wissen, was sich abspielt. Manchmal kriegen die Cops einfach den Mund nicht auf."

„Mit anderen Worten, Striker hat vorgeschlagen, dass Matt sich verliebt … nein, stimmt nicht. Er hat vorgeschlagen, dass Matt mit dieser Polizistin ins Bett geht … du lieber Himmel, sag, dass es nicht wahr ist. Sag mir, dass Matt diese Frau nicht benutzt. Denn sie ist ziemlich klug und würde auf solche Geschichten nicht hereinfallen. Die ganze Sache ist einfach abstoßend."

Kelly flehte inständig, dass die Erde sich auftun und sie verschlingen möge.

„Er hatte gehofft, dass sie im Bett eher den Mund aufmacht", erklärte Slade. Seine Stimme übertönte das weinende Baby.

Kellys Magen krampfte sich zusammen, und ihre Knie wurden weich. Reiß dich zusammen, Dillinger, mahnte sie sich mit letzter Kraft. Kinn hoch. Rücken gerade. Ohren steif. Du bist ein Profi. Ein Detective.

„Dann ist er ein Riesenidiot. Weil ich den Eindruck habe, dass die Frau viel zu klug ist, um sich so plump aufs Kreuz legen zu lassen! Außerdem ist sie sowieso viel zu gut für ihn." Rachel war wütend. „Und ob er es wahrhaben will oder nicht, er hat sich verliebt. Am liebsten würde ich ihm und dir und Striker den Hals umdrehen, zusammen mit allen anderen, die noch ihre Finger im Spiel haben!"

Wir beide. Die Hitze stieg Kelly in die Wangen. Innerlich fühlte sie sich völlig abgestorben. *Wie dumm ich gewesen bin!*

Das Baby weinte immer noch, und es schien, als würde Rachel sich ihrem Sohn zuwenden. „Schscht, schscht", besänftigte sie ihn. Kelly hatte mehr als genug gehört. Mit leisen Schritten schlich sie wieder ins Wohnzimmer und tat so, als würde sie ein paar Rancher-Zeitschriften durchblättern, als Slade aus dem Schlafzimmer kam. Aus den Augenwinkeln erwischte sie ihn dabei, dass er ihr einen dunklen Blick zuwarf. Im gleichen Moment, als Matt eintrat, verschwand er in der Küche.

Das Herz tat Kelly weh, und insgeheim machte sie sich die heftigsten Vorwürfe, dass sie sich benommen hatte wie der Trottel des Jahrhunderts …

„Tut mir leid“, begann Matt, und nicht die Spur eines Lächelns klang aus seiner Stimme. „Der Nachbar, der meine Ranch versorgen sollte, hat angerufen. Er ist ausgerutscht, gestürzt und hat sich das Bein gebrochen. Sieht so aus, als müsste ich den nächsten Flug nach Hause buchen.“

Kelly zwang sich zu einem Lächeln. „Verstehe.“ *Und zwar mehr als du glaubst, McCafferty. Viel mehr.*

„Morgen bin ich schon nicht mehr hier. Ihr müsst das verspätete Thanksgiving ohne mich feiern.“

Und deine Einladung ist damit zurückgezogen. Er sprach es zwar nicht aus, aber es hing in der Luft.

Kelly nahm ihre Jacke vom Haken neben der Tür. Schob die Arme durch die Ärmel. Griff in die Taschen nach ihren Handschuhen. „Mach dir deshalb keine Sorgen. Thanksgiving habe ich schon gefeiert“, erwiderte sie und zuckte innerlich zusammen, als sie den eisigen Unterton in ihrer Stimme wahrnahm. *Stell dich nicht so an, Dillinger. Es war doch ohnehin keine große Sache.* Sie zog sich die Handschuhe an. „Am besten, ich verschwinde jetzt. Rachel ist im Moment nicht in Stimmung, noch mit der Polizei zu reden. Ich komme wieder.“

Sie eilte zur Tür. Matt versuchte, nach ihr zu greifen. Aber Kelly wich ihm rechtzeitig aus. Zu oft war sie auf seinen Trick hereingefallen. Spontan erinnerte sie sich daran, wie sie den Spieß umgedreht hatte, als sie ihn vor ein paar Stunden am Arm herumgewirbelt und fast bis zur Besinnungslosigkeit geküsst hatte. Wie dumm sie gewesen war!

„Kelly?“

„Ich habe dich durchschaut, McCafferty.“ Sie streckte die Hand nach der Tür aus, hielt es aber nicht für nötig, irgendwelche Erklärungen abzugeben. Sollte er ruhig glauben, dass sie auf seinen Trick anspielte, sie überraschend in seine Arme zu reißen. Ihr ging es um Ernsteres.

Kelly öffnete die Tür mit Nachdruck und marschierte in die Kälte hinaus. Es tat ihr gut, dass der eisige Wind ihre heißen Wangen kühlte. Er vertrieb ihre düsteren Gedanken und erinnerte sie daran, dass sie noch lebendig war, selbst wenn gerade etwas in ihr gestorben war.

„Ich begleite dich zum Wagen.“ Sofort war Matt neben ihr, ohne Jacke, und versuchte, seine langen Schritte ihren energischen kurzen anzupassen.

„Gib dir keine Mühe."

„Es macht mir keine Mühe."

„McCafferty, ich bin ein Cop. Ich finde allein nach Hause."

„Warte kurz."

Kelly wartete nicht. Sie marschierte einfach weiter, pflügte durch die knirschende weiße Schneedecke und achtete nicht auf die Flocken, die vom dunklen Himmel herabfielen.

„Kelly, was zum Teufel ist passiert?", fragte Matt, als sie die Wagentür aufriss.

„Ich bin endlich aufgewacht", erklärte sie und schlüpfte hinter das Steuer ihres Wagens. „Matt, ich muss los. Ich werde zurückkommen, um Rachel zu verhören, und ich werde dich über die Ermittlungen auf dem Laufenden halten. Aber ich habe auch nachgedacht. Und ich bin zu dem Schluss gekommen, dass es weder für dich noch für mich eine gute Idee ist, wenn wir uns weiter aufeinander einlassen."

„Warte doch mal …"

„Hör mir zu. Das in Seattle war wirklich sehr nett. Aber ich glaube, ich sollte mein Ziel nicht aus den Augen verlieren." Und Abstand halten. Kelly schenkte seinem fragenden Blick keine Beachtung, auch nicht den Schatten, die über sein markantes Gesicht spielten, nicht dem Schmerz, der durch ihre Brust zuckte. „Ich darf nichts tun, was meinen Berufspflichten zuwiderläuft."

„Ich dachte, darüber haben wir schon gesprochen."

„Und ich habe noch mal darüber nachgedacht. Du und ich, wir haben unterschiedliche Interessen. Wir sind mit unserem Leben an zwei verschiedenen Stellen angekommen."

„Hört sich an wie auswendig gelernt."

„Ist es aber nicht. Ich mache nur meine Arbeit. Und du lebst auf deiner Ranch."

„Und?"

„Mehr gibt es nicht zu sagen. Ich werde mich in die Ermittlungen stürzen und den Mordversuch aufklären. Du fährst zurück an die Grenze zu Idaho." Kelly steckte den Schlüssel ins Zündschloss. „Leb wohl, Matt." Wieder krampfte sich ihr Herz zusammen, und sie bemerkte an seiner Miene, wie aufgewühlt er war. Matt war fassungslos, und an der pochenden Ader an seiner Schläfe konnte man sehen, wie die Wut langsam in ihm hochkochte.

Reiß dich zusammen, dachte Kelly wieder, legte einen Gang ein und umklammerte das Steuer mit den Händen. *Er wird darüber hinwegkommen.*

So wie er bisher immer darüber hinweggekommen ist.

Was zum Teufel war gerade geschehen? Mechanisch packte Matt eine Jeans, zwei Hemden und sein Rasierzeug in den Seesack. Er konnte sich beim besten Willen nicht erklären, warum Kelly sich plötzlich so verändert hatte. Eben hatte sie noch heftig mit ihm geflirtet, und er war drauf und dran gewesen, Thorne und Nicole zu beneiden. Denn die beiden – und nicht etwa Kelly und er – würden heiraten. Und dann, ein paar Minuten später, nachdem er mit Kavanaugh telefoniert hatte, zeigte sie ihm plötzlich die sprichwörtliche kalte Schulter und erklärte ihm, dass es mit ihrer heißen Liebesaffäre vorbei war.

Das kaufte er ihr einfach nicht ab.

Keine Frau würde sich so leidenschaftlich hingeben, wie sie es getan hatte – und ihn dann eiskalt stehen lassen. Jedenfalls nicht ohne Grund, und dieser Grund musste schon verdammt gut sein.

Matt zog den Reißverschluss seiner Jacke hoch und warf sich die Tasche über die Schulter. Dann ließ er den Blick ein letztes Mal durch sein Schlafzimmer schweifen und verdrängte das Gefühl, dass er mehr hier zurückließ als nur ein knarzendes Doppelbett und eine Sammlung verstaubter Rodeo-Trophäen.

Ja. Es ging eindeutig um mehr. Nicht nur um seine Brüder und seine Halbschwester, sondern auch um die Zwillinge, um das Baby und Kelly. Du lieber Himmel, warum tat ihm die Aussicht weh, sie ein paar Tage lang nicht zu sehen? Schlimmer noch, warum schmerzte es ihn, sie vielleicht nie wieder zu küssen, sie nie wieder zu berühren, nie wieder zu lieben?

Vergiss es, redete er sich krampfhaft ein, sie ist nur eine Frau. Aber es nützte nichts. Weil er das Problem genau erkannt hatte: Kelly war eben nicht nur eine Frau.

Verärgert fluchte Matt in sich hinein, denn er hatte keine Zeit, endlos zu grübeln. Noch heute Abend musste er auf seine Ranch zurückkehren. Er hatte den Zeitpunkt ohnehin schon viel zu weit hinausgeschoben. Außerdem würde Striker sich hier auf der Flying M einquartieren. Zusammen mit Thorne und Slade würde der Privatdetektiv schon dafür sorgen, dass Rachel und das Baby in Sicherheit waren.

Außerdem wollte Matt zurückkehren. Bald. Wegen seiner Familie. Wegen der unaufgeklärten Attentate auf Rachels Leben. Und, was viel wichtiger war, wegen Kelly.

„Du gehst nicht zur Hochzeit? Was soll das heißen?", fragte Karla, schaute auf ihre Uhr und schob das letzte Stück Pizza quer über den Tisch zu Kelly. Die Schwestern saßen bei *Montana Joe's* direkt unter dem ausgestopften Bison-Kopf mit den Glasaugen. Die Gäste strömten zur Mittagspause in das Restaurant, klopften sich den Schnee von den Stiefeln, wickelten sich aus Schals und Jacken und vertieften sich in die Speisekarten. Ein alter Song von Madonna übertönte die Unterhaltung, und das Küchenpersonal rief eine fertige Bestellung leise über das Mikrofon aus.

„Ich dachte, dass du richtig scharf darauf bist, mit den McCaffertys zusammen zu sein."

„Aus deinem Mund klingt es so, als wäre ich eine Verräterin."

„Und? Bist du?" Karla hob die Brauen und klaute ein Stück Schinken von der übrig gebliebenen Pizza.

„Nein, ich glaube nicht. Aber dafür bin ich überzeugt, dass es keine besonders gute Idee war, Beruf und Privatleben zu vermischen."

Seufzend sank Karla in die Kissen auf der Sitzbank. „Wie enttäuschend!" Sie breitete die Serviette über die Pizzareste.

„Ich dachte, du hältst nichts von der Geschichte?"

„Hab ich auch nicht. Tu ich immer noch nicht. Aber … verdammt noch mal, ich hatte gerade wieder begonnen, an die Liebe zu glauben, verstehst du? Es hat so geklungen, als ob … du weißt schon, wie eine dieser alten Geschichten über die Kinder zweier verfeindeter Familien, die sich heiß und innig lieben. Ein Drehbuch wie bei Romeo und Julia."

„In deinen rosaroten Träumen."

„Ich dachte, ich hätte vielleicht nur Pech gehabt. Dass es vielleicht doch noch Hoffnung gibt. Denn wenn du die echte Liebe gefunden hast, gibt es für mich vielleicht auch noch eine Chance. Das dritte Mal muss es einfach klappen."

„Tut mir leid, dass deine Träume zerplatzt sind." Seufzend schaute

Kelly auf die Uhr. „Karla, du bist einfach hoffnungslos romantisch."

„Du weißt doch, es ist meine einzige Schwäche."

„Du hast nur eine einzige?"

„Natürlich."

„Übrigens", fuhr Kelly fort, „es ist schon zehn vor eins."

„Oh, du liebe Zeit – ich muss mich beeilen! Eine Stammkundin kommt zum Waschen und Schneiden." Karla stand auf, schlüpfte in den wollenen Poncho und drückte sich den Wildlederhut auf die Frisur.

„Du siehst aus wie der Bösewicht in einem der uralten Clint-Eastwood-Filme."

„Danke für das Kompliment."

„Oder sogar in einem noch älteren", fuhr Kelly ungerührt fort. „Einem Spaghetti-Western."

„Kann es sein, dass ich irgendeine Wiederholung im Spätprogramm verpasst habe?", fragte Karla und schob sich die Hutschnur unter das Kinn. „Mal ernsthaft, Kelly. Du solltest noch mal darüber nachdenken, was du mit diesem Matt McCafferty anfängst. Mom und Dad würden sich schon daran gewöhnen. Niemand würde deshalb einen Herzanfall bekommen. Jedenfalls nicht sofort."

„Woher dieser plötzliche Sinneswandel?", wollte Kelly wissen und griff nach ihrer Jacke auf der Rückenlehne der Sitzbank.

„Ganz einfach. Ich möchte, dass du glücklich bist. Und in den letzten Wochen bist du viel fröhlicher gewesen als sonst. Es ist schön, dich lächeln zu sehen."

„Aber ich lächle doch dauernd."

„Nein, das stimmt nicht. Dein Job zerrt an deinen Nerven, ob du es zugeben willst oder nicht. Und du bist allein. Das ist nicht gut. Deine Arbeit ist dein Leben, ja, ich weiß. Du arbeitest praktisch rund um die Uhr. Auch das ist nicht gut. Kelly, es zieht dich regelrecht runter. Manchmal siehst du aus wie eine Vogelscheuche."

„Vielen Dank."

„Das sollte kein Witz sein. Du kannst dich nicht Tag und Nacht von der Arbeit bestimmen lassen."

Eigentlich wollte Kelly widersprechen, aber sie hielt den Mund. Erstens hatte Karla recht. Kelly arbeitete wirklich Tag und Nacht. Seit sie Matt vor ein paar Tagen auf der Flying M stehen gelassen hatte,

hatte sie sich mit Leib und Seele in die Ermittlungen gestürzt. Sie hatte Informationen über die Familie McCafferty, über deren Freunde, über Rachels Job und ihre Bekanntschaften zusammengetragen. Irgendjemand wollte diese Frau aus dem Weg räumen. Kelly war entschlossen, diesen Jemand zu finden. In den letzten zwei Nächten hatte sie zusammengenommen weniger als fünf Stunden geschlafen. Aber sie war der Wahrheit näher gekommen, das spürte sie deutlich.

„Es ist ein harter Job. Und du machst ihn verdammt gut“, fuhr Karla fort. „Aber das geht alles auf Kosten deines Lebens. Du brauchst mehr Spaß. Wie wir alle. Es ist doch kein Zufall, dass du fröhlicher geworden bist, seit Matt McCafferty in dein Leben galoppiert ist!“

„Mit anderen Worten, du weißt genau, was das Beste für mich ist.“

„Das wusste ich schon immer.“ Karla lächelte ihre Schwester an, während die beiden durch die schweren Türen nach draußen gingen. „Wenn ich dasselbe nur für mich sagen könnte!“

Karla winkte Kelly zu und rannte quer über die Straße in ihren Laden. Kelly war immer noch überrascht über die Kehrtwende ihrer Schwester, als sie sich längst in ihren Wagen gesetzt und die Stadt hinter sich gelassen hatte. An dem Tag der verspäteten Thanksgiving-Feier bei den McCaffertys hatte sie die Ranch gemieden. Aber auf keinen Fall wollte sie darauf verzichten, Rachel noch einmal zu verhören. Schließlich war sie immer noch mit den Ermittlungen beschäftigt, und wenn Matt von der Bildfläche verschwunden war, würde es sogar einfacher werden. Mit ein bisschen Glück konnte sie es völlig vermeiden können, ihm noch einmal zu begegnen.

Bei diesem Gedanken fühlte ihre Kehle sich plötzlich an wie zugeschnürt, und in ihrem Herzen verspürte sie einen dumpfen Schmerz. Angestrengt versuchte sie, ihn zu ignorieren. „Du wirst darüber hinwegkommen“, beschwichtigte sie sich. Unwillkürlich nahm sie die Kurve zu scharf und spürte, wie ihr Wagen ins Rutschen kam, bevor die Reifen wieder griffen. „Schließlich hast du keine andere Wahl.“

Ihre eigenen Worte geisterten ihr noch im Kopf herum, als sie auf die Flying-M-Ranch einbog und den Weg zum Haus hinauffuhr. Ein junges Mädchen mit einem Piercing in der Nase und Batik-Tunika über dem langen Rock öffnete die Tür – die Babysitterin Jenny Riley. „Rachel ist im Wohnzimmer“, erklärte sie, nachdem Kelly sich vorgestellt hatte. „Und Kurt Striker unterhält sich im Arbeitszimmer mit Thorne."

Großartig. Der Privatdetektiv, der der Polizei nicht traute und der Matt offenbar gedrängt hatte, sie auszuhorchen. Kelly hätte nichts lieber getan, als diesem Kerl den Hals umzudrehen. Mochte sein, dass er als Privatdetektiv unschlagbar war. Aber er hatte auch den Plan ausgeheckt, dass Matt sich an sie heranmachen sollte, um mehr über den Fall seiner Schwester zu erfahren.

„Soll ich ihnen sagen, dass Sie hier sind?"

„Nein. Ich möchte lieber allein mit Rachel sprechen."

„Darf ich Ihnen etwas zu trinken anbieten? Kaffee, Tee, Kakao? Gerade wollte ich die Kinder zum Ballettunterricht bringen. Aber ich kann Ihnen gern noch eine Tasse kochen. Juanita wird mich bei lebendigem Leibe rösten, wenn ich Ihnen nichts anbiete."

„Danke, nein. Ich habe gerade gegessen", lehnte Kelly ab. In diesem Augenblick drang ein gellender Schrei von einem der Zwillinge aus der Küche, und Jenny verschwand, um nach dem Rechten zu sehen. Kelly presste ihre Aktentasche an sich und ging ins Wohnzimmer.

Rachel lag halb aufgerichtet auf der Couch. Neben ihr stand eine Wiege, in der das Baby ruhig schlief. Kelly musste unwillkürlich lächeln, als sie einen rötlichen Haarschopf unter der bestickten Decke hervorlugen sah. „Er ist wirklich süß", grüßte Kelly und wünschte sich plötzlich ein eigenes Kind.

„Nicht wahr?" Rachel winkte Kelly heran und zeigte auf einen Stuhl. „Hinsetzen", befahl sie, und nachdem Kelly mit dem Rücken zum Flur Platz genommen hatte, fragte sie: „Möchten Sie etwas trinken?"

„Nein, danke. Nur ein paar Antworten, Rachel." Kelly rutschte nach vorn auf die Stuhlkante, beugte sich vor und fing den Blick der jungen Mutter auf. „Ich weiß, dass Sie alles tun wollen, damit das Baby in Sicherheit ist. Ich glaube aber auch, dass Sie mehr wissen, als Sie preiszugeben bereit sind. Entweder wollen Sie etwas vertuschen, oder Sie haben Angst, die Wahrheit zu sagen. Oder Sie wollen nicht wahrhaben, wie groß die Gefahr für Sie und Ihren Sohn ist. Ich kann Ihnen versichern, dass wir bei unseren Ermittlungen auf Ihre Hilfe angewiesen sind." Rachel drehte den Kopf zur Seite und sah aus dem Fenster ins Freie, wo Schnee auf die Zäune und das Scheunendach fiel.

Rachel zögerte. Trommelte mit den Fingern auf die Kante der Couch.

„Wer könnte Sie töten wollen?"

„Außer meinen Brüdern?", scherzte Rachel.

„Ich meine es ernst."

„Ich weiß." Ihr Lächeln verschwand. „Bestimmt habe ich Feinde. Aber ich kann mich nicht an sie erinnern."

„Erinnern Sie sich an den Mann, der das Kind gezeugt hat?"

Rachel versteifte sich und strich mit der Fingerspitze über einen Kratzer in der Ledercouch. „Ich … ich arbeite noch daran."

„Es hilft niemandem, wenn Sie lügen."

„Ich sagte, ich arbeite daran." Rachel ließ den Zeigefinger ruhen.

„Okay. Was ist mit dem Buch, das Sie geschrieben haben?"

Stimmte es, dass Rachel blass wurde? Oder bildete Kelly sich das nur ein?

„Es ist ein Roman. Rein fiktiv."

„Über Bestechung bei Rodeoturnieren."

„Ja. Das ist der Hintergrund."

„Hat es irgendetwas mit Ihrem Vater oder Ihren Brüdern zu tun?"

„Nein. Wenn man davon absieht, dass Dad mich auf die Idee gebracht hat … in meinem Kopf ist sowieso alles ziemlich verschwommen."

„Was ist mit Sam Donahue? Er ist Cowboy und hat beim Rodeo sein Geld verdient. Und er besitzt immer noch eine Herde, die er teilweise für Turniere zur Verfügung stellt, oder?"

„Ich sagte doch, es ist alles so verschwommen."

„Sie hatten mehrere Dates mit ihm."

„Ja … ich glaube, das stimmt. Ich kann mich an Sam erinnern."

„Könnte er der Vater Ihres Kindes sein?"

Rachel antwortete nicht, und wie bei einer echten McCafferty schob sie das Kinn stur nach vorn.

„Okay. Was ist mit Ihrem Job? Können Sie sich an irgendetwas erinnern? An einen Auftrag, der bei jemandem den Wunsch geweckt haben könnte, Sie lieber tot als lebendig zu sehen?"

„Ich habe für die Ratgeber-Kolumne gearbeitet. Könnte sein, dass es jemanden gibt, der sich beleidigt gefühlt hat. Aber ich kann mich nicht erinnern."

„Und was ist mit Joe Paterno? Der Fotojournalist, mit dem Sie zusammengearbeitet haben? Erinnern Sie sich an ihn?“

Rachel schluckte schwer.

„Sie hatten Dates mit ihm.“

„Wirklich?“

„Wenn er in der Stadt war. Er ist viel unterwegs, aber er hat sich ein Studio über der Garage in einem dieser alten Stadthäuser eingerichtet. In Seattle im Queen Anne District. Dort hält er sich auf, wenn er im Nordwesten arbeitet.“

„Wie schon gesagt, ich kann mich nicht erinnern. Jedenfalls nicht an Einzelheiten. Die Namen klingen vertraut, aber ...“

Kelly war darauf vorbereitet. Sie schlug ihre Aktentasche auf und schob drei Fotos über den kleinen Couchtisch. Das erste zeigte Joe Paterno. Selbstsicher hielt er seine Kamera in der Hand, als wollte er ein Foto schießen, während sein Gegenüber die Aufnahme machte. Beim zweiten handelte es sich um den Farbabzug eines Bildes, das in einer Zeitung in Calgary erschienen war. Das körnige Bild zeigte Sam Donahue, den hochgewachsenen Cowboy, der seinen Hut in den Nacken geschoben hatte und gegen das grelle Sonnenlicht blinzelte. Im Hintergrund sah man Pferde und Rinder.

Das dritte Foto war ein Hochglanzbild im Großformat. Es zeigte Brodie Clanton in Anzug und Krawatte. Der Mann hatte ein strahlendes Werbelächeln aufgesetzt, das ihn als Anwalt mit großem politischen Ehrgeiz auswies. Er flirtete eindeutig mit der Kamera.

„Also“, äußerte Rachel verlegen, beugte sich vor und betrachtete die Fotos nacheinander, „ich muss schon sagen, Sie sind fleißig gewesen.“

13. KAPITEL

Rachel, ich will den Widerling finden, der versucht hat, Ihnen das Leben zu nehmen", versuchte Kelly es noch einmal. „Aber ohne Ihre Hilfe komme ich nicht weiter. Also, verraten Sie mir, wer könnte es sein?"

Rachel betrachtete die Fotos auf dem Tisch und nagte an ihrer Unterlippe, als Kelly einen Blick in ihrem Rücken spürte. In diesem Moment blickte Rachel zur Tür und erstarrte.

„Wer sind Sie?"

Kelly schaute über die Schulter und erkannte den Mann. „Kurt Striker."

„Der Privatdetektiv", sagte Rachel, kniff die Augen zusammen und hob das Kinn ein wenig höher. „Meine Brüder haben Sie engagiert, um herauszufinden, wer die Anschläge auf mich verübt hat."

„Stimmt." Kurt betrat das Wohnzimmer und streckte ihr die Hand entgegen. Kelly biss die Zähne fest zusammen, um nicht mit unpassenden Bemerkungen herauszuplatzen.

Rachel weigerte sich, seine Rechte zu ergreifen. „Mir ist klar, was meine Brüder sich dabei gedacht haben", fuhr sie fort. Ihre Lippen zitterten kaum merklich. „Aber trotzdem brauchen wir niemanden, um den Unfall zu untersuchen."

„Es war kein Unfall", behauptete Kurt.

Rachel ließ den Blick zu Kelly wandern. „Glauben Sie das auch?", fragte sie.

„Ja." Kelly nickte.

Rachel schien den Privatdetektiv mit dem Blick zu durchbohren. „Es reicht, wenn die Polizei ermittelt."

Kurt lächelte schief und besaß die Unverfrorenheit, sich auf die Tischkante direkt vor Rachels Nase zu setzen. „Lady, soll das heißen, dass Sie mich nicht ausstehen können?"

„Könnte sein." Sie streckte den Arm aus und zupfte die Decke unter dem Kinn des Babys zurecht. „Ich möchte, dass alles seinen ruhigen Gang geht. Wegen ihm und wegen mir. Und nur fürs Protokoll: Ich möchte nicht, dass Sie mich ‚Lady' nennen. In meinen Ohren klingt das wie eine Beleidigung."

„Es war als Kompliment gemeint."

„Ich habe einen Namen."

Er ignorierte den Seitenhieb. „Okay. Sie wollen, dass der Alltag wieder einkehrt. Dann sollten wir dafür sorgen. Detective Dillinger hat Ihnen eine ausgezeichnete Frage gestellt, als ich hereinkam. Was glauben Sie, wer hat die Anschläge auf Sie verübt?"

„Ich ... ich kann es nicht sagen. Ehrlich nicht", gestand Rachel ein.

„Aber Sie sollten sagen können, wer Ihnen das Kind gemacht hat."

„Ja, das sollte ich."

Kelly lächelte unmerklich. Rachel dachte offenbar nicht daran, Striker auch nur einen Millimeter entgegenzukommen. Stattdessen beugte sie sich wieder über den jüngsten Nachkömmling der McCaffertys.

„Es ist wichtig. Wir glauben, dass es sich bei dem zweiten Unfallfahrzeug um einen braunen Ford handelt. Vielleicht um einen Kombi oder einen Geländewagen. Können Sie sich an irgendwelche Einzelheiten erinnern? Was ist an dem Tag geschehen?"

„Ich weiß nur noch, dass ich in Eile war. Ich hatte das Gefühl, dass die Zeit drängt", erklärte Rachel, lehnte sich zurück und betrachtete das Feuer im Kamin. Hungrige Flammen leckten um die Eichenholzscheite, und auf dem Rost verglühten Kohlen. Aber Kelly war sich sicher, dass Rachel nichts davon wahrnahm, denn ihr Blick war nach innen gekehrt.

„Ich kann mich erinnern, dass ich es sehr eilig hatte", wiederholte Rachel. „Es waren nur noch ein paar Wochen bis zum Geburtstermin, und ich hatte noch so viel vor." Mit zusammengekniffenen Brauen dachte sie nach. „Ich wollte nach Grand Hope, und zwar bevor die Wehen einsetzen konnten."

„Aber Ihr Frauenarzt befindet sich doch in Seattle."

„Ja, ich weiß, das war ein Problem. Aber ich dachte, wenn ich mich eine Weile verkriechen und wenigstens eine Zusammenfassung schreiben könnte ... Sie verstehen schon, einen Entwurf für mein Buch ... dann könnte ich während des Mutterschutzes vielleicht schon die ersten Kapitel überarbeiten und sie meinem Agenten schicken. Er war überzeugt, dass er einen Verleger finden könnte ... aber das ist alles, woran ich mich erinnere."

„Nicht an einen Wagen oder einen Truck, der Ihnen gefolgt ist und Sie vielleicht seitlich gerammt hat?“

Rachel schüttelte langsam den Kopf. „Nein.“

„Kennen Sie jemanden, der einen braunen Wagen besessen hat?“

„Nicht dass ich mich erinnere.“ Rachel betrachtete die drei Fotos auf dem Tisch. „Aber jetzt sind Sie dran. Verraten Sie mir doch mal, was Sie sonst noch wissen. Hat einer dieser Männer ... nein, bestimmt keiner, mit dem ich ein Date hatte ... gehört einem dieser Männer der Wagen, der mich abgedrängt hat?“, fragte sie nachdenklich und wurde blass, als ihr klar wurde, was das unter Umständen zu bedeuten hatte.

„Keiner dieser Männer hat je einen Wagen besessen, der infrage käme“, gab Kelly zu. „Aber das heißt nicht, dass der Kerl sich nicht einen Wagen ausleihen oder stehlen konnte. Die Polizei hat sämtliche Autowerkstätten in der Gegend befragt, die Werkstätten rund um den Glacier Park, Grand Hope und Seattle eingeschlossen. Natürlich gab es ein paar Wagen, die zur Reparatur gebracht wurden und möglicherweise in die Tat verwickelt sein könnten. Aber bis jetzt haben wir keinerlei ernsthafte Schlussfolgerungen ziehen können.“

Kelly griff wieder in ihre Aktentasche und reichte Rachel eine Liste mit Namen. „Kennen Sie diese Leute? Lösen die Namen irgendwelche Erinnerungen in Ihnen aus?“

Rachel überflog den Computerausdruck. „Nein, ich glaube nicht“, antwortete sie, „nein, ich kann mich an niemanden erinnern.“

Kurt griff nach der Liste. „Darf ich mal einen Blick darauf werfen?“

Am liebsten hätte Kelly ihn zum Teufel gewünscht, aber sie verkniff sich ihre Bemerkung. Immerhin war es nicht ausgeschlossen, dass er helfen konnte. „Ja, lesen Sie selbst.“

Sie konnte ihm ansehen, wie es in seinem Hirn plötzlich zu arbeiten begann, während er den Bericht las. Als er fertig war, schaute er Kelly über die Blätter hinweg an. „Gute Arbeit.“

„Danke“, stieß sie hervor. Kelly traute dem Kerl nicht über den Weg. Sie war felsenfest überzeugt, dass er über Leichen gehen würde, um sein Ziel zu erreichen.

„Ich suche nach einem Partner.“

Träum weiter. „Ich habe Arbeit.“

„Sie würden es nicht bereuen."

„Kein Interesse."

„Mit Leib und Seele Polizistin, nicht wahr?"

Kelly achtete nicht weiter auf ihn und wandte sich an Rachel. „Lassen Sie es mich wissen, wenn Ihnen noch mehr einfällt. Und das dürfen Sie behalten." Sie zeigte auf die Fotos. „Ich habe Abzüge."

„Danke. Ich melde mich bei Ihnen."

„Ich begleite Sie hinaus", bot der Privatdetektiv an.

„Danke, ich finde den Weg."

Trotzdem verließ er das Zimmer an ihrer Seite, und nachdem sie die Eingangstür hinter sich geschlossen hatten, begann er wieder: „Keine Ahnung, was Sie an mir auszusetzen haben. Aber es hilft nichts. Wir können zusammenarbeiten oder es bleiben lassen. Vermutlich kämen wir schneller, leichter und effizienter zum Ziel, wenn wir an einem Strang ziehen."

„Mit anderen Worten, Sie wollen, dass ich Ihnen mein gesamtes Material überlasse, all das, was im Department des Sheriffs lagert? Damit wollen Sie sich Ihren Job ein bisschen leichter machen, wollen den Fall ‚lösen', das Honorar kassieren und die öffentliche Anerkennung einfahren. Zeit und Mühe können Sie sich dann ja sparen."

„Ich will der Sache nur auf den Grund gehen", sagte er, und seine Miene war so finster wie noch nie.

„Richtig", murmelte sie atemlos. „Ich werde es mir merken."

Kelly war schon zwei Treppenstufen hinuntergeeilt, als seine Stimme an ihre Ohren drang. „Wissen Sie was, Detective? Sie sind genervt, aber es hat nichts mit mir zu tun, sondern einzig und allein mit Matt McCafferty."

Kelly verkniff sich ihren hitzigen Kommentar und ging einfach weiter. Striker wollte sie natürlich provozieren, aber es gab keinen Grund, sich darüber aufzuregen. Denn er hatte recht – ob es ihr in den Kram passte oder nicht.

„Von mir bekommst du einen Höchstpreis, McCafferty. Ich habe zwei Immobilienfirmen beauftragt, die Ranch zu begutachten, aber wenn dir deren Schätzpreis nicht gefällt, dann kannst du gerne noch eine dritte heranziehen."

Mike saß in seinem alten Pick-up, dessen Motor ausgeschaltet war.

Neben ihm lagen die Krücken, und sein alter Jagdhund namens Arrow hatte es sich auf dem Fußboden des Beifahrersitzes bequem gemacht. Matt stand auf dem schneebedeckten Weg zu seinem Haus und sprach durch das offene Fenster mit seinem Nachbarn. Sein Atem bildete Wölkchen in der kalten Luft. Kavanaugh griff in die seitliche Ablage seines Trucks und zog ein Päckchen heraus.

„Warum willst du die Ranch unbedingt haben?"

Kavanaugh lächelte, als er Matt den dicken Umschlag reichte. „Carolyn erwartet ein Kind. Unser Haus platzt bald aus allen Nähten. Ich dachte, wir könnten uns hier einrichten. Natürlich muss ich erst renovieren."

Er deutete mit einem Kopfnicken auf das solide Haus. „Ich muss natürlich noch ordentlich Arbeit reinstecken. Aber ich möchte das Obergeschoss gern fertigmachen, ein neues Bad bauen und Carolyn entscheiden lassen, wie sie sich unten einrichten will. Übernächsten Sommer kann das Kind laufen. Dann können wir umziehen, und ich werde mein Haus an meinen Vorarbeiter vermieten."

„Du hast einen Vorarbeiter?"

Kavanaughs Lächeln wurde breiter. „Bis dahin ja. Wenn alles gut geht. Ich hätte es am liebsten schon vor Jahren gekauft, damals, als du mich überboten hast. Jetzt habe ich ein bisschen Geld zusammenkratzen können, und du bist sowieso nur selten hier. Ich glaube, jetzt ist der richtige Zeitpunkt gekommen." Mike schaute Matt über die randlosen Brillengläser hinweg an. „Du willst doch wohl nicht etwa behaupten, dass ich mich irre?"

Stirnrunzelnd ließ Matt den Blick über die hügeligen Äcker schweifen, die er in den vergangenen zwei Jahren bearbeitet hatte. Mit zwei Stockwerken war das Haus groß genug. Aber das Obergeschoss war nie fertiggestellt worden, und die Küche im Erdgeschoss wirkte nicht besonders einladend. Das galt auch für das Bad, das kaum größer als ein Schrank war. Und im gesamten Haus mussten die Elektroleitungen und die Rohre erneuert werden; außerdem brauchte es dringend eine Wärmedämmung.

Matt hatte sich nicht an dem Zustand gestört. Aber natürlich konnte man nicht mit Frau und Kindern hier wohnen. Dazu kamen zwei Scheunen, von denen eine älter als hundert, die andere erst fünf Jahre alt war, und viele Hektar Land, begrenzt von dunklen Wäldern. Der Bach, der sich über den Besitz schlängelte, floss hinüber zu Kavanaughs Grund und Boden.

Matt öffnete den Umschlag und las das Angebot, das Mike und Carolyn ihm machten. Es war fair. Er wusste, was seine Ranch wert war, jedenfalls wenn es um bare Münze ging. Und gefühlsmäßig war er bereit, einen Schritt in die Zukunft zu wagen.

„Jetzt brauche ich nur noch einen Vertrag. Steht alles im Angebot", bemerkte Kavanaugh, „wir könnten die Abzahlung auf fünf Jahre strecken. Entweder bekommst du dann den Rest auf einen Schlag, oder ich nehme eine Hypothek auf."

Matt biss die Zähne fest zusammen und warf einen letzten Blick auf sein Anwesen. „In Ordnung, Mike. Es gehört dir." Er streckte die Hand durch das geöffnete Fenster, und Mike schlug ein.

„Einfach so?"

„Ja, einfach so. Ich rufe die Anwälte an, die mich damals beim Kauf beraten haben. Eine Kanzlei namens Jansen, Monteith & Stone in Missoula. Thorne hat dort nach der Highschool gearbeitet, und sie haben sämtliche Angelegenheiten meines Vaters erledigt."

Kavanaugh nickte. „Habe von ihnen gehört. Bin gespannt, was sie ausarbeiten."

Sie unterhielten sich noch ein paar Minuten lang, bis Kavanaugh sich verabschiedete. Matt ging den kurzen Weg zum Haus zurück und stieg die drei Stufen zur Veranda hoch. Drinnen lauschte er dem knisternden Feuer in dem alten Ofen, hörte, wie die Fensterläden bei jedem Windstoß rüttelten. Seine Möbel waren gebraucht; die meisten hatte er vom Vorbesitzer übernommen. Im Grunde genommen gab es nicht viel, was ihn noch länger auf der Ranch hielt.

Matt wollte keine Zeit verschwenden und wählte die Nummer der Kanzlei. Nachdem die Empfangssekretärin ihn durchgestellt hatte, wurde er mit Bill Jansen verbunden. Er war der Mann, der das Testament ausgearbeitet hatte, mit dem nach John Randalls die Flying-M-Ranch aufgeteilt wurde.

„Was kann ich für Sie tun?", fragte Bill.

Matt schilderte sein Anliegen. Er erklärte, dass er beim Verkauf seiner Ranch den Gegenwert der Arbeit erhalten wollte, die er hineingesteckt hatte. Der Preis sollte so hoch sein, dass er damit seinen Brüdern ihren Anteil an der Flying M abkaufen konnte. Außerdem wollte er einen Fonds für Eva Dillinger gründen, um die Ansprüche abgelten zu können, die aus der Vereinbarung seines Vaters mit ihr entstanden waren.

„Das könnte komplizierter werden, als Sie glauben", gestand Bill ein. „Soweit ich weiß, hatten John Randall und Eva sich über eine Rente unterhalten. Aber es gibt keinerlei schriftliche Vereinbarungen."

„Aber Sie haben davon gehört?"

„Er hat es erwähnt."

„Dann lassen Sie uns darüber reden, wie wir die Sache in Ordnung bringen können. Ich habe nicht vor, Eva Dillinger mit Reichtümern zu überhäufen. Aber sie soll das bekommen, was ihr zusteht. Ich rede mit meinen Brüdern. Die ganze Sache muss vollständig im Geheimen ablaufen."

„Das ist nicht möglich."

„Nichts ist unmöglich."

„Stimmt nicht. Nicht nur unsere Mandanten wollen wissen, wer sie beschenkt. Das Finanzamt will es auch."

„Können Sie nicht eine Briefkastenfirma gründen?" Matt lachte, als er sich reden hörte. Er klang wie der Vorstand irgendeiner Investmentgesellschaft. „Schon gut, vergessen Sie es. Ich möchte mich einfach nicht persönlich darum kümmern müssen. Jedenfalls nicht jetzt." Er sagte die Wahrheit. Es gab so vieles, worüber er nachdenken musste, da musste er sich den Ärger nicht ausgerechnet jetzt antun. Aber es musste sein. Er musste für die Fehler seines Vaters geradestehen. „Keine Sorge. Ich werde mich erklären."

„Dann ist es nicht mehr geheim."

„Genau. Keine Sorge, ich weiß, was ich tue", meinte Matt. „Ist es möglich, dass Sie mir die nötigen Unterlagen schon in den nächsten Tagen zukommen lassen? Faxen Sie sie zur Ranch. Ich kümmere mich darum, dass meine Brüder unterschreiben. Schaffen Sie es so schnell?"

„Ja. Es sei denn, es tauchen unvorhergesehene Probleme auf."

„Das darf nicht passieren."

„Eine unserer Rechtsanwältinnen kommt in den nächsten Tagen nach Grand Hope. Ich werde ihr unser Anliegen erläutern, und wenn es Probleme gibt, können Sie sie treffen, solange sie sich in der Stadt aufhält. Sie heißt Janine Parsons und hat während ihres Abschlussjahres auf der Highschool bei uns gearbeitet. Vielleicht kennen Sie sie."

Der Name kam ihm irgendwie bekannt vor. Aber Matt konnte ihn nicht recht einordnen. „Nein, ich glaube nicht."

„Ich richte ihr aus, dass sie Sie anrufen soll, wenn sie in Grand Hope ankommt. Sie wird ein paar Wochen bleiben, weil sie das Haus ihrer Großmutter verkaufen will."

„Parsons", wiederholte Matt.

„Nita Parsons war ihre Großmutter."

„Wie gesagt, der Name kommt mir irgendwie bekannt vor."

„Nita ist vor ein paar Monaten gestorben. Könnte sein, dass Ihr Vater sie gekannt hat."

„Ja, vielleicht."

„Wie dem auch sei, ich bereite den Verkauf vor. Dann müssen nur noch Ihre Brüder unterschreiben."

„Ich sorge dafür", versicherte Matt, obwohl er bisher weder mit Thorne noch mit Slade über den Deal gesprochen hatte. Aber er nahm an, dass die beiden keine Probleme machen würden. Thorne hatte bereits erwähnt, dass er ein Haus in der Nähe kaufen wollte, und Slade war nicht der Typ, der irgendwo Wurzeln schlug. Matt war der Rancher unter den Brüdern. Er würde seine Brüder entschädigen und sich die Hälfte der Flying M sichern.

Matt legte auf und ließ den Blick über die Einrichtung des alten Hauses schweifen. Viele Jahre hatte er hier verbracht. Allein. Und es war gut gewesen. Aber jetzt wollte er mehr vom Leben. Die rothaarige Polizistin würde bald erfahren, was er im Sinn hatte.

Er wollte den Stein so schnell wie möglich ins Rollen bringen. Rasch wählte er die Nummer der Flying M, war mit Thorne verbunden und erklärte ihm, was geschehen war. „Hol Slade an den zweiten Apparat. Wir machen eine Konferenzschaltung", verlangte er, „in den letzten Tagen habe ich nämlich gründlich nachgedacht. Kavanaugh kauft meine Ranch, und ich will nach Grand Hope übersiedeln. Schlag mir einen fairen Preis vor, dann kann ich euch zwei entschädigen."

„Kurzen Prozess? Einfach so?"

„Wenn ihr verkauft", meinte Matt.

Thorne zögerte. „Ich wüsste nicht, was dagegen spricht", meint er schließlich. „Ich hole Slade ans Telefon, und wir besprechen die Sache."

„Einfach so?", wiederholte Matt.

„Ja. Das ist meine Art, Geschäfte zu machen."

Kelly war genervt. Schwer genervt. Es gab nur einen einzigen Ort auf der Welt, wo sie in diesem Augenblick nicht sein wollte: auf Thorne McCaffertys Hochzeit. Aber sie hatte keine Wahl. Espinoza hatte darauf bestanden.

„Die Ermittlungen sind noch längst nicht abgeschlossen", hatte er ihr in seinem Büro erklärt und dabei eine Zigarette geraucht. „Der Killer könnte immer noch draußen rumlaufen. Du hast die Chance, der ganzen Familie und ihren Freunden so nahe zu kommen wie noch nie zuvor."

„Auf einer Hochzeit?", hatte sie protestiert.

„Auf einer Hochzeit. Du kleidest dich als Gast, mischst dich unter den Empfang und sperrst Augen und Ohren auf." Er hatte kräftig an seiner Zigarette gesogen, den Rauch ausgeblasen und sie durch die Qualmwolke hinweg angesehen. „Ist das ein Problem, Detective?"

„Nein, nicht im Geringsten", erklärte sie ihrem Spiegelbild laut und wiederholte damit wörtlich den Satz, den sie Espinoza kaum drei Stunden zuvor gesagt hatte. Inzwischen trug sie ein nachtblaues Seidenkleid, hatte ihr Haar zu kleinen Zöpfen geflochten und schlang sie im Nacken zu einem Knoten. Der Gedanke an Matt jagte ihr einen Schauder über den Rücken.

Du wirst darüber hinwegkommen. Betrachte es einfach als rein dienstliche Sache. Aber als sie sich die Nase puderte, braune Mascara auftrug und den pfirsichfarbenen Lippenstift auflegte, fühlte sie sich wie eine Betrügerin.

Während ihrer Ausbildung hatte Kelly es mit Männern aufgenommen, die doppelt so stark waren wie sie. Sie war dafür bekannt, dass sie jeden Verdächtigen dazu zwingen konnte, seine Waffe fallen zu lassen, selbst wenn er sie damit bedrohte. Sie scheute sich auch nicht, mit Höchstgeschwindigkeit über den Highway zu rasen, wenn eine Verfolgungsjagd es erforderte. Und jetzt ließ sie sich durch eine schlichte Hochzeit mit anschließendem Empfang einschüchtern?

Es ging nur um einen einzigen Abend. Irgendwie würde sie es schon überstehen. Just in dem Moment, als sie nach ihrer Jacke griff und prüfte, ob sie die Schlüssel dabei hatte, klingelte das Telefon. Beinahe hätte sie es ignoriert, nahm dann aber beim dritten Klingeln ab.

„Kelly?“ Ihre Schwester klang so atemlos, als wäre sie gerannt.

„Das hier ist mein Haus. Du hast mich angerufen. Wer sollte sonst dran sein?“

„Was weißt du über einen Fonds, der für Mom eingerichtet wurde?“, fragte Karla unbeirrt.

„Ein Fonds?“

„Genau. Mom hat einen Brief von einer Anwältin in Missoula erhalten. Janine Parsons heißt die Frau, und sie behauptet, dass Mom Geld aus einem Fonds bekommen soll.“

„Warum?“

„Das frage ich dich.“

„Haben sie es ihr nicht erklärt?“

„Nein. Mom hat die Kanzlei angerufen und mit dem Anwalt gesprochen. Aber er hat sich ziemlich ausweichend verhalten, wollte keine Informationen rausrücken. Meinte, dass in ein paar Wochen alles klar wird. Komisch, nicht?“

„Allerdings.“

„Einem geschenkten Gaul schaut man nicht ins Maul, habe ich Mom und Dad erklärt. Aber du weißt ja, wie sie sind. Die beiden glauben jetzt, dass es sich um einen Irrtum handeln muss. Was meinst du?“

„Wie heißt die Kanzlei?“

„Jansen, Monteith & Stone.“ Karla hielt kurz inne. „Mom meinte, dass John Randall immer mit dieser Kanzlei zusammengearbeitet hat. Könnte es sein, dass da zufällig ein Zusammenhang besteht?“

„Karla, ich bin Polizistin. Ich glaube nicht an dumme Zufälle.“

„Und ich bin Friseurin, Kelly. Ich glaube an Wiedergeburt, an gespaltene Persönlichkeiten, an Lottogewinne und, nur damit ich nichts vergesse, an dumme Zufälle. Und jetzt viel Spaß auf der Hochzeit.“

„Spaß werde ich ganz sicher nicht haben.“

„Das stimmt wahrscheinlich, wenn du mit dieser Einstellung hingehst. Komm schon, Kelly, Kopf hoch. Es wird dich schon nicht umbringen.“

Kelly war sich da nicht so sicher.

Matt fuhr sich mit zwei Fingern unter den Kragen seines Smokinghemdes und zerrte daran, weil er das Gefühl hatte, keine Luft mehr zu bekommen. In engen Räumen litt er schnell unter Platzangst, und der Vorraum zu der kleinen Kapelle, wo Thorne in wenigen Minuten heiraten sollte, war kaum groß genug für die drei Brüder und den Pfarrer. Matt konnte kaum atmen. Es mochte daran liegen, dass er kein besonders inniges Verhältnis zu Gott pflegte. Oder es lag daran, dass das Thermostat der Heizung nicht mehr funktionierte, denn es schien in dem Raum immer stickiger zu werden. Oder lag es daran, dass er Kelly bald wiedersehen würde?

Kelly. Detective Kelly Ann Dillinger.

Die Frau, die seine Anrufe nicht beantwortet hatte.

Schon seit gestern hielt Matt sich wieder in Grand Hope auf. Er hatte sie dreimal angerufen und drei Nachrichten hinterlassen. Aber er hatte keine Antwort bekommen. Trotzdem war Nicole sicher, dass Kelly sich bei der Hochzeit blicken lassen würde.

Gut.

Denn er wollte Antworten.

„Nächste Woche werden die Verträge unterzeichnet", bemerkte Slade, schaute in den Spiegel und schob sich eine widerspenstige schwarze Haarlocke aus der Stirn.

„Sobald sich der Anwalt bei uns meldet."

„Bill Jansen?", fragte Thorne, obwohl er mit den Gedanken offensichtlich ganz woanders war.

„Nein, seine Partnerin. Eine Frau. Janine Parsons."

Slade erstarrte. „Wer?"

„Janine Parsons. Sie hält sich geschäftlich in Grand Hope auf, weil sie das Haus ihrer Großmutter verkaufen will." Matt bemerkte, wie sich ein Schatten über Slades blaue Augen legte. „Kennst du sie? Sie hat das letzte Jahr der Highschool hier verbracht. Ihre Großmutter hieß Anita."

„Nita."

„Ja, genau. Du hast also schon von ihr gehört."

„Lange her", gab Slade zu und presste die Lippen zu einem dünnen Strich zusammen, als die Orgelmusik den Raum erfüllte. „Es geht los." Er schaute Thorne an und schien froh, das Thema wechseln zu können. „Genieße deine letzten Minuten als unverheirateter Mann."

Thorne lächelte.

„Du kannst immer noch Nein sagen", schlug Slade vor.

„Will ich aber nicht." Jetzt lachte der Bräutigam, und Matt fragte sich, ob er ihn schon jemals so glücklich erlebt hatte. Früher war es Thorne immer schwergefallen, Glücksgefühle zuzulassen; nie hätte Matt geglaubt, dass er sich jemals ändern würde. Bis Nicole aufgetaucht war. Mit der Beziehung war alles anders geworden, und zwar im besten Sinne.

Die Tür der Kapelle öffnete sich knarrend. Der Pfarrer, ein großer, dürrer Mann mit wildem grauen Haar, einer dicken Brille und rosigen Wangen, betrat den Vorraum. „Sind wir bereit?"

Thorne nickte. „Natürlich."

„Dann wollen wir anfangen."

Thorne zögerte und wandte sich an seine Brüder. „Euch zwei wird es nicht anders ergehen", prophezeite er ihnen. „Eure Tage als Junggesellen sind gezählt."

Slade schnaubte missmutig.

Matt verkniff sich jeden Kommentar.

„Für mich nicht", widersprach Slade.

„Hochmut kommt vor dem Fall."

„Das gilt vielleicht für Matt. Er hängt doch sowieso schon am Haken."

Ausnahmsweise stritt Matt es nicht ab. Ja, er war bereit. Aber die Frau, die er heiraten wollte, ging ihm aus dem Weg, wo sie konnte.

„Wie gesagt, Hochmut kommt vor dem Fall", wiederholte Thorne und rückte sich die Krawatte zurecht. „Du wirst dich beizeiten daran erinnern, Slade." Er straffte die Schultern, bat seine Brüder mit einer Handbewegung in die kerzenbeleuchtete Kapelle und trat selbst ein. Das kleine Gebäude war über hundert Jahre alt, und auf den Bänken aus dunklem Holz hatten sich Freunde und Familienmitglieder versammelt.

Matt blieb beinahe das Herz stehen, als sein Blick auf Kelly fiel, und er nahm die anderen Gäste kaum noch wahr. Rachel und eine Ärztin namens Maureen Oliverio waren die Brautjungfern, und Matt hätte sie eigentlich begrüßen müssen. Aber er schaffte es nicht, seine Aufmerksamkeit von Kelly abzuwenden.

Du lieber Himmel, sie ist wirklich wundervoll, dachte er und zwang sich, in den hinteren Teil der Kapelle zu schauen. Dort erschien Nicole in einem langen cremefarbenen Kleid, das im Kerzenlicht schimmerte. Langsam schritt sie durch die Kirche nach vorn, wo Thorne auf sie wartete und ihr die Hand entgegenstreckte. Aber aus den Augenwinkeln beobachtete Matt die ganze Zeit über Kelly.

Eigentlich sollte ich der Bräutigam sein, dachte er in einem lächerlichen Anfall von Trotz. Kelly und ich sollten da vor dem Altar stehen und uns ewige Treue schwören. Matt erinnerte sich an jenen Tag vor ein paar Monaten, als er versucht hatte, Diablo Rojo zuzureiten. Sein Vater hatte ihm damals geraten, sich häuslich niederzulassen, eine Familie zu gründen und dafür zu sorgen, dass der Name McCafferty nicht unterging.

Matt schluckte schwer.

Der alte Mann hatte recht gehabt.

Er hatte die Frau gefunden, mit der er sein Leben teilen wollte. Jetzt musste er nur dafür sorgen, dass sie ihn heiratete.

Irgendwie musste er diese Hochzeit überstehen. Er bemerkte, dass Nicole Tränen in die Augen traten, als Thorne ihr den goldenen Ehering auf den Finger steckte. Neidisch schaute er zu, wie sein Bruder seine Ehefrau küsste. Die Zeremonie war vorüber. Matt folgte dem Brautpaar nach draußen in die kalte Winterluft.

Schweigend fuhr er mit Slade zusammen ins *Badger Creek Hotel*, wo der Empfang stattfinden sollte. Am Ufer des Flusses erbaut, war es vor mehr als einem Jahrhundert nach dem Gewässer benannt worden. Ursprünglich hatte das Hotel als Postkutschenstation gedient, und es konnte auf eine ereignisreiche Vergangenheit zurückblicken. Jetzt hatte man es in jenen prachtvollen Zustand zurückversetzt, den es im neunzehnten Jahrhundert gehabt hatte.

Slade stellte den Wagen auf dem Parkplatz ab und stieg aus, während Matt bereits die Treppe zum Ballsaal hinaufstürmte. Es hatte ihn überrascht, dass Kelly an der Zeremonie in der Kapelle teilgenommen hatte, und er hoffte, sie auch auf dem Empfang zu erwischen.

Die Gäste hatten sich bereits in dem Saal mit der hohen Stuckdecke versammelt. An der Längsseite gaben breite Fenster den Blick auf die Landschaft frei, und Tausende kleiner Lichter funkelten im Kristallglas der drei riesigen Kronleuchter. Auf einem Podest in der Ecke spielte eine kleine Band. Champagner perlte aus einem Brunnen, neben dem eine Eisskulptur eines galoppierenden Pferdes stand.

Matt entdeckte sie in dem Moment, als sie den Saal betrat. Kelly hatte den Mantel abgelegt und trug ein langes Kleid in glänzendem Dunkelblau. Sie sah wundervoll aus. Um ihren langen Hals lag ein silbernes Collier. Das Haar hatte sie sich aus dem Gesicht frisiert, nicht besonders streng, aber auf eine selbstbewusste Art, die ihn sofort gefangen nahm.

Er schnappte sich zwei langstielige Gläser vom Tisch und eilte zu ihr. „Ich muss schon sagen, Detective", begann er, „du siehst wirklich … fantastisch aus."

Kelly zog die Brauen hoch. „Komm schon, McCafferty. Du vermisst die Uniform. Gib es zu."

Offenbar hatte sie ihren Sinn für Humor nicht verloren. „Ich vermisse dich."

„Ich verstehe nicht, was du meinst."

„Lügnerin." Matt reichte ihr das Glas, und sie nahm einen Schluck.

„Noch nicht", bat er. „Wir sollten einen Toast ausbringen."

„Auf Braut und Bräutigam?"

„Nein, das kommt später." Matt erklärte sich nicht, sondern ergriff ihre Hand und zog sie durch die Türen nach draußen auf die Terrasse.

„Warte mal …"

„Nein. Ich habe lange genug gewartet." In einer Hand balancierte er das Glas, während er sie mit dem zweiten Arm umschlang und an sich zog. Bevor Kelly protestieren konnte, küsste er sie leidenschaftlich, bis er spürte, wie sie nachgab und sich an ihn schmiegte. Dann hob er den Kopf. „Ist das nicht viel besser?"

„Nein … ich wollte sagen … Matt, ich habe dir beibringen wollen, dass es vorbei ist. Spar dir dein Theater."

„Theater?" Matt schwante Böses.

„Ich habe erfahren, dass du mich nur deshalb ins Bett kriegen wolltest, um näher an den Ermittlungen dran zu sein."

„Nein, ich …"

„Du brauchst es nicht abzustreiten. Ich habe ein Gespräch zwischen Rachel und Slade belauscht."

Matt wurde wütend.

„Ich habe erfahren", fuhr Kelly fort, „dass dieser Flirt, oder wie auch immer du es nennen willst, nur auf Veranlassung von Kurt Striker stattgefunden hat. Er hat vorgeschlagen, dass du mich ins Bett kriegen sollst."

„Und du glaubst diese Geschichte?"

„Ja."

Wieder stieg Wut in ihm hoch. Matt öffnete den Mund und wollte gerade antworten, als sie ihn mit unsäglich traurigem Blick anschaute. „Bitte versuch nicht, mich für dumm zu verkaufen. Das ist vollkommen überflüssig."

„Das würde ich nie wagen."

„Gut. Dann sollten wir unserer Wege gehen und vergessen, was zwischen uns geschehen ist."

„Nein."

„Matt, bitte." Sie drehte sich zur Tür, und er machte sich nicht die Mühe, sie aufzuhalten.

„Kelly, ich werde es niemals vergessen. Nie." Sie hatte die Tür bereits erreicht, drehte sich aber noch mal zu ihm um. Tränen glänzten in ihren Augen.

„Bitte hör auf", flüsterte sie.

„Ich liebe dich."

Kelly schloss die Augen. Die Träne, die über ihre Wange rollte, glitzerte im Mondlicht.

„Du musst nicht …"

„Verdammt noch mal, ich liebe dich."

Kelly lehnte sich an die Tür. „Matt, ich will nicht, dass du so mit mir umgehst. Ich bin nur deshalb heute Abend hier aufgetaucht, weil mein Boss es befohlen hat. Wegen der Ermittlungen."

„Hast du hier schon Verdächtige gesehen?"

„Nur den Bräutigam und seine Brüder", gab sie zurück, aber der Witz zündete nicht. „Hör zu. Ich weiß, dass du einen Fonds für meine Mutter gegründet hast. Muss an dem schlechten Gewissen liegen, wegen der Dinge, die dein Vater ihr angetan hat. Und … das ist alles ganz wunderbar. Wirklich. Aber du hättest es nicht tun müssen. Es war das Problem deines Vaters. Nicht deins."

„Aber du bist mein …"

„Ein Problem … ja, das bin ich wohl."

„Das wollte ich damit nicht sagen!"

„Die Vergangenheit ist vorbei und vergessen", fuhr Kelly fort,

„meiner Familie geht es gut. Wir können selbst für uns sorgen. Wir sind auf eure verspäteten Wohltaten nicht angewiesen."

„Darum geht es nicht."

„Ist mir egal."

„Verdammt noch mal!" Matt stellte sein Champagnerglas ab, und seine Schuhe knirschten im Schnee, als er zu ihr ging. „Du bist hergekommen, um mich zu sehen. Ich habe den Fonds für deine Mutter eingerichtet, weil ich ein Unrecht wiedergutmachen wollte. Meine Brüder haben zugestimmt. Ich bringe es nicht fertig, die Vergangenheit auf sich beruhen zu lassen. Nicht, bis du mir erklärt hast, dass du meine Frau werden willst."

„Was? Lieber Himmel, du strotzt ja vor Selbstbewusstsein."

„Ich liebe dich", wiederholte Matt, und sie hatte das Gefühl, als müsste ihr Herz in tausend Stücke zerspringen. Wenn sie ihm nur vertrauen konnte ... aber sie wusste es besser. Kelly wollte protestieren. Aber er riss ihr das Champagnerglas aus der Hand, warf es über die Brüstung in den Fluss und schloss sie in seine Arme. „Was muss ich tun, um dich zu überzeugen?"

„Das wird dir niemals gelingen."

„Natürlich wird es mir gelingen. Wir brennen heute Nacht durch."

„Du bist verrückt."

„Ich meine es ernst."

Die Kehle war ihr wie zugeschnürt. Durfte sie ihm glauben? Ihm vertrauen?

„Ich glaube nicht, dass es möglich ist", flüsterte Kelly.

„Alles ist möglich." Matt musterte sie lange und aufmerksam. „Ich habe meine Ranch verkauft und ziehe nach Grand Hope. Für immer. Und ich möchte, dass du meine Frau wirst. Ich möchte eine Familie mit dir gründen. Liebst du mich?"

„Ja."

„Dann heiraten wir."

„Das ... das wäre schön."

„Dann ist es abgemacht." Matt lächelte sie an und sah dabei so sexy aus, dass ihre Knie schwach wurden.

„Ich ... ich weiß wirklich nicht, was ich sagen soll", flüsterte Kelly. Sie fühlte sich überrumpelt, weil sich das Blatt so schnell gewendet hatte.

„Dann sag einfach nichts. Küss mich."

Trotz ihrer Tränen musste Kelly beinahe lachen. Sie legte den Kopf in den Nacken und spürte seine Lippen auf ihren. Musik drang durch die offene Tür. Matt begann, sich zu bewegen, tanzte allein mit ihr auf der schneebedeckten Veranda und wirbelte sie in der kalten Winternacht herum. Hoch über ihren Köpfen funkelten die Sterne am nachtblauen Himmel Montanas.

Kelly schmiegte sich an ihn. Sie dachte an die Ermittlungen, an die Gefahr, in der die McCafferty-Brüder immer noch schwebten, dachte an Rachel und J. R.. Jetzt, wo sie wusste, dass sie Matt bald heiraten würde, war sie noch entschlossener als zuvor, den Kerl zur Strecke zu bringen, der die Familie terrorisierte. Ihre Familie.

Aber heute Abend wollte sie nur mit Matt tanzen, mit ihm lachen und sich daran freuen, dass sie dem Leben von nun an gemeinsam die Stirn bieten würden, was immer es ihnen auch bringen würde.

„Sollen wir es den anderen sagen?", fragte Matt.

„Heute Abend?"

„Warum warten?"

Ja, warum?

„Lass uns bis morgen warten. Dieser Abend gehört Thorne und Nicole", schlug Kelly vor, schaute durch das Fenster in den Saal und beobachtete Braut und Bräutigam, wie sie über das Tanzparkett schwebten. Nicoles Wangen waren gerötet, ihre Augen glänzten, und als der Song zu Ende war, schwang Thorne sie nach hinten, sodass sie lachend in seinen Armen lag. Die Gäste applaudierten.

„Dann, auf morgen!", stimmte Matt zu.

„Ja, morgen."

Kelly schlang ihm die Arme um den Nacken, als er sie wieder küsste. „Okay, Detective. Wir sollten wieder auf die Party gehen. Sieht so aus, als wäre dir dein Champagner abhandengekommen. Ach, hattest du nicht vor, heute Abend nach verdächtigen Personen Ausschau zu halten? Das war doch deine Aufgabe."

„Stimmt, Cowboy."

„Vermutlich hast du noch keine verdächtigen Personen entdeckt."

„Nur die McCafferty-Brüder", spottete Kelly und hakte sich bei ihm unter, als sie gemeinsam den Ballsaal betraten. „Drei berüchtigte Herzensbrecher, wie die Welt sie selten erlebt hat!"

„Ja, wahrscheinlich hast du recht“, bestätigte Matt lachend und zwinkerte ihr verschwörerisch zu. „Willkommen in der Familie. Von jetzt an gehörst du dazu.“

„Es ist mir ein Vergnügen“, versicherte Kelly. Matt drückte ihre Hand und schloss sie in die Arme, als sie sich zu den übrigen Gästen gesellten, die unter dem strahlenden Licht der Kronleuchter tanzten. Ihr Herz pochte aufgeregt, und sie hatte Mühe, die Freudentränen zurückzudrängen. Der Mann, den sie liebte, führte sie mit leichter Hand über das Parkett. Kelly schaute auf und lächelte ihn an. Ihr ganzes Leben lang hatte sie auf ihn gewartet, auf den Mann, der bald ihr Bräutigam sein würde. Ein Cowboy ganz nach ihrem Herzen.

Detective Kelly McCafferty.

In ihren Ohren klang das wundervoll.

EPILOG

Das Pferd wieherte leise, als Matt den dunklen Stall betrat. Er drückte auf den ersten Schalter, und die Hälfte der Leuchtröhren erhellte das muffige Gebäude. Die Stuten und Hengste scharrten unruhig in ihren Boxen, während draußen der Wind um die Ecken pfiff. Diablo Rojo schob den Kopf über das Gatter und schnaubte.

„Ja, ja, ich freue mich auch, dich zu sehen." Matt zog den Apfel aus der Tasche, den er aus der Küche stibitzt hatte, und ging zur Box des Appaloosahengstes. Er schob sich den Hut in den Nacken und hob den Kopf, sodass er dem lebhaften Pferd in die Augen schauen konnte. „Juanita backt zwar gerade einen Kuchen, aber ich glaube, auf einen Apfel kann sie verzichten." Er öffnete die flache Hand und fügte hinzu: „Und wenn nicht, dann wissen wir beide, dass sie mich bei lebendigem Leibe rösten wird. Wegen des Diebstahls." Weiche Lippen suchten den Apfel in seiner Handfläche. „Ein Grund mehr, Freundschaft zu schließen, nicht wahr?"

Das Pferd warf den Kopf hin und her. In seinen dunklen Augen funkelte immer noch eine Wildheit, die kein Mensch jemals würde zähmen können. Noch nicht einmal ein McCafferty.

„Das habe ich mir gedacht."

Matt rieb die breite Stirn des Hengstes und ließ den Blick über die Herde schweifen. Ein paar Zuchtstuten waren trächtig, und ihre geschwollenen Leiber gaben zu erkennen, dass sie bald die nächste Generation des Viehbestands auf der Ranch zur Welt bringen würden.

Seine Schritte hallten auf dem Betonboden zwischen den Boxen. Er lächelte, denn er liebte seine Tiere. Im Frühjahr würde er seine eigene Herde auf die Flying-M-Ranch überführen. Dann war er längst verheiratet, und vielleicht wäre sogar schon sein Kind unterwegs.

Ein kalter Luftzug strömte in den Stall, als die Tür knarrend geöffnet wurde. Kelly trat ein. Schneeflocken hatten sich auf ihre Schultern gesetzt und schmolzen in ihrem roten Haar. Matt schlug das Herz höher, als er sie erblickte. So war es immer, schon seit er sie das erste Mal gesehen hatte.

„Dachte ich mir doch, dass ich dir hier finde", grüßte sie und eilte zwischen den Boxen auf ihn zu, stellte sich auf die Zehenspitzen und drückte ihm die Lippen auf die Wange.

Doch das Küsschen reichte ihm nicht. Bevor sie sich zurückziehen konnte, schloss Matt die Arme um sie und presste sie an sich. Mit schlafwandlerischer Sicherheit fanden seine Lippen ihren Mund. Ihr Parfum stieg ihm in die Nase, und ihr warmer Körper weckte in ihm das Bedürfnis, sie ganz zu besitzen. Jeden Tag. Für den Rest seines Lebens. „Bist du hergekommen, damit wir uns endlich ein bisschen Privatsphäre gönnen können?", meinte er spöttisch, als er schließlich den Kopf hob und die Röte auf ihren Wangen bemerkte.

Kelly lachte. „Ja, könnte sein … deshalb sicher auch. Eigentlich wollte ich nur mal hören, wie es dir geht."

„Gut. Warum sollte es mir schlecht gehen?"

Kelly hob eine Schulter und zog die Nase kraus. „Ich wollte mich vergewissern, dass es wirklich richtig ist, deine Ranch zu verkaufen." Plötzlich wirkte sie ernst. „Das soll heißen, ich könnte auch dorthin ziehen, falls du das Anwesen behalten willst, und …"

„Nein. Auf keinen Fall. Hier ist mein Zuhause." Matt hielt sie immer noch in den Armen, ließ den Blick über die Boxen schweifen und schaute schließlich hinauf zum Heuboden. „Ich habe getan, was ich tun musste. Ich musste mir beweisen, dass ich es allein schaffen kann. Jetzt will ich hier leben." Er schaute ihr tief in die Augen. „Bei der Frau, die ich liebe."

„Und wer ist die Glückliche?", spottete sie und lächelte.

Matt lachte auf und drückte sie an sich. „Außerdem bin ich nicht der Einzige, der Opfer bringt." Kelly hatte beschlossen, den Polizeidienst zu quittieren und bei Kurt Striker als Juniorpartnerin einzusteigen. Die beiden hatten ihre Feindseligkeiten begraben, und Kelly war sich sicher, die richtige Entscheidung getroffen zu haben. Als Mrs. McCafferty wollte sie sich ihre Zeit besser einteilen können und sich nicht mehr von dem Job auffressen lassen. „Und wie hat Detective Espinoza deine Entscheidung aufgenommen?"

„Nicht besonders gut", gestand Kelly ein.

„Hat er versucht, dich zu überreden, alles rückgängig zu machen?"

„Hm. Er hat angeboten, mich zu befördern."

„Und du hast abgelehnt?"

„Sofort. Roberto wusste ohnehin, dass ich damit nicht zu ködern bin. Ich war fest entschlossen. Und ich glaube, er hatte begriffen, dass daran nichts zu ändern ist."

„Aber er hat es versucht."

Kelly lächelte schweigend.

„Und was sagt deine Familie?"

„Das ist wieder eine andere Geschichte." Kelly lachte auf und schmiegte sich enger an ihn. „Langsam gewöhnen sie sich an uns. Natürlich freuen sie sich über den Fonds. Aber trotzdem wissen sie immer noch nicht, ob man einem McCafferty wirklich trauen darf."

„Auch nicht ihrer Tochter?"

„Wir werden sehen. Es braucht Zeit."

Matt drückte ihr einen Kuss auf die Stirn. „Kommen sie zu unserer Hochzeit?"

„Wahrscheinlich", seufzte Kelly, „obwohl es ihnen nicht leichtfällt."

„Wirklich nicht?"

„Doch, natürlich ... es sollte ein Scherz sein." Ihr Atem hauchte warm über seine Brust. „Um keinen Preis der Welt würden mein Vater oder meine Mutter eine Hochzeit verpassen wollen. Karla ist schon ganz aufgeregt, weil sie Brautjungfer sein soll. Und das, obwohl sie mir wegen ihrer zwei gescheiterten Ehen ernsthaft ins Gewissen geredet hat."

„Komisch, meine Familie ist hellauf begeistert", meinte Matt, während Diablo den Hals reckte und mit geblähten Nüstern nach weiteren Äpfeln suchte.

„Deine Familie ist froh, wenn sie dich los ist."

„Sehr witzig."

„Sie waren überzeugt, dass du ein hoffnungsloser Fall bist."

„Ja, da hatten sie zweifellos recht. Aber es könnte auch andere Gründe haben. Wer weiß, vielleicht hast du meine Brüder und meine Schwester verzaubert."

„Ja, natürlich", bestätigte Kelly und freute sich über das Kompliment. Doch dann schaute sie auf die Uhr. „Ich muss mich beeilen."

„Du bist doch gerade erst hergekommen!"

„Ich habe Rachel versprochen, auf ihr Baby aufzupassen. Hat es inzwischen schon einen anderen Namen?"

„Rachel arbeitet noch daran, wie sie sich ausgedrückt hat. Und so lange sie noch daran arbeitet, nennen wir ihn einfach J. R.. Es scheint ihr nicht besonders gut zu gefallen, aber sie hat sich damit abgefunden. Was bleibt ihr auch übrig?"

„Ich habe immer noch nicht aufgegeben, den Kerl zu finden, der die Anschläge auf sie verübt hat", meinte Kelly und zwirbelte nachdenklich an einem Knopf ihrer Jacke herum. „Nur werde ich in Zukunft mit Kurt daran arbeiten und nicht mehr im Department."

„Wir kriegen ihn", versprach Matt finster entschlossen. „Wir beide zusammen." Er streifte ihr eine Locke aus der Stirn. „Und alles andere schaffen wir auch."

„Wirklich alles?", erwiderte sie spöttisch, und ihre braunen Augen funkelten verschmitzt.

„Alles." Genauso meinte er es auch, und er bekräftigte seine Worte mit einem Kuss.

„Oh ..." Kelly lehnte sich an das Stallgitter und schmolz dahin.

„Was ist ... wenn wir Kinder haben, und das Baby will mitten in der Nacht um eins gefüttert und gewickelt werden?", fragte Kelly atemlos, als er den Kopf hob.

„Kein Problem."

„Das kann nur ein Mann sagen. Wer kutschiert die Kinder in der Gegend herum, wenn sie zum Fußball und zum Klavierunterricht müssen? Und wenn du ein krankes Pferd verarzten musst oder ein Rind durch ein Loch im Zaun verschwunden ist?"

„Kleinigkeit", erwiderte Matt.

„Was, wenn ..."

„Ja, was?", unterbrach er sie und schloss die Arme fester um sie. „Wir sollten uns nicht länger den Kopf darüber zerbrechen, was ist, wenn wir Kinder haben. Wir sollten uns darum kümmern, welche zu bekommen."

„Jetzt?", fragte Kelly, und er küsste sie auf die Wange.

„Jetzt."

„Hier?"

„Wo auch immer." Matt fuhr mit den Lippen über ihre. Als er sich bückte, die Arme unter ihre Knie schlang und sie aufhob, spürte er die Gürtelschnalle seines Vaters an seinem Bauch. „Wo auch immer. Wann auch immer. Wie auch immer. Hauptsache, wir sind zusammen."

„Wie du meinst, Cowboy", flüsterte Kelly ihm ins Ohr, setzte sich seinen Hut auf den Kopf und küsste ihn so leidenschaftlich, als würde sie niemals damit aufhören wollen.

– ENDE –

Lisa Jackson

Verräterisch klopfendes Herz

Roman

Aus dem Amerikanischen von
Jutta Nickel

MIRA®

PROLOG

Da draußen sitzt er in seinem Schaukelstuhl und fühlt sich wie auf einem Thron.

Slade McCafferty knirschte mit den Zähnen, als er durch die verschmutzte Windschutzscheibe seines Trucks auf die breite Veranda des Hauses blickte. Es war das Haus, in dem er die ersten zwanzig Jahre seines Lebens verbracht hatte.

Der alte Mann im Schaukelstuhl, John Randall McCafferty, hatte sich kerzengerade hingesetzt. Insgeheim bewunderte Slade ihn dafür, wie hartnäckig er sich an das Leben klammerte. Er bewunderte ihn für seine Sturheit. Und sogar dafür, dass er fest entschlossen gewesen war, den Willen seiner Kinder zu brechen, um seine eigenen Ziele zu erreichen.

Das Problem war nur, dass es nicht funktioniert hatte. Aus Thorne, dem ältesten McCafferty-Sohn, war ein scharfsinniger Anwalt geworden, der ein millionenschweres Unternehmen in Denver leitete. Matt, der Zweitgeborene, hatte sich eine eigene Ranch an der Grenze zu Idaho gekauft. Rachel, die Jüngste und Halbschwester der Brüder, lebte in Seattle und schrieb eine Kolumne, die sie an mehrere Zeitungen verkaufen konnte.

Blieb noch er selbst, Slade.

Immer das schwarze Schaf.

Immer der Schurke.

Immer in Schwierigkeiten.

Er stieg aus dem Wagen, und sogleich schoss ihm ein scharfer Schmerz durch die Hüfte. Als er vor Schmerz das Gesicht verzog, spürte er wieder, wie sich die Haut rund um die kaum sichtbare Narbe auf seiner Wange zusammenzog. Die Narbe erinnerte ihn ständig daran, wie tief er auch innerlich verletzt war.

John Randall sagte kein Wort. Bedächtig schaukelte er in seinem Schaukelstuhl, während er seinen jüngsten Sohn mit zusammengezogenen Brauen beobachtete.

Slade musterte den Mann, der ihn gezeugt hatte. „Dad." Er stieg die Treppe hoch.

„Ich dachte schon, dass du gar nicht mehr kommst."

„Du hattest gesagt, dass es wichtig ist." Du liebe Güte, der alte

Herr sah wirklich schlecht aus. Das dünne weiße Haar bedeckte kaum noch die altersfleckige Kopfhaut. Die Augen, die früher einmal stahlblau gewesen waren, schimmerten fahl. Aber trotzdem war John Randalls Lebensfunken noch nicht erloschen. An den harten Kiefermuskeln konnte man deutlich sehen, dass die unbändige Willenskraft der McCaffertys immer noch in ihm steckte.

„Ist es auch. Setz dich." Er deutete auf die Bank unter dem Fenster. Aber Slade lehnte sich gegen die Verandabrüstung und schaute seinen Vater aufmerksam an. Die Sonne brannte ihm in den Nacken.

„Was ist so bedeutend, dass es keinen Aufschub duldet?"

„Ich will einen Enkel."

„Wie bitte?" Etwas in Slades Brust schien sich zusammenzuziehen, und der vertraute Schmerz pochte ihm in den Schläfen.

„Du hast mich richtig verstanden. Mir bleibt nicht mehr viel Zeit. Und wenn ich ins Gras beiße, will ich die Gewissheit haben, dass du dich irgendwo niedergelassen und eine Familie gegründet hast. Ich will, dass der Name McCafferty weiterlebt."

„Vielleicht solltest du solche Sachen nicht ausgerechnet mit mir besprechen." Jedenfalls nicht jetzt. Dazu waren die Erinnerungen zu frisch.

„Ich habe schon mit Thorne und Matt geredet. Jetzt bist du dran."

„Ich habe keine Lust …"

„Ich weiß, was mit Rebecca passiert ist."

Slade riss sich zusammen.

„Und dem Baby."

Sein Schädel dröhnte so laut, dass er beinahe wahnsinnig wurde. Die Narbe schien zu pulsieren. „Damit werde ich leben müssen", sagte er und bedachte den alten Mann mit einem durchdringenden Blick. „Und es wird die Hölle sein."

„Du hattest keine Schuld. Und du kannst dir nicht dein ganzes Leben lang Vorwürfe machen", erwiderte sein Vater. „Sie sind tot. Es war ein grauenhafter Unfall. Ein schmerzhafter Verlust. Aber das Leben geht weiter."

John Randall griff in seine Westentasche und zog eine Uhr hervor. Es war eine Taschenuhr in Gold und Silber, auf die das Wappen der Flying M eingraviert war, das Wappen der Ranch, die sein ganzer Stolz und seine ganze Freude war. „Ich möchte, dass du sie nimmst."

„Nein, Dad. Behalte sie."

Der alte Mann lächelte bitter. „Ich kann sie nicht mehr gebrauchen. Nicht dort, wo ich hingehe. Ich will, dass du sie behältst. Zur Erinnerung an mich." Er drückte Slade die Uhr in die Hand. „Mein Sohn, du solltest dein Leben nicht sinnlos verschwenden. Es ist kürzer, als du glaubst. Höchste Zeit, dass du die Vergangenheit hinter dir lässt. Such dir ein Zuhause. Gründe eine Familie."

„Nein, wohl kaum."

Eine Fliege summte an John Randalls Kopf vorbei, und er schlug mit seiner knochigen Hand nach ihr. „Slade, du musst mir ein Versprechen geben. Hör auf umherzustreunen. Bleib hier auf der Ranch, bis du herausgefunden hast, was du mit deinem Leben anfangen willst. Ob du es glaubst oder nicht, du brauchst eine gute Frau. Eine Mutter für deine Kinder. Eine Frau, die dir den Glauben an die Liebe zurückgibt."

Slade straffte den Rücken. „Das solltest du dir besser abschminken." Kommentarlos ließ er die Taschenuhr in den Schoß seines Vaters fallen.

1. KAPITEL

Sieben Monate später

Die McCaffertys! Warum um alles in der Welt muss das Meeting ausgerechnet mit den verdammten McCafferty-Brüdern stattfinden?

Janine Parsons bog in die Auffahrt zur kleinen Farm ihrer Großmutter ein. Das altmodische Haus ihrer Großmutter war malerisch in die Landschaft gebaut, aber es hatte dringend ein paar Reparaturen nötig, und ein frischer Anstrich konnte auch nicht schaden.

Janine griff nach ihren Akten. Mit der anderen Hand schnappte sie sich ihre Reisetasche, in die sie die notwendigsten Dinge für die Nacht gepackt hatte, und ging durch den zehn Zentimeter hohen Pulverschnee zur Hintertür. Den Ersatzschlüssel fand sie auf der Fensterbank, wo ihre Großmutter Nita ihn immer versteckt hatte.

Janine war die Kehle wie zugeschnürt, wenn sie an die Frau dachte, die sie vor vielen Jahren als wilden, rebellischen Teenager bei sich aufgenommen hatte. In ihrem Haus und in ihrem Herzen hatte sie ein Mädchen willkommen geheißen, das von ihren Eltern längst aufgegeben worden war.

Eines Tages hatte Janine mit zwei Koffern, einem einäugigen Teddybären und frechen Manieren bei ihr auf der Schwelle gestanden. Ohne mit der Wimper zu zucken, hatte die alte Frau erklärt, dass von nun an alles anders werden würde. Von dieser Sekunde an hätte Janine sich ihren Regeln zu fügen – ohne Wenn und Aber.

Natürlich waren sie nicht immer reibungslos klargekommen.

Natürlich hatte Janine hinter dem Rücken der Frau alles Mögliche angestellt.

Natürlich hatte Janine alles versucht, damit ihre Großmutter sie wieder hinauswarf – aus dem einzigen Zuhause, das sie jemals gehabt hatte.

Nana hatte niemals aufgegeben. Sie war imstande gewesen, ihre Enkelin mit einem einzigen Blick zur Vernunft zu bringen. Ganz anders als all die anderen Menschen in Janines Leben.

Der Schlüssel ließ sich leicht im Schloss herumdrehen. Janine betrat die Küche. Es roch muffig, und auf den schwarzweißen Fliesen lag der Staub. Der alte Resopal-Küchentisch stand immer noch an der gegenüberliegenden Wand. In den karierten Vorhängen hatten Spinnen sich häuslich eingerichtet.

Wenn Nana noch am Leben wäre, sähe es hier anders aus, dachte Janine. Die Küche hatte immer blitzblank gestrahlt. „Sauberkeit ist gottgefällig“, hatte die alte Frau immer gepredigt, während sie mit dem Besen durch das Haus gefegt war, eine Lampe poliert oder ein Waschbecken geschrubbt hatte.

Du liebe Güte, dachte Janine wehmütig, wie ich sie vermisse!

Den Großteil von Nanas Nachlass hatte sie geerbt. Es handelte sich um das alte Farmhaus, ungefähr acht Hektar Land und den Chevrolet aus den 1940er-Jahren, der in der alten Garage stand. Es war Nanas Traum gewesen, dass Janine sich in Grand Hope niederließ, in dem kleinen Cottage lebte, sich verheiratete und ein halbes Dutzend Kinder bekam, die sie als Urgroßmutter dann verwöhnen durfte.

„Entschuldige, Nana“, sagte Janine laut, ließ ihre Taschen auf den Tisch fallen und zeichnete mit dem Finger eine feine Spur in den Staub auf der Tischplatte. „Irgendwie habe ich es nicht hingekriegt.“

Vor ihrem inneren Auge erschien ihre Großmutter, eine kleine, rundliche Frau mit grauem dauergewellten Haar, breiten Hüften und kräftigen Oberarmen. Nita Parsons hätte wie immer ihre verschlissene Lieblingsschürze umgebunden. Um diese Jahreszeit hätte sie bereits mehrere Bleche mit kleinen Weihnachtsplätzchen gebacken.

„Oh, Nana“, wisperte Janine und schaute aus dem Fenster in den schneebedeckten Garten hinaus. Sie hatte sich vorgenommen, gründlich zu putzen und das Haus über einen örtlichen Immobilienmakler zu verkaufen.

Sie schaute auf die Uhr. Für nostalgische Träumereien blieb keine Zeit mehr. Es gab zu viel zu erledigen, das Treffen mit den McCafferty-Brüdern eingeschlossen.

Na, das wird bestimmt ein großartiger Spaß. Janine brachte ihr restliches Gepäck ins Haus. Ihr Schlafzimmer unter dem Dach sah noch genauso aus, wie sie es vor Jahren zurückgelassen hatte. Sogar die handgemachte Patchworkdecke lag immer noch auf dem Bett.

Janine packte aus und verbot sich, dabei ihre Gedanken zu der Zeit zurückschweifen zu lassen, die sie hier mit Nana verbracht hatte ... Anderthalb Jahre waren es nur gewesen – zugleich die schönste und die schrecklichste Zeit ihres Lebens.

Zum ersten Mal in ihrem siebzehnjährigen Leben hatte sie erfahren, was es bedeutete, bedingungslos geliebt zu werden. Denn Liebe hatte sie in den goldenen Augen der alten Frau gelesen, wenn die sie über die randlose Brille hinweg angeschaut hatte.

Aber hier hatte Janine auch ihre erste Liebe erlebt, die ersten schmeichelhaften Komplimente gehört, die Slade McCafferty ihr ins Ohr geflüstert hatte ... dieser Dreckskerl.

Gemeinsam waren sie über die weite Prärie Montanas galoppiert, und auf Nanas altem Fuchswallach Caesar hatte sie sogar den Fluss durchquert, nur weil Slade McCafferty sie dazu gedrängt hatte.

Nie würde sie das Glücksgefühl vergessen, als sie auf Caesars Rücken mit der Strömung geschwommen war. Slades blaue Augen hatten vor Freude förmlich getanzt, und er hatte ihr den verborgenen Wildwechsel gezeigt, auf dem man manchmal Hirsche beobachten konnte.

Ihr Herz schmerzte, wenn sie daran dachte. Entschlossen drängte sie die Erinnerungen beiseite und richtete sich im Esszimmer ein provisorisches Büro ein, dank Laptop und Modem kein Problem.

Sie schaute auf die Uhr. „Du solltest dich langsam auf den Weg machen, Parsons“, mahnte sie sich, obwohl ihr Magen sich jedes Mal zusammenziehen wollte, wenn sie daran dachte, Slade Auge in Auge gegenüberzustehen. Dabei war es einfach nur lächerlich.

Seit Jahren schon hatte sie mit Slade McCafferty abgeschlossen. Seit Jahren.

Es war also überhaupt kein Problem, ihm wieder zu begegnen. Ein ganz gewöhnlicher Tag im Leben einer Anwältin, ein Kinderspiel.

Aber warum fühlte ihre Brust sich dann an wie zugeschnürt, warum raste ihr Herz wie verrückt, warum standen ihr Schweißperlen auf der Stirn, obwohl es doch ein kalter Wintertag war? Um Himmels willen, du benimmst dich wie ein alberner Teenager, mahnte sie sich.

Sie zog die Jeans und das alte Lieblingssweatshirt aus und tauschte beides gegen einen schwarzes Kostüm mit Seidenbluse und kniehohen Stiefeln. Dann drehte sie sich das Haar zu einem Knoten und steckte ihn hoch, bevor sie sich im Spiegel über der Kommode betrachtete.

Es lag fast fünfzehn Jahre zurück, dass sie Slade McCafferty das letzte Mal gesehen hatte. In diesen fünfzehn Jahren war sie aufgeblüht, war nicht mehr die freche Achtzehnjährige, die es allen beweisen wollte. Nein, sie war eine erwachsene Frau, die in zwei Jobs gearbeitet hatte, um das College zu schaffen, und schließlich ein Examen in Jura abgelegt hatte.

Die Frau im Spiegel war selbstbewusst, zuverlässig und entschlossen: jeder Zoll die erfolgreiche Anwältin. Aber hinter dem Bild schimmerte noch immer eine andere Janine durch, die, die sie früher gewesen war: das wilde Mädchen, das neu in der Stadt aufgetaucht war, mit schlechten Manieren und einem noch schlechteren Ruf.

Schmetterlinge flatterten in ihrem Magen, als sie daran dachte, dass sie Slade gegenübertreten würde. Doch sogleich schalt sie sich dafür. Was fiel ihr ein, sich auf einmal wieder zu benehmen wie der melodramatische Teenager von damals! Wütend streifte sie sich ihre schwarzen Handschuhe über, schlüpfte in den passenden Wollmantel und griff nach ihrer Aktentasche.

Innerhalb weniger Sekunden war sie die Treppe hinuntergeeilt und hatte Nanas Haus durch die Hintertür verlassen. Janine hielt sich die Aktentasche wie ein Schutzschild vor die Brust, als sie durch den Schnee zu ihrem kleinen Wagen stapfte. In kurzer Zeit würde sie also Slade McCafferty wiedersehen.

Na und?

Bis jetzt war es ein grauenhafter Tag gewesen.

Und er konnte nur schlimmer werden.

Slade lehnte sich mit der Schulter gegen den Fensterrahmen und starrte aus dem Esszimmer auf das verschneite Gelände der Flying M und die bewaldeten Hügel. Ein paar Rinder trotteten gemächlich durch die Winterlandschaft. Die grauen Wolken sahen ganz danach aus, als würde noch mehr Schnee fallen. Slades Hüfte schmerzte ein bisschen und erinnerte ihn daran, dass der Skiunfall vom letzten Jahr noch nicht ganz ausgeheilt war.

An dem langen Tisch, an dem die Familie sich an den Feiertagen und zu besonderen Gelegenheiten versammelte, saß Thorne. Er hatte das weihnachtliche Gesteck aus Stechpalme und Misteln beiseite geschoben und stapelweise Unterlagen vor sich ausgebreitet.

„Bist du sicher, dass du verkaufen willst?“, fragte Thorne zum hundertsten Mal.

Dabei hatten sie wieder und wieder über das Thema gesprochen.

Slade hielt es nicht für nötig, ihm zu antworten.

„Wo willst du nach dem allem hier hingehen?“

„Keine Ahnung.“ Slade zuckte die Schultern. „Erst mal bleibe ich hier. Vielleicht so lange, bis ich den Kerl zwischen die Finger kriege, der Rachel ans Leder wollte.“

Thorne presste die Lippen zu einem dünnen Strich zusammen. „Kann den Tag kaum erwarten, an dem wir den Kerl endlich schnappen.“ Er schob den Stuhl zurück. „Hast du irgendwas von Striker gehört?“, fragte er und meinte den Privatdetektiv, den sie engagiert hatten. Slade kannte Kurt Striker schon seit Jahren und hatte ihn gebeten, wegen der Anschläge zu ermitteln, die auf seine Halbschwester Rachel verübt worden waren. Matts Verlobte Kelly Dillinger unterstützte Strikers Ermittlungen. Früher hatte sie bei der Polizei gearbeitet; vor Kurzem hatte sie dort gekündigt und im Büro des Privatdetektivs angeheuert.

„Nein. Hab ihm heute Morgen eine Nachricht hinterlassen.“

Thorne schüttelte den Kopf. „Ich wünschte, es wäre endlich vorbei.“

„Das wollen wir alle.“

Wie gern würde Slade die ganze Geschichte hinter sich lassen. Seit er sich auf der Flying M aufhielt, fühlte er sich rastlos. Er brannte darauf, endlich ein neues Leben zu beginnen. Wie auch immer das aussehen mochte. Denn seit Rebecca ... nein, er wollte nicht daran denken. Es schmerzte immer noch zu sehr.

Es ist höchste Zeit, dass du die Vergangenheit hinter dir lässt. Such dir ein Zuhause. Gründe eine Familie. Die Stimme seines Vaters echote ihm gespenstisch durch den Kopf.

Im Flur waren Schritte zu hören.

„Entschuldigung, ich bin zu spät ...“, grüßte Matt und eilte ins Esszimmer. An seiner Schulter lag Rachels Baby. In den zwei Monaten seines Lebens hatte J. R. bereits die Herzen seiner Onkel im Sturm erobert – was viele Frauen in der Gegend niemals für möglich gehalten hätten.

Matt rückte sich das Baby auf der Schulter zurecht. J. R. gab ein merkwürdig glucksendes Geräusch von sich, das Slade ein Lächeln entlockte. Die rötlich blonden Haare des kleinen Jungen standen in alle Richtungen ab, ganz egal, wie oft Rachel sie kämmte. Mit seinen großen Augen blickte er neugierig in die Welt, reckte das winzige Näschen in die Höhe und tat so, als gehörte das Haus ihm allein. „Mit diesem kleinen Kerlchen hatte ich alle Hände voll zu tun."

Thorne lachte. „Das soll wohl eine Entschuldigung sein, was?"

„Nein, keine Entschuldigung. Ich will euch nur erklären, warum ich zu spät komme."

„Okay. Dann zum Geschäftlichen", sagte Thorne. „Abgesehen von der Sache mit dem Landverkauf möchte ich prüfen lassen, welche Rechte der Vater des Kindes eventuell einklagen kann."

„Das wird Rachel nicht gefallen", prophezeite Matt.

„Natürlich nicht. Nicht dass ihr in letzter Zeit überhaupt irgendwas gefallen hätte."

Stimmt, fügte Slade lautlos hinzu. Aber er konnte seiner Schwester nicht vorwerfen, dass sie unruhig und nervös war. Und dass sie es hasste, eingesperrt zu sein. Schließlich kannte er das Gefühl. Es wurde Zeit, die Vergangenheit ruhen zu lassen … sobald der Kerl geschnappt war, der ihr das Leben zur Hölle machte.

„Ich will nur das Beste für sie", fügte Thorne hinzu.

„Das macht es für sie nur noch schlimmer." Slade stützte sich mit der Hüfte an der Tischkante ab.

„Leider. Trotzdem, wenn Ms. Parsons endlich eintrifft, werde ich sie auf die Sache mit J. R.s Vater ansprechen."

Ms. Janine Parsons. Rechtsanwältin.

Unwillkürlich biss Slade die Zähne zusammen, wenn er an sie dachte. Niemals hatte er damit gerechnet, sie wiederzusehen. Und er hatte es auch nicht gewollt. Wollte es immer noch nicht. Eine Zeit lang hatte er sich mit ihr getroffen. Zugegeben, sie hatten sogar ein paar Dates gehabt. Ihre umwerfende Ausstrahlung hatte das Verlangen nach mehr in ihm geweckt. Aber andererseits hatte er schon viele Frauen in seinem Leben kennengelernt, vor Janine Parsons und nach ihr. Warum so viel Wirbel darum machen?

„Wie komme ich bloß darauf, dass ihr gerade über mich gesprochen habt?“, fragte Rachel auf der Schwelle zum Esszimmer. Nach dem Unfall, der sie fast das Leben gekostet hätte, humpelte sie immer noch ein bisschen. Aber sie ging kerzengerade aufgerichtet auf Matt zu und nahm ihm das Baby aus den Armen.

„Wann kommt die Anwältin?“, erkundigte sie sich.

Thorne schaute auf die Uhr. „In einer Viertelstunde.“

„Gut.“ Rachel küsste ihren Sohn auf die Stirn, und das Baby gab ein zufriedenes Glucksen von sich. Slade spürte einen Stich in der Herzgegend, als der inzwischen vertraute Schmerz wieder einmal erwachte. Nein, er war nicht neidisch auf Rachel. Aber trotzdem erinnerte ihn jeder Blick auf seinen Neffen an den Verlust, den er erlitten hatte.

Seine Schwester hatte unendlich viel durchmachen müssen. Mal abgesehen von den Beinverletzungen, die sie immer noch manchmal vor Schmerz zusammenzucken ließen, litt sie unter einem Gedächtnisproblem. Amnesie. Wenn man ihr glauben durfte.

Slade war nicht restlos überzeugt. Weil er sich nicht sicher war, dass seine Halbschwester ihm die ganze Wahrheit aufgetischt hatte. Ihr Gerede von Gedächtnisverlust wirkte einfach vorgeschoben. Er hatte den Verdacht, dass die Amnesie alles viel einfacher für sie machte. Sie musste keinerlei Erklärungen abgeben. Noch nicht einmal zu dem verdammten Unfall, der sie beinahe umgebracht hatte.

Was zum Teufel war auf der vereisten Straße im Glacier Park geschehen? Slade, seine Brüder und die Polizei wussten nur eines: dass Rachel mit ihrem Jeep von der Straße abgekommen und eine Böschung hinuntergerutscht war. War die Straße vereist gewesen? Oder hatte jemand sie absichtlich von der Fahrbahn gedrängt?

Der Privatdetektiv Kurt Striker war von der zweiten Möglichkeit überzeugt. Und er glaubte, dass ein brauner Ford in die Sache verwickelt war. Die Polizei ermittelte noch. Nur Rachel allein kannte die ganze Wahrheit. Aber sie machte den Mund nicht auf.

Infolge des Unfalls hatten die Wehen vorzeitig eingesetzt, und das Baby war zu früh geboren worden. Rachel hatte innere Verletzungen davongetragen, eine Gehirnerschütterung, Platzwunden, einen gebrochenen Kiefer und ein gebrochenes Bein. Die meiste Zeit der

Genesung hatte sie im Koma gelegen, während ihre Brüder fieberhaft nach der Person gefahndet hatten, die ihr und ihrem Baby solches Leid angetan hatte.

Bis jetzt hatten sie nichts erreicht. Wer auch immer für den Anschlag verantwortlich war, er hatte jedenfalls zum zweiten Mal versucht, Rachel umzubringen. Er hatte sich als Arzt verkleidet, war in die Klinik eingedrungen und hatte Insulin in Rachels Tropf gespritzt. Rachel hatte überlebt, wenn auch nur knapp. Und der Verrückte lief immer noch irgendwo da draußen herum.

Rachel setzte sich Thorne gegenüber an den Tisch. „Wenn die Anwältin sowieso vorbeischaut, möchte ich mit ihr darüber sprechen, dass der Name von meinem Kleinen auch offiziell geändert wird. J. R. gefällt mir überhaupt nicht."

„Wie du willst. Wir brauchen sowieso ein paar Angaben für die Geburtsurkunde." Thorne sah zu seinem Neffen hinüber. „Aber ich finde, dass J. R. ganz gut zu ihm passt."

„Ich auch", stimmte Slade zu. „Wir haben uns auf die Initialen geeinigt, als du im Koma gelegen hast."

„Schon gut, du brauchst dich nicht zu entschuldigen. Die Abkürzung mag ja ganz praktisch gewesen sein. Jetzt wird er sowieso nur noch J. R. genannt. Aber ich werde seinen Namen offiziell in Joshua Ray ändern lassen. Joshua Ray McCafferty."

„Es ist dein Kind. Du kannst es nennen, wie immer du möchtest", bekräftigte Thorne. „Aber ich habe der Anwältin nichts davon gesagt, dass wir außer dem Verkauf der Ranch noch mehr Dinge zu besprechen haben."

„Wie heißt sie eigentlich?", erkundigte sich Rachel, während sie ihrem Sohn ein Lätzchen umband.

„Janine Parsons, die Juniorpartnerin von Chuck Jensen. Sie ist hier in der Gegend aufgewachsen."

„Janine?" Nachdenklich zog Rachel die Brauen zusammen. Slade konnte förmlich sehen, wie es in ihrem Hirn arbeitete, während sie ihre eigenen Schlüsse zog. Na also. Sie suchte seinen Blick.

„Janine hat bei ihrer Großmutter außerhalb der Stadt gelebt." Thorne zuckte zusammen, als er das Gipsbein auf dem Stuhl zurechtrückte.

„Nita Parsons. Ja, ich kann mich an sie erinnern. Mom hat mich

Klavierunterricht bei ihr nehmen lassen. Die alte Frau war ziemlich streng."

Die Männer schwiegen. Es gefiel ihnen nicht, an Rachels Mutter erinnert zu werden, denn sie war der Grund für die Scheidung ihrer Eltern gewesen. John Randall hatte sich in Penelope Henley verliebt, sich prompt von Larissa scheiden lassen und die viel jüngere Frau geheiratet.

Schon ein halbes Jahr nach der Hochzeitsnacht war Rachel zur Welt gekommen. Slade hatte weder seine Stiefmutter noch das Baby besonders gemocht. Aber mit den Jahren hatte er aufgehört, seine Halbschwester für die gescheiterte Ehe seiner Eltern verantwortlich zu machen.

Slade spürte Rachels Blick auf sich ruhen. Jetzt würde sie jeden Augenblick die Frage stellen, die er um keinen Preis hören wollte. „Janine und du, ihr seid doch vor vielen Jahren ein Herz und eine Seele gewesen, nicht wahr?"

„Wohl kaum ein Herz und eine Seele. Wir haben uns ein paarmal getroffen. Keine große Sache." Er stopfte seine Hände in die Jeanstaschen und hoffte, dass es damit genug war. Aber schließlich war seine Schwester Journalistin.

„Bestimmt öfter als nur ein paarmal. Und wenn ich mich recht erinnere, war sie ziemlich scharf auf dich."

„Ach, wirklich?", fragte Matt dazwischen. Ein Lächeln huschte über seine unrasierten Wangen. „Kaum zu glauben, dass eine Frau so dumm war, auf dich hereinzufallen."

„Komisch, oder?", bekräftigte Rachel, während J. R. versuchte, ihren Ohrring zu erreichen.

„Was ich viel komischer finde, ist, dass du das noch weißt. Ich dachte, du erinnerst dich an nichts!"

Rachels Augen blitzten kämpferisch. „Wie ich dir schon erklärt habe, fällt mir hin und wieder etwas ein. Dies und jenes, jeden Tag ein bisschen mehr."

Aber warum nicht der Name des Mannes, der dein Kind gezeugt hat? Oder, was geschah, als dich der Wagen von der Straße gedrängt hat?

Draußen erklangen Motorengeräusche. Unwillkürlich drehte Slade sich zum Fenster. Durch die Eisblumen auf den Scheiben erhaschte er einen Blick auf den kleinen blauen Wagen, der sich über die

Auffahrt quälte. Slades Magen krampfte sich zusammen. Der Wagen bremste, rutschte ein Stück und blieb knapp vor seinem Truck stehen.

Ein paar Sekunden später stieg eine hochgewachsene Frau aus. Sie klemmte sich eine schwarze Aktentasche unter den Arm, zögerte kurz und ließ den Blick über das Haus schweifen. Dann atmete sie tief durch, straffte die Schultern und eilte durch den Trampelpfad im Schnee zum Haus.

Janine Parsons, wie sie leibt und lebt, dachte Slade.

In ihrem schwarzen Mantel sah sie selbstsicher und unglaublich weiblich aus. Die blonden Strähnen hatte sie sich aus dem Haar gestrichen, wodurch sie die hohen Wangenknochen betonte, das energische Kinn und die breite Stirn. Slade konnte nicht erkennen, welche Farbe ihre Augen hatten. Aber er erinnerte sich daran, dass sie haselnussbraun sein mussten. Im Sonnenlicht wechselte die Farbe manchmal zwischen grün und golden, und wenn sie sich ärgerte, schimmerte sie dunkel.

Für den Bruchteil einer Sekunde blitzte die Erinnerung an den Tag auf, als sie sich am Fluss getroffen hatten. In jenem Sommer war es glühend heiß gewesen. Überall blühten die Wildblumen, das Gras war vollkommen trocken, und alles duftete nach frisch gemähtem Heu. Er hatte Janine dazu herausgefordert, sich auszuziehen und nackt in das klare Wasser zu springen.

Mit einem frechen Blitzen in den Augen hatte sie genau das schließlich auch getan. Für den Bruchteil einer Sekunde hatte er ihre festen hohen Brüste mit den rosigen Knospen und das rötliche Haar zwischen ihren langen, gebräunten Schenkeln gesehen, bevor sie ins Wasser sprang. Sie tauchte, kam wieder an die Oberfläche und schüttelte sich das nasse Haar aus den Augen. Sogar jetzt hallte ihr Lachen noch durch seine Erinnerung, sanft und melodisch, wie das einer Nixe.

Du liebe Güte, warum muss mir das ausgerechnet jetzt einfallen? Es ist doch schon eine Ewigkeit her. Praktisch ein ganzes Leben lang. Der heutige Tag ist auch so schlimm genug.

Es klingelte, und Slade eilte mit zusammengezogenen Brauen zur Tür.

„Ich will! Ich zuerst!“, klang eine helle Mädchenstimme aus dem Wohnzimmer.

„Nein, ich! Ich!"

Die beiden vierjährigen Töchter von Nicole, Thornes Ehefrau, rannten mit fliegenden Locken durch den Flur, versuchten mit ihren kleinen Händen den Knauf zu drehen und rissen die Tür auf.

Die Frau auf der Veranda wirkte erstaunt über den stürmischen Empfang. Vor ihnen stand Janine Parsons, von Kopf bis Fuß die erfolgreiche Anwältin.

2. KAPITEL

„Wer bist du?“, fragte Molly und musterte die schwarz gekleidete Frau.

„Ich bin Janine.“ Mit einem kurzen Seitenblick auf Slade ließ sie sich auf ein Knie nieder, ohne darauf zu achten, dass ihr Mantel im Schnee nass wurde. Lieber Himmel, der Mann sah noch besser aus als früher! „Und wer bist du?“

„Molly“, erklärte das eine Mädchen vorlaut und wischte sich die Hand an dem pinkfarbenen Sweatshirt ab.

„Und du?“ Janine musterte Mollys Schwester, die ihr wie aus dem Gesicht geschnitten war. Slades Töchter, vermutete sie. Im nächsten Moment fragte sie sich, warum sie sich darüber Gedanken machte. „Wie heißt du?“

Der zweite Zwilling versteckte sich hinter Slades Bein, umklammerte es mit ihren kleinen Ärmchen und verbarg das Gesicht.

„Sie heißt Mindy, und sie ist schüchtern“, behauptete Molly.

„Stimmt gar nicht.“ Plötzlich hatte Mindy den Daumen in den Mund gesteckt und lugte hinter Slades Bein hervor. Slade bemerkte, dass Janine verwirrt aussah. Dann hörte er Nicoles Schritte. Nicole war groß, schlank, hatte bernsteinfarbene Augen und lange Haare. Sie arbeitete als Ärztin im St. James Hospital, sie war die Mutter der beiden Kobolde, und sie war es, die Thorne nach langen, einsamen Jahren wieder ein Lächeln auf die Lippen gezaubert hatte.

„Hallo“, grüßte sie und streckte die Hand aus. „Ich bin Nicole McCafferty.“ Schwungvoll warf sie sich die Haare über die Schulter. „Und diese beiden Wirbelwinde …“, sie deutete mit dem Kinn auf die Mädchen, „… sind meine Töchter.“

Janine erhob sich und schüttelte Nicole die Hand, bevor sie den Blick zu Slade schweifen ließ. Ihre braunen Augen schimmerten dunkel, ihr Lächeln wirkte gezwungen, und die Stimme klang kühl und professionell. „Es freut mich, Sie kennenzulernen. Sie alle zusammen.“

„Ich nehme an, dass Sie Slade bereits begegnet sind?“ Nicole löste Mindy von Slades Bein und schloss das schüchterne Mädchen in die Arme.

„Ja, wir … wir kennen uns. Schon seit Jahren.“ Janines Stimme klang heiser. Sie räusperte sich.

Slade bemerkte, dass sie das Kinn ein wenig anhob, als sie sich ihm zuwandte. „Bei dir ist offensichtlich viel passiert“, bemerkte sie und deutete auf die Kinder.

Er hob eine Braue.

„Deine Töchter … wundervolle Mädchen“, fügte sie hinzu.

„Vielen Dank“, erwiderte er spöttisch und amüsierte sich insgeheim über ihre Verunsicherung. „Aber es sind nicht meine Töchter.“

„Oh. Bitte entschuldigen Sie. Ich war früher schon mal verheiratet“, erklärte Nicole. „Ich gehöre noch nicht lange zu dieser Familie.“

„Verstehe.“

Nicole musste lachen, als sie endlich begriff. „Oh, nein! Nein! Es ist nicht, wie Sie denken. Slade ist mein Schwager. Ich bin mit Thorne verheiratet.“

Slade bemerkte, dass Janines Nacken sich leicht gerötet hatte. Plötzlich erinnerte er sich daran, wie schnell ihre helle Haut sich verfärbte, wenn sie verlegen war.

„Aha. Mein Fehler. In den Akten stand nichts von Ehefrauen.“

„Das muss dringend geändert werden“, meinte Nicole lachend und trat beiseite. „Kommen Sie rein. Es ist kalt draußen. Wenn Slade noch einen Funken Anstand im Leib hat, was bezweifelt werden darf, wird er Sie ins Esszimmer begleiten. Da wartet schon der Rest der Sippe.“

„Das kriege ich hin“, erwiderte Slade.

„Hoffentlich.“ Nicole stellte Mindy auf den Boden, obwohl das Mädchen sich wehrte. „Inzwischen schaue ich mal nach, ob Juanita Ihnen einen Tee oder einen Kaffee kochen kann.“

Janine knöpfte ihren Mantel auf. „Das wäre großartig.“

„Gib mir den Mantel“, bot Slade an, während Nicole mit ihren Töchtern im Schlepptau in die Küche ging.

Janine stellte ihre Aktentasche ab und ließ sich von Slade aus dem Mantel helfen. Für den Bruchteil einer Sekunde berührte er dabei ihren Nacken. Er meinte, zu spüren, dass sie sich versteifte, wusste aber nicht, ob er sich das nur eingebildet hatte. *Wahrscheinlich kann sie sich kaum an mich erinnern.*

In ihrem schwarzen Kostüm mit der glänzenden Bluse sah Janine durch und durch professionell aus. Hoch erhobenen Kopfes folgte sie ihm ins Esszimmer, wo Slade seine Familie vorstellte.

Sie setzten sich. Janine öffnete ihre Aktentasche und verteilte die vorbereiteten Geschäftsunterlagen. „Wenn ich richtig verstanden habe, möchte Mr. Matt McCafferty ...“, sie schaute den zweitältesten der Brüder an, „... seine Ranch nördlich von Missoula an seinen Nachbarn Mike Kavanaugh verkaufen. Dann möchte er seinen Brüdern ...“, sie deutete auf Slade und Thorne, „... ihre Erbteile abkaufen, sodass er die Hälfte der Flying-M-Ranch besitzt. Ms. Rachel McCafferty würde dann noch die andere Hälfte gehören.“

„Stimmt genau“, bestätigte Matt.

„Matt hat sich entschlossen, die Ranch zu bewirtschaften“, fügte Rachel hinzu. „Außerdem werden Kelly und er bald heiraten. Dann können sie hier wohnen.“

„Und was hast du vor?“, fragte Thorne seine Schwester.

Rachel schüttelte den Kopf und hob die Hände. „Mein Leben spielt sich in Seattle ab, wie du weißt.“

Thorne runzelte die Stirn. „Ja, das weiß ich. Aber solange wir nicht für deine Sicherheit garantieren können, will ich nicht, dass du die Ranch verlässt. Wir müssen erst rausfinden, wer dich umbringen wollte, und den Kerl hinter Schloss und Riegel bringen.“

Rachel zog die Brauen hoch und gab ihrem Bruder mit einem Lächeln zu verstehen, dass er ihr keine Vorschriften zu machen hatte. „Darüber will ich jetzt nicht reden“, entgegnete sie. „Ich denke, Ms. Parsons hat andere Dinge mit uns zu besprechen. Und sie möchte langsam anfangen.“

„Janine. Auf die Formalitäten können wir verzichten.“

Slade versteifte sich.

„Wir sind doch unter uns. Warum also so umständlich?“, erklärte Janine lässig, „okay, die Unterlagen habe ich gerade verteilt. Dann können wir sie jetzt gemeinsam durchgehen.“

Slade versuchte, nicht auf ihre feinen Gesichtszüge zu achten oder auf ihr Lächeln oder darauf, wie sie die Brauen zusammenzog, wenn sie konzentriert vorlas. Was geschehen war, war geschehen. Aus und vorbei. Seit langer Zeit. Alte Geschichten. Außerdem konnte er Anwälte nicht ausstehen. Und Anwältinnen schon gar nicht.

Janine fuhr fort: „Wir sollten uns Seite zwei genauer anschauen ...“

Durch und durch Anwältin, dachte Slade und starrte sie an. Wo war das wilde, rebellische Mädchen geblieben, an das er sich noch so gut erinnerte? Das Mädchen, das ihm den Kopf verdreht hatte? Das dafür gesorgt hatte, dass er sich ein paar Wochen lang verzweifelt fragte, wie er eigentlich sein Leben verbringen wollte?

Das Mädchen in den verschlissenen Jeans, das hinter dem Rücken seiner Großmutter heimlich geraucht hatte und ins Tattoo-Studio gegangen war? Als Minderjährige hatte man sie allerdings schneller wieder hinausbefördert, als sie hereingekommen war. *Wenn ich mich recht erinnere, wollte sie sich einen kleinen Schmetterling auf die rechte Schulter tätowieren lassen.*

Slade ließ den Blick über den Stapel eng beschriebener Papiere schweifen und fragte sich, wann ihre Verwandlung in eine kühle Geschäftsfrau begonnen hatte. Was war heute aus dem Mädchen von damals geworden?

Lediglich die Juniorpartnerin in einer Anwaltskanzlei, die sich das Haar streng aus dem Gesicht frisierte, perfekt manikürte Nägel und ein gezwungenes Lächeln zur Schau trug? Wo war der unbändige Wille, dieser freie Geist, der ihn vor vielen Jahren verzaubert hatte? Wo steckte die kleine Rebellin, die ebenso gut auf Bäume klettern konnte wie jeder Junge in der Gegend, die fluchte wie ein Matrose und ohne zu zögern auf einem ungesattelten Pferd über die Prärie galoppierte?

Er musterte sie eindringlich und konnte keine Spur des wilden Mädchens mehr entdecken. Im Moment jedenfalls war Janine nur eines: Anwältin. Eine Art Automat, der juristische Floskeln ausspuckte.

Hin und wieder stellten seine Brüder oder Rachel Fragen. Janine hatte immer eine Antwort parat.

„Ich möchte, dass auch der Name meiner Verlobten ins Grundbuch eingetragen wird“, verkündete Matt nachdenklich.

„Dann wollen Sie also heiraten.“ Janine machte sich hastig eine Notiz in die Unterlagen. „Wann genau?“

„Zwischen Weihnachten und Neujahr. Ich habe schon versucht, mit ihr durchzubrennen. Weil ich sofort mit ihr vor den Altar treten wollte. Aber ihre Familie war strikt dagegen. Und so lange wird es ja nicht mehr dauern.“

Janine hob die Brauen. „Mit anderen Worten, der zweite McCafferty ist unter die Haube gekommen. Obwohl doch alle Junggesellen bleiben wollten.“

Thorne musste lächeln. „Stimmt. Bleibt nur noch Slade, um dieses Versprechen aufrechtzuerhalten."

Eine Sekunde lang sah es für Slade so aus, als würde Janine die Maske fallen lassen. Ihre braunen Augen begegneten seinem Blick, und ein Dutzend Fragen schienen darin zu liegen. „Ich dachte, du wärst längst verheiratet."

„Nein", entgegnete Slade, nippte an seinem Kaffee und schaute sie direkt an.

„Aber … ich …" Janine schien verwirrt. Woran auch immer sie gerade gedacht hatte, im nächsten Moment spielte sie wieder die coole Anwältin. „Es ist belanglos. Also …" Sie wandte sich Matt zu. „Wie heißt Ihre Verlobte?"

„Kelly Dillinger. In ein paar Wochen McCafferty."

„Sie ist die Tochter von Eva Dillinger, die bei unserem Vater als Sekretärin gearbeitet hat." Thorne presste die Lippen zusammen.

Slades Magen zog sich schmerzhaft zusammen, wenn er an den alten Mann dachte. Zugegeben, er vermisste ihn. Aber trotzdem hatte der alte Herr ihm übel mitgespielt. „Dad hat sich zuerst geweigert, Eva Dillinger die Rente zu zahlen, die er ihr versprochen hatte. Deshalb haben wir …", er deutete auf seine Geschwister, „… entschieden, den Schaden wiedergutzumachen. Wir haben einen Fonds eingerichtet, den Ihre Kanzlei verwaltet."

Janine nickte, als würde sie sich erinnern. „Ich habe die Unterlagen für den Fonds mitgebracht", sagte sie, wühlte in ihrer Aktentasche herum und zog noch einen dicken Papierstapel hervor.

„Großartig." Thorne nickte.

„Trotzdem muss Kellys Name im Grundbuch verzeichnet sein", beharrte Matt.

„Ist schon notiert." Janine klebte sich einen Zettel auf die erste Seite des Vertrags, mit dem Matt seine Brüder aus dem Erbe kaufen wollte. „Ich verstehe es so, dass sie in den Vertrag aufgenommen werden soll. Dann muss sie auch unterschreiben. Wie Sie alle und Mr. Kavanaugh. Ich habe einen Vertrag vorbereitet und lasse Ihnen eine Kopie hier. Dann können Sie sich die Bedingungen in Ruhe durch den Kopf gehen lassen. Wenn alle einverstanden sind, arbeite ich Ihre Änderungen ein, und Sie unterschreiben."

„Klingt gut." Matt griff nach seinem Stapel, während Janine ihre

Papiere ordnete. Mit einem Lächeln, das sie bestimmt tausendmal vor dem Spiegel geübt hatte, ließ sie den Blick von einem McCafferty zum anderen schweifen und verstaute die Unterlagen in ihrer Aktentasche.

Professionell, routiniert und ganz und gar nicht Janine Parsons. Jedenfalls nicht die Janine, an die Slade sich erinnerte.

„Matt“, begann Janine, „Sie wollen also mit Ihrer Frau auf die Ranch ziehen … Thorne und Nicole werden in der Nähe bauen, und Rachel kehrt nach Seattle zurück. Ich habe von allen die Anschrift. Nur nicht von Slade.“ Sie schaute ihn direkt an. „Wo wohnst du derzeit?“

„In Colorado, ein Stückchen außerhalb von Boulder. Aber ich habe noch nicht entschieden, ob ich dort bleibe oder verkaufe. Bis auf Weiteres erreichst du mich hier. Du kannst die Unterlagen an die Flying M schicken.“

„Gut.“ Wieder blickte sie in die Runde. „Kann ich noch etwas für Sie tun?“

„Ja.“ Thorne deutete auf seine Schwester. „Wir haben ein kleines Problem und hätten gern Ihre Meinung gehört. Wie Sie wissen, ist Rachel vor zwei Monaten Mutter geworden. Der Vater ist unbekannt. Bisher hat er noch kein Sorgerecht beantragt, aber …“

„Hey!“ Rachel sprang auf und funkelte ihren Bruder wütend an. „Ich will nicht darüber reden. Nicht jetzt.“

„Rachel, wir haben keine Wahl.“ Thornes Tonfall klang ernst. „Früher oder später wird J. R.s Vater auftauchen. Jede Wette. Er wird möglicherweise sogar das Sorgerecht beanspruchen. Ich möchte gern wissen, was auf uns zukommt.“

„Thorne, das ist allein mein Problem.“ Rachel lehnte sich quer über den Tisch und näherte ihr Gesicht dem ihres ältesten Bruders so weit wie möglich. Dann deutete sie mit dem Daumen auf sich. „Meins. Okay? Nicht deins. Nicht Matts. Nicht Slades. Und ganz bestimmt nicht das Problem von Jansen, Monteith & Stone!“

Es sah aus, als loderte in Rachels Augen ein Feuer, und sie wich Thornes Blick nicht eine Sekunde lang aus. Die beiden starrten sich schweigend an. Schließlich wandte Rachel sich an Janine. „Kein Streit. Okay. Aber ich will die Angelegenheit allein regeln. Meine Brüder sind nur wütend, weil ich ihnen nicht verraten habe, wer der Vater des Kindes ist. Aber warum sollte ich? Es geht sie nichts an."

„Wir haben unsere Gründe", warf Slade ein. „Jemand hat versucht, dich umzubringen."

„Noch mal: J. R. ist mein Baby. Nur das zählt. Also lasst mich in Ruhe!"

Matt schüttelte den Kopf und starrte aus dem Fenster.

„Frauen", brummte Slade. Unwillkürlich straffte Janine den Rücken.

Anstatt auf seine abfällige Bemerkung einzugehen, schien sie sich auf eine andere Strategie zu verlegen. Offenbar hatte sie entschieden, dass es besser war, die Wogen zu glätten, als dem Streit noch weiter Nahrung zu geben. „In Sorgerechtsangelegenheiten kenne ich mich nicht besonders gut aus", erklärte sie, „aber wenn Sie Rat brauchen, kann ich Sie mit Felicia Reynolds bekannt machen. Sie bearbeitet das Familienrecht in der Kanzlei."

„Danke. Vielleicht nehme ich Kontakt zu ihr auf." Rachel warf Thorne noch einen warnenden Blick zu, bevor sie sich in den Sessel sinken ließ. „Könnte sein."

Janine schloss die Aktentasche. „Wenn Sie noch Fragen haben, können Sie mich jederzeit über mein Mobiltelefon erreichen. Ich werde im Haus meiner Großmutter wohnen, aber derzeit gibt es dort keinen Telefonanschluss."

Das Meeting war vorbei. Zum Abschied schüttelten sie sich die Hände.

Rein geschäftlich.

Slade musste sich überwinden, aber schließlich holte er Janines Mantel und half ihr hinein.

Schnellen Schrittes, die Aktentasche in der Hand, verließ Janine das Haus, ohne sich noch einmal umzuschauen. Slade zögerte, musste aber unwillkürlich zuschauen, wie sie sich in den Wagen setzte. Die Reifen knirschten über den Schnee, und kurz darauf war sie verschwunden.

„Rachel hat recht", bemerkte Matt, „du hattest ein paar Dates mit ihr." Er kniete vor dem Kamin und stocherte mit einem Feuerhaken an einem verkohlten Holzscheit herum.

„Wir haben uns ein paarmal gesehen", gab Slade zu und lehnte sich gegen das Fensterbrett. Er hatte keine Lust auf dieses Gespräch, das ohnehin zu nichts führen würde. Das Wiedersehen mit Janine hatte alte Erinnerungen in ihm hochgespült. Erinnerungen, die er viele Jahre lang verdrängt hatte.

„Komm schon, Slade. Du hast sie mehr als nur ein paarmal gesehen.“ Rachel humpelte ins Zimmer und ließ sich auf die Ledercouch sinken. „Lass mich mal nachdenken.“ Konzentriert runzelte sie die Stirn. „War es nicht so, dass du ein paar Monate lang mit Janine zusammen warst, nachdem du dich von Sue Ellen Tisdale getrennt hattest?“

Großartig, dachte Slade, genau das, was ich brauche – eine Familie, die mein Liebesleben analysiert.

„Aber“, verkündete Rachel, „nachdem Sue Ellen eines Tages zur Vernunft gekommen war und dir wieder in die Arme gelaufen ist, hast du Janine fallen gelassen wie eine heiße Kartoffel. Ich war überzeugt, dass du Sue Ellen heiraten würdest.“

Slade schwieg.

Thorne zog eine Flasche Scotch aus dem Schrank. „Dachte ich auch.“

„Dachten alle.“ Rachel ließ nicht locker. „Vermutlich sogar Janine.“

„Dein Gedächtnis ist einfach bestechend“, kommentierte Slade.

„Wie gesagt, hier und da ein Bruchstück.“

„Ist das wahr?“ Matt stocherte immer noch mit dem Feuerhaken im Kamin herum. „Du hast Janine wegen Sue Ellen Tisdale den Laufpass gegeben?“ Sein Ton gab zu verstehen, dass er Slades Entscheidung für idiotisch hielt.

„Nein, nicht ganz. Es ist anders gelaufen. Außerdem liegt es schon viele Jahre zurück.“

„Das spielt keine Rolle.“ Rachel stützte sich mit dem Fuß auf den kleinen Couchtisch. „Sieh den Tatsachen ins Auge, Slade. Egal, ob es schon fünfzehn Jahre her ist oder nicht: Du warst der Idiot, der Janine Parsons das Herz gebrochen hat.“

3. KAPITEL

Das lief ja wie am Schnürchen", murmelte Janine, als sie ihre Aktentasche und eine große Tüte mit Lebensmitteln in das Haus ihrer Großmutter trug. Trotzdem hatte sie auf dem Weg von der Flying M in die Stadt C. William Jansen, genannt Chuck, mindestens ein Dutzend Mal verwünscht. Warum hatte er ausgerechnet sie auf das McCafferty-Projekt angesetzt?

„Wenn du sowieso nach Grand Hope fährst, kannst du doch der Kanzlei einen Gefallen tun", hatte Chuck vorgeschlagen und sich wie immer auf die Ecke des Schreibtisches in ihrem Büro gesetzt. Obwohl er einen teuren Anzug und ein gestärktes und akkurat gebügeltes Hemd trug – wie immer –, hatte er wie ein kleiner Junge von einem Ohr zum anderen gegrinst.

Er hatte an seiner Seidenkrawatte gezupft und gemeint: „Unsere Kanzlei möchte die McCaffertys gern weiterhin betreuen. Vielleicht können wir sogar ein wenig mehr für sie tun. Thorne McCafferty ist vielfacher Millionär. Matt, sein jüngerer Bruder, besitzt eine eigene Ranch. Im Grunde genommen wirft sie nicht viel ab, aber mir scheint, dass er auch den Biss der McCaffertys hat. Und der dritte Bruder ..."

Janine erinnerte sich, wie Chuck nachdenklich die Brauen zusammengezogen hatte. „Na ja, es muss wohl in jeder Familie ein schwarzes Schaf geben. Slade, der dritte Sohn, hat es nie so recht zu etwas gebracht. War zu sehr damit beschäftigt, die Welt unsicher zu machen. Autorennen, Rodeos, Extremsport. Soweit ich weiß, hat er sogar gefährliche Ski-Expeditionen geleitet. Immer brandgefährlich. Aber sein Leben hat er nie in den Griff bekommen."

Der Anwalt hielt kurz inne. „Dafür kommt John Randalls einzige Tochter genau nach ihrem Vater. Rachel ist ein echter Dickkopf. Kein Wunder, dass der alte Mann ihr einen Namen gegeben hat, der an ihn erinnert."

Janine versuchte, nicht auf die Kommentare über Slade zu achten, und konzentrierte sich lieber auf dessen Halbschwester. So weit sie sich erinnerte, war Rachel klug, frech und stur wie eine echte McCafferty.

„Sie schreibt ihre eigene tägliche Kolumne. ‚Solo' oder ‚Allein leben' oder so ähnlich", hatte Chuck weitererzählt. „Für eine Zeitung in Seattle. Ich glaube, die Kolumne wird sogar an andere Zeitungen verkauft. Außerdem hat Thorne erwähnt, dass sie in den Wochen vor dem Unfall an einem Buch geschrieben haben könnte."

„Thorne McCafferty hat doch mal in der Kanzlei gearbeitet, nicht wahr?", fragte Janine und drehte den Stift zwischen den Fingern.

„Ja, richtig. Er war Juniorpartner, vor Jahren. Ist dann irgendwann ausgeschieden und nach Denver gezogen. Aber ab und zu kriegen wir noch ein paar Aufträge von ihm. Ich habe nachgedacht. Wäre es nicht traumhaft, wenn wir die Rechtsvertretung für seine Firma kriegen könnten? Wir könnten sie der Kanzlei in Denver, die für ihn arbeitet, unter dem Hintern wegziehen." Seine Augen hatten so angriffslustig gefunkelt, wie Janine es schon lange nicht mehr erlebt hatte.

„Ich dachte, du willst in den Ruhestand gehen."

„In ein paar Jahren vielleicht", gestand er ein und zwinkerte ihr zu. „Aber wir wollen doch nichts überstürzen, nicht wahr? Ich möchte meinen Anteil an der Kanzlei gern noch ein bisschen wertvoller machen. Und im Ruhestand könnten wir ein Segelboot kaufen und nach Tahiti segeln ..."

„Ich werde immer noch arbeiten."

„Nicht, wenn du mich heiratest."

Janine war zusammengezuckt. In letzter Zeit hatte Chuck sie mehr und mehr gedrängt. Aber sie war sich nicht sicher, was sie mit ihrem Leben überhaupt anfangen wollte. Es hatte Zeiten gegeben, da war sie überzeugt gewesen, dass sie ihr Glück kaufen konnte, wenn sie nur Geld genug hätte ... Sie war davon überzeugt gewesen, dass Slade McCafferty sich gegen sie entschieden hatte, weil sie arm war. Weil sie auf der falschen Seite des Lebens geboren war ... Anders als Sue Ellen Tisdale.

Aber mit den Jahren hatte sie ihre Ansichten über Geld und Glück geändert. Wie viele unglückliche Millionäre waren ihr über den Weg gelaufen!

„Hör zu." Chuck hatte mit den Fingern auf die Tischplatte getrommelt und den Rücken gestrafft. „Denk darüber nach, während du in Grand Hope bist. Es wäre doch gar nicht schlecht, wenn du Mrs. Chuck Jansen wärst, oder? Aber ich will dich nicht drängen."

„In Ordnung", hatte sie erwidert und sich um ein Lächeln bemüht. Sie hatte ja noch Zeit.

„Dann reden wir weiter, wenn du zurück bist.“ Seine Stimme hatte so selbstsicher geklungen wie bei einem Plädoyer vor Gericht.

„Was für ein Chaos“, murmelte Janine jetzt, während sie die Einkäufe auf Nitas Küchentisch abstellte. „Jetzt wartet Chuck in Missoula darauf, dass ich mich für ihn entscheide und seinen Antrag annehme.“

Aber sie konnte nicht. Noch nicht.

Warum nicht?

Chuck war klug. Gebildet. Selbstbewusst. Gut aussehend. Reich. Ihm gehörte ein beachtlicher Anteil an der Kanzlei. Dazu kamen üppige Aktienpakete und die zwei Häuser.

Aber er hat auch eine verbitterte Exfrau, nörgelte ihre innere Stimme. Und drei studierende Kinder. Er will keinen Nachwuchs mehr.

Janine dachte an Rachel McCafferty und deren neugeborenen Sohn, dachte daran, wie das Baby seine Mutter angeschaut hatte. Das Herz tat ihr weh. Denn nach nichts sehnte sie sich so sehr wie nach einem eigenen Kind. Nach einem Baby, dem sie ihre Liebe schenken konnte.

Wenn sie Chuck heiratete, wäre sie die Stiefmutter beinahe erwachsener Kinder. Dann würde sie niemals einen eigenen Sohn oder eine eigene Tochter erziehen. Ein Kind, das von einem Ehemann stammte, der ihr Herz höherschlagen ließ und ihr ein Lächeln auf die Lippen zauberte.

Für den Bruchteil einer Sekunde huschte ihr die Erinnerung an Slade durch den Kopf. „Nein, jetzt nicht“, schimpfte sie frustriert. Es durfte nicht sein, dass sie sich ihren Sehnsüchten überließ, nur weil sie hier gestrandet war und dem jüngsten McCafferty-Bruder unter die Augen treten musste.

Entschlossen packte Janine ihre Einkäufe aus. Trotzdem ging ihr nicht aus dem Kopf, wie lässig Slade mit seinen Zwillingsnichten und seinem kleinen Neffen umgegangen war. Wer hätte das je für möglich gehalten? Es hatte sie zutiefst überrascht.

Ironie des Schicksals, dachte sie und strich sich über den flachen Bauch. Aber eines Tages …

Janine dachte daran, wie sie am Nachmittag in die Auffahrt zur Flying M eingebogen war. Ihre Nerven waren zum Zerreißen gespannt gewesen und ihre Handflächen feucht. Aber das war nur der Anfang gewesen. Denn sie hatte Slade wiedergesehen … Du lieber Himmel, das war wirklich das Schlimmste gewesen. Schlimmer, als sie es sich je vorgestellt hatte.

Fünfzehn lange Jahre hatten sie sich nicht gesehen, und er hatte sich verändert. Sein Körper war kräftiger geworden, die Schultern breiter, die Brust muskulöser. Nur die Hüfte war noch so schmal, wie sie sie in Erinnerung hatte. Janine errötete bei diesem Gedanken, und sofort fiel ihr ein, wie sie ihn das erste Mal nackt gesehen hatte … an der Stelle, wo sie immer schwimmen gegangen waren.

Dort hatte er sich die Jeans vom Leib gerissen und bewiesen, dass er es nicht für nötig hielt, Unterwäsche zu tragen. Sie erinnerte sich daran, dass sein Po neben dem gebräunten Rücken und den muskulösen Beinen hell wirkte. Und noch mehr hatte sie gesehen: Teile des männlichen Körpers, die sie bis dahin nicht gekannt hatte.

Damals war ich wirklich noch naiv, dachte Janine. Natürlich hatte er sich körperlich verändert. Ein hartes Leben und die vielen Jahre, die seither vergangenen waren, hatten dafür gesorgt. Slades Gesichtszüge wirkten hagerer als früher; über eine Wange verlief eine dünne Narbe, aber seine Augen strahlten immer noch so blau wie der Himmel über Montana.

Janine hatte bemerkt, dass er leicht hinkte. Außerdem verriet etwas in seinem Gesicht, in seinen Augen, dass er tiefen Schmerz erlebt hatte. Aber warum sollte er nicht vom Leben gezeichnet sein, und warum sollten seine Wunden nicht sichtbarer sein als bei anderen Leuten? Im Grunde genommen ging es doch allen Menschen so. Sie faltete ihre Einkaufstüte zusammen und verstaute sie im Schrank.

Insgeheim brannte sie darauf, zu erfahren, was zwischen ihm und Sue Ellen geschehen war. Sie vermutete, dass Sue Ellen nur eine Frau unter Dutzenden gewesen war. Denn schließlich waren die McCaffertys für ihre Eroberungen berühmt. Hatte sie nicht selbst dazu gezählt?

„Wen interessiert das noch“, brummte sie und hängte ihren Mantel in den Flurschrank. Sämtliche McCaffertys waren schon als Teenager berüchtigt gewesen, hatten es nicht für nötig gehalten, sich an Regeln und Gesetze zu halten. Slade hatte keine Ausnahme gemacht.

Thorne war sehr sportlich gewesen, hatte sich aber mehr an die

Regeln gehalten als seine Brüder. Matt wurde nachgesagt, dass er gern waghalsige Rodeos ritt und dass bei seinem verführerischen Lächeln jede Frau schwach wurde. Slade dagegen war als echter Teufel verschrien gewesen. Schon in jungen Jahren hatte er es geliebt, auf die höchsten Gipfel zu klettern, hatte Kajaktouren auf reißenden Flüssen unternommen und riskante Skiabfahrten gewagt – immer gegen den eindringlichen Rat seines Vaters.

Aber all die Geschichten lagen eine Ewigkeit zurück. Damals war Janine selbst ein rebellisches Mädchen gewesen, das versucht hatte, seinen Platz im Leben zu finden. Bis zu der erwachsenen Frau mit einem Examen in Jura hatte noch ein weiter Weg vor ihr gelegen. Aber sie hatte es geschafft: Sie war vernünftig geworden.

Und manchmal hasste sie es.

Slade sah unschlüssig in das Schneetreiben draußen. Das Wiedersehen mit Janine hatte etwas in ihm ausgelöst. Und er verspürte das ungewöhnliche Bedürfnis, die Geschichte ins Reine zu bringen und ihr die Sache mit Sue Ellen zu erklären.

Oder suchst du nur nach einem Grund, sie wiederzusehen? Sei ehrlich zu dir selbst, McCafferty. Seit Rebecca hast du dich für keine Frau mehr interessiert. Aber ein einziger Blick auf diese Anwältin hat gereicht, und schon kannst du keinen klaren Gedanken mehr fassen.

Kurz entschlossen eilte er durch die Küche, griff nach seiner Jacke am Haken neben der Tür und verließ das Haus. Es war zwar erst Nachmittag, aber der Himmel war bereits dunkel, und es herrschten Temperaturen unter null Grad.

Drohend hingen die schweren Wolken über ihm. Es würde noch mehr schneien. Nicht dass es ihn kümmerte. Slade stieg in seinen Pick-up, ließ den Motor an und nahm sich vor, in die Stadt zu fahren. Er wollte etwas trinken und … ja, was?

Janine wiedersehen, schoss es ihm durch den Kopf.

„Verdammt noch mal", fluchte er laut und legte den Gang ein. Schon immer war er in Schwierigkeiten geraten, wenn Frauen im Spiel waren. Während die Reifen über den Schnee rutschten, dachte er daran, dass sich in den vergangenen Jahren nichts daran geändert hatte.

Es war egal, ob Slade es sich eingestehen wollte oder nicht: Wie er es auch drehte und wendete, er hatte die Absicht, Janine wiederzusehen. Und zwar noch heute Abend.

Janine zitterte vor Kälte, als sie sich die alte Jeans und ihr Lieblingssweatshirt anzog. Dann begann sie zu putzen. Zimmer für Zimmer schob sie die alten Möbel zur Seite, und weil sie den Ofen angefeuert hatte, breitete sich langsam Wärme im ganzen Haus aus. Janine hatte kurz überlegt, ob sie einen Reinigungsservice anrufen sollte. Aber dann hatte sie sich entschieden, dass es ihr guttun würde, wenn sie selbst aufräumte. Außerdem würde es Nana gefallen, hatte sie sich gesagt. „Harte Arbeit hat noch keinem geschadet", predigte die alte Frau gerne, wenn Janine ihr wieder einmal entwischen wollte.

Nita Parsons hatte genau gewusst, dass ihre Enkelin bis über beide Ohren in Schwierigkeiten steckte und keinen guten Weg eingeschlagen hatte. Deshalb hatte sie sich vorgenommen, dass sie die Fehler nicht wiederholen wollte, die sie mit Janines Vater gemacht hatte – einem Alkoholiker, der zwei Tage nach Janines achtem Geburtstag Frau und Tochter verlassen hatte. Knapp neun Jahre später hatte die alleinerziehende Mutter eines rebellischen Teenagers genug gehabt von ihrer Tochter, die nicht mehr zu bändigen war.

Zu diesem Zeitpunkt hatte Nana eingegriffen.

Und wie hatte Janine es ihr gedankt? Sie hatte dafür gesorgt, dass ihre Großmutter noch mehr graue Haare bekam.

„Bitte verzeih mir", flüsterte Janine, während sie den Fuß einer Messinglampe polierte und sich vornahm, die Holzdielen und Fliesen zu schrubben, bis sie glänzten. Außerdem wollte sie die Räume mit der mattgelben Farbe streichen, die Nana so sehr geliebt hatte, und die notwendigen Reparaturen ausführen.

Und dann verkaufen?

Janines Magen krampfte sich zusammen. Sie konnte die Enttäuschung in der Stimme ihrer Großmutter förmlich hören.

„Eines Tages soll das alles dir gehören, Janine", hatte die alte Frau immer gesagt, „und wehe, du verkaufst. Es ist mein Eigentum, und glaub mir, die Gegend ist himmlisch. In mageren Jahren kann ich mein eigenes Gemüse anbauen. Acht Hektar sind mehr als genug, um mich durchzubringen. Das gilt auch für dich. Du musst nur klug sein und hart arbeiten."

Damals hatte Janine ihren Worten keine Beachtung geschenkt. Aber jetzt, als sie die Spinnweben aus den Lamellen der Jalousie wischte, hatte sie ein unsäglich schlechtes Gewissen. Brachte sie es wirklich fertig, die kleine Farm zu verkaufen? Das einzige Zuhause, das sie jemals gehabt hatte?

Vor dem Fenster bewegte sich ein Schatten.

Ihr blieb beinahe das Herz stehen. Wieder huschte ein Schatten vorbei, und dann tauchte ein kleines Gesichtchen hinter den Eisblumen auf der Scheibe auf ... ein golden schimmernder Kopf, Schnurrhaare und weit aufgerissene grüne Augen.

„Lazarus!“, rief Janine, als sie den Kater ihrer Großmutter auf dem Fensterbrett entdeckte. Als er laut miaute, bemerkte sie, dass von seinen nadelspitzen Zähnen einige fehlten.

Lächelnd eilte sie zur Haustür und riss sie auf. Als der Kater hineinspazierte, drang eiskalte Luft ins Haus. „Was machst du hier, alter Junge?“, fragte sie sanft, als Lazarus sich an ihren Knöcheln rieb.

Sie nahm ihn auf die Arme und spürte, wie ihr die Tränen in die Augen stiegen. Nach Nanas Tod hatten die Nachbarn Jack und Betty Pederson den alten Kater zu sich genommen. Nie hätte sie es für möglich gehalten, dass er wieder bei ihr auftauchte.

„Komm mit“, sagte sie, „ich habe etwas für dich.“ Sie schloss die Tür, und Lazarus folgte ihr. In der Küche goss sie ein wenig Milch in eine kleine Schlüssel, die sie auf den Fußboden stellte. „Bitte sehr.“

Kaum hatte sie zu Ende gesprochen, als sie Schritte auf der Veranda hörte. Es klingelte. Als sie durch eine der drei kleinen Butzenscheiben blickte, schaute sie direkt in die strahlend blauen Augen von Slade McCafferty.

4. KAPITEL

Das ist das Letzte, was ich jetzt gebrauchen kann, dachte Janine, wirklich das Allerletzte. Trotzdem setzte ihr dummes kleines Herz einen Schlag lang aus, als sie Slade sah, und ihr stockte der Atem. Wenn sie noch halbwegs bei klarem Verstand war, schickte sie ihn auf der Stelle zum Teufel.

Das kannst du nicht machen, Janine, schließlich ist jetzt ein zahlungskräftiger Mandant aus ihm geworden! Ob es dir passt oder nicht, du wirst mit ihm reden müssen. Und zwar professionell. Es spielt keine Rolle, ob er dich früher mal angelogen hat oder nicht.

„Was kann ich für dich tun?", grüßte Janine, nachdem sie die Tür geöffnet hatte.

„Ich dachte, wir … du und ich … wir sollten uns aussprechen."

„Brauchen wir eine Aussprache?"

„Ich denke schon." Slades Augen blieben kühl, und er wirkte angespannt. „Es sieht nämlich so aus, als würden wir in den nächsten Wochen öfter miteinander zu tun haben."

„Ist das ein Problem?", fragte Janine und klang viel professioneller, als sie sich fühlte.

„Könnte sein. Ich möchte nicht, dass wir uns wegen den alten Geschichten unbehaglich fühlen."

Daran hättest du eher denken sollen. „Ich fühle mich nicht unbehaglich."

„Aber ich." Ein Mundwinkel zuckte, als würde er sich um ein Lächeln bemühen.

Er ist wirklich sexy, schoss es Janine durch den Kopf.

„Ich friere mich hier beinahe zu Tode."

Schweigen. Sie rührte sich nicht.

„Darf ich jetzt reinkommen oder nicht?"

Janine, es wird langsam gefährlich. Keine gute Idee, mit Slade allein zu sein.

„Ja, klar." Sie öffnete die Tür noch weiter. „Warum nicht?" *Es gibt tausend Gründe dagegen. Aber über keinen will ich jetzt ernsthaft nachdenken.*

Er brachte den Geruch nach Winterluft und Holzfeuer mit hinein. Rasch schloss sie die Tür, lehnte sich dagegen, bot ihm aber keinen

Stuhl an. „Also, was hast du auf dem Herzen?“ Sie wollte ironisch klingen, scheiterte aber daran.

„Dich.“

Der Boden unter ihren Füßen schien ins Wanken zu geraten.

„Mich?“

„Genauer gesagt, uns.“

„Uns?“ Ihr Puls raste. Damit hätte sie nie im Leben gerechnet. Das professionelle Lächeln, um das sie sich den ganzen Nachmittag bemüht hatte, war wie weggeblasen. „Slade, es gibt kein ‚wir‘ mehr. Wie kommst du jetzt darauf?“

„Wahrscheinlich wegen der Schuldgefühle.“

„Vergiss es einfach. Es ist alles schon eine Ewigkeit her. Wir waren praktisch noch Kinder … und es ist leichter, wenn wir vergessen, dass überhaupt jemals etwas war. Außerdem hat es nur ein paar Monate gedauert. Ich bin überrascht, dass du dich überhaupt daran erinnerst.“

„Du dich etwa nicht?“

Als ob es gestern erst passiert wäre! „Kaum“, log sie. „Kleine Erinnerungsfetzen, wenn du verstehst. Aber es ist alles so lange her, schon eine halbe Ewigkeit.“ Langsam kam sie in Fahrt. „Wir beide haben in den nächsten Wochen geschäftlich miteinander zu tun. Vielleicht sollten wir einfach vergessen, dass wir uns von früher kennen, okay? Lassen wir die Vergangenheit ruhen. Schließlich war es nicht mehr als ein Fingerschnips in unserem Leben.“

„Nein.“

„Wie bitte?“

„Es war mehr als das.“

„Damals, ja.“

„Ich kaufe dir nicht ab, dass du dich nicht erinnerst.“

„Ich sagte doch, dass ich nicht alles vergessen habe“, erklärte Janine, „und auf dem Weg zu euch ist mir mehr eingefallen, als mir lieb ist. Aber wir sollten unsere Situation nicht aus den Augen verlieren.“

„Welche Situation?“

„Ich bin die Anwältin, die für euch arbeitet. Du bist mein Mandant.“

„Zum Teufel noch mal, Janine, du weißt doch, wir haben miteinander geschlafen.“

„Ist das so ungewöhnlich? Für dich doch bestimmt nicht. Du hast doch immer jede Menge Mädchen um dich geschart."

Slade biss die Zähne zusammen und trat auf sie zu. „Mit dir war das was anderes."

„Ist mir egal, McCafferty", schnappte Janine. „Lass mich aufrichtig sein: Es gab Zeiten, da hätte ich alles, wirklich alles dafür getan, um dich sagen zu hören, dass es mit mir anders ist. Dass ich etwas Besonderes bin, jemand, den du nie vergessen wirst ... Aber das liegt Jahre zurück, und damals war ich ein naives kleines Mädchen. Ich habe es überlebt, und für mich ist die Sache damit erledigt. Und ich glaube dir nicht mal eine Sekunde lang, dass dir leidtut, was damals passiert ist. Nur, weil ich zufällig in der Stadt bin, soll dich auf einmal das Bedürfnis überfallen, dich auszusprechen? Vergiss es. *Ich* habe es längst getan."

„Hübsche Predigt", meinte Slade und schaute auf sie hinunter. „Aber ich kaufe sie dir trotzdem nicht ab."

Du lieber Himmel, der Mann hat wirklich strahlend blaue Augen. „Das musst du auch nicht. Mach doch, was du willst." Janine wäre am liebsten ein paar Schritte zurückgetreten, weil er viel zu dicht vor ihr stand. Aber sie behauptete die Stellung, denn sie wollte ihm beweisen, dass sie sich nicht einschüchtern ließ. Diese Zeiten waren endgültig vorbei.

„Du hast Angst."

„McCafferty, dein Selbstbewusstsein ist ein wenig zu aufgeblasen. Wie damals. Aber es gibt Dinge, die ändern sich nie. Stimmt's?"

„Genau das habe ich dir erklären wollen", gab Slade zurück. „Janine, du kannst dich ganz ausgezeichnet erinnern. Du bist viel zu klug, um etwas zu vergessen."

„Schmeicheleien bringen dich auch nicht zum Ziel. Hey!", konterte sie und war überrascht, als er ihr Handgelenk packte. Schlimmer noch, es kam ihr vor, als durchzuckte sie ein elektrischer Schlag. Genau die Spannung, die ihr schon vor vielen Jahren eine Menge Ärger eingebracht hatte.

„Was denn?", fragte er und kam noch näher. Viel zu nahe.

„Nichts, gar nichts! Slade, es ist vorbei. Lass mich los, okay? Wir sollten uns nicht hinreißen lassen, nur weil ich hier bin und es gerade passen würde." Janine versuchte, ihm ihre Hand zu entwinden. Aber er umklammerte sie nur noch fester. Ihr Herz schlug wie verrückt, ihr Puls raste ... Mühsam rief sie sich ins Gedächtnis, dass dieser Mann ihr den schlimmsten Schmerz ihres Lebens zugefügt hatte. Wie dumm wäre es, sich noch mal von ihm einwickeln zu lassen!

„Gib zu, dass du dich erinnerst."

„Na gut, ja, ich erinnere mich, dass wir ein paar Dates hatten. Aber das ist auch schon alles. Warum sich in die Tasche lügen und die Geschichte größer machen, als sie ist? Und hör auf, so zu tun, als hätte ich dir besonders viel bedeutet."

„Hast du aber."

„So viel, dass du mich wegen ... oh, nein, ich werde mich nicht hinreißen lassen, okay?" Janine warf einen demonstrativen Blick auf die behandschuhten Finger, die immer noch ihr Handgelenk umklammerten. „Lass los", befahl sie, eine Spur zu atemlos. Er gehorchte zwar nicht, aber es gelang ihr, sich loszureißen. „Wir sollten uns wie erwachsene Menschen benehmen."

„Rachel hat mir vorgeworfen, dass ich dir das Herz gebrochen hätte."

Janine erstarrte. Sie hatte unbändige Angst, die Fassung zu verlieren. Mit jeder Sekunde ein bisschen mehr. „Ich muss wirklich sagen, du hast dich überhaupt nicht geändert. Kommst direkt auf den Punkt, nicht wahr?" Die Hitze kroch ihr in den Nacken, während ihr Stolz in sich zusammenfiel. Sie wollte sich abwenden, aber Slade schnappte wieder nach ihrem Handgelenk.

„Kein Grund, die Flucht zu ergreifen."

Auf einmal hörte sie die normalen abendlichen Geräusche um sich herum viel deutlicher als vorher: Der Kühlschrank summte, die Uhr tickte, und draußen pfiff der Wind um die Ecken. Aber am lautesten hörte sie ihr Herz pochen. Und ihr war klar, dass sie das Gespräch beenden musste. Sofort. Bevor sie ihm wirklich noch glaubte, dass sie ihm wichtig war.

„Hör zu, Slade." Janine riss ihren Arm los, trat aber näher an den Besucher heran und hob das Kinn, sodass sie ihm in die stahlblauen Augen schauen konnte. „Ich habe keine Ahnung, was du dir davon versprochen hast, heute Abend hier aufzutauchen. Wenn es um das Geschäft gehen soll, dann begreife ich das Gespräch nicht, das wir hier führen. Sieh es doch einfach so, dass wir uns hiermit ausgesprochen haben."

Janine ging ins Wohnzimmer und setzte sich auf die Couch. Einerseits wollte sie so weit wie möglich auf Abstand gehen, andererseits wollte sie sich wappnen und verschränkte die Arme vor der Brust. „Sonst noch was?"

Plötzlich fühlte sie sich in dem kleinen Häuschen ihrer Großmutter wie eingeschlossen. Es kam ihr vor, als wären die Mauern bedrohlich nahe gerückt. Vermutlich lag es daran, dass Slade ihr ins Wohnzimmer gefolgt war. Die Erinnerungen an ihre verschwendete Jugend schossen in ihr hoch, zusammen mit den Erinnerungen an die wenigen Wochen, die ihr Leben von Grund auf verändert hatten. Sie knipste die Lampe auf dem kleinen Tischchen an, das ihrer Großmutter gehört hatte.

„Ich habe ein paar Fragen."

Ich auch. Dutzende. Aber ich werde sie nicht stellen.

„Warum hat man dir unseren Fall übertragen? Ich dachte, Chuck Jansen kümmert sich persönlich darum."

„Vermutlich hat er Thorne angerufen und erklärt, dass er nicht kommen kann. Und weil ich sowieso nach Grand Hope fahren und das Haus meiner Großmutter verkaufen wollte, dachte er wohl, dass ich die Sache übernehmen könnte."

„Ist er dein Chef?"

Pikiert stellte sie richtig: „Mein Seniorpartner."

„Und du?"

„Seine Juniorpartnerin."

Slade runzelte die Stirn. „Ich hätte mir nie vorstellen können, dass du Anwältin wirst."

„Komisch, dass du damals nicht lange genug geblieben bist, um mehr über mich herauszufinden, nicht wahr?", schnappte Janine und biss sich gleich darauf auf die Zunge. Hatte sie nicht behauptet, dass sie nicht über die Vergangenheit reden wollte? Aber bevor er ihr Vorwürfe machen konnte, fügte sie hinzu: „Wenn du darüber sprechen willst, was zwischen uns geschehen ist, betrachte das Thema als erledigt. Wenn du mich besuchst, weil du über den Verkauf der Ranch reden willst, dann sollten wir in mein Arbeitszimmer gehen." Sie stand auf.

„Gute Idee."

Janine führte ihn durch den kurzen Flur in das kleine Esszimmer.

Als sie das Licht einschaltete, wünschte sie sich hellere Glühbirnen, die das Zimmer weniger gemütlich erscheinen lassen könnten. „Darf ich dir etwas anbieten? Kaffee vielleicht?"

Janine lächelte versuchsweise, deutete auf einen Stuhl mit hoher Rückenlehne und setzte sich gegenüber.

„Nur fürs Protokoll, Janine. Unsere Geschichte, das war mehr als eine flüchtige Sache."

„Ich dachte, wir hätten uns darauf geeinigt, nicht darüber zu sprechen."

„Ich habe mich auf gar nichts geeinigt." Slade zog sich die Handschuhe aus und knöpfte die Jacke auf, als wollte er länger bleiben. „Das war dein Vorschlag."

Offenbar hatte er nicht vor, lockerzulassen. Sie versuchte es auf andere Art. „Okay. Trotzdem sollten wir die Kirche im Dorf lassen. Es war keine große Sache, okay? Es hat nur sechs Wochen lang gedauert. Vielleicht zwei Monate. Aber mehr nicht."

„Das kann eine lange Zeit sein, wenn man noch jung ist", beharrte er.

„Das ist genau der springende Punkt. Wir waren noch jung. Praktisch Kinder."

„Aber jetzt nicht mehr." Slade zog sich die Schaffelljacke aus. „Vermutlich werden wir uns in den kommenden Wochen öfter sehen. Ob wir wollen oder nicht." Er ließ sich durch nichts von seinem Ziel abbringen. Janine konnte sich daran erinnern, dass er schon immer so gewesen war. Geradlinig. Stur. Manchmal wie besessen. Mit siebzehn hatte sie das ungeheuer attraktiv gefunden. Jetzt war es nur noch lästig.

Slade zögerte. Einen Moment lang sah es so aus, als betrachtete er die Szene in den spiegelnden Fensterscheiben. „Ich dachte, ich sollte vielleicht erklären, was damals passiert ist."

Es schien kein Weg daran vorbeizuführen. „Du bist zu Sue Ellen zurückgekehrt. Ende der Geschichte." Wenn ich nur selbst daran glauben könnte, dachte Janine, wenn ich nur vergessen könnte, wie verliebt ich damals auf der Highschool war! Die erste große Liebe … nein, nicht nur das. Es war mehr gewesen.

Viel mehr.

Natürlich hatte er von dem Baby nichts gewusst. Niemals würde er die Geschichte erfahren. Es gab keinen Grund, es ihm zu erzählen.

„Glaub mir, es ist nicht einfach für mich."

„Für mich auch nicht." Um ihre Anspannung zu überspielen, schob sie den Stuhl zurück. „Ich weiß nicht, wie es um dich steht. Aber ich könnte einen Kaffee gebrauchen."

„Du weichst mir aus."

Aber Janine war schon auf dem Weg in die Küche. Sie hörte, wie sein Stuhl über den Fußboden scharrte, bevor Slade ihr folgte. In der Tür blieb er stehen und lehnte sich an den Rahmen.

„Es gibt nichts auszuweichen." Janine zog die Kaffeedose aus dem Schrank, durchsuchte die Schubladen und fand einen Kaffeelöffel. Sie maß das Pulver ab und stellte das Wasser zum Kochen auf den Herd. „Es war eine kurze Affäre."

„Mehr nicht?"

„Mehr nicht", log sie. All die Gefühle von damals, die Schmerzen und die Ängste, die sie ausgestanden hatte, waren längst begraben.

Aus den Augenwinkeln sah sie, wie Lazarus plötzlich aus der Speisekammer geflitzt kam und sich an Slades Beinen rieb. Es sah aus, als hätte er den Mann schmerzlich vermisst.

Janine räusperte sich. „Na gut, du bist also hier aufgetaucht, hast dein Gewissen erleichtert, und damit ist die Sache abgeschlossen. Vergessen wir's."

„Sehr wohl", erwiderte Slade sarkastisch.

Höchste Zeit, das Thema zu wechseln. „Wie ist das passiert?" Janine deutete auf die dünne Narbe auf seiner Wange. „Ein Kampf?"

„Ja. Du solltest den anderen Kerl mal sehen." Seine Lippen zuckten. „Hat keinen Kratzer abgekriegt."

Janine musste unwillkürlich lachen. Inzwischen hatte sie ein paar Becher gefunden, die sie schnell ausspülte, bevor sie den Kaffee aufgoss. „Ich kann mir gar nicht vorstellen, dass du dich in Messerstechereien verwickeln lässt."

„Habe ich auch nicht." Slade berührte die Narbe mit den Fingerspitzen. „Es ist letzten Winter passiert. Ich war skifahren."

„Du bist gestürzt?"

„Eine Lawine."

„Wirklich?", erwiderte Janine lachend, weil sie es erst für einen Scherz hielt. Aber sein Gesichtsausdruck blieb ernst. „So schlimm kann es nicht gewesen sein. Du hast überlebt."

„Ich bin eben ein Glückspilz", erwiderte Slade. Die Ironie in seinem Tonfall war nicht zu überhören, und ein angespannter Zug erschien um seine Mundwinkel.

„Es waren noch mehr Leute dabei", vermutete sie und schenkte den heißen Kaffee vorsichtig in die Becher. „Du warst nicht allein."

Slade biss die Zähne zusammen und starrte auf den Boden. „Stimmt." Sie schwiegen. Nur das Brummen des Kühlschranks war zu hören und Löffelklirren, als sie den Kaffee umrührte.

„Warst du mit jemandem zusammen unterwegs?"

„Ja."

Offenbar war es nicht einfach irgendjemand gewesen. Als sie Slades gequälte Miene sah, wurde sie von Eifersucht auf die unbekannte Frau erfüllt. „Ist sie ... okay?"

„Sie ist tot."

„Oh." Janine hatte das Gefühl, als ob die Erde bebte. „Ich hatte keine Ahnung ... bitte entschuldige." Ihr Herz raste. Sie hatte ein schlechtes Gewissen, weil sie einen Hauch Eifersucht auf die arme Frau verspürt hatte. Die Sekunden verrannen wie in Zeitlupe. Nanas Uhr im Wohnzimmer tickte unerbittlich laut. „Ich ... ich weiß nicht, was ich sagen soll."

„Es gibt nichts zu sagen." Slade hielt ihren Blick einen Moment lang fest und ging dann wieder zum Fenster. Daran lag es also ... dieser Schmerz, den sie in seinem Blick entdeckt hatte. Er trauerte immer noch.

Janine reichte ihm einen Becher, schaute ihn an und stellte fest, dass ihm viel an der Frau gelegen haben musste. So viel, dass ihr Tod ihn immer noch innerlich aufwühlte. Aber vielleicht war es auch mehr als nur Trauer, die sie in seinem Blick entdeckte; vielleicht fühlte er sich schuldig, weil er überlebt hatte.

„Möchtest du darüber reden?"

„Nein." Slade nippte am Kaffee.

Plötzlich klingelte ihr Mobiltelefon im Esszimmer. „Bitte entschuldige." Janine stellte den Herd aus und verbrannte sich beinahe an der heißen Platte. „Ich muss rangehen."

Slade nickte. Sie eilte an ihm vorbei und griff nach dem Handy auf dem Esszimmertisch. „Hallo?"

„Hi", grüßte Chuck.

„Hi." Warum um alles in der Welt musste er ausgerechnet jetzt anrufen? Janine warf einen Blick in die Küche und bemerkte, dass Slade sie unverhohlen beobachtete. Er tat so, als wäre es die natürlichste Sache auf der Welt. Entschlossen drehte sie ihm den Rücken zu und konzentrierte sich auf das Gespräch.

„Wie läuft es? Hast du dich heute mit Thorne McCafferty und seinen Brüdern getroffen?", wollte Chuck wissen.

„Ja, vorhin", bestätigte Janine leise.

„Ist es gut gelaufen?"

In geschäftlicher Hinsicht ein Volltreffer. Und persönlich eine Katastrophe. „Ich glaube, dass ich die Sache ziemlich schnell hinter mich bringen kann."

„Und was ist mit dem Haus deiner Großmutter?"

Janine ließ den Blick über den alten Geschirrschrank schweifen, über die Wände, die mindestens zweimal gestrichen werden mussten. Und über die Fenster, die eine neue Isolierung gebrauchen konnten. „Das wird ein bisschen länger dauern."

Janine schaute aus dem Fenster in den Garten, wo der Schnee silbrig im Mondlicht glänzte. In der spiegelnden Fensterscheibe sah sie Slade mit ihrem dampfenden Kaffeebecher auftauchen. Sie drehte sich um, nahm ihm den Becher ab und schaute ihn kurz an. Nur einen Wimpernschlag lang. Und sofort hatte sie den Faden ihrer Unterhaltung verloren.

„Janine?" Chuck riss sie aus ihren Gedanken.

„Ja, was?"

„Wie lange, habe ich gefragt."

„Ich kann es nicht genau sagen. Ich bin noch bei der Bestandsaufnahme", erklärte sie, „aber ich komme so schnell wie möglich nach Missoula zurück."

Slade blieb im Esszimmer und setzte sich auf einen Stuhl. Janine zuckte innerlich zusammen, als er mit den Stiefeln über den Holzfußboden scharrte. Nein, sie wollte ihrem Chef jetzt nicht erklären, in welcher Lage sie sich gerade befand … dass sie allein war mit dem Mann, dem sie ihre Unschuld geschenkt hatte, mit dem Mann, der ihr geschworen hatte, sie zu lieben. Es war viel zu kompliziert.

„Ich vermisse dich jetzt schon", meinte Chuck, und Janine spürte, wie ihr die Röte in die Wangen stieg.

„Das sagst du nur so, Jansen", entgegnete sie mit leichtem Spott, „das sagst du nur so."

„Nein, wie kommst du darauf?" Chuck lachte, und ihre Wangen glühten noch heißer. „Vermutlich hast du Thorne noch nicht vorgeschlagen, dass er uns seine Geschäfte anvertrauen soll?"

„Nein, noch nicht."

„Dann arbeite weiter daran, natürlich ohne ihn zu drängen. Am besten, du fängst damit an, dass du sein Land so teuer wie möglich verkaufst ... oh, warte mal einen Moment."

Er drehte sich weg, beantwortete eine Frage, die sie nicht verstehen konnte, und sprach dann wieder mit ihr. „Bemüh dich ein bisschen um McCafferty, du verstehst schon. Zeig ihm, dass du an der Familie interessiert bist. Du könntest die ganze Familie zum Dinner einladen. Auf Kosten der Kanzlei. Du kennst ja die Spielregeln."

Die Spielregeln. Langsam begann sie, das Spiel zu hassen. „Glaubst du nicht, dass er mich durchschaut?" Es war Janine peinlich, dass Slade jedes Wort verstehen konnte, das sie mit Chuck Jansen sprach. Sie ging zurück in die Küche, um etwas Abstand zwischen sich und ihn zu bringen.

„Natürlich wird Thorne dich durchschauen. Er kennt doch das Business. Das gilt vermutlich auch für seine Schwester. Die Brüder kann ich nicht einschätzen. Wir haben uns doch schon über sie unterhalten, oder? Ich hatte wohl erwähnt, dass einer der Brüder auch eine Ranch besitzt. Der dritte ist irgendwie gar nichts, soweit ich weiß. Er ist das schwarze Schaf der Familie. Hat niemals eine Frau gefunden und auch keinen regelmäßigen Job. Mir ist zu Ohren gekommen, dass er ziemlich zurückgezogen lebt und sich irgendwie durchschlägt."

„Ach, ist dir das zu Ohren gekommen?" Janine bemühte sich vergeblich, den scharfen Tonfall zu verbergen. Sie drehte sich um und sah, dass Slade die gekreuzten Beine lang ausgestreckt hatte.

„Ja. Soll ein Draufgänger sein. Aber das gilt eigentlich für sie alle. Irgendwann sind sie dem alten John Randall über den Kopf gewachsen. Aber schließlich hat er sich auch nicht um sie gekümmert. Sein jüngster Sohn ist vermutlich zu sehr verwöhnt worden. Soll ziemlich faul sein."

Sofort musste Janine an Slade denken. An seine raue Art, an seine

Vorliebe für Extremsport und daran, dass er förmlich platzte vor Energie. Verwöhnt? Faul? Nicht die Spur.

„Wie dem auch sei", fuhr Chuck fort, „du solltest sie umgarnen, deinen ganzen Charme spielen lassen, mit deinen hübschen Wimpern klimpern. Spiel jeden Trumpf aus, der uns unserem Ziel näher bringt."

„Jeden Trumpf?", entgegnete sie. Wieder lachte er auf, und diesmal klang es noch tiefer.

„Innerhalb gewisser Grenzen. Bei Jansen, Montheih & Stone gelten gewisse Verhaltensregeln. Du kannst sie lockern, aber nicht überschreiten."

„Na danke", erwiderte sie sarkastisch. Chuck machte oft Witze, aber heute Abend erwischte er sie auf dem falschen Fuß.

„Ich rufe dich morgen wieder an, um zu fragen, was es Neues gibt", sagte er. „Ich bekomme gerade einen Anruf auf der anderen Leitung. Vermutlich eins meiner Kinder, das mehr Geld will. Das hört vermutlich niemals auf. Bis morgen, meine Liebe." Chuck legte auf.

Janine atmete tief durch. Um die Fassung wiederzugewinnen, ging sie zum Kühlschrank und nahm die Milch heraus. Langsam kehrte sie ins Esszimmer zurück und goss sich einen Schuss Milch in den Kaffee. „Du auch?", fragte sie Slade.

„Nein, danke", lehnte er ab und zeigte auf ihr Mobiltelefon. „Dein Chef?"

„Mmmh." Janine probierte den Kaffee. Nicht gerade frisch geröstet, aber heiß und mit Milch gar nicht mal schlecht.

„Unter anderem", vermutete Slade.

„Was, unter anderem?"

„Ich könnte mir vorstellen, dass er neben deinem Chef auch noch dein Freund ist. Vielleicht sogar noch mehr."

„Ach, das könntest du dir vorstellen?"

Rasch langte er über den Tisch und griff nach ihrer linken Hand. Ein paar Tropfen Kaffee schwappten aus ihrem Becher über die Unterlagen. „Was soll das?", fragte Janine.

„Ich suche nach harten Fakten."

„Was?"

„Nach einem Ring."

Slades warme Finger kamen ihr unendlich vertraut vor. Mit dem

Daumen rieb er über ihren Ringfinger, nur um ihre Hand sofort wieder loszulassen.

„Ich bin nicht verlobt."

„Noch nicht. Aber dein Freund ..."

„Ich bin zu alt für einen Freund", unterbrach Janine hastig.

Offenbar glaubte Slade ihr nicht recht. „Wie auch immer du es nennen willst", murmelte er zweifelnd. Amüsiert schaute er zu, wie sie in die Küche eilte und ein Handtuch holte, um die Kaffeetropfen auf den Unterlagen abzutupfen.

„Ich würde mal sagen, das alles geht dich gar nichts an", bemerkte sie spitz.

Wenn Slade lächelte, sah er unglaublich sexy aus. „Das werden wir ja sehen."

Ihr Herz pochte wie verrückt. „Gibt es noch irgendetwas, was du klären möchtest? Rein geschäftlich natürlich."

„Nein." Slade trank seinen Kaffee aus und stand auf. „Ich wollte dich nur mal wiedersehen." Er zog seine Jacke an, kam um den Tisch herum und drückte ihr zu ihrer Überraschung einen flüchtigen Kuss auf die Wange.

Janine erschrak zu Tode. Wie konnte es sein, dass ein unschuldiger Kuss sie so tief berührte? Wie konnte es sein, dass dieser Hauch von Nichts sofort ihr Verlangen nach mehr weckte? Ihr Puls flatterte, als sie sich zurückzog und den Spott in seinem Blick entdeckte. Verdammt noch mal, der Mann wusste genau, was er in ihr angerichtet hatte.

„Du brauchst mich nicht zur Tür zu bringen." Slade besaß die Unverfrorenheit, zu zwinkern ... *ihr* zuzuzwinkern. „Ich finde selbst raus." Mit einem wissenden Lächeln drehte er sich um. Seine Schritte knirschten laut über den Holzfußboden, und die Tür knarrte in den Angeln, als er verschwand.

Janine ging ins Wohnzimmer. Als sie die Gardinen beiseiteschob, spürte sie immer noch die Stelle auf ihrer Wange, wo seine Lippen sie berührt hatten. Was hatte Slade an sich, dass er sofort geheime Sehnsüchte in ihr aufsteigen ließ? Wie brachte er es fertig, ihren sorgsam errichteten Schutzwall in kürzester Zeit einzureißen – obwohl sie sich fest vorgenommen hatte, ihn am ausgestreckten Arm verhungern zu lassen? Sie schaute zu, wie die Rücklichter seines Pick-ups in der Nacht verschwanden.

Seufzend sank Janine auf die alte Couch. Lazarus sprang ihr auf den Schoß, und sie strich ihm über das seidige Fell. „Die Sache wird kein gutes Ende nehmen", prophezeite sie, als der Kater zu schnurren begann. „Es wird sogar noch schlimmer werden, als ich es mir in meinen schlimmsten Träumen vorstellen kann."

5. KAPITEL

Ich brauche keinen Babysitter." Rachel starrte ihren Bruder an, während sie zu dem Geländewagen humpelte. „Ich werde langsam verrückt im Haus. Ich muss einfach raus, und wenn ich nur bis Grand Hope komme."

„Dann lass mich mit dir fahren." Slade gab nicht nach.

„Super", spottete Rachel, „mein ganz persönlicher Bodyguard. Nur für mich allein." Sie fing seinen Blick auf. „Gib dir keine Mühe. Ich komme wunderbar zurecht." Sie schlug die Tür zu, winkte ihm zu und steckte den Schlüssel ins Zündschloss.

Slade hatte den Wagen längst umrundet und die Beifahrertür geöffnet, bevor sie überhaupt gemerkt hatte, dass er nicht nachzugeben gewillt war.

„Um Himmels willen, Slade. Es ist lächerlich. Ich will schließlich nur zum Friseur!"

„Ich habe sowieso ein paar Dinge in der Stadt zu erledigen."

„Ja, natürlich." Rachel gab sich keine Mühe, ihre Bitterkeit zu verbergen, als sie losfuhr. „Ich weiß sowieso nicht, warum du dich immer noch auf der Ranch herumdrückst."

„Ich muss noch den Verkauf der Ranch unterschreiben."

„Und wenn das erledigt ist? Verschwindest du dann endlich?", wollte Rachel wissen. „Mir kannst du nichts vormachen. Du hast deine Meinung geändert, weil du Janine Parsons wiedergesehen hast."

Slade biss die Zähne zusammen. Rachel hatte ins Schwarze getroffen. Das Wiedersehen mit Janine hatte Erinnerungen geweckt, die er lange verloren geglaubt hatte. Sie hatte ihn fasziniert. Mehr als je zuvor. Slade hatte sich gefragt, was mit dem wilden Mädchen geschehen war, das irgendwo hinter der Fassade der kühlen Anwältin immer noch schlummern musste.

Ja, Janine machte das Leben interessanter. Aber in Wahrheit war er auf der Ranch geblieben, um zu garantieren, dass seine Schwester ihren dreißigsten Geburtstag erlebte.

Deshalb hatte Slade sich zu ihrem persönlichen Bodyguard ernannt. Was sie prompt bemerkt hatte und offensichtlich verabscheute. „Ich weiß noch nicht, was ich anschließend tue", wich er aus und drehte am Heizungsknopf herum. „Aber ich bleibe wohl noch eine Weile in der Gegend."

Rachel warf ihm einen vernichtenden Blick zu, hielt aber den Mund. Sie schwiegen, bis Rachel auf den Parkplatz vor dem Frisiersalon Bob & Wave einbog.

„Wir sehen uns im Pub'n'Grub, wenn du fertig bist", sagte Slade und deutete mit dem Kinn über die Straße.

„Ich werde eine neue Frau sein."

„Solange das eine Verbesserung ist", meine Slade und lächelte.

„Hmm, verdammt schwer, wenn man schon zu Anfang perfekt ist. Aber ich werde sehen, was ich tun kann."

Slade lachte, als sie eintrat. Dann stopfte er sich die Hände in die Taschen und eilte die Straße hinunter, bis ihm ein blauer Kleinwagen auffiel. Er stand vor der örtlichen Maklerfirma. Ein Blick bestätigte Slade, dass der Wagen Janine Parsons gehörte. Er schaute durch das Fenster des Büros und bemerkte Janine, die einer zierlichen blonden Frau gegenübersaß.

Sie musste einen Blick auf ihn erhascht haben, denn plötzlich straffte sie die Schultern. Missbilligend verzog sie die Mundwinkel. Nachdem sie sich von der Maklerin verabschiedet hatte, trat Janine zu ihm auf die Straße.

„Weißt du was, McCafferty?", begann sie ohne Begrüßung, „langsam habe ich das Gefühl, dass du mich verfolgst."

„Ach, wirklich?" Slade hielt es nicht für nötig, sich zu erklären.

„Was willst du?", fragte Janine auf dem Weg zu ihrem Wagen und öffnete die Türen mit der Fernbedienung. „Und komm mir nicht mit irgendwelchen Erklärungen zu unserer Vergangenheit. So weit waren wir gestern schon."

Janine schenkte ihm ein kühles, professionelles Lächeln, das darauf angelegt war, aufdringliche Männer auf Abstand zu halten. Aber unter dem eisigen Äußeren entdeckte er noch etwas anderes: Gefühle, die sie zu verbergen versuchte.

„Ich bin zufällig vorbeigekommen."

„Schon klar."

„Ich habe meine Schwester zum Friseur gebracht", erklärte Slade und deutete mit dem Daumen über die Schulter. „Ich wollte gerade etwas trinken gehen, als ich deinen Wagen gesehen habe."

„Und prompt hast du beschlossen, dass du auf mich warten willst."

„Vermutlich." Er lehnte sich gegen die Kühlerhaube ihres Wagens und beobachtete ein paar Teenager, die die Straße entlangrannten. Sie hatten sich ihre Rucksäcke über den Rücken geschlungen und formten Schneebälle.

Janine zögerte. „Ich weiß nicht, was du eigentlich von mir willst."

„Nur ein bisschen Zeit mit dir verbringen."

„Die Zeit einer erfolgreichen Anwältin ist kostbar. Das Honorar liegt bei mehreren Hundert Dollar pro Stunde. Aber weil du es bist, mache ich dir ein Angebot. Dreihundert." Provozierend zog Janine die Brauen hoch.

Slade pfiff leise durch die Zähne. „Ganz schön viel."

„Komm schon, du kannst es dir doch leisten. Du bist reich, McCafferty."

„Dreihundert Dollar pro Stunde?" Slade betrachtete sie von Kopf bis Fuß. Sie trug Hosen und einen Pullover, einen langen Mantel und Stiefel; das Haar hatte sie sich im Nacken hochgesteckt. „Glaubst du, dass du das wert bist?"

„Jeden Cent", bekräftigte Janine und stieg in ihren Wagen. „Bist du anderer Meinung?" Sie schloss die Tür. Kaum hatte er die Kühlerhaube freigegeben, als sie aufs Gaspedal trat und um die Kurve schoss. Slade dachte, dass er ihren Rat befolgen und sie in Ruhe lassen sollte. Endlich einen Schlussstrich unter die Sache ziehen.

Aber er brachte es nicht fertig. Ob sie es beabsichtigt hatte oder nicht, Janine Parsons hatte ihm den Fehdehandschuh hingeworfen.

Slade war noch nie einer Herausforderung aus dem Weg gegangen. Und warum sollte er jetzt damit anfangen?

Warum habe ich ihn nur herausgefordert?, fragte Janine sich insgeheim, warum habe ich die Sache nicht auf sich beruhen lassen? Sie hätte sich einfach nur kühl und desinteressiert geben müssen. Und wie ein Profi. Was war los mit ihr?

Seit sie McCafferty nach so langer Zeit wieder über den Weg gelaufen war, benahm sie sich wie eine Idiotin. Ihr Puls schoss in schwindelerregende Höhen, wenn sie ihm begegnete, und sie konnte auch ihren Herzschlag nicht beruhigen. Der Mann hatte sie irgendwie an einer Schwachstelle erwischt.

Janine warf den Stift auf den Esszimmertisch und betrachtete den Maklerprospekt. Trotzdem war sie in Gedanken nicht bei dem Verkauf des Hauses. Auch der Vertrag, mit dem die McCafferty-Brüder ihre Erbteile an Matt weitergeben wollten, konnte sie nicht fesseln. Genauso wenig wie das, was Rachel McCafferty zugestoßen war. Nein. Sie konnte immer nur an eins denken: Slade, Slade, Slade.

Es war lächerlich. Sie nippte an ihrem lauwarmen Kaffee, ging in die Küche und schüttete den Rest in die Spüle.

Mehr als vierzehn Jahre lang war es Janine gelungen, ihn aus ihren Gedanken zu verbannen. Jedes Mal, wenn die Erinnerung an ihn wieder aufgetaucht war, hatte sie sie entschlossen wieder vergraben. Sie hatte es nicht zugelassen, an ihn zu denken – nicht an ihn, nicht an das, was sie geteilt hatten, nicht an das, was sie verloren hatten.

Wie abwesend strich sie sich über den Bauch. Ihr Kind wäre jetzt vierzehn Jahre alt, beinahe fünfzehn. Es würde die Highschool besuchen, den Führerschein machen. Vielleicht wäre es zu den Cheerleadern gegangen. Oder in die Fußballmannschaft. Oder es wäre ein Bücherwurm aus ihm geworden.

Oder ein kleiner Teufel.

Es spielte keine Rolle. Wenn das Baby nur das Licht der Welt erblickt hätte ... sie hätte es allein aufgezogen. Vielleicht hätte sie Slade auch die Wahrheit gesagt. Aber alles war anders gekommen. Die Fehlgeburt hatte dafür gesorgt.

Der kurze Sommer, den sie mit Slade genossen hatte, war vorüber.

Der Mann war aus ihrem Leben verschwunden.

Bis jetzt.

„Oh, Nana“, flüsterte sie, „was soll ich nur tun?“

Vergiss diesen McCafferty. Er ist nicht gut für dich. Ein wilder Kerl.

Janine hatte diese Predigt so oft gehört – es wunderte sie nicht, dass die Worte immer noch durch den zugigen Flur des alten Hauses hallten. Fröstelnd rieb sie sich über die Oberarme. Es war wirklich kalt. Aufmerksam lauschte sie und stellte fest, dass die Heizung nicht mehr rumpelte.

Janine drehte am Thermostat, aber nichts geschah. Der Heizkörper blieb kalt.

„Das hat mir gerade noch gefehlt“, murmelte Janine. In der Waschküche fand sie die alte Werkzeugkiste ihres Großvaters und eilte die

Stufen hinab in den Keller.

Der Boden war vollkommen verstaubt, und Spinnweben überzogen die niedrige Decke. In der Mitte des Raumes stand der Brennofen. Er sah aus wie eine Riesenkrake, weil seine Rohre sich wie Arme in die entferntesten Winkel der Kellerdecke erstreckten.

Eigentlich war der Ofen auf Holzverbrennung eingerichtet gewesen, hatte ihre Großmutter erklärt, aber irgendwann in den Siebzigerjahren hatten sie auf elektrische Energie umgestellt. Janine strich mit der Hand über die verstaubte Seitenwand. Eiskalt. Das Monster gab kein Geräusch von sich.

„Jetzt fehlt mir nur noch ein Diplom als Elektroingenieur", erklärte sie Lazarus, der um ihre Knöchel strich.

Der Kater miaute, als hätte er jedes Wort verstanden. In diesem Moment hörte sie Motorengeräusche und eilte die Treppe hoch, um aus dem Küchenfenster zu schauen.

Slade McCafferty, in voller Lebensgröße.

Wieder einmal.

Janine eilte zur Haustür und riss sie auf, bevor er klopfen konnte. „Ich muss schon sagen, Mr. McCafferty", spottete sie, „langsam scheinen deine Besuche zur Gewohnheit zu werden. Und zwar zu einer schlechten."

Slade lächelte verführerisch. „Du hast mich schon sehnsüchtig erwartet, gib's zu."

„Träum weiter."

„Klar, von dir."

Seine Lippen zuckten boshaft. Janines Puls schoss in die Höhe.

„Und, welchem Umstand verdanke ich diese Ehre?"

Slades Augen wirkten dunkel, als er ihr drei nagelneue Hundertdollarscheine unter die Nase hielt.

6. KAPITEL

Damit kann ich mir eine ganze Stunde kaufen, stimmt's?", fragte Slade.

„Ach, das war doch nur eine dumme Bemerkung. Ich würde niemals ..."

Blitzschnell ergriff er Janines Hand, schloss ihre Finger um die Geldscheine und schaute demonstrativ auf seine Uhr. „Die Zeit läuft."

„Slade, das soll wohl ein Witz sein!"

„Nenn es, wie du willst."

So komme ich nicht weiter, dachte Janine und trat beiseite. Slade ließ ihre Hand los. „Okay. Wenn die Zeit läuft, solltest du reinkommen", erklärte sie, „aber bring dir besser eine Wolldecke mit. Der Heizkessel funktioniert nicht mehr."

„Vielleicht kann ich ihn reparieren."

„Dann würde ich für immer in deiner Schuld stehen."

Seine blauen Augen funkelten, und er betrachtete das Geld in ihrer Hand. „In meiner Schuld? Wirklich?" Seine Mundwinkel verzogen sich zu einem gefährlichen Lächeln. „Der Gedanke gefällt mir. Ich bin dabei."

Slade betrat das Haus. Sie war noch dabei, die Tür zu schließen, als er sich schon mit dem Thermostat beschäftigte. Er drehte daran herum und schaute dann über die Schulter zu ihr. „Steht der Ofen im Keller?"

„Ja. Die Treppe hinter der Küche, gleich neben der Speisekammer ..."

Er ging schon voran, und Janine folgte ihm. Unten musste Slade sich ducken, um sich nicht den Kopf an den niedrigen Balken der Kellerdecke zu stoßen. Mit hochgezogener Augenbraue betrachtete er den defekten Heizofen. „Nicht unbedingt das neueste Modell auf dem Markt", kommentierte er. Er schnappte sich die Taschenlampe samt Schraubenzieher aus der Werkzeugkiste, bevor er die Klappe am Ofen öffnete.

„Kann ich irgendwas tun?"

„Vielleicht beten."

„Sehr witzig."

„Hm." Slade klopfte ein bisschen an dem Ofen herum. Janine

hatte keine Lust, ihm einfach nur über die Schulter zu schauen, und ging hoch, um Kaffeewasser aufzusetzen.

Verdammt noch mal, fluchte sie unhörbar, der Mann hat mich wirklich bezahlt. *Er hat wirklich die Unverschämtheit besessen, mir Geld in die Hand zu drücken.*

Geschieht dir recht. Warum hast du ihn heute auf der Straße auch so frech abgefertigt?

Mit kalten Fingern gab Janine Kaffeepulver in den Filter und goss dann heißes Wasser dazu. Aus dem Keller drangen scheppernde Geräusche zu ihr nach oben, und dann klopfte es.

„Dreh mal am Thermostat!", rief Slade nach oben. „Dreh auf und dann wieder ab!"

„Aye, aye, Käpt'n!", murmelte sie atemlos und gehorchte. Mehrmals drehte sie am Knopf. Vergeblich.

Ein paar Minuten später hörte sie seine Stiefel auf der Holztreppe. „Ich gebe auf", meinte Slade, als er in der Küche stand. „Du hast Glück gehabt. Vermutlich wirst du nicht bis ans Ende deines Lebens in meiner Schuld stehen."

„Was für eine Erleichterung."

„Kann ich mir vorstellen."

„Du kannst die Heizung also nicht reparieren?"

„Nein, Ma'am." Slade griff nach einem Handtuch und wischte sich den Schmutz von den Händen. „Du wirst wohl einen Techniker rufen müssen."

„Darauf bin ich selbst schon gekommen. Trotzdem danke …", Janine reichte ihm einen Kaffeebecher, „… für deine Mühe."

„Leider vergeblich."

Janine musste unwillkürlich lachen. „Ich werde dir keinen Vorwurf daraus machen."

Slade lachte ebenfalls. „Wieder mal Glück gehabt. Ich glaube, ich habe schon genug auf dem Kerbholz."

Mehr, als du ahnst, McCafferty. „Das Thema hatten wir erledigt, falls du dich erinnerst." Janine nahm sich einen Kaffee und holte die Milch aus dem Kühlschrank.

„Du bestimmst die Regeln."

„Ja. Zumindest in meinem Haus."

„Das du bald verkaufen wirst."

„Ja." Janine nickte und goss sich Milch in den Kaffee. Angestrengt versuchte sie, die Erinnerung daran zu verscheuchen, was für ein leichtes Spiel der Mann mit ihr gehabt hatte. Es war kein Problem gewesen, sie zu verführen.

„Dann willst du das Haus also auch nicht vermieten?"

Janine stellte die Milch wieder in den Kühlschrank. „Ich glaube, es wäre das Beste, es ohne Verlust zu verkaufen und die Sache ein für alle Mal abzuschließen."

„Dann hast du keinen Ärger mehr." Slade sah mit ernstem Blick über den Rand seines Kaffeebechers.

„Genau."

„Aber bis es so weit ist, könntest du erfroren sein. Wir sollten uns mal umschauen, wie wir das Haus warm kriegen könnten. Hast du Feuerholz?"

„Ja ... draußen auf der Veranda. Oder in der Garage."

Slade war schon auf dem Weg zur Tür. Offenbar wollte er sich tatsächlich für ein bisschen Holz in die Kälte da draußen wagen. Aber Janine war an seiner Hilfe gar nicht mehr interessiert. Ein knisterndes Feuer ... viel zu gemütlich, zu intim. Sie genoss seine Gesellschaft ohnehin schon viel zu sehr. Sie hatte sich sogar darauf gefreut, ihn wiederzusehen. Aber damit musste jetzt Schluss sein. „Ich kann selbst Feuer machen."

„Ja, natürlich. Aber ich habe schließlich schon beim kleinen Einmaleins des Ofenreparierens versagt. Irgendwie muss ich mein verwundetes männliches Ego doch wieder aufpolieren."

„Dein verwundetes männliches Ego? Das möchte ich sehen, McCafferty."

Slades Lippen zuckten, und in seinen blauen Augen glitzerte es. Aber was auch immer ihm durch den Kopf ging, er behielt es für sich und verschwand durch die Küchentür nach draußen.

„Wir haben kein Kleinholz!", rief Janine ihm nach, während ein eisiger Luftzug durchs Haus wehte und an den Fensterläden rüttelte.

„Aber gleich. Hast du eine Axt?"

„Wahrscheinlich." Janine rieb sich die Arme. „Früher hatten wir eine. Bestimmt ist sie in der Garage."

Janine beschwor sich, ihn auf der Stelle fortzuschicken. Warum erklärte sie ihm nicht einfach, dass sie auf seine Hilfe nicht angewiesen war? Er kommandierte sie herum, als wären sie immer noch Kinder. Und Freunde. Wenn sie auch nur einen Funken Verstand hätte, dann würde sie darauf achten, den Kontakt zu den McCaffertys auf rein professioneller Ebene zu halten.

Ganz besonders zu Slade. Aber sie fühlte sich einem Streit jetzt nicht gewachsen, und außerdem wurde das Haus von Minute zu Minute kälter.

Obwohl sie wusste, dass sie einen Riesenfehler machte, nahm Janine ihren Mantel aus dem Schrank und folgte ihm nach draußen. Sie folgte dem schmalen Pfad, den Slade mit seinen Schritten bereits durch den Schnee gepflügt hatte.

Als sie die Garage erreichte, hatte Slade schon das Licht angeschaltet. In einer Ecke war trockenes Feuerholz gestapelt, daneben standen Gartengeräte.

„Manchmal tut es mir schon leid, das alles zu verkaufen“, gab Janine zu.

„Das Mädchen, das ich früher mal kannte, hätte das auch niemals getan.“

„Das Mädchen von früher ist erwachsen geworden“, konterte Janine. Aber sie verschwieg ihm, wie sehr er dazu beigetragen hatte, dass praktisch über Nacht eine Frau aus ihr geworden war. Schließlich war sie schwanger gewesen. Slade hatte sie sitzen lassen, und ihre Mädchenträume waren in tausend Stücke zersprungen.

„Das kann man wohl sagen“, bekräftigte Slade. Sie spürte seinen Blick über sich schweifen, über ihre Hüften, ihre Taille, ihre Brüste bis zu ihrem Gesicht. Janine schluckte schwer, weigerte sich aber, die Augen abzuwenden. „Du siehst toll aus. Du bist wirklich eine schöne Frau.“

Das Kompliment tat ihr gut. Trotzdem gab sie acht, dass ihr seine Worte nicht zu Kopfe stiegen. „Danke. Aber … hören wir auf mit so was, okay? Und falls du versuchst, wieder bei mir zu landen, das kannst du vergessen.“

Sie verschränkte die Arme vor der Brust. „Ich habe schon vor vielen Jahren begriffen, dass man die Zeit nicht zurückdrehen kann. Deshalb will ich das Haus verkaufen. Ich bin niemand, der sich vor Sehnsucht nach den alten Zeiten verzehrt.“

„Durch und durch eine Businessfrau.“

„Ja."

„Warum hast du nie geheiratet?"

„Ich wüsste nicht, was dich das angeht", wies sie ihn scharf zurück.

„Keine Kinder?"

Janines Herz krampfte sich zusammen. „Nein." Sie musste sich zwingen, das Wort über die Lippen zu bringen.

„Aber dein Freund, dieser Seniorpartner, wird dir welche schenken?"

Janine antwortete nicht.

„Ein wunder Punkt?"

„Eine Privatangelegenheit."

„Lass mich raten." Slade ging zum Holzstapel und griff nach einem Scheit. „Er will keine."

„Chuck hat bereits drei Kinder. Sie studieren. Das jüngste ist noch auf der Highschool ... halt, Moment mal." Janine schüttelte den Kopf. „Warum erzähle ich dir das alles? Wie gesagt, es geht dich nichts an."

„Aber meine Stunde läuft noch. Ich habe im Voraus bezahlt."

Janine schwieg und warf ihm einen vernichtenden Blick zu. Dabei musste sie sich zwingen, nicht die Barrieren niederzureißen, die sie zwischen sich und diesem Mann so sorgsam aufgerichtet hatte. Obwohl sie sich ständig zur Ordnung rief und trotz der Schmerzen, die er ihr zugefügt hatte, reagierte sie immer noch auf ihn. Insgeheim fragte sie sich sogar, wem es eigentlich schaden würde, wenn sie zuließ, dass er sie küsste und berührte ...

Du liebe Güte. Janine räusperte sich und achtete nicht darauf, dass ihr das Blut plötzlich heiß durch die Adern pulsierte.

Neben der Tür entdeckte Slade eine Axt und nahm sie von der Wand. Geschäftig begann er, Kiefernscheite zu zerkleinern. Das Holz splitterte und krachte geräuschvoll zu Boden. Innerhalb weniger Minuten hatte er einen Stapel an der Tür errichtet.

„Reicht das?"

„Natürlich. Vielen Dank."

„Kein Problem." Slade hängte die Axt an die Wand zurück und lud sich den Arm voll Holz. Janine griff nach zwei größeren Stücken und ging mit ihm zusammen ins Haus zurück.

„Du musst nicht helfen“, verkündete sie erneut, als er im Wohnzimmer den Rauchabzug überprüfte. Ruß rieselte aus dem Schornstein.

„Ich weiß. Ich muss gar nichts.“

„Ich meinte nur, ich glaube nicht, dass ...“

„Soll das heißen, dass du mich rausschmeißen willst?“ Slade schaute sie über die Schulter an.

„Ja.“

„Wird aber nicht funktionieren.“

„Sollte es aber.“

Demonstrativ schaute Slade auf seine Armbanduhr. Janine bemerkte plötzlich den bläulichen Bartschimmer auf seinen Wangen und die widerspenstige Strähne, die ihm immer wieder in die Stirn fiel, obwohl er sie ständig aus dem Gesicht strich.

„Wenn ich mich nicht irre, schuldest du mir noch ein paar Minuten.“

„Slade, ich will dein Geld nicht.“

Zufrieden stellte er fest, dass der Schornstein in Ordnung war und der Rauch problemlos abziehen würde. Er stopfte eine alte Zeitung unter das Holz, zündete ein Streichholz an und hielt es an das Papier. Als Flammen aufzüngelten, betrachtete er nachdenklich sein Werk.

„Ich glaube, ich sollte dir erzählen, was damals mit Sue Ellen war.“

„Ich glaube, wir sollten uns nicht über die Vergangenheit unterhalten.“

„Das hast *du* gestern Abend so bestimmt. Es war nicht meine Idee.“

„Was auch immer du sagst, es wird nichts ändern“, erklärte Janine entschlossen.

„Woher willst du das wissen?“

„Ich weiß es eben.“

„Du hast Angst vor der Wahrheit“, behauptete Slade, stand auf und musterte sie eindringlich.

„Unsinn“, schnappte Janine wütend. „Ich glaube einfach nicht, dass es irgendeine Bedeutung für uns hat. Nicht mehr. Das, was zwischen uns geschehen ist ...“

„Das Fingerschnipsen, oder wie hast du es genannt?“

„Genau“, bestätigte sie, „das Fingerschnipsen. Es ist vorbei. Vergiss es endlich.“

„Kann ich aber nicht, verdammt noch mal.“ Slade schaute sie aus seinen blauen Augen an. „Nicht, seit wir uns wieder begegnet sind.“

„Du lieber Himmel.“

„Es ist die Wahrheit.“

„Slade, es hat Zeiten gegeben, da wäre ich bei solchen Worten dahingeschmolzen. Aber das ist zum Glück vorbei.“

Eindringlich sah er sie an. Er sagte nichts, aber in seinem Blick las sie mühelos, dass er sie der Lüge bezichtigte. Obwohl sie die Augen am liebsten abgewendet hätte, hielt sie seinem Vorwurf stand. „Es interessiert mich nicht die Bohne, was du mir so verdammt dringend mitzuteilen hast.“

„Kann sein. Kann durchaus sein. Aber es geht auch gar nicht um dich, sondern um mich.“

„Großartig. Jetzt soll ich also eine Art Beichtvater sein? Jetzt, nach fünfzehn Jahren, willst du mir irgendeine fadenscheinige Ausrede dafür auftischen, warum du erst alles daran gesetzt hast, mich zu verführen ... und dann, nachdem deine reiche Freundin wieder auftauchte, hast du mich fallen gelassen wie eine heiße Kartoffel. Nein, danke. Ich bin kein Pfarrer.“

„Es lag nicht daran, dass sie reich war.“

Janine schwieg einen Moment. „Ach, dann lag es wohl daran, dass sie hübscher war als ich oder aufregender ...“

„Nein. Sie hat mir ... Sicherheit gegeben, verstehst du? Bei ihr habe ich mich sicher gefühlt, denn ich wusste immer genau, was ich von ihr zu erwarten hatte. Aber bei dir ...“

„Was?“

„Du hattest deinen eigenen Kopf. Ich habe dich zu etwas herausgefordert, und du hast es einfach getan. Und dann hast du mich zu etwas noch Wilderem herausgefordert“, erklärte Slade.

„Ich dachte, das gefällt dir.“

„Stimmt. Es hat mir gefallen. Aber es war einfach zu viel. Zu heiß und zu gefährlich.“

„Eigentlich hätte ich mehr Grund, mich darüber zu beklagen“, widersprach Janine. „Soweit ich mich erinnere, bist du derjenige gewesen, der Druck gemacht hat, der mich überzeugen wollte, dass wir gemeinsam unschlagbar sind." Sie kam näher und bohrte ihm einen Finger in die Brust. „McCafferty, du hast mir Angst gemacht. Ich hatte höllisch Angst, und es hat mir sogar gefallen."

„Mir auch."

Wieder dehnte sich das Schweigen zwischen ihnen. Tausend Erinnerungen stürmten auf Janine ein, und es gab mindestens ein Dutzend Gründe, den Mann zum Teufel zu schicken. Trotzdem hielt sie den Mund.

Ob es ihr passte oder nicht, Slade McCafferty war ihr Mandant.

„Ja", begann er, als könnte er ihre Gedanken lesen. „Genau das geht mir auch gerade durch den Kopf." Slade bewegte kaum die Lippen, als er weitersprach. „Ganz egal, was damals geschehen ist, wir werden in den nächsten Wochen oft miteinander zu tun haben. Wir müssen uns überlegen, wie wir mit der Vergangenheit klarkommen. Deshalb hatte ich gedacht, dass ich einfach vorbeikomme und reinen Tisch mache. Okay?"

Nein, dachte Janine, das ist nicht okay. Nichts ist okay. Aber das durfte sie ihn auf keinen Fall wissen lassen.

„Okay?", beharrte Slade.

„In Ordnung", sagte sie und ließ sich auf die Armlehne von Nanas Couch sinken. Warum konnte der Mann die Vergangenheit nicht einfach ruhen lassen?

„Wenn dir so viel daran liegt, dein Gewissen zu erleichtern, dann meinetwegen." Janine machte eine wegwerfende Handbewegung. „Schieß los."

„Gut."

Nein, nichts ist gut, widersprach sie lautlos, und es wird auch nichts Gutes dabei herauskommen. Trotzdem schwieg sie. Sie bemerkte, wie sich die Jeans um seine Oberschenkel und über seinen festen Po spannte ... Entschlossen riss sie den Blick los.

Verkneif dir solche Gedanken!

Aber von dem leicht gekerbten Kinn bis zu den breiten Schultern besaß Slade eine erotische Ausstrahlung, die sie unmöglich ignorieren konnte. Nur zu gut konnte Janine sich daran erinnern, wie sie sich an seinen durchtrainierten Körper geklammert und seine Wärme gespürt hatte ... Die Lust war ihr heiß durch die Adern pulsiert, und fast genau so deutlich hatte sie seine Lust gespürt.

Schon seit Jahren waren Janine solche Fantasien nicht mehr durch den Kopf gegangen. Nicht mehr, seit … Slade. Immer wieder Slade. Plötzlich kam ihr das Wohnzimmer viel zu gemütlich vor, viel zu intim und zu eng. Obwohl es draußen fror, hätte sie am liebsten das Fenster weit aufgerissen.

Slade starrte sie an. Sie räusperte sich und stellte sich vor, in einem Gerichtssaal zu stehen. Trotzdem wollte sich ihre professionelle Gelassenheit einfach nicht einstellen. „Okay", bekräftigte Janine und hasste sich für ihre atemlose Stimme. „Du hast die einmalige Gelegenheit, alles zu erklären. Nutze sie."

Slade wurde ernst. „Zuerst möchte ich dir sagen, dass ich Sue Ellen Tisdale niemals geliebt habe."

„Es sah aber täuschend echt aus." *Warum hörst du dir das an? Am Ende wirst du ihm seine Lügen noch abkaufen …*

Lazarus sprang ihr auf den Schoß. Abwesend strich sie ihm über den Kopf, während der alte Schmerz wieder in ihr hochstieg. Der Schmerz darüber, dass Slade sie zurückgewiesen hatte, dass sie ihm gleichgültig gewesen war, dass er sie benutzt hatte – all das kehrte zurück. Natürlich war es dumm. Einfach lächerlich. Trotzdem konnte sie es nicht leugnen.

„Ich habe alle Leute getäuscht. Sogar mich selbst", fuhr Slade leise fort. „Es schien mir richtig zu sein."

„Wie gesagt, das ist alles Schnee von gestern." Janine gab sich Mühe, beiläufig zu wirken. Aber ihre Stimme klang hohl.

Slade antwortete nicht sofort, sondern wartete, bis sie aufschaute und seinem Blick begegnete. In seinem Gesicht las sie Anspannung. Zum ersten Mal wurde ihr klar, wie schwer es ihm fiel, mit ihr zu sprechen.

„Janine, es ist die volle Wahrheit, dass *du* das Mädchen warst, das ich wollte."

„Ich soll das Mädchen gewesen sein, das du wolltest?" Janine wäre beinahe in schallendes Gelächter ausgebrochen. „Falls das eine Art grausamer Witz sein soll, dann verschon mich." Aber tief in ihrem Herzen meldete sich eine verzweifelte Stimme, die ihm glauben wollte. Wie oft hatte sie davon geträumt, genau diese Worte aus seinem Mund zu hören? Aber natürlich wusste sie genau, dass er log.

„Nein, es ist kein Witz."

„Moment mal.“ Kopfschüttelnd hob Janine die Hand. „Ich weiß nicht genau, was du eigentlich im Schilde führst. Aber du übertreibst es wirklich ein bisschen. Damals hättest du keinen Penny auf meine Gefühle gegeben. Wenn du mich damals begehrt hast, hättest du mich doch haben können. Ich war verrückt nach dir.“

„Dann war es also doch mehr als ein Fingerschnipsen.“

„Es war eine Teenagerliebe“, erklärte Janine. „Kurz, aber heftig. Hör zu, ich weiß nicht, was in dich gefahren ist. Aber das hier ist verrückt.“ Wie lange hatte sie sich nach den Worten gesehnt, die er ihr gerade gesagt hatte? *Janine, du warst das Mädchen, das ich wollte.*

Wie viele Nächte hatte sie weinend im Bett gelegen und gehofft, dass Slade endlich zur Vernunft kommen würde? Dass er sie lieben würde? Dass er nach ihr suchen, sie finden und ihr erklären würde, dass er den größten Fehler seines Lebens gemacht hatte, als er sie gehen ließ?

Bis sie gemerkt hatte, dass sie sich in einen drittklassigen Liebesfilm hineingeträumt hatte.

„Wir sollten diese Unterhaltung einfach vergessen“, schlug sie vor. „Was auch immer zwischen uns gewesen ist, es ist vorbei. Schon seit Langem.“

Slade musterte seine Stiefelspitzen und schaute ihr dann wieder ins Gesicht. „Wenn du meinst.“

„Ja.“

„Dann ist die Sache wohl erledigt.“ Slade machte sich auf den Weg zur Tür. Aber als er an ihr vorbeiging, ließ er einen Arm vorschnellen, umfasste ihre Hüfte und zog sie hoch.

„Hey! Was …“ Ihre Nasenspitzen berührten sich.

„Weißt du was, Janine Parsons? Du bist die schlechteste Lügnerin, die mir jemals unter die Augen gekommen ist. Und das ist keine gute Sache, zumal du Anwältin bist. Es gehört schließlich zu deinem Job, die Tatsachen ein bisschen zu verdrehen.“

„Ich habe nicht gelogen …“

„Doch.“

„Ehrlich, Slade …“

„Du willst, dass ich dich küsse“, flüsterte er. Seine Augen schimmerten so verführerisch blau, dass ihr das Herz bis zum Hals schlug.

„Was? Nein!“ Janine versuchte, sich aus seiner Umarmung zu befreien. Aber er gab nicht nach.

„Du hast dich gefragt, wie es sich wohl anfühlen würde. Ob der Funken noch überspringt wie früher."

„Dein Ego ist unglaublich."

„Ja. Aber nicht nur das", bestätigte Slade.

Sie konnte einfach nicht glauben, dass er so dreist war. „Jetzt hör schon auf damit", verlangte Janine, gab aber den Vesuch auf, sich aus seiner Umarmung zu winden.

Zu ihrem großen Ärger musste sie feststellen, dass es sie unglaublich erregte, in seinen Armen gehalten zu werden. Der Duft seines Rasierwassers trieb ihren Puls in ungeahnte Höhen, und die Hitze seines Körpers brachte ihr Blut in Wallung. Sie wagte einen schnellen Blick auf seine Lippen. Zusammengepresst. Dünn. Beinahe grausam.

„Komm schon, Janine, gib es zu. Du willst wissen, wie es sich anfühlt."

„Ich glaube, du bist hier derjenige, der das herausfinden will."

„Auf jeden Fall." Slades Gesicht war so dicht vor ihrem, dass sie die unterschiedlichen Blautöne in seiner Iris erkennen konnte. Seine dünne Narbe schimmerte weiß. „Außerdem ist meine Stunde immer noch nicht ganz vorbei. Wir sollten das Beste daraus machen."

„Mit einem Kuss?"

„Genau."

Bevor sie Atem holen konnte, hatte er seine Lippen auf ihre gedrückt. Hart. Slade küsste sie, wie sie noch nie zuvor geküsst worden war. Janine schloss die Augen, verlor sich für den Bruchteil einer Sekunde in dem Ansturm ihrer Gefühle und spürte, wie er seine Zunge zwischen ihre Lippen schlüpfen ließ. Plötzlich erinnerte sie sich wieder daran, wie sehr sie ihn geliebt hatte ... sie hätte ihr Leben für ihn gegeben.

Oh, nein. Bitte nicht. Janine zog sich zurück. „Slade, es darf nicht sein", flüsterte sie, „und wir wissen es beide."

„Wir wissen es beide?" Er hielt sie immer noch in den Armen, die Hand besitzergreifend auf ihren Rücken gelegt.

Janine biss die Zähne zusammen und löste sich aus seiner Umarmung. „Ja, beide. Ich bin kein kleines Schulmädchen mehr, das romantischen Fantasien nachhängt. Und ich möchte nicht zweimal denselben Fehler machen. Du kennst doch das Sprichwort ... gebranntes

Kind scheut das Feuer. Das gilt auch für mich." Sie lehnte sich mit der Schulter gegen die Wand, was selbstverständlich nichts damit zu tun hatte, dass ihre Knie nachzugeben drohten.

„Und ich habe dich verbrannt?"

„Da hast du verdammt noch mal ins Schwarze getroffen." Auf unsicheren Beinen eilte Janine in die Küche, zerrte die Hundertdollarscheine aus dem Glas auf der Fensterbank und ging zurück ins Wohnzimmer. „Unsere Zeit ist abgelaufen", verkündete sie und stopfte ihm das Geld in die Hemdtasche. „Schon seit Jahren."

Slade nahm das Geld wieder heraus und wollte es ihr zurückgeben. Aber sie wehrte ihn mit erhobenen Handflächen ab. „Auf keinen Fall."

Er lächelte boshaft. „Du bist wirklich eine harte Frau."

„Und sehr stolz darauf."

Als sie seine blauen Augen spöttisch glitzern sah, fiel ihr auf, dass sie ihn damit unabsichtlich provoziert hatte.

Betont bemerkte er: „Wie sagt man noch? Hochmut kommt vor dem Fall, oder?"

„Du bist ein Teufel."

„Und sehr stolz darauf", konterte Slade.

Janine verschränkte die Arme vor der Brust. „Du bist nicht nur ein Teufel, sondern einfach unerträglich."

„Kommt mir irgendwie bekannt vor." Slade zwinkerte ihr zu und ging zur Tür.

Was für eine Frechheit. Als ob er genau wüsste, wie er sie am besten auf die Palme bringen konnte.

Er lächelte, als könnte er sich über ihr Unbehagen gar nicht genug amüsieren. „Guten Abend, Frau Anwältin. Schlaf gut."

„Werde ich."

„Allein?"

„Ganz nach meinem Wunsch." Kalte Luft zog ins Haus.

„Wirklich?" Slade zögerte. „Ich frage mich, ob das stimmt."

„Glaub es mir einfach", antwortete sie.

„Mal sehen", erwiderte Slade spöttisch, trat aus dem Haus und schloss die Tür hinter sich.

„Endlich", murmelte Janine atemlos und beobachtete durch die Jalousien, wie er über den verharschten Schnee zu seinem Pick-up ging. Warum gelang es ihr nicht, ihn zu vergessen? Warum war er nur so verdammt sexy?

Wütend wandte Janine sich ab. Aber es half nichts. Als sich das Motorengeräusch entfernte, war ihr klar, dass sie ihn angelogen hatte. Und sich selbst auch.

Es war noch lange nicht vorbei mit Slade McCafferty. Und wahrscheinlich würde es auch nie vorbei sein.

7. KAPITEL

Janine Parsons hat also einen Freund.

„Verdammt“, fluchte er. Er drehte den Schraubenschlüssel ein letztes Mal und ließ das Werkzeug in die geöffnete Werkzeugkiste fallen. Welche Rolle spielte es schon? Schließlich hatte sie unmissverständlich deutlich gemacht, dass sie nichts von ihm wissen wollte.

Warum konnte er die Unterhaltung von gestern Abend nicht vergessen? Und warum konnte er nicht vergessen, dass sie sich auf einen anderen Mann eingelassen hatte? Hatte er nicht in den vergangenen anderthalb Jahrzehnten genug Frauen gehabt?

Aber er hatte nicht gelogen: Damals hatte sie ihm Angst eingejagt. Janine war wild gewesen und hatte sich nicht gescheut, es ihm in allem gleichzutun. Er hatte befürchtet, dass dieser Weg direkt ins Verderben führen würde.

Er stemmte sich gegen den Wind, als er den Hahn aufdrehte und einen dünnen Wasserstrahl in den Schnee rinnen ließ. Das Rohr leckte nicht mehr. Er hatte sämtliche Leitungen überprüft, die von und zu den Scheunen und Ställen führten, um sich zu vergewissern, dass sie nicht eingefroren waren.

Aber eigentlich hatte er sich nur beschäftigen wollen. Denn er brachte es nicht fertig, den ganzen Tag über seiner Schwester nachzulaufen und Leibwächter zu spielen. Ebenso wenig konnte er wieder bei Janine auftauchen, obwohl er es in Erwägung gezogen hatte. Und nach Hause, nach Boulder, konnte er nie wieder zurück. Wegen Rebecca und dem Baby.

Slade schaute zum Himmel auf, als ob er sich von dort Antworten erwartete. Warum? Warum hatte Gott ihm Rebecca und das Baby genommen? Wieder empfand er tiefe Schuld, und in seinem Innern schien ein kalter Wintersturm zu wüten.

Slade richtete sich auf. Seit Stunden schon kontrollierte er die Leitungen. Und seit Stunden machte er sich abwechselnd Sorgen um seine Schwester und Vorwürfe, weil die Erinnerung an Rebecca langsam verblasste. Wenn er nicht gerade an die Gespräche mit Janine in den vergangenen Tagen dachte.

Insgeheim fragte er sich, wie der Mann wohl war, mit dem sie sich traf, dieser Seniorpartner in der Kanzlei mit seinen drei halb erwachsenen Kindern. Seniorpartner in einer etablierten Kanzlei. Bestimmt total spießig, dachte Slade mürrisch. Aber der Mann konnte ihr ein Zuhause bieten, einen Job und Geld ... falls Janine es darauf anlegte.

Slade war sich nicht sicher. Ein Teil von ihr rebellierte gegen das angepasste Dasein. Er hatte es in ihren bezaubernden braunen Augen aufblitzen sehen, und er hatte es in ihrem leidenschaftlichen Kuss gespürt ... Nein, Janine Parsons würde sich niemals damit zufriedengeben, einfach nur die Ehefrau eines erfolgreichen Mannes und die Stiefmutter seiner Kinder zu sein.

Aber weshalb um alles in der Welt zerbrach er sich den Kopf über das künftige Eheleben von Janine Parsons? Das ging ihn schließlich nichts an.

Nichts.

Das hatte sie unmissverständlich klargemacht. Slade schlug den Kragen seiner Jacke hoch.

Trotzdem hat sie den Kuss genossen ... oh ja, das hatte sie. Natürlich würde sie es mit aller Macht leugnen. Aber es war nicht abzustreiten, dass sie seinen Kuss erwidert hatte – für den Bruchteil einer Sekunde, bevor sie wieder zu Verstand gekommen war. Einen kurzen Moment lang hatte sie ihn drängend und leidenschaftlich geküsst. Als ob sie seit Jahren genau darauf gewartet hätte. Er hatte es gespürt ... wie ihre warmen Lippen erregt nach mehr verlangt hatten.

„Hör auf damit, McCafferty“, murmelte er zornig und klappte die Werkzeugkiste zu. Selbst wenn Janine noch frei wäre, hätte er im Moment überhaupt keine Zeit für eine Frau.

Aus den Augenwinkeln sah er das Auto von Kelly Dillinger nahen. Im selben Augenblick kam Matt aus dem Haus und ging freudestrahlend auf seine Verlobte zu. Slade sah sich nach einer Fluchtmöglichkeit um. Das Liebesglück seiner Brüder war wirklich das Letzte, was er jetzt brauchte.

Schnell betrat er den Stall und wurde sofort von dem vertrauten Geruch nach Pferden, Leder und staubigem Heu eingehüllt. Ein älterer brauner Wallach namens General schnaubte, als Slade sich näherte, und schob den Kopf über die Tür seiner Box. „Wie geht's, alter Junge?“, grüßte Slade und rieb dem Pferd über die unregelmäßige Blesse.

Durch die Ritzen in der Wand hörte er Kelly Dillinger lachen. Mit Mühe drängte er seinen Neid zurück. Er hatte kein Recht auf solche Gefühle. Schließlich war er froh, dass Matt und Kelly heirateten. Jahrelang hatte Matt eine Freundin nach der anderen gehabt. Es wurde höchste Zeit, dass er sich auf eine Frau konzentrierte.

Und was ist mir dir? Willst du den Rest deines Lebens damit verbringen, um Rebecca und das Baby zu trauern? Oder willst du irgendwann auch eine Frau finden?

Eine Frau. Slade hatte nie in Betracht gezogen, eines Tages zu heiraten. Noch nicht einmal bei Rebecca und dem Baby hatte er darüber nachgedacht. Wieder hatte er ein schlechtes Gewissen, weil er sie nicht von ganzem Herzen geliebt hatte. Jedenfalls nicht so, wie Thorne und Nicole sich liebten. Oder Matt und Kelly.

Rebecca und er waren eher Freunde gewesen als ein leidenschaftliches Liebespaar. Sie hatten sich beim Wildwasserrafting kennengelernt, hatten beide Extremsport geliebt. Nachdem sie acht Monate zusammen gewesen waren, war sie schwanger geworden. Nur vier Wochen später hatte sie den tödlichen Unfall erlitten.

Und was ist mit Janine?

Ja, was? Nachdenklich kniff Slade die Augen zusammen. Seine Gefühle für Janine hatten sich niemals in ruhigem Wasser bewegt. Nein, mit ihr war es immer die pure Leidenschaft gewesen. Wild. Er war vollkommen verrückt nach ihr gewesen, hatte sie lieben wollen, immer und immer wieder … In ihrem Hunger nach ihm und in ihrer Neugier hatte er sich selbst wiedererkannt. Nie wieder hatte er eine Frau getroffen, die so hemmungslos gewesen war wie sie. Außerdem hatte jede andere etwas von ihm gewollt. Einschließlich Sue Ellen und Rebecca.

„Dummkopf", brummte er.

Wie abwesend berührte er die Narbe auf seiner Wange und lauschte einer Stute, die leise in der Dunkelheit wieherte. *Rebecca.* Schwanger. Und gestorben im Alter von sechsundzwanzig Jahren. Er schloss ein paar Sekunden lang die Augen und atmete tief durch. Beim Gedanken an Rebecca fühlte er sich jedes Mal wie in seiner Schuld gefangen. Es war wie eine offene Falle, die nur darauf wartete, dass er hineintappte.

Seit Rebeccas Tod hatte er nichts mehr mit einer Frau gehabt. Und er hatte es auch nicht gewollt.

Bis jetzt.
Bis Janine Parsons wieder aufgetaucht war.
Und wieder fühlte er sich schuldig.

„Dann besuchst du mich also in Grand Hope?“, fragte Janine in den Hörer. Das Herz sank ihr, während sie nervös die Telefonschnur um ihren Finger wickelte. Im Moment konnte sie eines garantiert nicht gebrauchen, und das war Besuch von Chuck Jansen. „Ich dachte, du wärst unabkömmlich, weil du so viel zu tun hast.“

„Rein sachlich gesehen stimmt das sogar“, gestand Chuck ein. „Aber ich habe beschlossen, meinen Terminplan zu ändern. Außerdem vermisse ich dich.“

„Oh.“

Chuck hielt inne. „Oh?“, wiederholte er. „Mehr hast du dazu nicht zu sagen? Nur ‚oh‘? Die korrekte Antwort müsste heißen: ‚Ja, Chuck, ich vermisse dich auch. Ich kann es kaum erwarten, dich endlich wiederzusehen.‘“

„Ich fürchte, ich habe mein Stichwort verpasst“, konterte Janine. Sie fühlte sich genervt von ihm. Wie so oft.

In der Öffentlichkeit wurde Chuck nicht müde, ihre Arbeit und ihren „scharfen Verstand“ in den höchsten Tönen zu loben. Aber sobald sie allein waren, hatte er es sehr eilig, sie zu kritisieren, wie sie diese oder jene Situation mit ein „bisschen mehr juristischem Feingefühl“ hätte bewältigen können. Oft zwinkerte er ihr zu, pochte mit den Knöcheln auf ihren Schreibtisch und sagte: „Mach dir nichts draus, Honey. Du wirst es schon lernen.“

Der Mann tat so, als hätte er ein fünfzehnjähriges Schulmädchen vor sich und nicht etwa eine erwachsene Frau mit einem juristischen Examen. Es nervte sie unglaublich.

„Und wann willst du in Grand Hope eintreffen?“, fragte Janine. Sie weigerte sich, ihm die Worte zu sagen, die er hören wollte.

„Übermorgen. Ich habe schon eine Übernachtung im Mountain Inn gebucht. Nach dem Einchecken rufe ich dich an. Vielleicht können wir zusammen zum Dinner gehen.“

„Vielleicht“, bestätigte Janine und zwang sich, ein bisschen fröhlicher zu klingen. Aber die Aussicht auf ein Wiedersehen weckte keinerlei Begeisterung in ihr. Aber so war es nie gewesen. Ihr Puls war niemals in die Höhe geschossen, wenn sie ihn sah, und ihr Herz hatte niemals gerast.

Jedenfalls nicht so wie bei Slade McCafferty.

„Oh, ich muss Schluss machen", sagte Chuck plötzlich, „Barry ist gerade reingekommen. Bis bald."

Er legte auf, bevor sie antworten konnte.

Du hättest klare Verhältnisse schaffen müssen, bevor er nach Grand Hope kommt, schimpfte Janine auf sich ein. Von Anfang an war es ein Fehler gewesen, sich auf Chuck Jansen einzulassen. Sie hatten nicht dieselben Vorstellungen vom Leben. Außerdem erwartete er von ihr, dass sie ihre Träume aufgab. Vor allem den von einem eigenen Kind.

Verdammt noch mal, ich will ein Baby, ich will Mutter werden!

Sie musste sich von Chuck trennen. Und zwar bald.

Janine rieb sich fröstelnd die Arme. Angestrengt versuchte sie, sich daran zu erinnern, warum sie überhaupt angefangen hatte, mit ihm auszugehen.

Chuck sah gut aus, er war erfolgreich und besaß eine gehörige Portion Humor. Ja, es stimmte, er war ein wenig älter und mit seinem Leben schon viel weiter als sie. Vermutlich hatte er all das verkörpert, was ihr in ihrem Leben fehlte. Das galt ganz besonders für einen verantwortungsbewussten Vater.

„Küchenpsychologie", murmelte Janine. Trotzdem trat sie unwillkürlich zum Kamin und betrachtete das vierzig Jahre alte Foto auf dem Kaminsims. Es zeigte Nana, Grandpa und den einzigen Sohn der beiden, Janines Vater.

Mit zusammengepressten Lippen nahm sie das silbern gerahmte Bild in die Hand. In jungen Jahren war Leonard Parsons ein vielversprechender Sportler gewesen, der sich zu einem attraktiven Mann entwickelt hatte. Aber er hatte hemmungslos getrunken und reihenweise Frauen verführt. Zu regelmäßiger Arbeit war er nicht in der Lage gewesen, und er hatte es auch nicht gewollt.

Janine war noch in der Grundschule gewesen, als er von der Bildfläche verschwand. Prompt verliebte ihre Mutter sich in einen viel älteren Mann, der niemals eine väterliche Beziehung zu Janine hatte aufbauen können. Als sie in die Highschool kam, hatte er keine Lust mehr, sich mit einem rebellischen Teenager herumzuplagen. Und irgendwann wollte er sich nicht mehr mit ihr streiten. Nicht lange danach schlossen Nana und Grandpa sie in ihre liebevollen Arme.

Nita Parsons war fest entschlossen gewesen, bei Janine nicht die gleichen Fehler zu machen wie bei ihrem Sohn. Offenbar hatte sie ihre Lektion gelernt.

„Jetzt hör mir mal gut zu", hatte sie der sturköpfigen Janine erklärt., „Du bist meine Enkelin, und Gott weiß, dass ich dich mehr liebe als mein Leben. Aber du musst lernen, was es bedeutet, Verantwortung zu übernehmen. Du bist für den Hühnerstall zuständig. Und sei bloß höflich zu meinen kleinen Ladies! Du sammelst die Eier ein, streust frisches Stroh in die Nester, du fütterst sie mit Austernschalen und Mais und Wasser. Du lässt sie im Garten nach Insekten picken. Alle zwei Wochen mistest du den Hühnerstall aus, ob es nötig ist oder nicht. Keine Sorge, es wird schon nötig sein. Und dann der Garten ..."

Die Liste schien kein Ende zu nehmen. Aber auch wenn sich Janine anfangs gegen ihre Pflichten gesträubt hatte: Inzwischen wusste sie, wie viel sie dabei gelernt hatte. Nicht nur zu arbeiten – nein, auch ein Ziel zu verfolgen, anstatt es aus den Augen zu verlieren.

Natürlich hatte das nicht reibungslos funktioniert. Denn sonst hätte sie sich nicht von Slade McCafferty ablenken lassen. Er war ein Rebell gewesen, genau wie sie, und sie hatte sich Hals über Kopf in ihn verliebt.

Wenn er sie geküsst hatte, war sie förmlich dahingeschmolzen. Wenn er unter ihre Bluse griff und ihren BH berührte, war ihr Puls nicht mehr zu bändigen. Und als er ihr die Jeans abgestreift hatte, hatte sie sich nicht gewehrt.

Nein, ich habe mich wirklich nicht gewehrt, dachte Janine, schob die alten Vorhänge beiseite und betrachtete den Schnee, der sich auf den kahlen Zweigen der Espe im Garten vor dem Haus gesammelt hatte. Damals hatte die Sonne hoch am Himmel über Montana gestanden, als sie sich Slade im hohen Gras zwischen duftenden Wildblumen geschenkt hatte.

Die straffen Muskeln an seinem gebräunten Körper hatten sie ebenso fasziniert wie seine weiche Haut und die dunklen Löckchen auf seiner Brust. Es war ein warmer Tag gewesen, erinnerte sich Janine, er war heiß auf sie, und sie wollte ihre Jungfräulichkeit loswerden.

Natürlich waren sie sich auch schon früher nähergekommen. Aber sie hatte sich geweigert, noch weiter zu gehen. An jenem Nachmittag zogen ein paar Wölkchen über den blauen Himmel, und sie konnte das Plätschern des Baches im nahen Canyon hören.

Janine schloss die Augen. Sie hatte ein bisschen Wein getrunken, nur so viel, dass sie ihre Bedenken vergaß und sich den wunderbaren Gefühlen überließ, die seine Hände in ihr auslösten. Seine Lippen schienen ein wahres Feuerwerk der Lust in ihr zu entzünden, und gegen seine Worte war sie einfach machtlos.

„Du raubst mir den Verstand", hatte Slade geflüstert und ihre Brüste betrachtet. Die Knospen hoben sich rosig von der hellen Haut ab, die zuvor noch der Badeanzug bedeckt hatte. Slade beugte sich über sie. Langsam küsste er jede empfindliche Spitze und liebkoste sie mit den Lippen, bis sie es zwischen ihren Schenkeln pulsieren spürte.

„Wundervoll ... du bist wundervoll." Slade küsste sie auf den Mund und streichelte über ihren flachen Bauch, bis er die Stelle zwischen ihren Schenkeln fand. „Du bist das schönste Mädchen, das ich je gesehen habe."

In irgendeinem Winkel ihres Gehirns dachte sie, dass er log, schob den unwillkommenen Gedanken aber mit aller Macht beiseite. Slade ließ seine Hand tiefer gleiten, erkundete sie und fand ihren empfindlichsten Punkt. Janine erstarrte.

„Nur ruhig", flüsterte Slade sanft, „entspann dich einfach ..." Wieder spürte sie seine Lippen auf ihren. Er schmeckte nach Wein. Lange und genüsslich küsste er sie, während seine Finger sie zärtlich streichelten, berührten, sie sanft neckten, bis sie es kaum noch aushielt.

„Genau, weiter so", wisperte er, als Janine begann, sich rhythmisch zu bewegen und die Hüften leicht anhob. Das verlangende Ziehen in ihrem Innern wurde immer stärker. „Janine, ich will dich lieben. Bitte."

Bei seinen Worten waren ihr die Tränen in die Augen gestiegen.

„Bitte." Slade kitzelte sie mit der Zunge in ihrer Ohrmuschel. „Ich werde dir nicht wehtun."

Doch. Vielleicht tust du das. Janine erinnerte sich dunkel, dass ihr solche Gedanken durch den Kopf gegangen waren, während er anfing, ihren Nacken und die nackten Schultern mit tausend kleinen Küssen zu bedecken.

„Du wirst dich wundervoll fühlen." Slade ließ sie seine sonnengewärmte Haut an ihrer spüren, und sie fühlte sich wie elektrisiert. „Einfach wunderbar."

Janine stöhnte leise auf, als er sich über sie rollte. Wie angenehm sie sein Gewicht fand … Slade drückte ihre Knie auseinander, und sie spürte seine Erregung an ihrer Taille. Das Gefühl ließ einen Feuerball der Erregung durch ihr Innerstes tanzen. Slade stützte sich auf die Ellbogen und küsste Janine auf den Mund. In diesem Moment gab sie nach, schlang die Arme um seinen Nacken, und ihre Lippen verschmolzen mit seinen.

Stöhnend drang Slade in sie ein. Ein Schmerz durchzuckte sie, und sie riss die Augen auf, als er begann, sich zu bewegen. *Nein! So darf es nicht sein!*

Aber allmählich fühlte es sich besser an, eine Art lustvoller Qual. Und plötzlich verflüchtigte sich der Schmerz ganz, und Janine fing an, den Rhythmus aufzunehmen. Das Verlangen pulsierte ihr heiß durch die Adern … in ihrem Kopf wirbelte alles herum, bis sie den Versuch aufgab, auch nur noch einen einzigen klaren Gedanken zu fassen. Atemlos grub sie Slade die Finger in die sehnigen Schultern, wollte immer mehr … bis er im selben Moment aufstöhnte, in dem sie den Gipfel der Lust erreichte.

Slade ließ sich auf sie sinken und schloss sie in die Arme, als wollte er sie nie wieder gehen lassen.

Was er natürlich doch getan hatte. Auf äußerst schmerzhafte Weise.

8. KAPITEL

In dem alten Ranchhaus duftete es nach Braten, frischen Kiefernzweigen und Zimt. In den letzten Tagen hatte Nicole mit tatkräftiger Hilfe ihrer beiden Töchter das Haus geschmückt. Tannenkränze, mit silbernem und goldenem Lametta verziert, hingen zusammen mit Stechpalmenzweigen am Treppengeländer und über dem Kaminsims.

Matt schaute aus dem Fenster und dann zu Slade. „Janine Parsons ist angekommen." Er grinste Slade anzüglich an.

„Gut." Thorne stand auf. „Ich lasse sie rein."

„Worum geht es diesmal?", murmelte Rachel.

„Ausnahmsweise mal nicht um dich", meinte Thorne. „Ich habe sie hergebeten, weil ich noch einen Grundstücksverkauf in Montana über die Bühne bringen will. Aber dein Name wird bestimmt auch fallen."

„Großartig. Was will ich mehr? Wo ich doch drei Brüder habe, die sich nach Kräften mühen, mein Leben zu ordnen."

„Eigentlich gar keine schlechte Idee", bemerkte Slade und stand auf, als es an der Tür klingelte. „Weil es für mich verdammt danach aussieht, als könntest du jede Hilfe gebrauchen."

Auf dem Weg zur Tür schalt er sich dafür, dass er sich so über das Wiedersehen mit Janine freute. Von oben ertönte das Getrappel von kleinen Füßen – die Zwillinge.

Mit der Aktentasche in der Hand stand Janine auf der Veranda. Sie ist wunderschön, dachte er. Die Kälte hatte ihre Wangen rosig gefärbt, und ein paar blonde Strähnen waren dem Knoten im Nacken entschlüpft. „Komm rein", sagte er und bemerkte ihren wachsamen Blick.

Es musste an dem Kuss liegen.

„Danke."

„Läuft der Heizkessel wieder?"

Janine lächelte zaghaft. „Ja, endlich. Das Thermostat musste ausgewechselt werden."

Sie wurden von den Zwillingsmädchen unterbrochen, die herangestürmt kamen und sich auf Slade stürzten. „Holen wir heute den Weihnachtsbaum?", fragte Molly.

„Später vielleicht.“

„Du hast es versprochen!“, rief Molly.

„Ja, ich weiß. Aber jetzt haben wir Besuch.“

Molly starrte Janine unverwandt an und wünschte sich offenbar, dass die Frau sich in Luft auflösen möge.

„Du hast gesagt, dass wir den Baum heute holen können“, unterstützte Mindy ihre Schwester.

„Okay. Dann machen wir es auch.“ Slade hockte sich hin, um ihnen in die Augen zu sehen. „Sobald ich fertig bin. Aber ihr zieht euch warm an, verstanden?“ Er strich Molly über die dunklen Locken. „Wir spannen General vor den Schlitten und fahren den Baum schlagen.“

„Ehrenwort?“ Molly verzog ungläubig das Gesicht.

Slade hob die Hand und spreizte zwei Finger ab. „Großes Indianerehrenwort. Und jetzt lauf zu Juanita und sag ihr, dass sie eine Thermoskanne mit Kakao vorbereiten soll. Außerdem soll sie ein paar Kekse einpacken. Wenn ich hier fertig bin, hole ich euch ab. Wir suchen uns den schönsten Weihnachtsbaum auf der ganzen Ranch aus!“

Sofort stoben die Kinder in Richtung Küche davon.

Slade richtete sich wieder auf und bemerkte, dass Janine ihn anstarrte, als wäre er vollkommen verrückt geworden. „Ich hätte es nie für möglich gehalten, dass ich so etwas eines Tages mal erleben darf“, bemerkte sie.

„Könnte sein, dass du noch mehr überraschende Seiten an mir entdeckst. Wenn du magst, dann komm doch einfach mit.“

Janine fand die Vorstellung ausgesprochen verführerisch, sich auf einem Schlitten an ihn zu kuscheln. „Nein“, lehnte sie trotzdem ab, „ich bin rein geschäftlich hier.“

„Wenn die Geschäfte erledigt sind. Ich kümmere mich um die Pferde und den Baum. Komm schon, gib dir einen Ruck. Du weißt doch, dass man nicht nur arbeiten soll. Man braucht auch ein bisschen Spaß im Leben.“

In diesem Augenblick trat Kurt Striker aus dem Wohnzimmer. Er hatte die Brüder auf den neuesten Stand der Ermittlungen um die Anschläge auf Rachel gebracht. Aber es ging nicht voran. Slade seufzte. Alles lief immer wieder darauf hinaus, dass Rachel zu ein paar wichtigen Fragen beharrlich schwieg.

„Ich ruf dich später an", versprach der Detektiv und deutete mit dem Daumen zum Wohnzimmer. „Wir wären schon viel weiter, wenn deine Schwester mit uns zusammenarbeiten würde."

„Sie versucht es doch."

„Träum weiter. Höchste Zeit, dass du mal ein ernstes Wort mit ihr redest. Bevor sie doch noch umgebracht wird." Kurt eilte davon, ohne sich der Anwältin vorzustellen.

„Was für ein netter Mensch", bemerkte Janine sarkastisch und stellte fest, dass sie mit ihrer Meinung nicht allein war.

„Ja, er ist wirklich ein unangenehmer Kerl", stimmte Rachel im Wohnzimmer zu. Mit dem Baby auf dem Arm humpelte sie zum Fenster, um sicherzugehen, dass Kurt Striker auch tatsächlich die Ranch verließ. „Seit wann brauchen wir einen ruppigen Typen, der in unserem Privatleben herumschnüffelt?"

„Seit jemand versucht, dich umzubringen, und du uns nicht sagen kannst oder willst, was passiert ist. Die Lage ist ernst", betonte Slade. „Anfangs habe ich auch glauben wollen, dass du einfach nur einen dummen Unfall hattest. Bis jemand im Krankenhaus versucht hat, dich zu töten. Du kannst dich nicht daran erinnern, aber ich mich dafür umso besser. Es war verdammt knapp. Also hör auf, mit uns zu streiten, okay?"

Das Baby öffnete die Augen und begann plötzlich zu weinen. Rachel konzentrierte all ihre Aufmerksamkeit auf ihren Sohn. „Oh, wer wird denn weinen …" Sie küsste ihn sanft auf die Stirn und streichelte seine Wange. „Höchste Zeit, dass du dich schlafen legst." Sie zwinkerte ihrem Baby zu.

Es war bemerkenswert, wie verwandelt sie plötzlich war. Noch vor wenigen Sekunden hatte sie Kurt Striker und mit ihm die ganze Welt in Grund und Boden verdammt. Und jetzt war sie eine liebevolle und fürsorgliche Mutter, für die nichts auf der Welt existierte außer ihrem Baby. Eilig verließ sie das Wohnzimmer, und Slade beobachtete aus den Augenwinkeln, wie sie die Treppe hinaufging.

„Ihr müsst sie auch mal in Ruhe lassen." Matt hatte am Fenster gestanden und ging zum Kamin, um ein paar Holzscheite auf die Glut zu werfen. „Sie kann sich doch kaum erinnern."

Slade ließ den Blick wieder zur Treppe schweifen. „Das behauptet sie jedenfalls."

„Du glaubst ihr also nicht?“

„Nein“, gab Slade zu. „Nie im Leben. Ich bin überzeugt, dass unsere Schwester uns etwas verschweigt.“

„Und was?“

„Genau das ist die Millionenfrage, nicht wahr?“

Janine verließ Thornes Arbeitszimmer nach ihrer einstündigen Besprechung mit einem einzigen Wunsch: Dieses Haus so schnell wie möglich zu verlassen, bevor sie Slade erneut über den Weg lief. Eilig ging sie zur Haustür.

Wo Slade auf sie wartete.

Er lehnte am Verandapfosten, hatte die Arme vor der Brust gekreuzt und lächelte amüsiert. Es sah aus, als wüsste er genau, was ihr gerade durch den Kopf gegangen war.

„Hattest du Spaß mit Thorne?“

„Es war rein geschäftlich.“

„Das ist seine Version von Spaß.“

Janine zog ihre Brauen hoch. „Ach, wirklich?“

„Früher jedenfalls. Jahrelang hat er über nichts anderes geredet. Seit er mit Nicole zusammen ist, ist er weicher geworden.“ Slade deutete mit dem Kinn auf die Tür. „Bist du bereit?“

„Wofür?“

Bevor er antworten konnte, hörte Janine kleine Füße herantrippeln. Die Zwillinge kamen über den Flur gerannt. Eines der Mädchen – es musste Molly sein – trug einen rosafarbenen Schneeanzug, und das zweite war ganz in Gelb gekleidet. Mit geröteten Wangen schauten sie Slade erwartungsvoll an.

„Können wir los?“, fragte Molly und sprang unruhig auf und ab. Die Kleine war nicht in der Lage, ihre Aufregung noch ein paar Minuten zu zügeln, während Mindy ihren Onkel die ganze Zeit über schüchtern anlächelte.

„Ich glaube schon“, meinte Slade und zwinkerte den Zwillingen zu. „Ich habe gerade versucht, Ms. Parsons zu überreden, mitzukommen.“

Zwei glänzende Augenpaare richteten sich auf Janine.

„Beeil dich“, drängte Molly wie ein kleiner Sergeant. „Wir müssen los. Sofort!“

„Oh, ich weiß nicht", zögerte Janine, „ich habe keinen Schneeanzug wie ihr beiden. Außerdem ..."

„Den brauchst du nicht", unterbrach Slade und öffnete die Tür.

Die eisige Winterluft strömte ins Haus. Immer noch fielen Schneeflocken aus den schweren Wolken. In der Auffahrt wartete ein braunes Pferd, das vor einen alten roten Schlitten gespannt worden war. „Wir werden viel Spaß haben", versprach er.

Spaß? Mit Slade McCafferty?

Janine konnte es sich beim besten Willen nicht vorstellen.

Das Pferd warf den Kopf hin und her, sodass die Glöckchen um seinen Hals klingelten.

„Oh!", hauchte eines der Mädchen und schlug sich die Hände vor den Mund. Das zweite schoss wie der Blitz aus dem Haus.

„Komm mit, Frau Anwältin", bat Slade und berührte sie am Arm. „Was kann es denn schaden?"

Mir, dachte sie unwillkürlich, meinem Herz. Dem Herz, das dieser Mann früher beinahe gebrochen hatte. Plötzlich erinnerte sie sich daran, wie schwer er ihren Stolz, ihr Selbstbewusstsein getroffen hatte. Sie hatte Jahre gebraucht, um den Schmerz einigermaßen zu überwinden. Und jetzt ... jetzt sollte sie es wieder riskieren?

„Ich überlasse dir auch die Zügel." Seine blauen Augen blitzten sie an, und er lächelte herausfordernd.

Janine konnte nicht widerstehen. „Okay, McCafferty. Du hast gewonnen", stimmte sie zu, „aber nur, wenn ich die Peitsche benutzen darf, sobald du frech wirst."

Slade lächelte breiter. „Abgemacht. Ich versuche, mich so schlimm wie möglich zu benehmen."

Er ergriff ihre Hand. Zusammen mit Mindy eilten sie durch den Schnee zum Schlitten. Slade hob die beiden Mädchen in den Schlitten und half Janine, auf den Vordersitz zu klettern, bevor er neben ihr Platz nahm. Er zwinkerte ihr zu, ließ die Peitsche über dem breiten Rücken des Pferdes schwingen, und der Braune trabte los. Der Schlitten glitt mühelos über den dichten Schnee.

„Hier, übernimm du mal", bot Slade ihr an. Er drückte ihr die Zügel in die Hände, griff unter den Sitz und zog eine Schaffelldecke hervor. Die Glöckchen klingelten, und der Schlitten glitt leicht über den Schnee, als Slade ihr die Decke über die Knie breitete. Es machte den

Eindruck, als würde er sich um sie sorgen. Ihr Herz schmerzte.

Er hat mich benutzt, erinnerte sie sich. Der alte Schmerz keimte wieder auf, als sie an das Baby dachte, das sie verloren hatte. Das Kind, um das sie allein hatte trauern müssen.

Janine hatte sich ihrer Großmutter nie anvertraut. Aber die alte Frau hatte geahnt, dass irgendetwas nicht stimmte. Denn sie hatte Janine weinend hinter der Scheune entdeckt.

Nana trug ihren Strohhut auf dem Kopf und die Gartenhandschuhe an den Händen, als sie mit einem Korb voller Unkraut um die Ecke bog. Kaum hatte sie Janine entdeckt, blieb sie abrupt stehen. „Wegen McCafferty, nicht wahr?"

Als Janine nicht antwortete, wurde Nita Parsons sehr ernst und legte ihrer Enkelin die Hand auf den nackten Arm. „Du würdest es mir doch erzählen, wenn du Hilfe brauchst, oder?"

Janine nickte schniefend, brachte die schmerzhaften Worte aber nicht über die Lippen. „Alles in Ordnung. Wirklich."

Nana kniff die Lippen ungläubig zusammen, schwieg aber. „Du darfst nicht vergessen, dass ich immer für dich da bin. Ganz egal, wie groß dein Problem ist." Dann lud sie das Unkraut auf dem wachsenden Haufen neben der Scheune ab und ging langsam in den Garten zurück.

Janine hatte sich verzweifelt den Mut gewünscht, sich ihrer Nana anvertrauen zu können. Aber welchen Sinn hätte es gehabt? Slade hatte sie verlassen, hatte sich mit Sue Ellen verlobt. Und sie hatte ihr Baby verloren. Ein Arzt in der Nachbarstadt hatte die Fehlgeburt bestätigt. Und sie litt unter dem Gefühl, dass mit dem Baby auch ein Teil von ihr gestorben war.

Und jetzt hockte Janine zitternd im Schlitten.

Neben dem Mann, der sie damals fallen gelassen hatte.

Slade nahm ihr die Zügel aus der Hand und ließ sie auf den Rücken des Pferdes klatschen. Das Tier trabte zügig über die große Weide dorthin, wo das Gelände hügeliger wurde und Kiefern und Espen an einem Flussbett wuchsen.

Auf dem Rücksitz kicherten die Mädchen unentwegt und konnten nicht eine Minute still sitzen, ganz egal, wie oft Slade sie ermahnte.

„Da. Der da!", rief Molly, sprang auf und zeigte nach vorn über die Ohren des Pferdes hinweg auf einen riesigen Baum in der Ferne.

„Ich glaube, er ist ein bisschen groß", lehnte Slade ab und musste selbst lachen, als er die neun Meter hohe Kiefer erblickte. „General würde an einem Herzanfall sterben, wenn er den Baum nach Hause schleppen müsste. Und ich würde aus den Latschen kippen, wenn ich ihn fällen sollte. Außerdem sollten wir einen Baum finden, der auch *ins* Haus passt."

„Spielverderber", murmelte Janine und genoss den Zauber des Augenblicks. Er warf ihr einen Blick zu und ließ die Zügel klatschen. Die Schneeflocken stoben beiseite, und die kalte Luft strich ihr zart über die Wangen.

Der Schlitten flog förmlich über das winterliche Weideland, während Slade den Wallach durch das hügelige Gelände zu einer Gruppe kleinerer Bäume dirigierte. Die Mädchen hielt es keine Sekunde länger auf dem Rücksitz. Kaum hatte Slade den Schlitten angehalten, stolperten sie hinaus und rannten durch den unberührten Schnee.

„Ich glaube, hier finden wir das Richtige", sagte er, stieg aus und bot Janine den Arm.

Weil er schon ausgestiegen war, musste sie zu ihm hinunterschauen. Seine Augen glänzten so hellblau wie ein wundervoller Sommerhimmel. Janine konnte nicht widerstehen und nahm seine Hand.

In diesem Moment machte ihr Herz einen Hüpfer. Aber trotzdem zwang sie sich, nicht auf Slades Blick zu achten, und sprang aus dem Schlitten.

Bevor sie begriff, was er vorhatte, drückte Slade seine Lippen auf ihre und küsste sie. Leidenschaftlich. Sie hatte den Eindruck, als hätte er nur auf den richtigen Moment gewartet. Es war elektrisierend, es war, als wollte ihr das Herz stehen bleiben … Ihre Knie wurden weich.

Das Blut pulsierte ihr noch heißer durch die Adern, als er ein paar Sekunden lang seinen Kuss noch vertiefte. Warum nur passierte es immer wieder? Warum brachte sie es nicht fertig, diesem Mann die kalte Schulter zu zeigen? Diesem Mann, der wild entschlossen schien, ihr immer wieder das Herz zu brechen? Wenn er es wieder tat, musste sie sich selbst die Schuld daran geben. Denn schließlich wusste sie genau, worauf sie sich einließ.

Slade hob den Kopf, ließ sie aber nicht los, und zwinkerte ihr langsam zu. „Wir sollten Holzfäller spielen", schlug er vor, und als Janine verständnislos das Gesicht verzog, fügte er hinzu: „Doktor wäre mir lieber. Aber die Kinder sind in der Nähe …“

„Außerdem wäre es nicht anständig.“

„Und du weißt, dass mir nichts mehr am Herzen liegt als Anstand.“

Janine schüttelte lachend den Kopf, als er sie endlich losließ. „Du gibst wohl nie auf, oder?“

„Niemals.“ Slade öffnete einen kleinen Kasten hinten am Schlitten und holte das Werkzeug heraus. Dann schlang er sich ein Kunststoffseil um die Schulter, griff nach der Kettensäge und folgte der Spur, die die beiden Mädchen schon durch den Schnee gepflügt hatten.

„Hier! Hier!“

Janine entdeckte einen rosafarbenen Schneeanzug zwischen den jungen Bäumchen.

„Uncle Slade!“ Molly zeigte auf eine krumme Tanne, die ungefähr zwei Meter hoch war.

„Sie ist nicht gerade gewachsen“, erwiderte Slade, nachdem er den Baum betrachtet hatte.

„Sie ist schön“, beharrte Molly und sprang hin und her.

„Ja“, bekräftigte Mindy, „die schönste.“

„Die beiden haben recht“, fiel Janine ein. „Sie ist einfach perfekt.“

Slade lächelte trocken. „Drei Frauen haben mich überstimmt“, klagte er. „Na ja, wenn ihr beiden … ihr drei euch wirklich sicher seid.“

„Ja!“ Sogar Mindy sprang begeistert auf und ab.

„Mach ihn für uns ab“, verlangte Molly.

„Zuerst müsst ihr beide ein paar Schritte zurücktreten“, befahl Slade, kniete sich zu Boden und schaute Janine an. Sie begriff sofort.

„Kommt zu mir, ihr beiden“, befahl sie. „Uncle Slade braucht mehr Platz.“

Es qualmte ordentlich, als der Motor der Kettensäge ansprang. Slade musste das rüttelnde Gerät mit aller Macht festhalten, als er die Schnittfläche am Stamm der Tanne ansetzte. Sägespäne fielen in das unberührte Weiß, und ein paar Sekunden später stürzte der Baum zu Boden, sodass der pulvrige Schnee zur Seite stob.

Die Mädchen sprangen nach vorn und beharrten darauf, ihrem Onkel zu helfen. Willig ließ Slade sie mit anfassen, während er den Baum an den Kufen festzurrte.

„Gut gemacht", lobte er. „Ich werde vorschlagen, dass ihr beide zum Holzfäller des Jahres gekürt werdet. Habt ihr jetzt vielleicht Lust auf Kakao und Kekse?"

Sie setzten sich in den Schlitten, aßen und tranken. Die Zwillinge plapperten in die winterliche Stille hinein. Der Duft des warmen Kakaos und der Kaffeegeruch schienen sich unter die Schneeflocken zu mischen, die zu Boden schwebten. Alles fühlte sich so natürlich und richtig an. Sie hatten sich dicke Decken über den Schoß gebreitet. Ihre Nasen hatten sich in der Kälte gerötet, und sie lachten fröhlich.

Beinahe so, als wären wir eine Familie, dachte Janine unwillkürlich, die Familie, die ich nie gehabt habe.

Nur dass die Kinder nicht ihr gehörten.

Nur dass sie nicht mit Slade verheiratet war.

Nur dass er sie vor vielen Jahren verlassen hatte.

Nur dass ihr Baby nicht lange genug gelebt hatte, um geboren zu werden.

Heiße Tränen standen ihr in den Augen. Slade strich ihr über die Wange. „Was ist los?"

Wenn du nur wüsstest, dachte Janine unwillkürlich. Trotzdem schüttelte sie den Kopf. „Nichts. Nur ein bisschen Wehmut."

„Weshalb?"

„Wegen der Dinge, die hätten sein können." Das blieb undeutlich genug. Janine nippte an ihrem Kaffee und spürte, wie er ihr heiß die Kehle hinunterrann. Aber die eiskalte Stelle in ihrem Herzen konnte er nicht auftauen. Die Stelle, die wie abgestorben war, nachdem Slade sie verlassen und sie ihr Kind verloren hatte.

„Vielleicht solltest du lieber nach vorn schauen, anstatt dich auf die Vergangenheit zu fixieren", schlug Slade vor, als könnte er Gedanken lesen.

„Ausgerechnet du musst mir solche Ratschläge geben." Janine hatte seinen gequälten Blick gesehen, als er ihr von dem Unfall erzählt hatte, der ihm einen nahestehenden Menschen genommen hatte. Jetzt war es an ihr, ihn zu berühren, und sie fuhr mit der behandschuhten Fingerspitze über die Narbe auf seiner Wange. „Du hast immer noch damit zu kämpfen."

Slades Miene veränderte sich, wurde düsterer, als wären die Dämonen in seinem Innern plötzlich wieder erwacht. Er kniff die Lippen zusammen und kippte den Rest seines Kaffees in den Schnee. „Ich glaube, das Thema sollten wir besser nicht anschneiden."

„Du hast gesagt ..."

„Schneiden?", mischte sich Molly ein. „Was schneiden?"

„Schon gut." Slade drehte sich halb um. „Lass uns nach Hause fahren, bevor es dunkel wird. Hü!"

Kurze Zeit später ließ er die Zügel auf Generals Rücken klatschen, und der Schlitten glitt über den Schnee.

Sie warf einen Blick auf Slade, dessen Lippen aussahen wie ein dünner Strich. *Du lieber Himmel, wie sehr habe ich ihn all die Jahre geliebt. Wenn die Umstände anders gewesen wären, dann vielleicht ...*

Hör sofort auf!, befahl ihre innere Stimme, was hätte dann anders kommen sollen? Hätte er herausfinden sollen, dass du schwanger bist, und dich aus Pflichtgefühl heiraten? Meinst du, du hättest deinen Traum vom Jurastudium wirklich aufgeben können? Um was zu tun? Meinst du, es hätte dir gereicht, Slade McCaffertys Ehefrau zu sein? Das hast du nie gewollt.

Stimmt, bestätigte Janine. Inzwischen war es dunkel geworden. Das Baby, ja, das hatte sie gewollt. Aber das war nicht alles. Ob sie es sich eingestehen wollte oder nicht, sie hatte gewollt, dass Slade sie liebte.

9. KAPITEL

„Hast du das gesehen?“ Aufmerksam musterte Slade die Ställe, während er General vor der Veranda des Ranchhauses zum Stehen brachte. War es nur Einbildung, oder hatte er tatsächlich jemanden am dunklen Fenster der Pferdescheune entdeckt?

„Was?“, fragte Janine.

„Da ist jemand im Stall.“ Sogar in seinen eigenen Ohren klang seine Stimme gepresst, und jeder Muskel in seinem Körper war angespannt. Er ließ die Zügel fallen, als Janine sich umdrehte und die Gebäude betrachtete.

„Ich kann niemanden erkennen“, sagte sie.

„Ich auch nicht mehr.“ Aber er war überzeugt, dass er ein Gesicht gesehen hatte. „Du bringst die Kinder ins Haus. Ich schaue in der Scheune nach, ob alles in Ordnung ist.“ Mit einem Satz war er aus dem Schlitten gesprungen.

„Aber was ist mit unserem Baum?“, fragte Molly. Slade konnte ihr ansehen, dass sie drauf und dran war, einen Trotzanfall zu bekommen. Zum Glück ging in diesem Moment die Tür des Ranchhauses auf, und die Zwillinge kreischten fröhlich, als sie ihre Mutter sahen.

„Mommy, Mommy, wir haben einen Baum! Guck mal! Uncle Slade hat ihn gesägt …“ Aufgeregt zeigte Mindy mit dem Finger auf den Schlitten. Slade achtete nicht weiter auf die Kinder, stopfte die Hände in die Jackentaschen und ging hinüber zur Scheune.

Bestimmt ist alles nur Einbildung, nörgelte seine innere Stimme. Trotzdem wollte er ganz sichergehen. Es kam nicht infrage, das Leben seiner Schwester aufs Spiel zu setzen. Oder das Leben ihres Babys. Niemandem aus seiner Familie durfte ein Haar gekrümmt werden. Und ganz bestimmt nicht Janine.

Abrupt blieb Slade stehen. Janine gehörte nicht zur Familie.

Wow.

Seine Gedanken waren offenbar in Riesenschritten vorausgeeilt. Weit voraus.

Slade war an der Scheune angekommen, öffnete die Tür und griff ins Innere, ohne das Licht anzuschalten. Falls sich drinnen doch jemand mit einem Gewehr herumtrieb, wollte er sich dem Kerl nicht noch als Zielscheibe zur Verfügung stellen.

Stattdessen schnappte er sich die Forke und betrat dann das Gebäude. Die Pferde schnaubten und traten unruhig in ihren Boxen hin und her. Ein Tier wieherte nervös, während Slade in der Dunkelheit wartete und angestrengt lauschte.

Nichts schien ungewöhnlich. Schweigend schritt er durch die Boxengasse. Vorsichtig spähte er in jede Box und machte sich darauf gefasst, dass jeden Moment ein Einbrecher aus der Deckung springen konnte. Aber er konnte niemanden entdecken. Es gab keinerlei verdächtige Geräusche.

Vielleicht habe ich mir das Gesicht am Fenster doch nur eingebildet, dachte er. Trotzdem wurde er das Gefühl nicht los, dass irgendetwas nicht stimmte. Er ließ das Licht brennen und kletterte schließlich die Leiter zum Heuboden hinauf. Die Luft dort oben war stickig. Der Duft des Heus und der Pferde, der Staub und der Mistgeruch sammelten sich im oberen Stockwerk. Das Licht schien nicht so hell wie unten, und die Schatten wirkten schemenhaft.

Die Heuballen waren bis zur Decke aufgetürmt, und eine Mischung aus losem Stroh und Heu bedeckte die alten Planken ungefähr knöcheltief. Auch auf dem Heuboden hörte er keine verdächtigen Geräusche. Nichts Ungewöhnliches war zu entdecken. Nichts rührte sich.

Dummkopf. Du leidest unter Verfolgungswahn.

Unten knarrte die Tür.

Slade war zutiefst erschrocken.

„Slade?"

Janines Stimme. Er entspannte sich ein bisschen.

„Hier oben." Er schaute die Luke hinunter und sah, dass sie den Kopf in den Nacken gelegt hatte und nach oben starrte.

„Hast du irgendwas entdeckt?"

„Nein. Komm doch hoch."

Janine zögerte. Zwischen ihren Brauen zeigte sich eine kleine Falte. „Und wer kümmert sich um den Weihnachtsbaum und die Zwillinge? Sie warten auf dich."

„Die beiden können ruhig noch ein paar Minuten warten. Vorfreude steigert das Vergnügen." Slade zeigte mit dem Finger auf sie. „Komm hoch."

„Ich glaube nicht, dass ich …"

„Angst?"

„Ich soll Angst haben? Wovor? Vor dir?" Janines Augen funkelten. Sie konnte der Herausforderung nicht widerstehen.

„Vor uns."

„Ich habe dir doch schon erklärt …"

„Ja, ich weiß." Wieder einmal entdeckte Slade, dass Janine wunderschön war, wenn sie ihn aus ihren braunen Augen unentschlossen anschaute. „Komm schon, Janine. Es ist höchste Zeit, dass wir Frieden schließen. Ich werde dir nicht wehtun. Ich beiße nicht … hm, jedenfalls nicht besonders fest, und nur, wenn die Lady es wünscht …"

„Spar dir deine Witze, McCafferty."

In diesem Moment bemerkte Slade wieder den Schmerz, der ihr über das Gesicht huschte. Aber Janine versteckte ihn schnell, indem sie selbstbewusst das Kinn hob. Sie griff nach der untersten Metallsprosse und stieg die Leiter hinauf. Es dauerte nur Sekunden, bis sie auf dem Heuboden angekommen war. Mit ihren Wollhosen, dem Pullover und dem Mantel war sie natürlich vollkommen unangemessen gekleidet.

„Setz dich", befahl er und schob einen Heuballen auf sie zu.

„Vermutlich möchtest du mir etwas sagen", meinte Janine und strich sich den Mantel glatt, bevor sie sich auf die Kante des Ballens setzte.

„Ja, allerdings." Slade ließ sich neben ihr nieder und schob die Hände zwischen die Knie. „Ich habe unseren Nachmittag sehr genossen."

Janine schaute ihn besorgt an. „Oh."

„Du nicht?"

„Doch, schon. Die Mädchen waren sehr aufgeregt, und es liegt Jahre zurück, dass ich draußen in der Natur einen Baum geschlagen habe. Normalerweise kaufe ich mir eine kleine Tanne in der Stadt."

„Das habe ich nicht gemeint. Und das weißt du genau."

Janine schaute ihn an. Plötzlich war er wie gebannt von dem Umriss ihres Gesichts und der Art, wie sie die Lippen aufeinanderpresste.

„Ich meinte, dass ich es sehr genossen habe, den wunderbaren Nachmittag mit dir zu verbringen", gestand Slade ein, als sie schwieg. „Ja, ich weiß, es klingt kitschig."

„Wie aus einem Hollywood-Film", bestätigte sie. Irgendwie schien ihre Stimme plötzlich tiefer zu sein.

„Ja, so ungefähr." Slade lachte und verschränkte seine Finger mit ihren. „Aber ich habe es genau so gemeint." Er trug immer noch Handschuhe. Trotzdem meinte er, ihre Haut zu spüren, als er ihr den Zeigefinger unter das Kinn legte, ihr ein paar Sekunden lang in die wundervollen Augen schaute und dann seine Lippen auf ihre presste.

Janine protestierte erstickt, nur um sich im nächsten Augenblick seufzend dem Kuss hinzugeben. Das Blut pulsierte ihm heiß durch die Adern. Er legte einen Arm um ihre Schultern und zog sie an sich. Als er mit der Zunge ihre Lippen berührte, spürte er, wie sie den Mund leicht öffnete.

Hör sofort auf!, befahl seine innere Stimme. Aber Slade gehorchte nicht, und er würde es auch in Zukunft nicht tun. In der letzten Woche war er ständig mitten in der Nacht aufgewacht und hatte nicht mehr einschlafen können. Schweißgebadet hatte er sich an seine nur allzu lebhaften Träume erinnert, daran, wie er sie geküsst und berührt und wie er sie geliebt hatte.

Jetzt waren sie allein auf dem Heuboden, und er spürte, wie es zwischen ihnen knisterte. Die Leidenschaft, die Janine offenbar immer noch leugnen wollte, brodelte direkt unter der Oberfläche. Slade drückte ihren weichen Körper enger an sich, und mit der Zunge erkundete er spielerisch ihren Mund. Janines Atem ging stoßweise.

Schnell. Warm. „Slade", wisperte sie, als er sich zurückzog, ihr gerötetes Gesicht betrachtete und eine Locke von ihrer Wange schob.

„Was ist los, Darling?"

„Das hier ist keine gute Idee."

„Stimmt."

„Ich wollte damit sagen ... wir sollten es nicht tun."

„Wahrscheinlich nicht."

„Wir werden es bedauern."

„Niemals." Slade berührte mit den Lippen zärtlich ihre Wange. Zitternd streichtelte Janine ihm über die Schultern. Unten wieherten leise die Pferde, während er im schummrigen Licht des Heubodens langsam Janines Mantel aufknöpfte. Sanft drückte er sie nach hinten, bis sie beide im losen Heu lagen.

„Bitte, hör mich an ..." Janine schaute ihn an, und in ihren braunen Augen las er Verunsicherung.

Slade stützte sich auf einen Ellbogen. „Ich höre zu."

„Wir beide ... du und ich ... wir sollten es besser lassen."

„Wegen des anderen Mannes."

„Welcher andere Mann?", fragte Janine verwirrt.

„Dein Chef."

„Ach, Chuck."

„Ja, Chuck." Noch nicht einmal sein Name gefiel ihm.

„Es geht nicht um Chuck", gestand Janine aufrichtig, als Slade ihr einen Halm aus dem Haar zog.

„Ehrlich gesagt, es würde mich auch nicht interessieren", meinte Slade. „Denn im Moment gibt es nur dich und mich." Er küsste sie wieder, und während seine Lippen Besitz von ihren ergriffen, durchflutete ihn der Wunsch, dass sie für immer ihm gehören sollte.

Slade hatte nicht die geringste Lust, über ihre Vergangenheit oder über ihren Freund oder über sonstwas zu reden. Janine war hier. Mit ihm zusammen. Allein. Mann und Frau. Und er begehrte sie. Mehr als er jemals eine andere Frau begehrt hatte.

Zum ersten Mal, seit Rebecca ... Slade schloss die Augen und konzentrierte sich auf Janine. Darauf, wie sie sich anfühlte. Erinnerungen an früher tauchten in ihm auf, längst vergessen geglaubte Gefühle drangen plötzlich an die Oberfläche. Er hörte sie seufzen, spürte den sanften Druck ihrer süßen Lippen auf seinen. Janines Widerstand schien dahinzuschmelzen, und sie erwiderte seine Liebkosungen immer leidenschaftlicher.

Seine Jeans kamen ihm auf einmal viel zu eng vor. Die Erregung schmerzte ihn beinahe. Er zog sich die Jacke aus, beugte sich über Janine, streifte ihr den Mantel von den Schultern und fuhr mit der Hand unter den Saum ihres Pullovers. Ihre warme Haut fühlte sich unter seinen Fingerspitzen weich an. Janine schnappte nach Luft, als er die Finger unter ihren BH schlüpfen ließ.

„Ich ... ich bin mir nicht sicher ..."

„Schscht." Slade küsste sie zart und spielte mit ihrer Zunge, während er ihre Brust streichelte.

„Oh ..." Janine stöhnte auf, als er mit dem Daumen über ihre Knospe fuhr. Unwillkürlich bog sie den Rücken durch, und ihr Kuss wurde noch leidenschaftlicher. Sie klammerte sich an seinen Schultern fest, während Slade ihren Nacken mit kleinen Küssen übersäte und ihr dann den Pullover über den Kopf zog.

Voller Leidenschaft liebkoste er mit den Lippen die warme Haut in ihrer Halsgrube. Er konnte ihren beschleunigten Herzschlag spüren, als seine Zunge immer neue Stellen fand, die ihr leises Stöhnen entlockten.

Langsam wanderte Slade tiefer. Er küsste ihre Knospen und fuhr mit der Zunge am spitzenbesetzten Saum ihres BHs entlang. Janine wühlte sich mit den Fingern in sein Haar und dirigierte ihn zu einer ihrer Brüste. Schnell streifte er ihr den BH ab, um sich dann hauchzart neckend ihrer Knospe zu widmen.

„Slade", stöhnte Janine verlangend und drückte seinen Kopf fester an ihre Brust.

„Darling, wir sollten uns Zeit lassen", flüsterte er atemlos dicht auf ihrer feuchten Haut. Aber sie war bereit. Heiß. Konnte es kaum erwarten. Slade sah es an ihrem Blick. Sie wollte ihn.

Er fuhr mit den Fingern unter den Saum ihres Slips. Sofort sog Janine scharf die Luft ein und machte sich daran, sein Hemd aufzuknöpfen.

„Du willst mich", stöhnte er. Aber sie schwieg. „Komm schon, schöne Anwältin. Gib es zu."

„*Du* willst mich", betonte Janine. Oh je, sie war im Begriff, einen Riesenfehler zu begehen.

„Oh, ja, Baby, das kann man wohl sagen." Slade knöpfte ihre Hose auf, zog sie ihr über die Hüfte und küsste ihren Bauch. In der kalten Luft fühlte seine Zunge sich feucht und warm an. Verführerisch. Atemberaubend.

Janine mahnte sich immer wieder, sofort aufzuhören. Sie wollte nicht, dass ihr dieser Mann noch einmal das Herz brach. Aber der Protest blieb ihr im Halse stecken, als Slade langsam den Slip über ihre Schenkel schob. Mit den Fingerspitzen kitzelte er sie, und seine Lippen folgten der Spur seiner Finger.

Nein! Nein! Nein! Was glaubst du eigentlich, was du hier tust?, schrie es in ihr. Du machst den Fehler deines Lebens!

Slade massierte ihren Po, und seine Bartstoppeln kratzten sanft über ihre Brust. Janine stöhnte vor Lust. Aber er hielt sie mit warmen Fingern fest, und sein Atem hauchte über ihre Haut. Das Blut pulsierte ihr heiß durch die Adern, und sie spürte, wie erregt sie geworden war.

Es ist zu gefährlich ... ein Riesenfehler ... denk dran, wie er dich verletzt hat! Wie aus weiter Ferne drang ihre innere Stimme ihr ins Bewusstsein. Aber mit jeder Sekunde schmolz sie mehr dahin, das gleichmäßige Atmen fiel ihr schwerer.

„Janine", flüsterte er, als sie sich aufbäumte, „bitte lass mich zu dir kommen."

Janine konnte ihre Leidenschaft kaum noch zügeln. Sie schloss die Augen und spürte Slade, der sie küsste, so zärtlich, dass ihr die Tränen in die Augen stiegen.

„Slade!", flüsterte sie drängend.

Sofort war Slade über ihr und riss sich die Jeans vom Körper. Sie spürte seine harten Muskeln an ihrer erhitzten Haut, und er küsste sie leidenschaftlich. Sie schlang die Arme um seinen Nacken und erwiderte seinen Kuss nicht weniger hungrig.

Ohne den Blick eine Sekunde lang von ihren Augen zu wenden, kam er zu ihr. Janine stöhnte auf, klammerte sich an seinen Schultern fest und warf den Kopf nach hinten, während sie seinen Rhythmus aufnahm. Schneller und immer schneller wurde ihr Liebesspiel, bis die ganze Welt sich nur noch um sie zu drehen schien.

Janine konnte keinen klaren Gedanken mehr fassen, empfand nur noch pures Glück, als sie gemeinsam den Gipfel erreichten. Das Wiehern der Pferde drang ihr wie aus weiter Ferne ans Ohr, als Slade sich aufbäumte und dann über ihr zusammensank. Er hatte die Arme fest um sie geschlossen, und sein Atem ging stoßweise.

Die Tränen stiegen Janine in die Augen. Wie oft hatte sie sich danach gesehnt, ihn zu lieben, seinen erregten Körper an ihrem zu spüren! Wie oft hatte sie davon geträumt, sich die Lippen wund zu küssen ... Vor langer Zeit hatte sie sich vor Sehnsucht nach ihm verzehrt. Und dann hatte sie mit aller Macht versucht, ihn zu vergessen.

Jetzt lag sie auf dem Heuboden auf der Flying-M-Ranch, spürte Slades warmen Atem in ihrem Haar und wurde sich langsam darüber klar, dass sie gerade den zweitschlimmsten Fehler ihres Lebens gemacht hatte. Der schlimmste Fehler war es gewesen, sich vor vielen Jahren in ihn zu verlieben.

Was habe ich nur getan?, fragte sie sich erschrocken.

Janine kniff die Lider zusammen, um die Tränen zurückzudrängen. Auf keinen Fall durfte sie die Beherrschung verlieren. Nein … was passiert war, war passiert … und nicht mehr rückgängig zu machen. Sie würde damit leben müssen.

Slade stützte sich auf einen Ellbogen und schaute sie lächelnd an. „Mir fehlen die Worte."

„Genau das dachte ich auch", log Janine mit geröteten Wangen und versuchte, sich wegzudrehen. „Keine Ahnung, was in mich gefahren ist."

„Aber ich."

„So habe ich es nicht gemeint."

„Ich auch nicht."

„Na großartig. Hör zu, es hat Spaß gemacht und so weiter …", Janine mochte sich selbst kaum hören, „… aber jetzt sollte ich wirklich aufbrechen."

Seine blauen Augen glitzerten. „Jetzt schon?"

„Du kennst doch mein Motto … man soll aufhören, wenn es am schönsten ist. Ach nein, das war ja dein Motto." Am liebsten hätte sie sich auf die Zunge gebissen.

Sein Lächeln verschwand. „Ich habe versucht, dir zu erklären …"

„Aber ich wollte es nicht hören." Janine hob abwehrend die Hand und suchte nach ihrem Slip. „Ich weiß."

„Stimmt. Du wolltest nicht zuhören." Abrupt griff Slade nach ihren Handgelenken und hinderte sie daran aufzustehen.

„Okay", stieß sie hervor, „ich gebe zu, es war ein Fehler, dir nicht zuzuhören."

„Nein. Ich habe einen Fehler gemacht. Als ich dich verlassen habe."

Ihre Kehle fühlte sich an wie zugeschnürt. Jetzt bloß nicht die Beherrschung verlieren, befahl sie sich, nicht jetzt. Nicht nach all den Jahren, in denen ich allein mit dem Schmerz fertig geworden bin. „Du brauchst nicht …"

„Ich weiß. Ich erzähle dir nur, was ich empfinde. Frauen beschweren sich doch immer darüber, dass Männer sich nicht zu ihren Gefühlen bekennen können, oder? Dass sie niemals verraten, was ihnen gerade durch den Kopf geht?"

Slade suchte ihren Blick. „Ich will es dir sagen. Ich habe einen

Fehler gemacht. Damals war es mir nicht klar. Jahrelang war es mir nicht klar. Aber jetzt ist es mir bewusst geworden. Okay?“ Er musterte sie durchdringend. „Janine, hast du mich verstanden?“

„Ja.“ Sie konnte kaum atmen. Wieder stiegen ihr die Tränen in die Augen, und sie zwinkerte heftig. Es kann nicht wahr sein, dachte sie ungläubig und erinnerte sich an den Sommer, den sie zusammen verbracht hatten, an ihre Liebesnächte und … an das Baby.

„Was?“

„Es ist … nichts.“

„Falsch.“ Slade ließ ein Handgelenk los und wischte ihr eine Träne von der Wange.

„Verdammt.“

„Was ist los?“, drängte er. „Irgendwas verschweigst du mir doch.“

„Es ist nicht wichtig.“ Janine fuhr sich hastig übers Gesicht.

„Natürlich ist es wichtig.“

„Es ist schon lange her.“

Nachdenklich schaute Slade sie an. Janine biss sich auf die Lippe und sagte nichts.

Doch er gab nicht auf. „Was ist los? Irgendwas belastet dich. Irgendeine Geschichte, von der ich keine Ahnung habe.“

Janine versuchte, sich zu befreien. Aber er drückte sie unnachgiebig ins Heu.

„Was ist los?“

Warum sagst du ihm nicht die Wahrheit? Soll er doch sehen, wie er damit zurechtkommt.

Es würde nichts nützen. Sondern nur alte Wunden aufreißen.

„Erzähl mir, was los ist. Du musst mir dein dunkles Geheimnis anvertrauen.“

Janine nahm allen Mut zusammen, obwohl sie überzeugt war, dass ihre Stimme versagen würde. „Einverstanden“, meinte sie schließlich, „du willst die Wahrheit hören. Im Grunde genommen ist alles ganz einfach. Ich war schwanger, als du mich verlassen hast.“

„Was?“ In Sekundenbruchteilen wich ihm die Farbe aus dem Gesicht. Slade ließ ihre Handgelenke los. „Schwanger?“, flüsterte er heiser.

„Genau.“

„Und das Baby? Wo ist …“

Wer A sagt, muss auch B sagen. Es gab kein Zurück. „Ich hatte eine Fehlgeburt. Gleich zu Anfang. Vier Wochen, nachdem die Schwangerschaft festgestellt worden war …“ Janine brach ab und spürte, wie ihr die Tränen über die Wangen rollten. „Vier Wochen später war ich nicht mehr schwanger.“

„Warum?“ Seine Augen wirkten schwarz wie die Nacht.

„Keine Ahnung“, erwiderte Janine und bemerkte, wie sich seine Gesichtszüge verhärtet hatten. Sofort begriff sie. „Nein, nicht wie du denkst. Es war eine Laune der Natur. Außerdem geht es dich überhaupt nichts an.“

„Mein Kind geht mich nichts an?“

„Du warst bereits verschwunden. Schon vergessen? Du hattest mich im Stich gelassen. Also ging es dich nichts mehr an. Hast du jemals angerufen? Bist du jemals vorbeigekommen? Hast du geschrieben?“, fragte Janine herausfordernd. Ihr Kinn zitterte. Slade rollte sich von ihr und starrte sie ungläubig an.

Sie raffte ihre Kleidung zusammen und wollte sich anziehen. In ihrer Hast zerriss sie mit den Fingernägeln den Slip. „Nein, hast du nicht. Warum nicht? Weil es dich nicht die Bohne interessiert hat.“

„Nein. So ist es nicht gewesen.“ Slade klang nicht besonders überzeugend. Ihr Herz schmerzte.

„Nicht?“ Janine zog sich die Hose über die Hüfte. „Dann erzähl mir doch, wie es gewesen ist. Ich war allein, schwanger und hatte keine Ahnung, was ich tun sollte. Von meinem Standpunkt aus hat es sich sehr danach angefühlt, als hättest du mich wegen einer anderen Frau verlassen.“

Sein Gesicht färbte sich tiefrot vor Wut. „Wenn du mir gesagt hättest, dass …“

„… ich schwanger bin? Das hätte deine Gefühle verändert? Willst du das ernsthaft behaupten? Mit anderen Worten, ich war zwar nicht gut genug, aber was soll’s, wenn ich dein Baby bekomme, dann reicht’s eben doch“, stieß Janine hervor und schlüpfte wütend in ihren Pullover.

Slade zog sich die Jeans an, während Janine schon nach ihrem Mantel griff. „Ich habe einen Fehler gemacht.“

„Das gilt auch für mich. Und gerade eben haben wir noch einen gemacht. Aber Schwamm drüber, okay? Wir haben uns eine halbe

Stunde im Heu gewälzt, und jetzt kehren wir einfach in unseren Alltag zurück."

Janine ließ den Blick über das zerdrückte Heu schweifen, verdrehte die Augen über ihre Dummheit und eilte zur Leiter. Kurz darauf war sie hinuntergeklettert und hatte das Gebäude verlassen.

Der kalte Wintersturm blies ihr mit voller Wucht ins Gesicht. Was hatte sie sich nur dabei gedacht, sich Slade anzuvertrauen? Janine hatte seinen vorwurfsvollen Blick gesehen. Verdammt noch mal, sie hätte es ihm nie erzählen dürfen. Niemals.

So schnell wie möglich stapfte sie durch den Schnee zu ihrem Wagen.

„Janine! Warte!"

Auf keinen Fall! Doch er hatte sie schon eingeholt und packte sie am Arm.

„Lass mich los, McCafferty", warnte Janine, als sie plötzlich Motorengeräusch und das Knirschen von Reifen im Schnee hörte.

„Was ist jetzt los?" Slade schaute über die Schulter. Janine erhaschte einen Blick auf den Besuch, der aus dem silberfarbenen Mercedes stieg. Das Herz sank ihr, als sie den Mann erkannte.

Chuck Jansen war eingetroffen.

10. KAPITEL

„Ich habe mir schon gedacht, dass ich dich hier antreffe." Chuck lächelte verbindlich, als er auf sie zutrat.

Er beugte sich vor, um Janine in die Arme zu schließen, hielt aber abrupt inne. Sein Lächeln verschwand, als er bemerkte, dass Slade sie am Ärmel gepackt hielt.

Janine befreite sich aus Slades Griff. „Das ist Chuck Jansen. Chuck, darf ich dir Slade McCafferty vorstellen?"

Die beiden Männer musterten sich misstrauisch und schüttelten einander die Hände, bevor Slade den Gast ins Haus bat. Allmählich erholte sich Janine von dem Schreck. Im Wohnzimmer stellte sie ihrem Chef die restliche Familie vor, und sie begriff, dass sie ihre Flucht von der Flying M noch ein wenig aufschieben musste.

Chuck bat sie, so lange zu bleiben, bis sie die Einzelheiten des Verkaufs der Ranch noch einmal besprochen hatten. Während des Gesprächs hatte Janine das Gefühl, zur reinen Assistentin herabgewürdigt zu werden. Chuck schien daran gelegen zu sein, deutlich zu machen, dass er persönlich für die Angelegenheiten der McCaffertys zuständig war.

Er und Thorne schienen sich als Mitglieder des gleichen Business-Netzwerks zu fühlen, zu dem Frauen der Zutritt verwehrt war. Eine Auffassung, die mindestens so antiquiert war wie das Mobiliar in der Kanzlei von Jansen, Monteith & Stone.

Sie saßen nur eine Stunde beisammen. Aber diese Stunde schien kein Ende zu nehmen. Als Thorne schließlich Chuck einen Drink und Zigarren anbot, nutzte Janine die Gelegenheit, Arbeit vorzuschützen und sich zu verabschieden. Niemand widersprach. Auch Slade nicht. Als sie zu ihrem Wagen ging, war sie trotzdem überrascht, Schritte hinter sich zu hören.

„Du denkst doch wohl nicht ernsthaft darüber nach, diesen arroganten Kerl zu heiraten?", erkundigte Slade sich. Janine biss wütend die Zähne zusammen, als sie die Wagentür öffnete.

„Doch, ich hatte darüber nachgedacht", gestand Janine ein.

Slade musterte sie aufmerksam. „Keine vier Wochen, und du würdest sterben vor Langeweile."

„Danke für den Hinweis", entgegnete Janine sarkastisch. „Ich werde bei Gelegenheit darüber nachdenken."

Sie warf ihre Aktentasche auf den Beifahrersitz.

„Das ist noch nicht alles."

„Was denn noch?", fragte sie, und als sie sich zu ihm drehte, umschloss er sie mit den Armen und drückte sie gegen ihren Wagen. „Lass das."

„Nein." Slade presste seine Lippen auf ihre, und sein Kuss erinnerte sie daran, dass sie sich vor einer Stunde noch geliebt hatten. Er küsste sie leidenschaftlich. Und lang. Er küsste sie so hart, dass sie überzeugt war, jeden Moment den Verstand zu verlieren. Ihr Herz pochte wie wild.

Die Erinnerung an das Heu war noch frisch ... der Duft seiner Haut stieg ihr verführerisch in die Nase. Warum reagierte sie so heftig auf ihn? Weil die Chemie zwischen ihnen stimmte? Weil die verbotenen Früchte immer am süßesten schmeckten? Weil sie gern mit dem Teufel flirten wollte?

Oder war sie einfach vollkommen verrückt geworden?

Slade hob den Kopf und schaute sie mit einem schwer zu deutenden Blick aus seinen blauen Augen an. „Das wollte ich noch loswerden, Janine", flüsterte er. „Und bitte, vergiss es nicht." Er ließ sie los und eilte mit großen Schritten zum Stall hinüber.

Atemlos lehnte sie sich an ihren Wagen. Plötzlich stieg ihr Zigarrenrauch in die Nase, und sie entdeckte drei Männer auf der Veranda. Thorne und Matt McCafferty hielten einen Drink in der Hand, unterhielten sich mit Chuck Jansen und rauchten.

„Großartig", murmelte Janine, setzte sich hinter das Steuer und drehte den Zündschlüssel. Der Motor des kleinen Wagens sprang an. Sie legte den Rückwärtsgang ein und erhaschte im Rückspiegel einen Blick auf Slade.

Sekunden später schaltete sie in den ersten Gang. Der Schnee stob an den Seiten hoch, als sie die lange Auffahrt der Flying M entlangfuhr und sich fragte, wie sie nur die Beziehung zu ihrem Boss beenden sollte.

„Du und Slade McCafferty", bemerkte Chuck. „So ist es also." Janine und Chuck saßen sich in einem kleinen Restaurant in Grand Hope gegenüber.

Sie hatten gegessen und sich über die Arbeit in der Kanzlei unterhalten. Janine hatte erzählt, wie sie mit den Reparaturen im Haus ihrer Großmutter vorankam. Außerdem hatten sie die rechtlichen Angelegenheiten der McCaffertys besprochen, einschließlich der Debatte um Rachels Baby, das Sorgerecht und die Frage, wer der Vater des kleinen Jungen war.

Die ganze Zeit war es Janine gelungen, dem Thema Slade McCafferty auszuweichen. Bis jetzt.

„Slade und ich, wir kennen uns schon länger." Janine schob ihren halb vollen Teller zur Seite.

„Gut, ihr habt also eine Vergangenheit. Aber was ist mit der Zukunft?" Chuck langte über den Tisch und ergriff ihre Hand. „Janine, du weißt, was ich für dich empfinde."

Janine schüttelte den Kopf. „Nein, weiß ich nicht. Denn wenn es zärtlichere Gefühle wären, würdest du mich nicht lächerlich machen."

„Aber ich ..."

„Doch, das machst du", unterbrach ihn Janine. „Gerade erst wieder auf der Flying-M-Ranch. Während du mit Thorne einen auf alte Kameradschaft gemacht hast, hast du mich bloßgestellt. Natürlich immer unter dem Vorwand, dass du mein Boss bist. Du hast so getan, als würdest du dir Sorgen um mich machen, mir helfen wollen, mir Tipps geben. Und dabei ging es die ganze Zeit nur darum, vor allen anderen zu zeigen, dass du mich nicht ernst nimmst. Weil ich eine Frau bin."

„Janine, das ist lächerlich. Du leidest unter Verfolgungswahn. Die Kanzlei verfolgt eine absolut vorurteilsfreie und gleichberechtigte Einstellungspolitik. Das weißt du genau."

Janine ließ sich nicht beeindrucken. „Du hast ziemlich deutlich gemacht, was du sagen wolltest. ‚Hey, diese junge Anwältin ist natürlich ganz patent, aber eigentlich ist sie nur die Juniorpartnerin.' Fehlte nur noch das vielsagende Augenzwinkern an Thornes Adresse."

Offensichtlich war Chuck erschrocken, aber er schien ihr kein Wort zu glauben. „Vielleicht bist du einfach zu empfindlich. Vielleicht hast du es auch zu sehr darauf angelegt, die McCaffertys zu beeindrucken. Besonders den Hengst."

„Chuck, das ging unter die Gürtellinie."

„Aber es stimmt."

Janine konnte es nicht abstreiten. Weil er in diesem Punkt recht hatte. Tief in ihrem Innern verspürte sie einfach den Wunsch, Slade unter die Nase zu reiben, dass eine erfolgreiche Anwältin aus ihr geworden war. Dass sie inzwischen einer Sue Ellen Tisdale in nichts nachstand, für die er sie damals hatte stehen lassen. Sie sah gut aus, besaß Charme und Geld und war erfolgreich.

Na und? Was hatte sie davon?

Kann sein, dass er sich nicht mehr ganz so draufgängerisch benimmt wie früher. Aber er ist immer noch ein wilder Mann. Ein Mann, der nicht bereit ist, irgendwo Wurzeln zu schlagen. Sein Zuhause ist die Landstraße. Und das kannst du nicht ertragen. Oder doch?

Janine nippte an ihrem Kaffeebecher, stellte ihn ab und musterte Chuck. „Egal, was ich für Slade McCafferty empfinde – wir beide haben keine Chance. Es war immer klar, dass wir keine Zukunft haben. Dir genauso wie mir."

„Vielleicht brauche ich eine selbstbewusste Frau an meiner Seite, die mich ab und zu in meine Schranken weist."

„Ganz bestimmt. Aber das bin nicht ich."

Seufzend verschränkte Chuck die Arme vor der Brust und lehnte sich zurück. „Ich glaube, du hast nicht begriffen, wie sehr ich dich liebe. Und wie sehr ich dich schätze. Es ist sehr wichtig, dass man sich gegenseitig schätzt. Ob es dir bewusst ist oder nicht. Du bist noch nie verheiratet gewesen."

Er warf ihr einen aufmerksamen Blick zu. „Natürlich ist es auch wichtig, dass der Funke überspringt. Aber ist es nicht genauso entscheidend, dass man zu dem Menschen passt, den man sich ausgesucht hat? Man muss ihn mögen."

Janine konnte es nicht abstreiten.

„Du hast natürlich recht, dass ich keine Kinder mehr haben will. Drei sind genug: finanziell, emotional, persönlich und auch ganz allgemein. Wenn es so weit ist, möchte ich den Ruhestand genießen. Die Zeiten sind vorbei, wo ich noch mal ganz von vorn anfangen will."

Janine seufzte. „Chuck, ich möchte meine Träume nicht aufgeben. Nenn es altmodisch oder verträumt oder wie auch immer du willst. Aber ich will alles … Erfolg im Beruf, einen Mann, Babys, eine Familienkutsche … und ein süßes kleines Häuschen mit einer Schaukel im Garten und einem weiß gestrichenen Zaun."

„Und du bist überzeugt, dass Slade McCafferty dir all das bieten kann?"

„Nein. Daran habe ich sogar ziemliche Zweifel. Aber ich habe auch gar nicht über Slade und seine Wünsche geredet. Sondern über mich." Janine erhob sich und schaute den Mann an, den sie beinahe geheiratet hätte. Du lieber Himmel, es wäre der Fehler meines Lebens gewesen, dachte sie und platzte heraus: „Chuck, ich kündige. Nicht nur der Beziehung, sondern auch der Kanzlei. Schriftlich bekommst du das morgen per Fax."

Janine ließ ihn mit offenem Mund im Restaurant sitzen. Chuck sah aus wie ein Fisch, der auf dem Trockenen gestrandet war. Erst als sie im Wagen saß und auf dem Weg zum Haus ihrer Großmutter war, begriff sie, was sie eben getan hatte.

„Dann ist es eben so", erklärte sie sich mit einem Blick in den Rückspiegel. Höchste Zeit für einen neuen Anfang. Mit oder ohne Slade McCafferty.

„Was hast du jetzt mit Janine vor?", fragte Rachel, als sie das Wohnzimmer betrat. Das Haus lag im Dunkeln. Außer Slade waren alle zu Bett gegangen. Er saß am Kamin, dessen Feuer heruntergebrannt war, betrachtete den schiefen Weihnachtsbaum und überließ sich der Erinnerung an Janine und das Heu.

Rachel hatte sich einen verschossenen Morgenmantel und flauschige Hausschuhe angezogen. Sie setzte sich in den Schaukelstuhl und fing an, ihrem Sohn das Fläschchen zu geben.

„Wie meinst du das? Was soll ich mit ihr vorhaben?"

Rachel gähnte. Das kurze Haar stand ihr in alle Richtungen ab. Aber sogar ohne Make-up sah ihr Gesicht wieder gesund und frisch aus. Die Prellungen und Narben vom Unfall waren restlos verheilt. „Lass uns nicht wieder von vorn anfangen, okay? Wir wissen beide, dass es dich schwer erwischt hat. Und wenn du nicht langsam etwas unternimmst, wirst du sie an Chuck Jansen verlieren."

„Wie kann ich sie verlieren, wenn sie gar nicht mir gehört?"

„Also bitte, hör auf damit. Ich habe doch Augen im Kopf. Und ich weiß, was ich sehe. Du liebst sie. Sie liebt dich. So einfach ist es."

Bevor er widersprechen konnte, brachte sie ihn mit ausgestrecktem Finger zum Schweigen. „Aber sie wird nicht wieder den Fehler machen, auf dich zu warten. Das hat sie einmal gemacht. Frauen wie Janine sind viel zu klug, um sich denselben Fehler zum zweiten Mal zu erlauben.“

Slade dachte an ihre kurze Liebesaffäre und an das Baby, von dem er nichts gewusst hatte. Es war also schon das zweite Mal, dass er sein ungeborenes Kind verloren hatte. Es tat weh. Werde ich jemals einen eigenen Sohn haben?, fragte er sich. Oder eine Tochter?

Nur wenn du bereit bist, dich irgendwo niederzulassen. Slade, es ist höchste Zeit. Rachel hat recht.

Und sein Vater … was hatte John Randall doch gleich zu ihm gesagt? *Mein Sohn, du solltest dein Leben nicht verschwenden. Es ist kürzer, als du glaubst. Es ist höchste Zeit, dass du die Vergangenheit hinter dir lässt. Such dir ein Zuhause. Gründe eine Familie.*

Auf der Veranda hatte sein Vater ihm den Rat gegeben, und zwar genau in jenem Schaukelstuhl, in dem Rachel jetzt saß. Es war der Tag gewesen, an dem John Randall versucht hatte, ihm die Uhr zu schenken. Slade griff sich in die Tasche und stellte fest, dass die Uhr verschwunden war. Wo war sie?

Plötzlich fiel es ihm ein. Auf dem Heuboden, als er die Jeans zur Seite geschleudert hatte … sie musste ins lose Heu gefallen sein, als er Janine geliebt hatte.

Slades verletztes Bein schmerzte, als er zur Tür eilte und die Jacke vom Haken nahm. Rachels Worte gingen ihm immer noch im Kopf herum, als er ins Freie trat und ihm der kalte Wind ins Gesicht wehte. An der Dachrinne hingen Eiszapfen herunter, und der Wind wirbelte die Schneeflocken durch die Luft.

Auf dem Weg zum Stall blieb Slade stehen und ließ nachdenklich den Blick über die weiten Ländereien der Ranch schweifen. Plötzlich begriff er, warum sein Vater das Leben hier geliebt hatte. Vielleicht war es wirklich höchste Zeit, sich irgendwo häuslich niederzulassen. Er dachte an Janine.

Seufzend streckte er die Hand nach der Stalltür aus. Gleich morgen früh wollte er sie aufsuchen und ihr sagen, was er für sie empfand. Er öffnete die Tür.

Das Licht blitzte ihm grell in die Augen.

Bumm!

Slade flog rückwärts. Landete hart im Schnee.

Ein Feuerball kam auf ihn zu. Heiß. Grell. Blendend.

Die Pferde wieherten in Todesangst.

Flammen schossen empor und fraßen sich hungrig durch das alte Gebälk und das trockene Heu. Eine Rauchfahne stieg in den Nachthimmel auf.

Mühsam erhob Slade sich. Die panischen Pferde donnerten mit den Hufen gegen die Wände der Boxen.

Slade blieb keine Sekunde zum Nachdenken.

Er warf sich durch die geöffnete Tür nach vorn.

Direkt in die Flammenhölle.

11. KAPITEL

Bumm!

Der Lärm sandte eine Schockwelle durch das Gebäude. Rachel sprang aus dem Bett, ergriff Joshua Ray und rannte mit ihm auf den Flur.

„Um Himmels willen, ruf sofort die Feuerwehr! Schnapp dir das verdammte Handy, wir müssen sofort hier raus!" Thorne kam aus seinem Schlafzimmer gerannt. Rechts und links hatte er sich jeweils ein verschlafenes Zwillingsmädchen unter die Arme geklemmt. „Nicole! Wir müssen raus!", schrie er wie ein Wahnsinniger über die Schulter hinweg.

Hastig zog Rachel sich ihre Schuhe an. Ihr Herz drohte vor Angst zu zerspringen. „Was war das? Hast du das gehört? Eine Explosion?"

„Keine Ahnung, was es war. Aber garantiert nichts Gutes. Ihr müsst alle raus!", schrie Thorne. „Nicole! Beeil dich!"

Seine Frau rannte aus dem Schlafzimmer. Mit einer Hand versuchte sie, den Gürtel ihres Morgenmantels zuzuknoten, während ihr das blonde Haar wild über die Schultern fiel. Das Handy hatte sie sich zwischen Schulter und Ohr geklemmt.

Alle rannten überstürzt die Treppe hinunter, als auf einmal das Hausinnere in hell leuchtendes Orange getaucht wurde.

„Oh, Gott." Thorne drängte seine Familie in den Flur und blieb stehen, um durch das Fenster nach draußen zu schauen. „Es sind die Ställe!" Mit der Schulter stieß er die Tür auf, und alle rannten hinaus auf die Veranda. Das alte Gebäude brannte lichterloh, und das Feuer ließ den Schnee gelblich und golden aufscheinen. Aus dem Dach drang Rauch, während die Flammen die alten Schindeln fraßen und unbarmherzig in den Himmel schossen.

„Nein!", schrie Rachel.

„Lieber Gott ..." Nicole riss entsetzt die Augen auf.

„Weg vom Haus!", befahl Thorne laut, „Alle!" Mit den Mädchen unter den Armen eilte er in den hinteren Teil des Flurs und riss sämtliche Jacken vom Haken. Danach kickte er die Schuhe und Stiefel auf die Veranda. „Schnell!"

Die Mädchen hatten zu weinen begonnen und klammerten sich an ihn. Inzwischen hatte Rachel ihren Mantel gefunden und zog sich an, während sie bereits zum Stall hinüberrannte. Wo war Slade? Wo um alles in der Welt steckte er? Nicht im Stall. Nein … das durfte nicht sein … aber sie hatte doch gesehen, wie er das Haus verlassen hatte … Oh, Gott, oh, Gott …

„Es geht um die Flying-M-Ranch, dreißig Kilometer nördlich von Grand Hope", schrie Nicole in ihr Mobiltelefon. „Wir brauchen Feuerwehrleute und Rettungssanitäter und einen Tierarzt … und nur der Himmel weiß, was wir noch brauchen! Dies ist ein Notfall! Ich wiederhole, ein Notfall auf der Ranch der McCaffertys!"

Die Gesichter der Zwillinge waren aschfahl geworden. Sie weinten mit aufgerissenen Augen. Immer wieder verbargen sie das Gesicht an Thornes Schulter und klammerten sich an ihm fest, als wollten sie ihn nie wieder loslassen.

„Ist Slade im Stall?", fragte Thorne seine Schwester drängend, als sie in Richtung Parkplatz rannten.

„Keine Ahnung …" Rachel starrte auf das Inferno, als das erste Pferd aus dem brennenden Gebäude gerannt kam. Schweißbedeckt und mit weit aufgerissenen Augen, in denen man das Weiße sah, galoppierte der Graue wie wahnsinnig durch den Schnee. Ihm folgte eine braune Stute, die pfeifend wieherte und mit fliegenden Hufen den weißen Pulverschnee aufwirbelte. „Ich habe keine Ahnung, wohin er gegangen ist. Wir haben uns im Wohnzimmer unterhalten, und dann … Er ist nach draußen gegangen." Voller Entsetzen starrte sie auf die Flammenhölle.

„Sieht so aus, als würde irgendjemand die Herde freilassen. Idiot!" Grimmig und entschlossen drückte Thorne seiner Frau die Zwillinge in den Arm. Die Mädchen schrien aus Protest.

„Nein, Daddy! Nein!"

„Hier. Nimm die Mädchen und halte dich von den Gebäuden fern. Das gilt für alle. Könnte sein, dass die Ställe erst der Anfang sind."

„Ich habe sie", meinte Nicole und nahm ihm ihre Töchter ab.

Das Gebälk knackte vernehmlich, und dicker Qualm drang aus den Ställen. Thorne rannte darauf zu.

„Warte!", rief Rachel ihm nach. „Du kannst da jetzt nicht rein! Es ist zu spät!"

„Thorne!" Auch Nicole wollte ihm nachrennen. „Thorne! Nein!

Nein! Warte auf die Feuerwehr!", flehte sie entsetzt und umklammerte ihre Kinder. „Du kannst doch nicht ..."

„Die Feuerwehr braucht zu lange." Thorne sah ihr eine Sekunde lang aufmerksam in das entsetzte Gesicht, als wollte er sich ihre Züge ein für alle Mal einprägen. „Ich schaffe es. Du musst dich um die Kinder kümmern. Und zwar jetzt!"

Nicole machte ein paar Schritte auf ihn zu. Rachel wollte helfen. Am liebsten hätte sie Nicole ihr Baby in den Arm gedrückt und das Feuer mit eigenen Händen bekämpft. Bin ich etwa schuld?, schoss es ihr durch den Kopf, ist es wegen mir? Ist es ein verrückter Unfall ... oder will jemand die Pferde umbringen ... oder sogar die McCaffertys?

Thorne rannte los. Kurz darauf wäre er um ein Haar unter die Hufe eines Pferds geraten, das panisch aus dem offenen Stall galoppiert kam. Er verschwand durch die Tür und tauchte ein in Rauch und Flammen.

Hustend stolperte Slade durch den Rauch. Er hatte die Haupttür geöffnet, rannte den Gang entlang und entriegelte die Boxen, um die Pferde nach draußen zu treiben. „Los! Raus hier! Hüa!", schrie er. In seinen Augen brannte der Qualm, und die heiße Luft drohte seine Lunge zu versengen.

„Slade!" Thornes Stimme gellte irgendwo im dicken Qualm. „Slade!"

„Raus hier!", brüllte Slade eine schweißbedeckte Stute an, die panisch die Hufe durch die Luft fliegen ließ.

Noch zwei Ställe. Slade rannte den Gang entlang und hörte das Gebälk über sich krachen, hörte die knisternden Flammen, hörte, wie das Feuer förmlich zu brüllen schien. Die Luft war so rauchgeschwängert, dass er nichts mehr sehen konnte, als er an der nächsten Box ankam. Die Stute Mrs. Brown zitterte am ganzen Leib, und ihre Augen glänzten panisch weiß. „Alles wird gut, mein Mädchen ...", flüsterte Slade heiser.

Wieder krachte es verdächtig im Gebälk, und der Rauch ... gute Güte, der Rauch. Hustend wandte er sich in Richtung Ausgang.

„Slade! Verdammt noch mal, wo steckst du?" Aus weiter Ferne drang Thornes Stimme an sein Ohr. Slade versuchte zu antworten, aber seine Stimme gehorchte ihm nicht mehr. Zu viel Rauch, zu viel Ruß ... Er trat die Tür auf und schlug auf das Pferd ein, das fluchtartig den Stall verließ.

Nur noch ein Tier. Er stolperte vorwärts. Sah das verängstigte Pferd, das aufstieg und panisch wieherte, als die Flammen sich durch das Stroh bis zu seinen Hufen fressen wollten.

„Komm, raus hier, alter Junge“, wollte Slade rufen, aber seine Stimme versagte. Hustend löste er den Riegel der Box. Der Hengst schoss durch die Öffnung und rammte mit seiner breiten Schulter Slade, sodass der hinfiel. Er hörte es krachen, als sein Hinterkopf auf dem Boden aufschlug.

„Slade! Verdammt, Slaaade!“

Slade versuchte aufzustehen. Funken stoben wie bei einem Feuerwerk auf ihn herab. Die Dachsparren ächzten gefährlich. Unwillkürlich musste er an das tonnenschwere Heu denken, das ein Stockwerk höher lagerte. Ein schwarzer Balken begann gefährlich zu zittern. Ah, zum Teufel!

Slade rollte sich zum Fenster.

Es gab einen riesigen Krach, als der Balken herunterfiel.

Und Slade fühlte sich, als ob das Höllenfeuer auf ihn herabregnete.

Das Telefon schrillte. Es klang wie aus weiter Ferne. Janine reckte sich im Bett, zog sich aber trotzdem die Decke bis über beide Ohren. Als es gar nicht aufhören wollte zu klingeln, wurde ihr langsam klar, wo sie sich befand.

Ein Blick auf ihren digitalen Wecker verriet ihr, dass es nach ein Uhr nachts war. Im Hintergrund hörte sie Sirenen heulen. Sofort rollte Janine sich aus dem Bett und hastete die Treppe hinunter in die Küche.

„Hallo?“, murmelte sie, als sie den Hörer abnahm.

„Janine? Hier ist Kelly Dillinger. Matts Verlobte.“

Janine blieb beinahe das Herz stehen. Slade! Ihm musste etwas zugestoßen sein. Sie wusste es ganz genau.

„Es brennt auf der Ranch. Die Ställe.“

„Was?“ Janines Beine gaben nach, und sie musste sich an den Küchentisch lehnen.

„Ich will Sie nicht unnötig aufregen. Aber wir haben den Verdacht, dass Slade und Thorne sich in den brennenden Gebäuden aufhalten." Janines Knie versagten vollends den Dienst. Kraftlos ließ sie sich am Küchenschrank hinuntergleiten. Tausend Fragen schossen ihr durch den Kopf.

„Nein, das kann nicht sein. Es muss ein Irrtum vorliegen", meinte Janine beinahe flehend.

„Ich wünschte, es wäre so." Pause. „Ich dachte, dass Sie vielleicht informiert werden wollen."

Janine hörte die Unruhe aus Kellys Stimme heraus. „Ich ... ich komme hin."

Janine legte auf und hastete zurück ins Schlafzimmer, immer zwei Treppenstufen auf einmal nehmend. Oben schlüpfte sie in die erstbeste Kleidung, die ihr in die Hände fiel, schnappte sich die Schlüssel und rannte wieder die Treppe hinunter. Es dauerte nur wenige Sekunden, bis sie das Haus verlassen hatte und im Auto saß.

Es durfte nicht geschehen. Nicht Slade. Nein, nein, nein! Mit zitternden Fingern steckte sie den Schlüssel ins Zündschloss und lenkte ihren kleinen Wagen Richtung Norden auf die Flying M, immer dem Lichtschein entgegen, dem hellroten Feuerschein am Horizont, der durch den Schneesturm weithin leuchtete. „Der Himmel stehe uns bei", wisperte sie verzweifelt.

„Slade! Um Himmels willen! Wo steckst du?"

Slade hörte Thornes Stimme und versuchte zu schreien, konnte aber nur stöhnen und husten. Der herabstürzende Balken hatte ihn erwischt und versengte ihm den Rücken. Er versuchte, unter dem erdrückenden Gewicht herauszukriechen, aber das Ding rührte sich keinen Zentimeter.

„Raus hier!", wollte er seinem Bruder zurufen. Die Flammen loderten noch höher und hatten inzwischen jeden Winkel des Gebäudes erreicht.

Plötzlich musste er an Janine denken. „Ich liebe dich", formte er mit den Lippen und fragte sich, ob er sie wohl jemals wiedersehen würde.

Die Hitze war unerträglich, der Qualm zum Schneiden dick. Langsam verlor er das Bewusstsein. Die Bilder vor seinen Augen verschwammen ...

Das Gebäude erzitterte in den Grundfesten. Ein zweiter Balken krachte dicht neben Slades Kopf nieder. Überall flogen brennende Splitter durch die Luft. Heuballen flogen aus dem Obergeschoss nach unten, der Staub explodierte. Und aus dem Nirgendwo war Thorne aufgetaucht, keuchend und hustend, mit rußverschmiertem Gesicht.

„Wir müssen abhauen! Komm schon …“ Thorne packte Slade an der Schulter und zerrte, blieb aber erfolglos. „Slade, komm schon …“ Keuchend und hustend ließ Thorne ihn los und riss eine Axt von der Wand. Während Slade um sein Bewusstsein kämpfte, hieb sein Bruder mit aller Kraft auf den Balken ein. Der Schmerz schoss Slade so heftig in die Wirbelsäule, dass er ihn zu zerreißen drohte.

Thorne holte wieder mit aller Kraft aus. Krachend splitterte der Balken. Thorne warf die Axt zur Seite, griff Slade unter den Armen und zerrte ihn zu den geöffneten Doppeltüren.

Ein weiteres Fenster barst, und das Glas splitterte. Der Wind heulte durch das brennende Gebäude. Um sie herum leckten die Flammen. Slade versuchte, seine Beine zu bewegen. Aber sie hingen wie totes Gewicht an ihm, rührten sich keinen Millimeter.

„Lieber Gott, hilf uns hier raus“, flehte Thorne, während er seinen Bruder nach draußen schleppte. Kalte Luft strich Slade über die Haut. Mit getrübtem Blick erkannte er die roten und blauen Lichter, die in der dunklen Nacht kreisten. Feuerwehrleute in dicken Uniformen rollten Schläuche aus, richteten den mächtigen Wasserstrahl auf die Ställe und schrien sich Befehle zu.

Überall auf dem Ranchgelände galoppierten panische Pferde herum und behinderten die Rettungsarbeiten. Die McCaffertys hatten sich auf dem Rasen vor dem Haus versammelt. Sie waren in Sicherheit. Gott sei Dank.

Slade kämpfte immer noch gegen die Bewusstlosigkeit an. Er zwang sich, die Augen offen zu halten. Aber der rasende Schmerz in seinem Rücken drohte ihn immer wieder in Dunkelheit versinken zu lassen. Er hustete. Seine Lungen fühlten sich an wie verkohlt. Als Slade wieder in Richtung Ranchhaus schaute, entdeckte er Janine.

Das Haar hing ihr wild in die Stirn. Tränen rannen ihr über die Wangen, als sie trotz der Warnungen der Feuerwehr durch den Schnee auf ihn zurannte.

„Slade!“, schrie sie, die Stimme über dem Lärm kaum hörbar. „Slade … lieber Gott!“

Kaum war sie bei ihm angekommen, sank sie auf die Knie, und ihre Tränen tropften ihm ins Gesicht.

Slade versuchte zu lächeln, wollte ihren Namen mit den Lippen formen. Aber er konnte sich nicht bewegen. Wieder senkte sich der Nebel über ihn, hüllte ihn süß ein und versprach, ihn den Schmerz vergessen zu lassen. Dann war alles dunkel.

12. KAPITEL

Bis zum Morgengrauen würde es noch ein paar Stunden dauern. Janine stand am Fenster des St. James Hospitals und starrte hinaus auf den dunklen Parkplatz. Endlich hatte es aufgehört zu schneien.

Noch immer hatte sie kein Wort über Slade gehört. Nachdem sich die Türen des Krankenwagens hinter ihm und Thorne geschlossen hatten, hatte sie keinen Blick mehr auf die Brüder erhaschen können.

Zum tausendsten Mal starrte Janine auf die Doppeltür der Notaufnahme. Wann würde jemand auftauchen und sie über das Nötigste informieren? Irgendein Arzt oder eine Krankenschwester musste doch da sein. Sie wusste, dass Slade außer Verbrennungen und einer Rauchvergiftung auch Verletzungen am Rücken erlitten hatte.

Janine ging ein paarmal in dem kleinen Warteraum auf und ab, bevor sie sich wieder auf das Fensterbrett setzte. Nur fünf Minuten nach dem Rettungswagen war sie in der Klinik eingetroffen. Aber das Klinikpersonal verweigerte jede Auskunft.

Janine nippte an dem grauenhaften Gebräu in ihrem Becher, ohne es wirklich zu schmecken. Seit Stunden war sie auf den Beinen. Die Erschöpfung steckte ihr in den Knochen. Aber sie wusste genau, dass sie keine Sekunde schlafen würde, selbst wenn sie nach Hause fuhr. Nicht solange Slade in der Klinik war. Nicht ohne zu wissen, in welchem Zustand er sich befand.

Janine erinnerte sich daran, wie er am ersten Abend nach ihrem Wiedersehen die Axt geschwungen und Feuerholz für sie gehackt hatte. Wie sie zusammen im Schlitten durch den Schnee gefahren und den Weihnachtsbaum geschlagen hatten. Wie er Rachels Baby auf den Arm genommen und mit den Zwillingen gespielt hatte …

Und natürlich erinnerte sie sich an Ereignisse, die noch gar nicht lange zurücklagen: an seinen Blick, als er sie im Heu ausgezogen hatte. Als sie sich in dem Gebäude geliebt hatten, wo er beinahe erschlagen und verbrannt worden wäre.

Ihre Kehle fühlte sich an wie zugeschnürt. Am liebsten hätte Janine dem Impuls nachgegeben und wäre in Tränen ausgebrochen. Aber sie zwang sich, es nicht zu tun. Sie durfte nicht. Vielleicht brauchte er sie.

Träum weiter, Janine, raunte ihre innere Stimme. Wann hat er dich jemals gebraucht?

Jetzt, widersprach sie entschlossen, jetzt braucht er mich!

Slade würde durchkommen.

Er musste einfach.

Sie wusste nicht, wie lange sie gewartet hatte, als endlich die automatischen Türen aufglitten und Nicole erschien.

Janine sprang auf. Nicoles Haar war zerzaust, und ihre Miene wirkte angespannt. „Tut mir leid, dass Sie so lange warten mussten", entschuldigte sie sich.

„Slade?"

„Er wird überleben." Ihre braunen Augen schimmerten mitfühlend. Dann straffte sie die Schultern. „Die oberflächlichen Verletzungen wie Schnitte und Prellungen werden rasch verheilen. An den Händen und im Gesicht hat er Verbrennungen zweiten Grades erlitten. Aber auch das macht uns weiter keine Sorgen."

„Was dann?", drängte Janine.

„Es ist sein Rücken. Ein Wirbel ist gebrochen. Außerdem könnte es sein, dass sein Rückenmark verletzt ist."

Janine drohten die Knie zu versagen. Aber sie zwang sich, die Worte über die Lippen zu bringen. „Wie schwer verletzt?"

„Wir haben keine Ahnung. Das Rückenmark ist mit Sicherheit gequetscht, abgeklemmt. Aber wahrscheinlich nicht durchtrennt." Nicole begann, Janine die Sachlage mit medizinischen Ausdrücken zu erklären. Vermutlich hätte Janine sie sogar verstanden, wenn nicht die Angst jedes klare Denken verhindert hätte. Sie verspürte den Drang, laut schreiend zu leugnen, dass so etwas wie Querschnittslähmung in Zusammenhang mit Slade überhaupt möglich war. Aber sie schwieg. Denn sie wollte nur noch eins: Slade sehen. Ihn berühren. Ihm gestehen, dass sie ihn liebte.

„Ist er bei Bewusstsein?"

„Noch nicht."

„Wann darf ich zu ihm?", fragte Janine.

„Es kann noch eine Weile dauern." Nicole legte die Hand auf Janines Arm. „Warum fahren Sie nicht für eine Weile nach Hause? Ruhen Sie sich aus. Hier können Sie sowieso nichts tun. Ich verspreche Ihnen, dass ich Sie anrufe, sobald irgendwelche Veränderungen eintreten."

„Ich möchte hierbleiben", beharrte Janine. Sie schaute Nicole flüchtig an und bemerkte, dass im Blick der Ärztin Verständnis aufblitzte. „Bitte sagen Sie mir Bescheid, wenn sich irgendetwas verändert."

„Ja." Nicole nickte und lächelte ermutigend. „So schnell wie möglich."

Damit verschwand sie wieder, und Janine blieb erneut nichts übrig, als weiter zu warten. Sie schaute auf die Uhr und bemerkte, wie die kostbaren Sekunden verrannen. In diesem Moment wurde ihr bewusst, wie viele Jahre sie damit verschwendet hatte, vor der Wahrheit davonzulaufen. Und die Wahrheit hieß, dass sie Slade McCafferty liebte. Sie hatte ihn immer geliebt. Und daran würde sich niemals etwas ändern.

„Rachel, Sie müssen den Tatsachen ins Auge sehen. Irgendjemand will Ihnen eine verdammt deutliche Warnung schicken." Kurt Strikers Stimme klang harsch. Seine grünen Augen leuchteten kalt, als er sie am Fuß der Treppe erwartete.

Verdammt noch mal, fluchte Rachel unhörbar, warum geht mir der Mann ausgerechnet jetzt auf die Nerven? Wo draußen die Hölle tobt? Sie eilte an ihm vorbei ins Wohnzimmer.

Das Haus war von Sprengstoffexperten durchsucht worden, denn die Polizei ging von einem neuen Anschlag aus. Zum Glück hatten sie nichts gefunden. Das Feuer in den Ställen war gelöscht. Von dem Gebäude war nichts außer ein paar verkohlten Balken und rußigen Holzscheiten übrig. Die Polizeifahrzeuge und die Feuerwehrwagen waren wieder gefahren, nachdem die rauchenden Trümmer mit einem gelben Klebeband abgesperrt worden waren.

Matt hatte Larry Todd angerufen. Der Vorarbeiter war unverzüglich auf der Ranch erschienen. Zusammen mit den zwei Männern hatte Kelly sich um die panische Herde gekümmert, hatte die verschreckten Tiere zusammengetrieben und sie in der Scheune untergebracht.

Es war ein einziger Albtraum. Slade und Thorne befanden sich im Krankenhaus. Zwei der Pferde hatten nicht überlebt. Die Ställe lagen in Trümmern, die Kinder waren zu Tode erschrocken.

„Haben Sie mich verstanden? Offenbar haben Sie noch gar nicht begriffen, dass es hier um Sie geht." Striker ließ nicht locker.

Aber sie hatte schon gehört, dass dieser Mann niemals aufgab. In Jeans und Schaffelljacke stand er am Kamin und stocherte mit dem Feuerhaken in der fast erloschenen Glut herum. Das Wohnzimmer wirkte gemütlich und sicher. Aber trotzdem wanderte ihr Blick immer wieder am Weihnachtsbaum vorbei aus dem Fenster, hinaus zu dem Trümmerhaufen.

„Ich bin mir nicht sicher, dass es unbedingt mit mir zu tun hat. Es könnte genauso gut ein Unfall gewesen sein."

„Ich habe mit dem Einsatzleiter der Feuerwehr gesprochen. Er meint, dass es sich mit neunzigprozentiger Sicherheit um Brandstiftung handelt. Die Männer glauben sogar, dass eine Zündschnur bis zur Tür gelegt wurde. Sobald Slade sie geöffnet hat, ging es los."

„Du liebe Güte."

Kurt durchquerte das Wohnzimmer und baute sich vor ihr auf, sodass er ihr direkt in die Augen schauen konnte. „Sie könnten sogar recht haben. Selbst wenn es Brandstiftung war, muss es nicht unbedingt mit Ihnen zu tun haben. Vielleicht sollte die Flying M erpresst werden. Vielleicht hat der Brandstifter es auf jemand anders in Ihrer Familie abgesehen. Aber wenn ich mir überlege, was sonst noch in Ihrem Leben passiert ist, halte ich das eher für unwahrscheinlich."

Er rieb sich den Nacken, ohne sie aus den Augen zu lassen. „Ich kann mir nicht vorstellen, dass Sie mit dem Leben Ihrer Brüder spielen wollen, als wären Sie der liebe Gott. Oder mit dem Leben Ihrer Nichten und Ihres Sohnes."

„Natürlich nicht." Ihre Nerven waren zum Zerreißen gespannt, die Gefühle lagen blank. Die Gedanken fuhren in ihrem Kopf Karussell, sodass an Schlaf nicht zu denken war. Wenn sie eines jetzt überhaupt nicht gebrauchen konnte, dann Striker mit seinen ewigen Anschuldigungen und Verdächtigungen. Nicht jetzt.

Doch er war noch nicht fertig. „Ich bitte Sie nur darum, uns zu helfen, den Dreckskerl zur Strecke zu bringen, der hinter all den Anschlägen steckt."

„Glauben Sie nicht, dass ich genau das tun würde, wenn ich es könnte?"

Striker schwieg. Rachel hob das Kinn, um seinen selbstgerechten Blick zu erwidern. „Ich tue, was ich kann. Selbstverständlich helfe ich Ihnen." Inzwischen war sie wütend geworden. Sie hatte es satt, seine schweigenden Blicke zu ertragen und sich ständig vorwurfsvoll anstarren zu lassen. „Was genau wollen Sie wissen?“

„Alles, Rachel. Alles, was vor Ihrem Unfall geschehen ist, soweit Sie sich erinnern. Alles, was mit dem Unfall zusammenhängt. Aber vor allem will ich wissen, wer der Vater Ihres Kindes ist.“

Rachel schluckte schwer. Als könnte er ihren Widerstand spüren, packte er sie am Arm.

„Keine Lügen mehr, okay? Weder Lügen noch Halbwahrheiten. Keinen vorgetäuschten Gedächtnisverlust. Für solchen Unsinn haben wir keine Zeit mehr. Slade und Thorne sind nur um Haaresbreite der Feuerhölle lebendig entkommen. Sie können von Glück sagen, dass Sie mit Ihrem Sohn den Unfall überlebt haben. Es grenzt an ein Wunder, dass der Anschlag im Krankenhaus Sie nicht umgebracht hat.“

Striker schwieg ein paar Sekunden. „Aber es könnte sein, dass Ihre Glückssträhne abreißt. Das nächste Mal könnte jemand sterben.“

Irgendjemand versuchte, mit einem Vorschlaghammer seinen Schädel zu zertrümmern. Plötzlich kehrte die Erinnerung zurück. Slade sah alles vor sich, lebendig wie im Film.

Das Feuer. Die Pferde. Thornes Schreie und den splitternden Balken, der ihn zu Boden geworfen hatte. Wie Janine Parsons ihn angeschaut hatte, als er aus dem brennenden Gebäude geschleppt worden war.

Slade öffnete ein Auge. Verschwommen sah er auf metallene Gitterstäbe.

„Mr. McCafferty?“

Slade konzentrierte sich auf die Krankenschwester mit dem runden Gesicht, die lächelnd auf ihn hinunterstarrte und vorsichtig seinen Arm berührte. „Wie geht es Ihnen?“

„Höllisch“, raunte er heiser. Seine Kehle war rau, und er brachte die Worte kaum über die Lippen. Die Gesichtshaut fühlte sich wie ausgetrocknet an und spannte, und seine Arme lagen wie Bleigewichte auf der Decke. Mitten im Rücken saß ein ungeheurer Schmerz, und seine Beine … verdammt … Slade versuchte, sich aufzusetzen.

„Einen kleinen Augenblick, bitte. Wir müssen Ihre Schmerzmedikation neu einstellen“, befahl die Frau. „Ich habe schon nach dem

Arzt gerufen. Er wird sofort nach Ihnen schauen."

Slade traute dem Ausdruck in ihren Augen nicht. Wieder versuchte er, sein Bein zu bewegen. Nichts passierte. Er versuchte es noch einmal. „Meine Beine ..." Er schaute an sich hinunter und stellte fest, dass sie gerade unter der Decke ausgestreckt waren.

„Ihr Rücken ist verletzt. Wie gesagt, der Arzt kommt gleich, um die Sache mit Ihnen zu besprechen."

„Verletzt?" Slade biss die Zähne zusammen, versuchte wieder, seine verdammten Beine zu bewegen. Schweiß bildete sich auf seiner Stirn. Warum sprach die Frau nicht Klartext? Verletzter Rücken ... „Meinen Sie etwa das Rückenmark?"

„Der Arzt muss jeden Moment ..."

„Zum Teufel mit dem Arzt. Wollen Sie mir schonend beibringen, dass ich gelähmt bin?", rief Slade. Plötzlich sah er sein künftiges Leben glasklar vor sich: den Rollstuhl, Helfer, die ihn bei seinen alltäglichen Verrichtungen wie Baden, Toilettengang und Anziehen unterstützen mussten. Nein. Er konnte es nicht fassen.

„Holen Sie den Arzt. Auf der Stelle!", befahl er harsch, obwohl ihm die Worte nur flüsternd über die Lippen kamen.

Er hievte sich in eine Sitzposition, stützte sich mit den Händen ab und sah die nutzlosen Beine unter der dünnen Decke.

„Mr. McCafferty ... bitte beruhigen Sie sich und ..."

Mit zusammengebissenen Zähnen starrte er seine Beine an und wollte sie mit aller Macht zwingen, sich zu rühren. Nichts.

Slade reagierte mit einem Anflug von Panik, beruhigte sich aber gleich wieder. Er war in einem üblen Albtraum gefangen. Das war alles. Ja, ich träume nur, dachte er, schon bald werde ich in meinem eigenen Bett aufwachen und feststellen, dass alles beim Alten ist ... aber warum um alles in der Welt schaffe ich es nicht, meine Beine aus dem Bett zu schwingen?

„Wo steckt der Arzt?" Er starrte die Krankenschwester an. „Sie rufen ihn jetzt sofort ... und ... und ..."

Plötzlich wurde ihm schwindlig. Die Worte erstarben ihm auf der Zunge. Seine Arme gaben nach, und er sank kraftlos in die Kissen.

In diesem Moment wurde die Tür aufgerissen, und Nicole tauchte auf. „Slade, wie geht es dir?"

„Ich glaube, das weißt du besser als ich." Slade brachte die Worte kaum über die Lippen, so schwer war seine Zunge. Am liebsten hätte er die Augen geschlossen und sich wieder in die Bewusstlosigkeit sinken lassen. Und wenn er dann aufwachte, wäre alles so wie früher … „Bin ich … bin ich gelähmt?"

Nicole musterte ihn ein paar Sekunden aus ihren goldbraunen Augen. „Wir können im Moment noch nicht beurteilen, wie schwer dein Rückenmark verletzt ist", sagte sie. Slade fühlte sich, als wäre ihm ein tonnenschweres Gewicht auf die Brust gestürzt. „Es ist noch viel zu früh. Dr. Nimmo tut, was er kann. Er berät sich mit anderen Spezialisten."

„Aber es gibt doch Hoffnung?" Slade schaffte es kaum, wach zu bleiben. Kühle Finger umschlossen sein Handgelenk.

„Darüber solltest du dir jetzt nicht schon den Kopf zerbrechen", beschwichtigte Nicole.

Er schloss die Augen. Für den Bruchteil einer Sekunde stellte er sich vor, wie sich sein Leben künftig wohl abspielen würde … Janines Gesicht tauchte kurz vor seinem inneren Auge auf. Wunderschön. Klug. Erfolgreich. Eine Anwältin. Die Frau, die vor vielen Jahren mit seinem Kind schwanger gewesen war. Aber wenn er gelähmt blieb, wäre es ausgeschlossen, dass er sie liebte und ihr Kinder schenkte.

Slade erinnerte sich daran, wie warm sie sich unter ihm angefühlt hatte. Und wie ihre Augen geglänzt hatten, als sie ihn anschaute … Ihn durchzuckte die Furcht, dass er sie nie wieder würde lieben können. Dann hüllte Dunkelheit ihn wieder ein.

„Ich will ihn sehen." Janines Müdigkeit war verflogen. Adrenalin schoss ihr durch die Adern, als sie hörte, dass Slade aufgewacht war. Sofort war sie aufgesprungen und hatte sich Nicole an die Fersen geheftet.

Nicole runzelte die Stirn. „Er schläft schon wieder. Er war nur für ein paar Minuten bei Bewusstsein."

„Das ist mir egal." Janine weigerte sich, auch nur einen Millimeter zu weichen. Schließlich hatte sie fünf Stunden lang gewartet, um einen Blick auf ihn werfen zu können. Fünf Stunden lang hatte sie auf die Gewissheit gewartet, dass er sich wieder erholen würde, hatte gebetet, dass er den Brand überlebte. Ausgeschlossen, ausgerechnet jetzt die Klinik zu verlassen.

„Nicole, bitte verstehen Sie mich. Ich muss ihn sehen. Ich weiß, dass ich nicht zur Familie gehöre. Aber ich dachte, Sie könnten dafür sorgen, dass ich an sein Bett darf."

„Sind Sie sicher, dass Sie darauf vorbereitet sind?" Nicole zögerte. Ihr Gesichtsausdruck war besorgt.

„Selbstverständlich."

„Aber Sie dürfen nur ein paar Minuten bleiben."

Janine atmete tief durch. „Verstehe."

„Okay, dann werde ich dafür sorgen. Aber nur unter einer Bedingung. Sie dürfen Slade wirklich nur für ein paar Minuten besuchen. Dann fahren Sie nach Hause und ruhen sich aus." Nicole lächelte. „Ärztliche Anweisung."

„Einverstanden. Ich tue, was auch immer Sie wollen. Wenn Sie mich nur zu ihm lassen."

Nicole deutete mit dem Kinn auf den Fahrstuhl. „Die Intensivstation ist im dritten Stock. Ich bringe Sie rauf und passe auf, dass niemand Sie fortjagt."

„Danke." Schweigend fuhren sie mit dem Fahrstuhl nach oben. Voller Verzweiflung redete Janine sich ein, dass Slade am Leben war, dass er sich wieder erholen würde.

Trotzdem war sie innerlich nicht auf seinen Anblick vorbereitet.

Slade lag reglos im Bett, verbunden mit Schläuchen, an Infusionen und Geräte angeschlossen. Das schwarze Haar fiel ihm versengt in die Stirn. Schnitte und Brandwunden waren in seinem Gesicht zu sehen, und die alte Narbe auf seiner Wange trat deutlicher hervor denn je. „Oh, Gott", wisperte Janine und schlug sich die Hand vor den Mund.

„Alles in Ordnung? Sind Sie sicher, dass Sie klarkommen?", wollte Nicole wissen.

Janine nickte stumm und riss sich zusammen.

„Dann lasse ich Sie jetzt ein paar Minuten mit ihm allein." Nicole besuchte die Krankenschwestern in deren Dienstzimmer, das nur ein paar Schritte entfernt lag.

Janine biss sich auf die Unterlippe, als sie zum Bett ging. Sie trat an das Kopfende und klammerte sich mit den Fingern an den kalten Metallstäben fest. „Slade", flüsterte sie. Ihre Stimme versagte beinahe, als sie seine harten Gesichtszüge betrachtete. Sein Atem ging flach, aber regelmäßig.

„Ich bin's, Janine. Ich wollte sehen, wie es dir geht." Tränen stiegen ihr in die Augen, und ihre Kehle war plötzlich wie zugeschnürt. Sie hatte ihn immer für unverletzlich gehalten. Slade mit seinem sexy Lächeln, seiner draufgängerischen Art und seinem unbändigen Freiheitswillen.

Jetzt lag er vor ihr im Bett. Verletzt. Bewusstlos. Vielleicht würde er nie wieder laufen können. Janine ergriff seine Hand, verschränkte ihre Finger mit seinen und kämpfte gegen die Tränen an.

„Bald wirst du wieder gesund", stieß sie mit rauer Stimme hervor. Es versetzte ihr einen Stich, als sie hörte, wie unglaubwürdig und flach ihre Stimme klang. Sie wusste, dass es vielleicht eine Lüge war.

Janine konnte sich nicht vorstellen, dass Slade vielleicht an den Rollstuhl gefesselt sein würde, dieser Mann, der den ganzen Winter in den Bergen beim Skilaufen verbrachte, der wilde Broncos zuritt oder Wildwasserfahrten unternahm. Er hatte andere Menschen auf Jagden in der Wildnis geführt, hatte an Autorennen teilgenommen und sogar als Stuntman gearbeitet. Wie sollte er sich je an ein Leben im Rollstuhl gewöhnen können?

Du darfst ihn nicht aufgeben. Er wird lernen, damit umzugehen. Schließlich ist er ein McCafferty. Der Himmel weiß, dass sie sich niemals unterkriegen lassen. In null Komma nichts wird er gelernt haben, in seinem Rollstuhl die Flying M zu umrunden. Er wird neu reiten lernen, und er wird lernen, wie man die Stromschnellen bewältigt. Nein, niemals würde er es zulassen, dass die Behinderung ihn besiegt. Schließlich ist er Slade! Um Himmels willen, du darfst ihn auf keinen Fall abschreiben.

Ihre Stimme klang ein wenig sicherer. „Weißt du, Cowboy, es gibt etwas, was ich dir schon vor langer Zeit hätte sagen sollen." Die Worte formten sich in ihrem Herzen, blieben ihr aber trotzdem in der Kehle stecken.

Janine drückte ihm die Hand und zwang sich, die Worte auszusprechen. „Slade, ich liebe dich. Ich weiß, es klingt verrückt, aber ich bin überzeugt, dass ich dich tief in meinem Herzen immer geliebt habe." Sie betrachtete sein Gesicht. Wie friedlich es wirkte, als er reglos in seinem Bett lag und schlief. Er war immer noch attraktiv. Auf seinen Wangen zeigten sich dunkle Bartstoppeln, die ihm ein leicht verwegenes Aussehen verliehen. „Ich werde bei dir sein, wenn du aufwachst."

Slade rührte sich nicht. Noch nicht einmal die Augäpfel hinter seinen Lidern bewegten sich. Seine Finger reagierten nicht auf ihren Druck, aber er atmete immer noch ruhig und flach. Seine Lider zuckten nicht. Obwohl sie ihm gerade eine Liebeserklärung gemacht hatte, blieb die erhoffte Wunderheilung aus.

Janine bemerkte, dass Nicole in ihre Richtung schaute. Sofort begriff sie, dass ihre Zeit abgelaufen war. „Ich bin bald wieder bei dir", flüsterte sie und drängte die Tränen mit aller Macht zurück. „Mach dich bloß nicht aus dem Staub."

Sanft ließ sie seine Hand auf die Bettdecke sinken und wischte sich die Augen mit dem Handrücken. Als sie Nicoles Blick begegnete, befürchtete sie zusammenzubrechen. Hastig ging sie zur Tür.

„Es wird ihm bald besser gehen", meinte Nicole auf dem Flur.

„Wann?", schnappte Janine und biss sich auf die Zunge. Bevor Nicole antworten konnte, hob sie die Hand. „Es tut mir leid. Sie hatten recht. Es ist nicht leicht, damit klarzukommen. Danke, dass ich ihn sehen durfte."

Nicole lächelte. Aber man konnte auch in ihren Augen ungeweinte Tränen sehen. „Fahren Sie nach Hause und legen Sie sich schlafen. Ich rufe Sie an, sobald ich etwas Neues erfahre."

„Nochmals danke." Die beiden Frauen gingen zum Fahrstuhl. Janine drückte den Knopf. Sie musste die drängende Frage in ihrem Kopf loswerden. „Was glauben Sie als Ärztin, wie hoch sind die Chancen, dass Slade jemals wieder laufen kann?"

„Das kann ich Ihnen nicht sagen", erklärte Nicole aufrichtig. Man merkte ihr an, wie erschöpft sie war. „Aber ich garantiere, dass er die bestmögliche Behandlung bekommt. Dr. Nimmo würde ich mein Leben anvertrauen. Und das Leben meiner Töchter."

Nicole lächelte müde. „Außerdem ist Slade ein echter McCafferty. Und er hat schon Schlimmeres überstanden. Schließlich ist er schon einmal beinahe ums Leben gekommen. Letztes Jahr beim Skifahren in den Bergen. Sie wissen doch Bescheid, oder?"

Janine nickte. „Er hat es mir berichtet."

„Ich habe damals noch nicht zur Familie gehört. Aber Thorne hat mir die Geschichte später erzählt. Die Verletzungen haben Slade nicht so viel ausgemacht, obwohl sie schwer waren. Als klar wurde, dass Rebecca und das Baby nicht überlebt haben, war er untröstlich. Jeder Lebensmut war erloschen. Es war, als wäre er für eine Weile untergetaucht. Und er hat sich selbst die Schuld gegeben. Dabei hätte niemand Rebecca an jenem Tag davon abbringen können, auf die Piste zu gehen."

Janine erstarrte. Slade war Vater gewesen? Sein Kind war gestorben? Ihr Herz krampfte sich zusammen. „Sie haben das Baby zum Skifahren mitgenommen?", flüsterte sie und zitterte plötzlich am ganzen Leib.

„Nein ... Rebecca war schwanger ... bis zur Geburt waren es noch vier oder fünf Monate, wenn ich mich recht erinnere." Nicole zuckte zusammen, als sie merkte, dass sie zu viel ausgeplaudert hatte. „Ich dachte, Sie wüssten Bescheid."

„Ich wusste nicht, dass es ein Baby gab."

Um Himmels willen, Slade hatte noch ein ungeborenes Kind verloren? Kein Wunder, dass er so heftig reagiert hatte, als sie ihm ihre eigene Schwangerschaft gebeichtet hatte.

Als der Fahrstuhl kam, verabschiedete sich Nicole. „Ich halte Sie auf dem Laufenden", versicherte sie, „versprochen."

Wie in Trance verließ Janine das Gebäude. Draußen auf dem Parkplatz blieb sie stehen, schaute hinauf zum dritten Stock und suchte die Fenster, die zur Intensivstation gehören mussten. Als sie den Mantel zitternd fester um sich zog, bemerkte sie einen Strohhalm ... ein Überbleibsel ihrer Liebe im Heu.

Ein paar Schneeflocken tanzten durch die Morgenluft. Janine schloss ihren Wagen auf und setzte sich hinein. Als sie den Zündschlüssel drehte, betete sie, dass Slade McCafferty bald wieder laufen konnte.

13. KAPITEL

Weißt du, Cowboy, es gibt etwas, was ich dir schon vor langer Zeit hätte sagen sollen ... Slade, ich liebe dich. Ich weiß, es klingt verrückt, aber ich bin überzeugt, dass ich dich tief in meinem Herzen immer geliebt habe ... Ich werde bei dir sein, wenn du aufwachst.

Janine? War Janine bei ihm gewesen? In seinem Zimmer? Oder ... wo sonst? Verdammt noch mal, wo bin ich eigentlich?, dachte Slade. Stöhnend öffnete er ein Auge, als ein weißglühender Schmerz ihm in den Rücken schoss.

Nein! Slade versuchte, sich auf die Seite zu drehen und ein Bein zu heben. Nichts passierte.

„Holen Sie sofort einen Arzt!“, brüllte Slade. Eine Krankenschwester kam lächelnd auf ihn zu.

„Dr. Nimmo kommt heute Vormittag bei Ihnen vorbei. Wie fühlen Sie sich?“

„Was glauben Sie wohl, wie ich mich fühle?“, schnappte Slade frustriert. „Meine verdammten Beine wollen sich nicht bewegen. Werde ich behindert bleiben?“

Sie schaute ihn freundlich an. „Daran sollten wir doch jetzt keinen Gedanken verschwenden, nicht wahr? Wir wollen positiv denken.“

„Ich fühle mich aber nicht besonders positiv“, flüsterte Slade. Jedes Wort strengte ihn ungeheuer an.

„Versuchen Sie es trotzdem.“ Rasch maß die Krankenschwester seine Temperatur, kontrollierte seinen Blutdruck und seinen Puls ... obwohl der Aufwand vollkommen überflüssig schien, denn er war an ein halbes Dutzend Monitore angeschlossen, die jede denkbare Körperfunktion genau aufzeichneten.

„Holen Sie meine Schwägerin. Nic... Dr. Nicole McCafferty.“ Seine Kehle schmerzte höllisch.

„Ich habe sie bereits benachrichtigt, als ich bemerkt habe, dass Sie aufwachen.“

„Ist irgendjemand an meinem Bett gewesen? Um mich zu besuchen?“, fragte Slade. Denn er wollte wissen, ob Janine tatsächlich bei ihm gestanden hatte oder ob es nur ein Traum gewesen war. Allein der Gedanke, dass sie sich über ihn gebeugt hatte und wusste, dass sein Rückenmark verletzt war …

„Dr. McCafferty hat dreimal nach Ihnen geschaut. Ihr Bruder Thorne ist bei Ihnen gewesen und eine Frau, die Dr. McCafferty als Freundin der Familie vorgestellt hat."

Dann stimmte es also. Janine hatte sich über ihn gebeugt, hatte erfahren, dass er seine Beine vielleicht nie wieder würde bewegen können. Sie hatte mit eigenen Augen gesehen, dass er wahrscheinlich in Zukunft nur noch ein halber Mann war.

Slade biss die Zähne zusammen. Wieder musste er sich daran erinnern, wie er sie auf dem Heuboden geliebt hatte. Kein Wunder, dass sie ihm ein Geständnis gemacht hatte. Dass sie ihm ihre Liebe gestanden hatte. Verdammt. Sie fühlt sich mir nur verpflichtet, schoss es ihm durch den Kopf. Ihr musste es vorkommen, als ob die Liebe im Heu ihr Schicksal besiegelt hätte.

Glaubte sie wirklich, dass sie sich jetzt an einen behinderten Mann ketten musste? Es war lächerlich. Und regelrecht erbärmlich. Slade wollte auf keinen Fall, dass sie sich irgendwie schuldig fühlte. Und ganz bestimmt konnte er auf ihr Mitleid verzichten. Du liebe Güte, das würde er niemals ertragen können.

Die Türen zur Intensivstation wurden geöffnet. Nicole trat ein. Sie sah aus, als hätte sie seit Tagen nicht mehr geschlafen. „Endlich bist du aufgewacht", scherzte sie und lächelte warm. „Du hast geschlafen wie Dornröschen."

„Ja", brummte er mit schmerzender Kehle. „Wie geht es Thorne?"

„Gut. Er ist nicht ernsthaft verletzt. Kleinere Verbrennungen und ein paar Schnitte. Er wird es überleben. Aber nun zu dir …"

„Ja, nun zu mir. Ich kann die verdammten Beine immer noch nicht bewegen. Obwohl ich es mit aller Kraft versucht habe. Hier wollen mich alle nur beschwichtigen und tun so, als wären das alles nur Kinkerlitzchen. Dann reden sie wieder über gebrochene Wirbel, über verletztes Rückenmark … ich habe sie reden hören, als ich ein- oder zweimal im Dämmerschlaf gelegen habe."

Slade bemerkte, wie der Blick seiner Schwägerin sich verdunkelte. Das Lächeln verschwand von ihren Lippen.

„Sag mir die Wahrheit, Nicole. Werde ich für den Rest meines Lebens behindert bleiben?"

„Ich weiß es nicht“, seufzte sie und begegnete seinem Blick. „Ich würde dich niemals anlügen. Wir müssen immer damit rechnen, obwohl wir immer noch nicht sagen können, wie schwer dein Rückenmark verletzt ist. Dr. Nimmo wird bald eintreffen. Er hat sich mit ein paar Kollegen beraten und hält mich über deinen Zustand auf dem Laufenden. Er glaubt, dass du dich wieder erholen wirst. Zumindest teilweise. Ich finde, du solltest besser persönlich mit ihm reden.“

„Dann hol ihn her, verdammt noch mal.“

„Das will ich gern. Die Krankenschwester hat schon nach ihm gerufen und ihn benachrichtigt, dass du aufgewacht bist. Aber es gibt noch jemanden, der dich sehen will. Ich habe Janine versprochen, sie sofort anzurufen, wenn du aufwachst. Sie ist bereits unterwegs. In einer Viertelstunde treffe ich sie in meinem Büro.“

Sein Herz krampfte sich zusammen. Dann fiel ihm ein, wie sie ihm flüsternd ihre Liebe gestanden hatte. Einem Mann, der dem Tode näher gewesen war als dem Leben. Einem Mann, der vielleicht nie wieder in der Lage sein würde, sie körperlich zu lieben. Einem Mann, dem sie sich verpflichtet fühlte …

Vor seinem Unfall hatte Janine behauptet, dass das, was sie vor Jahren miteinander verbunden hatte, nicht mehr als ein Fingerschnipsen gewesen war, eine Teenagerschwärmerei. Mehr nicht. Aber dann hatten sie ihrem Begehren füreinander nachgegeben, und sie hatte ihm von ihrem Baby erzählt.

Slade hatte gespürt, dass sich etwas verändert hatte. War es Liebe gewesen? Nein. Das konnte nicht sein. Als sie sich das letzte Mal unterhalten hatten, hatten sie sich angegiftet, im Schnee neben ihrem Wagen.

Du denkst doch wohl nicht ernsthaft darüber nach, diesen arroganten Kerl zu heiraten?, hatte Slade gefragt, und ihre Antwort ging ihm immer noch im Kopf herum. *Doch, ich hatte darüber nachgedacht.*

Dieser Chuck Jansen war wirklich ein unerträglicher Widerling.

Und jetzt sollte Slade ganz im Ernst glauben, dass sie ihn liebte? Verdammt noch mal, so dumm war er nun auch wieder nicht. Nein, er wollte nicht Gegenstand ihrer Schuldgefühle oder ihres Mitleids werden.

Nie im Leben.

Nicole musterte ihn aufmerksam, während sie immer noch auf eine Antwort wartete.

„Sag Janine, dass sie wieder nach Hause fahren soll", murmelte Slade. „Ich will sie nicht sehen."

Janine hätte am liebsten frustriert aufgeschrien. „Was soll das heißen, er will mich nicht sehen?", wollte sie wissen, als sie sich auf den Besucherstuhl in Nicoles Büro fallen ließ. Sie hatte ihren Mantel noch nicht ausgezogen und stopfte die Handschuhe in die Taschen.

„Slade ist in keiner guten Verfassung. Um ehrlich zu sein, er war ziemlich wütend, als er begriffen hat, was ihm passiert ist. Vielleicht ändert er seine Meinung, wenn er erst mal mit dem Neurologen gesprochen hat."

„Und wenn nicht?"

„Dann kann ich nichts tun. Ich muss seine Wünsche respektieren. Schließlich ist er Patient im St. James Hospital. Obwohl er mein Schwager ist und obwohl ich überzeugt bin, dass er einen schweren Fehler begeht, muss ich es als Ärztin respektieren, wenn er sich so entscheidet."

„Verdammt." Janine lehnte sich in ihrem Stuhl zurück und betrachtete die Decke. „Er ist nur stur ... oder er glaubt, dass er großmütig sein muss ... dabei braucht er im Moment jede Hilfe, die man ihm anbietet."

Oder er will dich wirklich nicht sehen.

Nein, das wollte Janine nicht glauben. Nicht nachdem er sie im Heu geliebt hatte. Nicht nachdem er sie neben ihrem Wagen im Schnee geküsst hatte, obwohl sie ihm kurz zuvor erklärt hatte, dass sie vielleicht Chuck Jansen heiraten würde.

„Ich stimme Ihnen zu, was die Hilfe angeht", meinte Nicole, lehnte sich ebenfalls zurück und spielte nervös mit einem Stift. „Aber leider sieht er es anders. Wir sollten ihm ein bisschen mehr Zeit geben, mit der Situation klarzukommen."

„Ich glaube nicht, dass es nützt."

„Es könnte aber sein."

Janine sprang auf. Was blieb ihr übrig, als aus dem Büro in den dritten Stock zu rennen und zu versuchen, durch die verschlossenen Türen in die Intensivstation einzudringen?

„Es ist mir egal, was Slade sagt. Ich will ihn sehen, ich muss ihn sehen. Ob er es zugeben will oder nicht, er braucht mich. Jetzt."

Nicole schaute sie müde und erschöpft an. Sie hatte keine Lust, sich auf einen Streit einzulassen. „Ich habe ihm auch erklärt, dass er einen Fehler macht. Aber er hat auf seiner Entscheidung beharrt. Ich habe keine Ahnung, was zwischen Ihnen beiden vorgefallen ist. Ich will es auch nicht wissen. Es ist Ihre Sache."

Sie machte eine Pause. „Aber trotzdem sollten Sie ihm jetzt ein bisschen Ruhe gönnen. Aus Erfahrung kann ich nur sagen, dass es das Beste ist, seine Entscheidung anzuerkennen. Lassen Sie ihm Zeit, allein damit klarzukommen."

Janine wollte widersprechen, wollte sämtliche Hebel in Bewegung setzen, um Nicole zu überzeugen, dass sie ihn doch zu ihm lassen sollte. Aber der ernste und klare Blick der Ärztin und der besorgte Zug um ihre Lippen zeigten ihr, dass es vergebens wäre.

„Ich muss jetzt wirklich gehen", meinte Nicole, als ihr Pager wieder piepste. „Aber wir bleiben in Verbindung. Versprochen." Sie kam auf Janine zu und schloss sie spontan in die Arme. Es war, als ob sie Schwestern wären, als ob sie zu einer Familie gehörten.

Was ziemlich lächerlich war.

Denn schließlich hatte Slade sie schon einmal abgewiesen.

Und er nun tat er es wieder.

Er hatte sie wissen lassen, dass er keine Janine Parsons in seinem Leben wollte. Aus welchem Grund auch immer. Wenn sie noch ein Fünkchen Verstand besaß, sollte sie das Haus ihrer Großmutter so schnell wie möglich an den erstbesten Interessenten verkaufen. Dann sollte sie ihren Anwaltsjob beim Verkauf der Ranch erledigen, sich auf ihren hohen Absätzen umdrehen und fluchtartig die Stadt verlassen.

Sie würde nach Seattle gehen. Oder nach San Francisco oder sogar nach Los Angeles. Sie würde sich einen neuen Job suchen, am besten tausend Kilometer entfernt von Slade McCafferty. Weit entfernt von dem Mann, der ihr wieder und wieder das Herz brechen würde. Garantiert.

„Alles in allem haben Sie also großes Glück gehabt." Dr. Nimmo musterte Slade aufmerksam durch die Brille. Der Arzt war klein, trug einen zu langen Laborkittel und hatte seine Krawatte gelockert. Nach der Untersuchung hatte er seinen Patienten in medizinischer Fachsprache über den Befund, das Ergebnis der Röntgenbilder und der Kernspintomografie aufgeklärt. Als ob Slade solche Unterhaltungen nicht schon seit mehreren Tagen über sich ergehen lassen musste.

„Komisch, dass ich mich nicht besonders glücklich fühle."

„Vermutlich nicht. Aber es hätte wirklich viel schlimmer kommen können. Sie haben sich einen Wirbel gebrochen, den dritten Lendenwirbel. Außerdem ist Ihr Rückenmark gequetscht. Aber es ist intakt."

„Keine schweren Verletzungen?"

„Nein, nicht soweit es das Rückenmark betrifft. Sie werden bald wieder auf den Beinen sein. Wie gesagt, Sie haben großes Glück gehabt."

„Dann kann ich also wieder laufen?"

„Ja."

Ein tonnenschwerer Stein fiel Slade vom Herzen. „Wann?"

„Das kann ich nicht sagen. Es wird seine Zeit dauern. Aber wenn nichts Unvorhergesehenes passiert, sind Sie bald wieder auf dem Damm. Sie brauchen Physiotherapie. Auf eine Operation können wir verzichten. Wir müssen einfach abwarten."

„Wann darf ich nach Hause?"

„Wir werden sehen", wiegelte Dr. Nimmo ab und machte einen Eintrag in Slades Akte. „In ein oder zwei Tagen kann ich Ihnen mehr sagen." Mit festem Schritt marschierte er aus dem Krankenzimmer.

Slade starrte aus dem Fenster auf den Parkplatz hinaus. Es hatte aufgehört zu schneien. Aber die Autos waren immer noch wie mit einer weißen Decke eingehüllt. Vom Gebüsch am Straßenrand war nichts zu sehen.

Er schaute auf die Uhr und befürchtete, dass er langsam den Verstand verlor. Seine Familie hatte ihn besucht. In den letzten sechsunddreißig Stunden hatte Nicole ihn kaum aus den Augen gelassen. Immer wieder hatte sie Janine erwähnt, aber Slade hatte sich geweigert, auf das Gespräch einzusteigen.

Beinahe jeden wachen Moment hatte er an sie denken müssen. Er hatte sich wieder und wieder ins Gedächtnis gerufen, was sie gesagt hatte, während er in die Bewusstlosigkeit gesunken und wieder aufgetaucht war. Wie oft war es in Gedanken an ihm vorübergezogen, wie er sie vor vielen Jahren in der Scheune geliebt hatte, auf den Feldern oder dem Rücksitz seines Chevys. Damals, in jenem heißen Sommer.

Und vor ein paar Tagen hatten sie sich auf dem Heuboden in den Armen gelegen. Während der Schnee in dichten Flocken vom Himmel gefallen war und irgendein Idiot eine Zündschnur in den Stall gelegt hatte, hatten sie sich wie verrückt geliebt. Heiß, leidenschaftlich …

Plötzlich sah er ihr Gesicht vor seinem inneren Auge. Zum ersten Mal seit Tagen verspürte er einen schmerzhaften Stich in seinem Herz. Und unterhalb seiner Hüfte zuckte es verdächtig …

Konnte es wirklich sein, oder war es Einbildung? Slade versuchte, seine Beine zu bewegen. Nichts. Er schloss die Augen und stellte sich Janines Gesicht vor. Ihre helle Haut mit den sanft getupften Sommersprossen auf der geraden Nase. Die vollen Lippen über den schönsten Zähnen, die er jemals gesehen hatte. Und erst ihre Augen …

Dieser interessante braune Schatten in ihrem Blick, der im Heu vor Verlangen noch dunkler geworden war. Ihr Kuss hatte ihn gekitzelt. Als sie mit ihren Händen an seinem Körper entlanggefahren war, ihn berührt und erkundet hatte, hatte seine Haut elektrisiert geprickelt. Und erst ihre Zunge, so geschickt …

Da war es wieder.

Das vertraute Gefühl unterhalb seiner Hüften. Höchst willkommen. Wie er sich freute! Er spürte, wie er sich sekundenlang versteifte … Es gab Hoffnung.

„Janine, es tut mir leid, aber Slade will Sie nicht sehen“, erklärte Nicole mit fester Stimme, konnte aber ihre Sorge nicht ganz verbergen. „Er ist in ein Privatzimmer verlegt worden und beharrt nach wie vor auf seiner Entscheidung.“

„Warum?“, wollte Janine wissen.

„Keine Ahnung.“

„Ist er schon auf den Beinen?“

„Er macht Gehversuche.“

„Das Gefühl ist also in seine Beine zurückgekehrt?“

„Ja. Hören Sie, ganz offiziell darf ich Ihnen das gar nicht sagen. Aber das ist Ihnen ja bekannt.“

„Natürlich. Schließlich bin ich Anwältin“, stimmte Janine zu. „Ich weiß genau Bescheid. Aber ich muss wissen, was los ist.“

„Bitte haben Sie Geduld.“

„Ich gebe mir alle Mühe“, log Janine. Aber kaum hatte sie den Telefonhörer aufgelegt, griff sie nach ihrer Jacke, zog sie an und schlüpfte in ihre Stiefel. Sie nahm sich noch die Zeit, Lazarus mit Futter zu versorgen, und setzte sich dann in ihren Wagen.

Auf dem Weg zur Straße erhaschte sie einen Blick auf das Schild am Ende der Auffahrt. „Zu verkaufen“ stand darauf. Der Schnee hatte sich rund um den Pfosten des Schildes aufgetürmt. Janine musste unwillkürlich daran denken, dass ihre Großmutter ihr befohlen hatte, das Haus niemals zu verkaufen.

Einen Moment lang bedauerte sie ihren Entschluss und überlegte, doch in Grand Hope zu bleiben. Hier war sie zu Hause. Das Haus war schuldenfrei. Sie könnte ihre eigene Kanzlei eröffnen. Vielleicht fand sie sogar einen zweiten Anwalt, der als Partner einsteigen wollte und die Kosten mit ihr teilte. Du besitzt ein Haus mit Katze und Pferd, dachte sie insgeheim, und in der Garage steht sogar ein Oldtimer. Was willst du eigentlich mehr?

Die Antwort lag auf der Hand. Janine wollte Slade. Schon immer hatte sie alles darangesetzt, ihren Willen zu bekommen, wenn sie einmal einen Entschluss gefasst hatte. Sie schaltete das Radio ein und fuhr in Richtung Stadt.

Zum Krankenhaus. Zu Slade McCafferty.

Slade ließ sich auf das Bett sinken. Der Schweiß perlte ihm auf der Haut, weil er sich gezwungen hatte, seine verdammten Beine nach den Befehlen des Physiotherapeuten zu bewegen. Obwohl er nur kleine Schritte gemacht hatte, fühlte er sich, als hätte er für Olympia trainiert. Es kam ihm vor, als hätte er fünfzig Kilometer anstatt fünfzehn Schritte hinter sich gebracht.

Nach dem Ende der Therapiestunde hatte man ihn im Rollstuhl in sein Zimmer zurückgebracht.

Es wird seine Zeit brauchen, hatten die Ärzte ihn gewarnt. Genau wie Thorne, der ihm ein verbogenes und schwarz verkohltes Stück Metall in die Hand gedrückt hatte. Es war die Taschenuhr, die sein Vater ihm vererbt hatte. Slade hatte sie auf den Rollwagen neben die Taschentücher und die Wasserflasche gelegt.

Immer wieder nahm er sie zur Hand und dachte darüber nach, wie der alte Mann ihn, seinen jüngsten Sohn, bedrängt hatte, zu heiraten und eine Familie zu gründen. Nun, er hatte es versucht. Und versagt. Zwei Mal.

Der Schmerz fuhr ihm wieder durch die Beine. Slade zuckte zwar zusammen, war aber froh, dass er überhaupt etwas spürte. Denn mit dem Schmerz kehrte auch die Hoffnung zurück, dass er eines Tages wieder gesund sein würde.

Slade hatte gerade die Augen geschlossen, als er hörte, wie jemand eintrat. Lasst mich in Ruhe, dachte er, bis ihm der Hauch eines Parfums in die Nase stieg. Sofort erkannte er den Duft. Sein Herz überschlug sich beinahe.

„Slade?“

„Ich habe allen erzählt, dass ich dich nicht sehen will.“ Slade weigerte sich, die Augen zu öffnen. Weil er überzeugt war, Janines Anblick nicht ertragen zu können.

„Ich hatte angenommen, dass du es nicht ernst meinst. Deshalb habe ich mich reingeschlichen. Du kennst doch die Ärzte und Schwestern. Sie haben alle Hände voll mit anderen Patienten zu tun. Auch wenn du manchmal glaubst, die ganze Welt würde sich nur um dich drehen – das ist nicht immer der Fall.“

Slade hätte fast gelacht. Fast.

„Ich bin der Meinung, weil du mich aus irgendwelchen Macho-Gründen nicht sehen willst. Weil du diesen Unfall gehabt hast. Sieh den Tatsachen ins Auge, McCafferty. Du kannst nicht ewig vor der Wahrheit davonlaufen.“

„Soll das heißen, dass du unter die Seelenklempner gegangen bist?“

Janine zögerte und atmete tief durch. „Es soll heißen, dass hier jemand ist, der sich Sorgen um dich macht.“

Ob er es wohl wagte, ihr zu vertrauen? Nein, auf keinen Fall. Janine spielte nur die Edelmütige, die opferbereite Frau. Aber er erinnerte sich genau an das, was sie ihm bei ihrer letzten Begegnung gesagt hatte – harsche Worte.

„Lass mich allein.“

„Nein.“

„Ich rufe die Schwestern.“

„Dann bin ich in kürzester Zeit wieder hier.“

„Ich könnte dich festnehmen lassen.“

„Nur zu."

Slade konnte sich nicht länger beherrschen. Er riss die Augen auf und stellte fest, dass er das wundervollste Gesicht anschaute, das er kannte. Janine hatte sich das Haar flüchtig hochgesteckt. Ein paar Strähnen fielen ihr ins Gesicht. Soweit er es feststellen konnte, trug sie keinerlei Make-up – und war trotzdem die schönste Frau weit und breit.

„Ich dachte, du willst Chuck heiraten."

„Nein. Niemals. Er wusste es. Genau wie ich."

„Aber du hast mir doch gesagt …"

„… dass du ein Idiot bist, wenn ich mich recht erinnere." Janine ergriff seine Hand. „All das haben wir doch schon einmal durchgemacht. Damals, vor vielen Jahren, als du mich verlassen hast und ich keine Gelegenheit hatte, dir zu sagen, was ich empfinde. Diesmal wirst du mich nicht fortschicken, okay?"

Janine holte tief Luft. „Diesmal will ich, dass du mich anhörst. Ich liebe dich. So einfach ist das. Kann sein, dass es keinen Sinn ergibt. Kann auch sein, dass meine Gefühle reichlich dumm sind. Aber sie sind wahr und aufrichtig. Ich liebe dich. Und es spielt keine Rolle, ob du verletzt bist oder nicht. Es ist noch nicht einmal wichtig, dass du völlig gesund wirst. Ich liebe dich."

Slades Kehle fühlte sich an wie zugeschnürt. Am liebsten hätte er mit ihr gestritten, hätte ihr gesagt, dass sie sich irrte. Aber er sah in ihrem Gesicht, dass sie wild entschlossen war, spürte, wie sie seine Hand nahm und drückte. In den Augenwinkeln sammelten sich die Tränen.

„Das mit dem Baby … es tut mir sehr leid." Slade musste die Worte förmlich aus seinem Mund zwingen.

„Mir auch … beide Babys tun mir leid." Janine rann eine Träne über die Wange. „Warum hast du es mir nicht verraten?"

„Warum hast *du* es *mir* nicht verraten?" Slade begriff, als er bemerkte, wie sehr es sie schmerzte.

„Zwei Kinder … oh, Gott, Slade, du hast zwei Kinder verloren. Ich wünschte, es gäbe irgendetwas, was ich tun oder sagen könnte …"

Er biss die Zähne so fest zusammen, dass es ihm wehtat. Wie oft hatte er Thornes Stieftöchter oder den kleinen J. R. angeschaut und gedacht, dass er seine eigenen Kinder nie kennenlernen würde? Und jetzt … Slade räusperte sich und drängte die Tränen zurück. „Das Leben geht weiter."

„Besser, als man es hofft."

„Vielleicht auch nicht." Slade konnte es selbst kaum glauben. Aber jedes Mal, wenn er sie nur ansah, spürte er ein Zucken zwischen seinen Schenkeln. Ja, es stimmte, es erregte ihn, wenn er sie anschaute. Trotzdem unterdrückte er sein Lächeln. „Niemand kann garantieren, dass wieder alles gut wird."

„Ich weiß."

„Du könntest …"

Janine legte ihm den Finger auf die Lippen. „Slade, wir wissen beide, dass nichts im Leben garantiert werden kann. Dazu haben wir beide zu viel durchmachen müssen. Ich möchte den Rest meines Lebens damit verbringen, mich den Herausforderungen zu stellen. Mit dir."

Sie zog ihre Hand fort. Slade starrte sie an. „Das klingt verdammt nach einem Heiratsantrag."

Janine zog die Mundwinkel hoch. „Sieh an, du bist klüger, als ich gedacht hätte."

„Und was ist mit deinem Job?"

„Ich habe längst gekündigt. Was ist mit deinem?"

„Das hängt grad alles irgendwie in der Luft. Ich hatte daran gedacht …" Wieder verlor sich seine Stimme. Er wollte nicht über die Dinge nachdenken, die er vielleicht nicht mehr tun konnte.

„Was?"

Slade schaute zur Seite.

„Was, verdammt noch mal?"

„Vor dem Brand hatte ich mir überlegt, dass ich mir meinen Anteil an der Ranch auszahlen lasse und ein eigenes Unternehmen gründe. Expeditionen. Wildwassertouren. Skiurlaube. Vielleicht könnte ich sogar eine Touristenranch aufbauen, die Leute aus der Stadt herholen und so weiter. Aber das war vor dem Unfall."

„Dann ist jetzt also alles anders?"

„Ja", bekräftigte er, „bis ich wieder laufen kann."

„Vermutlich hast du recht", meinte Janine, „die Lage hat sich geändert. Ich habe gehört, dass du wieder laufen wirst. Aber egal, wie es kommt, du könntest dein Unternehmen immer noch führen. Vielleicht nicht die Wanderungen durch die Wildnis. Aber du könntest organisieren, könntest dich umschauen. Außerdem hast du mich. Ich kann dir helfen. Und zwischendurch könnte ich mit der Anwaltskanzlei Janine Parsons ein Vermögen verdienen."

„Das klappt nie."

„Da hast du recht. Mit einer solchen Einstellung klappt es nie." Janine beugte sich über das Bettgitter. „Komm schon, Slade. Du darfst nicht aufgeben. Wir haben einander schon einmal verloren. Das sollten wir uns kein zweites Mal antun. Was meinst du?"

Slade riss sich beinahe den Tropf aus dem Handrücken, als er die Hände um ihren Nacken schlang und ihr Gesicht zu sich hinunterzog. Es fühlte sich gut und richtig und natürlich an, als seine Lippen ihre fanden.

Das Klinikzimmer schwand aus seinem Blick, und vor seinem geistigen Auge sah er die Zukunft mit Janine. Mit seiner Frau und seinen Kindern um sich herum, die durch die Wiese tollten. Auf seinen Schultern saß ein kleines Mädchen, und Janine hielt zwei größere Jungen an den Händen. Ihre Kinder. Die Sonne stand hell am Himmel und spiegelte sich im Wasser des Flusses, der durch das Gelände floss ...

„Was ich meine?", wiederholte Slade. Seine Nase berührte ihre. „Sage ich dir das nicht schon seit unserem ersten Wiedersehen? Ich liebe dich. Ich habe dich immer geliebt. Du bist doch diejenige, die nicht auf mich hören wollte."

Slade musterte sie aufmerksam. „In den letzten Wochen gab es kaum eine Minute, in der ich mir nicht den Kopf darüber zerbrochen habe, wie wir neu anfangen können. Weil du die einzige Frau auf der ganzen Welt für mich bist. Die einzige. Hast du mich verstanden, Inhaberin der Kanzlei Janine Parsons?"

Janine stöhnte leicht, als er sie losließ. „Ich habe verstanden, Cowboy. Klar und deutlich."

Slade schnürte sich das Herz zusammen, und er spürte, wie ihre Tränen auf seine Wangen tropften.

„Okay, du hast gewonnen. Ich heirate dich."

Janine lachte und wischte sich die Tränen aus den Augen. „Wie romantisch."

„Dafür werde ich sorgen", versprach Slade und zog ihren Kopf wieder zu sich hinunter. Das Blut pulsierte ihm heiß durch die Adern. Aus den Augenwinkeln erhaschte er einen Blick auf die verkohlte Taschenuhr. Ja, alter Mann, dachte er und hatte das Gefühl, dass sein Vater ihn genau beobachten konnte, du hattest recht. Es ist höchste Zeit, dass ich zur Ruhe komme. Mit dieser Frau. Für immer.

EPILOG

Es war eine perfekte Hochzeit. Zur Trauungszeremonie hatte sich halb Grand Hope in der kleinen Kirche am alten Bahnhof versammelt. Danach war die Gesellschaft zum Ranchhaus gefahren, das mit Stechpalmen, Tannen, Kerzen und Hunderten kleiner Lichter geschmückt worden war.

Weihnachten war bereits seit zwei Wochen vorbei. Aber auf der Flying M war das Fest verschoben worden, bis Slade aus dem Krankenhaus entlassen worden war.

Insgeheim hatte Janine den Atem angehalten, weil sie befürchtete, dass noch ein Schicksalsschlag die McCaffertys treffen könnte. Obwohl es die drei Wochen nach dem Brand der Ställe ruhig geblieben war. Immerhin: Slade erholte sich. Langsam aber sicher.

Aus den Lautsprechern rieselte leise die Musik, während die Gäste durch das Haus wanderten. Sie schlenderten durch das Wohnzimmer, durch das Esszimmer, die Küche und über die Veranda, die von mehreren Heizstrahlern gewärmt wurde.

Matt trug einen schwarzen Westernanzug. Er lachte und tanzte mit Kelly, die sich ein wundervolles Kleid für die Hochzeit ausgesucht hatte.

Wenn man Kelly glauben durfte, hatte ihre Schwester Karla Männern eigentlich abgeschworen. Aber sogar Karla tanzte und trank Champagner und flirtete mit den männlichen Gästen, die allein auf der Hochzeit aufgetaucht waren. Zur Feier des Tages hatte sie sich ihr Haar in mindestens einem Dutzend Schattierungen blond gefärbt; sie war eine interessante, ungewöhnliche Brautjungfer.

Rachel hatte sich unter die Gäste gemischt und tanzte. Janine beobachtete amüsiert, dass Kurt Striker keinen ihrer Schritte aus den Augen ließ. Führte er sich als Bodyguard auf, oder benahm er sich bereits als zukünftiger Liebhaber?

Auch die Zwillinge feierten die Hochzeit. Sie hatten sich passende rote Samtkleider, weiße Strumpfhosen und schwarze Lackschuhe angezogen, tobten durch die Menge, suchten mal diesen Onkel, mal jenen, und wirbelten fröhlich über das Parkett.

Sogar das Baby war dabei. Es war in einen süßen Smoking gekleidet, komplett mit hellroter Fliege und Kummerbund. Janines Herz schlug höher. Es war ein überwältigendes Gefühl, ein Teil dieser Familie zu werden. Sie schaute zu, wie Thorne ihnen zuprostete und seiner eigenen Frau einen verführerischen Blick zuwarf.

Janine ließ den Blick nach draußen schweifen und betrachtete die Ställe. Viel mehr als ein paar verkohlte Balken war nicht übrig geblieben. Unter die Gäste hatten sich unauffällig ein paar wachsame Bodyguards und verdeckt ermittelnde Polizisten gemischt. Denn man rechnete mehr oder weniger mit einem neuen Anschlag.

Sie hörte, wie jemand hinter ihr auftauchte. „Hast du Lust zu tanzen?", fragte Slade in seinem Rollstuhl.

Janine lächelte zu ihm hinunter. „Mit einem Schuft wie dir?"

Slade lachte verschmitzt. „Ein Schuft wie ich darf die Hoffnung nie aufgeben."

„Das wäre großartig."

„Stimmt." Er hievte sich aus dem Rollstuhl hoch. Als er stand, taumelte er ein bisschen.

„Oh, pass auf! Ich dachte, es sollte nur ein Scherz sein, dass du tanzen willst!"

In der Physiotherapie hatte Slade enorme Fortschritte gemacht. Manchmal konnte er sogar schon auf Krücken laufen. Aber tanzen?

„Komm schon." Er zwinkerte ihr zu. „Du wirst mich doch nicht fallen lassen, oder?"

„Niemals."

Slade zog sie in seine Arme, wiegte sich kurz in den Takt der Musik und musste lächeln, als sie nach Luft schnappte. „Gefangen!"

„Du ..."

Er schloss die Arme noch fester um sie.

„Du hast recht, Slade McCafferty. Ich bin von dir gefangen", gestand Janine ein. „Und ich kann dir versprechen, dass du mich niemals wieder los wirst."

„Und wenn ich es drauf anlege?"

„Aussichtslos." Sie zwinkerte ihm zu und dachte an die Nächte, die sie seit seiner Entlassung aus dem Krankenhaus mit ihm verbracht hatte. Liebesnächte, zuerst sanft, aber immer leidenschaftlicher, je besser er sich erholte.

Nachdem sie ein paar Schritte getanzt hatten, bemerkte sie die Schweißperlen auf seiner Stirn. „Oho, Cowboy. Ich glaube, du hast genug für heute. Außerdem musst du dir deine Kräfte einteilen."

„Ach, wirklich? Warum denn?"

„Ich hatte an ein kleines Dinner gedacht ... nur du und ich ... im Bett." In den letzten Tagen hatte sie das Esszimmer im Haus ihrer Großmutter in ein Wohnzimmer verwandelt. Slade war bei ihr geblieben. „Ich glaube, wir haben etwas zu feiern."

„Dass Matt nicht länger Junggeselle ist."

„Stimmt."

„Und weil du zugestimmt hast, mich zu heiraten."

„Ja, das auch. Wobei du *meinen* Antrag angenommen hast, wenn ich dich erinnern darf. Aber das ist eine andere Geschichte."

Janine half ihm von der Tanzfläche, und sie lehnten sich gegen die Wand.

„Was gibt es noch?"

Janines Augen blitzten. „Ich habe eine Überraschung für dich."

„Was für eine Überraschung?"

„Etwas ganz Besonderes. Kommt aber erst nächsten Sommer zu uns."

„Und so lange soll ich warten?"

„Du wirst dich in Geduld üben müssen." An seinem Blick bemerkte Janine, dass er begriffen hatte. „Weil du dann Vater wirst, Cowboy. Ein Daddy."

Sie konnte ihm ansehen, welche Gefühle ihn durchfluteten. „Janine, ich ... du hast keine Ahnung, was das für mich bedeutet. Ich habe doch schon zwei Kinder verloren! Nichts, wirklich nichts könnte mich glücklicher machen." Er zögerte nicht länger und küsste sie lang und leidenschaftlich.

Endlich gab er ihre Lippen wieder frei, um ihr etwas ins Ohr zu flüstern. „Was hältst du davon, wenn wir einfach durchbrennen? Heute Abend noch?"

„Ich ... aber ..."

„Komm schon, schöne Anwältin. Keine Lust auf ein aufregendes Abenteuer?"

„Nur mit dir", flüsterte Janine zurück.

„Dann lass uns gehen. Die Zeit ist knapp, und wir haben schon genug davon verschwendet." Slade ergriff ihre Hand und bahnte sich mit unsicheren Schritten einen Weg durch die Menge. Bei seiner

Schwester hielt er kurz an, um ihr ein paar Worte ins Ohr zu flüstern.

„Bis morgen darfst du es niemandem verraten“, warnte er sie und drückte seinem Neffen einen Kuss auf die Stirn.

„Nur fürs Protokoll, ich glaube, du bist vollkommen verrückt geworden“, erwiderte Rachel.

„Das hast du doch schon immer gedacht.“

Slade lachte und führte Janine zur Tür.

Draußen fiel Schnee, und die Winterluft war bitterkalt.

Zum ersten Mal in ihrem Leben achtete Janine nicht darauf. Die Wärme in ihrem Herzen strahlte in jeden Winkel ihres Körpers aus. In ein paar Stunden würde sie Mrs. McCafferty sein.

Und das Abenteuer fing erst an.

– ENDE –

Lisa Jackson

Behüte unser Glück

Roman

Aus dem Amerikanischen von
Jutta Nickel

MIRA®

PROLOG

„Rachel, mein Mädchen, ich werde bald sterben. Daran gibt es keinen Zweifel."

Rachel McCafferty blieb abrupt auf der Treppe stehen. Ihre neuen Stiefel drückten sie an den Fersen, als sie die Holztreppe im alten Ranchhaus nach unten eilte. In diesem geräumigen Haus, das auf einer sanften Anhöhe in den ausgedehnten Weiten Montanas errichtet worden war, hatte sie ihre Kindheit und Jugend verbracht. Rachel hatte nicht bemerkt, dass ihr Vater sich nur noch halb liegend in seinem Lehnstuhl halten konnte, so sehr war sie in ihren Gedanken verloren gewesen.

Der alte Mann hielt den Blick starr auf den steinernen Kamin im Wohnzimmer gerichtet. John Randall McCafferty war immer noch ein großer Mann. Aber die Jahre hatten ihren Tribut gefordert. Längst besaß er nicht mehr seine einst imposante Statur, sondern war in sich zusammengesunken. Früher war er ausgesprochen attraktiv gewesen, aber jetzt wirkte sein Gesicht grau und faltig.

„Was redest du da?", entgegnete Rachel. „Du wirst ewig leben."

„Niemand lebt ewig." John Randall hielt ihren Blick fest. „Ich werde dir die Hälfte der Ranch vermachen. Sollen deine Brüder sich die Köpfe heißreden, wie sie den Rest unter sich aufteilen. Die Flying M wird dir gehören. Schon bald."

„Ich will nicht, dass du so mit mir sprichst", protestierte Rachel und betrat das abgedunkelte Zimmer, in dem sich die Nachmittagshitze wie in einer Sauna gestaut hatte. Sie schaute aus dem staubigen Fenster hinaus auf die Veranda und auf die Ranch, die sich unter dem Himmel Montanas erstreckte. Rinder und Pferde grasten auf den Weideflächen nahe den Ställen und der Scheune. Die Tiere streiften so ruhelos über das Land wie der Wind, der das hohe Gras hin und her wogen ließ.

„Es ist besser, wenn du den Tatsachen ins Auge siehst. Komm her zu mir. Komm schon. Du weißt doch, dass ich eher belle als beiße."

„Natürlich weiß ich das." Obwohl ihre Halbbrüder oft berichtet hatten, wie zornig der alte Mann werden konnte, hatte Rachel ihren Vater nie so erlebt.

„Ich möchte dich nur anschauen. Aber meine Augen sind auch

nicht mehr das, was sie früher mal waren." Er lachte und hustete dann so heftig, dass sein Atem rasselte.

„Dad, ich glaube, ich rufe besser Matt an. Du solltest dich ins Krankenhaus einweisen lassen."

„Zum Teufel noch mal, nein."

Als Rachel das Zimmer durchquerte, wedelte er mit seiner knochigen Hand, als wollte er eine Fliege verscheuchen. „Keiner der verdammten Ärzte auf dieser Welt ist in der Lage, mir zu helfen."

„Aber ..."

„Halt den Mund, hast du verstanden? Du wirst mir jetzt genau zuhören." Der Blick des alten Mannes war klar, als er ihr einen vergilbten Umschlag in die Hand drückte. „Hier habe ich alles aufgeschrieben. Thorne, Matt und Slade gehört die zweite Hälfte der Ranch. Dürfte ziemlich spannend werden." Er lachte spöttisch auf. „Die drei werden sich um das Erbe streiten wie Raubtiere um den fettesten Brocken der Beute ..., aber mach dir keine Sorgen. Dir habe ich den Löwenanteil vermacht." Selbstzufrieden lächelte er über seinen Witz. „Dir und deinem Baby."

„Meinem was?" Rachel war erschrocken, verzog aber keine Miene.

„Meinem Enkel. Du trägst ihn schon in dir, nicht wahr?", fragte der Alte, kniff die Augen zusammen und musterte sie eindringlich.

Hitze kroch ihr den Nacken hoch. Rachel hatte keiner Menschenseele erzählt, dass sie schwanger war. Niemand wusste Bescheid. Außer ihrem Vater, wie es schien.

„Du wirst verstehen, dass es mir lieber gewesen wäre, wenn du *vor* der Schwangerschaft geheiratet hättest. Aber dazu ist es nun zu spät. Und ich werde nicht mehr lange genug auf dieser Erde sein, um den Jungen noch mit eigenen Augen zu sehen. Aber für dich und ihn ist gesorgt. Die Ranch wird genug abwerfen."

„Ich brauche niemanden, der für mich sorgt."

Das Lächeln auf den Lippen ihres Vaters verschwand. „Natürlich brauchst du jemanden, Rachel. Jemanden, der sich um dich kümmert."

„Ich kann mich selbst um mich kümmern ... und um das Baby. Ich besitze eine Eigentumswohnung in Seattle, ich habe einen guten Job, und ..."

„... aber keinen Mann. Jedenfalls keinen mit ein bisschen Mumm in den Knochen. Wie heißt der Kerl, der dich flachgelegt hat?"

„Diese Unterhaltung ist einfach vorsintflutlich …"

„Jedes Kind hat ein Recht darauf, zu erfahren, wer sein Vater ist", behauptete er, „selbst wenn es sich um einen Dreckskerl handelt, der die Frau im Stich gelassen hat, die sein Kind unter dem Herzen trägt."

„Wie du meinst", lenkte Rachel ein, während sie den Briefumschlag befühlte und bemerkte, dass er mehr enthielt als nur ein Blatt Papier.

John Randall musste geahnt haben, was sie als Nächstes fragen würde. „Ich habe eine Halskette hineingelegt. Ein Medaillon. Hat deiner Ma gehört."

Für den Bruchteil einer Sekunde war Rachels Kehle wie zugeschnürt. Sie konnte sich gut an das Medaillon erinnern. Als Kind hatte sie damit gespielt, wenn ihre Mutter das glänzende Herz aus Gold an einer Kette um den Hals trug. „Ich weiß. Du hast es ihr zu eurem Hochzeitstag geschenkt."

„Ja." John Randall nickte kurz. Sein Blick wurde weich. „Der Ring liegt auch im Umschlag. Falls du ihn haben willst."

Plötzlich stiegen Rachel Tränen in die Augen. „Danke."

„Du kannst dich bei mir bedanken, indem du mir den Namen des Kerls nennst, der dir das angetan hat."

Trotzig hob Rachel das Kinn.

„Du wirst es für dich behalten, stimmt's?"

Sie hielt dem starren Blick ihres Vaters stand. McCafferty gegen McCafferty, dachte sie unwillkürlich. „Da kannst du warten, bis du schwarz wirst."

„Verdammt, mein Mädchen, du bist wirklich stur."

„Habe ich vermutlich von dir geerbt."

„Und es wird dir das Genick brechen. Denk an meine Worte."

Rachel hatte das Gefühl, als husche ein dunkler Schatten über ihr Herz wie eine Vorahnung. Aber trotzdem zuckte sie nicht mit der Wimper. Um ihres ungeborenen Kindes willen hielt sie die Lippen fest verschlossen.

Niemand sollte je erfahren, wer ihr Kind gezeugt hatte.

Noch nicht einmal ihr Sohn.

1. KAPITEL

Verdammt noch mal", fluchte Kurt Striker lautlos in sich hinein.

Er hasste den Job, den er zu erledigen hatte. Sehr sogar. Aber er durfte es sich nicht anmerken lassen. Dabei ging es nicht um das beachtliche Honorar, das man ihm versprochen hatte. Nein, die Summe war okay. Es war sogar verführerisch viel. Fünfundzwanzigtausend extra konnte jeder gut gebrauchen. Ein Scheck, der über die Hälfte der Summe ausgestellt war, lag vor ihm auf dem kleinen Tisch. Kurt Striker hatte ihn noch nicht angerührt.

Er verfluchte sich wegen gestern Abend. Seit diesem Abend hatte er ein Geheimnis zu hüten.

Kurt stand im Wohnzimmer vor dem Kamin, in dem ein Feuer knisterte und ihm die Unterschenkel wärmte. Durch die Eisblumen auf den Fensterscheiben konnte er die schneebedeckten Weideflächen der Flying-M-Ranch erkennen.

„Was sagen Sie dazu, Striker?", wollte Thorne McCafferty wissen. Der älteste der drei Brüder war mit Leib und Seele Geschäftsmann und riss die Verantwortung gerne an sich. „Ist die Sache abgemacht? Werden Sie dafür sorgen, dass unserer Schwester kein Haar gekrümmt wird?"

Es war eine komplizierte Angelegenheit. Striker sollte als Rachel McCaffertys persönlicher Bodyguard angeheuert werden. Ob es ihr passte oder nicht. Und Kurt würde jede Wette eingehen, dass es ihr nicht passte.

Er jedenfalls konnte sie nicht von einem einmal gefassten Entschluss abbringen. Und auch nicht ihre drei Halbbrüder. Obwohl es schien, als fühlten Thorne, Matt und Slade sich in letzter Zeit für ihre sturköpfige Halbschwester verantwortlich.

Rachel war anstrengend. Daran gab es nichts zu rütteln. Allein die Art, wie sie vor ein paar Stunden davongerast war, hatte ihnen ihre finstere Entschlossenheit vor Augen geführt. Rachel wollte nach Seattle zurückkehren. Mit ihrem Kind. Zu sich nach Hause. In ihren Job. In ihr altes Leben. Ohne Rücksicht auf die Folgen.

Striker gefiel die Lage überhaupt nicht. Aber schließlich durfte er sich diesen drei Männern nicht anvertrauen. Nicht jetzt. Oder doch?

Die McCafferty-Brüder musterten ihn beinahe misstrauisch.

Auf keinen Fall wollte er sich eingestehen, warum er sich scheute, den Job zu übernehmen. Weil es um eine Frau ging, deshalb wollte er nichts damit zu tun haben. Und schon gar nicht mit der kleinen Schwester dieser harten Brüder, die sie um jeden Preis beschützen wollten.

Die Einsicht kommt ein bisschen spät, findest du nicht?

Rachel war sexy. Sie sprühte vor Energie und Leidenschaft. Sie war eine starke Frau. Und wie jeder Sprössling von John Randall McCafferty, der etwas auf sich hielt, stand sie mit beiden Beinen fest im Leben. Was auch immer sie vorhat, dachte Kurt, sie wird ihren Weg machen.

Und sie würde es ganz und gar nicht schätzen, dass Striker ihr auf die Pelle rückte und seine Nase in ihre Angelegenheiten steckte. Noch nicht einmal dann, wenn er sie aus der Gefahr rettete. Im Gegenteil. Sie würde es ihm vorwerfen. Ganz besonders nach dem gestrigen Abend.

„Rachel wird ausrasten vor Wut." Slade, der jüngste Bruder, brachte es auf den Punkt. Obwohl der Mann noch nicht einmal die Hälfte der Fakten kannte. Slade trug Jeans und ein ausgeblichenes Flanellhemd.

„Natürlich wird sie wütend werden. Wer würde das nicht?" Matt, der zweitälteste Bruder, saß auf dem abgewetzten Ledersofa. Mit seinem Cowboystiefel stützte er sich auf dem Tischchen ab, auf dem der Scheck über zwölftausendfünfhundert Dollar lag. „Ich würde es auch hassen."

„Aber sie hat keine Wahl", bemerkte Thorne. Als Vorstandsvorsitzender in seinem eigenen Unternehmen war er es gewohnt, Befehle zu erteilen. Seine Angestellten hatten zu gehorchen. Vor Kurzem war er von Denver nach Grand Hope in Montana umgezogen. Aber seinen Job hatte er nicht aufgegeben. „Wir sind uns doch einig, oder?"

Fragend sah er seine jüngeren Brüder an. „Wir müssen sie beschützen. Sie und ihr Baby. Deswegen braucht sie einen Bodyguard."

Matt nickte kurz. „Ja, wir sind uns einig. Aber das macht es Rachel nicht leichter, die Kröte zu schlucken. Noch nicht einmal dann, wenn Kelly eingeweiht ist."

Kelly war Matts Frau und ehemalige Polizistin, die jetzt als Privatdetektivin arbeitete. Sie hatte sich einverstanden erklärt, Striker in dem Fall, in den ihre Schwägerin verwickelt war, zu unterstützen.

Kurt drehte sich zum Fenster, wo immer noch der jüngste der Brüder stand. Slade war sein Freund, obwohl er es gewesen war, der ihm diese Suppe eingebrockt hatte. Slade vermied es, ihm in die Augen zu schauen, und starrte stattdessen weiter hinaus in die frostige Winterlandschaft.

„Wir müssen handeln. Und wir haben keine Zeit zu verschwenden. Jemand versucht, sie umzubringen“, betonte Thorne.

Striker biss die Zähne zusammen. Es war kein Witz. Und tief in seinem Inneren war ihm längst klar, dass er den Job annehmen würde. Wem sonst sollte er zutrauen, die Sache in den Griff zu bekommen? Zugegeben, Rachel McCafferty war stur wie ein Ochse. Aber sie hatte etwas an sich, ein gewisses Glitzern in ihren braunen Augen, das ihm direkt unter die Haut ging. Es war, als glomm eine heiße Glut in ihr. Diese Glut hatte ihn völlig gefangen genommen und ließ ihn nicht mehr los.

Was gestern Abend geschehen war, war der beste Beweis dafür.

An den Falten auf Thornes Stirn konnte man erkennen, dass er sich große Sorgen machte. Seine Finger spielten mit dem Schlüssel in der Tasche, und er starrte Striker unverwandt an. „Übernehmen Sie nun den Auftrag? Oder müssen wir uns jemand anderen suchen?“

Allein bei dem Gedanken, dass ein anderer Mann sich in Rachels Nähe aufhalten könnte, krampfte sich Kurts Magen zusammen. Aber bevor er antworten konnte, ergriff Slade das Wort.

„Nein, kein anderer. Wir brauchen jemanden, dem wir vertrauen können.“

„Amen“, stimmte Matt sarkastisch zu.

Vertrauen? Du lieber Himmel!

Striker biss die Zähne so fest zusammen, dass es ihn schmerzte.

Slade schaute aus dem Fenster und zeigte auf den Geländewagen, der sich langsam näherte. „Sieht so aus, als würde Nicole nach Hause kommen.“

Die Anspannung in Thornes Gesicht ließ etwas nach. Wenige Minuten später wurde die Haustür aufgerissen, und kalte Winterluft strömte ins Zimmer. Dr. Nicole McCafferty schüttelte sich den Schnee aus dem Mantel und hatte kaum den Flur betreten, als oben auf der Treppe zwei Paar kleine Füße auftauchten. Thornes Stieftöchter, vier Jahre alte Zwillingsmädchen, rannten lachend die Stufen nach unten.

„Mommy! Mommy!“, rief Molly, während ihre schüchterne Schwester Mindy sich freudestrahlend in Nicoles ausgebreitete Arme warf.

„Hey, wie geht es meinen Mädchen?“, grüßte Nicole, schloss die Zwillinge stürmisch in die Arme und küsste sie auf die Wange.

„Du bist kaaaalt!“, kreischte Molly.

Nicole lachte. „Ja, stimmt.“

Thorne hatte vor kurzer Zeit einen Unfall erlitten und humpelte immer noch leicht. Trotzdem eilte er so schnell wie möglich in den Flur und begrüßte seine Frau mit einem leidenschaftlichen Kuss, bis die Mädchen sich dazwischendrängten.

Striker wandte sich ab. Diese Familienszene war nicht für seine Augen bestimmt. Genauso unbehaglich hatte er sich in jenem Augenblick gefühlt, als Slade ihn angerufen und gebeten hatte, der Familie zu helfen. Kurz darauf hatte er das erste Mal den Fuß auf die Flying-M-Ranch gesetzt.

Es war im Oktober gewesen, nachdem Rachel McCafferty mit ihrem Wagen von der Straße im Glacier-Park gedrängt worden war. Deswegen hatten vorzeitig die Wehen eingesetzt. Beinahe wären sie und ihr Baby gestorben. Rachel hatte eine ganze Weile im Koma gelegen, und nachdem sie aufgewacht war, hatte sie unter Gedächtnisverlust gelitten.

Das behauptete sie jedenfalls.

Obwohl die Ärzte Rachels Behauptung bestätigt hatten, war Striker davon überzeugt, dass die Amnesie ihr einfach zu gut in den Kram passte. Immerhin hatte er den Verdacht erhärten können, dass ein anderes Fahrzeug Rachels Gefährt den steilen Hang hinuntergedrängt hatte, wo sie schließlich gegen einen Baum gekracht war.

Rachel hatte überlebt. Sie hatte sich längst erholt, und ihr Gedächtnis funktionierte wieder. Aber sie weigerte sich strikt, über den Unfall zu sprechen oder Vermutungen zu äußern, wer versucht haben könnte, ihr das Leben zu nehmen. Entweder hatte sie tatsächlich keine Ahnung, wer der Täter war, oder sie wollte es nicht sagen.

Das galt auch für den Namen des Kindsvaters. Rachel hatte niemandem anvertraut, wer den kleinen Joshua gezeugt hatte. Kurt verzog das Gesicht, wenn er daran dachte. Nein, er wollte sich nicht ausmalen, wie ein anderer Mann Rachel umarmte. Obwohl das ziemlich dumm war. Schließlich hatte er keinerlei Recht auf sie … Er war sich noch nicht einmal sicher, ob er sie überhaupt mochte.

Dann hättest du sie gestern Abend in Ruhe lassen sollen … Stattdessen hast du zugeschaut, wie sie oben auf der Galerie ihren Sohn versorgt hat … und hast gewartet, bis sie ihn ins Bett gebracht hat …

Kurt erinnerte sich daran, wie sie auf dem Fensterbrett gesessen hatte. Das weiße Nachthemd hatte sich an ihren Körper geschmiegt, während sie ihr Kind im Arm gehalten und ihm leise summend das Fläschchen gegeben hatte. Er stand auf dem oberen Treppenabsatz und schaute über das Geländer nach unten. Das Mondlicht ergoss sich über ihre Schultern, und im Schein des fahlen Lichts sah sie aus wie eine Madonna mit Kind.

Der Anblick wirkte beinahe heilig auf ihn, aber auch sehr sinnlich. Kurt trat in den Schatten und wartete. Als er endlich die Treppe hinunterging, knarrte eine der Dielen – obwohl er sich einzureden versuchte, dass er lediglich unbemerkt hatte verschwinden wollen. Rachel hatte nach oben geblickt und ihn am Treppengeländer entdeckt.

„Lasst uns mal nachsehen, was Juanita für euch in der Küche gezaubert hat“, schlug Nicole vor und riss Kurt aus seinen Gedanken zurück in die Gegenwart. „Es riecht wunderbar.“

„Nach Zinnt“, verkündete das schüchterne Zwillingsmädchen.

„Zimt“, korrigierte Molly und verdrehte die Augen.

„Am besten, wir schauen mal nach.“ Nicole scheuchte die Mädchen über den Flur in die Küche, und Thorne kehrte wieder ins Wohnzimmer zurück.

Sein Lächeln war verflogen. Thorne war wieder ganz der Geschäftsmann. „Wie sieht es aus, Striker? Sind Sie dabei?“

Schweigend steckte Kurt den Scheck ein. Wenn er hätte ablehnen wollen, hätte er sich von Anfang an nicht auf die Sache einlassen dürfen. Jetzt war es zu spät.

Um nichts in der Welt brächte er es fertig, Rachel McCafferty mit ihrem Kind nach Seattle ziehen zu lassen. Es war sicher, dass sie dort ihrem Killer direkt in die Arme laufen würde.

„Na großartig!“ Rachel hatte Grand Hope knapp zwanzig Kilometer hinter sich gelassen, als ihr Jeep sich plötzlich merkwürdig benahm. Das Lenkrad ließ sich nur noch schwer bewegen. Nachdem sie den Wagen mühsam auf den verschneiten Seitenstreifen gelenkt hatte, um den Schaden zu begutachten, stellte sie fest, dass die Luft aus dem linken Vorderreifen fast vollständig entwichen war. Dabei war sie mit prallen Reifen losgefahren.

Bisher verlief Rachels Rückkehr in die Zivilisation anders als geplant. Nicht dass sie einen besonders ausgefeilten Plan gehabt hätte. Aber gestern Abend ... mit Kurt ... verdammt noch mal. Als sie heute Morgen aufgestanden war, hatte sie beschlossen, keine Minute länger zu warten.

Ihre drei Brüder waren inzwischen verheiratet, nur sie galt als sture Einzelgängerin. Außerdem schien es, als würde ihretwegen die gesamte Familie in Gefahr schweben. Das musste sie dringend ändern.

Aber du machst dir selbst etwas vor, nicht wahr? Du bist doch nicht wegen deiner Brüder oder wegen der Gefahr so überstürzt abgereist. Es liegt an Kurt Striker und an niemandem sonst ...

„Bring es hinter dich“, murmelte sie, „dann musst du den verdammten Reifen eben selbst wechseln.“

Das Baby schlief seelenruhig im Sitz, während sie den Wagenheber und den Ersatzreifen aus dem Kofferraum holte. Im Grunde war es nicht kompliziert, einen Reifen zu wechseln. Doch da sie Handschuhe trug, wurde die Arbeit an den Schrauben zu einer echten Herausforderung. Schließlich entdeckte sie ein kleines Loch im Reifen.

Ob sie irgendwo über einen Nagel gefahren war? Oder hatte derselbe Idiot seine Finger im Spiel, der sie am Glacier-Park von der Straße gezwungen und dann in der Klinik versucht hatte, sie zu töten? Später hatte er die Ställe auf der Flying M in Brand gesetzt, sodass die Gebäude bis auf die Grundmauern heruntergebrannt waren. Versuchte er es nun wieder? Rachel umklammerte den Kreuzschlüssel.

Es war bitterkalt. Der eisige Wind fegte die Straße hinunter und blies den Schnee vor sich her. Rachel spürte, wie ihr ein Angstschauder über den Rücken kroch, als sie den Blick über die kahle Landschaft schweifen ließ.

Sie konnte niemanden entdecken.

Und kam zu dem Schluss, dass sie langsam unter Verfolgungswahn litt.

2. KAPITEL

Kaum zwei Stunden nach der Unterhaltung mit den McCafferty-Brüdern saß Striker im Flugzeug. Vorher hatte er mit einem Kollegen telefoniert und ihn gebeten, ihn bei den Ermittlungen zu unterstützen. Während er selbst Rachel nicht aus den Augen ließ, würde Eric Brown sich auf die Suche nach der Wahrheit machen. Es war nur eine Frage der Zeit, bis der Privatdetektiv die richtige Fährte gefunden hatte.

Durch das kleine Kabinenfenster betrachtete Striker die dicken Wolken und dachte über Rachel McCafferty nach.

Sie war schön. Klug. Und unglaublich sexy.

Wer wollte ihren Tod?

Und warum?

Rachel war eine faszinierende Frau mit einer scharfen Zunge. In ihren braunen Augen loderte ein Feuer, und mit ihrem schneidenden Witz hielt sie ihre drei Brüder mühelos in Schach.

Thorne, Matt und Slade hatten allen Grund, ihr Vorwürfe zu machen. Die drei Halbbrüder sollten sich eine Hälfte der Ranch teilen, während sie als einzige Tochter von John Randall McCafferty die andere Hälfte geerbt hatte. Obwohl so mancher Einwohner von Grand Hope anders darüber dachte, wusste Striker, dass die drei Brüder eine reine Weste hatten. Mit den Anschlägen hatten sie nichts zu tun.

Striker kaute auf einem Zahnstocher herum und starrte stirnrunzelnd in den wolkenverhangenen Himmel. Es gab zwei Geheimnisse um Rachel. Erstens: Niemand kannte den Vater ihres Kindes. Und das war wohl das am besten gehütete Geheimnis. Das zweite rankte sich um ein Buch, das sie in der Zeit geschrieben hatte, als ihr der Unfall zugestoßen war.

Weder ihre Brüder noch sonst jemand in ihrer Nähe wussten, wer das Kind gezeugt hatte. Der Vater bestimmt auch nicht, dachte Striker. Rachel schwieg sich darüber aus. Striker fragte sich, ob sie den Vater aus bestimmten Gründen schützen wollte. Oder sollte er einfach nicht Bescheid wissen?

Auf jeden Fall würde es nicht besonders schwer sein, den Daddy des kleinen Joshua zu ermitteln. In der Klinik hatte der Privatdetektiv bereits die Blutgruppe des Babys erfahren. Und es war ihm gelungen, ein paar Haare von Joshua zu bekommen ... für den Fall, dass ein DNA-Test nötig wurde.

Es gab drei Männer, die Rachel nahegestanden hatten. Nahe genug, um als Lover infrage zu kommen, obwohl Striker noch keine Ahnung hatte, mit wem sie schließlich im Bett gelandet war. Falls überhaupt mit einem von ihnen. Bei dem Gedanken durchschoss ihn Eifersucht wie ein Blitz.

Lächerlich. Nie im Leben würde Striker es sich gestatten, sich auf Rachel McCafferty einzulassen. Noch nicht einmal nach letzter Nacht. Sie war seine Klientin, obwohl sie es noch nicht wusste. Wenn sie es erst mal erfahren hatte, würde sie Himmel und Hölle in Bewegung setzen, um ihn wieder loszuwerden. Daran hatte er nicht den geringsten Zweifel.

Mit dem Zeigefinger pochte Striker an die kühle Fensterscheibe und fragte sich wieder einmal, wer Rachel das Bett gewärmt hatte. Wer war der Vater ihres Kindes?

Die Galle stieg ihm hoch, als er die möglichen Kandidaten an seinem geistigen Auge vorüberziehen ließ.

Sam Donahue, ein ehemaliger Rodeoreiter, stand ganz oben auf der Liste. Kurt traute dem verwegenen Cowboy nicht über den Weg. Sam war immer ein Schurke gewesen, ein Kerl, den keiner der drei Halbbrüder hatte ertragen können. Schließlich hatte der Mann schon zwei Exfrauen zu versorgen.

Joe Paterno war ein freiberuflicher Fotograf, der gelegentlich für den *Seattle Clarion* arbeitete. Joe war ein notorischer Playboy, ein Mann, der die Frauen reihenweise vernaschte und niemals Verantwortung übernahm. Überall auf dem Globus hatte er seine Affären, ganz besonders in den politischen Krisengebieten, wo er seine Fotos schoss. Joe war nicht der Typ, der sich mit Frau und Kind irgendwo niederließ.

Der Anwalt Brodie Clanton, der dritte Kandidat, war schon mit einem goldenen Löffel im Mund auf die Welt gekommen. Brodie Clanton tat so, als wäre ihm das Leben etwas schuldig, und verbrachte seine Zeit damit, seine reichen Mandanten zu verteidigen.

Was zum Teufel hatte Rachel sich dabei gedacht? Keiner dieser Männer war es wert, dass sie ihn ein zweites Mal anschaute. Trotzdem war sie mit jedem in Kontakt gewesen. Obwohl Rachel in der

Zeitung eine Ratgeber-Kolumne für Singles schrieb, hatte sie selbst bemerkenswertes Pech mit Männern.

Und was ist mir dir? Wie passt du in das Schema?

„Verdammt." Auf keinen Fall wollte Striker jetzt darüber nachdenken. Nein, er durfte nicht zulassen, dass der vergangene Abend sein Urteil über Rachel trübte. Selbst wenn er herausgefunden hatte, wer der Vater ihres Kindes war, stände er immer noch am Anfang. Denn damit war nur bewiesen, dass Rachel mit dem Kerl geschlafen hatte. Es hieß noch lange nicht, dass der Mann auch versuchte, sie umzubringen.

Der Spaß fing gerade erst an.

Regen trommelte auf das Dach ihres neuen Jeeps. Rachel trat auf das Gaspedal und raste um die Kurve. Die Fahrt von Montana nach Seattle war die reinste Hölle gewesen. In Rachels Schläfen machte sich der Kopfschmerz bemerkbar. Er erinnerte sie daran, dass der Unfall im Glacier-Park, der sie fast das Leben gekostet hatte, noch nicht lange zurücklag. Für den Bruchteil einer Sekunde sehnte sie sich zurück zu ihren Halbbrüdern nach Grand Hope.

Sie wechselte routiniert die Spur und trat vor der nächsten roten Ampel auf die Bremse. So sehr sie es sich wünschte, sie konnte sich nicht bis in alle Ewigkeit verstecken. Es war höchste Zeit, sich das eigene Leben zurückzuerobern. Und das spielte sich hier in Seattle ab, nicht auf der Flying-M-Ranch in Montana mit ihren drei besitzergreifenden Halbbrüdern.

Rachel, du selbst bist verantwortlich. Es ist deine Schuld, dass deine Familie in Gefahr schwebt. Und jetzt hast du auch noch dafür gesorgt, dass du diesen Kurt Striker am Hals hast. Was ist los mit dir? Gestern Abend … Du hast ihn erwischt, wie er dich beobachtet hat. Schon seit zwei Wochen merkst du, wie es zwischen euch knistert … und was hast du getan? Hast du dich etwa in dein Schlafzimmer zurückgezogen und die Tür hinter dir geschlossen – wie es jede Frau mit klarem Verstand getan hätte? Oh, nein. Du hast das Baby in die Wiege gelegt und bist Kurt Striker gefolgt, und du hast …

Erst als jemand hinter ihr hupte, wurde Rachel klar, dass es längst Grün geworden war. Sie biss die Zähne zusammen und fuhr los. Verbannte die erotischen Fantasien über Kurt Striker in den hintersten

Winkel ihres Herzens und mahnte sich streng, dass es wichtigere Dinge zu bedenken gab.

Immerhin war ihr Sohn in Sicherheit. Wenn auch nur im Moment. Schon jetzt vermisste sie ihr Baby schmerzlich. Aber trotzdem hatte Rachel es an einem Ort untergebracht, wo niemand es finden konnte. Außerdem sollte Joshua nur so lange dort bleiben, bis sie erledigt hatte, was zu erledigen war. Es war die beste Lösung. Für sie. Und für ihn. Jedenfalls für eine Weile.

Rachel starrte auf die Windschutzscheibe, aber vor ihrem inneren Auge sah sie ihren kleinen Sohn mit seinem roten Haarschopf und den rosigen Wangen. Unwillkürlich dachte sie an die sanft blubbernden Geräusche, die er manchmal von sich gab. Unschuldig und zutraulich.

Es zerriss ihr beinahe das Herz. Mit aller Macht drängte sie die Tränen zurück, die ihr plötzlich in die Augen gestiegen waren. Sie hatte keine Zeit für Sentimentalitäten. Jetzt nicht.

Während sie sich ihrer Wohnung näherte, blickte sie immer wieder in den Rückspiegel, um sicherzugehen, dass niemand sie verfolgte. Endlich lenkte sie den Jeep in eine Parklücke und schaltete den Motor aus. Als sie ausstieg, schaute sie sich ein letztes Mal um. Nichts.

Reiß dich zusammen. Rachel nahm zwei Stufen auf einmal, steckte den Schlüssel ins Schloss und drückte die Tür mit der Schulter auf.

Drinnen roch es muffig und staubig, so, als hätte sich schon seit langem niemand mehr in der Wohnung aufgehalten. Staub hatte sich auf dem Fensterbrett gesammelt.

Rachel fühlte sich nicht wie zu Hause. Nicht mehr. Aber ohne ihren Sohn fühlte sie sich ohnehin nirgendwo zu Hause. Mit dem Fuß kickte sie die Tür hinter sich zu und eilte mit großen Schritten durch den Flur. Plötzlich blieb sie abrupt an der Tür zum Wohnzimmer stehen. Ein Schatten hatte sich auf der Couch bewegt.

Das Adrenalin schoss ihr durch die Adern.

Lieber Himmel!, hämmerte es wie wild in ihrem Kopf. Ihr Mund war so trocken, dass sie keinen Ton hervorbringen konnte.

Der Killer erwartete sie.

3. KAPITEL

Sieh mal einer an", spottete er, „wer kommt denn da nach Hause?"

Rachel erkannte seine Stimme auf Anhieb.

Dreckskerl.

Als er das Licht anmachte, begegnete Rachel seinem durchdringenden und misstrauischen Blick. Kurt Striker, der Privatdetektiv, den ihre Brüder engagiert hatten.

Rachels Angst war auf Anhieb verflogen, und sie kochte innerlich vor Wut. „Was zum Teufel hast du hier zu suchen?"

„Ich warte."

„Worauf?"

„Auf dich."

Sein spöttischer Tonfall raubte ihr den letzten Nerv. Das galt auch für die arrogante Art, mit der er sich auf ihrer Couch lümmelte. In Jeans, Cowboystiefeln und mit der Bierflasche in der Hand, wirkte er in ihrer Wohnung wie ein Fremdkörper.

„Warum?", fragte Rachel, ohne das Wohnzimmer zu betreten. Sie wollte diesem Mann auf keinen Fall zu nahe kommen. Er verstörte sie. Sehr sogar.

Striker war ein Sturkopf wie sie, und er sah aus wie ein verwegener Cop aus einem Hollywood-Film. Die struppigen blonden Haarsträhnen fielen ihm über die Augen, und seine Wangen machten den Eindruck, als hätte er seit Tagen einen Bogen um die Rasierklinge gemacht.

Die tief liegenden Augen blickten wach und intelligent unter buschigen Brauen hervor, seine Gesichtszüge sahen aus wie gemeißelt. Er trug seine ausgeblichene Jeans sowie eine verschlissene Jeansjacke und strotzte vor Selbstbewusstsein.

Striker hatte sich auf ihrer Couch breitgemacht und musterte sie genüsslich von Kopf bis Fuß.

„Ich habe dich etwas gefragt."

„Ich versuche, dir das Leben zu retten."

„Du überschreitest deine Grenzen."

„Dann ruf doch die Polizei."

„Schluss mit den Spielchen." Rachel ging zum Fenster und blickte auf den grauen See hinaus. Es wehte eine steife Brise, weiße Gischt spritzte auf, und der Nebel war so dicht, dass man das gegenüberliegende Ufer nicht sah.

Rachel verschränkte die Arme vor der Brust, drehte sich um und suchte Strikers Blick.

Er lächelte. Striker lächelte verwirrend sexy, und ein spöttischer Funken glomm in seinen grünen Augen auf. Für den Bruchteil eines Augenblicks dachte sie an die Stunden, die sie miteinander verbracht hatten. Sie dachte daran, wie sie seine Haut berührt hatte, wie seine Hände sich anfühlten ... *Du liebe Güte*.

Würde der Mann ihr nicht den letzten Nerv rauben, könnte sie ihn glatt attraktiv finden. Interessant. Sexy. Lange Beine, die in Cowboy-Stiefeln steckten. Schultern, über denen die Nähte seiner Jeansjacke sich spannten. Ein flacher Bauch ... ja, alles in allem ein Prachtkerl. Zumindest in den Augen einer Frau, die gerade auf der Suche war. Was auf Rachel keinesfalls zutraf. Sie hatte ihre Lektion gelernt. Der gestrige Abend war nur ein Ausrutscher gewesen. Es würde nie wieder vorkommen.

Es *durfte* nie wieder vorkommen.

„Gerne", unterbrach Striker sie in ihren Gedanken. „Vergessen wir die Spielchen für eine Weile und machen wir uns an die Arbeit."

„An die Arbeit?", fragte sie genervt. Rachel wollte, dass er aus ihrer Wohnung verschwand. Und zwar möglichst schnell. Striker hatte eine fast unerträgliche Art an sich, sie aus dem Gleichgewicht zu bringen.

Sekundenlang schaute er ihr tief in die Augen. Blitzschnell wurde Rachel bewusst, dass er sich ebenso klar an den vergangenen Abend erinnerte wie sie. Striker räusperte sich. „Rachel, ich glaube, wir sollten uns darüber unterhalten, was geschehen ist ..."

„Über gestern Abend?", fragte sie. „Das sollten wir lieber vergessen."

„Kannst du das?"

„Keine Ahnung. Aber ich werde alles dafür tun."

Er glaubte ihr nicht. Das sah sie deutlich.

„Okay, wenn du es so haben willst."

„Ich sagte schon, es gibt nichts, was wir zu besprechen hätten."

„Doch, natürlich. Du könntest mir zum Beispiel verraten, wer der

Vater deines Kindes ist."

Nie im Leben, mein Freund. Keine Chance. „Ich kann mir nicht vorstellen, dass das irgendeine Bedeutung hat."

„Und ob, Rachel." Bei diesen Worten erhob Striker sich, baute sich vor ihr auf und schaute sie an. „Es hat schon zwei Anschläge auf dein Leben gegeben, und dann das Feuer auf der Ranch. Erinnerst du dich, Rachel? Deine Brüder sind beinahe dabei umgekommen." Sie zuckte zusammen, so schmerzhaft war die Erinnerung.

Plötzlich packte Striker sie an den Oberarmen. „Willst du dein Leben wirklich ein drittes Mal aufs Spiel setzen? Und das deiner Brüder? Das deines Kindes?"

Rachels Knie wurden weich. Striker stand viel zu dicht vor ihr. Sie spürte seinen Atem an ihren Wangen.

„Ich rühre mich nicht von der Stelle", drohte er an, „nicht einen einzigen Zentimeter, bis wir zwei nicht ein paar Unklarheiten aus dem Weg geräumt haben. Ich bin darauf eingerichtet, länger hierzubleiben. Die ganze Nacht, wenn es sein muss. Die ganze Woche. Das ganze Jahr."

Das Herz schlug ihr bis zum Hals. Obwohl Rachel angestrengt versuchte, sich aus seinem Klammergriff zu befreien, gelang es ihr nicht. Seine Finger schlossen sich sogar noch fester um ihre Oberarme.

„Rachel, sag es mir. Wer zum Teufel ist J. R.s Vater?"

Du lieber Himmel, er stand einfach zu dicht vor ihr. „Lass mich los", verlangte sie und weigerte sich, auf seine Frage zu anworten. „Und verschwinde aus meiner Wohnung."

„Niemals."

„Dann rufe ich die Polizei."

„Nur zu", ermunterte Striker sie mit einer Kopfbewegung in Richtung Telefon, das sie seit Monaten nicht mehr benutzt hatte. „Am besten, du erzählst der Polizei gleich alles, was dir zugestoßen ist. Ich werde dann erklären, was ich hier zu suchen habe."

„Niemand hat dich hergebeten."

„Deine Brüder machen sich Sorgen."

„Sie haben kein Recht, mich überwachen zu lassen."

Zweifelnd zog er die Brauen hoch. „Nein? Da sind die drei bestimmt anderer Meinung."

„Das interessiert mich nicht." Rachel warf den Kopf zurück und gab sich cool. „Hör zu, Striker. Es ist mein Leben. Ich komme zurecht. Und wenn du jetzt bitte so nett wärst, die Finger von mir zu nehmen … Ich habe viel zu tun."

Striker musterte sie lange und eindringlich, durchbohrte sie förmlich mit seinem Blick. Dann zuckte er die Schultern und ließ sie los. „Ich kann warten."

„Verschwinde endlich. Ich habe tausend Dinge zu erledigen", stellte Rachel klar und zeigte auf das Telefon. Das Lämpchen am Anrufbeantworter blinkte nicht. „Wie komisch", murmelte sie und schaute misstrauisch zu Striker. „Moment mal … hast du die Nachrichten auf meinem Anrufbeantworter abgehört?" Wut stieg in ihr hoch.

„Nein. Ganz bestimmt nicht."

Rachel drückte auf die Abspieltaste. „Merkwürdig", sagte sie, als sie Sarah Peeples' Stimme erkannte.

„Hey, wann kommst du zurück zur Arbeit?", fragte Sarah. „Es ist soooo langweilig mit all diesen Männern, die sich den ganzen Tag abrackern, nur um ein bisschen erfolgreich zu sein." Sie kicherte. „Na ja, vielleicht doch nicht so langweilig. Aber ich vermisse dich. Ruf mich an und drück Joshua ein Küsschen von mir auf die Wange." Es klickte, als Sarah auflegte.

Rachel biss sich auf die Unterlippe. In ihrem Kopf ging es wild durcheinander. „Du hast die Nachricht noch nicht gehört?"

„Nein."

„Wer dann?"

„Du. Oder etwa nicht?", fragte er und zog die Brauen zusammen.

„Nein." Ihr jagte ein kalter Schauder über den Rücken. Wenn Striker ihre Nachrichten nicht abgehört hatte, wer war es dann gewesen?

Rachels Nerven lagen blank. Sie machte sich Sorgen um ihr Baby. Der Mann in ihrem Apartment brachte sie aus der Fassung, in den vergangenen zwei Tagen hatte sie nur wenige Stunden geschlafen, und sie war erschöpft von der langen Autofahrt. Mehr war eigentlich nicht passiert. Aber es reichte, um sie beinahe um den Verstand zu bringen.

„Jetzt hör mir mal zu, Striker. Du kannst nicht einfach hier hereinplatzen, dir ein Bier aus dem Kühlschrank nehmen, dich auf die

Couch lümmeln und ganz wie zu Hause fühlen!"

„Wo steckt dein Sohn?" Striker ließ sich nicht ablenken. „J. R.. Wo steckt er?"

Rachel hatte mit der Frage gerechnet. „Er ist zwar John Randalls Enkel, heißt aber trotzdem nicht J. R.. Ich nenne ihn Joshua."

„Okay. Wo ist Josh?"

„Irgendwo in Sicherheit."

„Er ist nirgendwo in Sicherheit."

Ihr Magen krampfte sich zusammen. „Das stimmt nicht."

„Aber du hast Angst, dass dir tatsächlich jemand auf den Fersen sein könnte."

„Ich bin schließlich Mutter. Ich würde ihn niemals in Gefahr bringen."

„Nein, ihn nicht. Aber es reicht, dass du dich selbst in Gefahr bringst."

„Wir sollten das Thema beenden."

„Hält er sich bei deiner Cousine Nora auf?"

Rachel spannte die Muskeln an. Wie hatte er herausgefunden, dass ihre Cousine mütterlicherseits Nora hieß? Denn ihre Brüder hatten Nora niemals kennengelernt.

„Oder vielleicht bei Tante Bonita, der Stiefschwester deiner Mutter?"

Gute Güte, der Mann hat seine Hausaufgaben wirklich gemacht, dachte Rachel. Der Schmerz in ihrem Kopf pochte unerträglich. „Striker, das geht dich nichts an."

„Und was ist mit deiner Freundin Sharon?" Striker verschränkte die Arme vor der Brust. „Ich tippe auf sie."

Rachel erstarrte. Wie war er nur darauf gekommen, dass sie ihr geliebtes Kind bei Sharon Okano untergebracht hatte? Sharon und sie hatten sich – bevor sie Joshua zu ihr gebracht hatte – seit fast neun Monaten nicht mehr gesehen. Trotzdem war Striker ihr auf die Schliche gekommen.

„Eigentlich hättest du ihn gern in Montana gelassen. Aber du wolltest deine Verwandten nicht in Gefahr bringen. Deine Kollegen in der Redaktion scheiden aus, weil sie sich verplappern könnten. Also musste jemand her, dem du zwar vertraust, aber nicht so offensichtlich, dass es gleich die Spatzen von den Dächern pfeifen."

Rachels Herz krampfte sich zusammen.

Striker beugte sich vor und berührte sie an der Schulter. Sie zuckte zurück, als hätte sie sich verbrannt.

„Wenn ich nur ein bisschen raten muss, um herauszubekommen, wo dein Sohn steckt, dann ist es nur ein Kinderspiel für den Kerl, der dir auf den Fersen ist."

„Wie bist du auf Sharon gekommen?", wollte Rachel wissen. „Ich kaufe es dir nicht ab, dass du zufällig richtig geraten hast."

Kurt schlenderte zum Tisch und griff nach seinem Bier. „Man muss nicht höhere Mathematik studiert haben, um darauf zu kommen."

„Aber ..."

„Zu den meisten Handys gehört ein Einzelverbindungsnachweis."

„Mit anderen Worten, du hast meine Post durchwühlt, um meine Handyrechnungen zu kontrollieren? Hast du schon mal was von Briefgeheimnis gehört? Was du getan hast, ist illegal, das müsstest du doch eigentlich wissen. Oder interessierst du dich nicht für solche Nebensächlichkeiten?"

„Es spielt keine Rolle, wie ich es erfahren habe", meinte Striker. „Es ist einzig und allein wichtig, dich und deinen Sohn in Sicherheit zu bringen. Ob es dir passt oder nicht, deine Brüder haben mich engagiert, damit ich dich beschütze. Und genau das werde ich auch tun."

Striker leerte die Bierflasche in einem einzigen Zug. „Rachel, ich werde mich dir an die Fersen heften. Auf Schritt und Tritt werde ich dir folgen. Du kannst gern Himmel und Hölle in Bewegung setzen, um es zu verhindern. Aber es wird dir nicht gelingen. Du kannst deine Brüder anrufen und dich bei ihnen beschweren. Aber die drei werden erst recht nicht nachgeben."

Er holte tief Luft. „Du kannst versuchen zu flüchten. Aber ich werde dich so schnell geschnappt haben, dass dir Hören und Sehen vergeht. Du kannst auch die Polizei rufen. Dann werden wir hier auf der Stelle alles klären. So sieht es aus."

Striker suchte ihren Blick. „Du kannst uns allen die Sache leichter machen, indem du uns erklärst, was zum Teufel hier eigentlich gespielt wird. Du kannst es uns natürlich auch schwer machen. Dann dauert es qualvoll lange, bis wir die Angelegenheit hinter uns gebracht haben." Er stellte die Flasche auf den Tisch und musterte sie eindringlich. „Ganz wie du willst."

„Raus hier."

„Wenn das dein Wunsch ist. Aber ich werde wiederkommen."

Rachel war so wütend, dass sie zitterte. „Raus hier, zum Teufel noch mal", fauchte sie ihn an.

„Ich gebe dir eine Stunde, um über mein Angebot nachzudenken", schlug Striker auf dem Weg zur Tür vor. „Genau eine Stunde. Dann stehe ich wieder vor deiner Tür. Wenn es sein muss, lösen wir den Fall auf die komplizierte Art. Du kannst es dir aussuchen, Rachel. Aber wenn ich mich nicht irre, hast du kaum eine Wahl. Die Lage ist eindeutig."

Er verließ die Wohnung und schlug die Tür hinter sich zu. Rachel schob sofort fluchend den Riegel vor. Obwohl die Knie unter ihr nachzugeben drohten, zwang sie sich, aufrecht zu stehen. Was würde es nützen, wenn sie sich jetzt ihrem Schmerz überließ?

Auch wenn sie es nicht zugeben wollte: Kurt Striker hatte recht: Ihr blieb keine große Wahl. Trotzdem wollte sie sich nicht zu einer Entscheidung drängen lassen.

Dafür stand zu viel auf dem Spiel.

4. KAPITEL

Kurt setzte sich ans Steuer seines bronzefarbenen Leihwagens. Er hatte Rachel eine Stunde Zeit für ihre Entscheidung gegeben und wollte diese Zeit nutzen, um seine Gedanken zu ordnen. Diese Frau hatte irgendetwas an sich, das ihm beinahe den Verstand raubte.

Jedes Mal, wenn Rachel sich allein mit ihm in einem Zimmer aufhielt, lag eine fast greifbare Spannung in der Luft. Dabei gehörte er nicht zu den Männern, die dem Charme einer Frau gleich auf den ersten Blick erlagen. Schon gar nicht dem einer verwöhnten Diva. Rachel war eine reiche Frau, die nur mit den Fingern zu schnippen brauchte, und schon las man ihr jeden Wunsch von den Augen ab.

Oh, ja, natürlich war sie hübsch. Jetzt jedenfalls, wo die Prellungen auf ihrem Gesicht verschwunden waren und ihr Haar wieder wuchs. Um ehrlich zu sein, sie war sogar eine Schönheit. Ihre Gesichtszüge waren klar und ebenmäßig. Obwohl sie bis vor wenigen Wochen noch schwanger gewesen war, war Rachel schlank. Ihre Brüste waren so üppig, dass sie jedem Mann auffallen mussten, ihre Hüften wohlgerundet. Das Haar war rotbraun, das kleine Kinn reckte sie ihm manchmal frech entgegen, und die wundervollen braunen Augen machten jedes Make-up überflüssig.

Obendrein war sie ausgesprochen intelligent, und sie besaß eine scharfe Zunge. Mehr als einmal hatte sie ihm unmissverständlich klargemacht, dass sie auf seine Anwesenheit keinen Wert legte. Doch er fühlte sich dadurch nur angestachelt, und jedes Mal, wenn er sie sah, rauschte ihm das Blut doppelt so heiß durch die Adern.

Vergiss es. Sie ist deine Klientin.

Eigentlich stimmt es gar nicht, überlegte Kurt, denn sie hat mich nicht engagiert.

Aber ihre Brüder. Du musst unbedingt darauf achten, dass deine Beziehung zu ihr auf einer rein professionellen Ebene bleibt.

Beziehung? Welche Beziehung? Himmel noch mal, Rachel konnte es doch noch nicht einmal ertragen, wenn er sich im selben Zimmer mit ihr aufhielt!

Oh, ja, stimmt. Tu bloß nicht so, als ob es gestern Abend nicht gegeben hätte.

Rachel hatte Joshua in sein Zimmer gebracht, war Kurt gefolgt und hatte ihn schließlich im dunklen Wohnzimmer entdeckt. Das Feuer im Kamin war nahezu heruntergebrannt.

Kurt hatte sich schon einen Drink eingeschenkt und nippte an seinem Glas, während er durch die Eisblumen am Fenster auf die verkohlten Überreste der Ställe starrte.

„Sie haben mich heimlich beobachtet", warf Rachel ihm vor. Er nickte, ohne sich nach ihr umzudrehen. „Warum?"

„Ich hatte nicht die Absicht."

„Verdammt!"

Das hieß, so einfach wollte sie ihn nicht davonkommen lassen. Auch gut, dachte Kurt und nippte noch mal an seinem Glas, bevor er ihr schließlich in die Augen schaute.

„Was zum Teufel hatten Sie oben zu suchen?"

„Ich habe ein Geräusch gehört und wollte überprüfen, ob sich dort jemand herumtreibt."

„Das haben Sie ja auch getan. Ich bin es gewesen. Dieses Haus steckt voller Menschen, müssen Sie wissen."

Rachel strahlte nichts als Zorn aus. Kurt bemerkte, dass sie vergessen hatte, ihr Nachthemd zuzuknöpfen. Wahrscheinlich war ihr überhaupt nicht bewusst, dass er ihre Brüste sehen konnte. „Wollen Sie, dass ich Ihnen die Sache erkläre, oder nicht?"

„Ja. Versuchen Sie es mal." Rachel verschränkte die Arme unter dem Busen und hob damit ihre Brüste unwillkürlich an. Kurt hielt den Blick starr auf ihre Augen gerichtet.

„Wie schon gesagt, ich hatte ein Geräusch gehört. Schritte. Ich bin nur kurz nach oben gegangen und dann den Flur entlang. Als ich wieder zur Treppe ging, sind Sie plötzlich aufgetaucht. Mehr war nicht. Vergessen wir's einfach."

„Sie haben leicht reden."

„So leicht nun auch wieder nicht."

Rachel musterte ihn genauer. „Was soll das heißen?"

„Dass Sie unvergesslich sind."

„Ja ja, schon klar." Als sie sich mit den Fingern durch das Haar fuhr, gewährte ihm der Ausschnitt ihres Nachthemds einen noch tieferen Einblick auf ihre Brüste. Wahrscheinlich spürte sie einen kalten Luftzug, denn plötzlich schaute sie an sich herunter und keuchte erschrocken auf.

„Na großartig.“ Hastig fummelte sie an den Knöpfen herum. „Da stehe ich vor Ihnen und rege mich auf und mache ein großes Theater ...“

„Schon gut“, unterbrach Kurt sie. „Darf ich Ihnen einen Drink anbieten?“

„Aus den Vorräten meines Vaters? Nein, wohl kaum. Ich ... ich könnte mich zu etwas hinreißen lassen, was ich später bereue.“

„Glauben Sie?“

Rachel atmete tief aus, musterte ihn von Kopf bis Fuß und nickte. „Ja, könnte durchaus sein.“

In diesem Augenblick hätte Kurt sich noch beherrschen können. Aber er gab sich keine Mühe und trank seinen Drink mit einem Schluck aus. Dann stellte er das Glas ab und trat dicht zu ihr. „Ich bin der Meinung, dass Reue im Allgemeinen überbewertet wird. Finden Sie nicht auch?“ Er bemerkte, wie ihr Puls unter der blassen Haut an der Kehle raste. Plötzlich wusste Kurt, dass sie genauso viel Angst hatte wie er.

Es war lange her, dass er eine Frau geküsst hatte. Und seit Wochen hatte er darüber nachgedacht, wie es sich wohl anfühlen würde, Rachel McCafferty zu küssen.

Gestern Nacht hatte er es ausprobiert.

Kurt hatte die Arme um sie geschlossen. Und als ihr ein Seufzer über die Lippen gekommen war, hatte er seinen Mund auf ihren gepresst. Rachel hatte sich instinktiv an seine Schultern geklammert und ihren Körper eng an seinen gedrückt.

In seinem Kopf hatten sämtliche Alarmglocken geschrillt. Doch er hatte sie ignoriert und stattdessen mit der Zunge ihren Mund erkundet und gespürt, wie seine Erregung beinahe schmerzhaft wurde. Rachel fühlte sich warm an, und sie schmeckte nach Kaffee. Er strich spielerisch mit den Fingerspitzen über ihren Rücken, während sie sich stöhnend in seine Umarmung schmiegte.

Langsam hatte er ihr das Nachthemd hochgeschoben. Und mit einem Mal war es ihm wie die natürlichste Sache der Welt vorgekommen, Rachel mit einem Schwung in die Arme zu heben und sich mit ihr zusammen auf den Teppich vor den Kamin zu legen ...

Kurt saß in seinem Pick-up und lauschte, wie die Regentropfen auf die Windschutzscheibe trommelten. Wütend dachte er darüber nach, was er getan hatte. Er hätte es besser wissen müssen. Nichts konnte er weniger brauchen, als wegen einer Frau in Schwierigkeiten zu geraten.

Er ließ den Blick auf den Ringfinger seiner linken Hand schweifen. Noch immer war der Abdruck des Rings zu sehen.

Sein Nacken versteifte sich, und die Gedanken wirbelten ihm durch den Kopf. Gedanken an eine andere Frau … an eine schöne Frau und an ein kleines Mädchen …

Sofort rief er sich zur Ordnung. Er sah auf seine Armbanduhr. Rachel hatte mittlerweile siebenundvierzig Minuten lang Zeit gehabt, um sich zu beruhigen und wieder zur Vernunft zu kommen. Er griff nach seiner verschlissenen Tasche auf dem Beifahrersitz und zog den Ordner mit der McCafferty-Akte heraus.

Er behielt Rachels Apartment die ganze Zeit über im Blick, während er die Zeitungsausschnitte aus dem *Seattle Clarion* überflog. Es handelte sich um die Kolumnen, die Rachel McCafferty geschrieben hatte und die mit ihrem Foto versehen waren.

Die Texte waren „Solo" überschrieben, und alles drehte sich darin um Singles. Ob eingefleischte Junggesellen oder frisch Geschiedene, ob Verwitwete oder Großstadtsingles: Jeder konnte um Rat bitten, und Rachel antwortete – meistens mitfühlend, manchmal aber auch mit beißendem Sarkasmus. Da gab es zum Beispiel eine Frau, die sich nicht zwischen zwei Männern entscheiden konnte und beide belog. Rachel hatte ihr geraten, endlich erwachsen zu werden.

Immer versuchte Rachel, witzig und entspannt zu klingen. Kein Wunder, dass andere Verlage sich für die Kolumne interessiert und die Nachdruckrechte gekauft hatten.

Trotzdem kursierten beim *Clarion* Gerüchte, dass es Ärger gegeben hatte. Es hieß, dass Rachel McCafferty und ihr Chefredakteur Bill Withers im Clinch lagen. Striker hatte nicht herausgefunden, warum die zwei sich bekämpften. Noch nicht. Aber es würde nicht mehr lange dauern.

Außerdem hatte Rachel unter dem Pseudonym R. J. McKay ein paar Artikel für ein Magazin geschrieben. Und es gab noch das Buch, über das sie nicht sprechen wollte: einen unvollendeten Schlüsselroman über die Rodeowelt. Ja, es ist ziemlich viel los im Leben der

Miss McCafferty, dachte Kurt, lehnte sich zurück und starrte auf den Hauseingang. Sie war eine sehr interessante Frau. Aber für ihn völlig außer Reichweite.

Gilt das nicht für alle Frauen?, schoss es ihm durch den Kopf. Seine Gedanken schweiften zurück in die Vergangenheit. An die Zeit, bevor er den Glauben an die Frauen verloren hatte ... an die Ehe. An das Leben. Es war eine Zeit, an die er nicht erinnert werden wollte. Nicht jetzt. Niemals wieder.

„Geht es ihm gut?“, fragte Rachel über das Handy. Sie hatte feuchte Hände und starb beinahe vor Angst. Sie wusste nicht, wie sie ihre aufsteigende Panik in Griff bekommen könnte. Kurts Warnungen hatten ihr beinahe den Verstand geraubt.

„Du hast ihn doch erst vor knapp einer Stunde bei mir abgegeben“, wunderte sich Sharon. „Joshua geht es großartig. Ich habe ihn gefüttert, ihm die Windeln gewechselt und ihn schlafen gelegt. Im Moment schlummert er ... selig wie ein Baby.“

Rachel atmete aus und fuhr sich mit zittrigen Fingern über die Lippen. „Gut.“

„Immer mit der Ruhe. Ich weiß, dass du noch nicht lange Mutter bist. Aber glaub mir, es hilft niemandem, wenn du die Nerven verlierst. Weder dir noch dem Baby. Entspann dich.“

„Danke.“ Rachel starrte durch das Fenster auf Strikers Pick-up, der sich nicht von der Stelle gerührt hatte. Der Mann saß am Steuer. Sie bemerkte, dass er sich im Wagen bewegte, konnte aber seinen Gesichtsausdruck nicht erkennen.

Doch sie spürte, wie er auf ihre Wohnung starrte. „Hör zu“, sagte sie zu Sharon, „ich werde dich morgen besuchen. Wenn es zwischendurch irgendetwas zu besprechen gibt, kannst du mich jederzeit über das Handy erreichen.“

„Mach ich. Und hör auf, dir den Kopf zu zerbrechen.“

Keine Chance, dachte Rachel, kaum dass sie aufgelegt hatte. Seit sie ihren Sohn geboren hatte, hatte sie ununterbrochen darüber gegrübelt, wer ihr etwas antun wollte. Sie war sogar noch schlimmer als ihre Halbbrüder, und das wollte etwas heißen.

Thorne war ihr ältester Bruder und immer derjenige, der den Ton angab. Aber vor kurzer Zeit hatte er Nicole geheiratet und sich mit ihr und ihren Zwillingsmädchen häuslich eingerichtet. Unwillkürlich musste Rachel lächeln, als sie an Mindy und Molly dachte. Die vierjährigen Mädchen platzten beinahe vor Energie und Tatkraft. Sie sahen sich zum Verwechseln ähnlich, waren aber grundverschieden.

Matt war ein ernster Typ. Früher hatte er Rodeo geritten und eine eigene Ranch in Idaho besessen, bis er sich in Kelly verliebt hatte. Inzwischen war er mit ihr verheiratet.

Dann gab es noch Slade. Der jüngste Bruder war ein Rebell. In seiner Jugend hatte es ihn nicht gekümmert, was seine Familie über ihn dachte und was einmal aus ihm werden sollte. Doch plötzlich hatte er es zu seiner persönlichen Aufgabe erklärt, sich um seine jüngere, unverheiratete Schwester und um deren Sohn zu kümmern.

Vielleicht sollte ich Strikers Hilfe annehmen, dachte Rachel plötzlich. Aber sie hatte Angst, dass sie ihr Baby in nur noch größere Gefahr brächte, wenn sie sich Striker oder irgendjemand anderem anvertraute. Andererseits hatte Kurt recht: Wenn er herausfinden konnte, wo sie Joshua versteckt hatte, dann würde es dem Attentäter ebenfalls nicht schwerfallen. Wer auch immer es war. Ihr Magen krampfte sich schmerzhaft zusammen. Warum sollte jemand versuchen, ihr unschuldiges Baby zu verletzen? Warum nur?

Rachel, es geht nicht um Joshua, beschwichtigte sie sich. Es geht um dich. Jemand will dich tot sehen. Solange dein Sohn nicht in deiner Nähe ist, ist er in Sicherheit.

Krampfhaft klammerte sie sich an diesen Gedanken und nahm sich vor, ihren Alltag wieder in Ordnung zu bringen. Sie kochte sich eine Tasse Kaffee und wählte die Nummer ihrer Redaktion. Der Chefredakteur war nicht im Hause, aber sie hinterließ ihm eine Nachricht auf seiner Mailbox. Anschließend rief sie ihre E-Mails ab, packte dann schnell ihre Sachen aus und zog sich ein sauberes Sweatshirt, eine frische Hose und Stiefel an und schlang sich ein Tuch um den Hals. Sie wusch sich gerade die Hände, als es ungeduldig an der Tür klingelte.

Sie musste nicht lange raten, wer sie wohl besuchen wollte. Ein kurzer Blick auf die Uhr verriet ihr, wer vor einer Stunde und fünf Minuten ihre Wohnung verlassen hatte. Striker. Offenbar hielt der Mann, was er versprach.

Eigentlich hatte sie ihm deutlich zu verstehen gegeben, dass sie ihn nicht zu sehen wünschte. Irgendwie scheint er nicht begriffen zu haben, dachte sie grimmig.

„Na großartig“, murmelte sie, trocknete sich die Hände an einem Handtuch ab und warf es in den Wäschekorb, bevor sie an die Tür ging. Sie brauchte niemanden, der sich an ihren Rockzipfel hängte, sie ständig beobachtete und nichts anderes zu tun hatte, als ihr auf die Nerven zu gehen.

Wütend riss sie die Tür auf.

Vor ihr stand Kurt Striker, eins fünfundachtzig groß, unglaublich männlich und tatkräftig. Sein regennasses Haar klebte ihm förmlich am Kopf.

In seiner alten Lederjacke und der noch älteren Jeans sah er so sexy aus, wie es nur möglich war.

„Warum klingelst du wie verrückt?“, fragte Rachel und gab sich keine Mühe, ihren Ärger zu verbergen. „Ich dachte, du hast selbst einen Schlüssel. Oder einen Dietrich oder sonst irgendetwas. Dank meiner Brüder.“

„Sie machen sich nur Sorgen um dich.“

„Sie sollen sich um ihre eigenen Angelegenheiten kümmern.“

„Und um dein Kind.“

„Ich weiß.“ Inzwischen war Rachel ins Wohnzimmer gegangen. Striker folgte ihr auf dem Fuß. Sie hörte, wie er die Wohnungstür zuschlug, sie abschloss und ihr dann mit lauten Schritten hinterherkam.

„Hör zu, Rachel“, begann Kurt, während sie im Schrank nach ihrem Regenmantel suchte. „Wenn *ich* hier einbrechen kann, dann …“

„Ja, ja, ist schon klar. So schlau bin ich auch.“ Rachel schlüpfte in den Regenmantel. „Ich werde die Schlösser auswechseln und einen neuen Sicherheitsbolzen montieren lassen. Okay?“

„Gut. Vergiss nicht, auch eine Alarmanlage zu installieren und dir einen Wachhund anzuschaffen.“

„Hey … denk dran, ich habe ein Baby.“ Rachel ging zum Sofa und schnappte sich ihre Tasche. Was fehlte noch? Der Computer. Hastig stopfte sie den Laptop in die Tasche. „Ein Kampfhund, der im Notfall auch angreift … keine besonders gute Idee.“

„Nein, ich hatte nicht an einen Kampfhund gedacht. Sondern an einen Wachhund. Das ist ein großer Unterschied.“

„Wie du meinst. Wenn du mich jetzt bitte entschuldigen würdest, ich muss in die Redaktion." Rachel ahnte, was er gleich sagen würde, und kam ihm zuvor. „Hör mal, es ist keine gute Idee, mich zu begleiten. Ich liege schon länger im Clinch mit meinem Chefredakteur." Sie wartete seine Antwort nicht ab, sondern ging schnurstracks zur Tür. „Wenn du mich also bitte entschuldigen würdest ..."

Kurt verzog die Lippen zu einem kläglichen Lächeln. „So schnell wirst du mich nicht los."

„Warum nicht? Liegt es an dem Honorar, das du schon kassiert hast?" Überrascht musste Rachel feststellen, dass allein der Gedanke daran sie störte. Es schnitt ihr förmlich ins Herz, dass er Geld dafür nahm, für ihre Sicherheit zu sorgen. „Das ist doch alles, worum es dir geht, oder? Meine Brüder haben dich dafür bezahlt, dass du mich überwachst. Du sollst ... oh, zum Teufel noch mal ... du bist mein Bodyguard." Rachel holte tief Luft. „Richte Thorne, Matt und Slade doch bitte aus, dass sie nicht so verdammt altmodisch sein sollen."

Am liebsten hätte sie laut aufgelacht, wenn es nicht so traurig gewesen wäre. „Das muss auf der Stelle aufhören. Ich brauche meine Privatsphäre. Ich brauche Zeit für mich. Ich brauche ..."

Strikers Hand schnellte nach vorn, schnappte nach ihrem Handgelenk und umschloss es mit hartem Griff. „Was du brauchst", unterbrach er sie, „das ist ein wenig mehr Bescheidenheit. Wie kann man nur so selbstsüchtig sein?"

Wieder stand er so dicht vor ihr, dass sie seinen Atem auf ihren Wangen spüren konnte. Kurt Striker kochte vor Wut. „Du musst endlich aufhören, so beharrlich auf deine Unabhängigkeit zu pochen. Denk an die Sicherheit deines Kindes. Und an deine eigene." Ebenso plötzlich, wie er nach ihrem Handgelenk gegriffen hatte, ließ er es wieder los. „Lass uns gehen. Ich werde dich nicht stören."

Über die Schulter hinweg warf er ihr ein atemberaubendes Lächeln zu. „Versprochen."

5. KAPITEL

Ausgeschlossen, dass du bei mir mitfährst", warnte Rachel, streifte sich die Kapuze über und eilte zu ihrem Jeep. In den frühen Abendstunden hatte der starke Regen nachgelassen, aber es nieselte und war so neblig, dass sie kaum die Hand vor Augen sehen konnte. Die Wolken hingen schwer am dunklen Himmel.

„Es würde die Sache viel leichter machen", widersprach Striker.

Offenbar hatte er wieder einmal nicht begriffen, was Rachel ihm zu verstehen geben wollte. Denn er schlug seinen Mantelkragen hoch und eilte mit ihr zusammen zu ihrem Wagen.

„Für wen?" Rachel warf ihm einen fragenden Blick zu und klickte auf die Fernbedienung ihres Autoschlüssels. Es piepste, und sofort ging im Jeep die Innenbeleuchtung an.

„Für uns beide."

„Das glaube ich kaum." Rachel stieg in ihren Wagen und schloss die Türen. Striker rührte sich nicht von der Stelle, sondern blieb erwartungsvoll neben dem Jeep stehen.

Sie ließ den Motor an und ließ Striker draußen im Regen stehen, während sie den Wagen aus der Parklücke manövrierte und losfuhr. Ein Blick in den Rückspiegel zeigte ihr, wie er zu seinem Truck rannte. Kurz darauf fädelte sie sich in den Verkehr Richtung Innenstadt ein, ohne im Geringsten daran zu zweifeln, dass Striker ihr auf den Fersen war.

Sie mahnte sich, auf den Verkehr zu achten. Auf keinen Fall durfte sie es sich erlauben, ihre Gedanken ständig zu Striker schweifen zu lassen. Auch dann nicht, wenn sie sich gestern Abend reichlich dumm benommen hatte.

Rachel hatte zugelassen, dass er sie küsste. Sie hatte es zugelassen, dass er ihr das Nachthemd von den Schultern streifte, hatte seine Lippen heiß und verlangend auf ihrem Körper gespürt, in der Halsgrube und an der Schulter.

Natürlich hätte sie es niemals erlauben dürfen. Sie wusste genau, dass es ein Fehler war. Aber ihr Körper hatte sie verraten, und als Striker mit seinen rauen Fingerspitzen über ihre Brüste fuhr und seine unrasierten Wangen ihre Haut liebkosten, hatte sie alle Vorsicht in den Wind schießen lassen und ihn leidenschaftlich geküsst.

Rachel war überrascht gewesen, wie sehr sie plötzlich nach ihm verlangt, wie leidenschaftlich sie seinen Kuss erwidert hatte. Sie hatte versucht, ihm die Kleider vom Leib zu reißen, hatte seine sehnigen Schultern gestreichelt und die feinen Löckchen auf seiner Brust.

Die letzte Glut im Kamin hatte das Zimmer in ein warmes Orange getaucht. Rachels Atem ging stoßweise, ihr Herz klopfte wie wild, und sie spürte, wie Verlangen ihren Körper zum Pulsieren brachte.

Verzweifelt sehnte sie sich danach, dass Striker sie anfasste, sie überall berührte. Sie bebte vor Begierde, als er mit seinen Lippen über ihre Knospen fuhr und sein heißer Atem zärtlich über ihren Bauch und ihre Schenkel strich.

Sie schien keinen klaren Gedanken mehr fassen zu können ... sie wollte nur noch ihn. Oh, sie verlangte stärker nach ihm, als sie je nach einem Mann verlangt hatte.

Was reichlich dumm gewesen war ... aber als Strikers Küsse immer leidenschaftlicher und intimer geworden waren, als er sie mit seinem ganzen Körper liebkost hatte, hatte sie völlig die Beherrschung verloren. Sie musste sich eingestehen, dass sie sich überhaupt nicht mehr unter Kontrolle hatte. Dabei hatte sie jahrelang hart daran gearbeitet, sich niemals gehen zu lassen.

Rachel verpasste beinahe die Ausfahrt, während sie über Striker und den Zauber der letzten Nacht nachdachte. Am nächsten Morgen war sie überstürzt abgereist, noch bevor der Tag richtig begonnen hatte. Als ob sie sich schämte.

Sie lenkte den Wagen vom Highway und fuhr die steilen Straßen zur Bucht hinunter. Auf dem Parkplatz des Verlagsgebäudes stellte sie den Motor aus und griff nach ihrer Tasche. Sie war bereit, wieder in das Leben einzusteigen, das sie vor vielen Monaten aufgegeben hatte.

Die Redaktionsräume des *Seattle Clarion* lagen im vierten Stock des hundertjährigen, frisch renovierten Backsteingebäudes. Die Empfangssekretärin Shawn-Tay verlor beinahe die Fassung, als Rachel hereinkam.

„Du liebe Zeit, du bist es wirklich!“, rief sie, sprang auf und schloss Rachel in die Arme, als wollte sie sie nie wieder loslassen.

„Was zum Teufel ist eigentlich in dich gefahren? Warum hast du nie angerufen?", empörte sich Shawn-Tay. „Ich war krank vor Sorge, nachdem ich von deinem Unfall gehört hatte. Und wie geht es dem Baby?" Sie runzelte die Stirn, als das Telefon klingelte. „Oh, wie ärgerlich. Ich muss leider rangehen. Aber du kommst gleich zurück und erzählst mir alles, was inzwischen passiert ist!" Sie hastete wieder an ihren Arbeitsplatz zurück. „Seattle Clarion, mit wem darf ich Sie verbinden?"

Rachel ging am Tresen vorbei in die Redaktion. Ihr Schreibtisch war an einen neuen Platz geschoben worden. Er stand jetzt in einer Ecke der Nachrichtenredaktion hinter einer Glaswand.

Ein paar Kollegen schienen noch unter Hochdruck zu arbeiten, obwohl der Großteil der Redaktion schon Feierabend gemacht hatte. Alles in allem war es in der Redaktion recht ruhig.

Rachel setzte sich an ihren Schreibtisch und wunderte sich, dass sie ihn genauso vorfand, wie sie ihn verlassen hatte. Offenbar hatte niemand außer ihr an ihrem Platz gesessen. Dabei lag es mehrere Monate zurück, dass sie sich in Seattle aufgehalten und in der Redaktion gewesen war.

Im vergangenen Sommer hatte Rachel mit dem Chefredakteur vereinbart, nach der Geburt einen kurzen Mutterschaftsurlaub zu nehmen. Schon im Voraus hatte sie viele Texte für die Kolumne geschrieben, weil ihr klar war, dass sie ein paar Monate nur mit ihrem Baby verbringen wollte. Außerdem hatte sie ihr Buch zu Ende schreiben wollen.

Trotzdem wurde es langsam Zeit, sich neuen Leserfragen zu widmen. Die nächsten Stunden verbrachte Rachel damit, die E-Mails zu lesen, die sich im Lauf der letzten Monate angesammelt hatten.

Zwischendurch fragte sie sich, ob Kurt Striker ihr wohl gefolgt war. Ob er in diesem Augenblick etwa mit Shawn-Tay am Empfang plauderte? Nein, Striker war nicht der Typ für eine harmlose Plauderei. Überhaupt nicht. Er hatte keine Ahnung, wie man so etwas anstellte.

Meistens hielt er die Lippen fest verschlossen. Er mochte noch so sexy sein, aber über seine Vergangenheit verlor er kein Wort. Rachel vermutete, dass er irgendwann einmal bei der Polizei gearbeitet hatte. Doch sie wusste nicht, warum er den Dienst quittiert hatte. Natürlich konnte sie es herausfinden. Es hatte schließlich Vorteile, bei einer Zeitung zu arbeiten.

„Hey, Rachel!" Sarah Peeples arbeitete als Kino-Expertin beim *Clarion*. Sie war eine große Frau mit üppiger Figur, wilden blonden Locken, einer Vorliebe für teure Stiefel und billigen Schmuck. Viele Stunden ihres Lebens verbrachte sie damit, sich Filme anzusehen – im Kino, auf DVD oder auf Video. Sie lebte für das Kino, für die Filmstars und für alles, was mit Hollywood zu tun hatte.

Heute trug Sarah einen engen Reif um den Hals, der aussah, als wäre er eigentlich für einen Rottweiler hergestellt worden. Ihre Stiefel waren vorne betont spitz, die Absätze silbern gefärbt. Der graue Pullover war tief ausgeschnitten und der schwarze Rock vorn hoch geschlitzt, sodass sie viel Bein zeigte.

„Ich hatte schon befürchtet, dich nie wiederzusehen!"

„Eine Frau wie ich lässt sich nicht unterkriegen", gab Rachel im gleichen witzigen Tonfall zurück.

„Dein Wort in Gottes Ohr. Wo um alles in der Welt hast du gesteckt?"

„In Montana. Bei meinen Brüdern."

„Du hast eine neue Frisur. Steht dir aber gut. Kurz und frech." Sarah nickte bekräftigend. „Du siehst großartig aus. Wie geht es dem Baby?"

„Sehr gut", erwiderte Rachel ausweichend. Je weniger sie über Joshua sprach, desto besser. „Wie läuft es hier?"

Sarah verdrehte die Augen und lehnte sich an Rachels Schreibtisch. „Alles beim Alten. Ich habe mich in die Arbeit gestürzt ... na ja, wenn man es so nennen will. Ich schaue mir tausend Filme an. Sämtliche Filme, die jemals für den Oscar nominiert waren."

„Klingt so, als müsstest du ziemlich erschöpft sein", bemerkte Rachel spöttisch.

„Okay, ich weiß, es ist nicht unbedingt schweißtreibend. Aber Arbeit ist es trotzdem." Eine Weile plauderte Sarah über alles, was sich hinter den Kulissen abgespielt hatte, über die Machenschaften der Redaktionsleitung und den Klatsch und Tratsch im Büro. Umgekehrt brannte sie darauf, alles zu erfahren, was Rachel in Montana erlebt hatte, bei ihrem Unfall angefangen. „Paterno ist wieder in der Stadt", schloss sie nach einer Weile.

Rachel spürte, wie ihr Rücken sich versteifte. „Ach, wirklich?" Der Mann war fünfundvierzig Jahre alt, zweimal geschieden, hatte dichtes, an den Schläfen interessant ergrautes Haar und einen Sinn für schwarzen Humor. Er arbeitete als freiberuflicher Fotograf. Vor ein paar Jahren hatten sie eine kurze Affäre gehabt.

Es gab viele Gründe, weshalb sie nicht länger zusammengeblieben waren. Damals hatte es hauptsächlich daran gelegen, dass weder sie noch er sich festlegen wollten. Außerdem waren sie nicht ineinander verliebt.

„Er hat sich nach dir erkundigt." Sarah legte den Briefbeschwerer wieder auf den Schreibtisch, mit dem sie herumgespielt hatte. „Falls du noch allein bist, solltest du ihm vielleicht eine zweite Chance geben. Du verstehst."

Rachel schüttelte den Kopf. „Nein, ich glaube, das sollte ich nicht."

„Hast du etwas vor ihm zu verbergen?"

„Was sollte ich vor ihm zu verbergen haben?", fragte Rachel zurück. Aufmerksam ließ sie den Blick über das Gesicht ihrer Freundin schweifen. „Ach … ich verstehe." Seufzend schüttelte sie den Kopf. Niemand wusste, wer der Vater ihres Kindes war. Noch nicht einmal er selbst. Aber bevor Rachel noch etwas sagen konnte, klingelte das Handy ihrer Freundin.

„Uups. Die Pflicht ruft." Sarah schaute auf das Display. „Neue Filme sind angekommen. Rate mal, was ich dieses Wochenende vorhabe … Du kannst gern vorbeikommen, falls du nichts Besseres zu tun hast", bot sie Randy an, bevor sie lächelnd davoneilte.

„Ja, vielen Dank. Aber ich habe alle Hände voll zu tun", rief Rachel ihr nach.

Wie praktisch, dachte sie gleich darauf, dass ich wirklich alle Hände voll zu tun habe. Sie hatte eine Menge dringender Aufgaben vor sich. Die dringendste war, sich zu überlegen, was sie mit Kurt Striker anstellen sollte.

„Stimmt. Sie sind alle drei in Seattle", erklärte Eric Brown. „Okay, Clanton wohnt hier, aber Paterno ist vor drei Tagen gekommen, Donahue gestern."

Also nur wenige Stunden, bevor Rachel ebenfalls zurückgekehrt war. Striker verzog das Gesicht, während er sich vor dem Redaktionsgebäude das Handy ans Ohr hielt. „Zufall?", murmelte er. Natürlich glaubte er keine Sekunde daran.

Eric Brown am anderen Ende lachte bitter. „Wer's glaubt ..."

„... wird selig", ergänzte Striker. „Paterno ist vermutlich beruflich hier. Aber Donahue ..." Er biss die Zähne zusammen. „Kannst du dich auf seine Fährte setzen?"

„Nicht wenn du darauf bestehst, dass ich Rachels Wohnung im Auge behalte."

Verdammt, fluchte Striker lautlos, ich habe nicht genügend Leute für die Beschattung. „Fürs Erste solltest du bleiben, wo du bist. Sag mir sofort Bescheid, wenn dir irgendwas komisch vorkommt. Schon beim geringsten Verdacht."

„Verstanden. Aber was ist mit den beiden anderen Kerlen? Paterno und Clanton?"

„Versuch herauszufinden, was sie vorhaben. Denk dran, dass Donahue mir am wichtigsten ist. Wir können uns später weiter unterhalten." Striker beendete das Gespräch.

Er war wütend auf sich und die Welt, als er sein Handy zuklappte. Alle drei Männer, mit denen Rachel zu tun gehabt hatte, hielten sich in der Stadt auf. Na großartig ... einfach großartig. Ihm war kalt, er zog die Schultern hoch und spürte, wie Eifersucht in ihm aufkeimte.

Eifersucht und Neid gehörten zu den Gefühlen, die Striker verhasst waren. Es waren dumme Gefühle, die er nach Möglichkeit immer vermieden hatte. Sogar in der Zeit seiner Ehe. Aber vielleicht war genau das sein Problem. Vielleicht hätte er in den ersten Jahren seiner Ehe ein bisschen leidenschaftlicher sein sollen. Oder ein bisschen eifersüchtiger. Warum hatte er sich nicht mehr um seine Frau gekümmert?

Ich hätte ihr zeigen sollen, wie sehr sie mir am Herzen liegt, dachte Kurt, vielleicht wäre dann alles anders gekommen. Ach was. Als ob er nicht wüsste, dass an der Vergangenheit nichts mehr zu ändern war. Auch nicht an dem *Unfall.* Das war das Wort, das sie dafür immer zu benutzen pflegten. Nach dem *Unfall* war nichts mehr so gewesen wie früher. Der *Unfall* hatte ihm beinahe das Herz zerrissen. Es war wie eine tiefe Wunde in der Seele, die niemals heilen würde.

Aber dann, gestern Abend, die Sache mit Rachel ... Kurt Striker hatte sie berührt. Er hatte sie geküsst. Hatte gespürt, wie sie sich mit ihrem warmen Körper um ihn schlang, und danach war für ihn alles anders. Du solltest nicht mehr daraus machen, als es tatsächlich ist, mahnte er sich, ja, du hast mit ihr geschlafen. Na und? Vielleicht kam ihm die letzte Nacht nur deshalb so wichtig vor, weil es so lange her war, dass er Sex gehabt hatte.

Was auch immer der Grund war, er konnte die Erinnerung an den Abend einfach nicht abschütteln. Er konnte nicht vergessen, wie gut und richtig es sich angefühlt hatte …

Obwohl es durch und durch falsch gewesen war.

Um das Bild von Rachel loszuwerden, die nackt vor dem Kamin lag und ihn aus ihren warmen Augen anschaute, zog er sich einen Kaffee aus dem Automaten. Aufmerksam beobachtete er den Eingang zur Redaktion.

Autos, Lieferwagen und Trucks mit teilweise beschlagenen Windschutzscheiben fuhren durch die engen Straßen in diesem alten Teil der Stadt. Striker ließ den Blick über den Eingang eines nahe gelegenen Hotels schweifen, trank seinen Kaffee aus und merkte, wie die Wut wieder in ihm aufkeimte, als er an die Männer in Rachel McCaffertys Leben dachte. Oder jedenfalls an den einen, der mit ihr im Bett gewesen war und ihr ein Kind gemacht hatte …

Paterno. Clanton. Donahue. Verdammte Kerle, alle drei.

Doch langsam kam er der Sache näher. Kurt Striker hatte die Männer, mit denen Rachel zu tun gehabt hatte, mehrmals überprüft. Es war unwahrscheinlich, dass Joe Paterno das Kind gezeugt hatte. Auch zeitlich passte es nicht.

Zu dem Zeitpunkt, als das Kind gezeugt worden war, hatte Paterno sich in Afghanistan aufgehalten. Es hatte Gerüchte gegeben, dass er für ein Wochenende in der Stadt gewesen war. Aber nachdem Kurt ein paarmal mit Paternos geschwätziger Vermieterin telefoniert hatte, musste er diese Möglichkeit ausschließen. Es sei denn, der Mann hatte sich das ganze Wochenende über nicht in seinem Apartment blicken lassen und ein heimliches Liebeswochenende mit Rachel verbracht. Und weil Rachel sich beinahe den ganzen Monat außerhalb der Stadt aufgehalten hatte, schied Joe eigentlich aus.

Blieben noch Brodie Clanton, der aalglatte Anwalt, und Sam Donahue, der verwegene Cowboy. Donahue genoss einen Ruf, der so schmutzig war wie sein Hut. Wieder keimte die Eifersucht in Kurt auf. Clanton war ein Schleimer, ein reicher Anwalt, dem die Frauen hinterherliefen. Er war nicht verheiratet, benahm sich wie der geborene Junggeselle, der sich ständig in der Nähe irgendwelcher Berühmtheiten zeigen musste, sobald sie in der Stadt eintrafen. Der Mann spekulierte an der Börse, fuhr teure Autos und umgab sich gern mit jungen Frauen. Kurz, er benahm sich in Strikers Augen wie das letzte Arschloch.

In der Zeit, in der Joshua gezeugt worden war, hatte der Anwalt sich in der Stadt aufgehalten. Aber Striker hatte nur ein wenig in Kreditkartenabrechnungen herumschnüffeln müssen, um herauszufinden, dass Rachel in jener Zeit nur selten in Seattle gewesen war.

Natürlich war sie nie bis nach Afghanistan gereist. Aber sie war einer Story über die professionellen Rodeos auf der Spur gewesen. Dort kannte man Sam Donahue. Er war der Mann, der die wildesten Broncos zuritt und den Frauen reihenweise das Herz brach …

Am ehesten würde Striker wetten, dass Sam Donahue der Daddy des Kindes war. Donahue war zweimal verheiratet gewesen, hatte beide Frauen betrogen. Seine erste Ehefrau, die er wegen einer Jüngeren verlassen hatte, stammte aus Grand Hope – aus der kleinen Stadt, in der auch Rachel aufgewachsen war. Und jetzt war Sam Donahue rein zufällig in Seattle aufgetaucht. Nur einen Tag vor Rachel.

Striker presste die Lippen zusammen.

Er sah nur einen Weg, herauszufinden, wer Joshuas Vater war: einen DNA-Test. Es sei denn, er konnte Rachel dazu zwingen, ihr Geheimnis preiszugeben. Unwillkürlich dachte er an ihren Mund, der auch dann noch verführerisch war, wenn Rachel vor Wut beinahe platzte. Dann verzog sie die Lippen zu einem Schmollmund, den Striker unglaublich sexy fand. Was vollkommen verrückt war.

Nein, auf keinen Fall durfte er seine Gedanken abschweifen lassen. Es spielte keine Rolle, wie attraktiv Rachel McCafferty war. Es war seine Aufgabe, sie zu beschützen. Und nicht, sie zu verführen.

Kurt Striker fluchte lautlos. Es war unglaublich, welche Erregung schon der bloße Gedanke an Rachel auslöste. Außerdem war jetzt der falsche Zeitpunkt für seine lächerlichen Fantasien. Er hatte einen Job zu erledigen. Am besten kümmerte er sich sofort darum.

Bevor es wieder einen unerklärlichen *Unfall* gab.

6. KAPITEL

Rachel stieß die gläserne Drehtür auf und entdeckte Kurt genau dort, wo sie es erwatet hatte. Er stand auf der Straße und sah so sexy und verwegen aus wie immer. Und er tat so, als sei es die natürlichste Sache der Welt, mitten im Regen auf sie zu warten.

Bei seinem Anblick ging Rachels Puls schneller.

Warum nur falle ich immer wieder auf Männer mit dieser erotischen Ausstrahlung herein?, grübelte Rachel verzweifelt, obwohl ich genau weiß, dass sie mir gefährlich werden können? Was ist nur los mit mir?

Noch nie im Leben hatte sie sich für die normalen Jungs aus der Nachbarschaft interessiert. Auch nicht für umgängliche, respektable und hingebungsvolle Männer, die den ganzen Tag emsig im Büro arbeiteten. Und schon gar nicht für anschmiegsame Football-Fans, die ihre Freizeit auf dem Sofa vor dem Fernseher verbrachten, sie voraussichtlich bis ans Ende ihres Lebens lieben und niemals den Hochzeitstag vergessen würden.

Nein, Rachel interessierte sich überhaupt nicht für die Sorte Männer, die sie in ihrer Ratgeber-Kolumne über den grünen Klee lobte. Obwohl sie ihren Leserinnen stets empfahl, sich um genau diese Exemplare zu bemühen.

Vielleicht, dachte Rachel, während sie die Straße überquerte, ist das der Grund, weshalb ich ausgerechnet den Frauen und Männern kluge Ratschläge gebe, die sich immer für den Falschen entscheiden. Weil ich selbst so bin wie sie. Und weil ich die Abgründe kenne, in die man stürzen kann. Schließlich habe ich mir oft genug die Finger verbrannt.

„Schön, dass du mir nicht von der Seite weichst“, bemerkte sie sarkastisch, als Striker ihr folgte. Sie drückte auf den Türöffner an ihrem Schlüsselanhänger. „Trotzdem hast du es offenbar immer noch nicht kapiert. Ich möchte dich nicht sehen.“

„Das haben wir schon diskutiert.“

„Ich habe den Eindruck, dass wir noch hundertmal darüber diskutieren werden, bis du es endlich begriffen hast.“ Rachel öffnete die Autotür. Blitzschnell schlug Kurt sie mit der flachen Hand wieder zu.

„Warum fangen wir nicht noch einmal ganz von vorn an?“ Er zwang sich zu einem Lächeln und hinderte sie mit dem ausgestreckten Arm am Einsteigen. „Ich lade dich zum Dinner ein. Gleich um die Ecke kenne ich einen netten irischen Pub. Du könntest mir erzählen, wie du hier gelebt hast, bevor du nach Montana gezogen bist.“

„Es gibt nichts zu erzählen.“

„Das glaubst nur du allein.“ Sein Lächeln verflog. „Es ist höchste Zeit, dass du mich ernst nimmst. Ich habe keine Lust mehr, mich noch länger mit einsilbigen Bemerkungen abspeisen zu lassen. Irgendwie muss ich schließlich herausfinden, wer versucht, dir und deinen Brüdern das Leben schwer zu machen.“

Kurt machte eine kleine Pause. „Wenn du nur nicht so verdammt arrogant wärst und nur an dich denken würdest … Offenbar bist du davon überzeugt, dass ich dich nur deshalb verfolge, weil ich dir auf die Nerven gehen will. Aber es geht nicht nur um dich. Sondern um die Sicherheit deiner ganzen Familie.“

„Hör auf, Striker“, warnte Rachel und blitzte ihn an.

„Nein.“

„Was glaubst du denn, weshalb ich die Ranch verlassen habe?“, fragte sie.

„Ich glaube, wegen mir.“

Seine Antwort verschlug ihr die Sprache. Kurt hatte sich im strömenden Regen vor ihr aufgebaut und schaute ihr fest in die Augen. Rachel hatte Mühe, die Fassung wiederzufinden. „Wegen dir?“

„Und wegen gestern Abend.“

Du lieber Himmel! Rachel verspürte ein flaues Gefühl im Magen. „Wir sollten ein paar Dinge klarstellen. Ich bin aus Montana abgereist, damit die seltsamen Unfälle auf der Flying-M-Ranch aufhören. Damit meine Brüder mit ihren Familien in Ruhe dort leben können. Wer auch immer hinter den Anschlägen steckt, er hat es auf mich abgesehen.“

„Du willst also die Aufmerksamkeit von deiner Familie ablenken?“

„Genau.“

„Was ist mir dir? Und mit deinem Baby?“

„Ich kann selbst auf mich aufpassen. Und auf mein Baby.“

„Das glaube ich nicht. Bis jetzt hast du jämmerlich versagt.“ Kurt funkelte sie wütend an.

„Du glaubst also, dass es helfen würde, wenn ich mich dir anvertraue?“ Rachel schwieg kurz. „Was weiß ich denn schon über dich? Doch nicht mehr, als dass Slade große Stücke auf dich hält.“

„Verdammt, du weißt viel mehr über mich“, fluchte Kurt ärgerlich.

Rachel unterdrückte den Impuls, ihm eine Ohrfeige zu verpassen. „Falls du schon wieder auf die letzte Nacht anspielst …“

„Was dann? Sprich weiter.“

„Das kann ich nicht. Nicht hier. Außerdem … außerdem habe ich über andere Dinge sprechen wollen. Versuch also nicht, mich in die Falle zu locken, okay?“

Kurt biss die Zähne zusammen und musterte sie eindringlich. „In Ordnung. Du hast recht. Du kennst mich nicht. Aber es wird langsam Zeit, dass wir das ändern. Lass uns gehen. Ich werde dir alles erzählen, was du wissen willst.“ Er lächelte verbissen. „Ich lade dich zum Dinner ein.“

Bevor Rachel widersprechen konnte, packte er sie am Ellbogen und zerrte sie um die Ecke. Zwei Straßen weiter und eine Treppe tiefer im Souterrain eines Gebäudes befand sich ein Restaurant mit Bar. Kurt hielt sie noch immer am Ellbogen fest und führte sie zu einem Platz in einem Winkel des Restaurants.

Sie riss sich von ihm los. „Wo hast du eigentlich deine Manieren gelernt? In der Benimm-Schule der Neandertaler?“

„Prüfung mit Auszeichnung bestanden.“ Mit einem entwaffnenden Lächeln sah Kurt sie an.

Rachel verkniff sich eine bissige Antwort. Immerhin besaß der Mann Humor. Außerdem hatte sie einen Riesenhunger.

Kurt bestellte ein Bier. Rachel beschloss, dass ein kleiner Drink nicht schaden würde, und schloss sich ihm an. „Okay“, begann sie beschwichtigend, als er sich zurücklehnte und sie anschaute. „Du hast unmissverständlich klargemacht, worum es dir geht. Du nimmst deinen Auftrag ernst und wirst mir nicht von der Seite weichen. Ich weiß zwar nicht, wie viel meine Brüder dir dafür zahlen. Aber offenbar reicht es, um mich und meine schlechte Laune zu ertragen, obwohl ich strikt gegen eure Vereinbarung bin.“

Kurt verzichtete auf eine Antwort, weil in diesem Moment die rot gelockte Kellnerin zwei Biergläser auf ihrem Tisch abstellte.

Im Restaurant herrschte dämmriges Licht. Die Sitzbänke waren mit Kunstleder gepolstert, und die Mahagonitische waren so alt, dass sie fast schon schwarz aussahen. Der Holzboden war übersät mit Kerben und Kratzern, und es roch nach Bier und Essen.

„Ich möchte wissen, wie es meinem Baby geht." Rachel griff nach ihrer Tasche, zog das Handy heraus und wählte Sharon Okanos Nummer.

Sharon nahm beim zweiten Klingeln ab und versicherte ihrer Freundin, dass es Joshua gut ging. Das Baby hatte nach ihrer Auskunft schon gebadet, trug einen frischen Strampler und betrachtete fasziniert das Mobile, das Sharon über seinem Bettchen angebracht hatte.

„Sobald ich es einrichten kann, komme ich zu dir und sehe selbst nach ihm", erklärte Rachel. Sie legte auf und versuchte, den Schmerz zu unterdrücken, den ihr die Sehnsucht nach ihrem Baby bereitete.

Es war merkwürdig. Vor Joshuas Geburt war sie frei und ungebunden gewesen. Sie hatte nicht die geringste Ahnung gehabt, welche dramatische Veränderung das Schicksal für ihr Leben vorgesehen hatte. Aber in jenem Moment, als sie aus dem Koma erwacht war und erfahren hatte, dass sie einen Sohn geboren hatte, hatte sie es kaum erwarten können, ihn im Arm zu halten.

Die kommenden Wochen drohten qualvoll zu werden. Denn bis auf Weiteres musste sie darauf verzichten, ihr Baby zu sehen, um es nicht in Gefahr zu bringen.

Rachel steckte das Handy zurück in ihre Tasche und wandte sich wieder Kurt zu, der sie die ganze Zeit über den Rand seines Bierglases hinweg angeschaut hatte.

Sie bestellten. Zweimal Fisch mit Pommes frites und Krautsalat, dazu ein zweites Bier, obwohl sie das erste noch nicht ganz ausgetrunken hatten.

„Warum willst du nicht verraten, wer Joshuas Vater ist?", fragte Kurt. „Warum ist es dir wichtig, daraus ein Geheimnis zu machen?"

„Ich möchte, dass er nichts davon erfährt."

„Warum nicht? Ich finde, er hat sogar ein Recht darauf."

„Er ist nur der Erzeuger. Nicht der Vater. Das ist ein wesentlicher Unterschied." Das Thema drohte ihr gründlich den Appetit zu verderben.

„Vielleicht sollte er das selbst entscheiden."

„Und vielleicht solltest du deine Nase nicht in meine Angelegenheit stecken." Rachel trank einen ordentlichen Schluck Bier. Drei Männer am Tresen schrien auf, als ihr Basketball-Team mit einem Korbwurf drei Punkte erzielt hatte.

„Deine Brüder haben deine Angelegenheit zu meiner gemacht."

„Meine Brüder können mir nicht vorschreiben, wie ich mein Leben zu führen habe. Und wenn sie sich noch so sehr danach sehnen."

„Ich glaube, du hast Angst", vermutete Kurt.

Wie immer, wenn sie sich in die Ecke gedrängt fühlte, verspannten sich ihre Nackenmuskeln.

„Wovor?", fragte Rachel.

Er antwortete nicht, weil die Kellnerin auftauchte und das Essen brachte. Als sie wieder allein waren, wiederholte Rachel ihre Frage. „Wovor sollte ich Angst haben?"

„Das solltest besser du mir erklären. Es ist merkwürdig, dass eine Frau dem Vater ihres Kindes nicht verraten will, dass er Vater geworden ist. Eigentlich verhält man sich anders. Normalerweise verlangt eine junge Mutter finanzielle Unterstützung. Und emotionale Unterstützung. Du weißt schon, was ich meine."

„Aber ich bin nicht normal", erwiderte Rachel und bildete sich ein, dass er ein unhörbares „Das kann man wohl sagen" wisperte. Aber ganz sicher war sie sich nicht, weil er gleich darauf einen großen Schluck Bier trank.

Als er den Kopf in den Nacken legte, fiel ihr Blick auf seinen ungeschützten Hals, und in diesem Moment regte sich etwas tief in ihrem Innern. Es war, als würde die weibliche Seite in ihr neu erwachen. Unsinn, mahnte Rachel sich sofort und wandte den Blick ab.

Es war lange her, dass sie mit einem Mann zusammen gewesen war. Länger als ein Jahr. Aber deswegen hatte sie kein Recht, Männer wie Kurt Striker mit ihrem Blick zu verzehren. Oder sich vorzustellen, wie es sich wohl anfühlte, wenn er sie wieder berührte, wenn er sie küsste … wenn er seine heißen Lippen leidenschaftlich in das kleine Grübchen zwischen Schulter und Hals pressen und ihr den Pullover über den Kopf ziehen würde …

Sie riss sich zusammen und bemerkte, dass er sie musterte. Entsetzt stellte sie fest, dass ihre Wangen heiß wurden.

„Ich würde ein Vermögen dafür geben, dass du mir verrätst, was dir gerade durch den Kopf gegangen ist."

Rachel wehrte mit einer Handbewegung ab und tat so, als beanspruche das Essen ihre gesamte Aufmerksamkeit. „Für kein Vermögen der Welt würde ich meine Gedanken verkaufen."

„Dann erzähl mir was über das Buch", schlug er vor.

„Welches Buch?"

„Das Buch, an dem du gerade schreibst. Noch ein Geheimnis, das du mit dir herumschleppst."

Ein paar Sekunden lang aß Rachel schweigend. „Es ist kein Geheimnis. Ich hatte nur keine Lust, es herauszuposaunen, bevor es fertig ist."

„Als du im Glacier National Park von der Straße gedrängt worden bist", fuhr Kurt Striker fort, „warst du auf dem Weg zur Flying M, um es zu Ende zu schreiben, nicht wahr?" Er spießte ein Stück Fisch auf die Gabel.

Rachel nickte.

„Glaubst du, es handelt sich dabei nur um einen dummen Zufall?"

„Niemand wusste, dass ich nach Montana fahre, um ein Buch zu schreiben. Sogar die Leute in der Redaktion waren davon überzeugt, dass ich nur ein paar Monate lang in Mutterschaftsurlaub gehe. So war es auch. Ich hatte vor, beides miteinander zu verbinden."

„Juanita auf der Ranch wusste Bescheid." Kurt hatte das erste Stück kross gebratenen Heilbutt verspeist und machte sich an das zweite.

„Natürlich wusste sie Bescheid. Schließlich war es kein Geheimnis."

„Wie du meinst." Kurt schwieg für ein paar Minuten und aß seinen Fisch.

Rachel fühlte sich trotzdem nicht erleichtert, weil sie wusste, dass er bereits über seine nächste Frage nachdachte. Das war so sicher wie das Amen in der Kirche. Dann kam ihm die Frage auch schon über die Lippen. „Wer sind deine schlimmsten Feinde? Du weißt schon, was ich meine. Wer hätte einen Grund, dich umzubringen?"

Wie oft hatte sie sich über diese Frage den Kopf zerbrochen. Seit sie aus dem Koma erwacht war und ihre Erinnerung wieder eingesetzt hatte, hatte sie kaum einen anderen Gedanken fassen können. „Ich ... ich habe keine Ahnung. Wer sollte mich so sehr hassen, dass er einen Grund hätte, mich umzubringen? Niemand."

„Mörder und Attentäter handeln nicht immer vernünftig", betonte Kurt.

„Trotzdem fällt mir niemand ein."

„Und was ist mit dem Vater deines Babys? Vielleicht hatte er erfahren, dass du schwanger bist, und ist wütend geworden, weil du es ihm verschwiegen hast. Oder er hatte Angst, als Vater in die Pflicht genommen zu werden, und deshalb beschlossen, euch beide loszuwerden."

„Das würde er niemals tun."

„Nein?"

Rachel schüttelte den Kopf. Es gab nicht viel in ihrem Leben, worauf sie sich hundertprozentig verlassen konnte. Trotzdem hatte sie erhebliche Zweifel, dass Joshuas Vater sich auch nur im Geringsten dafür interessierte, ein Kind gezeugt zu haben. Und ganz bestimmt würde er nicht die Mühe auf sich nehmen, Mutter und Kind umzubringen.

Striker schob seinen Teller zurück. „Wenn ich dir helfen soll, muss ich alles über dich wissen. Alles, was in den letzten Monaten vorgefallen ist. Also, Rachel, wer ist es? Wer ist Joshuas Daddy?"

Rachel hatte gar nicht bemerkt, dass sie die Serviette auf ihrem Schoß zerrupft hatte. Sie schaute hinunter und sah die roten Papierfetzen auf dem Boden. Natürlich war ihr klar, dass sie ihr Geheimnis nicht ins Grab mitnehmen konnte. Aber es kam ihr so vor, als verriete sie ihren Sohn, wenn sie es aussprach.

„Ich wette auf Donahue", sagte Kurt unvermittelt.

Rachel erstarrte.

Er zwinkerte. „Ich glaube, du stehst auf solche Typen. Auf den sexy Cowboy."

„Du weißt doch gar nicht, auf welche Typen ich stehe."

„Wirklich nicht?"

„Striker, das ist unfair. Gestern Nacht, das war … das war …"

„Was war es?"

„Es war ein Fehler. Das wissen wir beide. Wir sollten es also besser vergessen. Wie gesagt, du hast keine Ahnung, auf welchen Typ Mann ich stehe."

Kurt zog einen Mundwinkel hoch und sah atemberaubend sexy

aus. Seine grünen Augen hielten ihren Blick fest. Ein warmer Schauer kroch ihr über den Rücken bis in den Nacken hinauf. „Aber ich werde es herausfinden."

Sie spürte einen Stich im Herzen. Rachel, hör auf, mahnte ihre innere Stimme. Lass nicht zu, dass er dich berührt. Er ist nicht besser als … als … Ihre Kehle war wie zugeschnürt, während sie darüber nachdachte, wie dumm sie sich verhalten hatte. Gegenüber dem Mann, der sie verführt hatte. Der sie benutzt hatte. Der sich mehr um seinen Hund gesorgt hatte als um sie. *Er hatte wirklich leichtes Spiel mit mir …*

„Okay, Striker", erklärte sie entschlossen. Sie musste sich die Worte förmlich abringen. Denn noch vor wenigen Stunden hatte sie sich felsenfest geschworen, ihr Geheimnis niemals preiszugeben. „Ich sage dir die Wahrheit." Sie ärgerte sich, weil sie sich plötzlich erleichtert fühlte, sich jemandem anzuvertrauen.

„Es muss aber unter uns bleiben", fuhr sie fort, „hast du mich verstanden? Ich erzähle es nur dir und niemandem sonst. Wenn die Zeit gekommen ist, werden es auch Joshuas Vater und meine Brüder erfahren. Aber erst dann, wenn ich dazu bereit bin."

„Gu-u-t", versprach Kurt gedehnt, verschränkte die Arme vor der Brust und schenkte den restlichen Pommes frites auf seinem Teller keinerlei Beachtung mehr.

Rachel atmete tief durch und schickte ein Stoßgebet zum Himmel. Hoffentlich beging sie jetzt nicht den größten Fehler ihres Lebens! Sie schaute Striker in die Augen und gestand ihm schweren Herzens: „Du hast recht. Joshuas Vater … ist Sam Donahue."

Sie stolperte beinahe über Sams Namen. Es gefiel ihr gar nicht, dass sie ihn laut aussprechen musste, und noch weniger gefiel es ihr, dass sie auf den Charme dieses raubeinigen Cowboys hereingefallen war. Wie unzählige andere Frauen vor ihr auch. Es war ihr peinlich. Und hätte er ihr nicht ihren Sohn geschenkt, würde sie jene Nacht bis zu ihrem letzten Atemzug bereuen.

Striker sagte kein Wort und verzog nicht die Miene. Oder zog er eine Braue spöttisch nach oben? Nein, noch nicht einmal das. Er saß reglos auf seinem Stuhl, behielt sie nur genau im Blick und beobachtete, wie sie reagierte.

„So. Jetzt weißt du Bescheid", sagte Rachel und stand auf. „Ich hoffe, dass ich dir helfen konnte. Obwohl ich nicht glaube, dass es irgendeine Rolle spielt. Danke für das Dinner." Sie verließ die Bar und stieg die Treppe hinauf auf die nasse Straße. Der Regen war wieder zu einem Nieseln geworden.

Rachel wäre am liebsten losgerannt. So schnell und so weit weg, wie sie nur konnte. Sie fühlte sich, als würde die Angst ihr die Brust einschnüren. Es war dieselbe Angst, die sie vor ihrer Flucht aus Montana verspürt hatte.

Sie hatte keinen Regenschirm dabei und schlug auch die Kapuze nicht hoch. Die Feuchtigkeit drückte ihr Haar platt und legte sich auf ihre Wangen. Es kümmerte sie nicht. Verdammt noch mal, fluchte Rachel lautlos in sich hinein, warum nur habe ich Striker von Sam Donahue erzählt?

Ihre Beziehung mit Sam war eine Affäre gewesen, die mit Liebe nichts zu tun hatte. Es war nur eine flüchtige Angelegenheit gewesen, obwohl Rachel ein paar Tage lang geglaubt hatte, sie würde sich am Ende doch noch in den Mistkerl verlieben. Aber er hatte ihre Gefühle nicht erwidert, und sie hatte ihren Fehler schnell eingesehen.

Als sie Wochen später erfuhr, dass sie schwanger war, hatte sie es nicht für nötig gehalten, es Sam Donahue zu erzählen. Denn sie wusste, dass es ihn nicht interessieren würde. Der Mann war schon immer egoistisch gewesen, ein ungehobelter Kerl, der als Rodeo-Reiter durchs Land reiste. Niemals hatte er Zeit für seine zwei Exfrauen und die Kinder, die er bereits gezeugt hatte.

Sie hatte nicht vor, ihn mit der Verantwortung für ein weiteres Kind zu konfrontieren. Denn sie war überzeugt, dass Joshua mit einer starken Mutter besser zurechtkommen würde als mit zwei Elternteilen, die sich ständig stritten. Und mit einem Vater, der wie ein Gespenst auftauchte und wieder verschwand.

Rachel wusste, dass ihr Sohn eines Tages Fragen stellen würde. Sie hatte sich vorgenommen, ihm aufrichtig zu antworten. Wenn die Zeit gekommen war. Jetzt war ihr Baby noch so klein und unschuldig …

„Rachel!" Striker hatte sie eingeholt. Grimmig schaute er sie an.

„Was ist los? Hast du noch mehr Fragen?", fragte sie und gab sich keine Mühe, ihren Sarkasmus zu verbergen. „Nun, ich muss dir leider gestehen, dass ich im Moment keine pikanten Geheimnisse mehr auf Lager habe."

„Ich habe nicht den weiten Weg nach Seattle auf mich genommen, um dich in Verlegenheit zu bringen“, erklärte Kurt auf dem Weg zum Parkplatz.

„Sieht aber ganz danach aus.“

„Nein, das stimmt nicht. Und du weißt es auch.“

Rachel war bei ihrem Jeep angekommen. Mit einem Knopfdruck entriegelte sie die Türen. „Wie komme ich nur darauf, dass du immer noch nicht lockerlassen willst? Dass du dich erst dann zufriedengeben wirst, wenn ich auch noch den letzten Rest meines Privatlebens vor dir ausbreite?“

„Ich möchte dir nur helfen.“

Kurt klang aufrichtig. Aber es wäre nicht das erste Mal, dass man sie an der Nase herumführte. Sam Donahue hatte den Vogel abgeschossen. Und Kurt Striker war aus dem gleichen Holz geschnitzt. Auch nur ein rauer Cowboy … vielmehr ein sexy Cowboy mit einer undurchsichtigen Vergangenheit … ein Cowboy, in den sie sich langsam aber sicher verliebte. Was es zu verhindern galt. „Helfen?“

„Genau.“ Sein Blick fiel auf ihren Mund.

Nervös befeuchtete Rachel ihre Lippen, schmeckte das Regenwasser. Das Herz schlug ihr bis zum Hals. Denn in dieser Sekunde wurde ihr klar, dass er sie küssen würde.

Noch kämpfte Kurt dagegen an. Rachel konnte es an seinem Blick erkennen. Aber am Ende siegte die pure Lust, und er presste die Lippen so rasch auf ihre, dass sie nach Luft schnappte. Sofort ließ er seine Zunge in ihren Mund gleiten.

Geschmeidig. Forschend. Gleichzeitig schloss er Rachel in die Arme. Plötzlich öffnete der Himmel alle Schleusen, es schüttete wie aus Eimern, und Rachels dummes kleines Herz war rettungslos verloren.

Leidenschaftlich erwiderte sie den Kuss ihres raubeinigen Cowboys. Mit aller Macht wehrte Rachel sich gegen den Gedanken, dass sie im Begriff war, den größten Fehler ihres Lebens zu machen. Es kam ihr vor, als beträte sie eine Brücke, die hinter ihr einstürzte. Schlagartig wurde ihr bewusst, dass ihr Leben nie wieder so sein würde wie früher.

Inmitten der tosenden Stadt küsste Rachel im strömenden Regen Striker und hatte die Welt um sich herum völlig vergessen.

7. KAPITEL

Hör auf! Hör sofort auf! Hast du die letzte Nacht etwa schon vergessen?

Rachel kniff die Augen zusammen und blinzelte die Regentropfen fort. Angestrengt kämpfte sie gegen den Impuls, sich an Kurt zu schmiegen, und zog sich zurück. „Das ist garantiert keine gute Idee", sagte sie, „daran hat sich seit gestern Nacht nichts geändert."

Kurt lächelte zaghaft. „Da bin ich mir nicht so sicher."

„Aber ich." Es war gelogen. Denn in diesem Moment konnte sie für nichts mehr garantieren. Trotzdem griff Rachel nach hinten zum Türgriff an ihrem Wagen. „Wir sollten einfach eine kleine Pause einlegen, okay?"

Kurt ließ sich auf keinen Streit ein. Er hielt Rachel auch nicht zurück, als sie in ihren Jeep einstieg und mit zittrigen Fingern den Zündschlüssel ins Schloss steckte. Wahnsinn. Genau das war es. Der blanke Wahnsinn! Auf keinen Fall durfte sie zulassen, dass ein Mann wie Kurt Striker sie küsste. Niemals wieder!

Lieber Himmel, was hatte sie sich nur dabei gedacht?

Du hast gar nicht gedacht. Das ist das Problem.

Zuerst hatte sie den Fehler gemacht, sich auf Sam Donahue einzulassen. Und jetzt war sie kurz davor, sich in Kurt Striker zu verlieben … nein! Sie schlug mit der Faust auf das Lenkrad.

Als Rachel endlich ihren Wagen auf dem Parkplatz vor ihrer Wohnung abstellte, war es bereits dunkel geworden.

Nur das spärliche Licht der Parkplatz-Beleuchtung schimmerte auf dem regennassen Asphalt und auf ein paar Autos. Keine Menschenseele war zu sehen. Ein beklemmendes Gefühl stieg in Rachel auf.

Na und? Deshalb hast du dich noch entschieden, dir hier eine Wohnung zu kaufen. Weil es so ruhig ist. Ein kleines Haus mit ein paar Wohnungen, die auf den See hinausgehen.

Zum ersten Mal seit ihrem Einzug war Rachel verunsichert, als sie die dunklen Fenster ihres Apartments betrachtete. Sie wurde das Gefühl nicht los, dass sie durch den Schleier des Nieselregens hindurch mit Blicken verfolgt wurde.

„Reiß dich zusammen", ermahnte sie sich, schulterte ihre Tasche und klemmte sich die Einkaufstüte unter den Arm.

Niemand versteckte sich hinter den Büschen. Niemand beobachtete sie. Aber trotzdem bereute sie es, sich so hastig von Striker verabschiedet zu haben. Vielleicht brauchte sie doch einen Bodyguard. Einen Mann, dem sie vertrauen konnte.

Denkst du an jemanden, von dem du die Finger nicht lassen kannst?

An jemanden, den du geliebt hast?

Jemanden, mit dem du am liebsten sofort ins Bett gehen würdest, obwohl du es besser lassen solltest?

Vor ihrem geistigen Auge tauchte das Bild von Kurt Striker auf. Kurt Striker mit seiner gebräunten Haut und den trainierten Muskeln, wie er sie vor dem schwach züngelnden Kaminfeuer im Arm hielt.

Oh, du liebe Güte! Rachel strengte sich an, ihre unbeherrschte Leidenschaft zu zügeln. Sie eilte zur Wohnungstür, schloss auf und knipste das Licht im Flur an. Insgeheim sehnte sie sich fast danach, dass Kurt Striker auch diesmal drinnen auf sie wartete.

„Du bist wirklich dumm", murmelte sie in sich hinein und stellte sich vor den Spiegel. Die feuchten Strähnen hingen ihr ins gerötete Gesicht, aber ihre Augen schimmerten. „Genau deshalb bist du überhaupt nur in diesen Schlamassel geraten."

Rachel stellte die Tasche mit dem Laptop und die Einkaufstüte auf den Küchentresen. Als sie ihren Mantel ablegte, hörte sie den Motor eines Pick-ups auf dem Parkplatz. Ihr Herz machte einen Sprung. Ein Blick aus dem Fenster bestätigte, dass Striker zurückgekehrt war. Er war schon ausgestiegen und lief mit großen Schritten zu ihrer Wohnung.

Rachel hielt ihm die Tür auf. „Du hast es offenbar immer noch nicht kapiert, nicht wahr?", grüßte sie spöttisch.

„Der Verkehr hat mich aufgehalten", entgegnete Kurt schlecht gelaunt, trat ein und schloss die Tür hinter sich. „Ich finde es beleidigend, wenn du mich im Regen stehen lässt."

„Und ich finde es beleidigend, wenn man mich so grob behandelt." Rachel machte sich daran, ihren Einkauf auszupacken, und verstaute die Milch im fast leeren Kühlschrank.

„Ich habe dich geküsst."

„Auf der Straße. Obwohl ich es offensichtlich nicht wollte."

Kurt zog ungläubig die Brauen hoch. „Du wolltest nicht?" Er lachte. „Dann möchte ich wirklich gern mal wissen, wie du bist, wenn du es willst."

„Das war gestern Abend", erinnerte Rachel und ärgerte sich sofort über ihre Bemerkung. Schnell hob sie die Hand und schnitt ihm das Wort ab. „Lass uns nicht schon wieder über letzte Nacht streiten."

Kurt schnappte sich einen Barhocker und setzte sich an den Tresen, der die Küche vom Wohnzimmer trennte. „Okay. Trotzdem gibt es ein paar Dinge, über die wir reden sollten."

Rachel wappnete sich innerlich. „Das wäre?"

„Sam Donahue."

„Schon wieder ein Thema, das absolut tabu ist." Rachel zog einen Laib Brot aus der Einkaufstüte.

„Das glaube ich kaum. Ich finde, wir haben schon viel zu viel Zeit verschwendet. Und langsam reicht es mir, dass du ständig irgendwelche Geheimnisse vor mir hast."

„Ich hätte es dir niemals erzählen dürfen."

Er warf ihr einen herablassenden Blick zu. „Schon vergessen, dass ich längst selbst darauf gekommen war?" Er fuhr sich mit den Fingern durch das Haar und atmete tief durch. „Hast du noch Feuerholz?", wollte er wissen und deutete mit dem Kinn auf den Kamin.

„Einen kleinen Stapel. Auf dem Balkon."

„Gib mir ein Bier. Ich mache Feuer, und dann unterhalten wir uns über deinen Ex-Lover. Ob es dir gefällt oder nicht."

„Sieh an", erwiderte Rachel spöttisch. „Ich muss schon sagen, du hast Nerven. Platzt einfach hier herein und fängst an, mir Befehle zu erteilen. Nur weil ... nur wegen gestern Abend hast du noch lange nicht das Recht, mich in meiner eigenen Wohnung herumzukommandieren."

„Das stimmt", bestätigte Kurt, machte aber nicht den Eindruck, als bedauerte er seine Worte. „Ich kümmere mich um das Kaminfeuer. Würdest du mir bitte ein Bier geben? Es ist noch eine Flasche übrig. Steht in der Kühlschranktür, soweit ich das heute Nachmittag gesehen habe."

Rachel warf einen Blick auf die leere Flasche, die auf dem Wohnzimmertisch stand. „Als du hier eingebrochen bist." Sie öffnete den Kühlschrank. Immerhin war Striker so aufmerksam gewesen, noch ein Bier übrig zu lassen. Aber trotzdem war er ein Eindringling, der sich ohne ihre Erlaubnis in ihr Leben geschlichen hatte. Ein sexy Eindringling. Ihr schlimmster Albtraum.

Rachel holte das letzte Bier aus dem Kühlschrank und ließ den Verschluss aufschnappen. Kurt brachte einen Arm voll Eichenholz ins Wohnzimmer und legte die Scheite vor dem Kamin ab. Rachel nahm einen großen Schluck aus der Flasche. Warum soll er das Bier nicht mit mir teilen?, dachte sie und beobachtete ihn, als er sich über den gekachelten Kamin neigte.

Seine Jacke rutschte nach oben, und das Hemd löste sich aus der Jeans. Sie sah einen Streifen seines straffen, muskulösen Rückens. Ihre Kehle fühlte sich plötzlich staubtrocken an. Sie trank noch einen Schluck.

Obwohl sie behauptet hatte, dass sie sich nicht für ihn interessierte, hatte sie ihn auf der Straße geküsst. Am liebsten hätte sie niemals aufgehört ... und jetzt ...

Rachel ließ den Blick zur Schlafzimmertür schweifen. Plötzlich verlor sie sich in der Fantasie, wie sie sich mit ihm in den Laken wälzte, wie ihre Körper ineinander verschlungen auf der Matratze lagen und wie sie keuchte, während er ihre Knospen liebkoste.

Ihr Herz pochte wie verrückt, als sie sich vorstellte, wie er die Hände über ihre Haut gleiten ließ und schließlich ganz zu ihr kam ...

Kurt räusperte sich. Das Geräusch holte Rachel wieder auf den Boden der Tatsachen zurück, in ihr Wohnzimmer, wo er sich immer noch um das Feuer im Kamin kümmerte. Mit geröteten Wangen drehte sie sich zu ihm, als sie merkte, dass er mit ihr gesprochen hatte. Leider konnte sie sich an kein einziges Wort erinnern. „W...was?"

„Ich habe gefragt, ob du Streichhölzer hast." Kurt schaute sie an, bevor er ihrem Blick folgte und zur Schlafzimmertür sah. Belustigt zog er die Brauen hoch. Rachel wäre am liebsten im Erdboden versunken. Kein Zweifel, er hatte längst erraten, was ihr durch den Kopf gegangen war.

„Oh, ja, natürlich ..."

Rachel schluckte schwer, reichte ihm die Bierflasche und eilte in die Küche, wo sie eine Schublade durchwühlte. Du darfst dich nicht darauf einlassen, mahnte sie sich streng, du wirst nicht mit ihm ins Bett gehen. Nicht noch einmal. Und auf keinen Fall wirst du ihn noch einmal küssen. Das wäre wirklich ausgesprochen dumm. Nie wieder!

Schließlich hatte sie die Streichhölzer gefunden und schob sie ihm über den Tresen zu.

„Okay, Striker. Ich habe dir mein dunkelstes Geheimnis anvertraut. Jetzt bist du dran. Was ist dein Geheimnis?"

„Das geht dich nichts an."

„Halt, warte. Das ist nicht fair."

„Da hast du recht. Fair ist es nicht." Kurt riss das Streichholz an. Das Feuer flackerte auf. „Aber was ist schon fair?"

„Vorhin, bevor wir ins Pub gegangen sind, hast du gesagt, ich könnte dich alles fragen."

„Dann habe ich eben meine Meinung geändert."

„Einfach so?" Rachel schnippte ungläubig mit den Fingern.

„Ja." Kurt nahm einen Schluck Bier.

„Das lasse ich nicht zu. Zum Teufel noch mal, ich will wissen, wer du bist. Ich habe ein Recht darauf."

Kurt hockte sich neben das hell lodernde Feuer und schaute zu Rachel. Sie stand immer noch am Küchentresen. „Ich bin ein Ex-Cop, der als Privatdetektiv arbeitet."

„Sieh an. Das habe ich mir schon gedacht. Aber was ist mit deinem Privatleben?"

„Das ist privat."

„Du lebst allein, nicht wahr? Es gibt keine Mrs. Striker."

Kurt zögerte, und Rachel hielt entsetzt den Atem an.

„Nicht mehr. Ich war verheiratet. Aber die Ehe ist vor ein paar Jahren auseinandergegangen."

„Warum?"

Er biss sich auf die Unterlippe. „Hast du schon mal einen Blick in die Scheidungsstatistik geworfen?"

„Mich interessiert das, was sich hinter der Statistik verbirgt. Zumindest in deinem Fall." Es kam ihr vor, als würde ein Schatten über seine Augen huschen.

„Es hat einfach nicht funktioniert", gab er zu. „Ich war ein Cop. Kann sein, dass ich meiner Arbeit mehr Aufmerksamkeit gewidmet habe als meiner Frau."

„Hattest du keine Kinder?"

Wieder zögerte Kurt. Wieder legte sich ein Schatten über seine Augen. Die Lippen hatte er fest zusammengepresst. Er stand auf und klopfte sich ein paar kleine Holzspäne von den Händen. „Ich habe keine Kinder", erklärte er leise, „und zu meiner Ex habe ich keinen Kontakt. Damit ist alles gesagt, was es dazu zu sagen gibt."

Seine grünen Augen funkelten so herausfordernd, als wollte er sie warnen, ihm zu widersprechen. Mindestens ein Dutzend Fragen lagen ihr noch auf der Zunge. Aber sie schwieg. Im Moment jedenfalls. Es gab andere Wege, mehr über ihn zu erfahren.

Immerhin war sie Journalistin. Für sie war es nicht besonders kompliziert, alles aufzudecken, was ihm jemals widerfahren war. Das Internet lieferte jede Menge Informationen. Über verschiedenste Quellen konnte sie alles über seine persönlichen Angelegenheiten in Erfahrung bringen.

Rachel hatte Sam Donahue vertraut. Und sie hatte dafür bezahlt. Aber diesmal ... Du lieber Himmel, warum verschwendest du überhaupt einen einzigen Gedanken daran?, dachte sie, es gibt kein *Diesmal!* Kurt Striker war nicht mehr als ein aufregender Bodyguard, den ihre Brüder für sie engagiert hatten. Das war alles. Er hielt sich in ihrem Apartment auf, weil er dafür kassierte. Sie war ein Job für ihn. Mehr nicht.

„Ich habe noch zu arbeiten", erklärte Rachel und zeigte auf ihren Laptop. „Ich bin monatelang nicht in der Redaktion gewesen, und auch heute nur kurz. Wenn ich nicht bald ein paar E-Mails beantworte und ein oder zwei Texte für die Kolumne schreibe, gerate ich in echte Schwierigkeiten. Du musst wissen, ich verstehe mich nicht gerade bestens mit meinem Chef." Sie holte tief Luft. „Wenn du mich also bitte entschuldigen würdest ... selbst wenn nicht, ich werde mich jetzt durch den Haufen Arbeit wühlen. Gut, ich verstehe, dass du verpflichtet bist, dich Tag und Nacht in meiner Nähe aufzuhalten. Aber es ist nicht nötig. Niemand wird es wagen, mir hier etwas anzutun."

„Wie kommst du darauf?"

„Weil es zu viele Zeugen geben würde. Schließlich wohnen noch andere Mieter im Haus, und außerdem sehen in Gebäuden wie diesen auch Männer vom Wachdienst nach dem Rechten. Und Joshua ist bei Sharon sicher untergebracht."

Sein Gesichtsausdruck verriet ihr, dass er ihren Behauptungen nicht ganz traute. In Wahrheit ging Rachel es nicht anders. Hatte sie nicht vor wenigen Minuten auf dem Parkplatz noch das Gefühl gehabt, heimlich beobachtet zu werden?

Kurt erhob sich. Rachel verließ ihren Platz am Küchentresen und kam auf ihn zu.

„Ich weiß, dass ich immer in einer gewissen Gefahr schwebe", gestand sie ihm. „Das liegt doch auf der Hand. Warum sonst hätte ich als Erstes mein Baby in einem sicheren Versteck unterbringen sollen? Ich bin doch nur nach Seattle zurückgekehrt, um der Sache auf den Grund zu gehen. Außerdem wollte ich meine Brüder entlasten."

Sie suchte seinen Blick. „Ich wollte in mein altes Leben zurückkehren. Meine Brüder und ihre Familien sollten auf der Ranch nicht gestört werden. Ja, es war gelogen, als ich behauptet habe, dass ich nicht nervös bin. Ich erschrecke beim geringsten Anlass. Aber es ist wichtig, dass ich mit ein paar Angelegenheiten aufräume. Ich muss erst mal verarbeiten, was in den letzten Monaten geschehen ist. Ich muss mein Leben wieder in den Griff bekommen."

„Deshalb bin ich hier. Ich glaube, wenn wir zusammenarbeiten, wissen wir bald, was hier gespielt wird." Kurt stand so dicht neben ihr, dass sie das nasse Leder seiner Jacke riechen konnte.

Rachel begriff nicht, was gerade zwischen ihnen passierte. „Ich glaube nicht daran. Seit dem Unfall zerbreche ich mir den Kopf über die Anschläge und komme immer wieder zu dem gleichen Schluss: Ich habe keine Feinde. Jedenfalls nicht, dass ich wüsste. Oder zumindest niemanden, der einen nachvollziehbaren Grund hätte, mich und meine Familie anzugreifen. Es ergibt alles keinen Sinn."

Sie ging zum Sofa und setzte sich, weil sie unbedingt Abstand brauchte. Wer? Was? Und warum? Nächtelang hatte Rachel schlaflos im Bett gelegen und gegrübelt. Und bis heute keine Antwort gefunden.

„Aber irgendeinen Sinn muss es doch geben", entgegnete Kurt. „Irgendjemand muss dir auf dem Weg von Seattle nach Grand Hope in Montana gefolgt sein und dich von der Straße gedrängt haben. Warum?"

„Ich sagte schon, dass ich keine Ahnung habe. Glaub mir, ich habe gründlich darüber nachgedacht."

„Dann denk noch mal gründlicher nach.“ Kurt fuhr sich wieder mit den Fingern durch das Haar, das immer noch feucht war. „Wenn es nichts mit dem Baby zu tun hat, dann vielleicht mit deinem Job? Hast du vielleicht jemandem einen schlechten Rat gegeben? Hast du jemanden ernsthaft in Rage gebracht?“

Rachel schüttelte den Kopf. „Auch darüber habe ich schon nachgedacht. In Montana habe ich mich ins Internet eingeloggt und sämtliche Texte überprüft, die ich in den zwei Monaten vor dem Unfall für die Ratgeber-Kolumne geschrieben habe. Ich habe nichts finden können, worüber sich vielleicht jemand hätte aufregen können.“

Kurt riss den Kopf hoch. „Soll das heißen, dass du dir Sorgen machst?“

„Natürlich mache ich mir Sorgen. Wer würde das nicht? Trotzdem konnte ich in keiner meiner Antworten auf irgendeine Leseranfrage einen Grund entdecken, mich umzubringen.“

„Das glaubst du. Aber Verrückte gibt es immer wieder.“ Kurt stellte die leere Bierflasche auf den Küchentresen.

Stimmt, dachte Rachel müde. „Aber nicht die Menschen, die mir eine E-Mail geschickt oder mich angerufen haben.“

Kurt nickte, und sie war überzeugt, dass er bereits bestens Bescheid wusste.

„Aber für die Anschläge muss es doch einen Grund geben. Wir haben ihn nur noch nicht entdeckt.“ Kurt dachte angestrengt nach. Rachel bemerkte es an der Art, wie er sich das Kinn rieb. „Du schreibst manchmal unter einem Pseudonym.“

„Aber nichts Aufregendes.“

Kurt musterte sie eindringlich. „Was ist mit dem Buch, an dem du gearbeitet hast?“

Rachel zögerte. Das Manuskript war noch nicht fertig. Sie hatte große Mühe gehabt, ihr Buchthema geheim zu halten, solange sie in der Schmiergeldaffäre in Rodeokreisen recherchierte. Während der Recherchen hatte sie Sam Donahue kennengelernt.

Ein Freund ihrer Brüder, wie er behauptet hatte. Es hatte sich jedoch bald herausgestellt, dass er kein Freund war, sondern vielmehr eine entfernte Bekanntschaft. Aus unerfindlichen Gründen hatte sie sich in ihn verliebt. Natürlich wusste sie, dass er ziemlich undurchsichtig war. Obwohl Rachel längst bemerkt hatte, dass sie ihn nur deshalb so attraktiv fand, weil er gefährlich wirkte, war sie schließlich mit ihm im Bett gelandet. Und schwanger geworden.

Was sich natürlich längst als Segen herausgestellt hatte. Ohne ihre unglückliche Affäre mit Sam wäre Joshua jetzt nicht bei ihr. Der Kleine war ihr Sonnenschein.

„Was ist so wichtig an dem Buch?"

Rachel seufzte. „Das meiste kennst du doch schon."

„Es ist ein Buch über Cowboys."

„Ja. Und ein bisschen mehr." Sie lehnte den Kopf zurück und schloss die Augen. „Alles dreht sich um das Rodeo. Um die Guten und die Bösen. Besonders um die Bösen. Das Rodeo ist das Zentrum der großartigen Westernkultur Amerikas. Aber es hat auch seine dunklen Seiten. Je tiefer ich gegraben habe, desto mehr habe ich über Drogen, misshandelte Tiere, Betrug und Schmiergeldskandale zutage gefördert. Du ahnst nicht, was da los ist."

„Lass mich raten. Die wichtigsten Informationen stammten von ... Sam Donahue."

„Einige", gestand Rachel, öffnete die Augen und bemerkte, dass Kurt das Gesicht verzog. Es schien, als würde er schon rot sehen, wenn sie Sam nur erwähnte.

„In meinem Buch wollte ich Namen nennen", fuhr sie fort. „Ich kann mir vorstellen, dass ich manche Leute damit nervös gemacht habe. Nur wusste leider niemand so genau, was ich geschrieben hatte."

„Und Donahue?"

Rachel schüttelte den Kopf und schaute zum Fenster. „Ich hatte ihm erzählt, dass ich eine Artikelserie über Feste und Veranstaltungen in Kleinstädten vorbereite. Und dass Rodeos dabei keine wichtige Rolle spielen. Sam hat sich nicht im Geringsten für meine Arbeit interessiert."

„Warum nicht?"

„Ach, keine Ahnung", meinte Rachel und blickte wieder zu Kurt. Das Feuer im Kamin warf weiche Schatten an die Wände. Sie knipste die Tischlampe an, in der Hoffnung, das helle Licht würde die anheimelnde Atmosphäre vertreiben. „Es muss wohl daran liegen, dass Sam durch und durch egoistisch ist. Er interessiert sich nur für seine eigenen Angelegenheiten."

„Klingt anziehend“, meinte Kurt spöttisch.

„Fand ich auch. Zuerst jedenfalls. Hat sich aber schnell abgenutzt.“

Striker zog die Brauen hoch, und Rachel fügte hinzu: „Schon als ich den Verdacht hatte, schwanger zu sein, wusste ich, dass es mit mir und ihm niemals funktionieren würde.“

„Was hat er dazu gesagt?“

„Nichts. Er weiß es bis heute nicht.“

„Du hast es ihm also nicht erzählt?“

„Nein. Aber das haben wir doch alles schon besprochen.“

Striker sah aus, als wollte er etwas sagen, hielt aber den Mund. Rachel war ihm dankbar dafür. Sie brauchte niemanden, der sie verurteilte.

„Übrigens“, sie klang sehr verbittert, „ich glaube, Sam und ich sind jetzt quitt. Als unsere Affäre anfing, hatte er nämlich vergessen, mir zu gestehen, dass er von seiner zweiten Frau noch nicht geschieden ist.“

Sie verspürte dasselbe unbehagliche Gefühl wie in dem Moment, als sie bemerkte, dass Sam gelogen hatte. Damals hatte sie erfahren, dass er die ganze Zeit noch verheiratet gewesen war, während er versuchte, sie zu verführen. Obwohl er ihr geschworen hatte, schon geschieden zu sein.

Wie blind ich gewesen bin, dachte Rachel wieder, ich war so verliebt, dass ich ihm jedes Wort geglaubt habe.

Schamesröte stieg ihr ins Gesicht, und sie biss die Zähne fest zusammen. Auf ihre Klugheit war Rachel immer stolz gewesen. Aber wenn es um Männer ging, hatte sie sich öfter benommen wie ein dummes Ding. Sie hatte die falschen ausgesucht, hatte zu schnell Vertrauen gefasst und war schlimmer auf die Nase gefallen, als es eigentlich hätte sein müssen.

Das galt schon für Teddy Sherman, den Rancharbeiter, den ihr Vater angeheuert hatte, als sie siebzehn gewesen war. Es galt ebenso für einen Dichter und Musiker an der Universität. Und auch für Sam Donahue, den raubeinigen Cowboy, der sie nach Strich und Faden belogen hatte. Nun, diese Zeiten sind endgültig vorbei, schwor sie sich, selbst wenn ich wegen Kurt Striker kurz davor bin, alle guten Vorsätze in den Wind zu schießen.

Kurt ging zum Kamin, griff nach einem Feuerhaken und stocherte in den brennenden Holzscheiten herum. Die Funken stoben nach oben, und ein schwarzes Stück Eichenholz brach leise knackend entzwei.

Rachel beobachtete ihn. Und sie spürte, wie Sehnsucht in ihr aufkeimte. Wie jedes Mal, wenn sie ihn ansah, fühlte es sich an, als kitzelte das Verlangen sie sanft im Bauch. Insgeheim musste sie zugeben, dass es mit Kurt anders war als mit den Männern, in die sie sich sonst immer verliebt hatte. Er strahlte Stärke und Zuverlässigkeit aus, während die anderen Kerle Tagträumer oder, wie Donahue, Lügner gewesen waren.

Rachel war überzeugt, dass Striker einen ganz anderen Charakter hatte. Er machte den Eindruck, als würde er mit beiden Beinen fest im Leben stehen und nicht mit dem Kopf in den Wolken stecken. Außerdem schien er grundehrlich zu sein.

Sein Blick war klar, die Schultern gestrafft. Manchmal lächelte er, und dann wirkte sein Lächeln nicht berechnend, sondern amüsiert. Kurt Striker hatte eine ganz neue Saite in ihr zum Klingen gebracht. Mann und Frau, den Blick klar aufeinander gerichtet. Er schaute nicht auf sie herab. Und er hob sie auch nicht auf ein Podest, von dem sie eines Tages unweigerlich in die Tiefe stürzen musste.

„Was empfindest du für dein Kind?“, fragte Kurt plötzlich und richtete sich vor dem Kamin auf.

„Ich bin vollkommen verrückt nach dem Kleinen. Was sonst?“

„Glaubst du, dass er bei deiner Freundin wirklich in Sicherheit ist?“

„Ich hätte ihn sonst nicht dorthin gebracht.“

„Ich würde mich wohler fühlen, wenn er hier wäre. Bei dir. Und bei mir.“

„Auf dem Weg zu Sharon ist mir niemand gefolgt. Es wissen nicht viele Leute, dass wir befreundet sind. Im College haben wir uns ein Zimmer geteilt, und sie ist erst im vergangenen Herbst hierher gezogen. Ich … ich bin überzeugt, dass Joshua dort besser aufgehoben ist als bei mir.“ Rachel suchte seinen Blick. „Ich treibe sie schon in den Wahnsinn, weil ich ständig bei ihr anrufe. Sharon glaubt, dass ich unter Paranoia leide. Unter Verfolgungswahn. Wahrscheinlich hat sie recht.“

„Paranoia ist gar nicht mal schlecht. Zumindest in diesem Fall." Striker zog sein Handy aus der Jackentasche und tippte eine Nummer ein. Ein paar Sekunden später war er in ein Gespräch vertieft und gab die Anweisung, Sharon Okanos Apartment zu observieren.

Außerdem wollte er, dass Ermittlungen über Sam Donahue aufgenommen würden. „... stimmt, ich möchte genau wissen, was er zu dem Zeitpunkt getan hat, als Rachels Unfall passierte. Und als der Anschlag in der Klinik stattfand ... ja, ich weiß, dass er ein Alibi hat. Aber es muss noch einmal überprüft werden. Kümmert euch auch noch mal um die Leute, mit denen er sich gewöhnlich herumtreibt ... Könnte sein, dass jemand dafür bezahlt worden ist ... keine Ahnung ... fang doch mit Marv Bates und Charlie an ... verdammt, wie heißt er doch gleich ... Charlie ..."

„Caldwell", ergänzte Rachel und schauderte bei dem Gedanken an die zwei Cowboys, die Sam ihr vorgestellt hatte. Marv war spindeldürr, und wenn er sprach, bewegte er kaum die Lippen. Die Augen hatte er immer bis auf einen schmalen Schlitz zusammengekniffen. Charlie dagegen war ein echter Blickfang, ein großer kräftiger Kerl, und Rachel hatte gestaunt, wie flink er sich bewegen konnte.

„Stimmt genau, Charlie Caldwell. Lass dir einen Auszug aus dem Strafregister zukommen. Vielleicht haben Donahues Kumpanen schon mal eine Strafe abgesessen ... okay ... Du kannst mich immer über das Handy erreichen. Das klappt am besten." Striker ging zum Schreibtisch. „Ich bleibe hier im Apartment. Aber wir sollten das Festnetztelefon möglichst nicht benutzen. Ich habe den Apparat überprüft. Wahrscheinlich ist er nicht verwanzt. Aber wir sollten kein Risiko eingehen."

Rachel gefror beinahe das Blut in den Adern, wenn sie darüber nachdachte, dass jemand ihr Telefon abgehört haben könnte. Oder dass jemand während ihrer Abwesenheit in ihre Wohnung eingedrungen war. Immerhin hatte Striker ja bewiesen, wie einfach das war.

Ihre Haut kribbelte. Plötzlich betrachtete sie ihr Apartment mit ganz anderen Augen. Das Wildledersofa, den Stuhl mit seinem Bezug aus Leopardenfell-Imitat. Die Ottomane, den antiken Schaukelstuhl und das kleine Tischchen, das sie in einem Antiquitätenladen entdeckt hatte, und das neben der alten Nähmaschine ihrer Urgroßmutter vor dem Fenster stand.

Die Kakteen auf dem Fensterbrett standen in voller Blüte. Der Farn dagegen war vertrocknet und kaum noch zu retten. Über dem Kamin hing ein Spiegel, und ein zweiter, den sie von ihrer Mutter geerbt hatte, stand in der Ecke. Nichts war ungewöhnlich. Nichts, worüber sie sich Gedanken machen musste.

Trotzdem … irgendetwas stimmte nicht, obwohl Rachel es nicht auf den Punkt bringen konnte. Es war nur ein ungutes Gefühl … wie auf dem Parkplatz, als sie das Gefühl hatte, heimliche Blicke in ihrem Rücken zu spüren.

„Später." Striker klappte sein Handy zu und beobachtete, wie Rachel an ihren Schreibtisch ging und noch einmal kontrollierte, ob auch wirklich nichts durcheinandergebracht worden war.

Sie zuckte erschrocken zusammen, als das Telefon schrillte, und riss den Hörer ans Ohr. „Hallo?"

„Du bist also gut zu Hause gelandet!"

Rachel atmete erleichtert auf, als sie Slades Stimme hörte.

„Ich hatte angenommen, dass du so vernünftig bist und uns Bescheid sagst, wenn du sicher angekommen bist", meinte Slade vorwurfsvoll.

Sofort hatte Rachel ein schlechtes Gewissen. „Bin leider noch nicht dazu gekommen", entschuldigte sie sich. Unwillkürlich lächelte sie bei dem Gedanken, dass ihre Brüder lange Zeit die größten Schwierigkeiten gehabt hatten, ihre kleine Halbschwester zu akzeptieren. Und jetzt? Die drei ließen sie praktisch keine Minute aus den Augen.

„Ist alles in Ordnung?"

„Ja. Obwohl ich noch ein Hühnchen mit dir zu rupfen habe."

„Oh."

„Genauso mit Matt und Thorne."

„War ja klar."

„Was glaubt ihr eigentlich, wer ihr seid, dass ihr hinter meinem Rücken einen Bodyguard für mich anheuert?" Im Spiegel bemerkte Rachel, dass Kurt Striker hinter ihr stand. Ihre Blicke begegneten sich, und er musterte sie so intensiv, dass es ihr direkt unter die Haut ging.

Slade versuchte zu erklären. „Du brauchst jemanden, der dir hilft …"

„Du meinst, ich brauche einen Mann, der mich Tag und Nacht überwacht", unterbrach Rachel ihn. Strikers Blick brachte sie immer noch vollkommen durcheinander. Entnervt drehte sie sich zum Fenster. Aus der Ferne drang Wellengeplätscher vom Lake Washington an ihr Ohr. „Nur zu deiner Information, mein Lieber, ich kann sehr gut selbst auf mich aufpassen."

„Ja. Wer wüsste das besser als ich."

Slades Sarkasmus traf ins Schwarze. Sie straffte die Schultern. „Ich meine es ernst."

„Wir auch."

Rachel hörte, wie ihre Brüder sich im Hintergrund unterhielten. Aber sie hörte nicht nur deren tiefe männliche Stimmen. Kein Zweifel, die hellen Stimmen ihrer Schwägerinnen mischten sich in das Gespräch. Zum Schluss platzte jemand mit einem scharfen Stakkato auf Spanisch hinein. Es konnte sich nur um Juanita handeln.

„Habt ihr nicht gesagt, dass sie aufpassen soll? *Dios!* Was hat sie sich nur dabei gedacht, einfach davonzulaufen?"

Noch mehr spanische Wörter drangen Rachel ans Ohr. Slade sagte zu ihr: „Hast du verstanden? Juanita ist der Meinung, dass ..."

„Ich habe verstanden", kam Rachel ihm zuvor und verspürte einen schmerzhaften Stich im Herzen. Heimweh? Wie lächerlich. Schließlich war sie hier zu Hause. In Seattle. Dorthin gehörte sie. Hier spielte sich ihr Leben ab. In der Zeitungsredaktion. In ihrem Apartment.

Aber plötzlich fragte sie sich, ob es nicht doch ein Fehler gewesen war, in das hektische Seattle zurückzukehren. In die Stadt, in die sie sich Jahre zuvor verliebt hatte. Auch wenn sie sich eine Wohnung in einer ruhigen Gegend genommen hatte, mochte Rachel es damals, wenn viele Menschen nahe beieinander wohnten. Sie mochte auch das geschäftige Treiben. Die Kunstszene. Die Geschichte der Stadt. Sie liebte die Schönheit des Puget Sound und den würzigen Geruch des Meerwassers, wenn sie am Ufer joggte.

Aber inzwischen war alles anders und ihre Brüder fehlten ihr. Und auch ihre Schwägerinnen Nicole, Kelly und vor allem Janine, Slades Frau, mit der sie sich richtig angefreundet hatte. Ebenso vermisste sie Nicoles Töchter und die Ranch und ...

Abrupt schob Rachel ihre rührseligen Gedanken beiseite. Ich habe genau die richtige Entscheidung getroffen, mahnte sie sich trotzig, ich will mir mein Leben zurückerobern. Weil ich unbedingt herausfinden muss, wer so verrückt ist und mich und meine Familie aus dem Weg räumen will. „Sag allen, dass es mir gut geht. Okay? Ich bin schon ein großes Mädchen. Und ich schätze es gar nicht, dass ihr Striker angeheuert habt. Du und Matt und Thorne."

„Das macht dir ganz schön zu schaffen, nicht wahr?", hakte Slade nach und heizte ihre Wut aufs Neue an.

„Slade, weißt du eigentlich, dass du mir manchmal gehörig auf die Nerven gehst?"

„Ich gebe mein Bestes", spottete er und betonte seinen Cowboy-Akzent. Rachel konnte sich genau sein spöttisches Lächeln vorstellen.

„Vielen Dank, Slade. Möchtest du vielleicht noch mit deinem neuen Angestellten sprechen?" Ohne die Antwort abzuwarten, drückte sie Kurt Striker den Hörer in die Hand und stürmte in ihr Schlafzimmer.

Es raubte ihr den letzten Nerv. Rachel hatte vollkommen die Lust verloren, noch ein Wort über die Angelegenheit zu verlieren. Sie war wild entschlossen, ihr altes Leben endlich wieder aufzunehmen. Außerdem musste sie ein Baby versorgen, und sie hatte einen Job zu erledigen.

Aber was, wenn sie alle recht haben? Wenn dir wirklich jemand auf den Fersen ist? Und Joshua? Bist du nicht sogar sicher gewesen, dass jemand hier eingebrochen hat?

Rachel ließ ihre Blicke durch das Schlafzimmer gleiten. Es sah aus wie sonst. Oder? Hatte sie die Vorhänge am Balkon wirklich offen gelassen? War die Schranktür wirklich halb angelehnt gewesen? Sie hob den Kopf, erhaschte einen Blick auf sich im Spiegel und bemerkte, dass die Angst wie ein Schatten in ihren Augen lag.

Sie hörte Schritte näher kommen. Im Spiegel entdeckte sie Kurt, der an der Schlafzimmertür stehen blieb.

Plötzlich war ihre Kehle wie ausgetrocknet, und sie fuhr sich mit der Zunge über die Lippen. Im Spiegel sah sie, wie Kurt auf ihren Mund sah und wie er die Lippen zusammenpresste. In seinen Augen schimmerte die Lust auf, aber gleichzeitig wirkte er fast schon verzweifelt.

Für den Bruchteil einer Sekunde verloren sich ihre Blicke ineinander. Hielten sich fest … Rachels Puls schoss in die Höhe, und sie hatte wieder das Gefühl, als wäre ihr Körper zu neuem Leben erwacht. Das Herz schlug ihr bis zum Hals, und sie spürte, wie sie sich innerlich verkrampfte. Da war es wieder … das gefährliche Verlangen, das sie am Abend zuvor schon kennengelernt hatte.

Ihr war klar, dass sie sich nur leicht zu bewegen oder zu flüstern brauchte, und er würde ihr Zimmer betreten. Er würde die Tür schließen, sie in die Arme nehmen und sie so leidenschaftlich küssen, wie er sie noch nie zuvor geküsst hatte. Sein Kuss wäre leidenschaftlich, fordernd und verzweifelt, und sie würden aufs Bett sinken und sich stundenlang lieben.

Kurt betrat ihr Schlafzimmer.

Rachel wagte kaum zu atmen.

Er streckte den Arm aus und griff nach der Türklinke.

Ihre Knie wurden weich.

Oh, sie verzehrte sich beinahe vor Sehnsucht nach ihm. Stellte sich vor, ihn zu berühren, neben ihm zu liegen und seinen heißen Körper zu spüren. „Kurt, ich …"

„Schsch, Darling." Seine Stimme klang rau wie Sandpapier. „Es war ein langer Tag. Warum ruhst du dich nicht ein wenig aus?" Er zwinkerte ihr so verführerisch zu, dass ihr Herz aufgeregt pochte. „Ich bin im Wohnzimmer, falls du mich brauchst." Dann ging er hinaus, schloss die Tür fest hinter sich, und sie lauschte seinen Schritten über den Flur.

Rachel atmete tief aus und ließ sich aufs Bett plumpsen. Einerseits war sie enttäuscht, andererseits erleichtert. Es wäre ein Riesenfehler, wenn sie ihn liebte. Das war ihr vollkommen bewusst. Ihnen beiden. Auf wackligen Beinen ging sie ins Bad und öffnete den Medizinschrank. Als sie nach dem Fläschchen mit dem Schmerzmittel griff, hielt sie abrupt inne.

Was, wenn doch jemand in ihr Apartment eingedrungen war?

Wenn sich jemand an ihren Medikamenten zu schaffen gemacht hatte? An ihrem Kühlschrank?

„Du leidest wirklich unter Verfolgungswahn", schimpfte sie auf sich ein, kippte die Tabletten in die Toilette und spülte.

Verfolgungswahn. Ja, vielleicht.

Aber immerhin war sie noch am Leben.

Rachel ging zurück ins Schlafzimmer und legte sich unter die Decke. Ich muss mich entscheiden, überlegte sie, ob ich mit Striker oder gegen ihn arbeiten will.

Mit ihm wird es wesentlich spannender werden.

Und mit ihm kann ich vielleicht diesem Albtraum entkommen, der sich in meinem Leben eingenistet hat.

8. KAPITEL

Er lag neben ihr. Sein Körper war hart und gestrafft. Die Muskeln spielten geschmeidig unter der Haut, als er sich auf einen Ellbogen stützte und auf sie hinunterschaute. In seinen grünen Augen funkelte ein erregendes Feuer, das ihr die schönsten Versprechungen machte.

Mit rauen Fingerkuppen zeichnete er die Konturen ihres Körpers nach. Es kitzelte, und sie konnte seinen eindringlichen Blick förmlich auf ihren Brüsten spüren. Ihre Knospen wurden erregt. Er beugte sich vor und rieb mit seiner unrasierten Wange über ihre Haut. Tief in ihrem Innern spürte sie, wie das Verlangen erwachte und in jeden Winkel ihres Körpers ausstrahlte.

Es war falsch. Ihr war klar, dass sie nicht mit Kurt Striker ins Bett gehen sollte. Was hatte sie sich nur dabei gedacht? Wie hatte es nur geschehen können? Sie kannte ihn doch kaum … aber trotzdem war das Verlangen so stark, dass ihr Blut förmlich zu kochen schien. Ihre Zweifel waren wie weggeblasen, als er sich zu ihr beugte und sie küsste. Sie konnte ihm einfach nicht widerstehen.

Eine flüchtige Berührung seiner harten Lippen würde reichen, und sie wäre mit Haut und Haar verloren …

Rachel riss die Augen auf. Wo bin ich?, dachte sie erschrocken. Es war kalt und dunkel. Sie lag allein in ihrem Bett und fühlte sich, als hätte sie stundenlang geschlafen. Sie musste dringend zur Toilette, und ihr Magen rumorte vor Hunger.

„Lass uns gehen, Dornröschen“, drang Kurts Stimme an ihr Ohr. Rachel blinzelte sich den Schlaf aus den Augen und entdeckte ihn an der Tür. Seine Schultern waren so breit, dass er den Rahmen beinahe vollständig ausfüllte. Im Schatten sah er noch größer und verwegener aus als sonst. Wie ein Kerl, dem man besser nicht in die Quere kam.

„W…warum drängelst du so?“, murmelte Rachel. Entschlossen schüttelte sie den Rest des erotischen Traumes ab. „Warum sagst du nicht ‚schsch, Darling, ruh dich ruhig noch ein bisschen aus‘?“

Kurt betrat ihr Schlafzimmer. „Du hast fast achtzehn Stunden lang geschlafen. Höchste Zeit, wieder ins wache Leben zurückzukehren.“

„Was? Achtzehn Stunden lang? Nein. Nein …“ Rachel schaute

auf die Uhr auf dem Nachttisch. Das Display zeigte, dass es schon nach drei Uhr nachmittags war. „Aber es kann doch nicht sein, dass ich …" Der Druck auf ihrer Blase und ihre verschlafenen Augen bewiesen ihr, dass er recht hatte.

Stöhnend dachte sie an ihren Job und daran, dass sie unausweichlich zu spät kommen würde. Bill Withers würde sie bestimmt heftig zurechtweisen. „Diesmal fliege ich bestimmt raus", murmelte sie und fügte dann hinzu: „Warte einen Moment."

Sie schlug die warme Decke zurück und ging ins Bad, um sich notdürftig zurechtzumachen. Sie sah unmöglich aus. Das kurze Haar stand ihr in alle Richtungen ab. Aber im Moment konnte sie nicht mehr tun, als es anzufeuchten und sich die verschmierte Mascara unter den Augen abzuwischen.

Zum Glück war der pochende Kopfschmerz verschwunden. Rachel konnte wieder klarer denken, als sie die Tür zum Schlafzimmer öffnete und bemerkte, dass dort Kurt immer noch auf sie wartete. Sein Blick war merkwürdig. „Was ist los?", fragte Rachel. Schlagartig wusste sie Bescheid. Ihr blieb beinahe das Herz stehen. „Du denkst an das Baby, nicht wahr? Glaubst du wirklich, dass Joshua etwas zustoßen könnte?"

„Ich will jedenfalls kein Risiko eingehen. Donahue ist in der Stadt."

Die Neuigkeit traf sie wie der Schlag, aber sie versuchte, nicht die Fassung zu verlieren. „Woher weißt du das?"

„Man hat ihn gesehen."

Rachel schüttelte den Kopf. Sie war vollkommen durcheinander und versuchte, die aufsteigende Panik in den Griff zu bekommen. „Warte kurz. Sam weiß über Joshua nicht Bescheid. Er hat keine Ahnung, dass ich schwanger war. Und es hätte ihn sicher nicht gekümmert, wenn er es auf dem einen oder anderen Weg erfahren hätte."

„Das glaubst du."

„Ich bin mir sehr sicher." Rachel straffte sich.

„Und warum sollte er sich dann in der Gegend herumtreiben, in der Sharon Okano wohnt?"

„Du liebe Güte, ich habe keine Ahnung." Mit Rachels Ruhe war es vorbei. Sie musste sofort zu ihrem Baby, musste sich überzeugen, dass es ihm gut ging. In drei Schritten war sie am Kleiderschrank.

„Es ist einfach nicht logisch“, murmelte sie und schnappte sich ihre Jacke. Dabei fiel ihr Blick auf ein Paar schwarze Cowboystiefel. Sie hatte die Stiefel seit der Highschool nicht mehr getragen. Aber das Paar war ein Geschenk ihres Vaters gewesen, und sie hatte es nicht übers Herz gebracht, die Stiefel zu verschenken. Ihr lief ein eiskalter Schauder über den Rücken, als sie die Stiefel genauer betrachtete. Der Staub, der sich in den vergangenen Monaten auf ihnen angesammelt hatte, war an einigen Stellen fortgewischt worden. Sie schluckte schwer. „Du lieber Himmel.“

Kurt war ihr zum Schrank gefolgt. „Rachel?“, fragte er besorgt, „was ist los?“

„Jemand war hier.“ Sie war wütend und verängstigt zugleich. „Ich meine ... es kann natürlich sein, dass du meinen Schrank durchsucht hast und meine Cowboystiefel anprobieren wolltest, als du hier eingedrungen bist.“

„Deine Stiefel?“ Aufmerksam musterte er den Schrank.

„Ich habe sie seit Monaten nicht angerührt. Und jetzt schau dir das an ...“

Kurt bückte sich schon. „Bist du ganz sicher, dass du nicht ...“

„Ja. Ich sage doch, jemand ist in die Wohnung eingedrungen.“ Rachel kämpfte gegen den Impuls an, wild um sich zu schlagen. Niemand hatte das Recht, unerlaubt ihre Wohnung zu betreten. Niemand!

„Wer außer dir hat einen Schlüssel?“, fragte Kurt.

„Zu dieser Wohnung?“

„Ja.“

„Nur ich.“

„Deine Brüder?“

Rachel schüttelte heftig den Kopf. Offenbar war Kurt schwer von Begriff. „Nein, niemand. Nachdem ich das Apartment gekauft hatte, habe ich sogar die Schlösser auswechseln lassen. Für den Fall, dass der Vorbesitzer doch noch ein paar Schlüssel behalten haben könnte.“

„Wo hast du deinen Ersatzschlüssel deponiert?“

„Einen Schlüssel trage ich immer bei mir“, erklärte Rachel, „ein zweiter lag immer im Auto. Vermutlich ist er nach dem Unfall mit auf den Schrottplatz gewandert.“

„Hast du die Polizei gar nicht danach gefragt?“, hakte Kurt nach.

„Ich lag im Koma, schon vergessen? Nach dem Aufwachen war ich ein einziges Wrack. Die Knochen waren gebrochen, ich hatte innere Verletzungen und auch noch Gedächtnisverlust."

„Die Polizei hat alles inventarisiert, was im Auto rumlag. Also müssen sie auch den Schlüssel gefunden haben, oder?", beharrte er.

„Ich ... hm, ich bin mir nicht sicher. Aber ich glaube nicht, dass ich ihn auf der Inventarliste gefunden habe. Moment, irgendwo habe ich eine Kopie davon."

Sie durchsuchte ihre Aktentasche, bis sie den Umschlag mit dem Unfallbericht der Polizei und die Liste gefunden hatte. Hastig überflog sie das Dokument.

Straßenkarten, den Fahrzeugschein, die Versicherungskarte, drei Dollar sechsundsiebzig Wechselgeld, eine Sonnenbrille und ein Fläschchen Glasreiniger. Ein paar nebensächliche Dinge. Aber kein Schlüssel. „Sie haben ihn nicht aufgelistet."

„Verdammt." Kurt presste die Lippen zu einer dünnen Linie zusammen. „Komm schon." Er riss eine kleine Reisetasche aus dem Schrank und drückte sie Rachel in die Hand.

„Hier", befahl er, „pack ein paar Sachen ein. Schnell. Und rühr die verdammten Stiefel nicht an." Dann verschwand er wieder. Sie hörte, wie er in der Küche herumhantierte. Kurz darauf kehrte er mit einer Plastiktüte zurück, die er über die Stiefel stülpte. „Deinen Laptop und die Aktentasche habe ich schon im Truck verstaut."

Plötzlich begriff Rachel. Er wollte, dass sie aus dem Apartment verschwand. Jetzt. „Warte", widersprach sie, „ich kann die Stadt nicht verlassen. Noch nicht." Ihr ging alles viel zu schnell. Sie hatte das Gefühl, dass die Dinge ihr aus der Hand gerissen wurden. „Ich bin doch gerade erst nach Hause gekommen. Es ist ausgeschlossen, dass ich schon wieder aufbreche. Ich habe hier Pflichten, denen ich nachkommen muss. Mein ganzes Leben spielt sich hier ab."

„Wir werden nicht länger als ein oder zwei Nächte fortbleiben. Bis die Lage sich beruhigt hat."

„Wir? Soll das heißen, du und ich?"

„Und das Baby."

„Und wo sollen wir bleiben?"

„Wo es sicher ist."

„Ich bin hier zu Hause."

„Und in dein Zuhause ist jemand eingedrungen. Jemand, der einen Schlüssel zu deiner Wohnung hat."

„Striker, ich kann die Schlösser auswechseln lassen", schlug Rachel vor. „Ich habe hier meine Arbeit, meine Wohnung, und ..."

„... und jemanden, der dich verfolgt."

Rachel öffnete den Mund, um ihm zu widersprechen, brachte aber keinen Ton hervor. Sie musste ihr Baby beschützen. Alles andere war unwichtig.

Und Strikers Sorge fachte ihre Panik nur noch mehr an. Dabei würde sie jede Wette eingehen, dass er nicht zu den Männern gehörte, die leicht aus der Fassung gerieten. Aber jetzt war er sichtlich aufgeregt. Na großartig. Rachel schmiss ein paar Pullover in die Reisetasche.

Natürlich gehörte es im Grunde genommen zu seinem Job, sich Sorgen zu machen. Obwohl sie nicht mehr daran glaubte, dass er den Auftrag ausschließlich wegen des Geldes angenommen hatte, spielte es ganz bestimmt eine Rolle. Wenn es ihm gelingen sollte, dass ihr und ihrem Sohn kein Haar gekrümmt wurde, würde Strikers Portemonnaie beträchtlich dicker werden.

„Wir sollten aufbrechen."

Im Moment fiel Rachel kein Einwand mehr ein. Außerdem gab es keinen Zweifel, dass Striker sich mit gefährlichen Situationen auskannte. Wenn er es für notwendig hielt, dass sie mit ihrem Sohn für eine Weile verschwand, dann sollte es so sein. Sie schloss die Reisetasche und schnappte sich die Wildlederjacke vom Garderobenhaken. „Ich vermute, dass du einen Plan hast."

„Stimmt." Kurt richtete sich auf. Die Stiefel hatte er sorgfältig verpackt.

„Und dass du mir gleich sagen wirst, was du vorhast."

„Noch nicht."

„Du kannst es mir nicht sagen?"

„Nicht jetzt."

„Warum nicht?"

„Es ist besser, wenn du es nicht weißt."

„Okay. Lass das dumme kleine Frauchen ruhig ein wenig im Dunkeln tappen. Das ist immer eine gute Idee", kommentierte Rachel sarkastisch. „Striker, wir leben nicht mehr im Mittelalter."

Sein Mund war nur noch eine bleistiftdünne Linie, die Kieferknochen traten hart hervor, und seine Miene verriet auf keinste Weise, was er vorhatte. Dann begriff sie. „Soll das heißen, dass … dass die Wohnung verwanzt ist. Dass uns jemand abhört?"

Kurt schwieg. Rachel schüttelte ungläubig den Kopf. „Nein. Ausgeschlossen."

Er warf ihr einen durchdringenden Blick zu. „Wir sollten endlich aufbrechen."

Rachel widersprach nicht, sondern griff nach ihrer Handtasche.

Wenige Minuten später saßen sie in Kurts Truck und verließen den Parkplatz. Es hatte aufgehört zu regnen. Aber der Himmel war immer noch bewölkt. Die grauen Wolken schoben sich langsam vom Pazifik landeinwärts. Rachel starrte aus dem Fenster.

„Mir ist nicht ganz klar, warum du der Meinung bist, dass Joshua in Gefahr schwebt, nur weil Donahue sich in der Stadt aufhält. Wenn er tatsächlich bei Sharon vorbeigefahren ist, hat es sich bestimmt nur um einen Scherz gehandelt. Oder um einen dummen Zufall. Glaub mir, es interessiert Sam Donahue nicht im Geringsten, ob er ein Kind gezeugt hat oder nicht."

„Heute Nachmittag ist vor Sharon Okanos Apartment zweimal ein Truck aufgetaucht, der Donahue gehört. Zweimal, nicht nur einmal. Das würde ich nicht als Zufall bezeichnen. Du etwa?"

„Nein." Sie verkrampfte die Hände auf ihrem Schoß.

„Ich habe die Nummernschilder überprüfen lassen. Die Schilder stammen nicht aus diesem Staat. Sondern aus Montana. Wie Brown vermutet hatte."

Es kam Rachel vor, als bräche die ganze Welt über ihr zusammen. „Aber er ist doch nur selten in Montana", hörte sie sich wie aus weiter Ferne sagen. „Außerdem habe ich ihm nicht erzählt, dass es Joshua gibt."

„Es spielt keine Rolle, was du ihm erzählt hast und was nicht. Er kann es leicht herausgefunden haben. Immerhin hat er alte Verbindungen nach Grand Hope. Seine Eltern wohnen dort, und ein oder zwei Exfrauen. Solche Gerüchte machen schnell die Runde. Nach Joshuas Geburt musste er doch nur neun Monate rückwärts zählen. Dazu muss man kein Mathematiker sein."

„Vielleicht sollte ich ihn anrufen."

Kurts Kiefermuskeln zuckten, und er starrte stur geradeaus. „Und warum zum Teufel solltest du das tun?"

„Um herauszufinden, was er in der Stadt zu suchen hat."

Striker zog die Brauen zusammen. „Du würdest den Kerl anrufen, der versucht, dich zu töten?"

„Wir wissen doch gar nicht, ob er es ist." Rachel schüttelte den Kopf und lehnte sich zurück. „Es ergibt doch keinen Sinn. Selbst wenn Sam erfahren hätte, dass es Joshua gibt, würde er nichts mit ihm zu tun haben wollen."

„Warum habt ihr beide euch eigentlich getrennt? Halt ... erzähl mir besser zuerst, wie ihr zusammengekommen seid."

„Es war so, dass ich schon immer ein Buch schreiben wollte. Meine Brüder hatten das Rodeo nicht nur in den schillerndsten Farben ausgemalt, sondern auch seine dunklen Seiten geschildert. Es gab illegale Wetten. Überhaupt wurde viel gewettet. Einige Teilnehmer haben ihre Pferde gedopt, andere haben die Wettquoten manipuliert."

Rachel machte eine Pause. „Es kam vor, dass die Tiere misshandelt wurden. Bullen, Kälber und Pferde. Rodeo ist ein gewalttätiger Sport. Ein Sport, der ganz bestimmte Männer anzieht. Und Frauen, die mit ihnen von einer Stadt in die nächste ziehen. Es gibt Groupies. Es gibt Gewalt und Prügeleien und Medikamentenmissbrauch. Natürlich auch Drogenmissbrauch."

Kurt schaute sie aufmerksam an, und Rachel fuhr fort: „Cowboys leben dauernd in der Gefahr, abgeworfen zu werden. Oder aufgespießt oder zu Tode getrampelt. Man muss das Rodeo lieben, wenn man mitmachen will. Ich dachte, es könnte ein interessantes Thema für ein Buch sein. Bei meinen Recherchen bin ich über Sam Donahue gestolpert."

Rachel stockte, als sie seinen Namen aussprach. „Er ist in Grand Hope aufgewachsen und kennt meine Brüder. Er war sogar mit Matt auf einem Rodeo. Ich habe angefangen, ihn zu interviewen, und eins kam zum anderen ... du kannst dir denken, wie es weiterging."

„Wie bist du darauf gekommen, ausgerechnet ihn zu befragen?"

„Ich hatte mich über ein kleines Rodeo informiert, irgendwo in einem Städtchen in Pennsylvania. Er war ein Teilnehmer dort. So habe ich seine Telefonnummer bekommen, habe ihn angerufen und mich mit ihm auf einen Drink verabredet. Meine Brüder mochten ihn nicht besonders. Aber ich fand ihn witzig und charmant."

Sie suchte Kurts Blick, bevor sie weiter erzählte. „Wir haben uns verbunden gefühlt, weil wir beide in Montana aufgewachsen sind. Ich hatte gerade eine schlechte Beziehung beendet. Und wir sind im Bett gelandet. Im Nachhinein würde ich natürlich behaupten, dass es ein Fehler war. Abgesehen davon, dass ich Joshua empfangen habe. Wegen meines Sohnes kann ich heute sagen, dass sich all der Schmerz gelohnt hat."

„Welcher Schmerz?", presste Striker verbissen hervor.

Rachel schaute aus dem Fenster und vermied seinen Blick. „Ach, du weißt schon. Der Schmerz, den man fühlt, wenn sich herausstellt, dass die Exfrau doch noch nicht ganz Ex ist. Sam hatte leider versäumt, die Scheidungspapiere zu unterschreiben."

Sie kam sich ziemlich dumm vor, weil sie auf Sams Lügen hereingefallen war. Eigentlich hätte sie es besser wissen müssen. Schließlich war sie Journalistin. Sie hätte ihn überprüfen müssen. Denn es hatte genügend Warnsignale gegeben. Außerdem hatte sie immer den größten Wert darauf gelegt, sich nur mit Männern zu treffen, die Singles waren.

Striker warf ihr einen kurzen Blick zu, bevor er sich wieder auf den Verkehr konzentrierte. „Du hast also nicht gewusst, dass er verheiratet ist."

„Richtig", bestätigte Rachel. Insgeheim schämte sie sich für ihre Dummheit.

„Seine erste Frau hieß Corinne", fuhr sie fort. „Ich war mir sicher, dass er von ihr geschieden ist. Die zweite hieß Patsy. Könnte sein, dass sie immer noch verheiratet sind. Irgendwann habe ich so was mal gehört. Während ich auf der Ranch war." Mit dem Zeigefinger zeichnete sie ein Muster auf die beschlagene Scheibe.

„Du hast ihn geliebt." Endlich waren sie heraus. Die Worte, die ihr selbst nicht über die Lippen kommen wollten. Die Worte, die sie nicht ertragen konnte.

Striker klammerte sich mit den Händen am Lenkrad fest. Es schien, als wäre ihm ihre Antwort ungeheuer wichtig.

„Ich habe jedenfalls geglaubt, dass ich ihn liebe. Aber ... sogar dann, wenn wir uns gesehen haben, habe ich gespürt, dass irgendetwas nicht stimmte. Etwas fehlte." Es fiel ihr schwer, ihre Gefühle zu beschreiben. „Aber bevor ich herausfinden konnte, was es war, habe ich erfahren, dass ich schwanger bin."

„Deshalb hast du beschlossen, dass das Baby dein Geheimnis bleiben soll."

„Ja", gestand Rachel, während Kurt auf eine Nebenstraße einbog, um den Weg zu Sharon Okano abzukürzen. Sie seufzte. „Sam hatte mir verschwiegen, dass er noch verheiratet ist", erklärte sie, „aber das ist noch nicht alles. Er hatte mir auch verschwiegen, dass er zusammen mit ein paar Freunden die Tiere gedopt hat. Kurz vor dem Wettbewerb. Ein Bulle flippte völlig aus. Das Tier musste erschossen werden. Aber vorher hat es seinen Reiter abgeworfen und ist über ihn hinweggetrampelt. Der Cowboy hat nur knapp überlebt. Mit gebrochenen Rippen, einem zertrümmerten Handgelenk, einem gequetschten Unterleib und einer gerissenen Milz."

„Aber warum ist Donahue nicht verhaftet worden?"

„Aus Mangel an Beweisen. Es gab keine Augenzeugen. Außerdem konnten er und seine Freunde ein Alibi vorweisen." Rachel sah Striker an, während er vor dem Gebäude einparkte, in dem Sharon wohnte. „Er hat niemals zugegeben, dass er den Bullen gedopt hat. Es kann auch sein, dass sein Kumpel das Medikament gespritzt hat. Trotzdem bin ich mir sicher, dass Donahue dahintersteckt. Auch wegen der Art, wie er über den Unfall gesprochen hat."

Beschämt starrte sie aus dem Fenster. „Ich hatte also längst beschlossen, ihn nicht wiederzusehen. Zu allem Überfluss hatte ich dann noch festgestellt, dass er immer noch verheiratet war. Nett, nicht wahr?"

Striker stellte den Motor ab. „Nicht besonders."

„Ich weiß." Der alte Schmerz saß immer noch tief. Aber es war nicht mehr so, dass sie kurz vor dem Zusammenbruch stand. Nicht vor Kurt Striker. „Ich habe vielleicht immer ein Glück mit den Männern …"

Kurt berührte sie kurz an der Schulter. „Nur fürs Protokoll, Rachel. Du hast etwas Besseres verdient als diesen Donahue."

Sie drehte sich zu ihm und bemerkte, dass er sie unverwandt anstarrte. Er durchbohrte sie förmlich mit seinem Blick. Irrte sie sich, oder glomm darin wirklich ein Fünkchen Mitgefühl auf? „Komm schon. Wir wollen dein Kind nicht länger warten lassen."

Auf der Treppe zu Sharons Wohnung nahm Rachel zwei Stufen auf einmal. Plötzlich freute sie sich wie wahnsinnig, weil sie gleich ihr Baby sehen würde, und sie drückte heftig auf den Klingelknopf.

Die zierliche Sharon öffnete mit Joshua auf dem Arm. Das Baby blinzelte sie an, als wäre es gerade aus einem Schläfchen aufgewacht. Das rotblonde Haar stand ihm in alle Richtungen ab, und der Kleine strahlte über das ganze Gesicht, als er seine Mutter sah. Es brach Rachel fast das Herz, als sie ihren Sohn endlich in die Arme schloss. Wieder drängten die Tränen in ihre Augen.

„Hey, mein Großer“, flüsterte sie heiser.

„Er hat dich vermisst“, meinte Sharon.

„Bestimmt nur halb so schlimm, wie ich ihn vermisst habe.“ Rachel schmiegte ihren Sohn an sich. Für sie grenzte es an ein Wunder, dass sie ihn auf dem Arm halten durfte, der Duft seines Puders ihr in die Nase stieg und sie dem sanften Blubbern lauschen durfte, das ihm über die Lippen kam.

Plötzlich hörte sie ein Räuspern hinter sich. „Oh … das ist Kurt Striker. Sharon Okano“, stellte sie die beiden einander vor. „Kurt ist ein Freund meines Bruders Slade.“ Stirnrunzelnd setzte sie hinzu: „Meine drei Brüder haben beschlossen, ihn als meinen Bodyguard zu engagieren. Ob du es glaubst oder nicht.“

„Als Bodyguard?“ Sharon schob kaum merklich das Kinn vor. „Wie tief steckst du denn in Schwierigkeiten?“

„Bis zur Halskrause, würde ich behaupten. Kurt meint, es sei das Beste, wenn wir das Baby bei uns behalten.“

„Wie du willst.“ Sharon strich sanft über Joshuas Wange. „Er ist wirklich ein liebenswerter kleiner Kerl. Ich vermute, dass ich ihn nicht wieder hergeben würde, wenn du ihn noch ein paar Tage länger bei mir lässt.“

„Du brauchst ein eigenes Kind.“

„Zuerst vielleicht einen Mann“, meinte Sharon lachend.

Kurt und Rachel blieben nicht lange. Während die Frauen Joshuas Sachen zusammenpackten, fragte Kurt nach, ob Sharon irgendwelche seltsamen Anrufe oder Besucher bemerkt hatte.

Sharon konnte von keinen besonderen Vorkommnissen berichten. Kurt rief seinen Partner an, und eine Viertelstunde später verließen Rachel, Kurt und Joshua die Stadt in östlicher Richtung. Es hatte wieder zu regnen begonnen. Dichter Nebel hing über der Straße, und Striker hatte die Scheibenwischer angestellt.

„Wahrscheinlich willst du mir immer noch nicht verraten, wohin wir fahren?“, fragte Rachel.

„Landeinwärts.“

„Das habe ich auch schon bemerkt. Aber wohin genau?“ Kurt antwortete nicht. „Ich habe einen Job. Schon vergessen? Ich kann nicht ewig fortbleiben“, sagte Rachel genervt.

Sie schaute auf ihre Uhr. Schon nach fünf. Rachel verzog das Gesicht, wühlte in ihrer Tasche, zog das Handy heraus und wählte die Nummer des *Clarion.* Es dauerte nur kurz, bis sie mit Bill Withers' Mailbox verbunden war. Sie teilte ihm mit, dass sie wegen eines Notfalls in der Familie nicht in der Redaktion erscheinen könne, und versprach, ihre neuen Texte für die Ratgeber-Kolumne per E-Mail zu schicken.

„Ich habe keine Ahnung, ob Withers mir die Ausrede abkauft. Aber es wird uns ein paar Tage Luft verschaffen.“

Kurt überholte einen Tanklaster. „Mehr brauchen wir auch nicht.“ Er klang nicht besonders überzeugt.

„Hör zu, Striker. Wir müssen diesen Kerl zur Strecke bringen. Und zwar bald“, verkündete Rachel. „Ich will mir mein altes Leben zurückerobern.“

Sein Blick ging ihr durch Mark und Bein. „Ich auch.“

9. KAPITEL

Nimm das Baby an dich", befahl Kurt, als er in die Ausfahrt des Highways einbog. Mit einem Blick in den Rückspiegel vergewisserte er sich, dass sie nicht verfolgt wurden. Er kehrte um, fuhr wieder Richtung Westen, verließ den Highway an der nächsten Ausfahrt und machte sich auf Nebenstraßen wieder auf den Weg nach Seattle.

„Was hast du vor?", fragte Rachel.

„Wir müssen die Fahrzeuge wechseln." Er bog ab und fuhr auf eine Tankstelle. „Ich möchte keinerlei Risiko eingehen, dass wir verfolgt werden."

„Hast du jemanden gesehen?"

„Nein."

„Aber …"

„Beeil dich. Es muss schnell gehen", unterbrach Kurt. „Spring in den braunen Geländewagen, der dort steht." Mit dem Kinn deutete er auf die Rückseite der Tankstelle, wo ein schicker Wagen mit getönten Scheiben auf sie wartete. Die Kühlerhaube und die Reifen strotzten vor Dreck. „Der Wagen gehört einem Freund", erklärte Striker. „Er wartet auf uns. Wir fahren damit weiter."

„Das ist einfach Wahnsinn", murmelte Rachel. Trotzdem löste sie die Gurte des Kindersitzes, in dem Joshua untergebracht war. Ihr Sohn verhielt sich ruhig.

Eric hatte sie bereits erwartet. Er telefonierte gerade über sein Handy und rauchte eine Zigarette. Kaum hatte er Striker entdeckt, drückte er die Kippe in einem Aschenbecher aus, winkte ihm kurz zu und klappte das Handy zu. Dann half er Rachel, ihr Gepäck umzuladen, und tauschte sich kurz mit Striker aus. Das gesamte Manöver dauerte kaum fünf Minuten. Dann saß Kurt am Steuer des anderen Jeeps und fuhr wieder Richtung Osten.

„Ich glaube kaum, dass ich dieses Räuber-und-Gendarm-Spiel noch lange durchhalten kann", klagte Rachel.

Sogar in der anbrechenden Dunkelheit konnte Striker ihr Profil noch deutlich erkennen, ihren Kiefer, die Wangen und die sinnlichen Lippen. Du lieber Himmel, sie ist wirklich eine tolle Frau, schoss es ihm durch den Kopf, sie sieht fantastisch aus, ist unglaublich sexy und klüger, als die Polizei erlaubt. „Natürlich kannst du."

„Wie viel auch immer meine Brüder dir zahlen, es ist viel zu wenig."

„Das kann ich nicht abstreiten." Kurt warf ihr einen Seitenblick zu und konzentrierte sich dann wieder auf den Verkehr. Inzwischen war es dunkel geworden, und der Regen hatte ein wenig nachgelassen.

Die Reifen summten auf dem nassen Asphalt. Der Motor des Geländewagens brummte gleichmäßig und beruhigend. Das Baby auf dem Rücksitz schlief tief und fest. Zum ersten Mal seit vielen Jahren keimte in Kurt das Gefühl auf, wieder eine Familie zu haben. Obwohl es lächerlich war.

Denn die Frau war nichts anderes als eine Klientin. Und das Kind gehörte zu ihr. Er war ihr Bodyguard. Es war sein Job, für ihre Sicherheit zu sorgen und herauszufinden, wer sie umbringen wollte.

Mehr nicht.

Und was ist mit dem Abend auf der Ranch?, höhnte seine innere Stimme. *Hast du schon vergessen, wie sehr du dich nach ihr gesehnt hast? Wie du sie verführt hast? Wie kannst du nur vergessen, wie es dich erregt hat, als du ihr das Nachthemd von den Schultern gestreift und ihre wundervollen Brüste entblößt hast …*

Denk an die Überraschung und Verwunderung in ihrem Blick … an ihre weichen einladenden Lippen, als du ihre Halsgrube geküsst hast … Weißt du noch, wie die Leidenschaft dich getrieben hat, den Gürtel ihres Morgenmantels zu lösen? Sekunden später ist er zu Boden geglitten, kurz darauf das Nachthemd, und sie war nackt, abgesehen von der feinen Goldkette mit dem Medaillon an ihrem Hals.

Du hast sie gewollt, Striker. Mehr als du je zuvor eine Frau gewollt hast. Du hättest dein Leben gegeben, um sie zu bekommen.

Du hast gespürt, wie die Hitze ihres Körpers dich eingehüllt hat, du hast ihrem klopfenden Herzen gelauscht und gespürt, wie ihr das Blut heiß durch die Adern gerauscht ist. Du warst so erregt, dass nichts und niemand dich hätte aufhalten können. Und du hast der Versuchung nachgegeben …

Kurts Nacken verspannte sich, als ihm die Erinnerung wieder klar vor Augen stand, als wäre es gestern gewesen. Aber seine innere Stimme gab immer noch keine Ruhe.

Wenn es dir wirklich gelingt, dir vorzumachen, dass Rachel McCafferty nur eine Klientin ist, dann bist du dümmer, als ich es je für möglich gehalten hätte.

Es war schon spät, als der Jeep über den steinigen, bemoosten Weg rumpelte, der zu einer heruntergekommenen Hütte führte. Sie war mit einem Zaun gesichert und lag tief im Wald. Offenbar war sie vollkommen verlassen, und zwar schon seit Langem. Aus irgendeinem Grunde besaß Kurt trotzdem einen Schlüssel zu dem Tor.

Rachel schauderte unmerklich, als die Scheinwerfer des Wagens über das armselige kleine Häuschen glitten. Vor den Fenstern hingen zerfetzte Lappen, der Rost hatte sich an den Regenrinnen festgesetzt, und das bemooste Dach hing traurig herunter.

„Meinst du nicht, wir sollten besser ein Motel suchen?“, schlug Rachel vor. „Ich glaube, selbst in einer billigen Absteige wären wir besser aufgehoben als hier.“

„Das können wir auch später noch machen.“ Kurt hatte die Handbremse schon angezogen und den Motor abgestellt. „Bilde dir einfach ein, es sei rustikal.“

„Richtig. Rustikal. Und malerisch.“ Rachel schüttelte den Kopf.

„Die Hütte war mal eine Art Pförtnerloge“, erklärte Kurt, „früher, als noch viele Menschen hier in der Gegend gewohnt haben.“

„Und jetzt?“ Rachel kletterte aus dem Jeep und sank ein paar Zentimeter in den weichen Waldboden ein.

„Es ist schon eine Weile her, dass die Hütte bewohnt war.“

„Vermutlich eine sehr lange Weile.“ Rachel kümmerte sich um Joshua. „Komm mit, mein Kleiner. Höchste Zeit, dass wir unsere neue Bude besichtigen.“ Mit dem Baby in der Tragetasche stieg sie die knarrenden Stufen zur Veranda hinauf, während Kurt mit der Taschenlampe das Schloss beleuchtete und aufschloss.

Er versuchte, das Licht anzuknipsen. Nichts passierte. Außer dass es laut klickte. „Kein Saft auf der Leitung, wie ich vermute.“

„Toll.“

Er entdeckte eine Laterne und zündete ein Streichholz an. Sofort wurde das Zimmer in sanftes, goldenes Licht getaucht, das den Staub auf den verkratzten Holzdielen allerdings nicht verbergen konnte. Überall hingen Spinnweben von der Decke. Die Hütte befand sich in einem äußerst beklagenswerten Zustand. Dort, wo das Wasser durch das Dach ins Innere getropft war, war das Kiefernholz fleckig. Es roch muffig und nach jahrelanger Vernachlässigung.

„Home, sweet home“, kommentierte Rachel spöttisch.

„Im Moment könnte uns nichts Besseres passieren.“ Kurt war schon dabei, sich die kleinen Zimmer anzusehen, und ließ den Schein der Taschenlampe über den Fußboden und die Decke schweifen. „Wir müssen auf Strom verzichten. Aber wir werden zurechtkommen.“

„Mit anderen Worten, wir haben kein heißes Wasser, kein Licht und keine Heizung.“

„Aber einen Ofen und Laternen. Das muss reichen.“

„Und was ist mit einem Bad?“

Er schüttelte den Kopf. „Auf der Veranda gibt es eine alte Pumpe. Augenblick mal ...“ Er durchsuchte die Schränke und hielt ihr schließlich eine Art Eimer hin. „Wie praktisch, eine Campingtoilette.“

„Ich kann es kaum fassen“, murmelte Rachel.

„Komm schon, du bist doch eine McCafferty. Ein schlichtes Leben müsste doch das reinste Vergnügen für dich sein.“

„Lass dir einen Tipp geben, Striker. Diese Hütte ist alles andere als schlicht.“

„Mir ist zu Ohren gekommen, dass du wie ein Junge aufgewachsen bist.“

„Slade quatscht zu viel.“

„Kann sein. Aber du hast viel Zeit mit Camping verbracht.“

„Im Sommer. Als ich dreizehn oder vierzehn war.“

„Es ist wie Fahrradfahren. Man verlernt es nie.“

„Mal sehen.“ Aber Rachel hörte auf, sich zu beklagen, und brachte das Gepäck aus dem Jeep in die Hütte. Schlafsäcke, Konservendosen, eine Kühltasche mit frischen Lebensmitteln, eine kleine Kochausrüstung, Pappteller und einen Propangaskocher. Außerdem noch Handtücher und Toilettenpapier.

„Ich hatte Eric gebeten, nur das Nötigste einzupacken.“

„Ein Telefon ist nicht zufällig dabei?“

„Wir haben unsere Handys. Das muss reichen.“

Rachel wühlte in ihrer Tasche, zog schließlich ihr Handy heraus und schaltete es ein. Der Text auf dem Display war nicht gerade ermutigend. „Netzsuche", las sie laut vor, während das Symbol auf dem Display verzweifelt kreiste. „Ich hoffe, deins funktioniert besser."

Kurt lächelte. Obwohl es dämmrig war, konnte sie erkennen, wie seine Augen funkelten. „Ich habe es schon ausprobiert. Es funktioniert."

In diesem Augenblick begann das Baby zu weinen. Sharon hatte zum Glück abgekochtes Wasser in Flaschen gefüllt und ihr zusammen mit der Babynahrung mitgegeben. Hastig mischte sie jetzt das Wasser unter den Fertigbrei.

Joshua schrie lautstark, als sie sich endlich in einen Schaukelstuhl sinken ließ. Joshua hörte auf zu weinen und trank gierig aus der Flasche. Wenn sie ihr Baby im Arm hielt, fühlte sie sich plötzlich von einem inneren Frieden erfüllt.

Das Baby schaute aus großen Kulleraugen zu ihr auf, während es trank. Solche Momente waren ihr unendlich kostbar. In solchen Momenten wusste sie genau, dass der Schmerz über die unglückliche Affäre mit Sam Donahue es wert gewesen war.

Kurt überprüfte den Schornstein, bevor er ein Feuer im alten Holzofen anzündete. Als die Flammen prasselten, kauerte er sich vor den Kaminofen. Rachel versuchte krampfhaft, nicht darauf zu achten, wie straff die Jacke sich um seine Schultern spannte. Oder wie die Jeans sich an seine Hüften und den Hintern schmiegte.

Nein, sie wollte auch nicht darauf achten, wie ihm die widerspenstigen Strähnen in die Stirn fielen. Seine hohen Wangenknochen erinnerten sie vage daran, dass er möglicherweise amerikanische Ureinwohner unter seinen längst vergessenen Vorfahren hatte …

Offenbar spürte er, dass sie ihn beobachtete. Langsam richtete er sich auf, straffte seinen kräftigen Rücken, ging zu dem schwarzen Lederkoffer und zog den Reißverschluss auf. Kurz darauf stellte er einen Laptop mit drahtloser Internet-Verbindung auf den Tisch.

„Falls du mal eine E-Mail schicken muss. Allerdings habe ich nur einen einzigen zusätzlichen Akku dabei. Mehr nicht. Wir haben hier keinen Strom. Der Saft wird also nicht für immer und ewig reichen."

„Wunderbar", spöttelte Rachel, nahm ihr Baby auf den Arm und rieb ihm den Rücken.

„Besser als nichts."

Joshua stieß geräuschvoll auf. „Wunderbar, mein Süßer", wisperte sie, während sie seine Decke auf dem Tisch ausbreitete und ihm die Windeln wechselte. Das Baby strampelte mit den Beinchen. Seine Augen glitzerten im Schein des Feuers.

„Oh, du bist ein kleiner Teufel, nicht wahr?“ Rachel spielte noch ein paar Minuten mit ihrem Sohn, bis der Kleine gähnte und seufzte. Sie nahm ihn auf den Arm und wiegte ihn sanft hin und her, bis er eingeschlafen war. Inzwischen konnte sie sich überhaupt nicht mehr vorstellen, wie ein Leben ohne ihn wohl aussehen würde.

Sie drückte ihm einen sanften Kuss auf den weichen Haarflaum. Als seine Atemzüge regelmäßiger wurden und sein Kopf auf ihre Schulter sank, legte Rachel ihn vorsichtig auf das kleine Lager, das sie aus ein paar Kissen und Decken bereitet hatte. Anschließend schaute sie sich in der fast leeren Hütte um. „Wir befinden uns mitten im Nichts.“

„Das war meine Absicht.“

Rachel fuhr mit der Fingerspitze über den Staub auf der zerkratzten Tischplatte. „Wir haben keinen Strom, kein Abwasser, kein Telefon, kein Radio, und noch nicht einmal ein paar gute Bücher stehen hier herum.“

„Wir werden uns wohl was anderes ausdenken müssen, um uns zu amüsieren“, meinte Kurt und lächelte verschmitzt.

Schön, dass er sich aus unserer bescheuerten Lage auch noch einen Spaß machen kann, dachte Rachel grimmig. Und es gefiel ihr gar nicht, dass ihr ein dicker Kloß im Hals saß, wenn er sie anstarrte. Noch weniger gefiel es ihr, dass ihr Pulsschlag sich verdoppelte, wenn er eine Braue spöttisch hochzog.

„Ich denke, wir werden uns schon zusammenraufen“, wich Rachel aus. Inständig hoffte sie, kühl und abweisend zu klingen, obwohl ihr der Atem stockte. Verdammt, fluchte sie in sich hinein. Es passte ihr ganz und gar nicht, mit Kurt Striker in einer gottverlassenen Gegend in einer verfallenen Hütte eingesperrt zu sein.

Rachel fühlte sich verwundbar, und es lag nicht nur daran, dass sie nicht wusste, wer sie verfolgte. Es lag vor allem an den verwirrenden Gefühlen, die jedes Mal in ihr hochschossen, wenn sie sich in Strikers Nähe aufhielt. *Solche Gedanken musst du dir verkneifen,* mahnte sie sich streng. *Du musst nur dafür sorgen, dass du die nächsten Tage überstehst. Wenn er seinen Job wirklich so gut erledigt, wie man es von ihm erwartet, wird er den Übeltäter in kürzester Zeit gefasst haben. Dann kannst du dein altes Leben endlich wieder aufnehmen. Weil du dann in Sicherheit bist. Zusammen mit deinem Baby kannst du noch einmal ganz von vorn anfangen.*

Es sei denn, irgendetwas geht schief. Ganz furchtbar schief.

Rachel warf wieder einen Blick auf Striker.

Ob sie wollte oder nicht, sie war mit ihm eingesperrt. Auf Gedeih und Verderb.

Es hätte auch schlimmer kommen können.

Knapp zwei Stunden später klingelte Kurts Handy.

Nervös klappte er es auf. „Striker."

„Hier ist Kelly. Ich habe Neuigkeiten."

Endlich! Er lehnte sich an das Fensterbrett und beobachtete, wie Rachel mit der Brille auf der Nase am Laptop saß und aufschaute. „Neuigkeiten?"

Kurt hörte aufmerksam zu, als Matt McCaffertys Frau mit ihrem Bericht begann.

„Ich glaube, ich habe den Wagen entdeckt, der Rachel im Glacier-Park von der Straße gedrängt hat. Es ist ein brauner Lieferwagen, erst ein paar Jahre alt. In einer Werkstatt in Idaho sind schon mal ein paar Blechschäden ausgebeult worden. Alles unter der Hand. Ein mürrischer Angestellter hat mir den Tipp gegeben. Der Mann ist der Meinung, dass der Werkstattbesitzer ihm noch ein paar Monate Lohn schuldet."

Striker spannte die Muskeln an. „Lass mich raten", erwiderte er, „der Wagen war auf Sam Donahue zugelassen."

„Fast. Er gehörte Marv Bates. Oder besser gesagt, dessen Freundin."

„Hast du Bates schon ausfindig gemacht?"

Rachel versteifte sich sichtlich. Sie schob den Laptop beiseite, stand auf und ging zu Kurt. „Wir arbeiten daran", fuhr Kelly fort, „ich habe die Polizei eingeschaltet. Mein früherer Chef Espinoza will sehen, was er tun kann. Allerdings hat Bates ein Alibi. Und es ist wasserdicht. Sam Donahue und Charlie Caldwell haben geschworen, dass sie alle zusammen in Marvs Bude gehockt haben, als Rachels Unfall passierte. Trina Spencer war damals Charlies Freundin, und sie hat das Alibi bestätigt. Inzwischen sind Charlie und Trina wieder getrennt. Wir suchen also auch nach ihr." Sie hielt kurz inne, und Striker wartete schweigend ab.

„Vielleicht", fuhr Kelly fort, „ändert sie jetzt ihre Aussage, wo Charlie nicht mehr ihre große Liebe und ihr Wagen in einen Kriminalfall verwickelt ist. Wir haben auch mit dem Werkstattbesitzer gesprochen. Ich nehme an, es ist nur eine Frage der Zeit, bis einer aus der Gruppe einknickt."

„Gut. Es ist ein Anfang. Möchtest du mit Rachel sprechen?"

„Unbedingt."

Striker reichte Rachel den Apparat und hörte zu, wie sie Kelly nach Neuigkeiten fragte. Schließlich unterhielten die beiden sich über Familienangelegenheiten, und ein paar Minuten später legte Rachel auf.

„Das ist doch der große Durchbruch, auf den du gewartet hast", meinte sie. Striker entging nicht, wie hoffnungsvoll sie klang.

Wie er es hasste, dass er ihre Euphorie bremsen musste! „Rachel, es ist nicht mehr als ein Anfang. Wir werden erst mit der Zeit erfahren, ob es der große Durchbruch ist oder nicht. Aber es ist immerhin eine Spur."

Kurt hoffte, dass sie zu einem Ergebnis führen würde.

„Warum ruhst du dich nicht ein bisschen aus?" Er rollte den Schlafsack aus und platzierte ihn zwischen dem Kamin und dem Kissenlager des Babys.

„Und wo ruhst du dich aus?"

„Hier." Er schob einen Sessel dicht an die Tür.

Rachel betrachtete den alten Ohrensessel. „Willst du gar nicht schlafen?"

„Vielleicht ein bisschen dösen."

„Du hast immer noch Angst", vermutete Rachel.

„Nein. Keine Angst. Ich bin nur wachsam."

Rachel schüttelte verständnislos den Kopf. Seufzend stemmte sie einen Fuß an den Absatz ihres Stiefels, um ihn abzustreifen. „Ich kann es kaum fassen, unter welchen Umständen wir hier hausen müssen."

Der erste Stiefel plumpste auf den Fußboden, der zweite folgte. Rachel ließ sich mit gekreuzten Beinen auf den Schlafsack sinken, verschränkte die Arme hinter dem Kopf und starrte ins Feuer. „Weißt du", begann sie, „ich habe einfach nur ein Buch schreiben wollen. Ich wollte meinem Dad, meinem Boss und sogar meinen Brüdern beweisen, dass ich eine echte Journalistin bin. Eine, die wirklich gut recherchiert." Sie zögerte, bevor sie weitersprach.

„Meine Familie hat mich für verrückt gehalten, als ich angefangen habe, Journalismus zu studieren. Besonders mein Dad. Er sah keinen Nutzen darin. Schließlich habe ich mir den Job bei der Zeitung in Seattle geangelt und für diese Ratgeberkolumne für Singles geschrieben. Lächerlich, meinte meine Familie."

Kurt hörte aufmerksam zu, sagte aber nichts.

„Meine Brüder haben sich darüber lustig gemacht. Auch dann noch, als andere Zeitungen sich für die Kolumne interessierten", schloss Rachel und suchte Kurts Blick. „Du kennst doch meine Brüder. Ich kann mir nicht vorstellen, dass Matt oder Slade oder Thorne sich jemals an eine Zeitung wenden würden, wenn sie einen dringenden Rat in Liebesangelegenheiten bräuchten."

Kurt lachte.

„Das gilt wohl auch für dich."

Er zog die Brauen hoch. „Du hast recht. Es ist unwahrscheinlich."

„Auch in den Artikeln, die ich unter dem Pseudonym R. J. McKay geschrieben habe, ging es nur um Frauenangelegenheiten. Deshalb das Buch ..." Rachel richtete den Blick zur Decke, als könne sie in den Spinnweben eine Antwort finden. „Es war der Versuch, mein Studium zu rechtfertigen. Leider ist Dad verstorben, bevor ich das Buch zu Ende schreiben konnte. Danach fing der Ärger an."

Sie setzte sich auf. Das Medaillon rutschte ihr in den Ausschnitt. Kurt konnte erkennen, wie es im Schein des Feuers blitzte. Sein Mund wurde ganz trocken, als er ihren schlanken Hals betrachtete. Und erst die verführerische Stelle zwischen Hals und Schulter ... seine Muskeln spannten sich an.

„Vielleicht hört der Ärger ja bald auf."

„Das wäre himmlisch", meinte Rachel, „eigentlich habe ich nie etwas dagegen gehabt, riskant zu leben. Ich mochte es, wenn es abenteuerlich zuging. Wo auch immer mein Leben sich gerade abgespielt hat, ich habe nie irgendwo Wurzeln geschlagen."

„Du bist eben eine echte McCafferty."

Rachel lächelte. „Stimmt. Aber jetzt habe ich ein Baby. Es ist allerhand passiert. Ich möchte endlich zur Ruhe kommen."

Kurt nickte. „Aber jetzt solltest du erst einmal schlafen."

„Nein", widersprach Rachel plötzlich, „erst will ich wissen, wer du bist. Was bist du für ein Mann? Was geht in dir vor?"

Als er schwieg, musterte sie ihn eindringlich. „Komm schon", drängte sie, „ich habe dir alles über meine Träume erzählt, und über mein Leben hast du ohnehin schon fast alles herausgefunden. Du kannst mir also alles beichten."

„Wie kommst du darauf, dass ich dir etwas zu beichten hätte?"

„Striker, wir haben alle unsere Geheimnisse. Was hast du zu verbergen?"

Dass ich drauf und dran bin, mich in dich zu verlieben, dachte Kurt. Mit aller Macht schob er den Gedanken beiseite. Auf keinen Fall. Es kam nicht infrage. Seine Beziehung zu Rachel McCafferty musste rein professioneller Natur bleiben. Um jeden Preis. „Wie du weißt, war ich verheiratet", begann er. Der alte Schmerz durchzuckte ihn wieder.

„Ja, und was ist dann passiert?"

Kurt zögerte. Er sprach nur selten über das Thema, und niemals schnitt er es von selbst an. „Sie hat sich scheiden lassen."

„Wegen deiner Arbeit?" Das hat er mir doch schon erzählt, wunderte sich Rachel.

„Nein." Kurt betrachtete das Baby, das in den Kissen lag und tief und fest schlummerte. Es erinnerte ihn an das Glücksgefühl, das er empfunden hatte, als er sein eigenes Kind zum ersten Mal gesehen hatte. Plötzlich wusste er wieder, wie seine Tochter geduftet hatte. Es grenzte an ein Wunder, wie fest man ein solch zauberhaftes Wesen ins Herz schließen konnte.

„Gab es eine andere Frau?", hakte Rachel nach. Kurt bemerkte, wie vorsichtig ihre Stimme klang.

„Nein. Dann wäre alles ganz einfach gewesen", meinte er, „mit einer einfachen und sauberen Trennung."

„Aber was ist dann passiert? Und jetzt erzähl mir nicht, dass ihr euch auseinandergelebt habt oder solchen Unsinn. Das kenne ich schon. Meine Leserinnen haben mir dutzendweise Briefe geschrieben, in denen sie ständig nur davon berichteten, wie sie und ihre Männer sich auseinandergelebt hätten."

„Das, was zwischen mir und meiner Frau passiert ist“, erklärte Kurt und klang verbitterter, als er es beabsichtigt hatte, „das kann keine Zeitungskolumne der Welt wieder kitten.“

„Das habe ich auch nicht behauptet.“

Er spürte deutlich, dass Rachel leicht verstimmt war.

„Gut.“

„Was ist passiert, Striker? Bitte sag es mir.“

Er biss die Zähne zusammen.

„Du möchtest nicht darüber sprechen?“ Rachel verdrehte die Augen. „Nachdem ich dir alles über Sam Donahue erzählt habe? Dass ich mit ihm geschlafen habe, obwohl er noch verheiratet war? Was glaubst du, wie ich mich fühle, dass ich so blind gewesen bin … und sämtliche Warnungen in den Wind geschossen habe. Was auch immer zwischen euch passiert ist, so demütigend kann es niemals sein!“

„Wir hatten eine Tochter.“ Kurts Stimme klang ihm in den Ohren, als käme sie aus weiter Ferne. „Sie hieß Heather. Ich habe sie immer mitgenommen, wenn ich mit dem Boot rausgefahren bin. Sie hat es geliebt. Meine Frau war dagegen, weil sie sich vor dem Wasser gefürchtet hat. Doch ich habe darauf bestanden, dass nichts passieren kann. So war es auch. Bis …“ Er stockte. Auf seiner Brust lastete ein tonnenschweres Gewicht.

Rachel sagte nichts. Aber das Blut wich ihr aus den Wangen. Sie war plötzlich blass geworden, als wüsste sie, was er gleich sagen würde.

Striker schloss die Augen. Er hatte jenen Tag genau vor Augen – das Unwetter, das sich am Horizont zusammenbraute … wie der Motor seines Bootes langsam erstarb …

„Es ist nie etwas passiert“, fuhr Kurt fort, „bis zu jenem letzten Mal. Heather und ich sind mit dem Boot rausgefahren. Der Motor funktionierte plötzlich nicht mehr. Ich habe angestrengt versucht, ihn wieder anzuwerfen, als Heather plötzlich über Bord ging. Ich weiß nicht, wie das passieren konnte und warum ihr die Rettungsweste vom Körper gerutscht ist … Es war ein unglücklicher Zufall … Ich bin natürlich sofort ins Wasser gesprungen und habe nach ihr getaucht. Aber es war bereits zu viel Wasser in ihre Lungen gedrungen. Ich habe sie rausgezogen und versucht, sie wiederzubeleben.“ Er schluckte und drängte mit aller Macht die Tränen zurück.

„Es war zu spät. Ich konnte sie nicht mehr retten." Der Schmerz zerriss ihm fast das Herz.

Rachel rührte sich nicht von der Stelle. Wie gelähmt saß sie da und starrte ihn an.

„Meine Frau hat mir die Schuld gegeben", sagte Kurt und seufzte. „Die Scheidung war reine Formsache."

10. KAPITEL

Es tut mir unglaublich leid", sagte Rachel leise und fragte sich insgeheim, wie er es nur verkraftet hatte, sein Kind zu verlieren.

„Es ist nicht deine Schuld."

„Deine auch nicht. Es war ein Unfall", erklärte Rachel, als sie bemerkte, wie Kurts Miene sich verfinsterte.

„Das habe ich mir auch gesagt. Aber wenn ich nicht darauf bestanden hätte, sie mit rauszunehmen ..." Kurt brach ab. „Es ist passiert. Vor mehr als fünf Jahren. Wir haben keinen Grund, die Sache jetzt noch mal aufzuwärmen."

Es zerriss Rachel beinahe das Herz. Obwohl er es abstritt, tat es ihm so weh, als wäre der Unfall eben erst geschehen. „Hast du ein Foto?"

„Wie bitte?"

„Ein Foto deiner Tochter."

Kurt zögerte. Rachel kroch aus ihrem Schlafsack. „Ich würde es gern sehen."

„Das ist keine gute Idee."

„Ich glaube doch", widersprach sie und durchquerte das Zimmer. Widerstrebend zog Kurt seine Brieftasche aus der Hosentasche und klappte sie auf. Rachel war erschüttert, als sie das Bild des süßen kleinen Mädchens betrachtete.

Blonde Zöpfchen umrahmten ein Engelsgesicht. Die Wangen waren zart gerötet. Das Mädchen lächelte, sodass man die weißen Zähnchen erkennen konnte. „Sie ist sehr hübsch."

„Ja." Kurt nickte, und verbesserte sie dann verbittert: „Das war sie."

„Es tut mir sehr leid, wenn ich vorhin etwas gesagt habe, was ich mir besser hätte verkneifen sollen. Ich hatte keine Ahnung."

„Ich spreche nicht oft darüber."

„Das solltest du aber."

„Nein, das glaube ich nicht." Kurt nahm ihr die Brieftasche aus der Hand und klappte sie zu.

„Hätte ich geahnt ..."

„Was? Was hättest du dann anders gemacht?" Kurt schwieg eine

Weile. „Es gibt nichts, was du sagen könntest. Nichts, was du tun könntest. Was geschehen ist, ist geschehen. Niemand kann daran etwas ändern."

Rachel streckte die Hand aus und strich ihm über die Wange. Kurt schnappte nach ihrem Handgelenk. „Lass das", warnte er, „ich brauche dein Mitleid nicht. Und auch kein Verständnis."

„Nein, Mitleid nicht", bestätigte Rachel, „aber Mitgefühl."

„Niemand kann mit mir fühlen, der nicht selbst ein Kind verloren hat", entgegnete er, schloss seine Finger noch kräftiger um ihr Handgelenk und sah sie eindringlich an. „Das ist unmöglich."

„Kann sein, dass du recht hast. Aber das heißt noch lange nicht, dass ich nicht trotzdem spüren kann, wie sehr es dir wehtut."

„Nein, das kannst du nicht. Ich will es auch nicht. Es ist mein Schmerz. Du kannst nichts ausrichten. Ich hätte es dir nicht erzählen dürfen."

„Doch. Es ist besser."

„Wie kommst du darauf?" Kurts Nasenflügel bebten. „Sag mir doch, inwiefern es mir helfen könnte, dass du über Heather Bescheid weißt."

„Ich kann dich jetzt besser verstehen."

„Himmel noch mal, Rachel." Er wurde ungeduldig. „Das ist Frauengeschwätz. Du musst nicht wissen, was mein Herz bewegt. Oder was ich in meinem Leben schon alles durchgemacht habe. Damals kannten wir uns doch noch gar nicht, stimmt's?"

Er holte tief Luft. „Es wäre mir also lieb, wenn du nicht versuchen würdest, meinen Schmerz zu spüren. So heißt es doch in diesem selbstherrlichen pseudopsychologischen Talkshowgeschwätz, oder? Ich bin dein Bodyguard. Es ist am besten, wenn du dich an meine Anweisungen hältst. Nur so kann ich für deine Sicherheit garantieren. Und für die deines Sohnes. Das ist alles."

„Nicht ganz", widersprach Rachel flüsternd und küsste ihn auf die Mundwinkel, ohne weiter darüber nachzudenken. Sie verspürte das unbezwingbare Bedürfnis, ihn zu trösten, beinahe so zwingend, wie sie selbst getröstet und im Arm gehalten werden wollte. „Wenn wir uns vor der Welt verstecken müssen, ist es wichtig, dass ich dich verstehe."

„Hör auf damit." Kurts Stimme klang heiser, und sie bemerkte, dass er unruhig in seinem Stuhl hin und her rutschte.

„Warum?", fragte Rachel und rührte sich nicht von der Stelle. In diesem Moment war nichts stärker als ihr Wunsch, ihn zu berühren und zu umarmen. Diesen Mann, dem das Leben übel mitgespielt hatte und der den schlimmsten Schmerz hatte ertragen müssen, den man sich nur vorstellen konnte.

„Du weißt, warum."

„Kurt, ich möchte dir nur helfen."

„Das kannst du nicht." Er drehte den Kopf zur Seite und schaute ihr direkt in die Augen. Seine Nase war nur wenige Zentimeter von ihrer entfernt. „Du hast keine Ahnung, worauf du dich einlässt."

„Ich habe keine Angst." Rachel küsste ihn auf die Wange, und er stöhnte leise auf.

„Rachel, du musst aufhören", befahl er. Aber es klang eher wie ein Flehen.

„Du kannst mir vertrauen."

„Es geht nicht um Vertrauen."

„Nicht? Warum sind wir dann hier? Allein in der Hütte? Wenn ich dir nicht vertrauen würde, würde ich mich doch niemals mit dir in einer Hütte verstecken. Weit weg von der Zivilisation." Rachel hielt kurz inne. „Glaub mir, Striker, es geht einzig und allein ums Vertrauen. Weshalb sonst hast du mir von Heather erzählt?"

„Heather sollten wir aus der Sache raushalten!", entgegnete Kurt grimmig.

„Du hast alles Recht der Welt, wütend zu sein, weil das Schicksal dir die Tochter genommen hat."

„Wie schön. Ich bin nämlich auch wütend. Und du bist mir nicht gerade eine Hilfe!"

„Nein?" Rachel verlor langsam die Beherrschung. „Dann habe ich dir neulich Abend wohl auch nicht geholfen, oder?"

„Zum Teufel noch mal", murmelte Kurt und wandte den Blick ab. Er hielt Rachels Handgelenk immer noch umklammert, und ihr Puls pochte wild unter seiner Haut.

„Du hast es doch noch nicht vergessen, oder?", erinnerte sie ihn. „In dieser Nacht hattest du keinerlei Hemmungen."

„Es liegt nur an genau dieser Nacht, dass ich mich jetzt zurückhalte. Es war ein Fehler."

„Das hast du damals aber nicht gedacht."

„Ja, stimmt. Ich habe nicht darüber nachgedacht, welche Konsequenzen es haben könnte. Aber im Moment versuche ich, den Fehler nicht noch mal zu machen."

„Mit anderen Worten, es ist in Ordnung, wenn du mich verführst. Aber umgekehrt nicht."

Kurt schloss die Augen, als wolle er Kraft sammeln. „Ich habe dich nicht hierher gelotst, um mit dir zu schlafen."

„Nicht?" Rachel küsste ihn wieder, diesmal hinter dem Ohr. Er reagierte unmittelbar, indem er aufsprang, sie zu Boden drückte und sich über sie beugte. „Hör zu, du treibst es zu weit. Kein Mann kann das aushalten."

„Das gilt auch für Frauen", flüsterte Rachel heiser. „Du kannst doch nicht einfach …"

Sie konnte den Satz nicht zu Ende sprechen, weil er seine Lippen auf ihren Mund presste. Leidenschaftlich. Heiß. Hart. Und verzweifelt. Er küsste sie lang und wild. Sie erwiderte seinen Kuss, öffnete den Mund und spürte, wie er mit der Zunge in sie glitt.

Rachel bog den Rücken durch, während er ihren Mund erkundete. Kurt raubte ihr beinahe den Atem. Das Blut in ihren Adern schien zu kochen, und sie schmolz förmlich dahin, während er mit den Händen über ihre Arme und Beine fuhr. Nein, er leugnete das Verlangen nicht länger. Schließlich spürten sie es beide. Er sprach auch nicht mehr, sondern küsste sie nur noch.

Rachel bereute nichts. Es war genau das, was sie wollte. Sie wollte ihn berühren. Seine Seele, seinen Körper. Hastig nestelte sie am Reißverschluss seiner Jacke und an den Hemdknöpfen. Sie spürte die sehnigen Muskeln unter seiner straffen Haut und die feinen Löckchen auf seiner Brust.

„Du liebe Güte", raunte Kurt, während er sich das Hemd abstreifte und ihr den Pullover auszog. Mit starken, rauen Händen streichelte er über ihren Körper. Rachel schrie leise auf, als er seine Fingerspitzen unter ihren BH schob und die Unterseite ihrer Brüste liebkoste. Ihre Knospen richteten sich auf, und es fühlte sich an, als ob ihre Brüste anschwollen.

Rachel verlangte nach ihm. Mit jedem Atemzug wuchs ihr Begehren. Kurt hakte ihren BH auf, dann stand er auf und trug sie zu ihrem Schlafsack, auf den sie sich beide legten und sich mit Armen und Beinen umschlangen. Wie ausgehungert verteilte Kurt tausend kleine Küsse auf ihrem Gesicht und den Brüsten und fuhr spielerisch mit den Händen über ihre Hüften und ihren Po. Er drückte sie fest an sich.

Rachel stöhnte auf, als er ihre Knospen küsste, sie mit Zunge und Lippen umspielte. Es kam ihr vor, als verschwänden ihre Gedanken in einem Wirbel aus Licht und Schatten, als Kurt einen Finger unter ihren Slip wandern ließ.

Sie brannte so vor Sehnsucht nach ihm, dass es beinahe wehtat, und streckte die Hand nach dem Reißverschluss seiner Jeans aus.

„Rachel", flüsterte er zwischen ihren Brüsten, „oh, lieber Himmel … Darling …" Seine Hand glitt zu ihrer empfindlichsten Stelle.

„Mehr", bettelte sie flüsternd und war rettungslos verloren.

Sekunden später lagen sie nackt nebeneinander. Haut an Haut. Endlich erfüllte er ihre Sehnsucht und kam ganz zu ihr.

Die Welt um sie herum schien zu versinken, als sie sich im Einklang bewegten.

Immer heißer. Immer schneller. Die Welt schien sich nur um sie zu drehen. „Oh, Himmel … oh", stöhnte Rachel, als alles um sie herum in Flammen aufzugehen schien.

Kurt fing sie auf, hielt sie fest an sich gedrückt und wartete einen kleinen Moment, bevor er den Rhythmus wieder aufnahm, drängender nun. Erneut stieg die Welle der Lust in ihr auf, höher und höher, bis die Wogen über ihr zusammenschlugen. Durch den Strudel der höchsten Wonne hindurch hörte sie Kurt wie von ferne aufstöhnen: „Rachel! Oh, meine Liebe …"

Dann ließ er sich zurückfallen, zog Rachels Kopf an seine Brust, und so blieben sie eine Zeit lang völlig ineinander verschmolzen liegen. Mit einer Hand strich Kurt ihr über den Kopf. Unwillkürlich stiegen Rachel die Tränen in die Augen, als seine Worte ihr durch den Kopf echoten.

Obwohl ihm die Worte in höchster Erregung über die Lippen gekommen waren, und obwohl Rachel wusste, dass sie sie nie wieder hören würde, klammerte sie sich an ihnen fest. *Rachel … oh, meine Liebe.*

Schon morgen früh würden sie keine Bedeutung mehr haben.

Aber in diesem Moment und für den Rest der Nacht wollte sie sich daran klammern. Rachel schmiegte sich eng an Kurt. Heute Nacht wollte sie nachsichtig sein. Mit sich selbst. Heute Nacht wollte sie noch einmal mit dem Mann schlafen, den zu lieben ihr so leicht fiel.

Heute Nacht wollte sie nicht daran denken, dass er nur ihr Bodyguard war. Dass er dafür bezahlt wurde, sie zu beschützen. Und dass sie sich in einen Mann verliebt hatte, in den keine Frau sich verlieben würde, die noch einigermaßen bei Verstand war.

Kurt und sie hatten sich geliebt.

Der Gedanke traf sie wie der Schlag, erschütterte sie, noch bevor sie die Augen öffnete und wusste, dass er nicht mehr im Schlafsack neben ihr lag. In der vergangenen Nacht hatten sie sich wieder und wieder geliebt. Und jetzt …

Vorsichtig öffnete Rachel ein Auge, als die Morgensonne durch die verschmierten Fensterscheiben in die Hütte drang. Das alte Cottage sah bei Tageslicht noch schlimmer aus als nachts. Das Baby weinte leise. Das Geräusch musste sich den Weg in ihr verschlafenes Bewusstsein gebahnt haben. Bestimmt war sie deswegen aufgewacht. So ist es also, dachte sie müde, ich bin nackt, ich friere, ich bin in einer Hütte mitten im Nichts eingeschlossen, und von Kurt ist weit und breit nichts zu sehen.

„Komme schon", rief sie ihrem Baby zu, bevor sie ihre Kleidung zusammenklaubte und sich anzog.

Was hast du dir nur dabei gedacht?, schimpfte sie mit sich selbst. Beschämt eilte sie zu ihrem Kind und lächelte den Kleinen an. „Hast du Hunger?", fragte sie, während sie Joshua die Windeln wechselte. Wie schnell sie sich an ihr Dasein als Mutter gewöhnt hatte – daran, mit ihrem Baby zu sprechen, es zu wickeln und zu füttern.

Rachel holte das Fläschchen und setzte sich mit ihrem Sohn in den Sessel. Leise sang sie ein Lied, während sie ihn fütterte. Sie hörte, wie die Tür geöffnet wurde. Mit einem Blick über die Schulter sah sie, dass Kurt mit einem Arm voll Holz die Hütte betrat. Sie spürte, wie ihr die Röte ins Gesicht stieg. Ihm schien es jedoch überhaupt nicht unangenehm zu sein.

„Guten Morgen", grüßte er leicht amüsiert. Sein Blick rief ihr wieder ins Gedächtnis, dass sie sich die ganze Nacht über geliebt hatten.

In dieser Nacht hatte sie die Initiative ergriffen. Sie hatte ihn mehr oder weniger angefleht, sie zu lieben. Sie hatte ihn verführt, und jetzt fühlte sie sich bis auf die Knochen blamiert.

„Ich glaube, ich sollte mich zur letzten Nacht äußern", begann sie unsicher.

„Was gibt es da noch zu sagen?"

„Dass ich normalerweise nicht so bin …"

„Schade. Ich fand es eigentlich ganz nett."

„Wirklich? Aber du … ich war der Meinung, dass du es bereuen würdest. Du hast schließlich gesagt, dass es ein Fehler ist."

„Aber es ist doch passiert, oder? Ich finde, wir sollten uns darüber nicht den Kopf zerbrechen."

„Dann war es also keine große Sache?", hakte Rachel nach und verspürte eine leichte Enttäuschung.

„Doch, natürlich war es eine große Sache. Aber warum sollten wir den Tag mit Vorwürfen beginnen? Das würde uns keinen Schritt weiterbringen. Wie schon gesagt, ich habe keine Lust, ständig meine Gefühle zu analysieren." Kurt stapelte das Feuerholz in einer Nische. „Eigentlich hatte ich vor, Kaffee zu kochen, bevor du aufwachst."

„Mmh. Klingt himmlisch!"

„In ein paar Minuten bin ich fertig." Kurt klopfte sich den Staub von den Händen und suchte das Kaffeepulver.

„Ich hätte gern einen Kaffee mit extra viel Schaum aus fettarmer Milch, mit Vanillesirup und Schokoladenpulver", erklärte Rachel.

Kurt brach in schallendes Gelächter aus. „Du hast eindeutig zu lange in Seattle gelebt."

„Erzähl das mal meinem Chef", murmelte Rachel. „Wenn wir die Sache hier hinter uns gebracht haben, dann …" Sie blickte auf ihren Sohn hinunter. „Ich muss ihn anrufen. Wenn ich darf", fügte sie hinzu.

„Wenn du nicht verrätst, wo wir uns gerade aufhalten."

„Das würde mir schwerfallen, da ich immer noch nicht weiß, wo wir uns eigentlich befinden." Rachel hatte Joshua zu Ende gefüttert und kitzelte ihn und scherzte mit ihm, während sie ihm einen frischen Strampler anzog. Kurt setzte gerade das Wasser für den Instantkaffee auf, als sie sich ihren Sohn an die Schulter schmiegte und Bill Withers' Nummer wählte. Aber der Chefredakteur nahm nicht ab, sodass Rachel wieder auf seine Mailbox sprechen musste.

„Sieht so aus, als würde Withers mir aus dem Weg gehen“, murmelte Rachel, als sie eine andere Nummer eintippte und Sarah erreichte.

„Wo steckst du?“, rief Sarah, kaum dass sie Rachels Stimme erkannt hatte. „Bill hat mich schon ins Kreuzverhör genommen. Jedes Mal, wenn dein Name erwähnt wird, zieht er ein Gesicht, als würde ihn der Schlag treffen.“

„Ich weiß auch nicht genau, wo ich stecke. Aber ich komme bald zurück …“ Sie warf Kurt einen Blick zu, und er schüttelte heftig den Kopf. „Doch, bald. Aber ich kann dir nicht sagen, wann. Bis es so weit ist, schicke ich dir meine Artikel per E-Mail zu. Es spielt ohnehin keine große Rolle, ob ich persönlich anwesend bin oder nicht. Die meisten Anfragen erreichen mich per Internet.“

„Du solltest möglichst schnell zurückkommen.“

„Ich bin bei euch, sobald ich kann“, versicherte Rachel.

„Soll ich Joe benachrichtigen?“

„Wen?“

„Joe Paterno ist in der Stadt und hat nach dir gefragt.“

Rachel und Joe waren niemals ineinander verliebt gewesen. Ihre Beziehung hatte mit romantischen Träumen nichts zu tun gehabt. Es überraschte sie, dass er sich nach ihr erkundigte. „Sag ihm doch, dass ich mich bei ihm melde, wenn ich wieder in der Stadt bin“, meinte sie und merkte, wie Striker sich verspannte.

Rachel beendete das kurze Gespräch, bevor Sarah protestieren konnte.

„Ich habe doch nicht gelogen, oder?“, fragte sie und griff nach einer Tasse Kaffee. „Als ich gesagt habe, dass wir bald wieder in Seattle sind.“

„Ich hoffe es. Bevor du heute Morgen aufgestanden bist, habe ich mich auf den neuesten Stand bringen lassen. Bis jetzt konnte noch keiner Sam Donahue aufspüren.“

Rachel beschlich ein ungutes Gefühl. „Könnte es sein, dass er uns gefolgt ist?“

„Ich weiß es nicht. Hat er dich eigentlich schon mal im Büro aufgesucht? Ich habe gehört, wie du deiner Freundin erzählt hast, dass du dich bei ihm melden willst.“

„Es ging nicht um Sam.“ Rachel zögerte und beschloss, reinen Tisch zu machen. „Wir haben über Joe Paterno gesprochen. Er und ich … wir sind Freunde. Das ist alles. Mehr war nie zwischen uns."

Kurt warf ihr einen Blick zu, als würde er ihr kein Wort glauben.

„Wirklich." Rachel zuckte die Schultern. „Tut mir leid, wenn ich dich enttäuschen muss. Langsam glaube ich, dass du davon überzeugt bist, ich hätte ein wahnsinnig aufregendes Liebesleben geführt. Dass ich mit jedem Mann geschlafen habe, der mir über den Weg gelaufen ist. Aber das stimmt nicht."

Sie zog die Brauen hoch. „Kann sein, dass ich nicht immer ein glückliches Händchen bewiesen habe, wenn es um Männer ging. Aber ich bin trotzdem ziemlich wählerisch."

„Dann sollte ich mich wohl geschmeichelt fühlen."

„Allerdings", bekräftigte Rachel, trank einen großen Schluck Kaffee und wandte sich wieder ihrem Baby zu. Joshua lächelte, strampelte mit den Beinchen und streckte die Hände nach dem goldenen Medaillon um ihren Hals aus. „Dummer Junge", wisperte Rachel, beugte sich vor und drückte ihm einen Kuss auf den Bauch. Er gluckste.

Strikers Handy klingelte und zerriss die Stille.

Er klappte es auf. „Kurt Striker … Ja, sie ist hier … ich weiß nicht, ob das eine gute Idee ist … einverstanden. Einen Moment, bitte."

Rachel drehte den Kopf und bemerkte, wie Striker grimmig aus dem Fenster schaute. Das Handy hielt er dicht ans Ohr gepresst. Das Herz blieb ihr beinahe stehen, als er in ihre Richtung schaute. Irgendetwas war geschehen. Etwas Schreckliches. „Was?"

„Okay, er kann mit ihr sprechen. Aber er soll sich kurz fassen, der Akku ist bald leer." Kurt hielt Rachel das Handy entgegen. „Das war Brown. Er hat Sam Donahue gefunden."

Rachel fühlte sich, als wäre der Boden unter ihren Füßen ins Wanken geraten. „Und?"

„Darling, es ist für dich." Kurt lächelte eisig. „Sieht so aus, als wollte der gute alte Sam mit dir sprechen."

11. KAPITEL

Was zum Teufel wird hier gespielt, Rachel?", schrie Sam Donahue ins Telefon. „Hier steht ein Dreckskerl, behauptet, ich würde verhaftet werden, weil ich versucht habe, dich umzubringen. Kompletter Schwachsinn! Du weißt, dass es Schwachsinn ist. Warum sollte ich dir wehtun? Wegen des Babys? Oh, hör mir auf damit! Wegen der Geschichte, die du schreibst? Aber wer würde dir deine Märchen abkaufen? Ich habe ein wasserdichtes Alibi, also pfeif deine Bulldoggen endlich zurück!"

„Meine Bulldoggen?", wiederholte Rachel und hörte, wie es in der Leitung knackte. Das Funksignal wurde schwächer, sie hörte seine Stimme wie aus weiter Ferne. Zum Glück.

„Ja, diesen Brown."

„Sam, ich kann dich kaum verstehen!"

„... verrückt! Komplett verrückt! Er droht mir mit der Polizei ... Mist, da ist sie schon ... Hör zu, Rachel, ich habe wirklich keine Ahnung, was hier gespielt wird ... Vielleicht willst du dich an mir rächen oder so ... Es ist nicht in Ordnung ..."

Sam stieß die wildesten Flüche aus, war aber kaum mehr zu verstehen, als der Akku langsam versagte. „Verdammt ... ich werde dich verklagen ... und diese Leute ... verhaftet unter falschen Anschuldigungen ... lasse mir nicht gefallen ... lasst mich doch in Ruhe, um Himmels willen ... warte ... Rachel!" Seine Stimme verklang. Das Handy piepste laut, um anzuzeigen, dass der Akku leer war. Die Verbindung brach ab.

Wie benommen gab Rachel das Handy an Striker zurück.

„Was wollte er?"

„Seine Unschuld beteuern", berichtete Rachel, „und er hat mir befohlen, dass ich meine Bulldoggen zurückpfeifen soll."

„Es sind nicht deine."

„Ich hatte keine Zeit, ihm die Lage zu erklären. Erstens hat er mir keine Gelegenheit gelassen, zweitens war die Verbindung miserabel." Sie steckte die Hände in die Taschen ihrer Jeans. „Nicht dass ich scharf darauf war, mich vor ihm zu rechtfertigen."

Sie warf einen Blick auf ihr Baby, das sie verschlafen anblinzelte, und bettete es in sein Kissenlager.

„Alles in Ordnung?“, fragte Kurt und rieb ihr besänftigend über die Stelle zwischen den Schulterblättern.

„Ja. Es hat mich nicht besonders aufgewühlt, seine Stimme zu hören. Das hat mich überrascht.“ Rachel lächelte traurig. „Ich hatte mich darauf gefasst gemacht, dass meine Gefühle wieder aufwallen. Vielleicht Wut. Oder auch Wehmut. Irgendwelche Gefühle, denn immerhin ist er der Vater meines Kindes. Aber ich fühle einfach nur ... eine Leere. Vielleicht bin ich ein bisschen traurig. Nicht meinetwegen. Aber wegen Joshua.“ Sie zuckte die Schultern. „Es ist schwer zu erklären.“ Sie ließ den Blick durch die Hütte schweifen und betrachtete wieder ihr Baby. Trotz der angespannten Unterhaltung war der Junge eingeschlafen. „Der Anruf war merkwürdig. Denn ... ich glaube ihm.“

„Donahue?“, schnaubte Striker verächtlich, ging zum Ofen und wärmte sich die Hände.

„Ja. Er hat so nachdrücklich gesprochen, er war so wütend darüber, dass man ihn verhaften wollte. Ich hatte nicht den Eindruck, dass er nur Theater spielt.“

Striker lachte schallend. „Bildest du dir etwa tatsächlich ein, dass er sich verhaften lassen würde, ohne ordentlich Krach zu schlagen?“

„Nein, natürlich nicht. Aber ...“

„Du willst ihn immer noch schützen“, vermutete Kurt stirnrunzelnd. „Aber du bist ihm zu nichts verpflichtet, nur weil er der Vater deines Kindes ist.“

Seine Bemerkung traf Rachel schwer. „Das soll wohl ein Scherz sein. Ich fühle mich Sam Donahue nicht verpflichtet! Er war verheiratet, als wir uns kennengelernt haben. Verheiratet! Nicht dass er einfach nur eine andere Beziehung hatte oder verlobt war. Er hat mich eiskalt angelogen. Wie dumm ich doch war“, gestand sie beschämt, „ich habe ihm geglaubt.“

Plötzlich kam es ihr vor, als wäre der alte Schmerz nicht mehr so schlimm. Es tat nicht mehr so weh, dass sie Sam Donahue jedes Wort abgekauft hatte und seinen Lügengeschichten auf den Leim gegangen war. Natürlich hatte sie sich in den vergangenen Wochen oft vorgestellt, was sie ihm sagen würde, wenn sie sich den Kerl noch mal vorknöpfen könnte. Sie hätte ihn mit deftigen Worten zum Teufel schicken wollen. Oder ihm vielleicht besser erklärt, dass er einen Sohn hatte, der das kostbarste Geschenk war, das man ihr jemals gemacht hatte? Sie hatte inständig gehofft, dass sie sich nach dem Gespräch zufriedener fühlen würde.

Aber stattdessen empfand sie nur Erleichterung darüber, nichts mehr mit Sam zu tun zu haben. Sie war froh, dass sie sich hier in der Hütte aufhielt, mit ihrem Baby und Kurt Striker. Und sie fühlte sich erleichtert, dass sie mit ihrem Leben ein paar Schritte weitergekommen war.

Aber wohin? Es hatte sie geradewegs zu einem Mann geführt, der ihr unmissverständlich klargemacht hatte, dass er seine Unabhängigkeit niemals aufgeben würde. Und auch sie selbst war ein überzeugter Single und hatte nicht die geringste Absicht, sich in nächster Zeit irgendwo mit einem Mann häuslich einzurichten.

Sie hatte sich in einen Mann verliebt, der durch den Verlust seines Kindes so verletzt war, dass er sein Herz hinter einem undurchdringlichen Wall verschanzt hatte. Keine Frau, die noch einigermaßen bei Trost war, würde je versuchen, diese Mauer zu durchbrechen.

Er ist dein Bodyguard, Rachel. Deine Brüder haben ihn gekauft. Sei nicht so dumm, das mit Liebe zu verwechseln. Es wird dich nur verletzen, wenn du dich nicht an die Regeln hältst.

Kurt warf ein Holzscheit ins Feuer. „Aber du glaubst ihm immer noch. Du verteidigst ihn."

„Nein, das habe ich nicht getan. Ich wollte nur … ich meine, wenn er schuldig ist, ist es in Ordnung. Aber … ich vermute, dass er vielleicht doch unschuldig ist. Zumindest so lange, bis das Gegenteil bewiesen ist. So steht es doch im Gesetz, oder?"

„Stimmt. Das ist das Gesetz. Ich muss nur noch beweisen, dass er die Anschläge verübt hat."

„Wenn du kannst."

Striker sah Rachel über die Schulter hinweg an. „Garantiert." Er schlug die Tür des Kaminofens so fest zu, dass es krachte. Joshua erschrak und gab einen Schrei von sich.

Rachel eilte quer durchs Zimmer zum Kissenlager und nahm ihren Sohn auf den Arm. „Es ist alles in Ordnung", flüsterte sie, schmiegte ihn dicht an sich und küsste ihn auf die weiche Wange. Aber Joshuas Schreie wurden lauter, und seine Nase begann zu laufen.

Striker sah schuldbewusst aus. „Ich will versuchen, den Handy-

Akku an der Autobatterie aufzuladen. Ich habe zwar noch ein zweites Telefon, aber das taugt nicht viel." Ohne weitere Erklärung ging er, und feuchte, kalte Winterluft strömte in die Hütte, bevor er die Tür hinter sich zuschlug.

„Die Autobatterie, so ein Quatsch", murmelte Rachel ihrem Sohn ins Ohr. „Er will nur ein bisschen auf Abstand gehen."

Das war in Ordnung. Rachel brauchte selbst ein wenig Zeit, um über ihr kompliziertes Leben nachzudenken.

Weil du dich längst mit Haut und Haar in ihn verliebt hast, du Dummkopf. Warum verschließt du die Augen vor den Tatsachen? Sogar jetzt noch schaust du verstohlen aus dem Fenster, weil du hoffst, einen Blick auf ihn erhaschen zu können. Rachel, es hat dich erwischt. Es hat dich ernsthaft erwischt. Wenn du nicht gewaltig aufpasst, wird Kurt Striker dir das Herz brechen.

Das Baby verhielt sich so unruhig, als würde es die aufgeladene Stimmung zwischen Kurt und Rachel spüren.

Rachel wechselte Joshuas Windeln. Eigentlich hatte sie ihren Text für die Ratgeber-Kolumne an Strikers Computer zu Ende schreiben wollen, doch der Artikel würde warten müssen. Bis ihr Sohn sich beruhigt hatte.

Schon seit zwei Tagen war Joshua weinerlich und nervös. Rachel begriff nur zu gut, warum er sich so verhielt. Auch sie wurde langsam verrückt, weil sie mit Kurt Striker in der engen Hütte eingesperrt war. Kein Wunder, dass ihr Baby auf die emotionale Belastung reagierte. Obwohl Rachel befürchtete, dass Joshuas Weinen noch andere Gründe hatte als nur die angespannte Lage.

Eigentlich war Joshua ein zufriedenes Baby. Aber jetzt weinte er praktisch ununterbrochen. Nichts konnte ihn beruhigen, bis er endlich einschlief. Seine Wangen waren gerötet. Außerdem lief ihm ständig die Nase. Rachel maß seine Temperatur und stellte fest, dass sie um ein Grad erhöht war. Sie beobachtete ihr Baby mit Adleraugen und versuchte, nicht in Panik auszubrechen.

Ich komme zurecht, beschwichtigte sie sich, ich bin schließlich seine Mutter. Okay, ich bin noch nicht lange Mutter. Aber manche Dinge begreift man instinktiv, nicht wahr? Ich weiß genau, was ich zu tun habe.

Während Rachel versuchte, sich von ihrer mütterlichen Unfehlbarkeit zu überzeugen, wickelte sie Joshua in Decken, schmiegte ihn an sich, wann immer sich die Gelegenheit bot, und flehte inständig, dass er sich erholen würde. Die ganze Zeit über hatte sie jedoch das ungute Gefühl, sich falsch zu verhalten.

„Wenn es ihm nicht bald besser geht, möchte ich, dass ein Kinderarzt ihn untersucht“, erklärte sie Kurt am dritten Tag.

„Glaubst du, er ist ernsthaft krank?“ Striker hatte im Feuer herumgestochert und war offenbar frustriert, weil weder Eric Brown noch die Polizei sich gemeldet hatten.

„Ich möchte nur sichergehen.“

„Ich glaube kaum, dass wir die Hütte schon verlassen können.“ Striker trat zu ihr, nahm ihr Joshua ab, drückte ihn sanft an sich und wiegte ihn hin und her, als hätte er sein ganzes Leben lang nichts anderes getan.

„Wie geht es dir, mein Freund?“, fragte er. Das Baby blinzelte ihn an, und aus seinem kleinen Mund traten Spuckebläschen. Striker lächelte Rachel so zärtlich an, dass ihr warm ums Herz wurde. „Ich glaube, es ist alles in Ordnung.“

„Aber er ist unglaublich nervös.“

„Kommt ganz nach der Mutter.“

„Sehr witzig.“ Rachel gab vor, wütend zu sein, obwohl sie unwillkürlich lächeln musste. „Okay. Du hast recht. Wahrscheinlich übertreibe ich mit meiner Sorge.“

„Du musst dem Kleinen eine Chance geben. Könnte sein, dass er ein bisschen erkältet ist. Wir werden ein Auge auf ihn haben.“

„Du hast leicht reden. Du bist nicht sein Vater …“ Rachel brach ab, als sie sah, wie Striker zusammenzuckte. „Es tut mir leid“, flüsterte sie und wünschte sich inständig, ihre gedankenlose Bemerkung zurücknehmen zu können. Aber es war zu spät. Der Schaden war angerichtet. Kein Zweifel, dass sie Kurt an jenen Tag erinnert hatte, an dem er seine geliebte Tochter verloren hatte.

„Pass gut auf ihn auf“, befahl Striker und eilte nach draußen.

Rachel hätte sich am liebsten eine schallende Ohrfeige verpasst. Sie überlegte kurz, ob sie ihm nachlaufen sollte, entschied sich aber dagegen. Nein … sie brauchten alle ein wenig Abstand.

Sie schaute aus dem Fenster und beobachtete, wie Kurt zu seinem

Truck eilte. Er war groß. Und kräftig. Wenn es sein musste, konnte er knallhart sein. Aber er besaß auch eine weiche, freundliche Seite. Das Sonnenlicht zauberte einen goldfarbenen Schimmer in sein hellbraunes Haar.

Kurt war attraktiv. Und er war ein schwieriger Mann. Aber Rachel spürte auch, dass sie ihm vertrauen konnte. Sie erinnerte sich an die Nächte, die sie miteinander verbracht hatten. Manchmal waren sie wild und ungestüm vor Leidenschaft gewesen. Dann wieder hatten sie sich unglaublich zärtlich liebkost.

Rachel biss sich auf die Unterlippe und redete sich ein, dass er der falsche Mann für sie war. Genauso war es. Waren sie nicht beide darauf programmiert, von einer heißen Affäre in die nächste zu stolpern, ohne sich jemals auf eine dauerhafte Beziehung einzulassen?

Sie umschloss ihr Medaillon mit den Fingern, während sie zuschaute, wie Kurt in den Truck kletterte. Angestrengt versuchte sie, den Blick von seinen langen, muskulösen Beinen in den engen Jeans abzuwenden. Oder von seinem kantigen Gesicht ... Wie so oft, hatte er auch jetzt die Zähne fest zusammengebissen und wirkte unglaublich entschlossen und männlich. Seine Jacke spannte sich über seinen breiten Schultern. Die Schultern, die sie zärtlich mit den Fingerspitzen liebkost hatte, als sie neben ihm im Schlafsack gelegen hatte. Du liebe Zeit, was tat sie hier nur?

Striker hatte ein ungutes Gefühl.

Der Fall entwickelte sich allmählich so, als würde alles völlig aus dem Ruder laufen. Zwei Tage waren vergangen, seit Eric Brown die Polizei gerufen hatte. Zwei Tage, seit Sam Donahue sich in Gewahrsam befand. Aber trotzdem plagte Striker eine innere Unruhe. Er wurde das Gefühl nicht los, dass irgendetwas nicht stimmte. Dass er den entscheidenden Hinweis übersehen hatte.

Er stand auf der Veranda vor der Hütte und starrte auf die Bäume. Der Regen hatte die Luft gereinigt. Ein paar Tropfen hingen noch an den Farnen. Vor wenigen Minuten hatte Striker noch in der verwitterten Schaukel auf der Veranda gesessen. Er hatte ein Reh mit zwei Kitzen entdeckt, zwei Kaninchen und einen Waschbären. Nach einem kurzen Augenblick waren die Tiere wieder im Dickicht verschwunden.

Tagsüber hatte sogar die Sonne geschienen. Aber jetzt versank sie langsam hinter dem Horizont, und die Abenddämmerung brach herein. Striker war immer noch unruhig. Es juckte ihn in den Fingern. Wie eine Warnung, dass sich Ärger zusammenbraute. Großer Ärger.

Vielleicht lag es auch daran, dass Rachel und er an einem schweren Fall von Lagerkoller litten. Sogar das Baby war nervös. Keine Frage, dass der kleine Kerl die angespannte Situation in der Hütte genau spürte. Die Nächte waren am schlimmsten. Qualvoll. Er hatte versucht, die Finger von Rachel zu lassen. Es war die reinste Folter.

Außerdem hatte er jämmerlich versagt. Obwohl weder Kurt noch Rachel sich eingestanden, wie groß ihr Verlangen war, war es nicht zu leugnen. Jede Nacht erlagen sie der Versuchung. Es kam Striker vor, als würde ein Feuer in ihm brennen, wenn es um Rachel ging. Wie eine blinde Leidenschaft, die ihn langsam verzehrte. Seine Gefühle waren so stark, dass er sie nicht ignorieren konnte. Ganz besonders nicht in kalten Winternächten in den Bergen, wenn Rachel dicht neben ihm lag. Und wenn sie sich verzweifelt danach sehnte, dass er sie berührte ... wenn sie sich danach sehnte, mit ihm zu verschmelzen.

Schon der Gedanke daran weckte erneut das Begehren in ihm.

Frustriert fuhr er sich mit den Fingern durch das Haar.

Bald würde es vorüber sein.

Ja. Und was dann? Willst du dann einfach davonspazieren?

Kurt biss die Zähne so fest zusammen, dass es ihn schmerzte. Mit voller Wucht kickte er gegen einen Tannenzapfen, der auf der Veranda lag,und beförderte ihn in den Wald zurück. Nicht dass die Lage sich bald klären wurde. Es war unglaublich, aber Rachel schien recht zu behalten, was ihren Ex-Lover betraf.

Donahues Alibi für den Unfallzeitpunkt war absolut wasserdicht. Daran war nicht zu rütteln. Sams beste Freunde hatten geschworen, dass sie sich zu jenem Zeitpunkt alle drei in einer Kneipe in Spokane aufgehalten hatten. Obwohl die Stadt an der Grenze zu Idaho und nicht weit entfernt von Montana lag, hätte der Cowboy für Hin- und Rückfahrt doch viel zu lange gebraucht. Es war unwahrscheinlich, dass er oder jemand aus seinem Freundeskreis die Tat begangen hatte.

Außerdem konnte sich auch der Barkeeper noch deutlich an das unangenehme Trio erinnern. Und auch zwei Billardspielern waren die lärmenden Männer aufgefallen, die den ganzen Nachmittag und Abend das Bier in sich hineingeschüttet hatten wie Wasser.

Striker lehnte sich gegen den wettergegerbten Verandapfosten. Es war ausgeschlossen, dass Sam Donahue an jenem Tag Rachel von der Straße gedrängt hatte.

Es sei denn, er hatte jemanden bezahlt, um Rachel zu töten.

Kurt konnte es nicht ausschließen.

Weil du unbedingt willst, dass Donahue schuldig ist. Gib es zu. Es treibt dich fast in den Wahnsinn, dass der Idiot der Vater von Rachels Baby ist. Überhaupt gefällt dir der Gedanke nicht, dass Rachel Donahue oder sonst jemanden geliebt hat.

Also, Striker, du solltest dich besser von ihr verabschieden. Solange du es noch kannst. Je länger du dich in ihrer Nähe aufhältst, desto schwerer wird es dir fallen, sie aufzugeben.

Kurt ärgerte sich darüber, in welche Richtung seine Gedanken abgeschweift waren, und stopfte die Hände in die hinteren Jeanstaschen.

Du hast kein Recht, dich mit ihr einzulassen. Rachel ist deine Klientin. Oder willst du riskieren, dass eine Frau dein Leben wieder durcheinanderbringt? Das gilt ganz besonders für eine Frau mit Kind.

Unwillkürlich dachte Kurt an seine Tochter. Überrascht stellte er fest, dass der Schmerz, an den er sich fast schon gewöhnt hatte, langsam schwächer wurde. Oh, es gab immer noch viele schmerzliche Erinnerungen. Aber sie waren nicht länger in dieses unerträgliche Schuldgefühl gehüllt. Das schien ihm nicht in Ordnung zu sein.

Niemals durfte er die Schuld vergessen, die auf seinen Schultern lastete. Die Erkenntnis, dass sein Schmerz sich teilweise verflüchtigte, weil er Rachels Kind so nahe war, traf ihn wie ein Peitschenschlag. Es kam ihm vor, als würde der Schmerz um Heathers Verlust mehr und mehr verblassen, weil er Joshua in sein Herz ließ.

„Kurt?"

Die Tür öffnete sich knarrend, und Rachel erschien auf der Veranda. Sein Herz machte einen Freudensprung.

„Wie geht es dem Baby?", fragte er, seine Stimme klang heiserer als sonst.

„Es schläft. Endlich." Rachel hatte sich die Arme um den Körper geschlungen, als wollte sie die Kälte vertreiben. Sie machte ein paar Schritte auf ihn zu, und Kurt bemerkte, wie eng ihre Jeans sich an die Hüften schmiegten. In der Schwangerschaft hatte Rachel zugenommen, das Gewicht aber schnell wieder verloren, als sie im Koma gelegen hatte und nur über eine Magensonde ernährt worden war.

Kurt bemerkte die feinen Linien zwischen Rachels Brauen. Offensichtlich machte sie sich große Sorgen. Er verspürte den Impuls, einen Arm schützend um ihre Schultern zu legen, gab ihm aber nicht nach.

„Wann können wir endlich abreisen?“, fragte Rachel.

„Warum sollten wir? Willst du wirklich auf all diesen Luxus hier verzichten?“ Kurt rang sich ein Lächeln ab. „Ich weiß, es ist schwer. Ein Opfer. Aber ich glaube, es wird langsam Zeit.“

„Und wo sollen wir hin?“

„Nach Hause.“

„Ich glaube nicht, dass dein Apartment ein sicherer Ort ist.“

„Ich habe nicht Seattle gemeint“, erklärte Rachel und blickte ihn aus ihren braunen Augen nachdenklich an. „Ich muss zurück nach Montana. Und so lange dort bleiben, bis die Sache erledigt ist. Ich werde meinen Chef anrufen und ihm alles erklären. Er muss mich von der Ranch aus arbeiten lassen. Nein, eigentlich muss er nicht. Aber ich glaube, er wird sich darauf einlassen.“

„Aber bisher habe ich immer geglaubt, dass du wild entschlossen bist, von vorn anzufangen. Und dir zu beweisen, dass du es schaffst. Du wolltest dir dein altes Leben zurückerobern.“

„Oh, das mache ich auch. Glaub mir.“ Rachel nickte, als wollte sie sich selbst bestärken. „Aber ich möchte es in der Nähe meiner Familie versuchen.“ Sie starrte ihn an und schob das Kinn vor.

Kurt hatte gelernt, was diese trotzige Geste zu bedeuten hatte. Rachel gab damit zu verstehen, dass sie eine McCafferty war. Und wenn die McCaffertys einmal einen Entschluss gefasst hatten, ließen sie sich niemals davon abbringen. Ihr Wille war unbezwingbar.

„Komm schon, Striker. Wir sollten es wagen.“

Kurt ließ den Blick über die Hütte schweifen. Sie hat recht, beschloss er, es ist Zeit, nach Montana zurückzukehren. Dort hatte alles angefangen, und jetzt war die Zeit gekommen, den Fall dort abzuschließen. Wer auch immer die Anschläge verübte, der Attentäter hatte zum ersten Mal zugeschlagen, als Rachel zu ihren Wurzeln zurückkehren wollte. Zurück auf die Flying M.

Dort musste der Schlüssel zu dem Geheimnis zu finden sein. Irgendjemand hatte sich durch Rachels Rückkehr bedroht gefühlt. Irgendjemand wollte sie auf der Ranch nicht sehen … und dieser Jemand hasste Rachel so sehr, dass er sie und ihr Kind töten wollte.

Plötzlich kam Kurt der entscheidende Gedanke. Als ob es in seinem Kopf plötzlich geklickt hätte.

Das Baby. Wieder einmal hatte Striker das Gefühl, als würde die ganze Geschichte sich nur um das Baby drehen. War es nicht so, dass Kinder die tiefsten Gefühle in einem Menschen wecken konnten? Hatte er das nicht selbst schon erlebt?

Jemand hatte ihn, Rachel und ihre Brüder und sogar Sam Donahue an der Nase herumgeführt. Und wenn er, Kurt, jetzt logisch dachte ... dann gab es nur eine einzige Person, die Rachel und ihr Baby als Schlag ins Gesicht empfinden musste. Plötzlich fiel es Kurt wie Schuppen von den Augen.

„Was weißt du über Patsy Donahue?“, fragte er unvermittelt.

Rachel erschrak. „Du meinst Sams Frau oder seine Exfrau?“

„Ja.“

„Nicht besonders viel.“ Rachel zuckte mit den Schultern. „In der Highschool ging Patsy in die Klasse über mir. Ihre Familie war nicht besonders reich. Gleich nach der Schule hat sie geheiratet. Ihren ersten Freund. Ned Lefever hieß er.“

„Warst du mit Patsy befreundet?“

„Nein.“ Rachel schüttelte den Kopf. „Sie hat mich nicht besonders gemocht. Ihr Dad hat für meinen Dad gearbeitet, bis er sich von seiner Frau getrennt hat und fortging. Ich glaube, Patsy war damals sogar ein bisschen in Slade verliebt, bevor Ned ... ach, es ist alles sehr kompliziert.“

„Erklär es mir. Wir haben Zeit.“

„Ich hatte mal ein Reitturnier gewonnen und sie aus dem Wettbewerb verdrängt ... Oh, damals haben wir uns wirklich wie im Kindergarten benommen ... Und Ned hatte mich zum Abschlussball in der Highschool aufgefordert. Patsy und er hatten sich gerade getrennt.“

„Bist du mit ihm gegangen?“

„Zum Abschlussball, ja. Aber nicht mit Ned. Ich hatte schon ein Date. Außerdem habe ich mich für Ned Lefever nicht interessiert. Ich hielt ihn für einen Angeber, für einen richtigen Maulhelden.“

Rachel stützte sich mit der Hand auf dem verwitterten Geländer ab, als sie die Jahre in Gedanken an sich vorüberziehen ließ. „Trotzdem war es irgendwie komisch. Den ganzen Abend lang beim Abschlussball hat Patsy mir eindeutige Blicke zugeworfen ... besonders, wenn ich getanzt habe ... Wenn Blicke töten könnten, dachte ich damals, würde ich auf der Stelle tot umfallen. Als ob ich daran schuld wäre, dass Ned und sie ..."

Sie erstarrte. „Du lieber Himmel, glaubst du wirklich, dass Patsy hinter den Anschlägen steckt?"

Kurt fing ihren Blick auf. „Jede Wette."

12. KAPITEL

„Wie hat sie sich nur jemals auf einen Kerl wie Donahue einlassen können?", fragte Matt seinen Bruder, während er den Sattelgurt von Diablo Rojos Sattel löste. Der Appaloosa schwang den Hals herum und versuchte, Matt mit den Lippen in die Schenkel zu zwicken. Geschickt wich Matt zur Seite aus. „Du begreifst es wohl nie", schimpfte er mit dem feurigen Hengst.

Rojo schnaubte, scharrte mit den Hufen und warf den Kopf hin und her. Matt, Slade und der Vorarbeiter Larry Todd hatten den ganzen Tag auf dem Rücken der Pferde verbracht und nach Kälbern gesucht, die im kalten Winter Montanas von ihrer Herde getrennt worden waren.

Bis zum Frühjahr würde es noch ein paar Monate dauern. Seit Wochen hielt sich das kalte Winterwetter, und der Schnee häufte sich auf den Dächern.

Larry war schon nach Hause gegangen. Slade und Matt bewegten die Pferde noch eine Weile, damit sie sich abkühlen konnten. Drei frierende Kälber, die jämmerlich geschrien hatten, hatten sie wieder mit den Muttertieren zusammengebracht. Als sie die Pferde in den Stall brachten, war es dort warm, und es roch nach Staub, nach Stroh und nach Pferden.

Das waren die Düfte, mit denen Matt und seine Geschwister aufgewachsen waren. Harold, der alte Spaniel seines Vaters, lag neben der Tür zur Sattelkammer und wedelte bei Matts Anblick mit dem Schwanz.

Slade zog seinem Wallach das Zaumzeug herunter, und General rieb seinen großen Kopf an Slades Oberkörper. „Ich kann mir nicht vorstellen", meinte er und strich seinem Pferd über die weiße Blesse, „dass Rachel vorhatte, sich ernsthaft auf Donahue einzulassen."

Auch an diesem Tag hatten die Brüder immer wieder über Rachels Lage diskutiert, in der Hoffnung, eine Antwort auf ihre Fragen zu finden.

„Verdammt, der Mann war verheiratet. Jede Wette, dass Patsy Krawall geschlagen hat, als sie von der Sache erfuhr."

Slade nickte.

„Patsy war schon immer ziemlich heißblütig. Außerdem konnte sie Rachel noch nie ausstehen. Und schon gar nicht, nachdem Rachel sie beim Highschool-Reitturnier aus dem Rennen geworfen hat."

„Aus dem Rennen geworfen?" Slade füllte Hafer aus dem Futterwagen in eine alte Kaffeekanne. General wartete schon schnaubend auf sein Futter und scharrte ungeduldig mit den Hufen, als Slade den Hafer in den Trog schüttete.

„Ja – ich war zwar nicht dabei, aber Dad hat mir die Geschichte erzählt. Irgendwas über ein Pferderennen, ja, es ging um ein Hindernisrennen, das die Highschool veranstaltet hatte. Rachel hatte Patsy besiegt. Und in der darauf folgenden Woche hatte Patsy dann irgendeine Racheaktion in der Schule veranstaltet."

Slade begann, General mit einem Büschel Stroh abzureiben. „Es handelte sich doch um Patsy Ellis, oder? Ich glaube, sie war mal in mich verknallt."

„Das glaubst du bei jeder Frau."

„Genau. Hauptsache, Janine bekommt niemals Wind davon."

„Das wird sie nicht." Matt fütterte Rojo. Zum Glück interessierte sich der Hengst mehr für sein Futter als für Matts Hüfte. „Ellis war ihr Mädchenname. Gleich nach der Highschool hat sie Ned Lefever geheiratet. Ein paar Jahre später waren die beiden wieder geschieden. Kurz darauf hat sie sich mit Sam Donahue eingelassen und ihn geheiratet. Es muss sie wirklich wütend gemacht haben, dass er sie am Ende mit ihrer alten Rivalin betrogen hat."

„Eine betrogene Ehefrau", murmelte Slade, als das Scheunentor geöffnet wurde und Kelly hereinstürmte. Ihre Augen leuchteten hell, und die Wangen waren beinahe so rot wie ihre widerspenstigen Locken, die unter ihrer Mütze hervorlugten. Harold bellte.

„Schscht", beschwichtigte Kelly den Hund, bückte sich und tätschelte ihm den Kopf. Die kleinen Schneeflocken auf ihren Lidern schmolzen. Für Matt sah sie so süß und sexy aus wie immer, und er konnte es kaum fassen, dass diese unglaubliche Frau ausgerechnet ihn geheiratet hatte.

„Striker hat mich gerade angerufen", verkündete sie atemlos. „Rachel und er sind auf dem Weg zur Flying M. Sie glauben, dass Patsy Donahue hinter den Anschlägen steckt. Könnt ihr euch das vorstellen?"

Matt und Slade wechselten einen vielsagenden Blick.

„Ich habe schon mit Espinoza gesprochen. Die Polizei ist auf dem Weg zu Patsy, um ihr ein paar Fragen zu stellen. Außerdem habe ich mit Charlie Caldwells Exfreundin telefoniert. Dreimal dürft ihr raten, wer ihr die Schlüssel zu dem braunen Fahrzeug gegeben hat, das Rachel von der Straße gedrängt hat …! Unsere gute alte Patsy."

Slade grinste von einem Ohr zum anderen. „Dein Mann und ich sind auf die gleiche Idee gekommen", meinte er.

„Das kann nicht sein."

„So wahr mir Gott helfe." Matt hob die Hand, als wollte er schwören.

„Großartig. Wenn ihr so gut seid, dann ernenne ich euch hiermit feierlich zu Freizeitdetektiven. Ihr könnt eure eigenen Fälle lösen, solange es euch Spaß macht."

Matt warf die Bürste beiseite und verließ Diablo Rojos Box. „Bekomme ich noch nicht einmal einen Kuss, dafür, dass ich so klug gewesen bin?", verlangte er neckisch.

„Wenn du wirklich so klug bist, warum bist du dann nicht schon längst auf die Idee gekommen? Du hättest uns jede Menge Ärger ersparen können. Vergiss den Kuss, McCafferty."

Matts Herz überschlug sich förmlich, als sie ihm verschmitzt zuzwinkerte. Er hatte niemals begriffen, warum er das Glück gehabt hatte, sich in diese wunderbare Frau zu verlieben. Es kam ihm vor, als ob die Welt jedes Mal in einem rosaroten Nebel zu versinken schien, wenn Kelly auftauchte. „Übrigens", bemerkte sie gespielt schüchtern, „ich hatte fest damit gerechnet, dass du einigermaßen klug bist. Warum sonst hätte ich dich heiraten sollen?"

„Außerdem soll ich auch noch sexy aussehen, nehme ich an", hakte Matt nach und hörte, wie sein Bruder in Generals Box laut auflachte.

„Das sind die Mindestanforderungen", antwortete Kelly spöttisch. Matt drückte ihr einen Kuss auf die Stirn und legte seine Hand auf ihren rundlichen Bauch, in dem das Kind heranwuchs. „Na komm, du sexy Cowboy", meinte sie und zupfte verführerisch an seinem Jeansbund.

„Danke für das Kompliment. Bin schon unterwegs", sagte Slade und trat grinsend aus Generals Box.

„Ich dachte, sie spricht mit mir." Matt warf seinem Bruder einen warnenden Blick zu.

„Mit euch beiden!", sagte Kelly und war schon wieder auf dem Weg zum Stalltor. „Wir sollten uns ein wenig mit Patsy Donahue unterhalten."

„Das überlassen wir besser der Polizei", schlug Matt vor.

„Ich war selbst Polizistin. Schon vergessen?"

„Nein. Aber jetzt bist du meine Frau. Die Mutter meines ungeborenen Kindes. Patsy könnte gefährlich werden."

„Ich habe keine Angst."

„Du klingst wie eine echte McCafferty." Slade überprüfte, ob er den Riegel an Generals Box auch ordentlich vorgeschoben hatte. „Aber diese Angelegenheit solltest du vielleicht besser den McCafferty-Brüdern überlassen."

„Wir sind wie die drei Musketiere", fügte Matt hinzu.

„Ich möchte lieber nicht auspacken, was ich über euch drei weiß", sagte Kelly frech.

Matt hob sie hoch und schloss sie in die Arme. „Manchmal strapazierst du meine Geduld."

Kelly lachte und zwinkerte ihm verführerisch zu, als er sie wieder absetzte.

„Du solltest diese Sache wirklich uns Männern überlassen", beharrte Matt. Die eisige Winterluft aus Montana wehte in den Stall, als er seiner Frau das Tor aufhielt.

„Träumt weiter, Jungs." Kelly wickelte sich den Schal fester um den Hals und stapfte durch den Schnee zum Ranchhaus hinüber. Nicht weit vom Pferdestall entfernt, befanden sich die schwarzen, verkohlten Reste der anderen Ställe. Sie stachen ab vom fleckenlosen Schnee, der sich wie weiße Watte über die Erde gelegt hatte. Ständig erinnerten die Ruinen an das, was die Familie seit Rachels verhängnisvoller Fahrt Richtung Osten durchlitten hatte.

„Hör zu." Kelly warf ihrem Ehemann einen entschlossenen Blick zu. „Ich bin von Anfang an in diesen Fall verstrickt. Patsy Donahue gehört mir. Und sonst niemandem."

„Rate mal, wer das war?", sagte Kurt und klappte sein Handy zu. Rachel und er fuhren gerade durch Idaho und näherten sich der westlichen Grenze Montanas. Die Nacht brach schnell herein. Weder der Mond noch die Sterne waren durch die dicken Wolken über den Bergen zu sehen. „Es war Kelly. Sie ist auf dem Weg zu Patsy Donahue, um ihr einen Besuch abzustatten. Zusammen mit Espinoza und deinen Brüdern."

„Und jetzt lass mich raten", ergänzte Rachel und zog den Reißverschluss ihrer Jacke hoch. „Patsy ist nicht zu Hause."

„Offenbar ist sie schon seit Tagen nicht mehr dort gewesen", bestätigte Kurt. „Nach ihrem vollgestopften Briefkasten zu urteilen."

„Großartig." Rachels Herz krampfte sich zusammen. Wann war dieser Albtraum endlich vorüber? Es war kaum zu glauben, dass eine einzige Frau eine ganze Familie ins Chaos stürzen konnte. Warum nur hasste Patsy sie so sehr, dass sie sie umbringen wollte? Und ihr Baby? Warum wollte sie auch Rachels Brüdern wehtun?

„Ich verstehe es nicht", meinte Rachel, drehte sich um und schaute auf den Rücksitz, wo Joshua angeschnallt in seinem Kindersitz lag. Der gleichmäßig brummende Motor und die sanft über die Straße rollenden Räder sorgten dafür, dass das Baby tief und fest schlief. „Warum hat sie die Ranch angegriffen? Warum meine Brüder? Eigentlich hat sie es doch auf mich abgesehen ..."

„Ich bin überzeugt, dass es sich bei Thornes Flugzeugabsturz um einen Unfall handelte. Damit hatte Patsy nichts zu tun. Aber die Angriffe auf dich sollten dich ganz persönlich treffen. Das Feuer in den Ställen hat sie gelegt, weil sie wollte, dass du in Angst lebst. Der Terror musste weitergehen."

„Und es hat funktioniert. Slade hat beinahe sein Leben verloren. Und seine Herde. Aber warum um alles in der Welt hat sie die Tiere in Gefahr gebracht?" Rachel biss sich auf die Lippe und starrte auf die spärlichen Schneeflocken, die aus den dunklen Wolken fielen. Krüppelkiefern und Büsche von Wüstenbeifuß ragten aus der weißen, schneebedeckten Landschaft heraus. Aber die Straße war frei. Die Scheinwerfer von Strikers Truck leuchteten auf das graue Asphaltband, das sich vor ihnen erstreckte.

„Sie ist wütend. Nicht nur auf dich, sondern auf deine ganze Familie. Bestimmt liegt es daran, dass sie selbst keine Familie hat. Außerdem hast du den Löwenanteil an der Ranch geerbt. Patsy muss also überzeugt gewesen sein, dass sie dich trifft, wenn sie die Ranch in Brand steckt und auch deine Brüder in Gefahr bringt."

Kurt warf einen Blick in den Rückspiegel. „Dass ich nicht früher darauf gekommen bin … wie dumm ich mich angestellt habe."

„Keiner ist ihr auf die Schliche gekommen", meinte Rachel, obwohl es nicht unbedingt ein Trost war. Wenn sie auf der Ranch eintrafen, war Patsy vielleicht schon verhaftet worden. Abergläubisch überkreuzte Rachel die Finger. „Und was passiert jetzt mit Sam?"

„Er wird verhört. Nur weil er für die Anschläge auf dich nicht verantwortlich ist, heißt es noch lange nicht, dass er keine anderen Straftaten begangen hat. Wenn du als Zeugin aussagst, dass er Tiere gequält, verbotene Wetten angenommen und beim Rodeo betrogen hat, dann ist es schon mal der erste Schritt, um ihn vor Gericht zu bringen. Ich mag gar nicht daran denken, was die Behörden noch alles zutage fördern, wenn wir sie erst mal auf die richtige Spur gesetzt haben."

„Natürlich mache ich eine Zeugenaussage."

„Das wird nicht einfach sein. Er wird auf der Anklagebank sitzen, dich anstarren und dir jedes Wort im Mund umdrehen."

„Ich weiß, wie so etwas abläuft", entgegnete Rachel. Ihre Stimmung wurde besser, als sie ein kleines Städtchen mit Holzhäusern durchquerten. In den Häusern am Straßenrand brannten nur wenige Lichter. Die Sägemühle stand still, Förderbänder und Schuppen ragten gespenstisch in die Nacht hinein. Auf einem Parkplatz vor der Mühle türmte sich ein Riesenhaufen Sägemehl.

„Die Wahrheit muss gesagt werden", fuhr Rachel fort „Glaub mir, mit Sam Donahue bin ich fertig. Wenn ich nicht ausgeschaltet gewesen wäre und im Krankenhaus gelegen hätte, hätte ich die Beweise, die ich gegen ihn gesammelt habe, schon längst an die Öffentlichkeit gebracht."

Sie lehnte sich in den Sitz zurück, während sie einen Kilometer nach dem anderen über die Straße rollten. „Natürlich habe ich mir darüber den Kopf zerbrochen. Ich habe mir Gedanken darüber gemacht, wie ich Joshuas Vater gegenübertreten soll. Aber damit ist es vorbei. Jetzt bin ich mir sicher, dass ich ihm ohne Probleme in die Augen sehen kann. Sam Donahue war nicht mehr, als der Mann, der meinen Sohn gezeugt hat. Es braucht viel mehr, um ein richtiger Vater zu sein."

Das Baby war aufgewacht und hustete. Rachel drehte sich um, und Kurt schaute ebenfalls kurz nach hinten. Joshuas Gesicht hatte sich stark gerötet, und seine Augen wirkten glasig. „Wie weit ist es noch bis Grand Hope?“

„Bestimmt noch acht oder neun Stunden Fahrt.“

„Ich mache mir Sorgen um das Baby.“

„Ich mir auch“, gestand Kurt und konzentrierte sich wieder auf die Straße.

Joshua weinte leise, als hätte er begriffen, dass über ihn gesprochen wurde.

„Gib mir das Handy“, verlangte Rachel. Sie hielt es keine Sekunde länger aus. Joshua ging es immer noch nicht besser. Im Gegenteil, sein Zustand verschlechterte sich ständig, und die Sorge um ihn raubte ihr den letzten Nerv. Kurt gab ihr das Handy. Rachel stöpselte das Netzteil mit einem Adapter in den Zigarettenanzünder und wählte die Nummer der Ranch.

„Hallo, hier ist die Flying M“, grüßte Juanita. Ihr Akzent war kaum hörbar.

Rachel war erleichtert, die Stimme der Haushälterin zu hören. „Juanita, hier ist Rachel.“

„Oh, Rachel! *Dios!* Wo steckst du? Und das Baby? Wie geht es ihm?“

„Deswegen rufe ich an. Wir sind auf dem Weg zur Ranch. Aber Joshua fiebert, und ich mache mir große Sorgen. Ist Nicole zu sprechen?“

„Oh, nein. Sie und dein Bruder schauen sich ihr neues Haus an. Zusammen mit dem Architekten.“

„Hast du die Nummer von ihrem Pager?“

„Sí!“ Hastig ratterte Juanita die Nummern von Nicoles Pager und von Thornes Handy herunter. „Ruf sie gleich an. Und halte das Baby warm, hörst du?“ Juanita murmelte noch ein paar Worte auf Spanisch, die in Rachels Ohren wie ein Gebet klangen. Dann legte sie auf.

Sofort wählte Rachel Thornes Handynummer. Kaum war er am Apparat, verlangte sie, seine Frau zu sprechen. Nicole hatte sich mit Hilfe des Kinderarztes Dr. Arnold in den schwierigen ersten Stunden nach Joshuas überstürzter Geburt um das junge Leben gekümmert.

„Du musst dafür sorgen, dass er ausreichend trinkt", erklärte Nicole, „und du musst seine Temperatur im Auge behalten. Halte ihn warm. Ich werde mit Gus Arnold sprechen. Er ist doch immer noch dein Kinderarzt, oder?"

„Ja."

„Dann bist du in guten Händen. Gus ist der beste. Ich werde dafür sorgen, dass er oder einer seiner Kollegen euch in der Klinik empfängt. Wann könnt ihr dort sein?"

„In acht oder neun Stunden, schätzt Kurt. Kurz vor Grand Hope rufe ich dich noch mal an."

„Ich warte auf euch", versicherte Nicole, und Rachel war dankbar für die Unterstützung ihrer Schwägerin. „Aber jetzt erzähl mir doch mal, wie es dir eigentlich geht."

„Ausgezeichnet", behauptete Rachel, obwohl sie ein wenig übertrieb. „Ich kann es kaum erwarten, wieder nach Hause zu kommen."

„Das glaube ich dir aufs Wort! Was …" Ihre Stimme klang weiter entfernt, als hätte sie den Kopf zur Seite gedreht. Rachel hörte nur ein paar Wortfetzen, bevor Nicole sich wieder an sie wandte. „Hör zu, dein Bruder kann es kaum erwarten, mit dir zu sprechen. Verdirb ihm nicht die Laune, okay?"

„Ich werde mir Mühe geben."

„Rachel?" Thornes Stimme dröhnte durch den Hörer. Plötzlich verspürte Rachel das zwingende Bedürfnis, in seine Arme zu sinken und zu weinen. „Was zum Teufel ist los?", drängte er. „Kelly scheint der Meinung zu sein, dass Patsy Donahue das Chaos angerichtet hat."

„Sieht so aus."

„Und jetzt wird Patsy vermisst? Warum zum Teufel hat Striker sie nicht gefunden?"

„Weil er mich beaufsichtigen musste", erklärte Rachel schnippisch und klang, als wollte sie sich rechtfertigen. „Er spielt den Babysitter." Niemand hatte das Recht, Kurt einen Vorwurf zu machen. Schon gar nicht ihre Brüder.

Aus den Augenwinkeln bemerkte Rachel, wie Kurt zusammenzuckte und die Hände fester um das Lenkrad klammerte. „Er hat jemanden, der an der Sache dran ist."

„Verdammt noch mal, das behauptet Espinoza auch. Aber trotzdem scheint niemand in der Lage zu sein, Patsy aufzuspüren. Höchste Zeit, das FBI und das CIA zu informieren. Und die Bundespolizei und die verdammten Polizeibehörden vor Ort!"

„Man wird sie schon finden", beschwichtigte Rachel ihn, obwohl sie selbst nicht ganz daran glaubte. „Es ist nur eine Frage der Zeit."

„Mir kann es gar nicht schnell genug gehen." Thorne hielt kurz inne. „Wie geht es eigentlich J. R.?"

„Mein Sohn heißt Joshua", betonte Rachel, „und Joshua hat Fieber. Wahrscheinlich hat er sich eine Erkältung eingefangen. Ich bin mit Nicole im St. James Hospital verabredet."

„Ich werde auch dort sein."

„Du? Du bist Vorstandsvorsitzender einer großen Firma. Hast du nicht etwas Besseres zu tun?" Rachel lachte leise.

„Stimmt. Zum Beispiel muss ich besprechen, welche Toilette in mein neues Haus eingebaut werden soll. Glaub mir, die Entscheidung ist von enormer Tragweite. Nicole plädiert für die neuen wassersparenden Modelle. Ich bin dagegen eher konservativ."

„Ich glaube, wir haben lange genug telefoniert", meinte Rachel. Ihre Anspannung hatte sich ein bisschen verflüchtigt.

„Da hast du recht. Nicole und ich haben uns noch nicht einmal über die Farbe unterhalten. Ich bin für Weiß."

„Was für eine Überraschung. Wo du doch so konservativ bist."

Thorne lachte. „Aber heute Abend ist es viel zu spät und viel zu dunkel, um noch Entscheidungen zu treffen. Kann passieren, wenn man eine Ärztin heiratet, die sechzig bis siebzig Stunden pro Woche arbeitet und dann immer noch daran gehindert wird, die Klinik zu verlassen."

„Die Ärmste", kommentierte Rachel sarkastisch.

„Oh, ich werde hier gebraucht", kündigte Thorne an. Seine Stimme war kaum noch zu hören. Die Verbindung riss ab.

„Thorne? Bist du noch da?"

Es knackte in der Leitung.

„Die Verbindung reißt ab!"

„Rachel?" Plötzlich dröhnte seine Stimme wieder gut verständlich durch den Hörer.

„Ja?"

„Ich bin froh, dass du nach Hause kommst."

„Ich auch." Sie spürte einen Kloß im Hals, als sie sich ihren ältesten Halbbruder mit seinen schwarzen Haaren und den grauen Augen vorstellte. „Grüß mir ..." Weiter kam sie nicht, denn sie befanden sich inzwischen tief in den Bergen. Zögernd klappte Rachel das Handy zu.

„Bestimmt wollte er wissen, warum ich Patsy noch nicht geschnappt habe", vermutete Striker und presste die Lippen zusammen.

„Er wollte wissen, warum es bisher noch niemandem gelungen ist, Patsy zur Strecke zu bringen. Ja, wir haben auch über dich gesprochen. Aber auch über Detective Espinoza. Und über die Polizeibehörden", erklärte Rachel. „Vielleicht kennst du Thorne nicht gut genug. Wenn er einen Befehl gibt, erwartet er, dass er sofort befolgt wird. Und wenn ich ‚sofort' sage, meine ich auch ‚sofort'. Das ist natürlich unmöglich."

„Ich muss ihm recht geben", bestätigte Kurt. „Je früher wir Patsy Donahue schnappen, desto besser."

Rachel hätte ihm am liebsten zugestimmt. Aber innerlich widerstrebte es ihr. Denn ihr war klar, dass Kurt in dem Augenblick verschwinden würde, in dem Patsy gefasst und festgenommen werden würde. Für immer aus ihrem Leben verschwinden ...

Ihr Herz krampfte sich zusammen. Sie fragte sich, wie sie ihn nur jemals gehen lassen sollte. Es war wirklich merkwürdig. Im Grunde genommen kannte sie ihn doch erst seit ungefähr einem Monat. Und erst seit einer Woche lernte sie ihn genauer kennen.

Aber trotzdem würde Rachel ihn vermissen.

Mehr als sie es jemals für möglich gehalten hätte.

Die mitternächtliche Fahrt durch Montana schien unter keinem guten Stern zu stehen. Joshuas Fieber wurde schlimmer. In den Radionachrichten war ein Hagelsturm angekündigt worden. Und irgendwo in der dunklen Nacht hockte Patsy Donahue und plante den nächsten Anschlag. Rachel spürte es in den Knochen. Sie zitterte.

„Frierst du?" Kurt drehte die Heizung höher.

„Nein, es geht mir gut." Das war glatt gelogen. Wie sie beide wussten. Jedes Mal, wenn sich ihnen ein Fahrzeug näherte, spannte Rachel sich an. Unbewusst befürchtete sie, dass der Fahrer das Lenkrad herumreißen und mit Strikers Truck zusammenprallen würde.

Hoffentlich erreichen wir Grand Hope ohne Unfall, flehte sie stumm, hoffentlich wird mein Baby sich schnell erholen. Und hoffentlich bleibt Kurt Striker für immer bei mir … Es fiel ihr schwer, sich die Tatsachen einzugestehen. Wie lange hatte sie innerlich dagegen angekämpft. Aber vergeblich. Ihr Widerstand reichte nicht mehr aus, die Wahrheit noch länger zu leugnen: Sie, Rachel McCafferty, hatte sich in Kurt Striker verliebt.

13. KAPITEL

Das Baby wollte nicht aufhören zu weinen.

Was auch immer Rachel mit ihm anstellte, die Schluchzer auf dem Rücksitz ebbten einfach nicht ab. Striker fühlte sich hilflos. Er fuhr so schnell, wie er konnte, während Rachel unruhig auf ihrem Sitz hin und her rutschte. Sie versuchte, Joshua zu füttern und zu trösten. Aber das Baby sprach nicht darauf an.

Striker hoffte, dass das Baby nicht noch schlimmer fieberte. Unablässig musste er daran denken, wie grausam es war, ein Kind zu verlieren.

Er lenkte den Pick-up noch schneller über die Straße. Aber das Gelände war schwierig geworden, die Kurven scharf, und auf dem Weg in die Bergwelt Montanas gab es steile Steigungen.

„Seine Haut fühlt sich immer noch heiß an", sagte Rachel mit der Hand auf der Wange ihres Sohnes.

„Es dauert nicht mehr lange", versicherte Striker. „Nur noch knapp eine Stunde, bis wir dort sind. Wir müssen durchhalten."

„Hoffentlich schafft er es", wisperte Rachel heiser. Es zerriss Kurt beinahe das Herz, als er die Verzweiflung in ihrer Stimme hörte.

„Ich glaube, es ist ein gutes Zeichen, wenn er schreit", meinte Striker, obwohl er wusste, dass es nur ein schwacher Trost war.

„Vermutlich hast du recht."

Striker schaute in den Rückspiegel. Spielte ihm seine Einbildung einen Streich oder folgte ihnen tatsächlich ein Fahrzeug? Eines, das die Scheinwerfer ausgeschaltet hatte? Plötzlich war ihm die Kehle wie zugeschnürt.

„Was ist los?" Rachel spürte, dass irgendetwas nicht stimmte.

„Dreh dich mal um. Was siehst du?"

Rachel schaute durch die Heckscheibe und kniff mehrmals die Augen zusammen. „Nichts. Warum?"

Kurt verzog das Gesicht und schaute wieder in den Rückspiegel. „Ich dachte, ich hätte irgendetwas bemerkt. Einen Schatten."

„Einen Schatten?"

„Den Schatten eines Wagens. Ich dachte, jemand verfolgt uns. Mit ausgeschalteten Scheinwerfern."

„In dieser Gegend? Mitten in der Nacht?", fragte Rachel, atmete scharf ein und starrte aus dem Fenster. „Ich kann nichts erkennen."

„Gut." Kurt fühlte sich ein paar Sekunden lang erleichtert. Er fuhr auf einer zweispurigen Straße. Auf der einen Seite ragten die Berge steil empor, und die andere Seite war nur mit einer mickrigen Leitplanke gesichert. Hinter ihr fiel der felsige Hang tief ab.

Unwillkürlich musste er daran denken, wie er sich vor ein paar Wochen mit Haut und Haar in Rachel McCafferty verliebt hatte. Er warf ihr einen Seitenblick zu. Sofort schlug sein Herz schneller. Ohne sie und Joshua konnte er sich sein Leben nicht mehr vorstellen. Wie oft hatte er sich nach Heathers Tod geschworen, sich nie wieder auf eine Frau einzulassen und sich nie wieder in die Nähe von Kindern zu wagen. Und jetzt hatte er diesen Schwur gebrochen.

Es war zu spät, um noch irgendetwas daran zu ändern. Sein störrisches Herz würde es auch gar nicht zulassen. Vielleicht wurde es langsam Zeit, sich Rachel zu offenbaren. Er musste sie wissen lassen, was er fühlte.

„Rachel?"

„Was?" Sie starrte immer noch aus dem Rückfenster.

„Wegen der letzten Nächte ..."

„Bitte", unterbrach Rachel ihn, ohne ihn anzuschauen. „Du musst nichts erklären. Es ist passiert, ohne dass wir es geplant hatten."

„Aber du solltest wissen, was ich für dich empfinde." Kurt spürte, wie sie sich anspannte.

Rachel schluckte schwer. „Aber vielleicht will ich es gar nicht wissen", flüsterte sie und schnappte plötzlich nach Luft. „Oh, nein!"

„Was?"

„Ich glaube ... ich glaube, da ist doch jemand hinter uns. Alle paar Minuten sehe ich einen Schatten. Kurz darauf ist er wieder verschwunden. Glaubst du nicht, dass ..."

Kurt starrte in den Rückspiegel. „Zum Teufel noch mal." Jetzt konnte er es auch sehen: Es handelte sich um die Konturen eines Fahrzeugs, das ohne Licht dicht auffuhr, von einer Seite auf die andere schlingerte und dann wieder von der Nacht verschluckt wurde. Er trat aufs Gaspedal. „Behalte den Wagen im Auge und ruf die Polizei an."

Rachel schnappte sich das Handy und wählte den Notruf.

Nichts. „Kein Empfang", erklärte sie mit tonloser Stimme und starrte aus dem Fenster, während das Baby weinte.

„Versuch es weiter.“ Kurt raste viel zu schnell um die Kurve.

„Glaubst du, dass es Patsy ist?“

„Ja, es sei denn, es hat sonst noch jemand den Verstand verloren.“

„Oh …“ Rachel klang panisch. „Was hat sie nur vor?“

„Keine Ahnung.“ Kurt dachte pausenlos an den Unfall, bei dem Rachel von der Straße gedrängt worden war, und rechnete mit dem Schlimmsten.

Plötzlich leuchteten hinter ihnen die grellen Scheinwerfer auf. Der Lieferwagen hinter ihnen kam näher und näher. Kurt schlug das Herz bis zum Hals, und er schwitzte aus allen Poren. Nein, es war ausgeschlossen, dass er Rachel und das Baby verlor. Es durfte nicht passieren.

„Hallo! Hallo! Wir haben einen Notfall!“, schrie Rachel ins Handy, als sie endlich mit der Polizei verbunden worden war. „Jemand versucht, uns umzubringen! Wir sind auf dem Highway im Norden Montanas.“ Sie gab den ungefähren Standort und die Nummer des Highways an und fluchte lautstark, als die Verbindung abriss.

Rumms! Der Lieferwagen rammte sie hinten an der Stoßstange. Das Baby schrie, und Rachel kreischte entsetzt auf. „Komm schon“, stieß Kurt hervor, als könnten die Worte den schlingernden Jeep zurück auf die Straße zwingen.

Auf keinen Fall durfte er die Frau verlieren, die er liebte. Weder sie noch ihr Kind. Nicht jetzt. Nicht auf diese Art. Nicht schon wieder.

„Oh, mein Gott! Pass auf!“, brüllte Rachel. Aber es war zu spät.

Der Lieferwagen rammte sie jetzt seitlich. Er krachte hart in die Beifahrerseite und riss die Karosserie auf. Kurts Finger verkrampften sich um das Lenkrad, als er versuchte, den Wagen wieder in die richtige Spur zu lenken. Aber der Jeep gehorchte ihm nicht. Die zwei Wagen hatten sich ineinander verkeilt und rasten die Straße entlang. In der Dunkelheit schienen die Bäume so schnell an ihnen vorbeizufliegen, dass sie nur noch schemenhaft zu erkennen waren.

Die ineinander verkeilten Fahrzeuge krachten gegen die felsige Bergwand und schleuderten dann mit Wucht gegen die Absperrung. Die dünne Leitplanke brach mit lautem Krachen entzwei, und die beiden Wagen stürzten in den schwarzen Abgrund.

Wie aus weiter Ferne klingelte ein Glöckchen ... nein, es piepste ... hörte nicht mehr auf ... wurde auch nicht lauter ... es piepste die ganze Zeit über. Wie es sie störte! *Geht endlich ans Telefon, um Himmels willen ... geht ans Telefon ...* Rachel hatte rasende Kopfschmerzen. Ihr Körper fühlte sich an, als hätte sie von Kopf bis Fuß Muskelkater. Außerdem hatte sie einen unangenehmen Geschmack im Mund.

Sie öffnete die Augen und blinzelte. Um sie herum war alles blendend weiß.

„Rachel? Kannst du mich hören?" Jemand leuchtete ihr in die Augen. Rachel schrak zurück. Es war die Stimme einer Frau. Und sie wusste, dass sie ihr eigentlich bekannt sein sollte.

Rachel schloss die Augen. Wollte wieder schlafen. Sie lag in einem Bett mit Gittern ... wie bin ich nur hierher gekommen? Vage konnte sie sich an den Geruch von brennendem Gummi erinnern. An den Geruch von Kiefern ... überall hatte sie blaues und rotes Licht gesehen ... und ihre Familie ... alle hatten um sie herumgestanden.

Kurt hatte sich über sie gebeugt und ihr zugeflüstert, dass er sie liebte. Sein Gesicht war zerkratzt und geschwollen, und es blutete ... Oder hatte sie alles nur geträumt? Kurt ... wo zum Teufel steckte er? Und das Baby? Joshua! Oh, Joshua ... Sie riss die Augen auf und versuchte zu sprechen.

„Jo...Joshua?"

„Dem Baby fehlt nichts."

Alles verschwamm vor ihren Augen. Rachel riss sich zusammen. Es dauerte ein paar Sekunden, bis sie Nicole im Zimmer stehen sah. Ein zweiter Arzt untersuchte sie, aber Rachel hatte den Blick auf ihre Schwägerin gerichtet. Die Erinnerungen an die schreckliche Nacht und an den Autounfall stiegen in ihr auf.

„Joshua ist zu Hause. Juanita kümmert sich um ihn. Bald wirst du wieder bei ihm sein."

Rachel atmete erleichtert auf. Ihr Kind hatte überlebt.

„Sie haben großes Glück gehabt", erklärte der Arzt. Nicole stand hinter ihm und nickte.

Glück? Das sollte Glück sein? Es sah nicht danach aus, als hätte die Geschichte irgendetwas mit Glück zu tun.

„Kurt?" Rachels Kehle schmerzte und fühlte sich so rau an, dass

sie nur krächzen konnte.
„Es geht ihm gut."
Dem Himmel sei Dank. Langsam drehte Rachel den Kopf und schaute sich um. Das Zimmer in der Klinik war kahl. Aus einer Infusionsflasche tropfte eine Flüssigkeit in ihren Handrücken, und auf dem Monitor wurde ihr Herzschlag überwacht. Daher rührte wahrscheinlich das piepsende Geräusch, das sie beim Aufwachen gehört hatte. Auf dem Fensterbrett stand eine Vase mit Blumen.
„Ich … will mein Baby … sehen … und Striker."
„Rachel, du liegst seit zwei Tagen im Krankenhaus", berichtete Nicole. „Mit einer Gehirnerschütterung und einem gebrochenen Handgelenk. J. R. … äh … Joshua leidet an einer schlimmen Erkältung, aber er hat sich beim Unfall nicht verletzt. Zum Glück war ziemlich schnell ein Notarzt zur Stelle. Außerdem hatte die Polizei schon deinen Notruf erhalten. Wir waren also in der Lage, ziemlich schnell bei dir zu sein."
„Wo ist Kurt?"
Nicole räusperte sich. „Fort."
Rachels Herz krampfte sich zusammen. Er hatte sich also schon aus dem Staub gemacht … Der Schmerz in ihrem Herzen wurde noch größer.
„Er hat sich am Auge und an der Schulter verletzt."
„Und er ist verschwunden?"
Zwischen Nicoles Brauen zeigten sich feine Falten. „Ja. Soweit ich weiß, nach Seattle. Zu einem Spezialisten, der sich um sein Auge kümmern wird."
Rachel musste sich ihre Worte mühevoll abringen. „Was ist denn mit seinem Auge?"
„Keine Ahnung."
„Ist er blind?"
„Rachel, ich weiß es wirklich nicht."
Sie hatte das Gefühl, als würde ihre Schwägerin ihr irgendetwas verschweigen. „Kurt kommt nicht zurück, oder?"
Nicole ergriff Rachels Hand und drückte sie. „Ich bin mir nicht sicher. Aber wenn du mich schon so ausdrücklich fragst, müsste ich antworten, ‚nein, ich glaube nicht'. Thorne und er haben sich gestritten. Und jetzt halte dich an die Anweisungen des Arztes und ruh dich

aus. Auf der Flying M wartet dein Baby auf dich. Und drei Halbbrüder, die sich sehr freuen, dass du bald wieder zu Hause bist." Nicole drückte Rachels Hand.

Rachel schloss die Augen. Sie hatten also alle überlebt.

„Und was ist mit Patsy?"

„Sie ist verhaftet worden. Hat wirklich Glück gehabt und den Unfall nur mit ein paar Kratzern überstanden."

Der wartende Arzt räusperte sich. „Sie brauchen wirklich Ruhe", erklärte er.

„Unsinn." Rachel tastete nach dem Knopf, um das Kopfteil ihres Bettes höherzustellen. „Ich will hier raus und mein Baby sehen und ..."

Ein rasender Schmerz schoss ihr durch den Kopf. Sie sank zurück in die Kissen. „Vielleicht haben Sie doch recht", gestand sie ein und nahm sich vor, so schnell wie möglich gesund zu werden. Für Joshua.

Und was ist mit Kurt? Der Schmerz hämmerte noch heftiger in ihrem Kopf, als sie daran dachte, sie würde ihn vielleicht nie wieder sehen. Verdammt noch mal, sie durfte ihn nicht einfach davongehen lassen.

Oder doch?

Drei Tage später war Rachel aus der Klinik entlassen worden und wieder mit ihrer Familie vereint. Joshua hatte sich erholt. Es tat ihr gut, ihr Baby in den Armen zu halten und seinen Duft einzuatmen. Juanita war ganz in ihrem Element. Sie kümmerte sich rund um die Uhr um Rachel und das Baby, kommandierte die drei Brüder herum und schmiss den Haushalt.

Larry Todd schien es Rachel verziehen zu haben, dass sie ihn entlassen hatte. Trotzdem hatte er darauf beharrt, dass sie den neuen Arbeitsvertrag eigenhändig unterschrieb. Sogar Bill Withers hatte zugestimmt, dass sie ihre Artikel per E-Mail aus Montana schickte, nachdem man ihn über den Unfall informiert hatte.

„Aber du darfst es niemandem verraten", meinte er ins Telefon, „die Leute könnten sonst glauben, ich hätte mich zu einem Softie entwickelt."

„Darüber würde ich mir an deiner Stelle keine grauen Haare wachsen lassen", erklärte Rachel, legte auf und beschloss, sich ihren ältesten Bruder vorzuknöpfen. Doch zuvor schaute sie nach dem Baby und fand es schlafend in seiner Wiege. Dann eilte sie die Treppe hinunter. Ihr Arm war geschient und lag in einer Schlinge.

Juanita stand in der Küche und buk. Im ganzen Haus duftete es nach Schokolade und Ahornsirup.

Slade und Matt waren nirgends zu sehen. Rachel fand Thorne hinter seinem Schreibtisch im Arbeitszimmer. Er saß am Computer und hatte die Tasse Kaffee neben sich vollkommen vergessen.

Zweifellos arbeitete er an der Übernahme irgendeiner Firma. Oder an irgendwelchen Verträgen. Oder an den Plänen für sein Haus, die sich ständig änderten. Oder er überlegte sich, wie er seine nächste Million Dollar erwirtschaften sollte. Es kümmerte Rachel nicht, woran er gerade arbeitete.

„Mir ist zu Ohren gekommen, dass du dich mit Striker gestritten hast." Rachel hatte zwar Schmerzmittel eingenommen, aber sie war sicher genug auf den Beinen, um sich in Slippern und Bademantel dem Schreibtisch zu nähern.

Thorne schaute lächelnd auf. „Da hast du recht."

„Du hast ihm Vorwürfe gemacht. Du hast ihn für den Unfall verantwortlich gemacht."

„Könnte sein, dass ich ihn ein bisschen hart angegriffen habe", gab ihr Bruder mit ungewöhnlicher Gelassenheit zu.

„Das war falsch. Striker hat getan, was er konnte, um den Unfall zu verhindern."

„Aber es war nicht gut genug. Du hättest dein Leben verlieren können. Du und Joshua."

„Wir haben überlebt. Wegen Kurt."

Um Thornes Mundwinkel zuckte es. „Das habe ich mir schon gedacht."

„Ach, wirklich?"

„Ja." Ihr Bruder griff in die Schublade und zog einen zerrissenen Scheck hervor. „Striker wollte sein Honorar nicht annehmen. Er hatte ein schlechtes Gewissen. Wegen des Unfalls."

„Und du hast alles noch schlimmer gemacht."

„Nein." Thorne lehnte sich zurück, bis der Stuhl quietschte, hob die Hände und betrachtete sie intensiv. „Okay, ich habe es getan. Aber inzwischen habe ich meine Meinung geändert."

„Was hilft das jetzt noch?"

„Sehr viel", entgegnete Thorne.

Rachel blinzelte ihn an. „Du führst irgendetwas im Schilde."

„Ich will den Schaden wiedergutmachen."

„Klingt geheimnisvoll."

„Glaube ich kaum." Thorne sah aus dem Fenster. Rachel hörte einen Motor brummen. „Sieht so aus, als kämen deine Brüder zurück."

„Sind sie fort gewesen?"

„Hm. Komm mit." Thorne verließ seinen Platz hinter dem Schreibtisch und ging mit ihr ans Fenster. Rachel schaute nach draußen und sah Matt und Slade aus dem Jeep steigen. Ein dritter Mann begleitete sie. Das Herz schlug ihr bis zum Hals, als sie Kurt erkannte. Sofort lief sie zur Tür, riss sie auf und wäre beinahe über Harold gestolpert, als sie über die Veranda rannte.

„Warte doch!", rief Thorne ihr hinterher. Aber sie lief schon den Pfad entlang, der in den Schnee getreten worden war. Die Hausschuhe schützten ihre Füße kaum vor der Kälte, und der Bademantel wirbelte in der kalten Winterluft auf.

„Kurt!", schrie Rachel und sah nichts als die Augenklappe quer über seinem Gesicht. Kurt hob den Kopf, und ein Lächeln huschte über seine Mundwinkel. Ohne nachzudenken, flog sie ihm in die Arme. „Du lieber Himmel, ich habe dich so sehr vermisst!" , flüsterte sie und spürte, wie ihr die Tränen über die Wangen liefen.

Sein Gesicht und das unverletzte Auge waren immer noch leicht geschwollen.

„Warum bist du fortgegangen?"

„Ich dachte, es ist das Beste." Seine Stimme klang rau. Der Arm um ihre Hüfte fühlte sich stark und beschützend an.

„Dann hast du falsch gedacht." Rachel küsste ihn leidenschaftlich und hatte das Gefühl, dass ihre Lippen mit seinen verschmolzen. Eng an sie geschmiegt, erwiderte Kurt den Kuss.

„Das haben deine Brüder auch gesagt", meinte er lächelnd, als sie schließlich voneinander abließen. Kurt warf Thorne, der ihnen nach draußen gefolgt war, einen Blick zu und verspannte sich etwas.

„Wie schön, dass du wieder hier bist", grüßte Thorne freundlich. „Ich glaube, ich habe einen Fehler gemacht."

„Was? Soll das etwa heißen, dass du dich entschuldigst?" Rachel lag immer noch in Kurts Armen und schaute über die Schulter nach hinten. „Diesen Tag müssen wir uns rot im Kalender anstreichen", erklärte sie und seufzte. „Thorne McCafferty hat noch niemals, wirklich niemals, zugegeben, dass er einen Fehler gemacht hat."

„Amen", bekräftigte Matt.

„Stimmt", bestätigte auch Slade.

Thorne biss sich auf die Unterlippe. „Hast du vor, bei uns zu bleiben?", fragte er Striker.

„Mal sehen. Ich brauche einen Moment, bevor ich es dir endgültig sagen kann." Kurt ließ den Blick über die Brüder schweifen, die plötzlich alle einen dringenden Grund vorschoben, ins Haus zu verschwinden. „Es ist kalt, und du bist verletzt", Kurt berührte Rachel am Handgelenk. „Ich werde mich also kurz fassen ... Rachel McCafferty, willst du meine Frau werden?"

„W...was?"

„Ich meine es, wie ich es gesagt habe. Seitdem ich dich das erste Mal gesehen habe ... dich und dein Kind ..., hat mein Leben sich verändert."

„Ich kann es kaum fassen", stammelte Rachel atemlos, „ich halte es nicht aus."

„Doch, du kannst es aushalten, Rachel."

Ihr Herz krampfte sich vor Glück zusammen, und heiße Tränen quollen ihr aus den Augen.

„Bitte Rachel, heirate mich."

„Ja. Ja! Ja!" Rachel schlang ihren gesunden Arm um seinen Hals und schwor sich stumm, ihn niemals zu verlassen.

EPILOG

Ja, ich will", sagte Rachel unter einem Kranz aus Rosen. Kurt stand neben ihr. Der Pfarrer sprach den Segen. Kelly hielt Joshua auf dem Arm, während Rachels Brüder sich neben Kurt aufgereiht hatten. Der Garten hinter der Ranch platzte beinahe vor Gästen, und die Sommersonne strahlte warm über das weite Land.

Mehr als ein Jahr war vergangen, seit John Randall gestorben war. Ein neuer Stall war gebaut worden, aber noch nicht gestrichen. Thorne war mit seiner Familie in das neue Haus gezogen. Nicole und Kelly waren schwanger und erwarteten beide in wenigen Wochen die Geburt ihres Kindes.

„Gottes Segen sei mit Ihnen, Mr. und Mrs. Striker ..." Die letzten Worte des Pfarrers echoten in Rachels Ohren. Irgendwo auf der Wiese wieherte ein Pferd.

Rachel schaute ihren Bräutigam an, und das Herz wollte ihr vor Glück beinahe zerspringen. Kurt hatte sich von dem Unfall erholt. Nur eine kleine Narbe am Auge war geblieben und erinnerte ihn daran, dass er an den Rändern nicht mehr so scharf sehen konnte.

Patsy und Sam Donahue hatten sich vor Gericht verantworten müssen und saßen nun ihre Haftstrafen ab. Sam hatte zugestimmt, sämtliche Rechte als Joshuas leiblicher Vater abzutreten. Mit Hilfe seines Anwalts hatte Kurt Joshuas Adoption bereits in die Wege geleitet.

Rachel und Kurt wohnten auf der Ranch, und sie hatte ihre Arbeit wieder aufgenommen. Obwohl Kurt dachte, dass sie ihre Kolumne mit dem Titel „Solo" eigentlich aufgeben sollte. Warum schrieb sie nicht einen Ratgeber für frisch verheiratete Paare?

„Einen Toast!", rief Matt, als Rachel und Kurt zu dem Tisch gingen, auf dem eine tropfende Skulptur aus Eis stand, die zwei galoppierende Pferde zeigte. Roséfarbener Champagner blubberte aus einem Zierbrunnen.

„Auf das junge Paar!", rief Thorne.

Lächelnd betastete Rachel das Medaillon an ihrem Hals. Früher hatte es ein Bild ihres Vaters geborgen. Jetzt hatte sie John Randall durch einen Schnappschuss von ihrem Ehemann ersetzt.

„Auf meine Frau“, ergänzte Kurt und stieß mit seinem Glas an ihres.

„Und auf meinen Mann.“

Rachel leerte das Champagnerglas und widmete sich ihren Gästen. Noch nie hatte sie sich so wunschlos glücklich gefühlt. Sie nahm ihren Sohn auf den Arm und ging, eng an ihn geschmiegt, über den Tanzboden, als die Band zu spielen begann.

Als später am Abend die Sonne am Horizont versank und die Schatten auf der Flying M länger wurden, tanzte sie nur noch mit Kurt.

„Ich liebe dich“, flüsterte er ihr ins Ohr.

Rachel lachte leise auf. „Das solltest du auch. Und zwar für immer!“

„Das ist aber eine verdammt lange Zeit.“

„Ich weiß. Ist es nicht wundervoll?“, sagte sie amüsiert.

„Ja, das ist es.“ Kurt schloss sie in die Arme und küsste sie lange. Dann mischten sie sich unter die Menge und plauderten mit ihren Gästen. Rachel betrachtete ihre Brüder und deren Ehefrauen … Endlich waren nun alle McCaffertys verheiratet. Wie John Randall McCafferty es verlangt hatte. Seine Enkelkinder waren unterwegs.

Sie konnte förmlich hören, wie ihr Vater ihr zuraunte: „Großartig, Rachel, mein Mädchen. Höchste Zeit, dass du dein neues Leben begonnen hast.“

Als Rachel in den Armen ihres Ehemannes über das Parkett glitt, konnte sie spüren, dass ihr Vater bei ihnen war. Keine Sekunde zweifelte sie daran, dass er der Zeremonie beigewohnt hatte, und sie wusste, dass er sehr stolz auf sie gewesen war.

Es würde nicht mehr lange dauern, bis die nächste Generation der McCaffertys das Licht der Welt erblickte.

– ENDE –

Linda Howard
Sommergeheimnisse

Wenn die Sonne brennt und die Nächte heiß und schwül sind – dann ist es Zeit für *Sommergeheimnisse* um heimliche Liebe, verbotene Leidenschaft und gefährliche Gelüste!

Band-Nr. 20013
9,95 € (D)
ISBN: 978-3-89941-756-2
400 Seiten

Penny Jordan
Eine Hochzeit und drei Happy-Ends

Wer den Brautstrauß fängt, wird als nächstes heiraten. Doch was ist, wenn man sich geschworen hat, genau das nicht zu tun?

Band-Nr. 20006
8,95 € (D)
ISBN: 978-3-89941-695-4
384 Seiten

Sherryl Woods
Die Carltons – Liebe findet ihren Weg

Band-Nr. 20005
8,95 € (D)
ISBN: 978-3-89941-687-9
416 Seiten

Sandra Brown
Unbestechliche Herzen / Das verbotene Glück

Band-Nr. 20003
8,95 € (D)
ISBN: 978-3-89941-674-9
400 Seiten

Jessica Bird
Das Moorehouse-Erbe

Band-Nr. 20002
8,95 € (D)
ISBN: 978-3-89941-667-1
432 Seiten